체 념 의   조 형

나남문학선 51

체념의 조형

2013년 12월 17일 발행
2013년 12월 17일 1쇄

지은이 · 金禹昌
발행자 · 趙相浩
발행처 · (주) 나남
주소 · 413-120 경기도 파주시 회동길 193
전화 · (031) 955-4601 (代)
FAX · (031) 955-4555
등록 · 제 1-71호(1979.5.12)
홈페이지 · http://www.nanam.net
전자우편 · post@nanam.net

ISBN 978-89-300-0151-9
ISBN 978-89-300-0142-4 (세트)

체념의 조형

나남문학선 51

김우창 문학선

〈나남문학선〉을 다시 출간하며

한때 문학은 위대했다. 특히 19세기와 20세기에 걸쳐 문학은 지성의 왕자였으며, 문화의 공주였다. 인간 정신의 가장 고고한 경지는 문학을 통해 탐구되었으며, 인간 감성의 가장 아름다운 경지도 문학을 통해 탐구된 바 많았다. 위대한 문학을 통해 훈련된 상상력은 인간과 세상에 대한 사유를 보다 넓은 지평 위에 올려놓았으며, 인간의 내면에 더 많은 무늬와 강한 자아와 많은 자유를 주었다. 그리하여 문학은, 인류의 역사에 작용했던 여러 종류의 권력과 권위 가운데서 특별한 의의와 형식을 지닌 것이었고 또 특별히 그 부작용과 폐해가 적었던 힘이었다고 말할 수 있다.

　그러나 이제 위대한 문학은 과거의 유산이 되려 하고 있다. 세상은 바뀌고 문학이 꽃피던 들판에 새로운 전자문명과 낯선 대중문화가 불길처럼 퍼지고 있다. 스마트한 전자매체들은 단숨에 사람들의 영혼과 감각을 사로잡았고, 그와 멋진 짝을 이룬 대중문화는 마치 황소개구리처럼 문화의 연못에서 절대 강자가 되어 섬세한 영혼의 문화들을 잡아먹고 있다. 사람들은 문자와 문학으로부터 멀어졌으며, 전자와 대중문화의 신전에 구름처럼 몰려가 그 아래 엎드리고 있다. 영혼의 문을 닫고 환락의 문을 열어 그 문 앞에서 엎드려 시간을 잊고 자아를 잊고 사유를 잊고 결핍마저 잊고자 한다. 그리고 이 모든 흐름을 선도하는 것이 금전주의이다. 금전주의는 모든 가치를 금전으로 환원해 버리니, 금전은 모든 가치의 척도이며 또 모든 가치 중의 으뜸이 된다. 전자매체와 대중문화와 금전주의의 세상에서 문학의 위의(威儀)는 추풍낙엽처럼 쓸쓸하다.

4

문학이 과거가 되어가는 시대에서 문학의 존재 방식은 초라하다. 어떤 문학은 대중문화의 그늘로 기어들어 영혼 없는 안식과 금전을 얻기도 하고, 또 어떤 문학은 자발적 기형과 변태의 전략으로 외화내빈의 문명에 약한 저항을 하기도 한다. 그러나 한때 위대했던 문학이 지녔던 높고 쓸쓸한 인간적 언어들을 여전히 소중하게 간직하고, 그것이 진정한 문학의 길임을 외롭게 확인하고자 하는 문학이 완전히 없어진 것은 아니다. 아직도 문학의 오래된 골목 안 외딴 집에는 지조 높은 문학적 언어만으로 세상과 대결하면서 문학의 위의와 시대정신을 지키는 작가와 시인이 살아 있다. 이들의 언어는 섣불리 세상의 이목을 구하지 않고 가벼이 금전과 권력의 힘에 휘둘리지 않으며 늘 깨어있는 정신으로 세상과 인간의 숨은 모습을 바로 보려 한다. 다시 출간하는 〈나남문학선〉이 주목하고자 하는 것이 바로 이들의 문학이다.

다시 출간하는 〈나남문학선〉은 문학의 오래된 골목 안을 조용히 밝히는 등불이 되고자 한다. 그리하여 그 골목 안 외딴집에서 지조 높은 문학적 언어가 여전히 생산되고 있으며 그 언어가 세상의 거짓과 맹목을 밝히는 더 큰 등불이 되어야 마땅함을 힘써 강조하고자 한다. 이는 전자문명과 대중문화의 쓰나미를 경계하는 하나의 방파제가 되기도 할 것이며, 더 나아가 금전주의의 헛됨 속에서 집 잃은 많은 가치들에게 위안과 의지가 되기도 할 것이다. 〈나남문학선〉은 전자문명과 대중문화의 신전에 엎드려 있는 사람들에게 다른 신이 있음을 알려줄 것이다. 또 〈나남문학선〉은 문학이 과거가 되려하는 시대에 문학의 현재를 주장하며 문학에게 위엄을 되찾아 주려 할 것이다. 그리고 〈나남문학선〉은 시대와의 불화 속에서 외로운 많은 사람들이 우리 시대의 올곧고 드높고 미쁘고 참된 것을 구하는 영혼들을 만나는 아름다운 광장이 되어 갈 것이다.

2013년 11월
〈나남문학선〉 편집인

〈김우창 문학선〉 편집노트

〈김우창 문학선〉은 1980년대에 나남출판사가 발행했던 〈문학선〉시리즈를 오늘의 현실에 맞게 다시 이어가기 위해 나남출판사에서 기획한 첫 번째 '문학선'이다. 이를 위해 여러 차례의 논의와 만남 끝에 내가 편자(編者)로서의 일을 맡게 되었다. 나는 나의 문제의식에 따라, 말하자면 지금까지 읽어온 김우창의 여러 문학관련 글 가운데 논리적으로 가장 선명하고 뉘앙스적으로 풍부한 글을 60여 편 우선 추려 일정한 체계 아래에서 8개 장(章)으로 배열하였다. 그래도 60여 편은 너무 많아서 다시 반 정도로 줄여 결국 〈김우창 문학선〉은 34편으로 엮어졌다.

이런 일은 나에게 몇 가지 점에서 주저되었다. 무엇보다 그의 문학 논의에서는 좋은 글이 너무 많고, 또 논리적 밀도가 매우 높으면서 사실과 경험을 추적하는 감각의 세밀함이 두드러지기 때문이다. 강인한 사유로 무장된 섬세한 감각이 정밀하고도 절제된 언어에 담겨 문학예술적 성찰의 광채를 발하는 것이다. 그러니 어느 것을 더하고 어느 것을 빼는 취사선택 과정이 결코 간단할 수 없었다.

김우창의 문학논의는, 적어도 나의 판단으로는, 한국문학이라는 영역 안에서 독특하고 유일무이하다. '독특하다'는 것은 감성의 섬세함, 논리의 철저함, 감성과 논리로 된 사유를 실어 나르는 언어의 정확함 등에서 김우창 고유의 스타일을 분명하게 보여준다는 뜻이고, '유일무이하다'는 것은 이와 같은 사례가 지금까지의 한국의 인문학사와 지성사에는 없지 않나 하는 뜻에서다.

　나는 단언을 삼가지만, 적어도 이 점에서의 확신은 거두기 어렵다. 그는 문학에 대하여 기존과는 전혀 다른 접근을 했다는 것, 전혀 다른 감수성과 사유를 그만의 언어로 축조하여 마침내 보편적 어법 (*Idioma Universal*)을 마련하는 데 이르렀다. 그것은 사유와 언어의 능력을 증거한다는 뜻에서뿐만 아니라, 그 한계와 허망함에 대한 자의식에서도 그렇다. 그의 사유는 설득력 높은 논리를 지녔기에 '하나의 보편성'에 도달했고, 이 보편적 가치는 '그'라는 개인이 만들었기에 독자적이다. 이 보편적 언어로 한국문학에서 세계문학적 지평을 개시하지 않았나 싶다.

　나는 이 땅에서 인문학을 공부하는 청년들과 일반 독자들께, 김우창의 텍스트야말로 사고실험을 위한 최고의 텍스트라고 권하고 싶다. 천천히 그 글을 읽으면서 넓고 깊게 생각하면, 우리를 둘러싼 현실이, 자신의 삶과 인간이해가 점차 변모해 가는 것을 느낄 것이다.

　현실의 실체나 역사의 방향을 고민하지 않는다면, 자연의 경이와 세계의 깊이를 느끼고 이해하지 못한다면, 그리고 무엇보다 인간의 영혼과 삶의 심연을 놓치고 만다면 그 어떤 뛰어난 작가도 사상가도 인문학자도 될 수 없다. 적어도 현 단계 한국인문학이 내장한 잠재력을 최고의 수준에서 비판적으로 재구성하고픈 뜻을 품은 열정이라면, 김우창이라는 산을 결코 돌아갈 수는 없을 것이라고 나는 생각한다.

　은사의 글을 제자가 선별하여 묶어내는 일은 그 자체로 기쁘고 조심스럽고 영광스런 일이다. 이 흐뭇한 일에 참여할 기회를 주신 이남호 선생님께 감사드린다. 또 나남출판사 조상호 사장님과 편집부의 여러 분들께도 감사드린다.　　　　　　　　　　　[문광훈]

7

김우창 문학선 **체념의 조형**

차례

전체성의 모험: 글쓰기의 회로

나남 문선 (文選) 출간에 부쳐서

나무는 스스로에
금을 긋지 않으니. 그대의 체념의 조형 (造形) 에서
비로소 사실에 있는 나무가 되리니.
— 라이너 마리아 릴케

Ⅰ. 체험과 사실 정보

1. 기억과 정보

말과 사물

글을 쓴다는 것은 무엇을 뜻하는가? 생각나는 대로 이런 저런 것을 들어 이 문제를 궁리해보자는 것이 이 글의 의도이다. 글을 쓰는 일은 여러 가지 사실들을 하나의 일관성 속에 연결하려는 노력이다. 더 야심적으로 말하면, 사실들을 모아 사실들의 전체 내지 전체성에 이르고자 하는 일이라고 할 수 있다. 또는 거꾸로 준비한 전체성으로 사물들을 재단하려는 것이다.

생각해 보면, 말을 하는 것 자체가 그러한 일이다. 어떻게 말의 밖에 있는 것들을 말 속에 담을 수 있는가? 그것은 사물들을 말의 체계에 수용하려는 것이다. 달리 말하면, 그것은 자기도 모르게 말의 체계에 사로잡히는 일이다. 왜곡은 불가피하다. 그리하여 말보다는 침묵이 사물의 진실에 가까이 가는 것이라는 주장도 나오게 된다. 말은 너무나 익숙한 것이기 때문에 우리는 말의 본질적 왜곡을 쉽게 느끼지 못한다. 이 왜곡은 개념적 주장, 이념이나 추상적 체계에 의지하여 판단을 내리고, 그것을 말이나 글로 옮기는 일에서 가장 심각한 것이 된다. 그러나 이 경우에도 우리는 언어와 사물의 진상 사이의 간격을 느끼지 못하거나 개의치 않는다.

사람이 사는 세계 전체를 언어로 표현하고 그것을 체계화하고자 하는 것은 모든 지적 노력의 근본 동기이다. 이것은 흔히 고귀한 동기로 간주된다. 또 그것은 사람이 가지고 있는 설명할 수 없는 앎의 추동력이다. 이러한 동기는 혼란기의 사회에 특히 강하게 작용한다. 삶의 사회적 조건에 대한 체계화를 갈망하는 경우를 생각하면, 그것은 사회적 혼란이 심화되는 시대에서 불가피한 생존 본능이 아닌가 한다. 지도(地圖)는 생존의 필수 도구이다. 사물들을 개념의 지도에 그려 넣었을 때, 사람들은 사물을 진리의 그물 속에 사로잡았다고 생각한다. 그리고 거기에서 자랑을 느낀다. 이 자랑은 혼란의 시대에 대하여, 또 그러한 시대의 험난한 대인관계에서의 승리감이기도 하고, 그 연장선 위에서 자연의 지적 해부는 거대한 적수(敵手)로서의 자연에 대한 승리감이기도 하다.

말과 사물의 간격 그리고 그 변형을 벗어날 도리는 없다. 이것은 초보적 논리학에 나오는 "소크라테스는 사람이다" 운운하는 명제에서도 알 수 있다. 사실을 일반적 범주에 잡아넣는 포섭(subsumption)의 관계가 없이는 이러한 문장을 발화(發話)할 수가 없다. 단순한 지시 기능을 가지고 있는 언어에도 그러한 포섭이 들어 있다. "단풍든 잎이 다 졌다"고 하는 말은 단순한 서술이지만, 그것은 사실을 의식의 연속 속에 확인하고, 그 확인을 주장한다. 그리고 낙엽이 가을의 현상이라는 판단이 들어 있다. 그렇지 않다면, 낙엽에 대한 다른 설명이 필요하다. 그러니까, "단풍잎이 다 졌다. 가을이 깊었다", "가을이 깊었다. 단풍잎 지는 것으로도 이것은 알 수 있다" 하는 일반적 배경에 대한 이해가 거기에 들어 있는 것이다.

사실을 이미 알고 있는 테두리에 편입하는 것이 불가피한 언어의 기능이고 그것이 사실과 언어의 장벽을 이룬다고 하더라도, 언어를 통하여 조금 더 진실에 가까이 가고 조금 더 절실한 진리감을 가질 도리는 없는 것일까?

기억의 양의성

이러한 문제를 조금 더 복잡하고 섬세하게 생각하는 데 기억의 문제는 흥미로운 테마가 될 수 있다. 기억은 사람이 겪는 일을 시간 속에서 연결하는 행위이다. 그런데 이 연결은 내적인 것이기도 하고 외적인 것이기도 하다. 이 두 가지 연결방식은 인간의 삶의 진실이라는 관점에서 장단점을 가지고 있다. 조금 엉뚱한 것으로 보이기는 하지만, 기억의 두 가지 방식은 부분과 전체의 문제를 생각하는 데에 하나의 실마리가 될 수 있지 않을까 한다.

기억과 시간 속의 삶

사람의 삶에 기억이 어떤 의미가 있는지는 분명치 않다. 신경질환에 대한 어떤 보고에 보면, 장기적 기억에 문제가 있는 사람들 가운데는 사람을 볼 때마다 전에 만났던 사람이라는 것을 잊어버리고 처음 보는 사람을 만나는 것처럼 새로 인사를 하고 신상에 대하여 물어보는 환자도 있다고 한다. 의사의 관점에서는 물론 그것은 심한 질병의 증세이고, 무엇인가 잘못된 것이 있는 것으로 판단하는 것이지만, 따지고 보면 그것이 왜 잘못되었다는 것인지는 분명치 않다. 등산길에서 보게 되는 이른 봄의 야생화는 별 의미 없이 반가운 마음을 일으키는데, 꽃은 사실 그 전 해에 본 장소에 그대로 피어난 것인데도 새로 만나는 기쁨을 준다. 사람을 만나서 늘 새로운 느낌을 갖는 것은 왜 그것과 달라야 하는가?

어떤 이유로인가 사람은 언제나 계속되는 서사(敍事) 속에서 살아야 한다는 강박을 가지고 있다. 사람은 일어났던 일을 다시 이야기해야 한다. 사람들은 사람을 만나면, 집에서나 길거리에서나 지하철에서나 자신에게 일어났던 멀고 가까운 사건들을 곧 이야기한다. 세상은 사물들로 차 있는 곳이 아니라 이야기로 차 있는 곳이다. 모든 것은 이야기되어야 한다. 그것이 맞는 것이든 아니든, 깊은 것이든 천박한 것이든. 나는 나의 삶을 이야기 속에 살고 있다. 내 자신의 삶의 경우에 그러하지만, 그로부터 유추하여 또는 직접적으로 일어나는 공감을 통하여 다른 사람도 그러해야 할 것으로 생각한다. 이것은 사람이 시간 속에 살고 있다는 사실에 연관되기 때문일 것이다. 시간은 사람의 삶을 하나의 삶이 되게 하는 삶의 다발 속에 있는 심지와 같다.

조금 복잡하게 따지고 보면, 자연의 경우도 마찬가지이다. 산에서 피는 꽃은 늘 새롭지만, 새로 피는 꽃은 다른 한편으로 우리에게 시간을 의식하게 하는 사건이다. 새로 피는 꽃 — 특히 새봄에 피는 꽃은 계절이 바뀐다는 것을 또 그것이 순환한다는 것을 느끼게 한다. 그러면서 동시에 같은 산, 같은 길에 피는 꽃은 자연의 많은 것이 지속한다는 것을 알게 한다. 지속은 한편으로 우리가 간단하고 급하게 느끼는 시간을 초월하는 것이면서 시간을 확인하게 하는 사건이다. 자연의 지속은 자연이 시간 속에 있으면서도 사람의 시간의 가벼움을 넘어가는 긴 리듬의 시간 속에 있다는 것을 말하여준다. 그리하여 그것은 사람에게 위안의 요인이 된다.

사람에게 기억이 중요한 것은 사람의 삶도 이러한 긴 리듬 속에서 어떤 맥락을 가지게 되는 것을 소망하기 때문일 것이다. 물론 기억은 이러한 것 이상의 여러 가지 의미, 중요하기도 하고 문제적이기도 하는 의미를 가지고 있다.

기억과 기억의 참 의미

개인뿐만 아니라 집단의 경우에도 기억은 중요한 의미를 갖는다. 그것은 집단의 정체성을 구성하는 데에 중요한 요소가 된다(그리하여 그것은 불필요한 논쟁과 선전의 동기가 되기도 한다). 학문을 구성하는 것도, 그 많은 부분이 기억되어 있는, 또는 기억에 남아 있는 여러 사실들과 사실들의 연관들이다. 그리하여 여러 문화 전통에서 기억을 강화하는 방법들이 고안되었던 것을 볼 수 있다. 서구의 전통에는 고전 시대부터 기억술(mnemonics)이라는 것이 생겨나서 사람들이 이것을 사용하여 자신들의 기억을 튼튼히 할 수 있다는 생각이 있었다. 이런 기억술은 어떤 의미를 갖는 것일까?

너무 많은 것을 기억하여 살기가 어려워지는 경우도 없지 않다. 소련의 심리학자 루리아(A. R. Luria)가 쓴 한 유명한 책에 보면, 앞의 정신과 환자의 경우와는 달리, 기억이 너무 좋아서 살기가 어려워진 사람의 이야기가 나와 있다. 과거를 너무 완전하게 기억하기 때문에 그 환자는 길을 가는 일이 힘들어진다. 현재의 일과 과거의 일이 뒤섞여 현재 속에서 자기가 가는 방향을 바로 잡을 수가 없는 것이다. 이런 병적인 경우가 아니라도 기억의 의미가 왜곡되는 것들을 볼 수 있다. 기억은 늘 좋은 것인가? 기억은 어떤 것이라야 좋은 것인가?

좋은 것도 그 근본이나 바탕을 떠나 수단으로서의 측면이 강화되면, 왜곡이 일어나는 것이 사람의 삶, 특히 오늘의 삶이다. 조금 샛길로 들어서는 것이지만, 이것을 잠깐 말하면, 물질적 수단은 의미

없는 소유와 사치가 되고 수단화된 정신의 기술은 요령이 된다. 요령이 된 삶은 일의 본말을 전도하는 결과를 가져올 수 있다. 요령의 지배 하에서는 어떤 것도 그 자체로는 뜻있는 것이 되지 못하고 다른 이익에 봉사하는 수단이 되어버린다. 최근 어떤 미국의 경제학자가 쓴 글을 보니, '인격술'(character skills)이라는 말이 있었다. 그것은 어릴 때부터 참을성이나 너그러움 등의 습관을 기르면, 그것이 나중에 평균 수입을 높이는 데 한 요인이 된다는 것이다. 이 글에는 그것을 뒷받침하는 통계도 나온다. 이 글의 바탕에 있는 생각은 인격을 닦는 것도 그 자체로 의미 있는 것이 아니라 소득을 올리는 데 도움이 됨으로써 의미를 갖는다는 것이다. 기억과 관계해서, 오늘날 기억이 중요한 것은 입학시험이나 학교의 시험의 경우이다. 이러한 시험에서 기억은 가장 중요한 요소의 하나인데, 시험되는 것은 얼마나 많은 것을 기억하는가 하는 것이다.

　나의 삶을 기억으로 통합할 때, 될 수 있는 대로 모든 사항을 기억하는 것이 좋은 일인가? 나는 기억으로써 나의 삶을 소유했다고 느낀다. 그것은 나의 자만을 북돋아 준다. 내가 소유하는 삶의 사실은 이력서에 나오는 사실들과 같은 것인가? 하여튼 이력서는 나의 삶을 일정한 사실에 요약할 것을 요구한다. 그리고 이력서를 쓰는 사람도 그렇고 그것을 받는 사람도 될 수 있는 대로 사회적 스펙이 될 만한 사실들의 열거를 기대한다. 그러나 그것이 참으로 나의 삶을 뜻 깊게 요약하는 것일까?

기억 과다/ 기억 왜곡

그것이 어쨌든 기억을 좋게 하는 일은 긴급한 실용적 의미를 갖는다. 그리하여 기억을 도와주는 약품까지 신문에 광고되는 것을 본다. 서양의 기억술의 전통에서 르네상스기에 이르기까지 기억은 그 자체의 의미를 넘어서 여러 처세의 요령이 될 수 있었다. 그리하여 그것에 지나치게 역점을 두는 일이 비판의 대상이 되기도 하였다. 이러한 비판을 글에 남긴 사람의 하나가 16세기 독일의 사상가 코넬리우스 아그리파(Cornelius Agrippa)이다. 그는 《인문학과 과학의 불확실성과 허영》[1]이라는 저서에서 기억술의 폐단을 여러 가지로 열거하였다. 기억술에는 기억을 돕는 방편으로, 기억해야 할 사항에 기괴한 이미지들을 연계시키는 기술이 있다. 그것이 기억을 돕는다. 그러나 이 기괴한 것들이 사실은 정상적인 기억을 손상하게 된다고 아그리파는 말하였다. 그의 말 가운에 오늘의 시점에서 더 의미 있는 것은, 기억을 좋게 한다는 것이 무한한 분량의 정보로서 사람의 마음에 과부하를 주고, 그것이 "심오하고 확실한 기억을 주는 것이 아니라 사람을 미치게 하고 날뛰게 한다"는 것이다. 아그리파는 계속하여, 이러한 정보의 지식을 내세우는 데에는 "유치한 자기 과시"가 들어 있다고 한다. "읽었던 여러 가지 것들을, 속은 텅 비어 있으면서, 장사꾼들이 상품을 진열하듯이 늘어놓는 것은 창피한 일이고, 창피한 품성의 표시이다"라고 그는 말했다.[2]

---

1 우리말 번역은 불확실하여 원래 제목을 첨부한다. 라틴어 제목은, *De Incertudine et Vanitate de Scientiarum et Artium*(1530, Antwerp), 영문 제목은 *Of the Vanitie and Undertaintie of Artes and Sciences*, James Sanford 역 (1569, London)이다.

2 Jonathan Spence, 1985, *The Memory Palace of Matteo Ricci*, New York: Viking Penguin, 12. 아그리파의 글은 이 책에서 재인용한 것이다.

2. 정보와 자기 방어

기억과 정보 / 정보의 폐단

아그리파의 이러한 말들은, 기억의 문제와는 조금 다르게, 오늘의 정보시대 – 여러 대중매체와 전자매체의 발달로 정보매체의 시대에 그대로 해당된다고 할 수 있다. 폭발하는 정보의 시대인 오늘이 있기 훨씬 이전에도 과다한 정보들이 진정한 정신적 의미를 가질 수 없다는 점을 경고하여야 한다고 느낀 사상가가 있었다는 것은 놀라운 일이다. 오늘에 와서 특히 우리는 넘쳐나는 정보들이 과연 무슨 의미를 갖는가 물어보지 않을 수 없다. 이 정보들을 얻는 데에는 사실 기억도 별 필요가 없는 것이라고 하겠는데, 필요 없다는 것은 전자매체의 발달로 하여 말하자면 우리의 기억이 아니라도 저장된 기억이 – 기억력을 보강할 필요도 없이 – 엄청나게 늘어났기 때문이다(그리하여 기억은 나의 기억이면서 나의 기억이 아닌 것이 된다). 유사 기억으로 공급되는 정보는 진열의 대상이 되고 자기 과시의 수단이 된다. 그리고 집단적 소통 수단이 되었을 때는, 사람을 미치게 하고 날뛰게 하는 방법이 된다.

수없이 쌓이는 정보가 자만과 광증(狂症)과 열광을 넘어 그 자체로는 별 의미가 없다고 한다면, 정보와 동시에 내어 놓게 마련인 여러 의견들은 어떤 의미를 갖는 것인가? 아그리파가 정보 과다를 타매(唾罵)한 것은 그 자체로 그러한 것이라기보다는 그것이, 적어도 그가 보기에는 쓸모가 없는 주장들을 내놓는 구실 또는 작전의 수단이 되기 때문이었을 것이다. 사실 그의 글은 그가 보기에 독단적 주장으로 보였던 당대의 글들에 대한 반박으로 쓰인 것이었다. 지금은 정보의 시대이면서 의견의 시대이다. 정보는 자주, "너희가 이것을 아는가?"하는 형식을 취한다. 이렇게 표현되는 의견은 대체로

회의를 표현하는 것이기보다는 독단을 고집하고 그것으로써 스스로
의 우위를 주장하는 무의식적 의도를 가진 것이 보통이다. 그리고
이 독단은 집단적 신조를 선언하고 자신이 보기에 옳다고 주장하는
집단적 목표를 위한 작전의 일부가 된다.

정보와 핵심적 진리

아그리파의 기억술 비판은 그 자체를 나무라는 일이라기보다는 그
것으로 하여 보다 핵심적인 진리들이 감추어지게 되는 것을 개탄한
것이다. 그는 그의 비교(秘敎)주의, 마술 취향, 또 나중에는 유일
한 진리의 원전으로서의 기독교 성서에 대한 절대적 신뢰 등으로
알려진 사람이다. 그의 수없는 논쟁과 논쟁적인 글들에도 불구하
고, 그의 기본적 입장은 생애의 마지막에 한 말, "학문의 현묘한 것
들을 따지면서, 고상해지고 오만해지다가 악마의 손아귀에 걸려드
는 것보다는 차라리 백치(白痴)가 되고 일자무식의 사람이 되고 신
앙과 자비심을 신뢰하고 신에 가까이 가는 것이 낫다"[3]는 말이 요
약한다고 할 수 있다. 진정한 앎은 비교(秘敎)의 앎이다. 밖으로 드
러나지 않는 지혜이다. 그러나 비밀을 혼자 지녔다는 것은 다시 자
만심을 북돋는다.

　위에 든 단편적 발언에서도 볼 수 있듯이, 아그리파는 당대로서
도 가장 논쟁적인 사람이었던 것으로 보인다. 그러나 그의 근본적
관심은 당대의 논쟁을 벗어난 곳에 있었다. 그의 관심은, 이미 말
한 바와 같이, 주로 비교(秘敎)적 신비주의(cabala)와 신앙에 있었
는데, 그것은 한편으로는 적어도 그의 생각으로는 근본적 문제의
영역에 속하는 것이었고, 다른 한편으로는 마음의 깊이의 문제에

---

3 "Agrippa von Nettesheim, Henricus Cornelius", 1975, *The Encyclopedia of Philosophy*, New York: Macmillan Co.

관계되는 것이었다고 할 수 있다. 다시 말하여 그에게 중요한 것은 마음에 깊이 울리는 근본 문제들이었는데, 이러한 관심에 집착하였기에 당시의 정보와 논쟁들을 피상적인 것이었다고 생각하고, 역설적으로 그로 인하여 논쟁에 가담하게 된 것이다.

정보의 경적

모든 정보, 모든 논쟁적 논의들은 일단은 아그리파와 같은 비판적인 눈으로 보아야 한다고 할 수 있을는지 모른다. 그것은 말하자면 우리의 주변을 채우는 소음(騷音)이고, 우리가 원하는 고요함, 또는 우리가 듣고자 하는 아름다운 음악에는 관계가 없다고 할 수 있다는 말이다. 그렇기는 하나 정보가 소음이라고 무시할 수 있는 것은 아니다. 그것은 주로 부정적인 경고의 역할을 할 수 있기 때문이다. 그것은 경적(警笛)이다. 소음이 일면, 우리는 그 원인을 알아야 한다. 경보가 울린다든지 구급차의 사이렌이 울린다든지 할 때, 그 원인이 밝혀질 때까지 안심할 수 없는 것이 정상적 인간이다. 이때 사람들의 본능적 반응은 자신의 안전에 관계되어 우선적으로 안전 대책을 생각한다. 정화되지 않는 정보는 대체로 부정적 또는 경고적 의미를 가져서, 이것이 습관화됨에 따라 사람들의 삶의 자세는 일반적으로 방어적인 것이 된다. 작은 정보들이 긍정적 의미를 갖는다고 하더라도 그것은 이 부정적이고 방어적인 자세의 일부가 된다.

잡다한 정보의 처리는, 반드시 의식적으로 그런다는 것은 아니지만, 이런 각도에서, 즉 나의 안전 그리고 조금 더 나아가 나의 이익을 챙기는 일을 표준으로 이루어진다. 어떤 음식을 먹어야 몸에 좋고 어떤 운동을 어떻게 하는 것이 건강 유지에 도움이 된다는 정보 — 맞는 것일 수도 있고 맞지 않는 것일 수도 있는 건강과 복지에 관한 정보가 가장 많이 떠도는 정보인 것은 이러한 사실을 증거해 준다. 생물학적 생존이 가장 기본적인 관심사가 되는 것은 당연하다고 할 것이다. 그러면서 이러한 일상적이면서 일상을 넘어가는 정보는 그것을 먼저 얻은 사람으로부터 다른 사람에게 전달되는 정보가 된다. 그것은 선의에서 나오는 것일 수도 있고, 선의와 더불어 자기 과시의 증표가 되는 것이기도 하다. 세계의 멀고 가까운 곳에서 들어오는 지진, 홍수 등 천재지변의 뉴스가 금방금방 전해지는 것이 오늘날인데, 이것이 큰 뉴스가 되는 것도 아마 생물학적 관심이 환경에 마음을 쓰지 않을 수 없게 하는 때문일 것이다.

가장 직접적으로 이익에 관계되는 정보는 말할 것도 없이 증권에 투자한 사람에게는 증권시장의 추세일 것이고, 부동산 투자에 관심을 가진 사람 또는 단순히, 요즘의 관례가 그러하듯이, 집도 마련하고 그것을 투자로도 생각하는 사람에게는 부동산 시세가 중요한 정보가 될 것이다. 정치적 '꽌시'(關係)와 인맥관계와 파당적 이익에 따라 움직이는 사람은 물론 정치 증권 시세의 등락이 주요 관심사가 된다. 그리고 다른 경우보다는 삶과 사회에 대한 믿음에 관계되기 때문에 정치 시세의 등락은 천재지변과 관련된 뉴스만큼이나 생존의 환경에 대한 정보를 알려주는 것이라고 할 수 있다. 사람의 생존에서 기초적 자연조건에 못지않게 사회적 조건이 중요한 것이 현대이다. 이러한 정보는 개인적으로도 그러하지만, 집단적으로도 중요하다. 집단과 관련하여 정보는 집단을 위한 전략의 도구가 된다. 정보 담당의 부처가 하는 일이 이 도구를 수집하는 일이다. 이러한 분위기 속에서 모든 정치는, 공론은 전략의 논의가 된다. 명분은 물론 집단의 이익이다. 그것은 공론자의 지위를 높여 준다.

삶의 안정된 질서

물론 모든 종류의 정보들 또 그에 관한 의견들이 다 같은 의미를 갖는 것은 아니다. 그것은 단순히 전략적 의미에서만 그런 것은 아니다. 정보 – 또는 정보화된 사실은 본래적 삶의 균형을 파괴한다.

말할 것도 없이 소음은 경고가 되면서 우리의 심리적 신체적인 안정을 교란한다. 정보는 많은 사실들을 한데 모으는 것이면서 일관성을 결여한다. 그리고 일단의 일관성과 전체적 질서를 가진 우리의 삶을 흩트려 놓는다. 사람들이 무엇보다도 원하는 것은 심리적 안정이다. 소음은 이에 대하여 절대적 방해요소로 작용한다. 우리의 안전에 관계된다고 하여도 소음으로서의 정보들은 근본적인 것에 관계되지 않는 한 우리의 마음을 혼란하게 하고 우리의 일상의 여유를 앗아가도 좋을 만큼 중요하다고 할 수는 없다. 가령 건강에 관련된 정보라고 하여도 모든 정보가 우리에게 도움이 될 수는 없다. 또는 도움이 된다고 하여도 진정한 의미에서 도움이 되는 것인지를 판단하는 데에는 더 깊은 생각을 요한다. 어떤 종류의 신체장애는 지니고 견디는 것이 치유 처방을 찾아 헤매는 일에 따르는 신경과민보다 나은 일인지 모른다. 죽음에 이른 사람이 불필요한 치료를 사절하고 위엄 있는 죽음을 맞이하는 것은 극단적이면서도 수긍할 수도 있는 태도라고 할 것이다.

위에서 말한 것처럼, 사회 조건과 그에 대한 정치적 조정은 무엇보다도 중요한 삶의 조건이 되었다. 그렇다고 모든 정치 문제가 중요한 것은 아니다. 정치에서 일어나는 많은 것은 이해관계의 관점에서 정치 증권의 등락을 나타내는 것으로 볼 수 있다. 정치 상황에서의 큰 진동은 중요한 사건일 수 있지만, 삶의 공간을 교란하는 일에 불과할 수도 있다. 그때그때의 정치 상황에 대한 판단은 역사와 사회의 전체적 흐름이라는 관점에서 판단되어야 할 것이다. 물론 무엇이 이러한 흐름을 이루는가, 어떤 무엇이 불가피한 것이라면 그것을 피할 수 있는 방도가 있는가, 또는 역사의 흐름이 참으로 보다 나은 미래를 약속할 수 있는가, 그것을 위해서는 무엇이 이루어져야 하는가 – 이러한 의문을 제기하고 그에 대한 답을 찾는 일은 아무나 해낼 수 있는 일은 아니다. 그러나 그러한 바른 물음에 답하는 것이 좋은 정보라고 하여도, 그것은 궁극적으로 삶의 유일한 지혜가 전략이라는 편견을 만들어낸다. 그리고 사람과 사물과 세계와 우주를 있는 대로 받아들일 수 있는 감성을 없애버린다. 오늘날 존재에 대한 외경심(畏敬心)은 가장 지니기 어려운 감성의 태도이다.

3. 사실과 자연 – 그 인간적 맥락

삶의 테두리/ 자연

어떤 경우에나 가장 중요한 것은 어떤 사건이 전체성의 기준에 비추어 어떻게 판단될 수 있느냐 하는 것일 것이다. 이 전체는 여러 가지일 수가 있다. 결국 사람의 삶을 둘러 있는 조건의 테두리는 여러 폭의 동심원(同心圓)을 이루고 있다고 할 수 있기 때문이다. 이 동심원들은 서로 연결되어 있고 상호작용 속에 있으면서도, 사람에 따라 다른 의미를 갖는 것일 수 있다. 중심에는 말할 것도 없이 개인의 실존이 있다. 개인의 실존이 무엇인가? 그것의 바른 지향은 어떤 것인가? 세상의 중심으로서 개체를 생각할 때 이러한 문제가 있을 수 있다. 그리고 심각하게 삶의 문제를 생각한다면, 이러한 문제에 대한 반성을 피할 수는 없다. 그러나 우리의 눈은 우리 자신의 삶을 생각하기 전에 그 삶을 에워싸고 있는 세상을 향한다. 이 세상은 언제나 우리 주변에 있다. 그것은 그것대로 여러 층위를 이루고 있어서 가족과 친척, 친지, 인맥, 마을사람 등 개인적 의미를 가진 사람들의 여러 층이 나선형의 고리를 구성한다. 이러한 동심원 또는 고리의 너머에 넓은 의미에서의 삶이 있다. 그 너머에 사회가 있고 세계 또는 인류가 있고 생물학적 또는 자연 조건이 있다. 물론 그 너머에는 우주 전체가 있다. 이 우주는 주로 지적 호기심의 대상이 되지만, 그에 관한 지적 정보는 실용적 의미도 갖는다. 오늘날 인간의 큰 걱정거리의 하나인 기후변화의 문제는 인간이 책임져야 할 일이기도 하지만, 가장 길게 볼 때에는 여러 별들 사이의 인력의 장에서 지구의 축이 뒤틀리는 일에 관계된다는 설도 있다.

다시 말하여, 위의 인간의 삶의 테두리들은 따로따로 존재하면서 서로 삼투(滲透)되어 하나로 존재한다. 그리고 그것은 인간의 가장 일상적인 경험세계의 바탕 조직이 되어 있다. 첫머리에서 우리는 등산길에서 보게 되는 야생화를 말하였다. 그것은 그 나름으로 존재한다. 다른 자연물도 그러하다. 그러면서 산천과 산천의 동식물은 우리에게 가장 가까이 있는 자연환경의 중요한 구성요소이다.

> 문득 그윽한 골짜기를 찾고
> 다시 험준한 언덕을 넘으면,
> 나무 무성하여 꽃피려 하고
> 졸졸 샘물의 흐름 여기 처음 시작하고
> 만물이 때 얻음을 찬양하며,
> 내 삶의 가고 쉼을 깨닫노라.
> (旣窈窕以尋壑 亦崎嶇而經丘 木欣欣以向榮
> 泉涓涓而始流 善萬物之得時 感吾生之行休)

이 시는 꽃이 피려는 나무를 보고 그 환경을 두루 이야기한다. 깊은 산에 들어가니 나무가 꽃을 피려 하고, 산골 물이 흐르기 시작한 것을 볼 수 있는데, 그것은 만물이 일정한 시간의 리듬에 따라 성쇠(盛衰)한다는 사실을 느끼게 하고, 동시에 보는 사람의 삶도 그러한 시종(始終)을 가지고 있음을 자각하게 한다.

위에 인용한 것은 도연명(陶淵明)의 〈귀거래사〉(歸去來辭)의 뒷부분에 나오는 것으로서, 〈귀거래사〉는 관직을 버리고 자신의 고향에 돌아온 자신의 행각을 서술한 것이다. 귀향은 관직보다는 전원의 삶을 택한 것인데, 그것은 고향의 전원이 그의 마음에 드는 것이기 때문이기도 하지만, 그것이 삶의 근본적 모습에 더 가까이 사는 것이기 때문이다. 마음이 그렇게 움직이는 것 자체가 전원의 삶 또는 자연 속의 삶이 더 사람의 삶의 참 모습에 근접한 것이라는 것을 말한다. 도연명은 그의 결정의 이유를 이렇게 설명한다.

사람은 얼마나 오랫동안 육신에 들어 사는 것인가?
가고 오고 머무는 일을 어찌하여 마음의 자연스러운 움직임에 맡기지 않을 것인가?
(寓形宇內復幾時 曷不委心任去留)

주체적 존재로서의 인간

사회와 자연은, 적어도 평상적 관점에서, 인간의 삶의 가장 근본적인 두 개의 테두리이다. 사회는 물론 개인적 관계의 전체를 말하기도 하고 동네와 같은 작은 공동체를 말하기도 하지만, 조금 더 추상화된 관점에서 정치의 세계를 말한다. 정치는 삶에 질서를 주는 방법이기도 하지만, 도연명의 경우도 그러하지만, 특히 근대적 사회에서는 부귀를 얻는 길이기도 하고 인정과 지위를 얻는 공간이기도 하다. 그러나 자연은 인간의 보다 근본적인 바탕이고, 사실에 있어서는 개인적 삶에 보다 직접적으로 이어져 있다. 자연의 삶으로 돌아가는 것은, 도연명의 경우에 볼 수 있듯이, 쉽게 열려 있는 원점

복귀였다. 물론 이것은 가장 직접적인 의미에서 자연 속의 생활이 가능했기 때문이다. 산업사회에서 이것은 쉽지 않은 일이 되었다. 그리하여 그 안에서의 나의 삶이 어떤 것이어야 하는가 하는 문제는 간단히 귀거래(歸去來)로 해결되지 않는다. 이것은 단순히 산업사회가 자연의 삶에 대조된다는 뜻에서만은 아니다.

오늘날 산골로 돌아간다고 하더라도 그것은 산을 돌보고 밭을 일구는 일이 쉽게 되지 않는다. 산은 목재나 다른 자원의 개발의 대상이 될 수가 있고 밭은 주거단지 개발의 대상이 될 수도 있다. 그리고 산천으로 돌아간다고 하여 그것이 보다 큰 사회나 정치에서 쉽게 분리될 수 있는 것은 아니다. 거기에서도 사회조직이나 인간관계의 질서가 있게 마련이다. 그것에서 완전히 분리되는 삶은 거의 불가능하다. 명상의 세계에 들어가는 은자(隱者)들까지도, 어느 사회에서나 그것을 사회의 일부로 받아들이는 지원이 있어서, 은자의 삶을 유지할 수 있다. 그러니 삶의 사회화가 극단에 이른 오늘에 있어서 진정으로 사회에서 유리된 삶이 가능하겠는가?

이 모든 것을 결정하는 원리는 무엇인가? 간단히 생각하여, 모든 삶의 결정에서 기본이 되는 것은 생존의 원리고 또 생존의 생물학적, 환경적 조건이다. 그것은 다시 보다 복잡한 관점에서의 물리적 조건, 그러니까 유전자, 분자, 원자 그리고 다른 한편으로 전 우주적 환경 조건까지도 포함될 수 있다. 그러나 인간의 삶의 조건은, 그것이 무엇이 되었든지 간에, 반드시 일방적으로 강요되는 것은 아니다. 도연명의 경우에도 그의 결정에 관직의 삶에 대하여 전원의 삶을 택하는 선택의 원리 ─ 자유로운 선택의 원리가 작용하는 것을 볼 수 있다. 얼핏 생각하기에는 어리석어 보이는 카뮈의 말, "인생에서 유일하게 심각한 문제는 자살하느냐 아니하느냐 하는 것이다"라는 말은 그 나름으로 삶의 모든 선택이 개인의 절대적인 자유 의지에 달려 있다는 것을 극적으로 표현한 것이다.

산길에서 마주치는 들꽃은 그냥 지나치는 것이면서도 그 아름다움으로 마음을 행복하게 하지만, 사람을 그냥 지나치는 것은 어찌하여 기쁘기만 한 일로 간주할 수 없는 것인가? 간단하게 답하여 그것은 인간이 주체적 존재이기 때문이다. 지나가는 사람은 그의 삶이 있고 나는 나의 삶이 있으며, 그것을 떠나서는 그도 나도 의미가없다. 그것의 근본은 사람이 의식을 가지고 있으면서 스스로 선택하고 선택한 행동의 결과를 추구하고 기억하는 존재라는 말이다. 우리의 사람에 대한 의식에는 늘 이 사실이 그 바탕에 들어 있다. 그러나 사람이 선택의 주체라고 할 때, 주체로서의 사람은 무엇을 어떻게 선택하는가? 선택의 기준은 무엇인가? 여기에는 일단 위에 말한 외적인 조건들에 대한 고려가 관계된다고 하겠지만, 내적인 요인도 생각하지 아니할 수 없다. 결국 외적인 조건을 평가하는 것도 내면적인 고려의 결과이다. 특히 이것은 인생의 심각한 문제를 대상적으로 평가하는 경우 그렇다. 그때 외면과 내면의 대조 또는 분리는 결정적 요인으로 작용한다.

4. 사실과 체험

내외의 분리와 단절은 인간 의식의 조건이다. 위에서 기억의 이야기를 했지만, 기억은 외적 사실로서 기억하는 것이 있고 내면화된 경험으로 기억하는 것이 있다. 또 사실이 있고 체험으로서의 사실이 있다. 우리가 이력서에 기록하는 것은 사실이고, 단순한 물질적 사건을 말하는 것은 아니다. 그러나 그것은 사회적으로 중요시되는 사실이고 반드시 우리의 체험으로서 중요한 사실은 아닐 수 있다.

이러한 분리 또는 단절은 거의 피할 수 없는 것으로 보인다.

교리문답과 사실의 체험화

이 분리는 인간의 사실에 대한 이해방식에도 큰 차이를 가져온다. 이 차이는 가령 다음의 기독교 신앙에 대한 대조적인 태도 같은 데에서 흥미롭게 또 깊은 함축을 가지고 드러난다고 할 수 있다. 이블린 워(Evelyn Waugh)의 소설, 《다시 찾은 브라이즈헤드》(*Brideshead Revisited*)에는 한 여성과 결혼하고자 하는 사람이 사랑하는 사람의 결혼 승낙조건으로 가톨릭이 되어야 한다는 요구에 따라 가톨릭 교리를 교습받는 장면이 있다. 가르치는 사람이 어떤 이야기를 해도 그는 알아들었다고 한다. 그는 무엇을 뜻하는지는 상관하지 않고 수긍하고 기억하고 되풀이하면 되는 것으로 안다. 워는 이러한 이야기로써 깊은 뜻을 생각하지 않는 배움을 진정한 신앙의 기준으로 삼는 일을 풍자(諷刺)한 것인데, 오늘의 우리 삶의 도처에서 큰 관문이 되는 시험에 제시되는 많은 사항들은 같은 관점에서 기억되고 이야기되는 사실들 또는 명제들이다. 그것을 외우는 것과 그 깊은 의미를 깨닫는 것은 대체로는 별개의 문제이다.

　기독교의 의식화(儀式化)된 서사에 "십자가의 자리"(*Stations of the Cross*) 또는 "십자가의 길"(*Via Crucis*), "슬픔의 길"(*Via Dolorosa*)이라는 것이 있다. 그것은 예수가 십자가를 메고 가던 수난의 길을 구체적 이미지의 연쇄로서 재현하려는 것이다. 이야기는 일곱 또는 열넷 또는 스무 단계로 나뉘어 펼쳐진다. 그것들은 모두 실감나게 하는 장면들이다. 멈추어 서는 곳은 예수가 처형 선고를 받는 장면, 십자가를 메고 가다가 쓰러지는 장면, 안타까운 마음의 다른 사람들의 도움을 받는 장면들이 포함된다. 이러한 장면들은 원래 예루살렘 순례에 나선 사람들이 예수 수난의 길을 순례하던 것에서 시작하여 하나의 풍습이 되고 교회에 설치하는 작은 기념물이 되고, 조각이 되고, 다시 교회의 채색 창의 그림들이 되었다.

이에 비슷하게 마리아의 고통을 그린 〈스타바트 마테르〉(Stabat Mater)라는 성가도 사건의 흐름을 이미지 또는 멈추어 서는 장면으로 변화시킨 음악으로 작곡한 것이다. 제목의 뜻은 '어머니가 멈추어 섰었다'라는 것이다. 앞의 station나 stabat는 다 같이 '멈추어 선다'는 뜻을 가진 라틴어에서 나온 것이다. "비탄의 어머니는 아들이 달려 있는 십자가 곁에서 눈물 속에 멈추어 섰다"(Stabat mater dolorosa/ Juxta Crucem lacrimosa/ Dum pendebat Filius …)로 시작하는 성가는 다시 어머니의 심장을 〔아들의 심장을 꿰뚫는〕 창이 뚫었다고 말하고, 그것을 명상하는 나로 하여금 그 아픔들을 함께 느끼게 하고 그리스도를 사랑할 수 있게 하여 달라는 바람으로 끝난다.

체험의 재현/ 감정과 예술형식

이것은 단순히 거명되는 사실과 그것의 내적 체험이 어떻게 다른 것인가를 예시하여 준다고 할 수 있다. 이에 더하여 하나 주의할 것은 성가 〈스타바트 마테르〉가 기독교의 틀 밖에서도 유명한 것은 성가 자체로가 아니라 거기에 붙게 된 페르골레시, 비발디나 하이든과 같은 작곡가의 음악으로 인한 것이라는 사실이다. 이것은 여러 가지 함축을 갖는다. 음악은 그것이 불러일으키는 감정 - 매우 특이한 감정이 없이는 존재할 수 없는 예술이다. 음악이 된 성격의 사건은 그리스도의 수난이나 성모 마리아의 고통이 단순한 사실이 아니라 감정적 요소를 포함한다는 것, 그리고 이 감정적 요소가 그 것을 돌이켜 보는 데에서도 체험적 구체성을 더한다는 것을 생각하게 한다. 흔히 하듯이 고통의 계기에 울고불고 하는 것은 이러한 감정을 되살리려는 생각에서 발전해 나온 관습이라고 할 수 있다. 이것을 조금 더 형식화한 것이 곡(哭)이다.

또 생각할 것은 문제의 체험이 체험이 아니라 체험의 기억이라는 것이다. 기억되는 체험은, 자기 자신의 체험인 경우에도 그러하지만, 타인의 체험을 내면화하려는 것일 때는 더욱 실제의 체험으로부터 일정한 거리를 가지고 있는 체험이다. 이에 더하여 그것이 음악이나 미술로 재현될 때, 이 거리는 더욱 멀어지는 것이 된다. 그러면서 예술은 이 체험을 뜻이 깊은 진실로 지양한다. 그것을 가능하게 하는 것은 예술의 형식성이다. 형식은 사물의 구체성을 정리한다. 그러나 그것이 반드시 체험의 구체성을 사상(捨象)하는 것은 아니다. 음악에서 체험의 감각적 성격은 청각으로 단순화되고 번역되어 남는다. 중요한 것은 체험을 모방하면서 다시 그것에 의미를 부여한다는 점이다. 의미는 의미가 비어 있는 형식에 의하여 고양(高揚)된다.

형식과 실존

되풀이하여 말하건대, 형식은 지나간 사건을 한 번에 되돌아보고 살펴볼 수 있게 한다. 이 조감(鳥瞰)이 조감에 그치지 않고 알만한 것이 되는 것은 형식적 짜임새가 있기 때문이다. 이 형식은 복합적 의미를 갖는다. 흔히 이야기되듯이 음악은 시간의 예술이다. 그러나 형식은 근본적으로 공간에서 감지될 수 있는 것이다. 그리하여 음악의 형식은 시간을 공간화하는 일을 한다고 할 수 있다. 또는 그것들을 합친 시공간의 형식이 되어 사람으로 하여금 의미를 느끼게 한다고 할 수 있다. 즉, 음악은 사건을 시간적 존재로서의 인간의 체험의 전체성 속에 편입한다. 이런 점에서 형식은 인간 실존에 내재하는 모순을 순치(馴致)하는 방편이다.

그러나 형식은 또 다른 차원의 의미를 가지고 있다. 형식은 그 균제(均齊)의 미(美)를 통하여 체험을 더 높은 차원으로 끌어 올린다. 그것은 형식만의 세계, 이데아의 세계를 연상하게 한다. 그렇게 하여 이것을 앞에서의 기독교의 그리스도 수난과 관계하여 생각하면, 수난의 사건을 섭리(攝理)의 일부로서, 또 이것을 일반화하면 우주적 질서(調和) 또는 조화(造化)로서 찬미할 수 있게 한다.

5. 사실과 공동체 — 벤야민의 견해

사실과 체험/공적 공간과 내면 공간

예술의 형식화를 통한 기억과 체험의 변용은 더 깊은 검토를 요하는 문제이다. 그것이 체험의 사실을 공적 차원으로 전이(轉移)한다는 것은 틀림이 없다. 이 공적 차원은 여러 가지로 생각할 수 있다. 위에서 생각해 본 이데아의 세계라든지 우주적 조화와 같은 것들은 그 가장 높은 차원들이다. 이것은 다시 조금 하위로 내려와 생각하건대, 사회적 차원이 거기에 존재한다고 할 수 있다. 그리고 오늘의 세계의 편향으로 볼 때, 이것은 무엇보다도 우선하는 차원이 될 것이다. 그런데 참으로 그러한가?

위에서 말한 것의 하나는 세계의 사실이나 사건을 수용하는 근본적 지향에 서로 다른 것들이 있고, 그 근본적 차이가 외면적 사실과 내면적 체험의 차이로 특징지을 수 있다는 것이었다. 그리고 이 차이에서 사실과 체험의 차이는 공적인 것과 사적인 것의 차이로 설명될 것으로 말할 수 있다. 물론 사실은 나의 개인적 기억 또는 정신작용의 소산일 수도 있다. 그러나 체험이 나의 또는 인간의 내면에 깊이 관계되어 있는 것은 틀림이 없다. 그러한 점에서 사실은 공적 세계의 소산이라는 것도 틀린 말은 아니다. 그러나 어떤 견해로는 사실과 체험의 분리가 일어나는 것은 인간의 사회적 삶의 퇴화에 관계된다고 한다. 그것은 일단 수긍할 수 있는 견해이다. 그러나 다른 한편으로 체험이 완전히 내면의 주관적 삶에 속한다는 것은 다시 검토해보아야 할 명제라는 생각이 든다. 내면은 다시 더 깊은 공적 공간에 이르는 길일 수도 있지 않은가 하는 것이다.

기억과 추억

화제를 조금 바꾸어, 위에 언급한 중세 유럽의 기억술의 중요한 부분은 단순히 말하자면, 시험에 대비하듯이 사실들의 기억을 머리에 새겨 넣는 기술만을 말하는 것이 아니라는 것이었다. 그것은 단순한 의미의 사실적 기억 이상의 것에 대한 생각을 포함한다. 위에 언급한 기억술의 논쟁은 중국사학자 조너선 스펜스가 마테오 리치의 기억술을 말하는 데에서 따온 것이지만, 스펜스는 이 점을 의식하고 있는 것으로 보이지는 않는다. 또는 그의 저서가 중세 유럽에서의 기억술을 본격적으로 다루는 것은 아니었기 때문에 그럴 필요가 없다고 느꼈는지도 모른다.

다시 기억의 종류를 잠깐 생각해 본다면, 그것은 인간의 삶 전체에 걸쳐 존재하는 깊은 균열의 문제를 엿보게 한다. 이력서의 사실과 나의 삶의 내용으로서의 기억의 차이가 이런 차이를 말한다는 것은 위에서 지적한 바와 같다. 연대기적 사실의 나열과 문학적 서사— 특히 소설로서 말하여지는 이야기의 차이도 이에 비슷하다고 할 수 있다. 프루스트의 소설에서 이야기되는 구체적 체험 — 사물과 인물과 사건의 구체적 체험이 이러한 소설적 이야기의 가장 두드러진 예라고 할 수 있다. 프루스트의 소설의 제목은 *A la recherche du temps perdu*인데, 영어 번역은 대체로 *Remembrance of Things Past*이다. 여기에서 remembrance는, memory라는 기억으로 끌어낼 수 있는 비교적 건조한 과거의 사실에 비하여, 방금 말한 구체적 체험으로서 되살려지는 추억이나 회상을 말한다. 이 추억은 대체로는 쉽게 되돌릴 수 없기 때문에 프루스트는 이것을, 쉽게 기억해 낼 수 있는 '수의(隨意) 기억'(memoire volontaire)에 대하여, '불수의 기억'(memoire involontaire)이라고 불렀다. 그것은 어렵사리 되찾아질 수 있을 뿐이다(여기의 추억도 반드시 사실에 충실한 것이 아니라 예술적으로 변형된 것이라는 것은, 〈스타바트 마테르〉가 그러하듯이, 또 하나의 차이가 된다).

공동체의 의례 / 뉴스의 세계

하여튼 이 외면적 사실과 내면적 체험, 추상과 구체, 의지와 비의지, 공적 자료와 사생활, 정보와 체험의 균열은 어떻게 하여 일어나는가? 이미 시사하였듯이, 그것은 시대적 산물이라는 답이 있다. 발터 벤야민은 보들레르를 논하는 글에서 이 균열을 설명하여, 그것이 불가피한 사물의 본질로 인한 것이 아니라 시대적 사정으로 인한 것이라고 말한 바 있다. 프루스트적 체험 또는 더 일반적으로 개인적 이야기가 나타나는 것은 사람이 자신의 세계의 여러 사실들을 내면으로 흡수하지 못할 때이다. 그리하여 체험의 내용이 될 자료들이 '정보'가 되는 것이다. 신문은 정보시대의 한 증상이다. 신문은 사실을 정보화하고 그것을 조장하는 역할을 한다. 신문의 본질은 바로 사람이 접하게 되는 사건들을 체험의 세계로부터 격리시킨다는 데에 있다(이러한 벤야민의 생각에 덧붙여 정보는, 위에서 이미 비친 바와 같이, 무반성적 자기방어 반응을 불러일으킨다. 또는 역으로 개인적 이해관계의 방어가 사실을 정보화한다). "뉴스는 새로워야 하고 간략하고 읽기 쉬어야 하고, 무엇보다도 여러 뉴스 항목들 간에 연속성을 가질 필요가 없다 ─ 이러한 대중매체의 정보 원칙들", 그리고 신문 페이지의 구성이나 스타일 등이 사실의 체험으로부터의 소외를 조장한다. 이에 대하여, 벤야민의 생각에 따르면, 사회적 기구로서의 서사나 공동체의 제례(祭禮)와 의식(儀式)은 사람의 개인적 체험과 공동체의 기억을 하나로 합침으로써 기억의 두 측면을 하나가 되게 하였었다. 이러한 집단적 서사의 양식의 소멸과 함께 개체의 기억도 둘로 쪼개어지게 된 것이다.[4]

내면과 외면의 근원적 분리

벤야민의 설명은 지금 말한 균열의 진실을 어느 정도 설명한다고 할 수 있지만, 완전히 설명한다고 할 수는 없다. 그의 설명은 한편으로는 전근대적 공동체에 대한 낭만적 동경과 다른 한편으로는 마르크스주의자로서의 산업사회에 대한 비판의식의 소산으로서, 문제의 현상을 너무 간단하게 보는 것이지 않나 한다. 공동체의 관점의 확실성이 인간적 진실의 확실성을 보장할 수는 없다. 그것은 낭만적인 그리움의 대상이 되고 추구하여야 할 이상이 될 수는 있지만, 적어도 그것에 모든 것을 맡길 수는 없는 일이다.[5]

---

4 벤야민 비평집 영역(Walter Benjamin, "On Some Motifs in Baudelaire", *Illuminations*, trans. by Harry Zohn, 1969, New York: Schocken Books, 178~179).

5 이와 관련하여 — 간접적 관련이기는 하지만 —, 떠올리게 되는 것은 우리 사회에서 끊임이 없는 역사논쟁이다. 이 논쟁은 상당부분 역사에 하나의 진실이 있다는 전제하에서 일어난다. 그리하여 과거의 사실을 보는 데에는 여러 관점이 있고 관점의 차이에 따라서는 사실들이 다른 연쇄 속에 들어갈 수 있다는 것이 간과된다. 전근대사회에서 공유하는 역사의 신화는 공동체를 유지하는 데에 중요한 역할을 하였다고 할 수 있다. 전부가 그런 것은 아니지만, 역사논쟁이 드러내주는 것은, 좋게 말하여, 우리 사회가 아직도 보다 사실적인 근대적 합리성을 확립하지 못하였다는 것을 말하는 것이 아닌가 한다. 그렇다고 근대적 합리성이 모든 문제에 대한 답이라는 말은 아니다. 그러나 공동체의 신화에 지나치게 의존하는 데에 따른 더 큰 문제는 그것이 인간적 고통의

어떤 사회에서나 자아와 자아의 세계, 그 거리로 하여 불가피하게 되는 내적 관점이 외적 관점에 완전히 일치할 수는 없다. 그것이 참으로 일치할 수 있는 것이라면, 제일 간단히 말하여, 원시사회로부터 봉건사회에 이르는 과정에서 살인, 잔인한 도살행위나 형벌 등이 일어날 수가 없었을 것이다. 가령, 고대 중국의 발뒤꿈치를 도려내거나 뜨거운 물에 담가 죽이는 형벌, 또는 서양의 중세에 사형수의 심장을 도려내는 형벌 같은 것이 쉽게 존재할 수 없었을 것이다. 공동체가 모든 문제를 해결할 수 있는 것이라면, 위에서 말한 바와 같이, 서양의 중세에서 르네상스에 이르는 동안 체험을 되살리는 명상의 절차로서의 기억술은 필요한 것이 아니었을 것이다.

또 하나 주목할 수 있는 것은 되살려진 체험도 그것이 외면화될 때 너무 쉽게 다시 체험적 내용의 절실성을 상실하게 된다는 사실이다. 기독교에서 십자가의 길의 정지점은 쉽게 허식처럼 공허한 것이 된다. 위에서 언급한 에블린 워의 소설의 등장인물에게 가톨릭의 교리문답은 간단히 학습할 수 있는 자료이다. 그뿐만 아니라 또 기독교에서만이 아니라, 종교의 깊은 진리가 간단한 동의와 암기의 대상이 되는 것은 너무나 쉽게 일어나는 일이다. 또 마르크스주의를 비롯하여 많은 이데올로기는 교리문답의 공식이 되어버린다. 이것은 평상적 삶의 서사를 다루는 소설의 경우도 마찬가지이다. 고전적 성취로서의 소설과 삶을 통속적 이야기로 재연(再演)하려는 실화(實話)의 차이도 이러한 퇴화의 용이함을 증거한다(우리 사회에서 유행하는 이른바 스토리텔링도 삶의 상투화 통속화 현상의 한 표현이다).

많은 것을 보지 않게 한다는 것이다.

6. 삶의 사실화

언어와 진실의 현현

체험적 진실 그리고 그것을 통하여 되찾아지는 사실의 전체적 맥락은 늘 새로운 표현으로 재생되어야 한다. 보다 일반적으로 말하여 사실은 언어 또는 일정한 형식으로 담아질 수 있는 것이 아니라 말하여질 수도 없는 어떤 것이다. 그러면서 말하여질 수 없는 것이 새로운 언어 표현에 담겨져야 한다. 이때 말은 그것이 말하여질 수 없는 것으로부터 나타나오는 것이라는 것을 암시할 수 있어야 한다. 이러한 현현(顯現)을 느낄 수 있게 하는 것이 최선의 시적 표현이지만, 진실된 언어에는 언제나 언어를 넘어가는 진실이 스며있다고 할 수 있다.

삶의 사회적 사실화

그렇다고 체험적 언어 또는 체험적 진실의 재생이 어떤 경우에서나 사실적 진술에 우선할 수는 없다. 동사무소에 보관된 인사관계 자료를 자서전으로 대체할 수는 없는 일이다. 사회조직은 인간의 주체적 현실을 단순화한다. 사실화는 불가피하고 또 필요한 일이다. 이러한 전이(轉移)는 개인으로도 필요한 일이고 또 일상적으로 일어나는 일이다. 사실화를 통하여 사회적 관계는 개인에게도 관리 가능한 것이 된다. 이것은 비개성적 사회기구와의 관계에서 특히 필요한 것이지만, 극히 개체적 관계에서도 일어나는 일이다. 어떤 사회에서는 관직 등 사회적 직위가 사람을 알아보는 데 중요한 열쇠가 된다. 그러한 꼬리표가 없이는 사람으로 인정되지 않는 것도 흔히 볼 수 있는 일이다. 사회적 위계를 나타내는 증표는 인간적 소외가 심한 사회일수록 중요하다. 벼슬이 없이는, 또 오늘날에는 대중적 차원에서의 지명도가 없이는, 사람으로 인정이 되지 않는다. 이러한 점들은 인간적 현실을 왜곡한다. 이러한 왜곡은 어느 다른 사회에서보다 우리 사회에서 두드러진다.

그러나 보다 진정한 세계 구성에서도 추상화된 사회조직이 아니라 개체적 관계 — 말하자면 인간의 복잡성을 받아들이는 관계가 허용된다고 하여도 — 모든 것이 개체적 주체의 관점에서만 접근될 수는 없다. 사람이 가진 이름 자체가 사람을 사실화한다. 그것은 사회적 효용을 위해서 개체라는 복잡한 실상을 단순화한 것이다. 사람이라는 단순한 사실에 기초하여 사람을 존경으로 대하여야 한다는 것은 민주적 정치체제 또는 인간적 사회체제의 기본이다. 또는 사람이 어떻게 부모나 자식, 남편이나 아내, 또는 친구의 내적 세계를 완전히 알 수가 있겠는가? 알지 못하는 것이 비인간적 결과를 낳을 수도 있지만, 완전히 알 수 있다고 하는 것도 불행의 원인이 될 수 있다.

개체적 삶의 사실화

자기 자신은 바르게 알 수 있다고 할 것인가? 자신의 경우에도 자신의 삶을 프루스트처럼 체험으로 재구성하려면, 일상적인 삶의 영위는 큰 어려움에 부딪치게 될 것이다. 삶을 사는 것은 삶을 일정한 모양으로 조직함으로써 가능해진다. 이것은 삶의 사실화를 요구한다. 하루를 살기 위해서는 하루의 일정(日程)을 가져야 한다. 일정은 삶의 복합적 현존을 단순화한다. 일정에서 제일 중요한 것은 생명을 유지하기 위한 작업을 수행하는 것이다. 밥 먹고 일 하고 잠자는 것은 그러한 일정을 말한다. 그러한 과정은 저절로 자신의 주변과 내면의 단순화를 요구한다. 여기에서 기준이 되는 것은 그에 필요한 일들의 사실적 요건들이다. 일의 수행은 일의 대상의 성격에 복종함으로서 가능해진다. 그것은 객관적 원리 — 사물의 물리적 법칙이든 작업의 협동에 필요한 사회적 기율(紀律)이든 객관적 원리에 따라서 행동할 것을 요구하는 것이다. 이때 자신의 체험적 내용은 간과(看過)되는 수밖에 없다. 다른 사람의 관점과 주체적 체험의 내용도 무시된다. 물론 이러한 관점에서 살아가야 하는 삶은 자기 소외와 인간적 소외의 삶이라고 할 수 있다.

여기에서 다시 필요해지는 것은 외면의 세계를 다시 자신의 일부로서 내면화하는 일이다. 이 내면화에 대한 인정과 그를 위한 노력은 다시 작업의 과정에 흡수되고 그것의 조직화에 변화를 가져올 수 있다. 이러한 과정이, 즉 노동에서의 주체와 객체가 작용과 반작용 속에서 충돌하면서 나아가는 과정이 어떻게 개체의 주체적 의식과 자아의 발전과정 그리고 사회 전체에서 알아볼 만한 역사과정을 이루는가를 설명한 것이 헤겔의 변증법이다. 이것은 우리가 일상적 체험에서 관찰할 수 있는 일이기도 하다.

과학의 세계/ 사회조직

이에 비슷하게 사람이 살고 있는 세계를 과학적으로 이해하고 설명하는 일도 우리의 체험의 사실적 단순화를 요구한다. 과학의 세계는 완전히 사실의 세계이다. 여기에서 사실과 사실을 연결하는 것은 논리이고 인과법칙이다. 출발점은 수행되어야 할 일 — 삶의 기술적 필요라고 할 수 있다. 일을 수행함에 있어 결정적인 것은 물질세계의 인과법칙을 따르고, 물질세계 각 부분을 그에 따라서 하나의 연속과정으로 구성하는 일이다. 그러니까 개체적 체험을 최소화하고 필수적인 것은 물질세계의 인과법칙에 순응하는 것이다(그러나 법칙의 구성, 그에 대한 순응의 현장은 개인이다).

이러한 법칙적 관계 또는 법과 규범의 관계는 사회적 삶에서도 필요하다. 실용적 의미를 가진 일을 해내는 데에는 사회적 협동 또는 조직이 필요하다. 거기에도 인과법칙과 논리가 작용한다. 물론 모든 사회조직이 실용적 의미에서의 과학적 법칙에 따르는 것은 아니다. 그러나 대체로 일정한 질서를 가져야 하는 것은 틀림이 없다. 구조주의 인류학이 밝히려는 것은 이러한 질서의 독자적 존재이다. 그러나 근대화는 — 엄격한 의미에서 그러한 것은 아니지만 — 사회조직 자체의 과학화를 요구한다. 사회조직은 조금 더 인과율과 논리를 따르는 것일 수 있고, 그렇지 않은 것일 수 있으나 물질세계와의 관계가 복잡하고 넓어짐에 따라, 또 그에 병행하여 사회조직의 규모가 커짐에 따라, 사실과 논리의 중요성은 커지게 마련이다. 이것은 불가피하게 삶의 체험의 사실화를 요구한다.

7. 사적 영역의 등장과 그 극복

사회와 개인

그 한 결과는 물질과 사회가 보다 더 인격적 존재로서의 인간 — 즉 주체적 체험의 인간으로부터 유리되어 있는 것이 된다는 것이다. 그리하여 최선의 경우에도 세계는 사회적 영역과 개체적 영역으로 쪼개어진다(최선의 경우라는 것은, 다음에 설명하듯이, 인간의 체험과 내면의 삶이 전적으로 사회화되어 개체가 그에 완전히 흡수되어 버리는 경우도 있기 때문이다. 그 경우 삶은 사회적으로 조직되는 1차원의 것이 된다. 최선의 경우란 그러한 극단을 피하여 최대한으로 인간의 개체로서의 필요를 참조한 사회체제를 두고 하는 말이다).

그 결과 인간의 사회적 소외감 그리고 더 나아가 세계로부터의 소외감은 커질 수밖에 없다. 그러면서 영역을 넘어 체험으로서의 세계의 회복이 절실한 요구가 된다.

사적 영역/ 개체의 위엄

그러나 공사(公私)영역의 양분화가 반드시 부정적 의미만을 갖는 것은 아니다. 거기에서 사적 영역이 대두한다. 그리고 분리된 영역 사이의 새로운 변증법이 시작된다. 사적 영역은 인간의 세계의 사실적 조직화의 부산물이고 그러니만큼 부정적 의미를 갖는다. 역설은 그것이 새로운 요청이 되기도 한다는 것이다. 개인적 삶이 독자적 위엄을 갖는다는 사실에 대한 사회적 인정은 그러한 요청의 한 표현이다. 이것은 공적 영역의 구성에서 새로운 요인이 된다. 민주주의는 이러한 사적 영역의 대두에 대한 사회적 정치적 응답이라고 할 수 있다. 그러나 그것이 무조건적인 사적 존재들의 집합을 말하는 것이라고 할 수는 없다. 사적 이익과 권리 또는 권익을 추구하는 사인(私人)들의 집합이 참으로 인간적 공동체를 이룰 수는 없을 것이기 때문이다. 그러한 사인들에게 외부로부터의 제한을 어떻게 부과할 수 있는가 하는 것은 민주적 정치체제에서 해결하기 어려운 과제가 된다.

개체의 고독/ 내면의 심화

이상적으로는 일단 집단의 일체성과 개체적 독립, 이 두 모순된 요청을 하나로 할 수 있는 인간 이념이 있다고 생각해 볼 수 있다. 개체적 인간은 주어진 그대로의 인간을 말한다고 할 수 있다. 그러면서도 그렇다고 인정하는 것 그리고 그것이 존중되어야 한다는 것 자체는 이미 사실성을 넘어 가치로 나아가는 일이다. 그 가치에 대한 인정이 없이는 사실을 인정하고 그것에 자리를 내주는 것이 가능하지 않을 것이다. 아무 값이 없는 것에 자리를 내줄 이유가 있는가? 흔히 쓰는 말로 개인적 삶은 그 나름의 위엄(威嚴)을 갖는다. 이러한 테제는 개체로서의 인간을 그 나름으로 가치를 갖는 존재이고, 그 가치는 다시 보다 큰 가치의 가능성을 갖는 것으로 설정한다. 그런데 개인의 위엄은 어디에 있는가? 그것은 밖에서 알아볼 수 있는 사물의 속성이 아니다. 위엄의 가치는 상당히 내면적인 성격의 것이라고 할 수밖에 없다. 그러기 때문에 내면은 인간 존재의 새로운 차원이 되어 새로 탐색되고 구성되어야 할 대상이 된다.

개체와 보편성/ 자유의 공동체

이것은 물론 개체적 존재로서의 자족성과 동시에 고독을 심화(深化)한다. 그러나 이 심화가 바로 가능성을 연다. 심화는 주어진 한계를 벗어나는 인간성의 완성을 예상하게 하고, 궁극적으로 그것은 존재와 실존의 신비를 깨닫게 하는 과정이 될 수 있다. 이 과정을 통하여 개체적 인간은 다시 사회와 세계로 회귀한다. 개체적 내면성의 심화는 의식을 모든 인간과 사물을 포용할 수 있는 보편성으로 확대하는 것을 포함하기 때문이다. 인간은 어떤 경우에나 사회적 존재이고 세계 내의 존재라는 조건을 벗어날 수 없다. 그러나 이것은 개체가 그 심화과정에서 이르게 되는 하나의 정착점이기도 하다. 여기에 필요한, 개체의 완성으로서의 보편성은 개인의 탄생 이전의 전체성과 같은 것은 아니다. 공동체는 자유를 넘어가는 사회적 의무에 순응할 것을 요구한다. 그러나 이 공동체의 전체성은 강제력이 아니라 자유에 기초한다. 그것이 구성하는 공동체는 자유의 공동체이다. 그렇다고 자유로운 인간 — 보편성에 이른 인간의 공동체라고 하여 "아름다운 영혼"들의 공동체인 것은 아니다. 내면적 존재로서의 개체는 하나하나의 개체의 내면성의 심화를 넘어 모든 가능성으로서의 인간의 실존 자체이다. 따라서 이러한 심화의 사회조직 내에서의 의미가 반드시 분명한 것은 아니다. 어떤 경우에나 내면적 주체적인 존재로서의 개체와 사회를 함께 수용하는 사회조직이 어떤 것일는지는 분명하지 않다. 다만 말할 수 있는 것은 사회적 전체성을 생각하는 데 있어 이러한 요인들이 끊임없는 고려의 대상이 되어야 한다는 사실일 것이다.

과학의 인간적 심화효과
위에서 말한 바와 같이, 사회의 사실적 조직은 그 나름의 의미를 갖는다. 비슷하게 자연 세계의 사실적 논리적 조직화도 중요한 인간적 의미를 갖는다. 그러면서 두 의미가 같은 것은 아니다. 위에서 말한 바와 같이, 사실 중심의 삶은 일상적 필요와 사회적 필요의 강박에서 나온다. 결국 자연에 대한 인간의 태도의 기초에 있는 것도 자연적 존재로서의 인간의 필연성이다. 이미 비친 바와 같이, 과학을 움직이는 것은 일단 공리적 목적 — 인간이 그것에 가할 수 있는 작용, 상상 속에서 또는 실제적으로 가할 수 있는 작용이다. 그러면서도 자연에 대한 과학적 설명은 반드시 실용적 의미를 갖는다고 할 수는 없다. 출발의 동기가 어찌 되었든, 과학의 연구는 그것을 넘어 그 시각을 무한소(無限小)와 무한대(無限大)로 넓혀 간다. 그리하여 자연세계는 실용적 동기를 넘어 확대되어 독자성을 얻는다. 실용은 생활세계의 주제이다. 우리의 세계가 무한한 것에로 확대될 때, 실용의 동기는 희석화될 수밖에 없다. 그리고 대신하는 것은 사람의 영혼에 내재하는 형이상학적 지향이다. 또는 무한대 또는 무한소의 세계에서 두 동기는 하나로 혼융된다고 할 수 있다.

그런데 그러한 공간적 요인이 없다하여도 법칙이란 이미 무한을 연상하게 하는 개념이다. 법칙은 언제나 보편적이다. 그리고 보편성을 시사한다. 이것은 되돌아와 사람의 실용적 세계를 무한함에 비추어 볼 수 있게 한다. 사실 물리적 대상의 실용은 물리법칙의 보편성에 편승하여 가능하고, 이 실용이 직접성을 잃을 때, 드러나게 되는 것은 법칙적 세계의 독자적 존재이다(그러나 이 독자성이 출발의 주체적 동기를 완전히 벗어나는 것은 아니라고 할 수 있다. 이것은 지금의 상태에서 증명할 수는 없지만, 과학적으로 파악되는 물리적 세계가 반드시 있는 대로의 현상 또는 진상을 드러내주는 것일 수 없다는 추론을 가능하게 한다).

하여튼 어떤 방법론적 고안을 통해서든지 인간이 이르게 된 객관적인 물리적 세계는 다시 인간의 주체적 의식으로 되돌아온다. 그때 그것은 사람의 체험의 세계를 넓히는 결과를 가져온다. 이렇게 깊어지고 넓어지는 체험의 세계는 심미적 정서와 기율을 아울러 가진 보다 높은 경계(境界)를 보여줄 수 있다.

거대 사회조직의 비인간성

그러나 자연과 사회의 사실적 확대 또 법칙화는 서로 다른 성격을 갖는다. 자연의 경우나 마찬가지로 사회의 사실적 조직은 인간의 사회에 대한 이해를 보다 넓은 것이 되게 할 수 있다. 그러나 사람과 사람의 관계는 근본적으로 개체적인 상호관계 속에서만 인간적 의미로서 존재한다. 거대한 사회조직은, 어떤 종류의 권력지향의 인간의 경우를 제외하고는, 소외감을 키우고 또 비인간적 상호작용을 조장할 수 있다. 확대되는 인간 조직의 비인간화를 억제하는 방법을 찾는 것은 개인적으로도 그러하지만, 사회적으로도 중요한 과제라고 아니할 수 없다. 중요한 것은 확대되는 인간 조직 속에서 개체와 인간적 범위의 인간관계를 유지하도록 노력하는 일이다. 구체적으로 이것이 어떻게 가능한지는 새로 연구되어야 할 것이다. 특히 사회가 지역을 넘어 하나가 되고 세계화 속으로 편입될 때, 이것은 인간의 집단적 삶에서 가장 중요한 과제의 하나라고 할 것이다.

세계화와 인간 / 구체적 공동체

그러나 이것이 필요하다는 것은 세계화가 반드시 전체적 체제의 강화를 의미하기 때문만은 아니다. 개체의 보편성에로의 신장(伸張)은 개체를 사회의 구속으로부터 해방하는 기능을 갖는다. 마찬가지로 세계화는 개체로 하여금 좁은 지역적 한계를 넘어가는 존재가 되게 한다. 결국 실존적 범주로서의 보편성의 진화 그리고 인간적 관계망의 세계화는 개체를 관습적 사회조직의 사실경계로 한정하기가 어렵게 한다고 하겠다. 그러나 그러한 해방은 의식의 해방을 수반하여야 한다. 개념적 사실적 테두리의 확대는 개체의 해방에 도움이 될 수 있다. 이 점을 생각할 때, 위에 말한 지역사회의 구성은 폐쇄적 공동체의 공간을 만든다는 것이 아니다. 문제는 이러한 거대한 범주 안에서 구체적 삶의 구역을 어떻게 분명히 하느냐 하는 것이다.

사람은 열린 상태를 갈망하면서도 구체적 테두리 안에서의 삶 ─ 물리적으로, 자연환경으로, 인간관계에서, 또 심미적으로 일정 수의 항목과 그 체제 속에서 사는 삶이라야 편안한 마음으로 살 수 있는 존재이다. 낭만적으로 말하여, 고향은 늘 사람들의 그리움의 대상이다. 그것은 개체의 시공간과 인간적 관계망을 구체적으로, 물리적으로 포용하는 것으로 생각되기 때문이다. 그러나 그것은 향수(Heimweh)를 불러일으키지만, 동시에 사람의 다른 심리적 견인력이 되는 먼 곳에 대한 그리움(Fernweh)으로 하여, 그리고 세계화가 만들어내는 현실적 힘의 벡터로 하여 많은 사람에게 고향에 사는 것은 불가능한 일이 되었다. 그리하여 여러 심리적인 사실적 요인들을 포용하면서 고향과 같은 유연하면서도 구체적인 사회조직을 어떻게 창조해내느냐 하는 것이 세계화 속의 인간이 깊이 생각하지 않을 수 없는 과제가 되는 것이다.

8. 예술적 승화

개체와 보편성의 출현

이러한 문제들은 공적 영역과 사적 영역 그리고 거기에 대응하여 외면적 사실과 내면의 체험의 대조로 다시 환원하여 말할 수 있다. 다시 강조하지 않을 수 없는 사실은 이러한 것들이 확연히 구분되는 것은 아니라는 것이다. 조금 전에 말한 것을 다시 말하면, 어떤 사회공동체의 성원으로서의 개체는 그를 한정하는 사회의 테두리를 넘어갈 때 하나의 개체가 되는데, 그것은 고독한 존재가 된다는 것을 말하면서 동시에 큰 인간 공동체에 속하는 자가 되고 다시 보편적 의미에서의 인간 존재로— 생물학적으로, 정신적으로 또는 존재론적으로 인간이라는 아이디어로 파악될 수 있는 존재가 된다는 것을 말한다. 여러 다양한 사회와 제도 속에 있는 인간에게 인권(人權)이라는, 말하자면 보편적 인간의 권리가 있다는 생각도 이러한 역설적 현상을 나타낸다. 인권의 이념을 확대하면, 보편적 존재로서의 개체를 인정함으로써 특정한 집단의 테두리는 절대적인 것에서 상대적인 것으로, 경험적인 것으로 바뀌고 조금 달리 생각하여야 하는 것이 되고, 이때에 개체 또는 개인은 보편적 인간 개념의 담지자로서 사회적 집단을 해체하는 역할을 한다.

그러기 때문에 개체의 내면세계도 완전히 폐쇄된 개체의 영역을 말하는 것은 아니다. 그것은 누누이 말한 바와 같이, 보편에의 길이 트이는 영역이기도 하다. 이 사실은 매우 깊은 의미를 갖는다. 쉬운 예로서 말하여도, 프루스트가 《잃어버린 시간을 찾아서》에서 시도한 것이 완전히 폐쇄된 사적 영역의 사적 체험을 실토하는 것이라면, 그것이 어떻게 독자에게, 그와는 관계가 없는 타자인 독자에게 의미 있는 것이 되겠는가? 이것은 문학작품에 일반적으로 해당된다. 또는 더 낮은 차원에서 개체의 체험세계가 완전히 폐쇄적인 것이라면, 남의 이야기를 듣고 그것을 이해하고 공감하는 것도 불가능한 일이 될 것이다.

공감이 가능한 것은 체험의 세계가 개인의 것이면서도 보편적인 것이기 때문이다. 인간의 진실—그러니까 보편적으로 동의할 수 있는 근본은 간추린 이력서가 아니라 마음으로 또는 온몸으로 체험한 삶이다. 그 삶이 진실을 나타낸다. 사실적 단순화는 일시적 방편에 불과하다. 그리하여 체험의 진실은 단순화된 사실의 진실을 공허한 것이 되게 한다. 그것이 개인적으로 삶의 현실이라는 것은 쉽게 시인할 수 있지만, 새삼스럽게 확인하게 되는 것은 그것이 인간의 보편적 현실이기도 하다는 것이다. 그럼으로써 체험적 차원에서의 소통이 가능하고, 그것이 참으로 우리 마음에 충족감을 줄 경우가 많은 것이다.

체험과 예술 / 구체적 전체

다만 이렇게 말하면서 주의하게 되는 것은 실제의 체험과 문학작품이 재현하는 체험의 차이이다. 이것들의 체험적 내용의 차이는 위에서 '십자가의 길'을 말하면서 일단 논의한 것이다. 그것은 체험을 살려내는 데에 사실의 구체적 연출이 필요하다는 것을 말한 것이지만, 일반적으로 인간의 삶에서 예술이 하는 것도 이에 비슷하다는 것이라는 것도 이미 지적하였다. 또 우리는 위에서 체험과 사실 그리고 정보의 차이를 논하면서, 그런 차이가 생겨나고 인간의 삶이 그 일체성을 잃어버린 것은 공동체의 삶 그리고 그 삶에서의 의례(儀禮)가 사라진 것과 관계가 있다고 한 벤야민의 생각에 언급하였다. 그리고 이것은 조금은 지나치게 단순한 관찰이라는 말을 하였다. 그렇기는 하나 예술이 사람의 삶의 체험적 내용의 보존과 재연에 기여한다는 벤야민의 관찰은 맞다고 할 것이다. 예술이 적어도 개체적 차원에서는 체험을 승화하는 효과를 갖는다는 것은 널리 인정되어 있는 사실이다. 다시 이것을 확인하고 그것을 보다 넓은 차원에서 생각해 보기로 한다.

이야기와 이야기의 사실들

다시 말하여, 예술작품에 재현되는 그것은 아무리 실감이 나더라도 그것이 있는 그대로의 체험을 말하는 것은 아니다. 문학의 경우 체험의 문학적 상상력에 의한 재구성이다. 재구성이란 말은 일정한 모양을 갖추고 앞뒤가 맞는 이야기가 된다는 것이다. 중요한 것은 이것이 만들어내는 전체성이다. 그 일단의 조건은 부분과 부분의 연결이다. 그러나 여기의 부분은 추상화된 부분이 아니라 구체적 사물들이 모여 전체를 이루는 것이다. 그것은 단순히 집합으로서의 전체가 아니다. 구체적 사항들이 전체에 들어가는 것은 그것에 의하여 삼투(滲透)된다는 것을 말한다. 전체는 반드시 구체를 넘어서 별개로 존재하지 않는다. 가장 대표적으로 전체를 나타내는 것은 이야기이다. 그것은 물리적 세계의 법칙적 세계 ─ 사실들이 알고리즘 속에서만 정당성을 갖는 물리적 세계의 전체와는 별개의 전체성이다(물리학적 인과율과 심미적 형상의 전체성은 유사하면서 다른 것인데, 이 둘 관계는 심각한 성찰이 필요한 주제이다).

이야기는 구체적 계기들을 떠나서 존재하지 않는다. 동시에 이야기는 구체적인 것들을 단순화한다. 그러나 근대, 현대 소설이 성취하는 것은 이 단순화를 최소의 것이 되게 하면서도 이야기를 구성해 낸다는 것이다. 프루스트의 잃어버린 시간을 찾으려는 이야기에서 마들렌이라는 과자의 역할은 이제 유명한 이야기가 되었다. 그것의 구체적 실체가 과거를 불러일으킨다. 즉, 사물을 마주하고 앉아 있는 순간에 삼투되어 있는 삶의 체험을 다시 살릴 수 있게 한다. 어떤 경우에나 추억은 구체적 이미지와 더불어 되살아난다. 그리고 프루스트의 소설에서처럼 철학적이고 심리학적인 사변들이 거기에 끼어들게 된다. 문학으로서의 이야기는 엄격한 것은 아닐망정 이러한 것들을 전체적 서사 속에 마무리한다. 이러한 전체성을 생각하면, 체험세계는 사실 현장에서 체험되는 것이면서도 회고 속에서만─특정한 예술적 능력을 통하여 재구성되는 회고 속에서만 실재한다.

형식, 시각, 공간, 시간

재구성된다는 것은, 다시 말하여, 구체적 세부들이 선택적으로만 전체로 합쳐진다는 것을 말한다. 전체가 구체의 선택을 통제하는 것이다. 이 통제에 작용하는 것은 어떤 일반적 명제라기보다는(이데올로기적 통제가 있을 수는 있지만), 형식적 그리고 논리적 질서이다. 물론 그것은 직접적으로 주어진다고 할 수 있는 감각에 드러나는 형식과 논리이다. 그것이 심미적 느낌을 자극한다. 이것은 예술의 여러 형태에서 다른 모습 그리고 다른 역점을 가지고 드러난다.

　형식적이란, 이미 앞에서 지적했던 것이지만, 시각적인 조감(鳥瞰)의 가능성에서 가장 직접적으로 또 가장 기본적으로 드러난다. 형식은 혼란의 감각체험에 일정한 질서를 부여한다. 그렇다고 그 형식이 지나치게 단순하게 경직된 것이거나 상투적인 것이어서는 아니 된다. 예술의 형식은 삶을 초월하면서도 삶의 자발성을 억제하는 것이 아니라 자극하는 것이라야 한다. 사람은 공간 속에 산다. 그 공간은 알아볼 수 있는 것이라야 한다. 결국 그것은 생물학적 관점에서의 삶의 필요라고 할 수 있기 때문에 생명을 촉진하는 역할을 할 수 있어야 한다. 그리하여 공간의 양식은 처음부터 그것에 모순되는 계기를 포함한다고 할 수 있다. 그러니까 다시 말하건대, 인간의 원초적 공간체험을 이해할 만한 것으로 바꾸어주는 것이 예술의 양식화이다.

그런데 지금까지 말한 것은 시각 예술에 주로 해당하는 것이라 할 것으로 생각된다. 소설과 같은 서사 장르에서 그럴싸한 의미를 만들어내는 데 가장 중요한 역할을 하는 것은 이야기의 줄거리이다. 줄거리는 우리가 흔히 체험하는 또는 체험한다고 생각하는 사실과 사건의 이어짐에 그 뿌리를 가지고 있다고 할 수 있다. 그러니까 인과관계, 동기관계 그것이 구성하는 상황의 자발적 전개 등이 여기에 관련되어 있다. 그것은, 간단한 의미로 그렇게 말할 수는 없지만, 사건들의 논리에 이어짐으로써 설득력을 얻게 되는 사실들의 구성이다. 서사의 형식은 공간의 조감(鳥瞰)에 해당한다. 그것은 공간과 시간 두 차원에서 걸쳐 살면서 그 혼란에 대응하려는 인간적 노력이라고 할 수 있다. 여기에 대하여 음악은 앞에서 말한 바 있듯이 순수한 시간적 형식이라고 할 수 있다. 그러나 리듬이나 되풀이 또는 시작과 전개와 끝의 요인 등을 생각하면, 음악도 완전히 공간을 벗어날 수는 없다고 할 수 있다.

음악의 질서

그럼에도 불구하고 음악이 시간의 형식화인 것은 틀림이 없다. 이것을 되풀이하여 말하는 것은 그러니만큼 그것은 순수하다는 것을 상기하자는 것이다. 공간이나 시간은 예로부터 사람이 분명하게 감지하거나 이해하기 어려운 삶과 존재의 차원들이다. 그중에도 알기 어려운 것이 시간이다. 간단히 말하여도 공간은 "이것이 공간이다"라고 가리킬 수 있는 것으로 말할 수 있지만, 시간은 그러한 것을 예시하기가 퍽 어려운 존재의 차원이다. 음악도 물론 순수한 시간의 형식화일 수 없다. 음악의 감각적 질료(質料)는 소리이다. 예술에 불가결한 감각적 요소를 대표하는 것이 소리인데, 소리는 물질적 세계에서 가장 먼 감각 질료이다. 그런데다가 음악의 소리는 사실 소리가 아니라 일정한 합리성 속에 조율되어 있는 음(音)이다. 그리하여 그것은 당초부터 형식과 분리될 수 없는 감각 질료이다. 그것은 그 자체로서 지상의 물질의 무게가 아니라 천상의 가벼움, 그것의 초경험적 질서를 시사할 수 있다. 문학에서도 시(詩)는 이러한 소리, 사람의 말이 가질 수 있는 소리와 소리의 규칙적 되풀이와 장단을 차용함으로서 단순한 표의를 넘어가는 지속과 초월성을 획득한다.

형상의 세계

예술의 형식성은 삶의 체험을 보존하면서 그것을 더 높은 차원으로 지양한다. 이것이 개인적으로 의미 있는 일인 것은 틀림이 없다고 하겠으나, 예술에 지양되는 체험은 정형적인 것이 됨으로서 체험의 순수 지속을 넘어간다. 체험이 초개인적 차원으로 옮겨가는 것이다. 그렇게 함으로써 개인과 개인의 폐쇄를 넘어 개인적 체험으로 남아 있을 수 있다. 이렇게 볼 때, 그것이 사회적 의미를 갖는 것은 분명하다. 그러나 그것이 공동체의 의례에 국한되는 것은 아니다. 개인의 체험을 담고 있는 예술이, 그 배경에 존재하는 형식의 플라톤적 성격으로 하여, 어떻게 사회적 의미를 갖게 되는가는 더 깊이 생각해보아야 할 과제일 것이다. 형상의 세계는 어디에 있는가? 그것은 어떻게 사회공간에 이어지는가? 그것을 떠나서 개인은 개인으로서 존재할 수 있는가?

체념의 조형

이것은 다른 자리에서 논한 일이 있는 것이지만, 다시 한 번 되풀이
하여 생각해 본다. 릴케의 시에 공간의 두 모습—외면 공간과 내
면 공간을 이야기한 것이 있다(이 시는 서두의 에피그라프에도 인용
하였다. 원시의 처음은 다음과 같이 시작한다. "Nicht den sich Vögel
werfen…").

　　새들이 날아가는 공간은 그 모습 뚜렷한,
　　그대가 믿고 있는 공간이 아니다.
　　(저 열린 공간에서 그대는 부정되고
　　돌아올 길이 없이 스러지고 말리라.)

　　공간은 우리에게서 뻗어 사물로 건너간다.
　　나무의 있음을 확실히 하도록, 그를 둘러
　　그대 안 본유의 공간에서 내면공간을 던지라.
　　나무를 경계로 두르라. 나무는 스스로에
　　금을 긋지 않으니. 그대의 체념의 조형(造形)에서
　　비로소 사실에 있는 나무가 되리니.

　동물은 형태 없는 공간에 존재한다. 이에 대하여 인간은 스스로
인지하는 공간에 존재한다. 칸트식으로 말하여 공간은 인간에게 인
식의 직관 형식이다. 그 형식에 의지하지 않고는 인간에게 모든 사
물은 정의할 수 없는 어떤 것이다. 의식의 밑에 공간이 있어서 사물
은 일정한 모양으로 존재하는 것일 수 있다. 나무는 이 내면 공간에
서 뚜렷한 모습을 드러낸다. 이 공간은 동시에 외면의 공간이다.
그렇지 않다면, 우리가 객관적 사물로 인정하는 나무는 나의 환상
에 불과할 것이다. 이러한 공간의 모순에 축이 되는 것이 인간의 자
기 체념이다. 극기(克己)와 자기 체념이 없이는 객관적 사물의 바

른 인지는 존재할 수 없다.

이러한 작용은 역설적으로 자신의 내면에 뿌리는 내리고 있는 체험의 경우에도 마찬가지이다. 혼란스러운 경험으로부터 냉연(冷然)한 거리를 두지 않고는 경험의 모습을 제대로 인지할 수 있는가? 예술가로서의 규율에 철저함이 없이 잃어버린 시간을 알아볼 수 있는 모습으로 재구성할 수 있는가? 또는, 경험은 처음으로 구상력의 기율을 통해서 그 모습을 드러내는 것이기 때문에, 다시 말하여, 경험을 재구성이 아니라 구성할 수 있는가? 체험을 이야기한다는 것은 대체로는 전혀 앞뒤가 맞지 않는 횡설수설이 되거나, 위에서 말한 대로, 통상적인 실화(實話)의 상투적 이야기체를 빌려, 그것을 거푸집으로 하여, 자신의 이야기를 찍어내는 것이다. 형상이 있어서 비로소 이야기는 진정한 이야기가 된다. 그리고 그 이야기는 최대한으로 사물과 사건을 있는 대로 조명할 수 있다.

이 형상은 어디에서 오는가? 그것은 경험을 넘어가는 어떤 다른 세계에서 오는 것인지 모른다. 그것은 형상이면서, 늘 새롭다. 그것은 상상되는 세부에서 발견되는 형상이다. 이 형상의 모태가 되는 것은 심화된 의식의 내면이다. 이 내면은 형상이 열리게 되는 바탕이다. 말하자면, 글씨가 쓰이고 그림이 펼쳐지는 캔버스이다. 그러나 그것은 완전히 정지되어 있는 캔버스가 아니다. 그것은 형상을 만들어내는 창조의 모태이다. 그것이 사람의 새로운 체험을 인지하고 재현할 수 있게 한다(문학에서의 체험의 재구성은 기율 없는 그러면서 세속의 상투적인 틀에 찍어낸 자기의 잡스러운 이야기 ― 오늘날 유행하는 이른바 '이야기'는 아니다).

개인적 이해 그리고 자기 존재의 과시를 비어 낸 체념의 내면 공간은 어디에서 오는가? 말할 수 있는 것은 스스로를 체념한 그 바탕 위에서 체험의 진실은 물론 예술과 과학의 객관적 인식 그리고 사회적 질서에 대한 인지 ─이러한 것들이 가능해진다는 것이다. 형상은 그 위에 쓰이는 판독 가능한 글씨와 같다. 내면으로 내려가면서 동시에 밖으로 열리게 하는 정신작용이 미학에 말해 온 관조(觀照)는 이런 작용의 한 단초를 말한 것이라 할 수 있다.

II. 체험의 심화와 존재의 느낌

1. 체험과 진실

삶의 부조리 / 외면적 사실과 내면적 체험

그러나 이러한 심화된 내면은 보통의 삶에서 쉽게 발견할 수 없는 것이 아닌지 모른다. 그리하여 사람의 삶의 내용이 되는 것이 체험이라고 하더라도, 그 위치는 늘 허약하다. 이것은 깊은 의미에서의 체험의 경우에도 그러하고 통상적 의미에서의 체험에서도 그러하다. 이것이 보통의 삶에서 의미하는 바를 다시 생각해 본다.

되풀이 하건대, 삶은 체험보다는 사실로 이루어진다. 그리고 체험의 복구작업은 언제나 쉽지 않은 일이다. 틀림이 없는 것은 언제나 잃어지고 어렵사리 되찾아지는 것이 시간이라는 것이다. 예술은 이 체험의 덧없음을 극복하려는 허무한 인간적 작업일 뿐이다. 예술적 개입 이전에도 인간의 체험과의 불확실한 관계는 이 세계에 존재하는 방식이고 ─섭섭하지만 어떻게 할 수 없는 관계이다. 인간은 사실과 체험의 사이에 존재한다. 그리고 그 어느 하나에도 안주하지 못한다. 그것은 인간의 삶의 실존적 구조이다. 그것을 조건 짓는 것은 압도적으로 물질적이고 사회적 조건이다. 그것은 경험의 주관적 재처리 공정에서 얻어지는 체험에 근본적 제한을 가한다. 이러한 사실은 체험화의 매체가 되는 문학작품의 서사(敍事)에서도 쉽게 확인할 수 있다.

인간 실존의 부조리는 카뮈의 문학작품에 일관된 삶의 원리라고 한다. 그러나 서사하는 그의 묘사 자체가(사실 다른 문학작품들도 그러하지만), 삶이 모순에 찬 것이라는 것을 드러낸다. 작품이 어떤 것이든지 간에, 사실과 체험의 불균형 그리고 그것들의 교차와 혼재는 삶의 현실이다.

《이방인》의 첫 문장은 "오늘 어머니가 죽었다"이다. 이것은 그 매정한 어조로 하여 유명한 시작이 되었다. 그러나, 그 시작이 좋다거나 카뮈의 대표적 스타일을 보여주기 때문이 아니라, 우리가 일상생활을 어떻게 영위하는가 또는 그것을 어떻게 정리하여 마음에 지니는가를 예시하기 위하여 그 첫 부분을 조금 긴 대로 인용하여 본다.

오늘 어머니가 죽었다. 어쩌면 어제인지도 모른다. 양로원에서 온 전보에는, "모친 사망, 내일 장례, 근조"라고만 쓰여 있었다. 정확한 내용이 없다. 어제였는지 모른다. 양로원은 알제에서 80킬로이다. 두 시에 버스를 타면, 오후 안으로 도착할 것이다. 밤샘이 있을 테니까 내일 저녁에는 돌아올 수 있을 것이다. 사장한테는 이틀 휴가를 신청했다. 사정이 그러니 휴가 신청을 거절할 수는 없었겠지만, 허가하면서 사장은 심기가 편한 것 같지 않았다. 나는 "죄송합니다, 어쩔 수가 없네요"라고 말했다. 나중에 생각해 보니 그렇게 말할 것이 아니었다. 사장이 응당 조의를 표했어야 하는 것이 아닌가. 내가 돌아온 다음에 내일 모레 상복을 입고 있는 것을 보면, 그럴지는 모르겠다. 지금으로는 어머니가 아직 돌아가시지 않은 것과 다름이 없다. 장례를 지내고 보면 실감이 날 것이다. 공적으로 인증이 되는 것일 터이니까.

나는 두 시 버스를 탔다. 덥기 짝이 없는 오후였다. 점심은 셀레스트 식당에서 먹었다. …

소설 전체의 분위기가 그러한 것이라서 그렇다고 하겠지만, 위의 서두만으로는 소설의 주인공 뫼르소가 특히 냉정한 인간이라고 하는 것은 성급한 판단일 수 있다. 냉정하다고 한다면, 그것은 그의 삶의 사실적 테두리가 그럴 수밖에 없기 때문일 것이다. 어머니는 멀리서 살고 계셨다. 그보다 중요한 것은 어머니의 죽음을 처리하는 데 필요한 사실적 절차이다. 장례에 가기 위해서는 허가를 받아야 한다. 버스 사정도 생각하여야 한다. 이런 것들을 고려하면서 그에 알맞는 휴가도 받아야 한다. 그리고 물론 밥도 먹고 일상적 생존도 유지하여야 한다. 그리하여 어머니의 사망통지 이후에 급한 일은 죽음의 사실을 직면하고 그것을 처리하는 데 필요한 여러 가지 사회적 절차와 물리적 여건을 돌아보고 행동방안을 생각하는 일이다. 이러한 것들은 어머니의 죽음을 슬퍼한다거나 그 의미를 생각할 마음의 여유를 주지 않는다.

물론 어머니의 죽음은 주체의 관점에서 그리고 그것을 나누어 갖는 주체적 체험의 관점에서 중요한 의미를 갖는다. 그러면서 그것은 사실이다. 이 사실은, 우리와 상관없는 생물체의 죽음, 가령 식료품이 되는 동물의 죽음처럼 매우 간단한 사실일 수도 있다(사람의 경우에도 전쟁에서 총에 맞아 죽는 적군이나 테러리즘 또는 다른 살인의 대상자의 경우, 죽음은 비슷한 의미를 갖는다고 할 수 있다. 별다른 이유가 없이 뫼르소가 쏘아 죽인 아랍인의 경우도 마찬가지이다). 그러나 귀중하게 생각하여서 마땅한 목숨의 존재가 사라지고 그것을 여러 각도에서의 주체적 체험으로 취하는 경우에도 불가피한 것은 죽음을 처리하는 사실적 절차이다. 대부분의 사회는 죽음의 주체적 의미를 되새기고 그 사실적 처리를 순조롭게 하려는 절차를 가지고 있다. 그 절차의 중심에 그것을 하나의 사회적 연출로 ― 즉, 의미를 가진 행동으로 분절화한 장례의 의식(儀式) 또는 의례(儀禮)가 있다.

사실 논리와 윤리 규범

그러나 이러한 의식은 개인의 일을 사회에 수용하는 방식의 한 부분일 뿐이다[의식을 윤리적 규범에 일치하게 한 것을 의례라고 할 수 있다. 뫼르소의 사회에서 중요한 것은 의례보다 의례에서 예의가 약화된 의식(儀式)이다].

위에 인용한 부분은 현대사회에서 사회적 삶의 여러 테두리를 넘겨볼 수 있게 한다. 장례에 참석하기 위해서 뫼르소는 휴가를 받아야 한다. 그의 사회관계를 규제하는 것은 반드시 서로 맞아 들어가는 것이 아닌 두 가지의 행동원리이다. 휴가의 절차는 사람의 삶을 현실화하는 매체가 되는 사회적 규제의 일부이다. 뫼르소가 장례를 위하여 휴가를 받고자 할 때, 휴가를 허가하거나 허가하지 않는 것은 사장의 권한이다. 따라서 그것은 회사의 사정과 사장의 의사로 결정될 수 있다. 그러나 그것은 전체적으로 사회적 관습 또는 규범의 통제 하에 있다. 이에 따르면, 휴가는 당연히 주어야 하는 것이고 또 사장은 그것을 못마땅하게 생각할 것이 아니라 그에 대하여 조의를 표하여야 한다. 사장의 허가는 이 두 가지 규범의 갈등 속에서 주어지고 그것은 뫼르소의 마음에 착잡한 반응을 일으킨다. 아마 한국에서라면, 회사의 사정을 넘어서 조의를 표해야 한다는 사회적 규범이 더 강하게 작용하여야겠지만, 카뮈가 사는 세계는 그보다는 더 사물 중심의 사회조직이 일반화된 세계로 ― 더욱 근대화된 세계로 편성되어 있는 것일 것이다. 그렇기는 하나, 뫼르소에게 휴가를 주는 사장도 그의 어머니의 죽음을 무시할 수는 없다. 그것을 무시하는 것은 인간의 기본적 삶의 규범을 깨트리는 일이다.

벤야민은, 위에서 언급한 바와 같이, 공동체적 의식의 붕괴는 체험의 정보화를 가져온다고 생각한다. 정보는 체험적 내용의 사실화의 한 결과이다. 그렇다는 것은 그것이 주체의 내면성으로부터 유리된 사실 사항들이란 말이다(그러면서도, 위에서 말한 바와 같이, 그것은 삶의 영위에 있어서 그 나름의 쓸모를 갖는다). 뫼르소가 근무하는 사장에게 ― 반드시 완전히 그러한 것이라고 할 수는 없지만 ― 그의 어머니의 죽음은 하나의 정보에 불과하다. 뫼르소에게도 그것은 정보에 가깝다. 전보(電報)라는 것 자체가 어머니의 죽음이 정보로 단순화되었음을 말한다. 그것은, 위의 텍스트에 시사되어 있는 바로는, 현장에서 구체적 사건이 될 것으로 짐작할 수 있다. 그러나 사건의 전개를 보면, 현장도 반드시 사건의 구체성과 그 내면적 의미 또는 인간적 의미를 회복해주지 못한다. 인간 현실의 정보화는 벤야민에 의하면, 위에서 말한 바와 같이, 공동체적 의례의 붕괴로 인한 것이라고 한다. 여기에서 중요한 것은 정보화 자체보다도 그 배경이 되는 의례의 붕괴이다.

감정과 의례

공동체의 의례는 개인의 체험을 사회 속으로 지양하는 방식이다. 그것은 주체적 체험을 사회가 인정하는 행동적 공연으로 표현한다. 강한 주체적 의미의 체험은 주로 감정의 강화로 전달된다. 그것이 외적 표현을 필요로 하는 것은 반드시 마음에 쌓이는 감정을 쏟아야 할 강박이 있기 때문이 아니다. 체험은 표현을 통하여 객관적 실체성을 얻는다. 표현의 객관성은 주로 그 형식적 성격으로 인한 것이다. 물론 거기에는 외적인 사물과 사건이 들어 있다. 그러나 이것은 전체성 내에 자리함으로써 그 모습을 드러낸다. 사물이나 행동에 전체성을 부여하는 것은 앞과 뒤 그리고 부분과 부분을 통합하는 양식화이다. 이렇게 연출되는 사건 그리고 그것을 체험으로서 나타나게 하는 감정의 공연은 사회적 관습으로 고정되어 거의 물질적 세계의 무게를 획득한다. 의식(儀式)의 의미를 이해하는 데에는 그 작용이 반대 방향으로 움직이는 것에도 주의하는 것이 필요하다. 거꾸로 말하면, 사람은 사회적으로 인정된 양식화를 통하여 어떤 사건의 체험적 내용에 접할 수 있게 된다고 할 수 있다.

더 간단하게, 사건 연출의 사회적 양식화로서의 의식은 그에 관계된 감정을 보존하고, 의식 참여자는 의식을 통하여 감정을 경험함으로써 어떤 사건의 내적 의의를 직감 내지 직관하게 된다. 이것은 의식의 연출에서 일상적으로도 볼 수 있는 일이다. 우리는 추도식과 같은 데에서 식전이 진행됨에 따라서 눈물을 흘리게 되는 것을 본다. 체험과 관련하여 환기된 감정이 일단 잠잠하여졌다가도 의식(儀式) 행위가 시작되면서 다시 감정이 고양되는 것이다. 가족의 죽음과 관련하여 이러한 것을 양식화한 것이, 앞에서 비쳤듯이, 우리의 상례(喪禮)에서의 곡(哭)과 같은 절차이다.

요약하여, 의례는 체험으로서의 사실 그리고 그에 대한 인간적 인식의 기능으로서의 감정을 유지하는 수단이 된다. 물론 중요한 다른 사회적 기능이 없다는 것은 아니다. 여기에서는 주로 개인적 체험의 공적 표현이라는 관점에서 이 문제를 생각할 때, 그러하다는 것일 뿐이다(의식은 앞에서 논의했던 음악이나 다른 예술의 형식화에 비슷하다. 물론 그것은 조금 더 현실 사건에 가깝다. 그리고 주목할 수 있는 것은 그것이 음악과 같은 예술의 완전한 형식성에는 이르지 못한다는 점이다. 그러니만큼 그것은 초월적 차원보다도 사회적 차원에 남아 있는 형식화이다. 이 사회적 차원은 이미 합리화에 의하여 사실 중심으로 조직된 사회로 표현된다. 그리하여 의식은 간소화되어 있다).

의례의 간소화 그리고 그 과장

다시 《이방인》으로 돌아가, 뫼르소가 참가하는 장례는 — 또는 여기에서 주안이 되는 것은 무엇보다도 매장(埋葬)이기 때문에 보다 정확히 말하여, 시신의 매장 절차는, 극단적으로 최소화되어 있다. 버스와 도보로 어머니가 사시던 양로원에 도착한 뫼르소는 수위와 관리인을 만나고 그 안내를 받아 시체를 안치한 지하실로 간다. 어머니의 시신은 이미 관에 들어 있고, 뫼르소는 관 뚜껑을 열어 어머니를 보겠느냐는 관리인의 물음에도 불구하고 어머니의 시신을 직접 보지 않는다. 또 한 번의 기회가 있지만, 그때도 그는 어머니의 시신을 보지 않고 만다. 이것은 흔히 그의 무정함의 증표로 말하여지지만, 사실 장례절차 전체가 극히 간소화되어 있고 냉랭하다. 뫼르소의 태도는 이 냉정해진 절차의 일부이다. 그렇다고 감정이 유발될 만한 의식(儀式)이 전혀 없는 것은 아니다. 뫼르소는 밤샘을 하고, 어머니의 양로원 동료들 열 명이 찾아와 말없이 밤샘을 함께 한다. 그중 어머니와 제일 친하였다는 노인은 쉼 없이 눈물을 흘린다. 신부(神父)가 와서 종교적 절차를 취한다. 다음 날 아침 신부와 운구하는 사람들이 함께 와서 시체를 운반하여 공동묘지로 옮겨 간다. 외부인으로는 어머니의 가까운 반려자였다는 남자친구만이 운구 행렬에 참가하는 것이 허용된다. 그 외의 일가나 친구는 볼 수 없는 쓸쓸한 장례이다. 감정도 말도 거의 없는 상태에서 모든 것이 끝난다. 매장이 끝난 다음 알제로 돌아온 뫼르소는 근무처의 사무직원과 섹스를 갖는다.

《이방인》의 서두의 에피소드는 뫼르소의 인간됨, 더 나아가 인간 존재의 본질적 부조리성의 문제로 해석하기도 하지만, 공동체의 언어로서의 의례가 현대적 인간의 삶에서 어떻게 작용하는가 또는 작용하기 어렵게 되었는가를 보여주는 예로 취할 수도 있다. 지나치게 간소화된 매장 의식은 다시 말하여 체험과 사실의 갈등을 사회적 양식화로 지양할 수 있는 공동체가 사라졌다는 것, 달리 말하여 사회가 공동체적 전체성에서 합리화된 체제로 바뀐 것에 관계된다고 할 수 있다. 이러한 간소화된 매장 절차와 대비하여 오늘날의 한국의 장례 그리고 일반적으로 관혼상제(冠婚喪祭)는 과장된 경우가 많다. 이것은 사회화가 개인적 체험을 양식화하고 보존하는 것이라기보다는 그것을 사회 경쟁과 과시의 도구로 변형시킨 결과라고 할 수 있다.

2. 주체적 체험과 인식 능력의 변용

개인적 체험의 심화

그렇다고 벤야민의 암시에 나와 있는 것처럼 공동체적 의례를 통하여 인간의 체험이 객관적 실체를 얻고 그것을 보존할 수 있다고만은 말할 수 없다. 이것은 이미 위에서 비판적으로 검토한 바 있다. 개인적 사건이 얻게 되는 실체성이 사회적 의미를 갖기는 하겠지만, 그것이 참으로 체험의 실체 또는 삶의 진실을 말한다고 할 수는 없다. 근본 문제는 사람이 참으로 그에 이를 수 있는가 하는 것이다. 어떤 관점에서는 그것은 사회적 의례를 벗어남으로 가능한 것으로 보인다(물론 체험의 실체 또는 삶의 진실이 무엇인가는 다시 문제가 된다).

근대화를 시작할 무렵 전통적 사회를 넘어 근대로 나아가고자 할 때 우리 사회에서 많이 쓰인 말에 허례허식(虛禮虛飾)이라는 말이 있다. 그것은 전통사회에서 굳어진 의례의 공소(空疎)함을 지적하고 이것이 타파되어야 한다는 것을 말하는 것이었다. 그리하여 소설이나 시의 시작은 의식화(儀式化)된 감정과 행동을 벗어나서 개인적 경험, 무엇보다도 개인적 감정의 확인을 요구하는 사회적 명령에 반응하는 일이었다. 자유연애와 같은 것은 개인의 감정과 결단의 존중으로써 가능해지는 새로운 경험이었다. 물론 그러면서 자유연애도 사회적으로 발전되고 허용되는 경험의 양식이라고 하겠지만, 그것은 그 나름으로 공허해진 사회적 행동방식을 꿰뚫고 어떤 진실에 이르는 방법이었다고 할 수 있다. 그러나 내면의 관점에서도 절실하게 되는 진실이 참으로 공동체적 의례의 붕괴로만 얻어지는 것일까? 공동체적 삶의 붕괴가 원인이라고 하더라도, 그것으로하여 대두하는 개인의 내면성은 그 나름으로 공동체적 의례로서는 밝힐 수 없는 진실을 밝히는 데에 기여하는 것이 아닐까? 아마 감정을 포함하여 주관적 체험의 근본적 의미는 그것이 역설적으로 진실 —객관적 진실에 이르는 방법이라는 데에 있다.

감정의 주체성

위에서 말한 바와 같이, 개인의 주관적 체험에서 주요한 것은 감정이다. 연애는 어떤 감정 상태를 떠나서 생각하기 어렵다. 그러나 그것은 단순히 감정 현상이 아니다. 연애는 삶의 결단을 나타내는 것이기도 하다. 그것은 어떤 감정을 주체적 자기주장의 동기로 수용함으로써 일어나는 현상이다. 그러면서도 감정과 주관이 개입한다고 하여 그것을 반드시 주관적인 것이라고만 할 수 없다.

감정과 현실

이와 관련하여 우리는 전통적으로 동양의 사고에서 '정'(情)의 뜻이어떤 심리 상태만을 가리키는 것이 아니라는 것을 상기할 수 있다. 미국의 중국철학 연구가 채드 핸슨은 동아시아의 사상에서 정(情)

의 의미를 설명하면서, 정(*quing*, 情)이라는 단어에 영어로 'reality input'(현실 입력), 그리고 'reality response'(대현실 반응)이란 토를 달아 그 뜻을 서양어에서 감정을 표현하는 말과 구분하여 말하려 한 일이 있다.[6] 이러한 해석에 들어 있는 감정의 현실성은 지금도 '정보'(情報), '사정'(事情), '정세'(情勢), '정황'(情況) 등에서 볼 수 있다. 물론 정은 흔히 말하는 감정이다. 그리고 '감정적'이라고 말할 때에 짐작할 수 있는 것처럼 객관적 인식에서 벗어난 심리적 격앙 상태를 지칭하는 수도 있다. 그러나 어떤 경우에도 그것이 사람이 현실과 대응하는 어떤 심리적 기능을 말하는 것임은 틀림이 없다. 그리고 흥미로운 것은 그것이, 사정, 정세 또는 정황이라는 말들에서 짐작할 수 있는 바와 같이, 막연한 느낌을 말한다는 것이다. 그것은 순수한 우리말에서 '낌새'라는 말에 비슷하다. 이것은 느낌으로 판단되는 형상, 모양새를 말하는 것일 것이다. 그러면서 이 형상은 짐작되는 전체성을 암시한다. 정이라는 글씨가 들어가는 앞에 언급한 말들도 전체적 상황을 말한다.

여기에 추가하여 우리가 주의할 수 있는 것은 감정은 주체가 없이 존재할 수는 없다는 점이다. 연애의 감정이 그것을 느끼는 개인의 결단 ― 즉, 삶의 방향에 관계를 갖는다는 것은 이미 말한 바와 같다. 정보나 정세를 현실 입력 그리고 그에 대한 반응이라고 할 때, 여기에 일정한 관점이 상정된다는 것을 생각할 필요가 있다. 정보는 내가 반응해야 하는 사태를 전해준다. 정세도, 세(勢)의 의미에 이미 함축되어 있는 바와 같이, 나의 전술적 움직임에 참고해야 하는

---

6 Chad Hansen, "Quing(Emotions) 情 in Pre-Buddhist Chinese Thought," in Joel Marks and Roger T. Ames(eds.), *Emotions in Asian Thought*: *A Dialogue in Comparative Philosophy*, 1995, Albany, N. Y.: State University of New York Press.

현실의 모양을 말한다(세는 프랑수와 줄리앙의 해석에 따르면, 손자병법에서, 전술에서 그리고 보다 일반적 중국적 현실관에서 핵심적 개념이다. 그것은 현실을 전술적, 전략적인 관점에서 접근할 때, 참고해야 하는 전체 상황을 가리킨다).[7]

물론 군중집회의 감정과 같은 것은 반드시 일정한 주체적 관점을 숨겨 가진 것이 아니라고 할지 모른다. 그러나 많은 경우 군중들의 열광은 개인적 주체가 집단적 주체에 통합된 경우라고 할 수 있다. 이것은 군중의 격양된 감정이 쉽게 집단의 공격적 행동의 단초가 된다는 사실에서 단적으로 드러난다.

감정의 인식 기능

다시 한 번 주목할 것은 감정이 현실과의 관계에서 가지고 있는 인식론적 기능이다. 공동체적 의례가 체험을 보존하고, 거기에서 그 감정적 내용의 유지가 중요한 부분을 구성한다고 할 때, 그것은 체험과 감정이 또는 어떤 감정적 체험이 주관적 관점에서만이 아니라 현실 관련이라는 점에서도 인간의 현실 참여를 넓고 깊은 것이 되게 하기 때문이다. 그런 의미에서 체험과 감정은 현실 인식의 통로이고, 그것은 여러 가지로 심화될 수 있다. 그리고 이 심화는 공동체의 한계를 벗어남으로써 도움을 받을 수도 있다.

칸트는 인간의 정신능력을 3가지로 말한 바 있다. 그중 인식능력은 말할 것도 없이 지적 능력이다. 그 다음 감정의 능력은 사물에 접하여 좋고 나쁜 것을 느끼고 판단하는 능력을 말하지만, 여기에서 좋고 나쁘다는 것은 전체적 조화(Übereinstimung, *harmony*)의 측면에서 좋고 나쁜 것을 말한 것으로서, 그것은 판단력의 기초가 된

---

7 François Jullien, 1992, *La Propension des choses*: *Pour une histoire de l'efficacité en Chine*, Paris: Gallimard 참조.

다. 그러면서 이 조화(調和)는 인과법칙에 밀접한 관계를 가지고 있는 것으로서, 판단력은 구체적인 사물의 전체적 연관을 인지하는 데 필수적인 인간의 정신능력이다. 그리고 이 호오(好惡)의 감정은 욕망으로 이어진다. 그런데 칸트의 생각으로는 욕망의 능력 (Begehrungsvermögen)은 최선의 상태에서는 도덕적 명령에 따라서 행동할 수 있는 능력을 말한다. 그것은 마음속에 있는 아이디어나 이미지나 계획에 따라서 행동할 수 있는 능력을 말하는데, 여기에 호오나 쾌락과 같은 것이 동기로 섞일 수 있지만, 궁극적으로 그것은 자유로운 자기실현의 의지의 움직임이다. 그리고 칸트의 생각으로는 이것은 도덕적 이성의 명령에 따른다.

이러한 능력들은 인간이 현실관계의 교량이 되는 능력들이다. 이러한 인간의 능력 — 3가지로 나누어 생각되는 능력에 대한 탐구는 말할 것도 없이 칸트의 3개의 비판서에서 더 자세하게 이루어지는 것인데, 그중에서도 가장 중요한 것은 순수이성에 대한 비판서이다. 그것은 지적 인식의 근거를 밝히면서도 그것의 한계를 말한 것이다. 한계가 있다는 것은 인간의 지적 인식이 인간의 이성의 능력과 별개로 존재할 수 없고, 그러니만큼 이성적 탐구, 결국 과학적 연구가 될 수밖에 없는 이성적 탐구도 있는 그대로의 현실을 드러내줄 수는 없다는 것을 시사한다. 이것은 다른 두 가지 능력, 심미적 판단의 능력이나 실천적 능력에도 그대로 해당시킬 수 있는 일이다.

3. 인간 실존의 존재론적 뿌리

한계/ 방법론적 절단/ 전체

다시 말하여, 현실을 대하고 그것에 작용할 뿐만 아니라 그것을 파악하려고 하는 노력은 다원적이다. 그것은 궁극적으로는 지적인 파악의 노력이라고 할 것이지만, 그것은 인간의 정신생활에서 사물에 관계되어 일어나는 감정이나 도덕적 의무감도 이 능력의 다른 부분이다(사실 이 후자의 능력은 현상 자체를 일어나게 하는 것이면서, 동시에 그것을 반성적으로, 즉 지적인 파악 속에서 내면화하는 능력이다). 그러한 인간능력의 인지력을 간과하는 것은 삶의 진실의 파악을 위한 노력을 충분히 고려하지 않는 일이다. 물론 보다 본격적인 지적 능력이나 마찬가지로 체험과 감정의 지적 기능도 한계를 가지고 있다. 이것도 대상으로부터 완전히 벗어나는 것은 아니면서, 그것에 고유한 한계를 갖는다. 대체로 이 한계는 스스로 의식의 대상이 되지 않는다.

일상생활에서 사람들이 사물을 대할 때 대체로 거기에는 일정한 의도나 전제가 들어 있게 마련이다. 그리고 다시 그 배경에 세계에 대한 전제가 들어 있다. 그것이 의도와 행동 그리고 인식을 조건짓는다. 그런데 일상생활의 무반성적 접근이 아니라 보다 고양된 의식적 접근에서도 대체로 비슷한 조건과 한계들이 작용한다. 학문은 많은 경우 스스로의 한계와 방향과 전제를 분명히 하는 데에서 시작한다. 그러나 역설(逆說)은 한계를 정의함으로써 현실 자체 그리고 현실 전체를 설명하고 이해할 수 있는 것이 된다는 것이다. 물론 이때 한계는 그렇게 인식되기보다는 방법론적 절차로 생각된다. 그리하여 그것이 삶의 총체를 절단(切斷)하는 것이라는 것을 자각하지 못한다. 사물에 대한 과학적 접근이 과학이 정형화하는 개념과 법칙의 관점에서 미리 결정된다는 것은 새삼스럽게 말할 필요도 없다. 그러면서 그것으로써 현실 전체를 설명하고자 한다. 또 그것이 가능해지는 것처럼 보인다. 그것이 가능하다는 것이 현실에 대한 가정이다. 결국은 구체적 사물에 대한 과학적 관심은 과학 이론의 전체적 퍼스펙티브 하에서만 정당화되고 통제된다. 물론 거꾸로 현실에 대한 과학의 이론은 구체적인 사물에 대한 실험적 관찰을 통해서 보완되고 수정된다. 이것은 다시 말하여 결국 그 현실에 대한 접근이 일정한 전제 속에서 일어난다는 말이다.

인간 생존의 일반적 문제로 되돌아가건대, 사람이 사는 현실 생활은 과학이나 학문적 접근에서처럼 방법론적 반성이 없으면서도 그 나름의 현실에 대한 전제 속에서 움직인다. 인간의 마음에 저절로 작용하는 이러한 한계와 영역화(領域化)를 보다 분명하게 하려는 것이 일상생활의 사회학이고 이것을 조금 더 법칙적으로 추상화하여 일반화하는 것이 여러 사회과학적 기획이라고 할 수 있다.

인간의 평상적 행동과 관련하여, 현실적으로 자명하지 않으면서도 별도의 법칙 또 규범을 도출할 수 있는 초월적 세계가 있느냐 하는 것은 철학이나 윤리학에서 영원한 과제라고 할 수 있다. 도덕률이 어떻게 인간의 삶의 현실 — 개인적 현실 그리고 사회적 현실에 작용하느냐를 규명하는 데에는 어려운 학문적 반성이 필요하다. 물론 쉽게는 그러한 도덕률은 사실적 근거가 불분명한 독단론, 그러니까 현실적으로는 권위주의적 권력의 결정에서 나오는 것이라고 말하는 것이다. 그러나 권위주의적 사회공간을 포함하여, 공적 공간에서의 사회 행동이 일정한 도덕적 수사에 의하여 정당화되는 것은 너무 자주 보는 일인데, 그것이 사실적 인간성 그리고 그것의 초월적 법칙의 세계와의 연관을 떠나서 설명할 수 있다고만은 할 수 없다.

전체에 대한 물음

이런 것들을 생각해보는 것은 다시 한 번 인간의 현실에 대한 접근이 부분적이고 한계를 갖는 것이라는 사실을 확인하는 일이다. 그러면, 인간의 현실에 대한 접근 — 행동적, 인식론적 접근이 보다 전체적인 것이 될 수는 없는 것일까? 물론 인간의 현실에 대한 접근이 인간적인 것일 수밖에 없다는 것은 토톨로지(*tautology*, 동어반복)이면서 자명한 사실이다. 그러면서도 부정할 수 없는 것은 부분성에도 불구하고 부분적 접근도 역시 현실에 닿아 있다는 사실이다. 그리하여 현실 그 자체 그리고 그 전체에 이르는 것은 이 부분적 접근의 심화를 통해서 이루어질 수 있다고 할 수도 있다.

그런데 이것을 더 깊이 생각하기 위해서는 다른 한편으로 현실그것, 그 전체에 이르는 것이 어떠한 의미를 갖는 것인가를 물어볼 필요가 있다. 사람은 어찌하여 있는 대로의 현실 그리고 그 전체를 알고자 하는 것인가? 되풀이하여 말하지만, 제일 간단한 답은 현실의 전체적 파악이 생명 보존과 안전 그리고 그것을 위한 전략을 위해서 필요한 것이다. 사실의 정확한 파악이 없이는 사람이 직면하는 현실에 대하여 적절하게 반응하고 그에 작용하는 일은 불가능할 수밖에 없다. 여기에서 중요한 것은 가장 근본적으로는 충실하고 충만한 감각이다. 그러나 그것은 동시에 이성적 구도 속에 편입될 수 있어야 한다. 이 구도는 행동적 의도가 요구한다. 현실에 최소한의 합리성이 없이는 행동과 작용은 불가능할 것이기 때문이다. 그러나 이러한 구도가 반드시 그러한 실용성에만 관계된다고 할 수는 없을지 모른다. 지각(*perception*)은 심리학에서 감각(*sensation*)이 사람의 인지능력에 의하여 조직화되기 시작한 결과를 말한다. 그것은 형상화를 포함한다. 그것은 감각에 비친 것을 사물에 대한 정보로 바꿀 수 있다. 그러나 지각에 나타나기 시작하는 형상이 단순히 정보화의 수단으로서의 기능만을 갖는다고 할 수는 없다. 게슈탈트 심리학에서 말하여지듯이 지각은 결국 세계의 형상적 파악의 기초가 된다. 세계의 심미적 감식과 이해의 기초도 마찬가지라고 할 수 있다.

이러한 관찰과 관계하여 우리의 물음은 사람이 어찌하여 사물의 현실의 정확한 파악과 함께 전체를 알고자 하는가 하는 데로 되돌아간다. 그리고 그에 대한 답은 생물학적 이해타산만으로는 설명할 수 없는 인간의 본능 또는 희망을 나타낸다고 할 수 있지 않을까 한다. 그렇게 말하면서 우리는 인간이 생물학적 사회적 존재이면서 동시에 철학적 형이상학적 존재라는 것을 인정하지 않을 수 없다. 전체를 안다는 것은 존재하는 모든 것을 안다는 것이다. 그리고 그것은 불가피하게 그것들을 일관하고 있는 형상 그리고 법칙을 파악한다는 것을 말한다. 그리하여 그것은 하나가 된다. 이 일관성과 전체성은 단순히 사실적 차원에서는 확인될 수 없다고 하여야 한다. 그리하여, 이미 앞에서 시사했던 대로, 플라톤의 이데아 그리고 그것이 변함없이 존재하는 세계는 오늘날까지도 관심의 대상이 된다(가령, 이것은 수리물리학자 로저 펜로즈의 저서들에서 중요한 주제의 하나이다). 그런데 이 관심은 이미 사람의 호기심, 그것의 형이상학적 확대 속에 드러난다고 할 수 있다.

과학의 동기를 현실의 기술적 지배나 통제에 있다고 할 수 있지만, 무한소, 무한대에 대한 호기심과 연구가 반드시 이러한 동기만으로 지속된다고 할 수는 없을 것이다. 또는 예술의 경우, 감각적 체험의 형상적 공간적 재구성의 노력이 없이 예술을 생각할 수 없다고 할 때, 그것으로 인하여 가능하게 되는 세계에 대한 심미적 체험을 반드시 실용적 의미의 관점에서만 평가할 수는 없다. 현실의 전체적 파악에 실용적 필요가 들어 있는 것도 확실하지만, 자신이 사는 세계를 실용을 넘어가는 전체성으로 확인하고 그것이 이 전체성의 일부라는 것을 느끼는 것은 가장 근본적인 인간적 소망이 아닌가 한다. 이것은 자기 존재의 뿌리에 대한 느낌을 확인하고자 하는 본능 — 본능이면서 인간 심성의 형이상학적 솟구침에 관계된다.

존재의 진리

하이데거는 인간존재 — 거기 있음으로서의 인간존재의 특성을 사물의 사실적 존재(ontisch)에 대조하여, 존재론적(ontologisch)이라고 정의한 일이 있다. 즉, 자신을 전체적 테두리에서 되돌아보고 다시 거두어들이고자 하는 존재라는 것이다. 그에게 철학의 근본문제는 이 전체적 존재의 진리를 드러내고자 하는 노력이다. 그러한 노력의 소산이 존재론이다. 여기에서 존재는 "실재하는 사물의 전부"(das All der Seienden) 또는 추상적 개념으로 종합될 수 있는 것들 전부가 아니라, 존재 자체이다. 그것은 개념화되고 추상화되는 존재에 선행하고 그것의 바탕이 된다. 개념적으로 파악되는 존재는 그 나름의 영역을 구성하고 이것도 구체적인 사물의 파악에 선행한다. 개념적 명증(明證)이 없다 하여도, 일정한 종류의 사물들을 정의하는 부분적이고 지역적인 존재론(regional ontology)이 있을 수 있다.

그러나 하이데거는 물론 존재론의 논의까지도 넘어가는 — 모든 것을 넘어서는 바탕에 존재 자체가 있다고 생각한다. 그의 생각에는, 그것은 스스로를 드러내면서 동시에 스스로를 감춘다. 드러난 모습이 진리다. 그러나 그 진리는 그대로 진리로 남아 있을 수 없다. 존재의 진리는 드러나면서 감추어진다. 그러나 일단 드러난 존재 — 그러면서 존재 자체를 떠난 존재는 역사적으로 사실적으로 설정된 존재의 방향과 구역의 바탕이 된다. 그리하여 모든 개념과 표상의 모태가 된다. 이것은 역사적 지평을 이루면서도 반드시 근원적 존

재에 일치하는 것은 아니다. 이 근원적 존재는 늘 새롭게 갱신되어
야 한다("Über das Wesen der Wahrheit" 참조).

존재의 진리와 오류

존재가 어떻게 드러나고, 인간이 그것을 체험하게 되는가는 — 하이
데거의 철학적 노작의 많은 부분이 거기에 바쳐져 있지만 — 분명한
방법이 있는 것으로 보이지는 않는다. 일반적으로 말하여, 존재의
진리, 그것의 드러남 속에 있다는 것을 아는 것은 초월의 세계의 진
리에 대한 종교적 깨우침에 비슷한 것이라고 할 수도 있다. 그러나,
동시에 사람은 그것을 벗어나간 경우에도 결국 그 안에 설정된 구
역적 존재의 지평에 있다고 할 수 있다. 사람이 존재의 진리를 벗어
난다고 하여 자신의 근본인 존재의 바탕을 떠나서 존재할 수 있는
가? 그리하여 하이데거는 여러 곳에서 존재의 진리에 이르는 길은
역사적으로 그로부터 벗어난 '잘못 든 길'(das Irre)로부터도 찾아져
야 하고 그것이 유일한 길일 수도 있다고 말한다. 존재의 진리는 잘
못에도 이미 들어 있는 것이다. 잘못의 경우에 못지않게 부분적 진
리 — 가정된 진리의 경우도 그렇게 볼 수 있다. 이미 말한 바와 같
이 실용적 관점에서나 학문적 관점에서 사람과 현실의 관계가 부분
적인 것이 될 수밖에 없다고 하더라도, 그러한 부분적 관계도 이미
현실 그 자체와의 관계가 없이는 존재할 수 없다고 하여야 한다.

일상적 삶 / 삶의 느낌 / 존재

그러면서 이 부분적 존재에도 스스로를 넘어서 전체를 지향하는 것
이 있다. 부분적이라는 것은 실용적 또는 학문적 관점과 영역화를
말하기도 하지만, 사람의 일상적 느낌의 어떤 부분을 말하기도 한
다. 앞에서 우리는 동아시아의 말 가운데, 정(情)에 대하여 언급한

바 있다. 정은 현실에 대한 주관적 반응이면서도 어떤 상황의 전체에 대한 느낌을 나타낸다. 하이데거는 존재 전체에 대한 느낌으로서 권태, 기쁨, 행복 등의 '기분'(Stimmung, Befindlichkeit)의 중요성을 말한 바 있다. 그것은 어떤 대상에 대한 개인의 행동적, 심리적 반응이나 정향을 표할 뿐만 아니라 "사람이 사물들의 전체 속에 있으며, 그에 의하여 삼투되어 있다는 것"을 말하여주는 것이다. 그리하여 현실 존재들의 전체를 알리는 "감정의 상태는 우연한 사건이 아니라 〔거기 있음으로서의〕 인간존재(Dasein)의 바탕이 되는 현상이다."[8]

과학적 탐구와 경외감/ 존재와 인간

물론 하이데거가 생각하는 것처럼, 존재의 전체가 반드시 이러한 감정의 체험을 비롯하여 주관적 체험으로 감지될 수 있다는 것은 조금 지나친 주장일지 모른다. 앞에서 이미 말한 바 있지만, 과학은 소립자(素粒子)로부터 우주의 끝까지를 밝히는 유일하게 신뢰할 수 있는 방법이라고 할 수 있다. 그것을 추진하는 힘은 거대한 우주에 대한 호기심이라고 할 것이다. 그리고 이 호기심은 많은 경우 경외감에 이르러 정지한다. 또 경외감은 존재 전체에 이르고자 하는 형이상학적 동기의 다른 표현이라고 할 수도 있다. 이 모든 현상은 우주론적 추구가 인간의 주관적 느낌과 관련되어 있다는 것을 말한다. 하이데거의 존재론에서 세계가 반드시 인간의 주체성에 대립하여 파악된다고 할 수는 없지만, 그가 그것을 인간 존재와 무관계한 것이라고 생각하는 것은 아니다. 존재가 스스로를 드러내는 것이 진리라고 한다면, 사람은 그 진리의 열림의 공간(das Öffene)에서

---

8 Werner Brock, 1968, "What is Metaphysics?" in Existence and Being (eds.), Chicago: Henry Regney, Gateway Edition, p. 334.

자기를 확인한다. 이런 의미에서 사람은 진리에 대한 증인이라고 할 수 있다. 그리고 이 증인의 끊임없는 물음이 없이는 진리는 존재하지 않고 존재도 드러나지 않는다고 할 수 있다. 그리하여 사람은 진리의 담지자이다.

내면성과 존재의 진리

이렇게 보면, 앞에서 문제로 삼았던 인간의 내면적 체험은 단순한 주관적 체험이라고만 할 수는 없다. 그것은, 기분이 그러한 것처럼, 심리 속에 일어나면서, 존재의 열린 공간 속에 일어나는 사건이다. 인간의 내면성의 탐구는, 그것을 심화할 때, 존재의 탐구의 길이 된다. 결국 인간은 존재의 열림 속에 존재하고, 내면의 깊이로 내려간다는 것은 그 존재의 근본으로 내려간다는 것을 말한다. 사람의 마음을 헷갈리게 하는 여러 외면적 사건과 정보에도 불구하고 사람은 사람이 뿌리를 내리고 있는 바탕을 떠날 수 없다. 그리하여 사람의 행동과 생각은 이 바탕이 부과하는 한계 안에 있다. 사람이 늘 그렇게 의식하는 것은 아니지만, 마음을 떠나지 않는 살아있다는 느낌은 곧 이 바탕에 대한 느낌이다. 많은 삶의 일화들이 이 느낌에 어떻게 이어지는가를 가늠하는 것이 시(詩)라고 할 수 있다.

양심

그러나 존재의 바탕을 떠나는 일은 늘 일어나는 일이므로, 더러는 그 바탕에서 오는 부름을 특히 분명하게 듣는 경우가 없지 않다. 양심은 이 바탕의 존재를 극적으로 통보해오는 소리이다. 하이데거는 양심은 외적인 여러 유혹으로부터 자기자신(Selbst)으로 돌아오라는 부름이라고 하고 그것은 "자기존재의 최선의 가능성"의 부름이라고 한다(《존재와 시간》). 소크라테스는 자신으로 하여금 어떤 행동을 단호하게 거부하게 하는 다이몬(*Daimon*)이 자신의 마음 안에 존재한다고 말한 일이 있지만, 어떤 금기를 환기하는 마음의 명령이 양심이라고 한다면, 그것이 반드시 최선의 가능성을 향한 부름이라고 할 수는 없을는지 모른다. 이 경우에 양심은 전진이 아니라 후퇴를 명령하는 것이기 때문이다. 어떤 경우에나 틀림없는 것은 사람의 마음에 인간 생명의 바탕이 되는 존재의 진리를 상기시키는 어떤 움직임이 있다는 사실일 것이다. 반드시 이것이 앞에 나오는 것은 아니라도 문학 작품의 한 보이지 않는 동기가 되는 것이 양심 또는 인간 존재의 구역을 만들어내는 지역적 존재론의 지평 또는 그것보다 깊은 존재의 근본에로의 회귀라고 할 수 있을 것이다.

III. 글쓰기에 대하여 ― 어떤 개인적 동기

무궁화 이야기

개인적인 이야기가 되어서 말하기 주저되는 것이기는 하지만, 글쓰기와 관련하여 어릴 때의 일로 잊히지 않는 사건이 있다. 해방이 되고 얼마 되지 않아서, 국민학교 시절 어떤 글쓰기를 한 일이 그것이다. 소재는 무궁화였다. 우리는 해방 후에 '눈에피꽃'이라고 부르던 꽃의 이름이 무궁화라는 것을 처음으로 알게 되었다. 무궁화 울타리가 있는 곳을 지나면서, 마침 피어 있는 무궁화를 한 송이 따 가지고 가려 했는데, 끈질긴 줄기가 쉽게 끊어지지 않았다. 결국 끊어내기는 했던 것 같은데, 작문 시간에 이것을 소재로 하여 글을 썼다. 글의 요지는 무궁화가 쉽게 끊어지지 않을 것으로 하여 우리 민족의 끈질기고 강한 힘을 깨닫게 되었다는 것이었다. 이 글을 제출한 다음에 나는 곧 이 글의 억지스러움, 그 거짓됨을 느끼게 되었다. 그리고 그것 때문만은 아니었겠지만, 그러한 글에 대한 혐오감을 본능적으로 가지게 된 것은 이때 썼던 글로부터가 아닌가 하는 생각이 든다.

그런데 이 글의 서두에 말한 것처럼 모든 글이 그러한 가능성을 가진 것이라면, 글을 쓴다는 것은 무엇을 뜻하는가? 이 글의 맨 처음에 이러한 문제를 생각해보려고 한다고 한 것은 이러한 경험과도 무관계한 것은 아니었을 것이다. 즉, 글이 경험의 왜곡을 피할 수 있는가 하는 것이 문제제기의 동기라고 할 수 있기 때문이다.

억지스러운 비유나 우화(寓話)는 대체로 역겨운 느낌을 준다. 상투적인 이야기, 구절, 개념들도 마찬가지이다. 나는 유럽의 어떤 필자가 많은 정치 지도자들의 연설이나 발표문을 마치 "상투적인 말들과 개념들을 레고처럼 쌓아가는 것과 같다"고 비하(卑下)하는 것을 읽은 일이 있다. 교훈적 이야기나 설교도 비슷한 혐오감을 주는 언어사용의 예일 수 있다. 도덕적 교훈이라는 것은 대체로는 지겨운 것이라고 할 수 있지만, 그런 이야기를 하지 않을 수 없는 그럴 만한 이유가 없는 것은 아닐 것이다. 그러나 교훈이 지겨워지는 것은 어쩔 수 없다. 교훈은 사람을 가르치려고 하는 것이기 때문에, 그것이 아무리 가볍다고 하더라도 지배하려는 의지를 드러내고, 그것이 교훈을 지겹게 하는 하나의 이유라고 할 수 있다. 또 하나의 이유는 그것이 상투적인 것이기 쉽다는 사실이다. 그것은 새로움의 매력이 없다. 그래서 레고 쌓기에 비슷하게 된다.

이에 대하여 새롭고 진정한 내용을 가진 교훈은 그 나름의 감동을 줄 수 있다. 톨스토이의 우화들은 여기에 속한다. 지나치게 잔꾀를 강조하지만, 이솝 우화가 수천 년의 인기를 누리는 것도 창의

적이고, 추상화된 우의에도 불구하고 경험적 사실성을 가지고 있기 때문일 것이다.

설교 기계

젊은 세대의 방황과 오늘의 현실을 아이러니를 가지고 또 풍자적으로 그리는 데 뛰어난 시인 황병승 씨의 시에 〈목책 속의 더미 (dummy)들〉이라는 것이 있다. 이 시는 설교하는 사람들을 기계에 비교한다. "아저씨들은 설교를 하지요. 하나같이 한번 설교를 시작하면 그칠 줄을 모릅니다. 일단 머릿속에 빨간 불이 들어오고 나면, 아저씨들은 곧장 설교 기계가 되어 버리니까요." 이러한 설교의 시작은, "네가 아직 뭘 몰라서 그러는가 본데…"라고 이 시는 말한다. 그리고 설교는 "정말로 완전히 배터리가 나갈 때까지 계속된다"고 한다. 그러니까 이러한 설교를 하는 사람들은 다른 사람들을 낮추어 보고 또 기계처럼 상투적인 말을 나열하는 것이다. 시인은 설교자를 '어른' 아닌 사람, 어린 아이와 같은 사람이라고 한다. 더 적절한 묘사는 제목이 말하는 것이다. 설교자는 멀리 보는 사람들이 아니고 목책 속에 갇혀 있는 사람으로서 '더미', 곧 바보이고 무더기로 다수 대중에 사로잡혀 있는 사람들이다.[9]

체험, 사실, 진실, 형식, 존재

그런데 이러한 설교 기계에 나오는 말들은 우리 주변에서 한없이 울려 퍼지는 소리들이다. 학교 교육에서 그렇고 정치계에서 그러하다. 다만 요즘의 학교에서는 교훈이 다분히 처세술과 인생살이의 요령으로 옮겨지는 것으로 보인다. 서두 부분에서 언급한 것이지만, 인격의 훈련이 금전적 보상을 받는 데에 한 역할을 할 수 있는

---

9 황병승, 2013, 《육체쇼와 전집》, 문학과지성사.

'인격술'이 되는 것이 오늘날이다. 그렇다고 이것을 모두 나무랄 수는 없다. 인격술은 좋게 볼 수 없지만, 도덕과 윤리의 교육은 필수적이라 할 수밖에 없고, 문제는 그것이 어떻게 진실한 것이 될 수 있느냐 하는 것이다. 정치 담론의 지겨운 상투성도 어느 정도는 같은 관점에서 생각해 볼 수 있다. 특히 정치의 경우에 그러하지만, 중요한 것은 상투화될 수 있는 구호와 교훈을 경험적 사실로 다시 살리는 일이다. 그러나 그것이 얼마나 쉽지 않은 일인가를 생각해 본 것이 앞에 말한 것들이다.

앞의 이야기들을 되풀이해 보면, 나는 사실을 글에 담는다는 것은 불가피하게 구체적인 것을 큰 테두리에 포섭하는 일이라고 말하였다. 그런데 그 방법에는 사실을 나열하는 것이 있고, 개인적 체험을 서사적으로 펼쳐 보는 일이 있다. 체험으로서의 사람의 삶을 되찾는다는 것은 그것을 일관성 속에서, 그러기 때문에 일단의 전체성의 암시 가운데 삶을 구성하는 것이다. 사실적 관점에서 사람의 삶을 파악하는 것은, 적어도 그것이 체계적 노력이 될 때, 인간의 환경적 조건 전체를 밝히려는 작업이 된다. 그러나 그것은 인간을 완전히 외적 조건에 지배되는 또 하나의 사실로만 보는 것이 되기 쉽다. 인간의 사실화는 가장 초보적인 관점에서의 인간의 직관 — 느끼고 생각하고 행동하는 주체로서의 인간의 직관에 어긋나는 것이다. 적어도 해명을 요구하는 것은 이러한 자유와 자발성의 느낌과 가능성이 어떻게 생기는가 하는 것이다.

그런데 이러한 내면적 그리고 외면적 조작(operation)은, 어느 쪽이든지 간에, 전체를 말하는 것이 아니라 부분을 말하는 것이 되고만다. 그것은 현실의 분열을 전제한다. 벤야민은 이러한 분열이 공동체적 의례가 붕괴된 결과라고 한다. 체험의 공인(公認) 과정이 없을 때, 그것은 순전히 주관적 상상의 조작물이 된다. 다른 한편으로 새로이 강조되는 사실은 사람도 외면적 조종의 대상물이 되게 한다. 그에 따라 많은 사람들은 자신에 덮쳐 오는 사실을 자신 나름으로 조종하여야 한다는 강박을 갖는다. 그 관점에서 사실의 많은 것은 일관성이 없는 정보로 전락한다(물론 그것은 조종되어야 하는 사실 체계의 일부이기도 하다). 그렇게 의식하지 못하지만, 적어도 정보는 사실을 대하는 주체가 무반성적인 자기중심적 존재가 되었다는 것을 말한다. 집단적으로 중요한 정보의 경우도 삶의 사실을 대하는 태도의 중심에 집단적 이기심을 전제할 때, 의미 있는 것이 된다. 이 집단 이기주의의 관점에서 외면 세계는 전략적 조종의 대상이다.

내면의 세계

외면 세계의 상승과 더불어 주체는 별도로 체험 세계를 만들어 낸다. 그것의 근거지는 내면이다. 내면의 성장은 소외의 표현이다. 동시에 인간 존재의 심화를 매개하는 수단이 되기도 한다. 그러나 인간 세계는 그것이 소외의 결과이든 아니든, 주체적 체험과 외면적 사실을 가진 세계이다. 삶의 필요는 이것이 조건이 되게 하고 또 그것을 요구한다. 중요한 것은 단순한 삶의 체험적 실감을 재확인하는 것도 아니고 사실적 세계를 적절하게 전략적으로 조종하는 것도 아니다. 사실적 세계를 떠나서 삶의 보람이 어디에 있겠는가? 그것 없이 삶은 미몽(迷夢)에 불과하다. 또는 세계의 현실이 삶의 보람을 떠난 사실들만으로 이루어진다면, 삶의 의미는 어디에서 찾을 것인가?

사람이 원하는 것은 삶의 진실이다. 내적 체험의 심화의 참 의미는 그것으로 구상될 수 있는 자기탐닉(自己耽溺)의 세계가 아니라 삶의 진실에 이르는 새로운 길을 가리킬 수 있다는 데 있다. 체험은 예술을 통하여, 아니면 재구성의 노력을 통하여 구성된다. 구성적 노력은 경험을 형식적 균형 속에 포착한다. 그럼으로써 경험은 그의미 있는 모습을 드러낸다. 형식적 구성의 바탕에는 주체가 펼치는 캔버스가 놓여 있다. 그것은 사실들에서 형식을 포착하기도 하고 형식을 창조하기도 한다. 그것이 지시하는 것은 초월적으로 존재하는 형상의 세계이다. 그러나 예술이나 체험의 현실에 비추어볼 때, 이 세계는 구체적 사물과 사건 속에 삼투되어 있다. 이 관점에서 볼 때, 이 초월적이면서 현실적인 세계가 현현(顯現)하고 있는 것은 존재하는 모든 것을 포괄하고 있는 존재이다. 이 존재의 진리는 체험의 세계를 넘어 형이상학적, 철학적 탐구의 대상이 될 수 있다. 존재의 진리 또는 진실은 사실의 세계를 넘어 열리는 것이면서 사실 세계의 근본이 된다. 그러면서 사람은 이 존재의 열림에 참여한다. 그런 의미에서 사람은 형이상학적 존재이다. 어쩌면 인간의 삶은 깊은 내면의 체험, 학문적 탐구, 형이상학적 명상을 통하여서만 완성될 수 있다〔또는 장자(莊子)의 지혜를 빌리면, 기술의 연마야말로 진실에 이르는 현실의 방법이다〕.

일상적 삶의 풍요

그러나 사람의 삶은 어떤 경우에나 존재의 밖에 존재하는 것이라고 할 수는 없다. 이 존재에 뿌리를 내리고 있는 것이 사람의 삶이다. 그것은 일상적 삶의 경우에도 그러하다. 그리고 일상적 삶은 학문적 집중이 요구하는 삶의 협소화를 넘어 또 다른 가능성의 넓이를 갖는다. 이것은 순수한 삶의 풍요와 기쁨의 현실과 전망을 말한다. 학문적, 관조적, 명상적 삶은 일상적 삶의 타락으로부터의 구원을 찾는 노력이라고 할 수 있다. 그러면서 삶을 위한 하나의 지주가 된다. 이 삶은 건전한 일상적 삶을 포함한다. 좋은 삶을 위한 보이지

않는 지주가 아니라면, 명상적 삶(*vita contemplativa*)이 구원의 방도
가 될 수 없을 것이다.

말, 소통

그러나 명상은 삶을 단순화한다. 그러지 않고는 그것이 좋은 삶을
위한 수단이 될 수가 없을 것이다. 단순화를 통하여 그것은 삶을 하
나로, 하나의 전체성으로 볼 수 있게 하고, 스스로의 삶의 정향(定
向)을 도울 수 있다. 그러나 단순화는 단순화이면서 동시에 단순화
하라는 시사와 명령을 내포한다. 앞에서 말한 바와 같이 이것은 모
든 언어적 표현에도 함축되어 있는 의도이다. 앞에서 나는 정언적
명제가 포섭(*subsumption*)의 당위를 요구한다고 말하였다. "너희가
이런 이런 것을 아느냐" 하는 말, 또는 앞에서 언급한 시에서 이야
기되는 것처럼 "네가 아직 뭘 몰라서 그러는가 본데…" 하는 말에 들
어 있는 것처럼, 정보를 포함한 지식의 주장은 많은 경우 자만감과
압박을 내포한다.

　흔히 언어는 소통의 수단이라고 말하여진다. 이것은 특히 직접적
으로 주고받는 언어의 경우에 그러하다. 가장 순수한 예는 인사말
의 교환에서 보듯이 언어가 정서적 교환의 기능(*pathic function*)을
수행할 때일 것이다. 그러나 소통은 물론 의견의 교환을 가리킨다.
그러나, "그 사람은 소통이 되지 않는 사람이다"라고 할 때 볼 수
있듯이, 소통은 암암리에 발화자의 말이 통하지 않는다는 것을 말
하고, 발화자의 숨은 명령에 승복하지 않는다는 것을 말한다. 우이
독경(牛耳讀經)은 그 가벼운 증상을 진단하는 것이고, "말귀를 못
알아듣는다"는 조금 더 고집이 센 경우를 말할 것이다. 그러나 모든
집단을 환기하는 언어, 가령 집안, 가문, 학교, 동창, 민족 등 또
는 가치를 실은 말들, 가령 충효, 도리, 정의, 민주주의 등의 말은

이러한 압력을 숨겨 가지고 있다.

글, 자체 구성

그런데 사람 사이에 주고받는 말과 달리 글은 조금 더 자립적인 언어일 수 있다. 예이츠는 시는 시인이 혼자 중얼거리는 말을 곁에서 우연히 엿들은 것과 같은 언어사용이라고 한 일이 있다. 그러니까 청중을 상정하고 하는 말이 아니라는 것이다. 그러나 언어의 본질로 보아서도 듣는 사람이 없는 말이 어디에 있겠는가? 다만 언어 소통은 늘 직접적인 대인적(對人的) 의도를 노출함으로써만 이루어지는 것이 아니다. 혼자 중얼거리는 사람을 보게 되면, 조금은 기이한 느낌이 들지 않을 수 없을 것이다. 그러나 말을 하는 것이 아니라 글 쓰는 것은, 시가 되었든 산문이 되었든, 참으로 혼자 하는 행위이다. 그러니만큼 조금 더 정신을 글에 집중할 수 있다. 그렇다는 것은 미문(美文)의 작성에 주의한다는 것이라기보다 논리와 사실 그리고 사실의 귀추에 충실하게 된다는 말이다(잃어버린 시간을 재구성하는 것도, 앞에서 말했던 것처럼, 주관적 체험을 사실로 전환하여 그것을 관찰의 대상이 되게 함으로써 가능하게 된다). 이것은 결국 진실과 진리에 가까이 가기 위해서 생각하고 사실을 검토하고 하는 데 요구되는 금욕적 절제로 이어진다. 이 두 가지에 비슷한 태도가 있는 것이다.

가치중립적 언어

막스 베버는 학문과 정치의 관계를 설명하면서, 학문하는 사람의 기본적 사명은 정책적 선택의 사실적 귀추와 결과 그리고 부작용을 밝히는 일이라고 말한 일이 있다. 그리하여 정책의 좋고 나쁜 것을 직접 가리는 것이 아니라 정치가가 그것을 선택하는 것을 도와주는 것이다. 학문은 가치중립적이어야 한다는 말이다. 그렇다고 학문을 하는 사람이 정책의 좋고 나쁜 것을 가릴 수 있게 하는 가치관을 가지고 있지 않다는 것은 아닐 것이다. 베버는 정치적 선택의 사실적 전개의 여러 결과를 볼 때, 정치가도 그에 대한 윤리적 판단을 할 수 있는 능력을 가진 것이라고 생각한 것일 것이다. 즉, 그의 윤리적 도덕적 직관을 신뢰할 수 있다는 것을 전제한다고 할 수 있다. 그러니까 사실의 전개를 보여주면, 그는 스스로의 자유의지에 의하여 도덕적 선택을 할 것이라는 것을 기대하는 것이다. 사실을 사실로 규명하는 사람의 경우에도 전제되어 있는 것은 같은 도덕적 선택의 가능성일 것이다. 사실적 중립적이면서 깊은 의미에서 도덕적인 윤리적 가치들을 상정하는 것은 다른 글쓰기의 경우에도 두루 해당된다고 할 수 있다. 글쓰기의 의의는 사실과 논리에 충실한 데에 있다. 다만 어떠한 글도, 말도 사실과 앎의 지평 더 나아가 시대적으로 선(先)선택된 구역 존재론의 영향으로부터 자유로울 수 없다. 위에서 진술한 대로, 말한다는 것이 이미 그러한 지평과 바탕의 힘 그리고 언어의 특별한 왜곡에 순응한다는 것을 뜻한다. 그리하여, 그것도 반드시 가능한 것은 아니지만, 끊임없는 반성과 비판, 해체와 재구성의 되풀이만이 이러한 지평적 제한을 어느 정도 극복하는 방법이 될 것이다.

Ⅳ. 감사의 말씀

이번의 문선(文選)의 첫 발상은 나남출판사에서 시작했다. 〈나남문학선〉 시리즈에 초대하여준 조상호 사장께 깊은 감사를 드린다. 아울러 이런 긴 변론(apologia)을 작성하느라고 출판 작업을 지연하시게 한 것에 대하여 사과드린다. 이번 문선을 구성하는 데에 참으로 주인 역할을 한 것은 문광훈 교수이다. 흩어져 있는 남의 글을 철저하게 그리고 광범위하게 검토하여 적절한 글을 골라 책으로 만든다는 것은 보통 어려운 일이 아니다. 그것은 엄청난 노동을 요구하는 일일 뿐만 아니라, 엄청난 정신력의 집중을 요구하는 일이다. 잡다한 사실들에서 일관된 줄거리를 잡아내는 일이기도 하기 때문이다. 조상호 사장께서 이 일을 직접 저자가 맡아달라고 하였더라면, 아마 나는 그 일을 해내지 못하고 말았을 것이다. 그것은 시간과 정력이 모자란 탓도 있지만, 쓴 글을 시간이 지난 다음에 다시 읽어보는 일을 나는 잘 하지 못한다. 그 일에는 발견의 재미가 없기 때문이 아닌가 한다. 그리고 다시 읽으면 결여된 사항들이 너무나 많이 새삼스럽게 눈에 들어오게 된다.

문선에 덧붙이는 글이 길어진 것도 이러한 것들에 관계된다. 자신의 글을 다시 읽고 일관성을 찾아내고 하는 것보다는, 글을 쓰기 시작한 지가 수십 년이 되었지만, 그것을 추동한 동기와 관점과 입장이 있지 않겠는가 하는 생각에서 그것을 밝혀보고자 한 것이 여기에 덧붙이는 글이다. 그런데 그것도 수없는 샛길로 빠지는 일이 되고 말았다. 하여튼 스스로 중심이 되는 입장을 밝혀보자는 것은 문 교수를 돕겠다는 의도가 없지 않기 때문이었다. 그러나 결국 그 장황함으로 폐가 되고 말았다. 사과드린다. 그러나 물론 사과 이전에 어려운 작업을 맡으신 문 교수에게 깊은 감사의 마음을 전하고 싶다. 그리고 다시 한 번, 이 문선을 처음 발의하고 기다려주신 조상호 사장께 감사드린다.

2013년 11월 7일

1

1

헌책들 사이에서

낡은 물건들은 우리에게 구토를 느끼게 한다. 우리 관습에서, 입던 옷 특히 죽은 사람이 입던 옷은 꺼림칙한 느낌을 불러일으키는 것으로 되어 있다. 이삿짐이 된 살림살이 물건들은 산다는 일이 얼마나 너저분한 잡동사니로 이루어졌는가를 드러내주어 우리를 우울하게 한다.

헌 물건들의 이질감은 헌책에서도 느낄 수 있다. 최근에 나는 집을 수리하게 되었다. 그러면서 해야 되었던 일의 하나는 집에 있는 책을 상자에 넣어 옮겼다가 다시 풀어 정리하는 작업이었다. 그동안 책이 거의 몽땅 없어지게 된 일도 두어 번 있었지만, 그래도 젊은 시절부터의 책으로 아직도 남아 있는 것도 있는데, 그러한 책은 물론 제대로 장서되지 못했던 많은 책이 바랜 종이, 문드러진 책장, 떨어진 표지 등으로 하여 그 몰골이 너무나 흉하고 시들하였다. 책의 매력은 그것이 약속해주는 정보나 이야기나 사색의 깊이에서만 오는 것은 아니다. 새 책의 새 종이에서 나는 향기와 같은 것이 책의 쾌락의 일부임은 부정할 수 없다. 새 책의 산뜻함은 책이 펼쳐 보여줄 세계로 들어가기 전에 벌써 새로운 모험의 흥분을 우리에게 예감하게 한다. 헌책은 이러한 흥분을 일으키는 상태로부터는 너무나 멀리 있다. 특히 그것이 단순히 치워져야 할 대상이 될 때 더욱 그렇다. 치워야 하는 대상으로 내 앞에 놓인 나의 헌책들은 잉여의 사물로만 느껴진 것이다. 무엇 때문에 이 많은 책이 필요했던 것인가. 책에서 책으로 건너며 헤매며 그 안에서 지혜를 찾을 수 있다고 생각하는 것은 얼마나 어리석은 것인가.

 헌책들도 그 익숙한 자리에 있을 때 그렇게 이질적 느낌을 주지 아니한다. 이것은 헌 옷의 경우도 마찬가지다. 내가 입고 있는 한 그것은 오히려 편안한 느낌만을 줄 수도 있다. 이삿짐은 이삿짐이 될 때까지는 그 잡동사니의 성격 — 사실상 버려야 할 쓰레기에 별로 다르지 않은 것과 같은 너절한 느낌을 주지 아니한다. 요긴한 물건이냐 쓰레기냐 하는 것은 사물 자체의 성질로서 결정되는 것이 아니라고 할 수 있다. 질서를 벗어난 물건은 편의품이 아니라 장애품이 되고 폐물이 된다. 이 질서는 삶의 질서이다. 그것은 질서라는 말이 풍기는 바와 같은 기하학적, 논리적 또는 법률적 형태의 것만을 말하는 것은 아니다. 삶의 질서는 그러한 것도 포함하지만 그것으로는 도저히 포용할 수 없는 정교한 친화의 균형으로 이루어진다.

 익숙함의 느낌이 나와 내 헌 옷 사이의 간격을 보이지 않게 한다. 헌 물건들도 익숙함과 생활의 편의 속으로 다소곳이 스며들어갈 수 있다. 그것의 위상은 궁극적으로는 허하고 실한 것이 적절하게 배치된 공간에 달려 있다. 이 공간은 단순한 공간이 아니다. 이미 말한 바와 같이 거기에는 익숙함과 생활의 편의의 보이지 않는 거미줄이 들어 있다. 뿐만 아니라 어떤 물건들은 우리의 개인적 또는 사회적 역사를 담고 있다. 그리하여 남에게는 전혀 구접스럽게만 여겨지는 것도 보는 나에게는 특별한 의미를 가질 수 있다. 살림의 공간은 우리의 개인적 기억과 사회적 전통이 가로질러 가는 공간이다〔우리 시대의 황폐성은 이러한 보이지 않는 인간적 맥락으로 이루어지는 공간이 획일적인 물질과 사회의 지표에 의하여 단순화되었다는 데에도 있다. 전래의 가구나 연장은 새로운 상품에 의하여 대치되고 개인의 생활과 기억의 공간의 섬세함은 오로지 유린(蹂躪)의 대상으로 드러날 뿐이다〕.

헌책의 존재도 여러 가지 복잡한 삶의 그물 속에서 성립한다. 헌책의 혐오감은 고서(古書) 수집가나 고서에서 정보를 찾는 연구가에게 이해하기 어려운 느낌일 것이다. 고서는 그들의 취미와 지적 정열의 틀 속에서 매우 독특한 자리를 차지할 것이다. 그리하여 그들에게는 헌책의 퀴퀴한 그러나 구수한 냄새, 잘 길들여지고 익어 있는 갈피 등은 아늑한 분위기를 가진 것이 될 것이다.

그러면서 우리가 생각하는 것은 어떤 관심의 구도 속에서 헌책의 물리적 특징이 갖는 매력이 단순히 심리적 현상만은 아니라는 사실이다. 취미나 학문의 관점에서 귀중할 수 있는 헌책이라 하여 그 감각적 매력이 다 같을 수는 없다. 그 가운데도 지질이나 제본이나 인쇄나 보존상태가 좋고 나쁨이 문제가 된다. 우리를 사물과 세계에 이어주는 것은 공리적 또는 구조적인 규정을 넘어가는 복잡한 끈이다. 이 끈은 감각을 타고 흐르는 즐김의 끈만큼 직접적이고 가까운 것일 수도 있다. 더 일반화하여 말하면 세계 속에 삶이 있다는 것 자체가 그러한 끈이다. 삶은 그 가장 단순한 상태에서도 본질적으로 스스로를 넘어가는 거기 있음이다. 헌 옷은 삶의 있음에서 벗어져나감으로써 헌 옷이 된다. 죽은 사람의 옷은 더 직접적으로 삶의 떠나감으로 하여 이질감을 주는 것이 된다. 죽은 동물의 시체, 시들어버린 꽃은 더 단적으로 삶의 거기 있음과 없음이 물질적 존재를 어떻게 다르게 하는 것인가를 보여준다.

나의 헌책은 물질적 측면에서, 일상적 삶의 공간에서의 위상과 관련해서 달라진다. 그러나 궁극적으로 책을 지탱해주는 것은 삶의 에너지이다. 헌책에서 내가 경험하는 것은 이 에너지의 밀물썰물의 가능성인 것이다. 비단 이번의 집수리에서만 느낀 것은 아니지만, 얼마 전부터 나는 나의 책들이 빛바랜 헌 종이의 느낌을 주는 것을 문득 느낄 때가 있다. 나는 이 책들이 아직 새 것이었을 때, 새로 구입하였을 때의, 아무리 가벼운 것이었을망정, 흥분을 가능하게 한 삶의 에너지의 장(場) 속에 있는 것이 아니다. 어떤 책은 읽었어도 그 많은 것을 잊어버렸고 어떤 것은 읽지도 아니하였고 그중 어떤 것은 어떠한 관련에서 샀는지도 잊어버렸다.

　무엇이 어떤 책, 어떤 문제가 우리의 긴박한 관심을 끄는 것이 되게 하는가? 사회적 동기나 개인적 동기는 무엇이었을까? 한 가지 확실한 것은 오늘의 긴박성이 내일의 긴박성이 아니라는 것이다. 모든 관심과 생각은 어떤 요인들로 하여 구성되는 문제의 지평 속에서 일어난다고 하지만, 관심과 생각이 스러지는 것은 반드시 문제가 해결되었기 때문은 아니다. 어떤 문제는 곧 해결되지 아니하면 다음 단계로의 발디딤이 불가능할 것처럼 여겨진다. 그러나 많은 문제들은 해결을 기다리지 않고 스스로 사라져버리고 만다. 답변도 마찬가지이다. 삶과 관심의 간만(干滿)은 문제와 답변의 변증법을 선행한다.

　헌책에서 내가 느끼는 것은 세월이며 나의 늙어감이다. 가지고 있는 책이 헌책이 되는 것은 장서주(藏書主)가 나이가 들어간다는 단순한 사실을 뜻하는 것에 불과하다. 세상에 틀림없는 사실 중의 하나가 사람의 삶은 삶의 신장이면서 동시에 삶의 쇠퇴 또 죽음으로의 행진이라는 것이다. 이것이 반드시 일정한 속도로 진행되는 것은 아니다. 사실 이것을 일정한 속도로 움직이는 시간 속의 과정이라고, 더 나아가 일직선으로 균일하게 진행하는 시간이 있다고 생각하는 것은 어리석은 환각(幻覺)에 불과하며, 근원적인 시간은 또 시간 안에서의 삶은 순수한 지속이고 그것은 양화(量化)할 수 없는 질(質)의 사건이라는 베르그송의 시간론(時間論)은 시간에 대한 문학적 명상 속에 되풀이하여 나타나는 시간론이다. 우리 자신 그러한 시간의 질적 체험을 갖는 경우가 있다고 느낀다. 그럼에도 불구하고 삶의 과정이 균일하게 외면으로부터 적용되는 절대적인 객관적 법칙에 의하여 지배된다는 것을 부정할 수는 없다. 그 법칙의 하나가 삶의 과정이 곧 죽음의 과정이라는 것이다. 그것을 우리가, 질적으로 같은 것인지 아닌지는 확실치 않되, 삶 속에서 체험하는 방식이 늙어간다는 것이다. 우리가 아무리 시간을 순수 지속이라고 하여도 죽음과 늙어감은 절대적인 객관적 사실이고 다소간의 차이는 있을망정 피할 수 없는 또 예측 가능한 객관적 시간 안에서 일어난다.

물론 삶 속의 죽음인 늙어감이 반드시 균일하게 진전되고 우리 의식에 기록되는 것은 아니다. 그것도 질적 도약으로 우리에게 나타나는 것처럼 보인다. 어느 날 문득 물질적 지적 신선함을 잃어버린 책이 헌책이 되듯이, 어느 계기에 우리는 세월과 나이를 문득 깨닫는다. 그러나 이 경우에 늙어감의 체험은 사물과 세계에 대한 질적 체험과는 근본적으로 그 성질을 달리한다. 그것은 세계의 내면화를 의미했다. 나의 늙어감의 체험도 그것이 체험인 한 내면화 과정이지만, 여기에 내면화되는 것은 나 자신이고, 이 나 자신은 외면적 존재로서의 나이다. 이 나는 외면적 시간 속에서 그 법칙의 지배하에 있는 물질적 존재이다. 그것은 다른 사물과 근본적으로 다른 것이 아니다.

나의 근본적 운명을 결정하는 것이 외적 존재로서의 나라면, 내적 존재로서의 나는 완전히 허깨비에 불과하다. 나의 거기 있음으로 하여 세계가 의미 있는 것으로 펼쳐질 수 있었다면, 바로 이 나의 있음도 허깨비와 같은 것이다. 내가 보는 세계 또한 허깨비에 불과하다. 나는 허깨비들의 환각 속에 있었다. 그러나 우리의 삶의 의미와 풍미는 전적으로 그것으로부터 연유하는 것 같지 아니하였던가. 그것의 객관적 의미야 어떠한 것이든지 간에 외면적 존재로서의 나에 대한 체험은 또한 나의 삶의 있음, 삶의 분출, 즐김의 대상으로 될 수는 없는 것인가. 외면적 존재로서의 나도 내적, 질적 체험으로 나타난다는 것은 그것 또한 허깨비와 같은 나의 매개 없이는 현실화될 수 없다는 것을 말하는 것으로도 보인다. 나의 내적 체험으로 늙음과 죽음, 즉 시간을 정복할 수 없는 것이라면, 나의 질적 체험이 이것을 끊임없이 근접해가는 것이 되게 할 수는 있는 것일 것이다. 그리하여 그것이 나의 삶의 질적 지속의 일부가 되게 할 수가 있을 것이다. 종교적 가르침들이 가르치는바 죽음의 관점에서 또는 영원의 관점에서 나의 오늘의 삶을 바라보는 일이 이에 비슷할 것이다. 그러한 관점에서는 우리의 삶이 보다 원만한 모양 속에 조화될 수 있을 것인가.

어떤 종류의 문학적 기억력이 하는 일은 바로 그러한 일처럼 보인다. 프루스트는 기억을 통하여 그의 삶을 되찾았다. 그는 한편으로 지나가버린 삶의 감각적 내용을 돌이키면서 다른 한편으로 이것을 체험의 지속으로 끌어올릴 수가 있었다. 그러한 승화작용을 통하여 현재적 시간 속의 삶은 그 풍요를 잃지 아니하면서 그것을 넘어가는 의미를 지닐 수 있다. 거기에서는 아무것도 잃어진 것이 없다. 현재적 시간이나 체험의 패턴은 그 자체 안에 서로를, 모든 것을 지닌다.

물론 이것은 예술 속에서의 일이다. 이것이 현실로 가능할까? 프루스트의 예술이 가능하기 위해서는 프루스트의 신분과 사회와 예술적 전통이 있어야 했지만, 현실의 선행조건은 훨씬 더 복잡하고 쉽게 통제할 수 없는 것이다. 만족할 만한 삶은 결국은 사회적으로 얻어질 수밖에 없다. 이것은 확보된 물질적 조건과 사람의 삶이 행복한 모양에 대한 사회적 스타일과 관습이 있어서 가능하다. 우리는 문화가 말하는 어린 시절, 그 젊은 시절, 그 노년을 보낸다. 그것은 충실한 것일 수도 공허한 것일 수도 있다. 우리 시대에 자신의 내면적, 외면적 삶을 하나로 사는 것이 가능한가. 이러한 질문은 우리의 생각을 더욱 많은 장애와 모순이 얽혀 있는 사회에 대한 이론과 사회적 실천으로 향하게 한다.

여하튼 우리에게 직접적으로 주어진 것은 현재의 감각적 복합체로서의 우리 자신의 삶이다. 이 삶의 직접성을 훼손하는 것은 삶 자체를 훼손한다. 이것은 늙어감에 의하여, 죽음에 의하여 갑작스럽게 중단된다. 또 그것은 우리를 내면적 존재로서 볼 수 없는 타인에 의하여 그리고 무엇보다도 우리를 동원의 대상으로 보고자 하는 모든 사회적 기획에 의하여 훼손된다. 그리고 감각적 복합체로서의 구체적 삶은 추상적 언어 — 상투적인 것이 된, 그렇다는 것은 생존이 구체의 풍요를 잃어버리고 껍질이 되어버린 상투적 추상어에 의하여 손상된다. 어려운 사회는 이러한 것들이 제기하는 문제들을 한층 어렵게 한다. 다른 한편으로 감각적 복합체로서의 삶 그것은 살 만한 것인가. 그것은 언제나 넘쳐나는 것 같으면서 끊임없는 흩어짐이다. 지난 순간의 삶은 영원히 사라져가고 흩어져간다. 또 우리의 감각적 삶은 그 자체로서 얼마나 좁고 짧고 간단한가. 감각적 삶의 특징은 권태이다.

그러나 삶 자체가 끊임없이 자기를 넘어가는 것인 한, 감각적 복합체로서의 삶은 그 자신 이외의 것을 지향한다. 그것은 사물과 세계를 향한 충동이다. 그것은 자신으로 돌아가는 일에서도 자신을 넘어서 자신으로 돌아간다. 이 초월의 움직임 속에는 이미 의미가 들어 있는 것으로 보인다. 메를로퐁티의 말로 감각(sens)은 방향(sens)을 가지고 있고 의미(sens)를 가지고 있다. 그러기에 그는 그의 철학적 사고의 기초를 지각에 두었다. 그러나 지각의 일체성에 대한 깨우침에도 불구하고 그는 감각이 어떻게 사회와 역사의 의미에까지 이를 수 있는지를 분명하게 밝히지 못했다(그러한 밝힘이 가능하다고 생각하는 것이 문제일는지 모르기는 하다).

되풀이하건대 추상적 언어, 특히 상투어가 되어버린 언어는, 구체적 삶의 살아 숨 쉬는 가변성을 잃어버린 언어이다. 여기에 대하여, 이상적으로는 문학의 언어는 삶 그 자체의 움직임과 함께 있으려는 언어이다. 그러나 그것은 언어라는 사실에서 이미 삶으로부터 일정한 간격을 가지고 있다. 이것은 극히 답답한 일이면서 또 우리의 은밀한 구도에 맞아 들어가는 일이다. 우리는 삶의 직접성 속에 있으면서 동시에 그것을 넘어가기를 원하고 있기 때문이다. 그리하여 삶의 주어진 체험 속에 삶의 모든 것, 그 조건의 모든 것까지를 거머쥐기를 바라는 것이다. 문학의 언어, 일상적 삶의 언어이면서 그것에서 쉽게 얻을 수 없는 스타일의 고양을 얻은 문학의 언어는 이러한 일에 또는 이러한 일의 가능성을 시사하는 데 특히 적절한 것으로 보인다. 그러나 이것 또한 이상적 구상에 불과할 수 있다. 우리의 문학적 탐험이 멈추지 않는 것은 삶의 운동에 일치하며 그것을 보다 좋은 의미로 지양하는 언어를 아직 발견하지 못하였기 때문이다.

어쨌든 우리의 문학에 대한 경도는, 그것이 그렇다고 분명히 의식되기 전이라도, 이러한 삶의 충동에 끌리고 있기 때문이다. 나에게 삶의 구체성과 그것의 보다 큰 형식적 가능성은 문학을 계속 생각하게 하는 두 동기이다. 그러나 돌이켜 보건대 여기에 대한 성찰은 아무런 결과도 낳지 못한다. 이것은 모두 합쳐야 몇 권 되지 않는 책을 낼 때마다 느끼는 망설임의 원인이 된다.

글의 존재 이유는 그것이 어떤 방식으로든지 진리를 밝히는 데 관계된다는 데 있을 것이다. 물론 진리란 무엇이냐를 새삼스럽게 물을 수도 있고 도대체 진리라는 것이 존재하는 것인가를 물을 수도 있다. 이러한 질문은 포스트모더니즘의 핵심적 질문이다. 그러한 질문 자체가 곧 허무주의와 퇴폐주의에 직결되는 수도 있지만, 그렇다고 하여 질문 그것이 있을 수 없는, 있어서는 안 되는 질문인 것은 아니다. 그리고 진리의 존재가 의심된다고 하더라도 진리의 중요성이나 필요는 없어지지 아니한다. 포스트모더니즘의 선구자로 자주 이야기되는 니체 자신 진리의 절대성을 부정하면서도 그것이 살기 위하여 필요한 것임을 선언한 바 있다. 그는 삶을 위한 착각으로라도 진리가 필요하다고 하였다.

필요의 관점에서 진리의 가장 중요한 기능의 하나는 질서라고 할 수 있다. 그것은 잡다한 현상을 단순한 원리 속에 통합하는 역할을 한다. 우리의 삶이 끊임없는 기획이며 선택이라고 할 때, 우리는 이러한 단순화의 원리를 필요로 한다. 이 원리는 사물의 원리이면서 기획과 선택의 수행 경로를 나타내는 것이다. 이 원리가 진리가 아니라는 것은 그것이 반드시 사물의 실상에 일치하는 것이 아니라는 말이라고 하겠지만, 이 일치는 현실적으로는 정도의 문제일 뿐이다. 사람이 현실적 삶의 수행 속에 있는 한, 이 원리는 어느 정도 현실적 결과를 가져옴으로써 원리로 받아들여지는 것이기 때문이다. 진리를 질서의 원리라고 할 때, 그것은 현실적 효율성을 가지고 있는 한, 보다 큰 질서를 확보해주는 것일수록 보다 큰 진리성을 갖는다고 할 수 있다. 이렇게 볼 때 체계성은 진리의 중요한 특징으로 생각될 수 있다. 진리는 말로 표현되어야 하는 것이지만, 말은,

또 스스로를 진리라고 주장하는 말은 진리의 수단이면서 또 억견 (臆見)의 전파자이다. 무엇이 억견이고 무엇이 진리인가 하는 것을 가려내는 것은 단순한 기준으로 가능한 것이 아니지만, 여기에서도 적어도 하나의 기준이 되는 것은 여러 현상을 통하여 견지될 수 있는 일관성 또는 체계성이다.

내가 대학에 들어간 것은 6·25 전쟁이 막 끝났을 때였다. 그때 널리 유행되었던 것은 실존주의 철학이었다. 모든 유행이 그러하듯이 그것은 물론 단순한 유행만은 아니었다. 전쟁과 전쟁 후의 혼란이 사람들로 하여금 실존주의의 절박한 인생관에서 그들이 처해 있는 상황에 대한 설명을 발견하게 한 것이었을 것이다. 물론 우리 세대가 전쟁의 가장 큰 피해자였던 것은 아니었고 오히려 우리는 오랜만에 가장 운 좋은 세대였다. 그렇기는 해도 삶의 바탕은 실존주의에서 설명을 발견하기에 적합할 정도로 불확실한 것이었을 것이다. 실존주의 관점에서 삶의 유일한 확실성은 그때그때의 나의 실존적 절실성(切實性)이고 그것을 넘어가는 어떠한 기획도 생각도 허황한 것이다.

그러나 이러한 불확실성은 우리 세대만이 아니라 우리 시대의 일반적 특징이라고 할 수도 있다. 우리 역사상 미증유의 격변 속에서 무엇을 길게 생각하고 길게 기획할 것인가. 어떻게 하여 실존으로부터 사고에로의 이행이 가능한가 하는 것은 로고스가 부딪치는 영원한 문제이다. 그러나 이것을 증폭하는 것이 오늘의 시대이다. 1960년대, 70년대를 거치면서, 우리의 삶의 문제는 삶의 구조의 문제이고 그 구조는 사회적으로 결정되고 이것은 정치적 수단에 의해서 바로잡아질 수 있는 것처럼 보였다. 80년대는 정치적 투쟁의 시대였다. 그것이 이룩한 것도 많았다. 사람이 사는 조건이 사람들의 집단적 노력에 의하여 고쳐질 수 있다는 것을 부정할 수는 없다. 그러나 그것은 어디까지나 '고치는' 일에 한정되는 것으로 보인다. 그 외의 것에서 우리는 삶의 변화에 끌려갈 뿐이다. 이 변화를 인간적 속도의, 통제할 수 있는 것으로, 또 영원한 행복의 실현으로 거머쥘 수 있을까. 세계의 곳곳에서 이제 모든 이상적 구상은 끝난 것처럼 보인다. 사람의 생각과 행동에도 일정한 리듬이 있고 영고성쇠가 있다면, 오늘에 있어 긴 생각의 쇠퇴는 일시적인 썰물인지도 모른다. 그렇더라도 오늘에 남은 것은 개체적 실존인 듯하다. 그의 삶은 그때그때의 우발성(偶發性)에 의하여 특징된다.

실존적 우발성은 인간의 내면에서도 확실한 것이 없다는 말이다. 그러나 반드시 그러한가. 적어도 인간성의 항수는 없는 것인가. 전통적 관점에서 도덕의 근원은 사람의 내면의 요구였다. 그 외에도 사람의 욕구는, 비록 그때그때의 세상의 자극에 의하여 결정되는 듯하면서도, 궁극적으로는 사람 자신의 사람답게 살고자 하는 깊은 충동에 이어져 있다. 현대 사회의 정치철학은 전부 필연성에 대한 탐구이다. 그것은 사람이 일정한 방식으로 행동하지 않을 수 없게 하는 요인에 대한 탐구이다. 그것은 결국 사람을 강제할 수 있는 방법이 무엇인가를 연구하는 것이다. 일을 자신의 직성대로 풀어나가는 데에는 물리적이든 이론적이든 심리적이든 힘을 빌리는 것이 간단하다. 그리하여 자유의 정치학은 과학이 되지 못한다. 그러나 인간이 인간인 한 그의 자유가 무한한 것은 아니다. 자유와 필연의 차이는 어쩌면 멀리서 보느냐 가까이서 보느냐의 원근법의 차이에 불과하다고 할 수 있다. 사람의 자유는 사람의 필요에 이어져 있다. 이 필요는 생물학적인 것도 있고 개인적 사회적 삶의 형성적 지향에 관계되는 것도 있다. 칸트는 자유의 영역에서도 피할 수 없는 것이 있음을 말하였다. 도덕적 지상명령(至上命令)과 같은 것이 그 가장 단적인 예이다. 여기서 이러한 이야기를 하는 것은 칸트의 지상명령에로 돌아가야 한다는 뜻에서가 아니다. 오늘의 상황에 의하여 우리가 다시 찾아 들어가는 사람의 구체적 실존에서 시작하여도 사람이 의지할 수 있는 근거가 없지 않다는 것을 상기하고자 하는 것이다. 다시 말하여 새삼스럽게 전통적 덕목의 좁은 세계로 들어갈 수는 없는 일이다. 인간의 구체적 실존, 그의 내면으로 돌아간다고 하더라도 그것은 보다 더 인간의 구체적 삶을 포용하는 것이어야 할 것이다.

모든 이상적 구도가 곤비(困憊)의 상태에 빠졌다고 하더라도 우리의 삶을 규정하는 커다란 기구가 없어졌다는 것은 아니다. 그것은 유일한 사회적 삶의 방법이 된 자본주의의 기구이다. 적어도 당분간 여기에 대항하는 것 또는 비판적 수정을 가할 수 있는 것은 깊은 내면에 감추어 있는 인간다움에 대한 요구 이외의 다른 것이 없을 것으로 보인다. 구체적 삶을 고집하는 것은 이러한 요구의 움직임을 살펴보는 일이다.

나 자신으로나 그때그때의 글의 계기로나 이야기할 수밖에 없는 것만을 이야기하겠다는 것이 나의 유일한 방법이었다면 방법이었다. 그러나 그것은 쉽게 삶의 우발성에 자신을 맡기는 일이다. 이 우발성 속에서 우리의 구체적 시간, 우리의 생각, 행동은 곧 빈껍데기가 되어버린다. 헌책보다 빨리 헌책이 되는 것은 책을 만지작거리던 삶의 구체적 순간이다. 나의 헐어버린 책보다 더 허무한 것은 그 책을 샀을 때의 나의 책의 구체적 계기이다. 나의 생각은 삶의 구체적 계기에 충실한 것일까. 그렇다고 하더라도 그것은 나무의 몸체를 떠난 잎사귀들처럼 어지럽게 흩어질 뿐이다. 삶의 역설은 가장 구체적인 것이 가장 추상적이라는 것이다.　　　　　　(1992)

문학적 송신

1

글을 쓰며 읽는다는 것은 무엇인가? 신동집(申瞳集) 씨의 시집 《送信》의 표제시를 인용하여 출발점을 삼아 보자.

바람은 寒露의
音節을 밟고 지나간다.
귀뚜리는 나를 보아도
이젠 두려워하지 않는다.
차운 돌에 수염을 착 붙이고
멀리 무슨 信號를 보내고 있다.

어디선가 받아 읽는 가을의 사람은
일손을 놓고
한동안을 멍하니 잠기고 있다.
귀뚜리의 送信도 이내 끝나면
하늘은 알 수 없는
青瓷의 深淵이다.

이 시에서 귀뚜리의 신호는 물론 시인 자신의 송신에 비교되는 것이겠는데, 시인은 무슨 내용의 신호를 누구에게 보내는 것일까? 우리는 일단 이 시의 송신은 내용이 없는 것이라고 할 수밖에 없다. 그러나 이 시가 아무것도 전달하는 것이 없다고 말하는 것은 맞지 않는 이야기일 것이다. 우리는 이 시에 어떤 공간이 있음을 느낀다. 이 공간은 비어 있다고만은 할 수가 없다. 신동집 씨의 시가 보여주는 공간은 우리 시인들이 늘 노래해 온 우리나라의 가을의 공간이다. 그것은 비어 있는 것이면서 어떠한 신비를 전달해 준다. 이 신비감은 그 공간이 비어 있으면서 어떠한 의미에로의 형성을 암시해 주는 것이란 데에서 온다. 위의 시에서도 가을의 공간은 이미 어떤 의미의 가능성에로 형성되어 가고 있다.

　"바람은 寒露의/ 音節을 밟고 지나간다." 바람이 이루는 음절이 무엇인지를 우리는 알지 못하지만 그것이 어떠한 음절 비슷한 것을 이룰 수 있음을 안다. 옛 사람이 그 음절을 하나의 표현으로 잡아본 것이 한로(寒露)라는 절후의 이름이다. "귀뚜리는 나를 보아도/ 이젠 두려워하지 않는다." 가을은 비어 있는 것이면서도 시인과 귀뚜리를 하나의 공존 속에 묶고 있으며 이 공존의 공간에서 시인은 귀뚜리 또한 어떤 확연히 잡을 수 없는 신호를 보내고 있는 것처럼 느낀다. 이렇게 바람이나 귀뚜리가 파문을 일으키고 있는 공간의 다른 쪽에 수신자가 있어서 그는 일상적 작업과 일상적 의식과정을 중단하고 귀뚜리의 송신에 참여한다. 그러나 귀뚜리의 신호는 역시 내용 없는 것이고, 그것이 전달해 주는 것은 비록 청자(靑瓷)에 비교되기는 하였지만, 건너뛸 수 없는 공간, 하늘의 심연(深淵)이다.

　〈送信〉이 이야기하는 것은 하나의 침묵의 공간이다. 동양의 시인들은 이에 비슷한 여백의 공간을 전달하는 데 능했고 우리의 시인들은 가을 속에서 이 여백을 많이 느껴왔다. 이 시의 뛰어난 점은 여백의 공간을 참으로 침묵의 공간으로 전달하고 흔히 그렇게 하기 쉽듯이 부질없는 감상으로 메워 버리지 않는다는 데 있다.

어떤 의미에서 모든 시의 본질적인 전달은 침묵의 전달이며, 비어있는 공간의 제시이다. 〈送信〉은 우리들의 의사전달의 밑에 깔려 있는 공간을 특히 확대하여 보여주는 좋은 보기이지만, 어떤 시, 어떠한 말의 사용에도 이러한 공간은 어느 만치 들어있는 것이라고 할 수 있다. "친구를 만났다"고 할 때, 여기서 주어와 술어를 잇고 있는 것은 무엇인가? 또는 더 나아가 우리가 사용하는 음절 하나 하나를 이어 주고 있는 것은 무엇인가? 한 소리가 한마디의 말로 움직이고 한 말이 다른 말로 움직이는 것을 가능케 하는 근본 바탕을 이루는 것도 이 시에서 제시되는 바와 같은 어떤 공간이 아닐까?

2

"코끼리는 전염성이 강하다"라는 진술이 있다고 하자. 이러한 말은, 그 이해할 수 없다는 불합리로 하여 우리의 마음을 억압한다. 마음은 이 억압에서 헤어나려고 몸부림하게 된다. 그리하여 마음은 윤활하게 움직이는 세계에 우뚝 솟은 이 이질물(異質物)의 용해작용에 착수하게 된다. 그러나 이해의 평면을 조금만 조정해 보면, 이러한 말도 별로 어렵지 않게 해석된다. 우선 "코끼리는 전염성이 강하다"는 말은 어떤 코끼리가 전염병에 들었다는 사실을 말하는 것이라고 간단히 해석할 수 있다. 그러나 이것을 바른 해석이라고 하기는 어렵다. 사실 이렇게 해석된 내용을 전달하려면 앞의 문장은 "이 코끼리 또는 저 코끼리는 전염성이 강하다" 정도로라도 문장을 고쳤어야 마땅한 것이기 때문이다. 문장을 개조하지 않고 주어진 대로 해석하는 방식을 생각해야 할 것이다.

우리는 "결핵은 전염성이 강하다"라고 말한다. 이것은 생활조건이 성립하는 곳이 있으면 결핵균은 곧 번식하여 간다는 말이다. 그리고 여기에는 인간의 입장에서 별로 반가워할 수 없는 사실이라는 판단이 이 말에서 포함되어 있다. 전염성이란 말은 습관상 병균에 한정하여 쓰고 있지만 조금만 넓혀 생각한다면 코끼리가 전염성이 있는 것으로 말하지 말라는 법도 없을 것이다. 코끼리도 생활조건만 알맞게 성립한다면 무섭게 번식할 수도 있을 것이고 그 번식이 다른 생물체에 위협으로서 느껴질 수도 있을 것이다. 이렇게 보면 사람만치 전염성이 강한 것도 없을 것이다. 요즘 자주 듣는 '인구 폭발'이란 말은 이 점을 다른 관점에서 표현한 말이지만 사람도 하나의 생물이며 다른 생물체에 피해를 주어가면서 퍼져가는 것이라고 본다면, '인간 전염'이란 말이 더 적절한 표현이라고 할는지도 모른다.

이렇게 하여 우리는 일단 "코끼리는 전염성이 강하다"라는 문장을 알 만한 것으로 옮겨 놓았다. 코끼리와 전염성 사이의 단층적인 공간이 이제 연속적인 것으로 바뀐 것이다. 이것은 본래의 문장에 없던 연계관계를 우리 스스로 구축함으로써 가능하여진 것이다. 대개 시인의 기술 가운데 하나가 연계관계를 빼어버리는 일인데, 이러한 생략법의 취지는 어디에 있는 것일까? 어떠한 의미전달에서도 마음을 경유하지 않고 이루어지는 전달이란 생각할 수 없는 일이지만 대개의 언어 현상에서 전달은 너무도 빠른 속도로, 또 너무나 쉽게 이루어지기 때문에 우리는 마음의 어떤 작용이 개입한다는 기초적인 사실을 잊어버릴 수도 있다.

아마 시인의 생략법이 우리에게 일깨워 주는 것은 이러한 원초적인 사실일 것이다. 즉, 우리는 코끼리와 전염성 사이를 잇는 사이에 의식의 넓은 공간을 접하게 된다. 해석의 과정을 통해서 마음이 의미발생의 창조적 근원임을 우리는 깨닫게 되는 것이다. 그러니까 "코끼리는 전염성이 강하다"는 말로써 시인이 전달하고자 하는 것은 단순한 의미내용이 아니라 의미발생의 과정 자체이며, 그 과정을 통하여 마음의 경이를 표현하고자 하는 것이다. 물론 이것도 그리 쉽게 의식되는 것은 아니므로, 앞에서 본 〈送信〉과 같은 시의 확대 부연이 필요한 것인지 모른다. 하여튼 마음의 경이는 시작(詩作) 경험의 중심적 내용을 이룬다는 것은 일단 주장할 수 있는 말일 것이다.

의미가 창조된다고 말할 때, 물론 이것은 무(無)로부터의 유(有)의 창조를 말하는 것은 아니다. 독자의 경우 코끼리의 전염성을 발견하는 것은 시인의 의미를 재창조하는 것에 불과하다. 시인 쪽에서 볼 때, 이것은 보다 더 엄밀하게 순전한 창조행위로서 이루어진 것이라 할 수 있다. 창작과정의 괴로움은 그것이 무(無) 앞에서의 실존적 불안감임을 말하여 준다. 그렇다고 하더라도 사람에게 순수한 창조란 생각하기 어려운 것이다. 위에서 코끼리와 전염성을 연결할 때에 우리가 한 일이란 세균의 번식에 관한 관찰을 유추를 통하여 고등동물에 확대한 것에 불과하다. 이것은 시인의 입장에서 볼 때도 마찬가지다. 즉, 대부분의 경우 새로운 의미관계의 창조는 과거의 문화적 업적에 기초한 확대 재생산이란 의미에서의 창조이다. 전염성의 개념이 없는 곳에서 우리가 시도한 해석은 불가능한 것이었을 것이다.

해석 과정을 다시 검토해 보자. "코끼리는 전염성이 강하다"라는 문장의 분석에서 일어난 것은 코끼리라는 특정 사례를 생물체의 생태라는 보다 보편적 개념체계에 귀속시킨 일일까? 여기서 해석과정의 구조를 명확하게 밝혀낼 수는 없지만, 하여튼 그러한 일차적 개념작용보다는 복잡한 것이 관여되었으리라는 것은 짐작할 수 있다. 정확한 말은 아니지만 여기에서 일어난 것은 개념과 개념의, 또는 개념과 그 상위체계와의 상호작용이라기보다는, 체계와 체계 간의 상호작용이 아닌가 한다. 말하자면, 세균을 대할 때의 사고체계와 코끼리를 대할 때의 사고 체계가 서로 연결되어 재조정되는 것이다. 당초에 "코끼리는 전염성이 강하다"는 것과 같은 말이 곧 납득이 안 되는 것도 거기에 있는 두 개의 생각이 서로 다른 체계에 속하기 때문일 것이다.

우리가 코끼리와 같은 것을 일상생활의 세계 속에서 생각할 때 어떠한 체계가 동원되는지 그 복합성을 다 가려낼 수가 없겠지만, 편의상 단순화해서 이야기해 보자. '코끼리'와 '전염성'이 서로 합칠 때에, 여기에 두 개의 체계를 생각할 수 있다. 세균이란 우리의 마음에서 위험스러운 또는 적어도 심각한 사실의 세계에 속하는 것이요, 온대에 사는 우리로서 코끼리는 동물원에서나 보는 것이므로 유희(遊戱)의 세계에 속하는 것으로 생각된다고 할 수 있다. 이렇게 보면, 일단 코끼리와 전염성의 연결에는 사실의 체계와 유희의 체계가 관여한다고 하겠다.

나는 여기에서 이 이상 이 부질없는 분석을 계속하지는 않겠다. 결국 내가 말하고자 하는 것은, 우리의 마음이 다층적 평면으로 이루어져 있으며, 우리들의 사고는 대개의 경우 하나의 평면 위로 미끄러져 가는 것으로 이야기될 수 있다는 것이다(이러한 평면 또는 구역의 구성 및 상호작용에 대한 연구는 아직도 미개발 상태에 있는 일상생활의 현상학의 과제가 될 것이다). 그러나 한 걸음 더 나아가 내가 지적하려는 것은 마음의 다층적 구조가 아니라 한 층에서 다른 층 또는 한 평면에서 다른 평면으로 건너갈 때 느낄 수 있는 의식작용 자체이다. 마음은 부단히 층을 구성하면서도 또 그것을 초월하여 있다. 그리하여 이 마음은 끊임없이 의미의 구역을 설정 개척해 나가는 주체로서 작용한다. 그 업적의 총체가 한 사회가 가지고 있는 상징세계를 이룬다고 하겠다.

이 마음의 영역은 의미에 한정되어 있다고 할 수 있겠는가? 간단한 인지작용에도 의식의 관여가 없을 수 없다고 볼 때, 실로 마음의 활동의 범위는 존재의 공간 자체와 일치하는 것일 것이다. 존재의 공간과 마음의 공간의 일치가 곧 위에서 본 바와 같이, 의미관계를 설정하는 근본 가정인 것이다. 위에서 나는 시적 진술로서의 "코끼리는 전염성이 강하다"는 말을 과학적 진술로서 환원하였다. 이것은 맞는 일이었을까? 사실 우리들의 해석의 정당성을 증명할 만한 아무런 근거도 없는 것이다. 다른 해석을 들고 나왔을 때, 그것을 반박할 도리는 없는 것이다. 이러한 사정은 한 행(行)이 아니라, 시(詩) 한편이 주어지고 또한 시인의 전작품이 주어졌을 때, 많이 달라질 수 있을 것이다(이것은 의식작용의 구역화가 없이는 전달이 이루어지지 않는다는 내재적 의식규칙으로 정립될 수 있다).

그러나 이것이 근본적 차이를 가져오는 것은 아니라는 생각이 든다. 아까도 말한 바와 같이 생략법이란 시(詩)기술의 중요한 부분을 이루는 것인데, 시인이 단순히 정확한 개념적 의미전달을 목적으로 한다면, 오해의 위험성을 무릅써 가며 생략법이라는 군더더기 잔재주를 이용하지는 않을 것이다. 사실 대부분의 시가 산문보다는 짧다는 사실 자체가 이미 시라는 것이 개념적 의미전달을 목표로 하는 것이 아니라는 증거일 것이다. 위에서 우리는 "코끼리는 전염성이 강하다"라는 말뜻을 풀어 보았지만, 중요한 것은 이 풀이의 맞고 틀린 것보다 풀이가 이루어지는 사실 자체이다. 이것은 위에서 말한 바와 같다. 그런데 여기에서 추가하여 말하고자 하는 것은 이 풀이의 과정 이전도 중요하다는 것이다.

'코끼리'와 '전염성'은 첫 인상에 전혀 단절된 공간을 이루고 있는 것처럼 보인다. 그리하여 우리의 마음은 이 공간을 메우는 운동을 시작하였다. 그러나 마음이 풀이를 하기 전에 마음은 공간의 양쪽을 동시에 파악할 수 있었기 때문에 그 사이에 의미의 공간을 설치할 수 있었던 것이 아닐까? 다시 말하여 마음은 이미 존재의 공간과 일치함으로써 비로소 존재의 공간은 인식의 공간으로 전형(轉形)될 수 있었다는 말이다. 이렇게 볼 때, "코끼리가 전염성이 강하다"는 말은 의미를 제시하기 전에 이미 하나의 공존의 장으로서의 존재의 공간을 제시해 준다. 결국 "코끼리는 전염성이 강하다"는 말은 "코끼리는 전염성이 강하다"는 말 이외의 아무 다른 것도 의미하는 것이 아니다.

3

지금까지의 이야기는 몽매주의(蒙昧主義)의 선전처럼 들린다. 그것은 다분히 내 설명이 불분명한 때문이기도 하지만, 문제 또한 엄청난 주제에 속하는 것으로서 이런 짤막한 글에서 간단히 규명될 수 없는 성질의 것이기 때문이다. 그러나 문학을 쓰고 읽을 때 무엇이 일어나는가 하는 문제에 대한 일정한 가설(假說)이 없이는 문학을 논할 수 없는 일이므로, 그러한 과정을 따져본다는 것은 피할 수 없는 일이다.

문학은 전달이다. 그러나 그것을 단순히 객관적 정보의 전달이라고 생각하는 것은 문학의 본래의 존재방식에 대한 근본적 오해에서 비롯한다. 문학에서 보다 근원적인 전달은 객관적 정보 자체보다 그러한 정보를 구성하는 마음의 과정이다. 극단적인 경우, 그것은 아무런 내용도 없는 마음의 공간의 전달일 수도 있다. 가령(이것은 문학 이외의 이야기이지만) 춤과 같은 것에서 우리는 이러한 순수한 전달을 본다. 춤에서 한 사람이 어떠한 몸짓을 하면 다른 사람이 이에 따라 몸짓을 한다. 우리는 그 몸짓에 단순히 인간이 하나의 육체로서 일정한 공간을 창조하며 산다는 이외에 구체적 내용을 부여할 수 없다. 무용의 몸짓이 구체적 기호로 변할 때 그 근본적인 창조의 기쁨은 사라져 버리고 만다. 우리는 얼굴의 표정을 우스꽝스럽게 찡그렸다 폈다 함으로써, 한없이 긴 시간을 어린아이와 이야기할 수 있다. 의미 없는 표정이 상대방에 의해서 반복될 때, 그것은 하나의 의미로 전성(轉成)되는 것이다. 그렇다고 이러한 몸짓에 의미전달의 영역을 한정시킨다면 그것은 한없이 단조롭고 답답한 세계를 이루게 될 것이다. 단지 여기에서 말하고자 하는 것은 이러한 원시적 의미의 일면이 문학의 전달 속에 있다는 것이다. 그러한 면이 상실된 문화적 전달은 생기 없는 것이 된다는 것이다.

그러나 다시 한 번 생각할 때, 우리가 몸짓이나 표정으로써 전달을 이룩한다는 일이 그렇게 간단한 일일까? 그것은 어떻게 하여 가능한 것일까? 비록 각각 다른 몸뚱이에 한정되어 있음으로 하여 서로 따로 있는 것과 같은 우리 마음이 결국은 하나의 세계를 공유하고 있다는 사실 없이 어떻게 마음과 마음의 교감이 성립할 수 있는가. 우리 각자가 스스로의 세계를 구축하고 그 속에 누에처럼 도사리고 앉아 있다고 하더라도 우리는 모두 조금씩 다르게일망정 공동의 세계를 바라보고 있으며 또 공동의 세계를 구축하고 있는 것이다.

우리가 단순한 표정으로써 내용 없는 전달을 이룩하는 경우도 우리는 이 공동의 세계 속에 있다는 사실을 확인하고 있는 것이다. 다시 말하면, 이럴 때의 의미전달도 세계라는 큰 바탕에 근거한 의미전달인 것이다. 이것은 어떠한 문학적 전달에서도 기본적 사항이다. 그렇다고 이 공동의 세계란 것이 따로 주어져 있다고 생각할 수는 없다. 그것은 수시로 의미전달의 과정에서 스스로 구축되는 것이다. 우리가 의식하든 의식하지 않든 그것은 가장 원초적 의미에서의 마음의 범위에 일치한다. 그러나 다시 한 번 이러한 교감에서 구성되는 세계는 나홀로만이 구성하는 세계는 아니다. 그것은 모든 사람들의 공동의 세계인 것이다. 그러니까 나의 세계와 공동의 세계와 교감이 이루어지는 구체적 매체로서의 어떤 사물이나 사건이 동시에 관여하여 비로소 교감은 성립한다.

우리가 소설을 읽을 때 일어나는 일은 어떤 것인가? 그것은 근본적으로 몸짓이나 표정을 통한 교감(交感)과 다를 것이 없다. 내가 소설에서 얻는 것은 어떤 주인공의 이력서인가? 소설의 재미란 어떤 특정한 인물에 대한 객관적 정보를 얻는 데서 오는 것이 아니다. 소설에서의 전달은 소설의 주인공이 그의 관점에서 살아가는 세계가 다시 우리의 관점 속에서 구축됨으로써 이루어진다. 어떤 알 수 없는 방식으로 우리의 주관(主觀)은 소설 주인공의 주관, 더 나아가 작가의 주관과 일치한다. 그렇게 하여 우리는 하나의 공동의 세계가 이루어지는 것을 확인하게 된다. 여기에서 전달되는 것은 주관과 주관, 마음과 마음이다.

여기에서 마음이란 것은 어떤 객관적 실체를 말하지 아니한다. 그것은 무엇보다도 활동이다. 따라서 우리는 연극을 문학적 전달의 근본방식이라고 말할 수 있다. 케네스 버크(Kenneth Burke)가 시를 상징행동이라고 말한 것도 이러한 뜻으로 해석될 수 있다. 문학적 전달에서 우리는 객관적 정보를 전달해 받는 것이 아니라, 그러한 정보를 하나의 주체적 행동자의 입장에서 재연해 보는 것이다.

결국 이런 모든 사례들은 우리들의 마음의 존재방식에 대하여 한 가지 가설을 설정하게 한다. 문학적 전달은 — 사실상 사람과 사람 사이의 모든 전달은 하나의 주체적인 마음과 또 하나의 주체적인 마음의 일치에서 성립한다. 이것은 주관 객관의 대립을 상정하는 인식론의 입장에서는 설명될 수 없는 일이다.

그것은 우리가 어떤 것을 알기 위해서는 그것을 인식의 대상으로 삼아야 한다고 말하지 않는가? 과학적 관점에서 보면 주관과 주관의 직접적 교감은 설명하기 어려운 것인지 모르겠다. 그러나 이러한 마술적 교감은 문학적 전달의 기본이 된다. 이것이 가능하여지는 것은 아마 우리가 다 같이 개인적 의식의 소유자이면서, 또 초개인적 의식에 의하여 소유되어 있기 때문이라고 할 수 있을는지 모르겠다. 이것은 구태여 어떤 형이상학적 '초월적 주체성'을 상정하자는 것이 아니다. 여기에는 한 사회가 역사적으로 갖게 되는 존재의 개전(開展) 방식을 상정하는 것으로 족하다. 우리가 어릴 때부터 듣고 보며 배우며 자라는 일체의 것이 결국 우리 개인적 의식의 인식 방식을 움직이게 되는 것은 상식적으로 생각할 수 있는 일이다. 우리는 이러한 사회적 초월자아(超越自我)를 통해서 다른 자아와 연결된다. 문학적 전달에서 마음의 공간이 전달된다고 할 때 결국 그것은 이러한 의미에서의 초월적 자아의 공간이라고 할 수 있을는지 모른다. 시인이 하는 일 가운데 하나는 이러한 공동의 공간을 확인하고 또 확대해 가는 일이다. 이러한 공간은 부단히 은폐되고 또 좁아지기 때문이다.

이렇게 볼 때, 시적 또는 문학적 전달은 기성품적 관념의 기계적 전달일 수도 없으며, 또 그렇다고 하여 객체화하여 어떤 특정 사물의 속성이나 감상으로 존재하는 여백의 기분일 수도 없다. 시가 전달하는 것은 우리들의 생활 한복판에 있는바, 더러는 찌그러지고 더러는 활달한 우리들의 마음, 우리 사회의 마음인 것이다. 그것은 다시 말하면 한 사회가 지닌 가장 넓은 의미에서의 이성(理性)과 같다. 시인은 이 이성 속에서 쓴다. 아폴리네르가 "내 이성의 들녘 푸른 가파름에/ 홀로 비껴선 석양의 너도밤나무 …"라고 할 때 그것은 시에 솟아 있는 나무가 외부 공간에 있으면서도 또 내면에 있으며, 우리들의 내면을 연결해 주는 이성의 장에 있음을 말한 것일 것이다.

읽는 행위의 안팎

1. 삶의 역사적 · 사회적 성격

말은 우선 의사소통의 수단이다. 의사소통은 서로 다르기도 하고 같기도 한 사람들 사이에 성립한다. 내 생각과 네 생각이 완전히 같다면 의사소통은 필요 없는 일이고, 나와 너 사이에 아무런 공통의 기반이 없다면 나의 말을 네가 알아들을 수 있는 방도가 없을 것이다.

그런데 이러한 의사소통의 조건을 조금 더 단순화하여 일반적으로 생각하여 보면, 적어도 말을 듣는다는 것은 나 이외의 밖으로 나가는 것을 뜻한다. 이 밖으로 나가는 일은 정도에서 차이가 있을 수 있다. 친구보다는 이방인의 말을 알아들으려면 우리는 조금 더 나의 밖으로, 이질적인 것에로 나갈 필요가 있다. 친구의 이야기라도 그의 이야기가 길어지면 우리는 좀더 밖으로 발돋움을 해야 한다. 짧은 말의 경우와는 달리, 한 발자국마다 공통의 터전을 다짐하고 가는 것이 아니기 때문에 우리는 조금 더 조심스럽게 귀를 기울이면서, 그의 이야기를 들어야 한다.

우리의 친구가 긴 이야기를 할 필요가 있다는 것은 그만큼 알아듣게 하여야 할 사정이 많다는 뜻이다. 그의 이야기는 얼마만큼 전개된 사건의 줄거리에서, 여러 요인들이 착잡하게 얽혀 들어간 일정한 크기의 상황에서, 또는 그 나름의 인물과 사건과 사물이 일정한 인과관계의 구조를 이루는 하나의 세계에서 나온다. 우리는 내가 직접 끼어든 것이 아닌, 또 금방 이해할 수 있는 것이 아닌 사건의 줄거리, 어떤 상황, 하나의 세계 속으로 들어가야 한다.

이러한 사정은 글의 경우에 가장 극단적인 것이 될 수 있다. 친구의 이야기를 듣게 되는 것은 그럴 만한 계기가 있어서이다. 이 계기는 이미 우리와 친구 사이의 이해를 도와줄 수 있는 공동의 터전이 된다. 대면하고 이야기하는 경우에 우리는 내용 이외에 말의 억양이나 얼굴의 표정 등 이해를 돕는 많은 단서를 가지고 있다. 물론 말할 것도 없이 친구와 우리 사이에는 이미 서로 많은 것을 주고받아 온 긴 사연이 있다. 글을 통해서 의사소통이 이루어지는 때에, 우리는 이러한 여러 가지 실제적 상황의 보조수단을 전혀 갖지 못하고 있다. 그리하여 우리는 글에서, 직접 주고받는 말보다는 한결, 우리를 넘어가는 다른 것에 들어갈 용의가 있어야 한다. 그리고 글이 짧은 것보다는 긴 것의 경우 우리의 경청을 위한 자세는 더욱 조심성스러운 것이 되어야 한다. 우리는 다른 사람의 이해의 구조를 더듬어가야 하고 궁극적으로 먼 길을 따라 다른 사람의 세계 안으로 참을성 있게 나아갈 수 있어야 한다. 글을 쓰는 사람은 실제 세계에서 우리가 경험하는 행동적 줄거리와 감각적 영향을 통하여 우리의 원정을 도와주며 또 증거와 논리를 우리의 길로 삼아 앞으로 나아갈 수 있게도 한다.

이러한 책의 세계에로의 여로(旅路)는 쉬운 것이 아니다. 그리하여 우리가 일상적으로 살고 있는 세계, 또는 익숙하게 알고 있는 이외의 세계를 이야기하고자 하는 책은 우리에게 금방 피로감을 주고 또 구태여 그 세계 속에 들어가야 할 절실한 필요가 없는 한 우리로 하여금 그러한 세계로 나아가는 문을 닫아버리게 하기도 한다.

또 구태여 어떤 책들이 보여주려고 하는 낯선 세계에 들어갈 필요가 있는 것인가? 사람은 본래부터 바깥세상과의 교섭 없이는 살아갈 수 없다. 또 이 바깥세상이란 단순히 목전에 보이는 것만으로 이루어진 것은 아니다. 목전의 것이라고 하더라도 그것은 범위가 여러 가지로 다를 수 있는 것이고 또 말할 것도 없이 세상은 목전의 것을 넘어선 보이지 않는 구역들을 포함한다. 뿐만 아니라 목전의 것의 실체는 그것을 넘어서는 보이지 않는 것에 이어져 한 덩어리를 이루고 있는 또 보이지 않는 먼 곳에서 오는 것에 의하여 결정될 수도 있다. 이 보이지 않는 먼 곳은 단순히 공간적 의미만을 가진 것이 아니라 시간적 의미도 가지고 있다. 그렇다는 것은 오늘 이 자리의 것은 과거에 일어난 일들의 영향을 받고 또 그것에 의하여 결정된다는 말이다.

이러한 시·공간적 일체성과 연계관계는 물리적 세계뿐만 아니라, 그의 역사적·사회적 세계에도 적용된다. 어쩌면, 인간 역사의 흐름이 사람의 집단적 삶의 범위를 점점 넓혀간다고 할 때, 사람의 삶은 오히려 사회적·역사적 세력들의 움직임에 의하여 크게 좌우된다고 할 수도 있다.

그렇다면, 결국 목전에 있는 것은 보이는 대로의 그것이 아니라고 해야 한다. 현상이 반드시 실재일 수는 없는 것이다. 또 현상과 실재의 괴리는 단지 내가 보는 것, 객관적 대상에만 해당되는 것이 아니다. 내 자신은 내가 좁게 아는 나, 그것과 일치하는 것일까? 말할 것도 없이, 지금 이 자리의 나는 나의 과거와 나의 미래, 다른 장소의 나와 일체하며 또 그것에 의하여 영향받고 결정된다. 그리고 나도 물리적 또는 역사적 세계의 일부라고 할 때, 그것에 의하여 영향받고 결정되는 것이다. 따라서 이 넓은 세계에 대한 이해 없이 알고 있는 나는 반드시 나의 참모습이라고 할 수 없다.

이러한 반성의 의의는 결국 나는 목전의 것들이나 한때의 나를 넘어서 밖으로 나아가지 않고는 참모습으로 파악되기 어렵다는 사실에 있다. 나는 나로부터 나가서 비로소 나 자신에게 되돌아온다. 그런데 여기서 우선 주목하고자 하는 것은 나의 밖으로 나가는 움직임이다. 이미 말한 대로, 이것은 우리 삶의 하나하나의 행위에서 이루어지고, 주고받는 말에서 이루어지고 또 글과 책을 읽는 데에서 이루어진다. 그중에도 책을 읽을 때 우리는 나의 이 자리와 이 순간을 떠나서 가장 참을성 있게 우리와 다른 세계로 들어가지 않으면 안 된다. 그것은 의도적인 다른 세계로의 출발이다. 어쩌면 최초의 책은 다른 세계로부터 오는 다른 목소리를 기록한 것이었는지 모른다. 많은 부족의 역사 첫머리에 있는 것은 신들의 이야기, 신화이다. 또 그것은 히브리의 성경에서 보듯이, 신의 말씀을 그대로 기록한 것이다. 최초의 책이 어떤 것이었든지 간에, 최초의 글은 비의적(秘義的)인 것이었을 것으로 생각할 수 있다. 종교의 가르침이라는 것이 많은 경우 자생적이라기보다는 외래적인 것이고 또 그것을 기록하는 언어 자체가 외래적인 것이라는 것도 여기에 관련시켜 볼 수 있다.

2. 삶을 억압하는 것으로부터의 해방

이러한 것들은 다분히 사실보다는 상상의 세계에 속하는 이야기들이다. 그러나 우리 선조가 오랫동안 한문(漢文)을 숭상하고 한문으로 주요한 기록의 수단으로 삼아왔다는 사실도 이러한 연관에서 생각해 볼만한 일이다. 적어도 원인에서 그렇지 않았다면, 결과는 그랬다고 할 수 있다. 한문은 다른 세계에 와서 다른 세계를 나타내는, 우리의 일상어와는 전혀 다른 비교(秘敎)의 언어였다. 그것은 다른 세계, 타자의 세계로 들어갈 것을 요구하는 글의 극단적인 사례가 되었다. 언어를 익히는 일 자체가 벌써 다른 세계에 들어가기 위한 정신수련을 하는 일이었다.

그러나 극단적인 만큼, 한문의 예는 다른 세계로의 진출이 얻는 것과 함께 자칫하면 잃는 것이 더 많을 수 있다는 것을 보여주는 사례이다. 다른 세계에 들어감으로써 잃는 것은 자기의 세계이다. 사람에게 다른 것에로의 초월이 중요하다면 그것에 못지않게 또는 그것 이상으로 중요한 것은 자신에 머무는 것이다. 대체로 책을 통하여, 글을 통하여, 말을 통하여, 다른 사람에 자극되어, 또는 스스로 꾸는 꿈을 통하여 다른 세계로 간다는 것은 위험한 일이다. 돈키호테나 마담 보바리를 기다리는 위험이 이와 같은 것이다. 그러나 이 함정은 글을 읽는 모든 곳에 숨어 있다.

전혀 낯선 세계에서 우리는 어떻게 하는가? 여기에서 우리는 완전한 수동상태에 놓이며, 다른 사람이 시키는 대로 할 수밖에 없다. 우리의 주관적이고 능동적인 능력은 완전히 중단상태에 들어가야 한다. 권위를 가진 자 또는 책이 일러주는 것을 그대로 받아들이고 외는 것이 우리의 유일한 지침이다. 여기에서 중요한 것은 이해와 성찰이 아니라 암기이다. 그 결과 우리 자신의 이해의 확대로 시작된 바깥으로의 움직임은 순전한 바깥에 의한 움직임이 된다. 우리의 지식은 늘어가지만, 우리의 이해 또 우리 자신의 세계는 넓어지지 아니한다. 그 결과는 우리의 삶의 신장이 아니라 우리의 우리 자신으로부터의 소외이다.

이러한 면이 한문으로 이루어진 학문의 유일한 특성인 것처럼 말하는 것은 옳은 일이 아니다. 그러나 거기에 이러한 면이 있었던 것은 사실일 것이다. 우리는 한문의 소양이 허사(虛辭)와 허례와 허식으로 경직화된 사례를 잘 알고 있다. 그러나 빈말의 공식을 암기하고, 또 그러한 암기된 이질적 언어로써 우리의 행동, 나아가 삶을 규제하는 예가 말기 증세에 들어간 한문 소양뿐이겠는가? 한문을 대치한 많은 외래적인 것, 가령 일본이나 서양의 것도 똑같은 역할을 한다. 외래적인 것을 무반성적으로 받아들일 때, 우리가 할 수 있는 것은 그 의미도 모르면서 거죽을 모방하는 일이다. 무의미한 것의 암기의 외면적 표현이 모방이다.

그러나 우리를 억지로 그 의미를 알 수 없는 이질적인 것에로 나가게 하고 우리 자신과 우리의 세계로부터 우리 스스로를 소외시키는 것이 비단 암기되고 모방되는 외래적인 것만 인가? 우리가 읽은 모든 글, 모든 책은 외부로부터의 강제일 수 있고, 우리의 자연스러운 삶을 왜곡하고 억압하는 것일 수 있다. 우리는 '주입식 교육'의 폐단에 대하여 계속 여러 가지 논평을 들어왔다. 여기의 '쏟아 넣는다'는 비유는, 앞에서 사용한 밖으로 나간다는 비유와는 반대되는 것이라고 하겠지만, 다 같이 우리 정신 안에 섞이지 않는 이물질이 존재하는 상태를 가리킨다. 다만 밖으로 나간다는 것은, 이미 비친 바와 같이 우리 삶의 확대와 진리에의 귀환을 의미할 수 있는 데 대하여, 쏟아 넣는 행위는 그러한 긍정적 가능성을 가지고 있지 않다는 것이 그 차이일 것이다.

하여튼 이물질 상태와 가르침을 우리 정신에 삽입하는 행위, 의미 없는 또는 아직도 의미를 깨우칠 수 없는 사실들을 암기하는 행위가 배우고 책을 읽는 일의 근본적 의미를 왜곡하는 행위임을 부인할 수 없다. 또 일방적 지시의 전달처럼 행해지는 교육, 정치적 구호, 경직된 상투개념과 사상 — 이 모든 것이 같은 범위에 속하는 것들이다. 오늘날 입학시험에서 시험되고 정치적 신조로서 검사되는 것들은 대체로 이러한 것들이다.

우리 사회가 책을 안 읽은 사회라는 사실은 자주 개탄되는 일이지만, 동시에 우리만큼 책을 읽어야 한다는 강박관념 속에 있는 사람들도 드물다. 책읽기가 무작정의 낯선 것들의 흡수를 의미한다면 그것은 위에서 예를 든 다른 일들이나 마찬가지로 자기 소외의 다른 한 표현에 불과하다.

3. 밖의 세계로, 나의 세계로

위에서 말한 대로 책을 읽는다는 것은 나의 밖으로, 다른 세계에로 나간다는 것을 뜻한다. 그러나 그것은 동시에 나의 세계에 더욱 깊이 뿌리내린다는 것을 뜻하는 일이기도 하다. 여기에서 나의 세계에 뿌리를 내린다는 것은 나의 세계의 현상으로부터 참모습을 더듬어 나아간다는 것이다. 또 그것은 주어진 대로의 우리 모습이 바뀌는 것을 경험하는 것을 말하기도 한다. 이것은 쉬운 일이 아니다. 그리고 이 심화, 이 변화는 우리의 다른 세계로의 출발에 의해 이루어진다. 낯선 세계로 나아가는 것은 익숙한 세계가 흔들리는 것을 경험하는 일이다. 낯선 세계로 멀리 나아가면 나아갈수록 익숙한 세계의 흔들림은 커지게 마련이다. 이렇게 하여 나는 낯선 세계 속에 흡수될 수 있다. 그러나 우리가 참으로 우리 자신을 떠날 수 있는가? 나는 한시도 내 자신의 이 자리, 이때, 나의 주어진 조건을 떠날 수 없다.

낯선 세계로 나아가면서, 우리는 우리로 남아 있으면서 나와 나의 세계와 낯선 세계가 다 같이 바뀌고, 바뀜의 전율을 통해서 새로운 하나의 세계로 통일됨을 경험한다. 이에 대하여 기계적이고 맹목적인 다른 세계에로의 여행 또는, 사실이 이 경우에 더 적절한 비유가 된다고 하겠는데, 낯선 것의 주입은 우리 자신에게 근본적인 변화를 가져오지 아니한다. 밖에서 주입된 것은 우리의 피상적인 자아와 단절된 상태에서 공존할 뿐이다. 여기에서 우리의 자아는 이질적인 것들의 모듬으로 존재한다. 우리의 말과 마음, 우리의 말과 행동이 서로 따로따로 존재하여 수미일관하지 않게 되는 것은 당연하다.

책은 우리에게 정보를 주고 우리 자신을 이해하게 하며 또 우리에게 오락을 제공한다. 정보는 우리가 모르는 세계를 말하여 준다. 그러나 그것은 곧 우리와 상관이 없는 것으로 되어 받아들이고 암기하여야 할 대상이 되거나 우리의 노리개가 된다. 그리하여 그것은 우리의 잡담 속에 들어가고 우리에게 아무것도 말하여 주지 않는다. 어떠한 책들은 우리 자신을 말하여 주는 듯하다. 그러나 그것은 우리가 이미 알고 있는 우리를 말하여 줄 뿐이다. 또 우리는 우리가 필요로 하는 모든 지혜를 다 가지고 있는 것처럼도 보인다. 그것은 우리의 표면에 이미 드러나 있거나 또는 그 표면의 바로 아래 들어있다. 우리는 이미 아는 우리에게 크게 만족할 수 있는 충분한 이유를 가지고 있다. 이렇게 하여 책이 제공하는 것은 낯선 세계에 대한 진정한 경험도 아니고, 우리 자신에 대한 깊은 이해도 아니다. 결국 모든 것은 요설(饒舌)과 오락으로 바뀌어버리고 만다.

글의 근본은 그것이 우리로 하여금 낯선 세계로 나갈 수 있게 해준다는 데 있다. 옛날에는 이것은 정신적 발전에 필요한 것이었다. 그러나 오늘날 이것은 우리의 현세적 삶을 유지하는 데도 필요한 것이 되었다. 신문에서 우리는 생활정보라는 제목을 가진 난을 보지만 정보는 생활을 위한 필수사항이 되고 있다. 인구의 증가, 민족 국가의 거대화, 산업화 또는 경제의 국가화 내지 국제화는 개체의 삶을 복잡한 사회관계 속에 편입시켰다. 그리하여 우리의 삶은 어느 때보다도 직접적으로 먼 곳에서 일어나는 사태의 영향 하에 놓이게 되었다. 따라서 생존의 전략은 당연히 외부세계에 대한 정보를 포함하게 되었다. 이 점을 생각하는 것은 중요한 일이다. 외부세계의 정보가 단순히 호사적 관심이나 잡담의 화젯거리에 떨어지지 아니하려면 그것들은 우리 삶과의 관련 속에서 파악되어야 한다.

4. 말의 기쁨, 세계와 삶에 대한 찬미

그러나 외부세계와 우리 자신의 삶의 관계는 더욱 깊은 것이 될 수 있다. 우리가 외부세계의 사실들을 참조하면서 살아남자는 것은 단순히 어떠한 인과 속에서라도 목숨만 부지하자는 것이 아니다. 그것은 한 걸음 더 나아가 우리 나름의 사람다운 삶의 조건을 확보하자는 것이다. 우리의 전략목표는 단순한 생존이 아니라 인간적 삶의 창조이고, 이것에 필수적인 만큼 우리의 삶을 조건짓는 요인들을 개선·창조·통제하는 일이다. 그러나 우리의 삶은 무엇인가? 그것은 우리 자신의 것인가? 그것은 고칠 수 없게 고정되어 있는 것인가? 그것은 이미 있는 질서에 의하여 그 깊은 내면까지 형성되고 결정된 것이다.

그렇다면 우리 자신의 진정한 모습은 회복되어야 하고 새로 형성되어야 할 어떤 것이다. 그것은 낯선 것으로서 되찾아지지 않으면 안 된다. 이 회복의 길은, 어느 정도까지는, 전통적 학문에서 수양의 과정에 비슷하다. '어느 정도'까지라는 것은 이것이 우리 자신에 대한 형이상학적 진실을 되찾는 것만을 의미하지 않기 때문이다. 오늘날 우리는 어느 때보다도 강력한 이데올로기적 조작 속에 살고 있다. 그리하여 우리는 우리의 내면 깊이까지 이 조작에 의하여 영향받고 있다. 여기서부터 벗어나는 것은 매우 힘든 신화 해체의 작업을 필요로 한다. 전통적인 형이상학적 깨우침은 이러한 비판적 해체의 마지막 지평을 이룰 뿐이다.

이렇게 말한다고 하여, 글 읽는 일이 심각한 진리에의 길일 수만은 없다. 개인적인 또는 집단적인 삶의 궁극적 테두리가 진리라고 하더라도 그것이 삶의 유일한 환원점일 수가 없다. 진리는 운명처럼 우리가 받아들여야 하는 어떤 것이다. 그리고 이 받아들임에 우리의 삶의 많은 것이 달려 있다. 그러나 운명에 대한 사랑은 사람의 최종의 위안일 뿐이다. 우리는 우리 예술 에너지의 즉각적 방출과 그 방출에서 오는 기쁨을 필요로 한다. 이 에너지와 기쁨은 운명을 거스르는 것일 수 있다. 우리가 글에서 찾는 것이 이것이라면, 그러한 무구한 갈구를 나무랄 필요가 있겠는가? 다만 우리는 그것이 삶을 위축하게 하고 병들게 하는 것이 아니라 확장하는 종류의 것이기를 바랄 수 있을 뿐이다. 그리고 궁극적 삶의 진실은 단순한 삶의 분출에 있는 것이 아닌가? 우리가 바깥세상으로 나아가서 그것의 여러 표정에 귀 기울이는 것은 살기 위한 단순한 방편인가? 우리의 앎은, 그것이 외부세계에 대한 것이든지 우리 자신의 삶의 신비에 관한 것이든지, 우리의 기쁨의 충동에 연결되어 있다. 앎은 기쁨인 것이다. 그리고 그러니만큼 그것은 세계와 삶에 대한 찬미이다.

지금까지 말한 것은 우리의 글 읽기가 바깥세상과 우리의 삶과의 서로 상반되는 긴장 속에 존재한다는 것이었다. 그것은 다시 말하여 비판적 독서에 관한 것이었다. 그리고 마지막으로 비판과 더불어 앎의 기쁨이 독서의 중요한 요소임을 말하였다. 이러한 독서에 관한 이야기는 책을 만드는 일에도 그대로 해당된다. 책을 만드는 쪽에서도, 책은 객관적 정보를 제공하는 것이라는 생각으로부터 말을 시작할 수 있다. 그러나 이 정보는 우리의 삶의 모습에 관계되어야 한다. 민주 사회에서 삶의 정보는 어떤 특정한 인간, 특정한 집단에 의하여 독점될 수 없다. 민주주의는 우리 삶의 주요 결정을 우리 스스로가 내린다는 것을 말한다. 이러한 결정이 충분한 사실적 정보에 기초해야 하고, 그러니만큼 이 정보가 많은 사람이 가까이 할 수 있는 것이어야 한다는 것은 새삼스럽게 말할 필요도 없다. 되풀이하여 말하건대, 이러한 정보의 효용은 우리 삶의 현상에 대한 분석과 이해와 병행하는 데에서 발생한다. 한편의 책들은 우리의 역사적·정치적·사회적 현실의 분석을 의미하지만, 동시에 이 현실 속에서 형성되는 개인적·집단적 자아의 근거를 밝히는 작업을 뜻하기도 한다. 그리고 또 다른 책들은 긴 시간의 차원, 단순히 근대사가 아니라 더 먼 역사, 진화의 역사, 그리고 영원의 차원에서의 인간에 대하여 우리의 생각을 깊게 해주는 것일 수 있다. 마지막으로 이러한 심각한 주제의 책들에 못지않게 중요한 것은 우리를 즐겁고 기쁘게 해줄 수 있는 책들이다.

이러한 지식과 지혜와 기쁨이 반드시 책을 통하여서만 얻어진다고 할 수는 없다. 그러나 책을 읽고 만들고 하는 일이 유독 이러한 것을 얻는 데 깊이 관계되어 있는 것만은 사실일 것이다.　　(1987)

주체의 형식으로서의 문학

작품해석의
전제에 대한 한 성찰

생각을 시작하기 전에 이미 존재하고 살고 있는 것이 사람이라고 할 때 사람의 의식활동은 적어도 발생적 관점에서는 하나의 사후 추적행위라고 할 수 있다. 그것은 이미 앞서 가고 있는 삶을 새로운 통일성 속에 거둬들이고자 한다. 물론 이것이 삶 자체에 대하여 전혀 별개의 활동을 이루는 것은 아니다. 삶 그 자체는 이미 자기동일성 속에 있으며 그 안에는 이미 의식활동이 개입되어 있다. 따로 떼어서 의식이라고 부르는 활동은 이미 있는 의식작용에 대한 2차적인 반성이 된다. 그러나 그것은 다시 말하여 삶 자체의 자기회복운동에 불과하다. 이 운동도 삶 그것의 자발적 운동의 일부를 이루는한, 의식작용도 그 사후적 성격을 넘어서서 삶의 전진운동의 일부가 된다. 이렇게 의식과 삶의 관계는 간단히 이야기할 수는 없는 것이다.

그러나 여기서 내가 의도하는 바는 이러한 관계를 따져 보자는 것이 아니라 우선 간단히 말하여 의식이 삶에 대하여 갖는 부현상적(副現象的) 관계를 가끔 상기할 필요가 있다는 것을 지적하고자 하는 것뿐이다. 이런 상기의 필요성은 비평 활동에서도 이야기될 수 있으며 또 비평의 어떤 특정한 문제를 생각할 때도 이야기될 수 있다. 가령 문학작품의 해석의 방법을 생각하고자 할 때, 우리는 어디에서 출발하여 마땅한가? 그것이 유일한 방법일 수는 없는 것이겠으나, 의식작용이 사후추적의 성질을 갖는다고 볼 때 우리가 시작할 수 있는 곳의 하나는 독서현상 그것이다. 모든 문학 해석의 기도는 일단 독서에서 출발한다. 그것은 독서 속에서 이미 일어난 것을 보다 분명하게 밝히는 작업으로 생각될 수 있다.

우리가 책을 읽을 때 어떤 일이 일어나는가? 이것은 간단히 답하여질 수 있는 물음 같으면서 사실 생각해 보면, 쉽게 답하여질 수 있는 것이 아니다. 여기에는 어떻게 하여 우리의 개체적 의식과 삶이 예술매체 또는 상징체계를 통하여 사회적이고 역사적인 연속체 속으로 매개되는가 하는 거창한 문제가 관계되어 있다. 다시 말하여 이것을 밝히는 작업은 의식·예술매체·언어 그리고 사회와 역사에 대한 이해를 요구하며 또 이것들의 상호 함축 속에서 짜여지는 삶 전체에 대한 어떤 총체적 반성을 필요로 한다. 그렇긴 하나 독서는 문제를 생각해내는 데 하나의 거점(據點)을 제공한다. 이 글이 의도하는 것은 이 거점의 표면상의 단순성에 의지하여 독서의 문제를 생각해 보고 그렇게 함으로써 문학 해석이 가질 수 있는 문제의 테두리를 짐작해 보려는 것이다.

독서의 문제는 일단 전달의 문제이다. 전달행위에서 중요한 실제적 고려는 전달내용의 진실성 여부이다. 그러나 우리가 문제 삼는 진실성은 여러 가지 종류 또 여러 가지 정도의 것이다. 과학적 진술에서 사실의 진실성은 가장 중요시 된다. 물론 여기서도 어떤 진술의 진위만이 문제인 것은 아니다. 진실이 중요하다고 해도 모든 진실이 중요한 것은 아니다. 가장 간단히 생각해 본 사실의 세계에서도 인간적 관심이 정하는 가치의 척도는 중요하다. 그러나 구분의 편의상 사실의 진술에서 중요한 것은 그 진위의 문제라고 말할 수 있다. 그리고 이 진위를 가리는 방법은 진술과 사실의 대조를 통한 검증이다.

문학적 진술의 경우는 어떠한가? 문학적 진술은 사실의 진술에 대조되고 여기에서 진리의 문제는 일어나지 않는다는 견해도 있으나 반드시 그렇다고 말할 수만은 없다. 문학적 진술도 받아들여지기도 하고 안 받아들여지기도 한다. 사실의 진술에서와 같은 의미에서는 아니지만 문학적 진술의 경우에도 어떤 종류의 진리시험이 행해진다고 해야 할 것이다. 이때의 진리시험의 원리가 되는 것은 무엇인가? 여기에 사실적 진술에서와 같은 진리시험이 포함될 수 있다는 것은 쉽게 인정된다. 문학이 인간행위의 한 가지가 되는 한, 문학적 진술도 삶의 밑바탕인 사실의 세계에 관여될 수밖에 없다. 그러나 문학이 사실의 세계에 대하여 관심을 갖는다면, 그것은 그것 자체로서보다 그것의 인간과의 관련이라는 면에서이다. 인간적 관련 속에서 파악된 사실의 수용을 체험이라고 부른다면, 문학적 진술에서의 핵심적 사실은 체험이고 그 진실성 여부의 검증도 체험을 시금석으로 하여 행해진다고 하겠다. 다시 말하여, 우리가 어떤 문학적 진술 내지 작품을 읽고 그것을 그럴싸하다고 받아들이는 것은 체험에 비추어서이다.

이것은 자명한 것이 아니다. 독서에 관여되는 것은 두 가지 체험이다. 즉, 독자는 자기의 체험에 비추어 작품의 체험을 그럴싸한 것이라고 판단한다. 그러나 문학작품의 가치는 독자 자신의 체험을 재확인해 주는 데보다 새로운 체험을 전달하는 데 있고, 또 엄밀한 의미에서 독자의 체험을 재확인해 주는 작품은 있을 수 없다. 그렇다면 조금 까다롭게 말하여 문학적 진술의 진리성을 저울질하는 독자는 결국 그것을 대조시켜 볼 아무런 체험도 가지고 있지 않다고 말할 수도 있다.

그러나 여기서 문제되는 것이 체험이라는 데에 우리는 다시 한 번 주의하여야 한다. 문학의 세계도 대부분 우리가 잘 아는 물건이나 사실로 구성되어 있다. 가령 소설의 인물은 알아볼 수 있는 사람으로서 알아볼 수 있는 옷을 입고 알아볼 수 있는 물건을 사용하며 알아볼 수 있는 사건에 관여하고 있다. 우리가 쉽게 알 수 없는 것들이 없는 것은 아니다. 외국소설을 읽을 때 우리는 곧 새로운 물건·관습·제도에 부딪치게 된다. 이러한 사실들의 상당 부분은 문학적 서술이 다른 사실적 정보와 공유하고 있다. 그러나 이것은 궁극적으로는 사전의 도움으로 해결될 수 있는 것이다. 소설이 제시하고자 하는 것은 이러한 단편적 사상(事象)들이 아니라 이러한 사상들이 어울려 이루는 어떤 통일된 전체이다. 또 외국의 소설을 읽을 때 알 수 있는 것처럼 이 전체는 어떤 세부적 사실을 알고 모르는 것에 크게 관계되지 아니한다. 뿐만 아니라 이 전체로 하여 부분적인 사실이 밝혀지고 또 이미 알았던 사실도 새로운 양상을 드러낸다. 그러나 문학작품의 전체성은 바로 사실의 경우에서와는 다르게 직접적으로 주고받고 대조할 수 있다는 의미에서 전달을 어렵게 한다. 문학작품에도 사실의 세계에 연속되는 사상(事象)이 있으나, 이 사상들의 전체는 개개의 작품에 특유한 것이다. 특유성이 전달되기 어렵다는 것은 말할 것도 없다.

그러면 단편적 사실에 전체성을 부여하는 것은 무엇인가? 나는 이것이 바로 체험의 원리라고 말하고 싶다. 체험은 위에서 말했듯이 인간적 관련 속에서 파악된 사실의 수용이다. 그런데 단편적인 사상(事象)을 종합화한다는 것은 하나의 관점을 상정한다. 또 이것은 손쉽게 생각하여 인간의 눈길과의 유추를 암시해 준다. 그러니까 사물의 종합화는 일단 인간적 관점에서의 종합화를 의미하고 이것이 바로 체험을 구성하는 것이라 할 수 있다. 그런데 보다 구체적으로 볼 때, 인간적 관점에서의 종합화는 개개의 인간의 관점에서의 종합화다. 개개의 인간이 개개의 인간으로 있는 한 이 종합화는 각 개인에 특유한 것으로서 전달하기 어려운 것이 된다.

그러나 여기에서 말하는 문학적 전달의 어려움이란 논의의 전개를 위하여 강조했던 것이고 실제로 문학적 전달이 끊임없이 이루어지고 있음은 새삼스럽게 말할 필요도 없다. 그러면 다시 한 번 그것은 어떻게 하여 가능한 것인가? 사실의 교환과 그 대조가 반드시 중요한 것이 아니라면, 체험의 전달은 인간적 관점의 동일성을 통해서 가능하다고 할 수밖에 없다. 우리는 쉽게 다른 사람의 관점에서 사물을 바라볼 수 있다. 문학적 전달이 이러한 관점의 동정적 교환을 필요로 한다는 것은 딜타이 이후의 미학자(美學者)들이 이미 '이해'라든가 '감정 이입'이라는 말로 설명한 바 있다. 관점의 일치로부터 어떤 체험을 이해한다는 것은 인간에게 드러나는 사물을 객체적으로 파악한다는 것이 아니라 그 사물을 자신의 입장에서 재구성하는 주체의 입장에서 파악한다는 것이다. 여기서 전제된 것은 인간이 시작하고 만들어 내고 변형하는 존재라는 것이다. 인간이 서로 같은 특질을 가지고 있는 것은, 다시 말하여 인간의 동질성(同質性)은 이해의 조건을 이룬다. 그러나 이것은 또 그것 자체가 인간 상호 간의 개방성을 포함하는 것이 아니면 안 된다. 즉, 인간의 본래적인 사회성 또한 주체적 이해의 조건이 된다. 그리고 이러한 인간의 동질성과 사회성은 단지 생물학적 특질이 될 수는 없고 보다 구체적으로 여러 가지 형태의 사회적 역사적 주체성의 동일함에 의하여 매개된다.

인간의 주체적 일치를 말함에 있어 한 가지 주의할 것은 이것이 엇비슷한 일치, 상사적(相似的) 일치에 그칠 수밖에 없다는 것이다. 다른 사람의 체험을 완전히 이해한다는 것은 생각하기 어려운 일이다. 문학의 이해에서도 완전한 이해는 오로지 이상으로만 존재할 뿐이다. 우리의 이해는 그러한 입장에서는 그럴 수 있겠다는 개연적인 것일 수밖에 없고 여기에서 편차는 불가피하다. 다른 시공간상의 위치를 차지하고 있는 인간들의 입장을 완전히 합동에 이르게 하는 것은 위상적(位相的)으로 어려운 일이다. 그러나 보다 큰 어려움은 인간 존재의 역사성에 기인한다. 이것은 인간이 시간적인 지속 속에 있다는 의미에서만이 아니라 보다 적극적으로 실존주의자들이 말하듯이 스스로를 던져 의지(意志)하고 계획하고 실천하는 투기성(投企性)이 인간의 본질을 이룬다는 의미에서이다. 개체는 그의 투기의 지속을 통하여 개체로서의 깊이를 얻는다. 이 깊이는 다른 역사적 궤적 속에 있는 사람에게는 유추적으로 접근될 수 있을 뿐이다.

다시 말하여 이해의 유추성은 인간과 인간 사이에 존재하는 불가피한 간격에서 온다. 그러나 역설적인 것은 이 유추적 간격이 궁극적으로는 보다 깊은 동질성에 기초해 있다는 것이다. 인간의 동질성이 어디까지나 주체적이라는 것을 우리는 다시 기억하여야 한다. 주체적이란 것은 바로 인간이 창조적으로 사는 존재라는 의미이고 각자의 창조성은 서로의 편차를 무릅쓰지 않을 수 없다. 이것은 모든 유기체 간에 성립하는 관계이다. 가령 하나의 동물과 다른 또 하나의 동물, 하나의 꽃과 다른 또 하나의 꽃, 또는 하나의 동물과 하나의 꽃 사이의 관계는 유추(類推) 내지 상사(相似)의 관계이다. 시인들의 눈으로 볼 때는 우주만상이 하나의 비유적인 상사관계 속에 있다. 이러한 관계는 모든 그 자체로 완전한 개체 사이에 성립하는 관계이다. 다시 말하여 여기서는 차이와 동일함이 동시에 관여되어 있다.

동일성(同一性)은 근본적인 동력의 동일성이다. 이 동력의 개체적인 표현은 이 개체들의 창조적 성업과 더불어 다양한 방향의 발전으로 나타난다. 개체적인 차이는 여기에서 온다. 그렇긴 하나 우리는 다시 한 번 이 차이가 전체적인 동일성의 테두리 안에 있다는 것을 잊지 말아야 한다. 또 한 가지 더 주의해야 할 것은 이 동일성의 테두리가 일방적인 필연성의 테두리가 아니라는 것이다. 경험적으로 볼 때 개체적 차이를 규정하는 전체적 동일성은 그것대로 개체적 차이에 의하여 규정된다. 또는 나아가서 개체적 차이를 통해서만 전체가 실현된다고 말할 수 있다. 이러한 상보(相補) 관계를 인간에 적용해 본다면 인간은 한편으로 개체적 차이에도 불구하고 같은 생물학적 엘랑〔élan, 衝動〕과 진화론적 벡터(vector)에 지배되고 구체적으로는 집단적 역사의 전개 속에 있다. 그러면서 다른 한편으로 개체의 궤적을 떠나서 이러한 전체적 자발성은 실현될 수가 없는 것이다.

이러한 관계는 곧 우리의 이해과정에서도 작용한다. 위에서 말한 바와 같이 인간 간의 이해는 주체적 관점의 교환에서 이루어지나 이것이 가능한 것은 우리가 보다 커다란 생명 충동 또는 역사적 실현 속에 있기 때문이다. 즉, 주체와 주체의 일치는 이 양자를 포함하는 말하자면 초월적 주체의 매개를 통하여 가능하다. 그러나 다른 한편으로 개개의 주체의 총화는 곧 초월적 주체의 구체적 모습이다. 이렇게 본다면 나의 주체에 대하여 상사(相似) 관계에 있는 내 이웃의 주체는 초월적 주체의 실현에 불가결한 것이다. 그는 그 초월적 가능성을 현실화하는 한 부분이다. 내가 어떤 체험을 두고 그럴싸하다고 말할 때 우리는 단순히 그 체험을 가진 사람의 입장에 서면 그럴 수 있다는 것을 인정하는 것이 아니다. 나는 그 사람의 체험이 내 체험일 수도 있다는 것을 인정한다. 다시 말하여 그것은 나의 가능성의 일부이며 또 모든 인간의 가능성의 일부로서 판단된다. 또 어떤 체험은 곧 내 체험 속에 편입될 수도 있다. 그리하여 새로운 가능성을 얻을 수도 있는 것이다(하나의 역사적 사건은 그 이후의 사태의 발전에 따라 새로운 의미를 띨 수 있다. 이와 비슷하게 하나의 작품의 의미도 고정된 것이 아니고 다른 역사적 상황에 던져짐으로써 새로운 의미, 새로운 해석을 얻는다).

각각의 체험이 갖는 가능성의 폭은 총체적으로 하나의 초월적 한계를 구성한다고 볼 수 있다. 이것은 끊임없이 변하는 한계이다. 개인의 행동은 자발적으로 일어나며 이 한계를 변형시킨다. 그러면서 동시에 스스로가 거기에 기여하는 초월적 전체성에 의하여 한정된다. 그러니까 우리가 어떤 체험의 개연성을 판단하는 경우 우리는 인간행동의 자유를 인정하면서 그 자유를 주체적으로 이해하고 또 동시에 그 자유가 어떤 보편적 필연성 속에 있다고 느끼는 것이다. 우리가 한 체험을 이해할 때 우리는 그것이 독자적이고 따라서 자유로운 것이라는 것을 인정하면서 동시에 초월적으로 주어지는 개연성의 테두리 안에 있다는 것을 인정한다. 이러한 테두리가 있음으로써 비로소 어떤 체험이나 문자 그대로 받아들이지 않게 되고 또 전형성의 관점에서 한 체험에 대하여 가치판단을 내리게 된다. 사실 문학의 주요한 기능은 단순히 개인적 체험의 전달이라기보다는 체험의 가능성에 대한 탐구이고 나아가 나와 내 이웃의 구체적 체험과 다른 역사적 체험을 통하여 투사되는 초월적 가능성의 한계를 확인하는 일이다. 이러한 한계에 대한 의식은 잠재적 형태로는 이미 우리의 독서 속에 들어 있다고 볼 수 있고, 또 그렇지 않은 경우도(외국문학의 경우는 극단적 예가 되겠다) 개체적 체험과 역사에서의 집단적 체험을 표현하는 문학, 문화현상, 제도에 대한 주체적 이해를 통하여 끊임없이 변화하는 초월적 주체의 가능성과 한계를 우리는 독서의 궁극적인 지평으로 구성할 수 있다.

우리는 위에서 독서에서 출발하여 문학 해석의 전제조건들을 검토하였다. 그러면 문학작품의 해석 자체는 어떠한가? 여기에 대한 자세한 고찰은 별도의 지면을 필요로 할 것이다. 그러나 위에서 이야기한 문학 해석의 전제조건에 대한 고찰을 조금 더 분명히 하는 의미에서 여기서도 가장 주요한 것으로 보이는 점만을 간단히 살펴보는 것이 좋겠다. 문학 해석의 방법은 해석의 가능성에 저절로 나온다. 요약하여 말하면 문학작품의 해석은 주체적 이해가 성립함으로써 가능해진다. 그런데 주체적 이해는 우리 삶 자체가 주체적인 것임으로 하여 요구되고 또 성립한다. 문학 해석을 가능케 하는 전제조건은 바로 문학 해석의 내용이다. 문학 자체가 이미 삶에 대한 해석이라는 의미에서 뿐만 아니라 삶 자체가 그러한 조건들 속에 성립하기 때문이다(문학작품은 삶 그 자체의 구조를 분명히 하려는 노력이고 비평은 또 이 구조의 구조를 밝히려고 한다. 비평의 비평도 가능하다고 보면 이러한 반성적 노력은 한없는 회귀곡선이 된다고 하겠다. 또는 역으로 삶 그 자체가 이미 해석적이고 반성적인 것이라고 말할 수도 있다). 그러나 문학작품의 해석은 해석 자체에 대한 고찰보다 삶의 과정에 가까울 수밖에 없다. 후자의 경우 우리는 주로 해석을 가능하게 하는 필수·충분조건을 생각하였다고 할 수 있지만, 전자의 경우 우리의 관심은 삶의 과정 자체를 향하고 거기에 여러 조건이 있다면 이 조건들이 어떻게 삶의 과정 속에 짜여져 들어가는가 하는 데에 향한다.

문학 해석의 핵심에 있는 사실은 인간이 주체적 존재라는 것이다. 앞에서도 말했듯이 사람은 시작하고 만들고 변형하며 스스로를 끊임없이 외부화하는 주체적 존재이다. 그것은 다시 말하여 실천의 노력이 인간 존재를 특징짓는다는 말이다. 문학은 인간의 실천적 주체의 형태를 실현하고 또 파악하려는 노력의 하나이다.

사람이 하나의 주체라고 할 때 그는 하나의 절대적 시작으로서 그의 자유는 외부세계에서 거침없는 자기실현으로 나타난다 — 적어도 일단은 이런 이상형을 생각해 볼 수 있다. 이런 자기실현의 특징은 의지의 지속성과 행동의 통일성이다. 완전히 자유로운 의지로 행해진 행동의 소산이 아닌 것은 아무것도 없다. 이런 세계에 맞는 문학적 표현을 생각해 보면 그것은 '누가 무엇을 했다'는 형태를 취한다고 할 수 있다. 아니면 오히려 이런 세계에서 자아의식조차도 일어날 수 없는 것이기 때문에, 모든 것은 스스로를 즐기는 자족적인 상태에 있고 우리 자아도 아무런 저어감 없이 세계에 안주하는 순진 속에 있다고 하는 것이 옳을는지 모른다. 그러나 역시 나의 실천적 의지는 자유롭게 달성되는 상태이므로 이 무의식적인 향수(享受)의 세계 또한 내 주체적 의지의 전체성 속에 있다고 말할 수도 있는 일일 것이다.

그러나 주체적 의지의 자유로운 실현은 추상적 세계에서만 가능하다. 인간 의지가 외부화되기 위해서는 이미 거기에 맞서는 세계가 요구된다. 사실상 우리의 실천의 의지는 불가피하게 그에 맞서는 세계에 부딪쳐야 하며 또 이것은 피동적으로 있는 단순한 자료가 아니라 그것 나름으로 인간의 의지를 한정하고 저항하는 반대의지로 작용하는 것이다. 그러므로 실천의 의지는 대부분 자유로운 창조보다는 주어진 가능성 속에서의 선택과 결단이라는 형식을 취하게 된다(물론 '순진한 의지'의 세계에 대한 갈구와 그것을 향한 실천적 노력이 그치는 것은 아니다). 극단적인 경우 우리의 선택과 결단은 주어진 상황이 던지는 문제에 대한 답변에 한정되기도 한다. 그러나 어느 때나 세계의 저항이 인간의 실천의지를 완전히 부정해 버린다고 말할 수는 없다. 어떤 것이 문제가 된다고 할 때 그것은 주어진 상황이 우리에게 부딪쳐 오는 모습을 말하는 것이기도 하지만 다른 한편으로 이것은 주체적 관점에서 주어진 상황을 들어올리는 방법을 말하기도 한다. 사실 문제는 어느 쪽에서 발생하는 것인지 알기 어려운 것이다. 문제는 세계 자체에 나타나는 어떤 자기분열이라고 볼 수 있고 인간의 자유는 이 균열에 서식한다고 할 수 있을는지 모른다. 인간의 주체적 실천의지 자체가 궁극적으로는 세계의 테두리 안에 있는 것이라는 점을 생각할 때 이러한 해석은 보다 타당한 것처럼 보인다. 그리고 인간 자유의 참모습은 세계를 문제로서 대할 수 있다는 데에서 드러난다고 할 수 있다.

위에서 말한 바와 같이 많은 경우 이와 같이 의지적 선택과 상황 자체의 전개는 갈라놓고 보기 어렵다. 이러한 변증법이 특징적으로 나타나는 경우로 '주제적 발전'을 생각해 볼 수 있다. 음악에서 하나의 테마는 대개 반복되어 나타난다. 이것이 가장 두드러진 경우는 변주(變奏)의 기교이다. 어느 경우에나 테마는 반복되어 나타남으로써 끊임없이 새로운 의미를 띠게 되고 또 하나의 전체적 구조를 가지게 된다. 소설이나 우리의 생애에서도 이러한 주제적 반복을 찾아볼 수 있다. 어떤 사상의 반복적 등장은 사물 자체의 전개과정의 일부를 이루면서 동시에 우리와 사물의 교섭과정을 드러낸다. 하나의 사상은 문제적인 것으로 들어올려지고 그것이 반복되는 사이에 어떤 전체적 의미 속에 통합되는 것이다. 이 의미는 있는 그대로의 사물의 것도 아니며 우리가 억지로 부여하는 것도 아니다. 사물의 주제적 전개는 보다 방법적 관점에서 보여질 때 스타일이라 부를 수 있다. 스타일은 사물 자체의 지속의 원리이면서 또 인간이 사물을 되풀이하여 문제로서 들어올리고 거기에 대하여 선택을 행한 역사적 자취이다. 인간의 실천은 세계의 주체적인 파악 또는 스타일을 통한 통일로 볼 수도 있다.

이렇게 인간의 실천적 주체성은 세계를 문제의 연속선에 따라서 파악하는 형태만으로라도 스스로를 실현한다. 사람은 문제를 통하여 세계를 주체적 실천의 장으로 파악한다. 다른 한편으로 이것이 가능한 것은 세계 자체가 문제적인 것이기 때문이다. 달리 말하여 인간의 주체적 실천은 인간의 의지의 자유로운 표현으로서만이 아니라 또는 오히려 그것보다는 인간의 자유와 세계의 물질성과의 변증법적 교섭의 전체로서 이루어진다는 것이다. 이 전체는 반드시 나의 의지에 의하여 마음대로 움직여질 수 있는 것은 아니면서 또 반드시 나의 의지에 대하여 완전히 불투명한 것도 아니다. 이것은 말하자면 어떤 초월적 주체성을 그 대응관계의 짝으로 요구하는 것처럼 보인다.

이러한 애매한 관계, 즉 완전히 투명한 것도 아닌, 또 무거움만의 것도 아닌 관계의 가장 좋은 예는 사회와 역사의 세계이다. 사람이 움직이고 행동할 때, 말할 것도 없이 그의 세계의 가장 중요한 요소를 이루는 것은 다른 사람이다. 우리 스스로의 자유로운 선택도 우리에게 다시 되돌아올 때는 필연의 모습을 띨 수 있지만, 다른 사람과의 관계에서는 보다 분명하게 나의 자유로운 선택은 다른 사람에 대하여 필연적 구속으로 작용하고 또 다른 사람의 자유는 나의 구속으로 작용하는 수가 많다. 물론 선택의 상호모순만이 인간관계를 지배하는 것은 아니다. 서로의 선택이 서로의 자유를 보강해 주는 경우는 얼마든지 있다. 또 비록 우리가 의식적으로 그렇게 하지 않는다 하더라도 우리의 인간적 공동성은 우리를 한 가지 선택 속에 끌어들이게 마련이다. 또 이 공동의 선택은 이미 선택된 것에 기초해 있다. 의식적이든 무의식적이든 이러한 선택들은 하나의 연쇄적 구조를 가지며 이것을 역사라고 부르는 것이다.

이런 인간적 역사적 선택에서 따로 떨어져 이루어지는 개인적 선택은 좌절에 이르게 마련이다. 그러나 개인적 선택의 지나친 방황을 염려할 필요는 없다. 개인의 문제 자체가 개인적 욕구에 의해서 생기는 것이라기보다는 역사와 사회가 형성하는 문제의 지평 속에 성립한다. 우리가 진정한 집단적 선택을 발견하여 거기에 일치할 수도 있고 그렇지 못할 수도 있으나, 효과적인 주체적 실천은 개체적 의지와 집단의지가 구분할 수 없이 융화되는 어떤 지점에서 이루어지는 것이라고 말해야 할 것이다. 이때에 이런 지점에 위치하여 있는 것으로서 어떤 역사적 주체성을 상정할 수도 있을 것이다. 이것은 앞에서 이야기한 초월적 주체성과 별개의 것이 아니다. 어떤 인간의 실천도 역사의 장을 벗어날 수 없고, 또 어떤 역사적 실천도 세계의 물질성에 내재하는 본래적인 지향(志向)을 떠날 수는 없는 것이다.

우리는 지금까지 인간의 주체성의 실천형태의 몇 가지 특징을 살펴보았다. 처음에 인간의 실천은 의지의 자유로운 자기실현으로 파악하였다. 그러나 이것은 보다 복잡한 요인으로 이루어지고 또 이 요인은 인간의 실천적 자유를 보다 제약하는 것이라는 것을 인정하지 않을 수 없었다. 처음에 어떠한 현상의 전체를 떠받들고 있는 것은 자유로운 인간 의지였다. 그러나 현실세계에서 이 전체성은 그것 이외의 것을 포함한다. 그러나 전체란 언제나 통일과 지속의 원리로서 주체를 요구한다. 커다란 전체성은 개체적 의지와 반드시 별개의 것은 아니다. 또 그것은 그를 초월하는 어떤 선험적 원리도 아니다. 그것은 인간이 세계 속에 살며 또 다른 인간과 같이 있다는 데에서 일어나는 어떤 주체성이며 개체적 의지도 거기에 의식하기 이전에 이미 참여하고 있고 또 의식적으로 참여할 수 있는 주체성이다. 그것은 어떤 철학자들의 용어를 빌려 '구체적 전체성'이라는 말로서 가장 잘 설명될 수 있다.

카렐 코직에 의하면, 이 전체성 안에서 "부분은 서로서로 또 전체와 안으로 연결되고 맺어져 있다. 부분은 추상적으로 부분 위에 덮여 씌워질 수 없다. 전체는 부분의 상호작용에서 창조된다." 또 "전체는 이미 만들어진 모두로서 거기에 부분의 속성이나 관계와 내용이 채워져 있는 것이 아니다. 전체 그것이 구체화 속에 나타난다. 구체화는 다만 내용의 창조가 아니고 전체의 창조도 뜻한다".

문학작품은 이러한 구체적 전체성을 체험으로써 이해케 하려 한다. 그리하여 비록 '순진한' 의지의 주체적 실현이 아닐망정 인간이 주체적으로 있으며 스스로의 세계 창조에 참여하고 있다는 것을 우리에게 깨우쳐 주려고 한다. 물론 이것에 늘 성공하는 것은 아니다. 어떤 때 우리의 삶과 역사와 세계에서 '구체적 전체성'은 감추어져 버리고 만다. 그러나 문학작품의 기적이며 저주는 이러한 전체성의 결여를 가지고도 하나의 전체성을 구축할 수 있다는 데 있다. 결국 하나의 작품에서 모든 것은 작가의 의지에 의하여 지탱되어 있을 수 있기 때문이다(물론 뛰어난 작품일수록 작가의 의지는 스스로 드러나는 세계의 숨은 원리로서만 존재한다). 문학의 해석도 그 반성을 통해서 작가와 마찬가지로 구체적 전체성에의 모험에 참여한다. 그리하여 인간의 참된 자유가 실천적으로 어떻게 구현될 수 있는가를 탐구한다.

2

문학예술의 바탕

문학예술의 바탕

꽃과 고향과 땅

싱싱하고 푸른 나무 또는 한 떨기의 청순한 들꽃을 보고 기쁨을 느끼지 않는 사람은 없을 것이다. 그것은 너무나 예사스러운 일이고 새삼스럽게 들어 이야기할 필요도 없는 것이라 할는지 모른다. 그러나 생각해보면 이것처럼 기이한 일도 없다. 나무나 꽃을 보고 기를 때 즐거운 마음이 되는 것은 나무가 땔감이나 재목으로 쓰일 수 있다거나 꽃이 식용에 닿을 수 있다 해서가 아니다. 먹고 마시는 것과 같은 아주 원초적인 일들을 젖혀 놓고 사람과 사람 사이에 좋고 나쁜 마음이 하나가 될 수 있는 일은 여간 희귀한 것이 아니다. 그것은 우리의 삶을 쓸쓸하게도, 또 험악한 것이게도 한다.

이렇게 생각해 볼 때 유독 꽃이나 나무를 보고 대다수의 사람들이 그 즐거운 마음을 같이한다는 것은 기적처럼 놀라운 일이라고 아니할 수 없다. 이러한 기적은 자연의 모든 것에 대해서 사람들이 갖는 기쁨에도 들어 있다. 부드러운 구름에 둘러싸인 골짜기, 외외하게 치솟은 산, 맑고 푸르게 흐르는 물, 바다, 하늘, 땅—이러한 모든 것이 사람의 마음에 기쁨을 불러일으켜 준다.

이러한 것들 하나하나가 기쁨의 대상이 될 뿐만 아니라 그것들이 어울려 이루는 경치가 마음속에 형언하기 어려우면서도 분명한 기쁨을 불러일으킨다. 경작지나 부동산에 대한 관심이 오직 이러한 기쁨의 원인이 된다고 할 수는 없다. 물론 그런 관심이 얽혀 있을 수도 있지만 그렇다고 하더라도 더 근원적인 것은 기쁨 그 자체일 것이다. 실용적 관심은 마치 들에 핀 꽃을 보고 그것을 꺾어 갖고 싶은 충동이 일어나는 것과 같은 2차적인 현상일 것이다. 사람과 자연의 풍경에 대한 관계는 실용이나 소박한 합리성을 넘어서는 근원적 관계이다.

석기시대의 인간이 자연의 예지 속에서 살던 모습을 가장 실감나게 재현한 미국의 인류학자 출신작가 칼로스 카스타네다는, 그의 흥미로운 저작들 속에서 자연 속의 인간이 어떠한 수련을 통해서 가장 만족스럽고 지혜로운 삶에 이르는가를 그리면서, 지혜의 탐구자가 마지막에 거치는 수련의 단계로서 행복한 풍경을 찾아나서는 것을 이야기하고 있다. 그의 주인공은 멕시코의 깊은 산속으로 탐구의 길을 떠난다. 무인지경에서의 오랜 방황 끝에 그는 그 자신의 마음에 가장 커다란 행복과 평화와 빛을 발산하고 있는 것으로 느껴지는 지형에 이르게 된다. 그는 이러한 지형을 발견했다는 것만으로도 커다란 정신적 안정을 얻게 된다. 그가 거기에 머무는 것은 짧은 한때에 불과하지만 생애의 나중에 이 지형을 고요한 명상 속에서 회상해 보는 것은 그에게 언제나 커다란 힘이 되었다.

카스타네다가 《익스틀란에의 길》이라는 책에서 이야기하는 이러한 체험은 일종의 신비체험으로서의 풍경의 효과이지만 이러한 지형에 대한 신비체험은 우리의 풍토지리설에도 들어 있는 것이고, 우리가 일상적으로 등산이나 원족(遠足)에 나서면서 마음에 드는 풍경을 찾아 멈추지 않게 되는 데에도 나타나는 것이다.

우리에게 고향이라는 말이 갖는 특별한 의미도 이러한 풍경의 일반적 신비에 연결되는 것이 아닌지 모르겠다. 물론 고향은 우리에게 정다운 사람들과 정다운 사물과 장소로 인하여 특별한 정감을 불러일으킨다. 그러나 이러한 정감은 그것과 별도로 있는 자연의 풍경 위에 밖으로부터 부과되는 것이 아니다. 고향의 정감과 풍경은 서로 뗄 수 없는 것으로서 나와 물건, 주관과 객관, 감정과 사실이 분리되지 않은 하나의 세계에서 우러나온다. 이 세계는 우리의 정감과 같이 움직이고 변하고 느끼는 그런 세계였다. 우리가 생각하는 고향에는 산과 들과 집과 초목 — 이러한 것들이 하나의 통일된 공간을 이루고 있는 우리 자신과 또 우리의 가족과 친지들은 반드시 이러한 공간 가운데 자리잡고 있다.

사실 고향이 나타내는 것은 사람의 삶의 장으로서 조화된 공간이다. 또 이 공간은 선조들에 대한 회상에 의하여 깊이를 얻고 미래에 대한 그리움과 계획에 의하여 가깝기도 하고 먼 지평들이 생기기 때문에 시간을 포함한 살아있는 공간이다(회상 속의 고향의 공간에서 들녘의 저편으로 또는 먼 산봉우리 너머로 지평선을 의식하는 것은 우리의 소망이 고향의 작은 마을을 벗어져나가기 시작할 때다).

고향이란 우리에게 행복의 원형을 의미한다. 우리의 풍경에 대한 느낌도 여기에 이어져 있다. 어쩌면 우리가 꽃이나 나무를 통하여 암중모색(暗中摸索)으로 찾아가는 것도 이 행복의 원형일 것이다. 사람이 꽃과 물과 이끼낀 돌과 새의 노랫소리와 벌의 잉잉댐을 사랑하는 것은 그것들 가운데에 "말없는 창조적 생명, 그 움직임의 고요한 자유, 그것 스스로의 법칙과 내적 필연성과, 자신과의 일체성"을 보기 때문이라고 쉴러는 말한다.

우리는 자연의 물건들 가운데서 자연스러운 '있음'을 보는 것이다. 고향과 풍경은 이러한 '있음'을 하나의 전체성으로 드러내 준다.

자연물과 자연의 배경에서 우리는 우리 자신의 삶을 위하여 이러한 교훈을 배울 뿐만 아니라, 우리 또한 그런 '있음' 속에 있었던 것을 본능적으로 깨닫는다.

사람은 살아감에 따라 또 시대적으로, 농경사회에서 산업사회로 옮아감에 따라 통일되고 조화된 삶의 방식, 더 나아가 존재가 펼쳐지는 방식으로서의 고향을 잃어버린다. 현상학적 심리학자 에르빈 슈트라우스는 농민의 풍경감각을 도시의 그것과 대조하면서 다음과 같이 이야기한다.

> 농부는… 그의 세계의 한복판에 자리하고 산다. 그의 마음에 경도(經度)의 중심은 그리니치 천문대를 지나는 것이 아니라 마을 교회의 종각을 지난다. 익히 잘 아는 중심의 둘레에 모르는 것, 낯선 것이 동심원을 이루면서 펼쳐진다. 모든 편에서 세계는 모르는 것 속으로 사라진다. 그러나 그는 자신의 세계의 중심에 살며, 또 이미 아는 것의 테두리 속에 있기 때문에 모르는 것에 의하여 혼란되지 아니한다. 이 중심에서 그를 떼어서 옮겨놓으면, 그는 망향의 병에 걸리게 된다. 이제 모르는 것은 그를 두려움으로 차게 하고 그를 짓누른다. … 그는 이제 세상의 복판에 있지 않다. 그의 마을의 관점에서 도시에다 질서를 줄 수는 없다. 익숙하게 아는 것이 모르는 것에 의하여 질서 정연히 둘러싸여 있을 때 모든 것은 제 자리에 있는 듯했다. 알지 못하는 것 가운데 자기 위치를 알아내고 정해야 한다면 균형은 뒤집혀지고 만다.

슈트라우스는 농민의 경험을 '풍경'의 경험이라고 하고, 도시인의 공간경험을 '지도'의 경험이라고 부른다. 풍경에서 사람과 자연은 공감적으로 존재한다. 그러나 지도로 옮겨진 자연은 아무런 정서적 감흥을 주지 아니한다. 또 '풍경'에 대한 농부의 태도는 우연적이고 단편적인 태도가 아니다. 그것은 그의 존재 그것에서 우러나온다. 그가 사물을 경험하는 방식은 슈트라우스의 용어를 빌리면 '느낌'을 통해서이다.

느낌은 공감적 체험이다. 느낌의 상태에서 우리는 세계 안에 세계와 더불어 있다. 여기서 '더불어'라는 말은 하나의 체험인 '세계'와 또 다른 체험인 '내'가 맞붙는 것을 뜻하는 것이 아니다. … 느낌은 세계와 한데 묶여 있다. 이것은 아는 행위가 저쪽에 있는 세계에 맞서는 것과 구분되어야 한다.

또 그는 말한다.

감각적 체험(그의 생각에 이것은 느낌과 별로 다르지 않다)을 갖는다는 것은 점차 주체와 객체로 펼쳐지는, 더불어 있음을 체험하는 것이다. 이 감각적 체험에서 자아의 되어짐과 세계의 일어남이 벌어져 나오는 것이다.

농부의 '풍경'의 체험은 이러한 세계와의 직접적인 조화 속에 있는 존재의 방식에서 나온다. 우리가 마음속에 고향을 간직하며 아름다운 풍경을 찾아 헤매는 것은 이러한 세계와의 원초적 조화를 갈구하기 때문이다.

물론 제 고장을 떠난 농부는 고향으로 돌아갈 수 없다. 그것은 그의 고장이 단순히 지도상의 한 지점이 아니기 때문이다. 또 감각적 체험은 의식의 성장과 더불어 지각적인 것으로, 또 인식으로 발전하지 않으면 안 된다. 그러나 일체적 체험으로부터의 분리가 일방적으로 진행하는 한, 사람의 불행은 점점 커져간다.

풍경을 잃어버린 사람은 모든 것을 하늘 위에서 평평하게 펼쳐져 있는 지도를 보는 듯 내려다본다. 이것은 그에게 보다 넓은 전망과 분명한 인식을 가져오지만 그것이 너무 일방적인 강조가 되는 경우 슈트라우스 자신 지적하는 것처럼 우울증이나 비개성화의 신경병의 원인이 될 수도 있다.

그런 경우 모든 풍경, 모든 일은 전혀 정서적 의미를 갖지 않는 중립적이고 공허한 것이 된다. 그리고 결과적으로 '지도'에 의하여 얻은 관점의 넓이와 명료함은 참다운 정서적 에너지, 달리 말하여 존재의 에너지를 상실함으로써 마치 결집력을 잃은 모래알처럼 뿔 뿔이 되고 조각난 것이 되어버리고 만다(실존정신분석가 맹콥스키는 경험의 전체에 정서적으로 맺어지지 않는 세계가 어떻게 단편적 조각으로 깨어지며 사람의 성격의 단편화를 가져오는가를 그의 논문 〈우울증 스키조프레니아에서의 몇 가지 발견〉에서 보여주고 있다).

아마 우리가 자연의 의미 또는 세계의 일체적인 있음에 대하여 익히는 것은 어렸을 때의 체험을 통하여서일 것이다. 위에서 말한 감각적 느낌의 세계는 우선적으로 어린 시절의 세계이다. 그러나 이러한 세계가 단순히 그리운 추억과 향수 속에만 있는 지나쳐온 단계, 지나쳐서 마땅한 단계의 환상을 나타내는 것은 아니다. 그것은 자꾸 감추어지면서도 늘 사람의 삶에 슈트라우스의 책의 제목이 말하듯이 '감각의 원초적 세계'를 이루고 있다. 모든 것이 이 원초적 세계에서 나온다. 우리의 생각이 지적이고 육체적인 성장과 더불어 더욱 또렷해지고 복잡해진다면, 그것은 이 원초적으로 주어지는 세계의 바탕 위에 이루어지는 진화에 불과하다.

우리의 모든 지적 활동의 밑에 어려 있는 것은 어릴 때부터 함께 있던 꽃과 나무와 산의 그림자이다. 맨 처음의 감각적인 '더불어 있음'에 섞인 이러한 것들은 가장 근원적인 교사로서 우리의 생각과 삶을 지배한다. 또 이 교사들이 가르쳐 준 것은 단순히 어린 시절의 꿈이 아니라 세계와 삶에 대한 변함없는 진실이다.

그런데 우리가 주말의 원족에서, 또 짧은 시골로의 여행에서 찾는 것은 사실 고향이 불러일으키는 행복의 영상(影像)이라기보다는 우리의 삶에 전체성을 부여해주는 테두리로서의 자연이다. 이것이 우리가 단지 아늑한 골짜기의 풍경만이 아니라 무서움의 느낌을 자아내는 험한 산이나 사막이나 빙원(氷原)을 찾아 나서기도 하는 이유일 것이다. 이러한 험한 자연의 광경 속에서 자연의 거대한 전체성을 우리는 보다 절실하게 느끼게 된다. 미학자들은 이러한 자연의 험악한 양상에서 느껴지는 것을 아름다움과 구분되는 장엄이라는 말로 표현하였지만 이러한 느낌은 단순히 주관적 심미(審美) 감각에 그치는 것은 아니다.

　　우리가 선 자리가 어디든지 간에 그 자리의 역사, 인간과 식물과 진화와 지질학의 역사를 따져볼 때, 우리는 과연 사람이 거기에서 나오는 거대한 모태(母胎)의 신비에 압도되지 않을 수 없다.

　　우리가 발 딛고 서 있는 지반의 지질작용을 생각해 보라. 가장 거대하고 단단한 바위도 시간의 깊은 물결 위에 떠 있는 가랑잎에 불과하다. 태양과 바람과 물의 작용은 끊임없이 바위를 무너져 내리게 하고, 내리는 비는 이를 씻어내고 또 조금씩일망정 바위의 단단함을 소금처럼 녹아내리게 한다. 또 보이지 않는 지각(地殼) 운동은 높은 산을 이루고 있는 바위를 바다 밑으로 끌어내리고, 또 바다 밑에 쌓이는 부유물들을 압축하여 바위를 만들고, 이것을 밀어 올려 산을 만들기도 한다. 이런 거대한 자연의 움직임 속에서 사람의 존재는 참으로 위태로운 것처럼 보이기도 하고 기적처럼 귀한 것으로 생각되기도 한다.

　　자연 속에 깃들인 인간의 행복한 모습의 원형으로서의 고향도 풍경도 이 거대한 테두리 속에서 그 참다운 뜻과 존귀함을 얻는다. 즉, 우리에게 함께 있는 사람과 자연의 아늑한 모습이 귀한 것은 그것이 거대하고 무서운 자연과정, 그러면서도 궁극적으로 사람의 삶의 어머니가 되는 무서운 자연작용 속에서 일시적으로 이루어지는 행복의 환상이기 때문이다.

사람의 삶의, 무서울 수도 있는 거대한 테두리와 그 안에서의 아늑한 보금자리로서의 고향이나 풍경의 관계는 하이데거가 그의 《예술작품의 기원》에서 '세계'와 '지구'의 관계로써 설명한 바 있다.

세계란 역사적 인간들의 운명에 근원적 결정의 진로가 스스로 열리는 것을 말한다. 지구는 스스로 물러앉으며 그러니만큼 지키며 감추면서 동시에 앞으로 나오는 것이다. 세계와 지구는 근본적으로 서로 다르다. 그러나 결코 서로 분리될 수는 없다. 세계는 지구에 근거해 있고 지구는 세계를 비집고 드러난다. 그러나 세계와 지구의 관계는 서로 아무 관계가 없는 반대명제들의 통일로써 설명될 수 없다. 세계는 지구 위에 놓여 있으면서 이것을 넘어서려고 한다. 스스로 열려 있는 것으로써 감추는 것을 그대로 견디어 볼 수가 없는 것이다. 그러나 지구는 감추고 지키는 것으로써 세계를 자기 속으로 끌어당기며, 또 거기에 감추어 두고자 한다.

하이데거는 이러한 상호 투쟁, 상호 의존관계에 있는 세계와 지구의 있음이 예술작품으로 하여 드러나고 또 인간 존재로 하여 드러난다고 한다. 그러나 구극적으로 우리가 즐기는 꽃 한 송이, 마음속에 소박하게 간직하는 고향의 영상, 기쁨을 가지고 바라보는 아름다운 풍경, 외포감(畏怖感)을 가지고 바라보는 광막한 지구의 모습 — 이런 것들에 스며있는 것은 사람의 본래적인 모습에 대한 직관적 이해이다. 이러한 모습은 위에서도 말한 바와 같이 사람이 자연을 벗어나서 도시 속에 살며 또 순진한 느낌의 상태에서 이성적인 인식의 상태로 옮겨감에 따라 쉽게 잊혀진다. 그러나 반드시 그래야만 하는 것은 아니다. 위에 든 예에서도 암시된 바와 같이, 우리는 지질학적 공감을 통해서도 사람과 자연과 세계가 열려 나오는 근원에 이를 수도 있다.

아마 이러한 근원의 예감이 잊혀지는 것은 도시화나 의식의 발달 그 자체로 인한 것이라기보다, 거기에 따르는 관심의 천박화 경향으로 인한 것이라고 보아야 할 것이다. 이 천박화는 생활이나 의식에서 옛날보다 넓어지게 된 세계가 사람의 감각이나 정서에 지우는 부담을 크게 함으로써 불가피해진 것이라고 할 수도 있다. 넓고 잡다한 세계에 대해서 우리는 매우 피상적인 지식과 관심으로 대처할 수밖에 없고 또 이 관심에서 될 수 있는 대로 정서적 요소를 제거하여 감정적 부담을 가볍게 하는 수밖에 없는 것일 것이다. 현대생활에서 강화되는 지적인 면 자체가 깊은 체험의 충격을 피하기 위한 방법일수 있다. 어떤 심리학자들이 이야기하듯이 의식은 체험을 기피하는 하나의 방법인 것이다. 그러나 사람의 체험에 대한 요구는 밖으로 뻗어나가는 경향을 가지고 있다. 사실 사람이 어떤 체험에 대하여 그의 감수성을 닫아버릴 때, 그것은 체험 자체의 증대보다도 체험의 성질에 인한 것이다.

현대사회가 우리의 관심을 천박하게 하고 또 좁게 하는 것은 그것이 우리를 소외시키는 체험으로 가득 차 있기 때문이다. 그 요인은 많이 있겠지만 ─ 그것이 소외의 원인인지 결과인지는 분명히 할수 없으면서도 합리적 사고의 발달, 사회의 관료적 조직화, 인간관계의 소원화(疎遠化), 현대도시에서의 자연환경의 파괴와 은폐, 이런 것들이 다 여기에 작용한다고 하겠다 ─ 가장 중요한 원인은 삶의 가장 기본적인 문제가 무한한 신경 소모와 감정 고갈을 요구하는 생존경쟁이 되었고, 이것이 삶의 터전으로서의 사회와 자연의 환경을 지배하는 원리가 되었다는 점일 것이다.

또 이 생존경쟁은 어떤 구체성이 있는 경쟁이 아니라 화폐경제로 인하여 가능해진다. 극히 추상적일 수밖에 없는 유가증권의 소유를 위한 계산과 전략의 형태를 띤다. 여기서 우리가 감정을 잃고 자연이나 삶의 전체성에 대한 본능적 관계를 잃어버리는 것은 너무나 당연하다.

화폐경제 속의 현대사회에서 모든 것은 매우 추상적으로 규정되는 소유관계에 의하여서만 그 의미를 갖게 된다. 먹고 마시는 것은 자연과의 신비스러운 조화와 투쟁의 관계로 우리를 인도해 주는 것이 아니라 농산물 시장으로 우리를 이끌어 간다.

공리적 가치가 분명치 않은 꽃과 나무도 그 화폐 가치에 의하여 좋고 나쁨이 결정된다. 우리는 집에서 기르는 화초도 가장 값비싼 것을 가장 편한 자리에 앉힌다. 사람이 자연의 전체성에 연결되는 가장 신비한 매듭인 집과 땅이 광적인 부동산 시장의 투기대상이 된다. 신문은 부동산 경기의 침체를 걱정하고 사람들은 자신이 살고 있는 집과 땅을 전혀 상품적 가치로서만 생각한다. 그것은 사람이 그것을 통하여 유구한 지구의 시간과 공간에 뿌리를 내리는 안식과 외경의 자리이기를 그친다. 소유를 위한 경쟁 속에서 땅의 광막함은 이리저리 찢기우고 장벽으로 가로막힌 학대받는 물건이 된다.

이러는 사이에 사람들은 정신의 고향을 상실하고, 세상의 아름다움과 두려움에 대한 어떠한 느낌도 상실한다. 그리고 많은 사람들은 그들을 생명과 지구, 또 그것들의 신비스러운 근원으로 연결해 주는 음식과 물과 집과 땅을 잃어버리고 방황한다. 시인은 전쟁중에도 "靑山이 그 무릎아래 芝蘭을 기르듯/ 우리는 우리 새끼들을 기를 수밖엔 없다"고 했지만, 이것도 옛이야기가 되어간다.

오늘날 우리의 어린이들의 느낌의 세계는 어떤 혼란으로 이루어질 것인가? 우리가 보는 꽃과 산과 거리가 단순히 삶의 외부조건이 아니라, 삶 그 자체이고 우리 자신이라고 할 때, 우리와 우리 아이들은 찢기고 없어진 공간에서 어떠한 삶을 누릴 수 있을 것인가? 우리는 꽃과 산과 땅을 소유하기를 그치고 그것들의 작은 행복과 커다란 두려움에 소유되는 것을 배워야 한다. 그것이 삶의 시작이고 전체이다. (1977)

나와 우리

문학과 사회에 대한
한 고찰

1. 모든 사람의 모든 사람에 대한 싸움

토마스 홉스(Thomas Hobbes)가 있을 수 있는 삶의 한 형태로서 자연의 상태란 것을 상정하고 그것을 모든 사람에 대한 모든 사람의 싸움으로 설명한 것은 유명한 일이다. 그는, 이 자연의 상태에서는 문화와 기예(技藝)가 위축되고 사람들의 마음은 "끊임없는 공포감, 비명횡사의 가능성"에 떨고, 삶은 "외롭고 초라하고 야비하고 짐승스러우며 짧은 것"이 된다고 말하였다. 이 자연의 상태는 정치이론의 전개에 필요했던 한 가설이지만, 연구가들이 이미 지적했듯이, 초기 자본주의 사회의 살벌한 모습을 유형화하여 묘사한 것으로 볼 수도 있는 것인데, 하여튼 그것이 17세기 영국사회의 혼란상을 적지 않게 반영한 모형인 것은 틀림이 없다.

홉스의 만인전쟁(萬人戰爭)이 당대의 영국사회의 현실에 어떻게 맞아 들어갔든지 간에 오늘날 우리가 한국 사회에서 경험하는 현실은 홉스가 그린 만인전쟁의 양상을 띠고 있다고 말해서 지나친 것이 아닐 것이다. 이것은 사회에 넘치는 불신에서, 날로 늘어가는 살인강도 등의 사회폭력에서, 또 갖가지 형태의 금전과 정치의 폭력에서 끊임없이 확인되는 것이다.

이 만인전쟁의 본질은 사람과 사람의 관계가 이용하고 이용당하는 관계로서만 성립한다는 데 있다. 모든 사람은 나에 대하여 내 의지작용의 대상이 되는 객체로서만 의미를 갖는다. 내 마음에 거슬리는 물건을 걷어치우듯 사람을 해치워 버리는 살인은 오히려 우리 생활의 당연하고 필수적인 조건으로도 볼 수 있다. 이 조건은 신문보도에 나오는 '흉악범'의 경우에만 해당되는 것이 아니라 우리의 일상생활, 내면작용, 공권력의 구성, 그 어디에나 해당되는 것이다.

대부분의 우리는 만인전쟁의 혼란 속에서 어떻게 살아남을 것인가를 궁리하는 데 골몰하는 셈이지만, 다른 한편으로 만인전쟁의 근본적 해결책이 있어야겠다는 것을 늘 막연히나마 느끼고 있다. 우리 사회에서 행해지고 이야기되는 많은 것은 직접 간접으로 이러한 해결책의 모색에 관계된다. 홉스는 만인전쟁의 종식을 위하여서는 절대군주제가 필요하다고 생각했거니와 우리 사회에서도 이와 비슷한 생각은 쉽게 발견될 수 있다(여러 가지 위장에도 불구하고 이러한 종류의 해결책이 지배적 견해인지도 모른다). 또는 힘에 의한 질서에 대조적으로 도덕적 질서의 수립(종종 '가치관'이라고 불리는 것들의)'정립'이 주창되기도 한다. 즉, 어떤 논자들은 오늘날의 혼란의 원인을 전통적 도덕관념의 타락에서 찾으면서 전통적 도덕질서에 대한 향수를 기르고, 또 다른 어떤 사람들은 전통적 가치의 불가피한 몰락을 인정하면서 한국 전래의 인정주의에다 서구적인 인본주의를 연결하여 일반적인 인간회복을 호소한다. 이러한 시무(時務)와 세풍(世風)의 광정(匡正)을 위한 호소들은 아무리 혼란한 시대에도 사람이 사람다운 삶을 찾으려는 노력을 그치지 않는다는 고무적인 증거라고 볼 수 있다.

갖가지로 이야기되는 방안이 얼마나 믿을 수 있는 것이고 또 얼마나 효과적인 것이냐 하는 것은 물론 별개의 문제다. 오늘날과 같이 사람이 사람을 믿을 수 있는 근본이 철저하게 흔들려 버린 시대에, 웬만한 평화책은 평화공세의 수단으로 보이기 십상이기 때문에, 선의의 평화안은 오히려 전쟁을 악화시키는 역할을 하기도 한다. 사회적 투쟁을 종식시키려고 하는 평화안은 말하자면 무장해제(武裝解除)의 명령이거나 상호 무장해제의 약속을 호소하는 것일 터인데, 다른 사람은 무장을 풀게 하고 은밀히 나만의 무장을 준비하는 것처럼 편리한 것도 없다는 것은 누구나 알고 있다. 그러니까 종종 사태를 호도(糊塗)해 버릴 수도 있는 추상적 언어인 도덕적 평화의 호소보다는 투쟁의 격화를 통한 힘에 의한 평화의 달성이 오히려 현실적이라는 입장도 성립하게 된다.

2. 개인과 사회

만인전쟁(萬人戰爭)은 의지와 의지의 상충에서 온다. 이것은 계급의지와 계급의지의 상충일 수도 있고 개인의지와 개인의지의 상충일 수도 있다. 어떤 종류의 의지가 구체적으로 어떻게 작용하느냐 하는 것은 여러 가지로 생각될 수 있지만, 일단은 국부적으로 또는 전체적으로 개별의지의 통제가 만인전쟁의 종식에 필요불가의 것이라고 생각될 수 있다. 의지 대신에 강조되어야 할 것은 사회 전체의 필요이다. 사회의 전체성은 개별 그것이 사회성원 하나하나의 참여에 의하여 인정되는 것이 아닐 때 그것은 외부적 강제력으로 나타날 수밖에 없다. 물론 문제는 남는다. 사회적 평화는 결국 사회성원 간의 화해에 기초할 수밖에 없고 개인의 동의 없는 질서의 강제는 표면적 평화에도 불구하고 만인전쟁의 연장에 불과한 것이기 때문이다.

사회의 전체성의 필요와 그것에 대하여 원심적으로 작용하는 개인적 추구의 갈등은 사회생활의 여러 국면에 나타나지만 문학에서도 강하게 나타난다. 소설과 서정시로 대표되는 서구의 현대문학은 그 안에 개인적 관점과 전체성의 요구 사이에 일어나는 긴장을 간직하고 발달했다.[1] 이것은 우리 현대문학에서도 대개 비슷한 사정이었다. 그러나 시대의 혼란이 심해짐에 따라 전체와 개인 간의 긴장은 급기야 보다 대치적 갈등으로 바뀌고, 나아가서는 서로의 갈등의 관계까지도 끊어져 버린 뿔뿔이의 상태로 들어갔다 그리하여 현대문학은 극단적 소외의 상황만을 취급하는 데 이르렀다.

그러나 또 한편으로는 이러한 흐름에 대한 비판으로서 문학이 그 전체성에의 관계를 되찾아야 한다는 주장도 끊임없이 계속되었다. 우리 현대문학에서 끊임없이 논의된 순수문학이냐 참여문학이냐 하는 문제도 결국은 문학이 개인적인 것을 주축으로 해야 하느냐, 아니면 사회 전체의 진실을 주축으로 해야 하느냐는 논쟁이다. 문학에서 개인과 전체의 문제는 사회에서의 같은 문제에 직접적으로 연결되어 있고 또 후자의 경우나 마찬가지로 쉽게 답할 수 없는 성질의 문제이다. 우리 시대의 혼란이 개인과 개인의 투쟁에서 오고 — 비록 그것이 집단의 운명 속에 나타난다고 하더라도 적어도 얼핏 알아볼 수 있는 표면에서는 — 문학도 구극적으로는 사회와 개인의 행복에 기여하여야 하는 한, 개인취미 추구로서의 문학이 공격의 대상이 된다는 것은 이해할 만한 일이다. 또 중요한 것은 집단적 질

---

1 이 문제는 근대 서구문학론에서 일반적으로 이야기되는 것이지만, 다음 책들을 참고해 볼 수 있다. 게오르크 루카치 《소설의 이론》, 뤼시앙 골드만 《소설의 사회학을 위하여》.

서 또는 적어도 집단적 질서로 나아갈 수 있는 전략이라는 것도 수긍할 수 있는 일이다. 그러나 개인의 혼란에서 전체의 평화로 나아가는 길은 쉽지 않다. 위로부터 강제되는 전체성이 하나의 폭력이며 진정한 평화가 아니라는 것은 위에서 말한 바와 같다.

이것은 문학에서 특히 분명하게 드러난다. 예술은 자유로운 여건 속에서만 가능하며, 이것은 사람의 마음의 움직임이 불가사의한 자유를 가진 것이기 때문이라고 잘라 말할 수 있는 것은 아니지만, 우리는 일단 예술이 적어도 그 직접적인 창작 과정에서 개인적 재능의 예측할 수 없는 움직임에 많이 의존한다는 사실을 인정하지 않을 수 없다. 그리고 창작 과정의 개인성에 관련하여 예술이 어느 정도까지는 무엇보다도 개성의 표현이며 또 여기에서 확대하여 예술가의 관심이 주로 개인의 운명, 적어도 개인적 삶의 형태에 향한다는 것도 사실이라 아니할 수 없다.

다시 말하여 창작 과정, 그리고 자기의 삶과 또는 개체로서의 타자의 삶에 대한 관심, 이 3가지가 다 일직선으로 연결된 것은 아니지만, 예술은 다분히 개인적 진실에 관여된다고 볼 수 있다. 그렇기 때문에 예술 내지 문학으로 하여금 개인적 자유를 버리고 전체의 필연에 봉사하라고 말하는 것은 예술 그것을 버리라고 말하는 것처럼 들린다. 개인과 개인의 투쟁에서 생기는 만인전쟁을 종식시키고 사람의 삶을 "초라하고 야비하고 짐승스러우며 짧은" 상태로부터 해방시키는 일이 우리에게 주어진 가장 중요한 일이라면, 예술이 보여주는 이러한 요구에 대한 저항을 어떻게 할 것인가? 그러나 예술의 개인주의적 저항은 우리를 당황하게만 하는 것은 아니다. 위에서도 말한 바와 같이 강제된 전체성이 진정한 평화가 아닌 한, 그것은 우리에게 해결되지 않은 채 남아 있는 문제를 상기하게 한다. 우리가 구해야 할 것은 개인을 누르고 전체를 내세우는 것도 아니고, 그 반대도 아니며, 하나에서 다른 하나로 나아갈 수 있는 길인 것이다.

3. 자아의 구조

우리는 일단 개인으로부터 출발할 수밖에 없다. 예술과 사회의 현실이 이를 불가피하게 한다. 사회의 혼란은 사회의 전체성이 상실된 데서 온다. 이런 때, 사회성원의 개개인에게 유일한 진실은 그에게 절실한 개인적 체험일 수밖에 없다. 이런 마당에 추상적이며 일반적인 언어로 제시된 전체성은 실감 있게 받아들여지기 어렵다. 예술이 유일하게 의미 있는 진실로서 구체적 체험을 내세우며 여러 가지 형태의 추상적 개념의 허구성을 드러내는 일에 전념한다고 해도 별수 없는 일이다. 아니면 오히려 그것은 당연한 일이다. 왜냐하면 예술, 특히 문학의 한 기능은 한 사회가 추상적 가치개념으로 고착시키는 그 사회의 전체성을 구체적인 개인적 실존과의 함수관계에서 검토하는 일이라 생각되기 때문이다. 그러나 이렇게 말하는 것이 그 반대의 움직임을 포기하여야 한다는 것은 아니다. 문학이 아무리 개인적 체험의 구체에 스스로를 한정시키고 그것의 충실한 기록에 멈추어 있다고 하더라도 그것은 이미 그러한 한정을 뛰어넘는 것이다. 문학에서의 개인적 체험은 개인적 체험이면서 또 많은 동시대인의 체험이다. 놀라운 것은 아무리 소외되고 고립된 사람의 문학이라 할지라도 공감을 불러일으킬 수 있다는 사실이다. 문학이 우리에게 일깨워 주는 교훈은 사람이 개인으로 있으면서 또 보다 큰 전체 속에 있다는 것이다.

우리는 이러한 평범한 사실이 드러내주는 가능성에 주의하여야 한다. 똑같은 경우는 아니지만, 데카르트 같은 사람이 발견한 것도 이러한 가능성의 한 면모라 할 수 있다. 서양의 중세적 세계가 붕괴하고 스콜라 철학의 잔광(殘光)이 어지러운 사변체계(思辯體系)의 그림자를 만들어 내고 있을 때, 데카르트는 그의 내면으로 들어갈 수밖에 없었다. 거기에서 그가 발견한 것은 하나의 자아(ego)였다. 그러나 동시에 그는 이것이 자기 개인의 '나'라기보다는 가장 보편적인 이성의 근본임을 발견하였던 것이다.

우리의 개인적 존재의 핵심을 이루는 '나'의 의식 또는 자아란 무엇인가? 윌리엄 제임스가 그의 《심리학의 원리》에서 경험적 관점에서 파악한 자아(self)를 설명하면서 든 예를 빌려, 자아란 "내 신체, 정신능력, 의지, 집, 처자, 내가 가지고 있는 토지, 말(馬), 요트, 은행, 예금통장", 이 모든 것을 포함한 "내 것이라고 부를 수 있는 일체"라고 말해 버릴 수만은 없다. 경험주의적 자아 파악은 그것을 주로 외부로부터 파악한 것인데, 그렇게 볼 때 우리의 자아는 일정한 시공을 점하고 있는 몸뚱이와 그것의 사물에의 확산으로 생각될 수 있다. 그러나 우리가 몸뚱이인 것은 틀림없지만 그것은 단순히 물건의 덩어리로서의 몸뚱이는 아니다. 그것이 소유관계의 주체가 될 수 있다는 점에서 벌써 물건 이상의 것이라는 것은 자명하다. 몸뚱이라 하더라도 그 몸뚱이는 매우 독특한 방식으로 세계를 향하여 열려 있는 몸뚱이다. 참으로 보다 중요한 인간적 운명의 요인은 몸의 무게에서 온다고 할 수 있지만, 이 기발한 인간의 몸뚱이의 특징을 이루는 것은 그것이 세계로 열려 있다는 사실이다.

이러한 몸뚱이에 기초한 자아는 이 열려 있음의 한 방식이라고 말할 수 있다. 다시 말하면, 자아의 독특한 존재방식은 세상에의 열림에 있어 일정한 관점으로 정의될 수 있다. 그것은 세계의 일정한 원근법(遠近法)적인 열림 속에 있는 하나의 기하학적 점과 같은 것이다. 이렇게만 보아도 우리의 자아를 폐쇄적인 단자로 정의할 수 없다는 것은 분명하지만 한 걸음 더 나아가 자아를 한 점(點)에 비유한다면, 그것은 고정된 점이 아니라 움직이는 점에 비유되어야 한다는 것에 주의하여야 한다. 즉, 이 점은 어느 정도까지는 자유롭게 선정될 수 있다. 데카르트는 사물의 형식적 관련을 분명히 볼 수 있는 직관능력의 작용, 즉 이성적 사유에 그의 자아를 일치시켰다. 이것이 "나는 생각한다, 고로 나는 존재한다"의 한 가지 의미이다. 우리는 "내 신체, 정신능력, 의지…" 또는 현대인의 상당수가 그러하듯이 "나의 예금통장"에 나를 일치시킬 수 있다. 사람이 일정한 '역할'(role)을 담당하고 또 이 역할을 바꿀 수 있는 것도 우리가 자아의 중심점을 이동할 수 있다는 것에 관계되는 것일 것이다. 물론 이러한 모든 관점의 선택을 가능하게 하는 근본 — 관점을 선택하고 그 선택 속으로 스스로를 던지는 근본적 자아를 생각할 수는 있다. 이것을 단지 스스로를 던질 수 있는 능력, 내용 없는 가능성이라고만 정의할 수는 없을 것이다. 그것은 분명 생물학적 조건과 그것의 역사적 변형에 의하여 제한되는 것이다. 그러나 어떤 한도 안에서 자아를 원근법 속에 있는 움직이는 점(點)이라고 보는 기하학적 비유는 타당성이 있는 것이다.

우리가 일정한 장으로 구성되는 세계의 여기저기에 자아를 던질 수 있다는 것은 어떠한 사회적 의미를 갖는가? 여기에 답하는 한 방법으로 위에서 끌어들였던 원근법의 비유를 다시 생각해 보자. 하나의 고정된 관점에서 시계(視界)를 조직화할 때 원근법은 성립된다. 물론 이 고정된 관점이란 있을 수 있는 넓은 관점의 폭 가운데서 선택된 것일 뿐만 아니라 어떤 특정한 개인의 관점과 일치하는 것이 아니다. 종종 가상적으로 선택된 점에 따라서 시계가 배열될 수 있다. 이것은 화가의 관점과 — 그러니까 원근법을 사용한 그림을 본다고 할 때 — 다를 수도 있고, 특히 그림을 보는 사람의 관점과 일치할 수는 없다. 그러나 우리는 대부분의 경우 그림의 관점을 우리의 관점처럼 받아들이고 그림의 의미를 해석하는 데 별 어려움을 느끼지 아니한다. 이것은 우리가 점유하는 공간 이외의 자리에 우리를 놓을 수 있는 정신능력으로 하여 가능한 것이다. 그런데 이러한 능력에 대한 보다 좋은 예는 원근법이 반드시 한 관점에서 구성된 시계(視界)라고만 정의될 수 없다는 사실이다.

그림에서 원근법은 3차원의 공간을 2차원의 캔버스에 옮겨 놓을 수 있게 해준다. 그러나 원근법이 전제하는, 한 관점에서 본 세계가 정말 2차원이라고 할 때, 우리는 어떻게 하여 거기에서 3차원의 풍경을 읽어내는가? 3차원을 읽으려면 우리는 관점을 옮겨 두 개 이상의 관점을 종합화할 수 있어야 한다. 따라서 2차원적 원근법이 3차원의 인상을 준다는 것은 그것이 하나 이상의 관점을 포함하고 있다는 말이 된다. 그러니까 원근법은 하나의 관점을 가지고 있되, 그 관점에는 여러 다른 관점들이 귀신처럼 서려 있다고 말하지 않을 수 없다. 여러 관점의 종합화 — 이것이 사실 우리의 일상적 시각작용인 것이다. 이러한 사실에 대한 깨달음이 세잔 이후의 서양화에서 많은 화가로 하여, 기계적인 원근법을 포기하게 한 것인지도 모른다.

우리가 늘 상식적으로 이해하는 내가 '나'의 입장에만 서 있는 것이 아니라는 사실을 단순한 시각현상에서도 발견할 수 있다는 예로서 원근법의 의미를 간단히 분석해 보았다. 그러나 더 놀라운 것은 3차원적인 지각(知覺)이 어쩌면 타자와의 밀접한 연관성 속에서 일어나는지도 모른다는 것이다. 우리 자신의 관점에 늘 서려 있는 도깨비와 같은 관점들은 무엇인가? 사람의 공간 경험에 대하여 현상학적 분석을 시도한 프랑스의 철학자 피에르 카우프만(Pierre Kaufmann)은 어떤 물건이 물건으로서 지각되는 '감각적 의미의 장

(場)'은 타자와의 '공존의 장'이라고 말한다. 한 대상물의 입체적 파악은 '예상지각'(豫想知覺)을 필요로 한다. 어찌 보면 평면으로 생각될 수 있는 시각적 인상은 이 '예상지각'에 의하여 여러 가변적인 국면으로 변용되며 이 국면들이 통일됨으로써 하나의 대상물의 지각이 성립되는 것이다. 다시 말하면 대상물이란 여러 관점에서 본 원근법의 종합인데, 카우프만에 의하면 이 원근법은 사실 우리가 내면화하는 '타자'(他者)의 관점이다. 따라서 타자는 늘 '의미의 공동수립자'가 된다.[2]

우리의 시각작용이 카우프만이 말하는 바와 같은 요인들로 이루어진다고 하더라도 이런 요인들이 일일이 그런 것으로 의식된다고 할 수 없음은 물론이다. 또 그러니만큼 카우프만의 분석이 꼭 맞는 것인지 아닌지 적어도 여기에서 소개한 정도를 가지고는 검증하기 어려울 것이다. 그러나 단순히 무엇을 본다는 것과 같은 사실, 그러니까 인간활동의 가장 원초적인 것에까지 타자와의 관계가 끼어들어 있다는 것은 발생적 설명을 통해서 조금 더 그럴싸해질 수 있다. 그러한 설명에서 이 '타자'는 우리가 사물을 볼 때 현실적으로 같이 있는 '공존자'라기보다는 자아의 발생과 성장과정에서 대칭적으로 발전해 나오는 '일반화된 타자'(the generalized other)를 의미하는 것이라 할 수 있다. '일반화된 타자'는 조 허버트 미드로부터 빌려온 것이지만[3] 우리가 지금껏 주로 사용해온 원근법의 비유에 관련하여, 발생적으로 우리의 자아활동이 타자의 존재에 결부되어 있는가의 보기는 메를로퐁티로부터 더 쉽게 끌어올 수 있다. 콜레주 드 프랑스의 아동심리학 교수인 그의 강의초안, "어린이의 다른 사

2 《공간의 감정체험》(L'experience emotionelle de l'espace, 1967, p. 40 ff 참조.
3 A. 스트라우스 편, 《조지 허버트 미드의 사회심리학》, A. Strauss(ed.),
George Herbert Mead on Social Psychology, 1964, p. 226 ff 참조.

람과의 관계"[4]에서, 그는 유아의 지적 성장에 관한 여러 실험적 연구를 종합하여 거기에 철학적 분석을 하고 있는데, 여기서 말하고자 하는 것은 어린이의 자아 성장, 타자와의 관계 그리고 현실 지각에 관한 그의 관찰이다.

메를로퐁티에 의하면 어린이의 자아발달은 성장의 시간적 단계에서 비교적 나중에 속하며 처음에는 자타(自他)를 구분하지 않는 혼돈의 상태가 있을 뿐이라고 한다. 여기로부터 시작한 어린이가 자아의식을 얻는 데 가장 중요한 계기가 되는 것은 자기의 몸뚱이에 대한 시각적 경험이다. 이 경험의 가장 전형적인 것은 거울의 경험이다. 어린이가 거울에 비친 영상을 보고 그것을 자기의 모습이라고 인지할 수 있게 되는 데까지에는 상당히 복잡한 심리적 발전이 있어야 한다. 따지고 보면 거울에 비친 자신의 모습은 어른에게도 풀기 어려운 난제가 될 만한 것이다. 어떻게 하여 한 개의 물체가 동시에 한 곳에 있으며 또 두 곳에 있다고 지각할 수 있는가? 어떻게 하여 두 시각적 인상이 같으면서 같지 않을 수 있는가? 어떻게 하여 밖으로 보이는 것이 안으로 느끼는 것과 일치할 수 있는가?

우리가 거울의 모습을 쉽게 받아들인다는 것은 이러한 문제들에 답한다는 것이다. 메를로퐁티의 견해에 의하면 어린이가 거울의 영상을 자기의 모습으로 받아들이게 되는 것은 자기 자신에 대하여 타자의 관점을 취할 수 있음으로써 이다. 즉, 어린아이는 본능적으로 거울에 비친 모습이 다른 사람의 눈에 비치는 자기의 모습이라는 것을 알게 될 때에야 비로소 그것이 자기라는 것을 안다는 것이다. 물론 어린이가 이것을 어떤 지적인 분석 내지 통일작용을 통하여 아는

---

4 Les relations avec autrui chez l'enfants의 英譯인 *The Primacy of Perception*, 1955, "The Child's Relation with Others"에 의존하였다.

것은 아니다. 이러한 앎이 가능해지는 것은 보다 직접적인 '다른 사람들과의 공존의 통일작용'(*a synthesis of coexistence with others*)을 통하여서이다.

어린이 본래의 지각작용에서 '나'와 '남'은 하나의 연속체, 하나의 동일체계를 이룬다. 이것은 나와 다른 사람이 거의 자동적으로 대응적으로 의도하고 행동하는 행동의 체계이다. 거울의 경험을 통하여 이 체계의 대응적인 양극이 '나'와 '남'으로서 보다 뚜렷해지는 것이다. 이 과정이 자아의식의 시작이며 '지능'의 시작이다. 왜냐하면 지능이란 관점 여하에 따라서 '내'가 '너'일 수 있고 또 '네'가 '나'일 수 있다는 관점의 다변적 보완성에 대한 인식능력이라 할 수 있기 때문이다. 위에서 길게 말한 원근법도 여기에서 시작된다. 왜냐하면 거울의 경험은 바로 일정한 관점으로부터 사물의 관찰이 가능하다는 깨달음의 시작이기 때문이다.

'나'와 '남'의 상보(相補) 관계, 그것이 표현하는 우리 생존의 기본적 도식으로서의 '평형상태'는 어린이에게 가장 원형적으로 나타나지만, 성인의 경우에도 결코 잊어버릴 수는 없는 것이다. 그것은 언제나 우리의 현실지각 및 삶의 근본 바탕이 되고 또 사랑과 같은 경험에서는 그대로 어린 시절의 강도(強度)로써 재생되기도 한다.

우리는 지금까지 약간 미시적으로 분석했지만, 사실 이런 분석을 통해서 말하고자 한 자아와 타자의 상호 의존관계는 상식적인 눈이나 사회학적 관찰에서도 자명한 것이다. 위에서 언급했던 조지 허버트 미드는 특히 자아의 사회적 형성을 강조한 사회철학자이다. '사회화'(*socialization*)라는, 많은 사회학 문헌에서 핵심적 개념이 되어 있는 말이 인정하는 것도 이러한 상호 의존관계이다. 하여튼 사람의 개인적, 사회적인 삶에서 사회의 내면화 내지 주체화 또는 개인적인 것의 외면화 내지 객체화는 부단히 진행되는 교환작용일 수밖에 없다. 단지 앞에서 시도한 바와 같은 미시적 검토의 이점은 개인과 사회의 관계가 그 발생적인 형태인 '나'와 '남'의 관계에서 단순히 끊임없는 상호작용의 상태라기보다는 서로를 갈라놓을 수 없는 삼투(滲透) 상태에 있다는 것을 보여준다는 데 있다고 할 것이다.

4. 자아, 전체, 문학

위에서 누누이 이야기한 '나'와 '남'의 공존은 만인전쟁의 종식과 사회적 전체성의 회복에 어떻게 관계될 수 있는가? 사람과 사람의 진정한 화해를 위한 노력에서 전체성의 회복은 밖으로부터의 강제에 의하여서가 아니라 본래의 나와 남 사이에 있는 실존적 결속을 통한 안으로부터의 호소에 의한 것이라야 한다 — 이것이 앞에 내놓은 질문에 대한 답변일 수 있다. 현실에서 이것이 늘 가능한 것은 아니겠지만 적어도 본질적으로 파악된 문학의 할 일도 이렇게 정의될 수 있을 것이다. 문학은 삶의 공통적 근거를 통하여 이루어지는 '나'와 다른 '나'와의 교감이다. 그것은 이 공동근거에 입각하여 우리의 이 근거에의 복귀를 호소하고 또 우리가 현재의 있음 그대로 이미 거기에 서 있음을 상기시킨다.

그러나 이러한 교감이 쉽게 이루어지는 것은 아니다. 그것이 공동 근거의 기초 위에서 가능한 것이라면 그러한 근거의 부재(不在)가 곧 만인전쟁 시대의 특징이다. 앞에서 나는 인간의 본래부터의 공존관계가 결코 완전히 잊혀지지는 않는다고 말하였지만, 그것은 매우 특이한 형태의 기억에 의하여서다. 다시 말하여 나와 남의 관계는 언제나 "남과 세계와 함께 산, 모든 관계로 이루어진 전(全)연속체"를 이루고 이 '연속체'는 우리의 생존에 거의 자동적으로 개입하지만, 또 그러는 만큼 그것의 우발적인 변형에도 관계되어 쉽게 퇴영적이거나 타락된 상태에 떨어질 수도 있다.[5] 그러니까 인간관계의 '연속체'는 마이너스적 상태로도 계속되는 것이다. 어떤 경우에서 타자적 관계는 그것의 부재 속에 은폐되면서 지속된다는 말이다. 가령 어떤 사람이 가장 엄격한 무관심과 고립의 상태에 있다고 하더라도 발생적으로 우리의 지각구조 자체가 타자를 포함하는 '혼합적 사회성'에 의하여 결정되었다면, 무관심과 고립은 관심과 공존에 대하여 대립적인 태도 정립으로 해석될 수밖에 없는 것이다.

앞에서 언급한 카우프만의 저서, 《공간의 감정체험》은 우리의 지각에서 타자의 차원이 무너질 때 불가피하게 일어나는 병적인 상태를 많이 예로 들고 있거니와, 초연(超然)의 자세 자체가 타자적 차원의 뒷받침으로만 가능하다 할 수 있다. 그러나 대체로 우리의 다른 사람에 대한 관계는 무관심의 관계라기보다는 보다 적극적인 의미에서 부정적인 것이다. 만인전쟁이 바로 그러한 것이지만, 이 상태에서의 인간관계는 상전과 하인, 착취자와 피착취자, 정복자와 피정복자의 불균형한 관계로 나타나게 마련이다. 또는 오히려 더 부정적인 것은 표면적인 공존의 유대 속에 숨어 있는 위장된 불균형 관계이다. 윤리관계 속에 숨어 있는 비윤리(非倫理)가 소설가의 주된 폭로대상이 되어온 것은 우리가 잘 아는 바다. 이러한 상태에서 앞에서 말한 나와 남을 포함하는 본래적인 관계의 연속체에 호소한다는 것은 극히 아리송한 노릇일 수밖에 없다.

물론 시인은 — 주체적인 호소를 통하여 사람과 사람의 화해를 도모하고자 하는 사람을 시인으로 대표시켜 보자 — 발생적으로 인간에 내재하는 '평형상태'를 잘 알고 있는 사람으로 생각될 수 있는 까닭에 그는 이를 부단히 상기시키고 그것의 왜곡을 비판할 수 있다.

---

5 위의 책, 140~141페이지 참조.

그러나 이것이 어떤 정해진 윤리규범을 이야기하는 것과 같은 일일 수는 없다. 적어도 이론적으로 직접적으로 주어진 경험의 밖으로부터 어떤 전체성의 규범을 끌어들인다는 가능성을 배제할 때 어떻게 할 수 있을 것인가를 우리는 지금 이야기하고 있는 것이다.

사실 시인 또는 평화의 건설자가 다른 사람이 알지 못하는 진리에 특별히 통할 수 있는 권리를 부여받고 있는 것은 아니다. 그에게도 주어진 현실은 왜곡된 공존의 관계일 뿐이다. 그는 여기에서부터 시작할 수밖에 없다. 이때에 중요한 것은 왜곡된 공존의 관계도 공존관계의 한 모습, 한 가능성이라는 사실이다. 타락의 가능성도 가능성의 하나이다.[6] 이것을 가능성으로 파악하는 것은 벌써 주어진 현실의 고정성을 초월하기 시작하는 것이다. 가능성이 가능성으로 성립하는 것은 그것이 여러 가지의 가변적 선택지(選擇肢) 사이에 있음으로서 이다. 타락한 가능성은 타락하지 아니한 가능성으로 연결되는 것이다. 이를 달리 표현하면 시인은 경험의 입장을 벗어날 수 없으나 역설적으로 경험을 가능성의 지평 속에 파악함으로써 경험 그 자체가 지닌 미래에로의 초월성을 보여줄 수 있을 것이다.

5. 주체와 객체의 변증법

이것을 알기 위하여, 우리는 매우 미묘한 주체와 객체의 변증법적 변형생성 과정을 살펴볼 필요가 있다. 시(詩)가 구하는 전체성은 무엇인가? 그것이 원초적인 '우리'라는 것은 이미 위에서 말하였다. 또 이 전체성 속에서 '나'와 '다른 사람'이 똑같이 중요하다는 것도

---

6 하이데거는 존재로부터의 이탈을 극복하는 방법은 존재의 부재가 곧 존재의 한 양상이라는 것을 깨닫는 것이라고 말한 바 있다. 《존재의 문제》(*Zur Seinsfrage*), 1955 참조.

말하였다. 그러나 우리가 다시 생각하여야 할 것은 원초적인 '우리'라는 것이 하나의 움직임의 체계라는 점이다. 나와 다른 사람은 서로 대응하는 동작의 주체로서 하나의 체계를 이룬다. 나의 관점에서 이야기하여 보면 다른 사람은 나의 의도에 대하여 열리는 움직임의 장(場)에 또 다른 의도로써 등장한다. 나와 다른 사람은 이 움직임의 장에서 공존적으로 얽히는 것이다. 이러한 이야기는 결국 나는 행동의 주체로서 존재하고 나의 주체성은 '우리'의 주체적인 움직임 속의 변증법적인 한 테제가 된다는 것을 말하기 위한 것이다. 그러니까 원초적 사회성(社會性)을 회복하다는 것은 그 주체성을 회복한다는 말이다. 부정적인 공존관계는 그 객체적 성격에 의하여 특징된다. 그것은 나에게 '우리'로서 나타나는 것이 아니라 제도라든지 법칙이라든지 이러한 외부적 제약으로 나타난다. 여기에는 개인의 선택을 외부적으로 한정하는 집단의 여러 범주도 포함된다. 시인은 이러한 객체적 범주의 작용을 조심스럽게 보여주어야 한다.

그러나 이것이 주체의 입장에서의 객체적 제약의 부정이라는 단순한 대비의 형식을 취할 수는 없다. 주체와 객체란 간단히 정의될 수 있는 것이 아니다. 그것은 서로 교환·대치될 수 있다. 앞에서 우리는 자아가 스스로를 어떤 관점에 던질 수 있는 능력에 의하여 특징지어진다는 점을 지적하였다. 이것은 자아가 자아 외의 것을 내면화(introject)하여 그 일부로 삼을 수 있다는 것을 말한다. 즉, 객체는 자아의 내면화에 따라서 곧 주체의 일부가 되는 것이다. 이렇다는 것은 우리가 단순히 이상적인 자아 내지 '우리'를 상정하고 여기에 대치되는 일체의 것을 저항·극복의 대상으로 삼을 수 없다는 것을 단적으로 말하여 준다. 문학이 객체화된 일체의 것을 비판의 대상으로 한다는 것은 가장 단순한 주장이다. 이에 못지않게 중요한 것은 주체성 자체를 해방하는 일이다.

이것은 일직선적이 아닌 변증법(辨證法)적인 방식으로 진행되는 것으로 말할 수 있다. 주어진 경험에서 출발한다고 할 때, 우리에게는 개인적 체험이 있을 뿐이다(일단 이렇게 상정해 보자). 물론 그 사람의 진실은 이것으로 끝나지 않는다. 무엇보다도 그의 세계는 외부적 조건, 특히 사회학적으로 논의될 수 있는 집단의 범주에 의하여 한정된다. 그러나 이것은 우리의 직접적인 생활의 차원에서는 그렇게 분명한 것은 아니다. 가령 우리는 한민족이라는 집단에 속하고 민족적인 운명에 크게 영향되지만 우리 생활의 일상에서 추상적 범주는 주체적 내용으로 등장하지 않는다(민족의 일원으로서 자고 먹고 이야기하는 경우란 이례적인 경우라고 하여야 한다). 이것은 다른 집단의 경우에도 마찬가지다. 어떤 사람이 노동자계급에 속한다는 것은 그 사람의 생애에서 가장 중요한 한정 요인이라 하겠지만 이것은 다른 계급과의 계급적 접촉이 문제되는 경우 이외에는 주체화된 생활내용이 되지 아니한다. 이것은 마치 기차를 타고 나서 그 안에서 일상적 일을 영위할 수도 있는 것과 비슷하다. 아마 보다 쉬운 비유는 우리 모두가 사실은 현기증 나게 움직이는 지구라는 기차를 타고 있으면서 그 사실을 별로 의식이나 생활의 주제로 삼지 않는다는 사실일 것이다. 이러한 사례들은 우리의 삶의 조건이 되는 외부적 범주들이 우리 생활의 구체에는 대부분의 경우 막연한 지평으로만 삼투(滲透)한다는 것을 이야기하여 준다.

따라서 우리에게 외부적 조건에 관계없이 나의 개인적 삶만이 절대적 절실감을 가질 수가 있고, 또 생활의 범위를 제한함에 따라서는 우리는 자기의 삶을 주인으로서 살아가고 있다고 느낄 수 있는 것이다. 문학은 이런 개인적 삶의 진실에 철저할 수밖에 없다. 이것만이 주어진 것이며, 또 이것으로써 우리는 사람이 어떠한 조건에서도 관점의 조정으로 자기의 독자적인 삶을 살 수 있다는 깨달음을 가질 수 있는 것이다.

그러나 좁은 범위 안에서 눈을 안으로 돌렸을 때 가능해지는 자기 삶의 주체적인 소유는 결국 가장 깊은 의미에서 객체적으로 소유됐다는 깨달음에 이름으로써 완성된다. 삶의 주체적 소유를 위한 노력은 결국 그것을 테두리지어 주는 한계에 이르고야 마는 것이다. 자기의 삶의 영역을 널리 살펴보게 됨에 따라 사람은 그것의 가장자리에 멀리 펼쳐지는 지평을 의식하게 된다. 그런데 가장 엄청난 깨달음은 이 지평이 단순한 한계가 아니라 한계 내에서 일어나는 일체의 것을 결정하고 있다는 사실이다. 전기가 켜 있는 방에 들어갔을 때 우리는 전기의 존재를 별로 의식하지 않고 방안의 물건들을 볼 수 있다. 그러나 방안의 물건을 가시적인 풍경으로 만들고 있는 것은 전기조명이다. 우리는 전체를 테두리짓고 있는 것을 대상화해서 보는 것이 아니라 우리 주체적 관점의 일부로서 내면화해 버린다. 영화나 연극을 보면서 그 안에서 벌어지는 드라마에 빨려 들어갈 수 있는 것도 우리가 영화나 연극의 테두리를 주체로써 흡수하여 영화제작자나 연극작가와 우리를 쉽게 일치시킬 수 있기 때문이다. 이와 비슷하게 우리는 우리의 전체적 상황을 우리 자신의 주체적 전개의 근본으로 전환한다. 사르트르가 "부르주아는 넥타이를 고를 때도 부르주아로서 고른다"고 말할 때 그것은 부르주아가 반드시 자기의 계급적 위치를 주체적 의식으로 계산하면서 행동한다는 말은 아닐 것이다. 이런 경우에 객체적 조건은 우리의 주체의 몸뚱이를 신이 들듯이 차지하게 된다. 그리하여 우리는 어떤 때는 부르주아로 어떤 때는 사업가로 행동하는 것이 아니라, 늘 부르주아이고 늘 사업가이다.

객체의 내면화에 의한 주체에로의 전성(轉成)이야말로 가장 극복하기 어려운 운명이다. 그러나 이 운명의 자각은 이미 살풀이의 시작이다. 우리는 이 운명의 자각을 통하여 지금까지의 주체적 입장, 무의식 속에 흡수되어 우리를 조건 짓던 것을 대상적으로 파악할 수 있게 된 것이다. 이것은 삶의 모든 것으로부터의 소외(疏外)를 초래할 수 있다. 그러나 다른 한편으로 소외는 새로운 변화로의 전기를 지니고 있다. 주체를 사로잡았던 객체는 그대로 하나의 변할 수 없는 운명으로 좌절만을 불러일으킬 수도 있지만, 그것은 역사적으로 발생한 '우리' 관계의 응고(凝固)로 파악됨으로써 새로운 역사적 형성의 가능성을 암시해 줄 수도 있는 것이다.

이 엄밀하고 복잡한 깨우침의 과정에서 확인되는 것은, 다시 말하여 주체성이다. 처음에 이것은 개인이 주체적으로 삶을 영위할 수 있는 능력으로 생각되지만, 이 주체는 왜곡된 것으로 나타난다. 그러나 왜곡될 수 있다는 것 자체가 벌써 인간이 주어진 세계에 주체적으로 자기를 투사할 수 있다는 가능성을 예증해 준다. 다른 한편으로는 이러한 주체성이 객체적 조종 하에 있는 것으로 파악됨으로써 진정한 주체성은 '나'의 전체에의 참여에 의하여 이루어진다는 사실이 깨달아 지게 된다. 이 전체는 사회적으로는 '우리'의 회복이다. 이 '우리'는 역사적 실천을 늘 새롭게 하는 데서 보장된다. 이렇게 하여 개인의 사회적 조건은 그 경직성을 풀게 된다.

그러나 구극적으로 우리의 주체적 자각은 세계 그 자체가 주체성의 대응물이라는 데까지 도달할 수 있다. 이때의 주체성도 단순히 의식수준에서의 의지와 일치시킬 수는 없다. 참다운 주체란 우리의 의식이나 의지의 대상이 되기 전에 이미 우리를 조건 짓는 근거이다. 이런 의미에서 그것은 우리의 의식적 의도를 초월하고 우리의 존재 그것과 더불어 열리는 것이다. 이렇게 볼 때, 구극적인 주체성은 우리의 존재와 세계의 존재 그것을 가능하게 해주는 근본 바탕에 일치한다. 이렇게 말하고 보면 주체성은 약간 신비주의적이거나 아니면 몽매주의(蒙昧主義)적 요인을 내포하는 개념인 것 같다. 이것은 어느 정도 사실일 것이고 또 불가피하다. 결국 생(生)을 가능하게 하는 가장 큰 바탕 또는 지평은 불가사의(不可思議)한 것일 수밖에 없지 않은가?

그러나 주체성에는 또 여러 가지 차원이 있을 수 있으며 또 문학적 인식에서 특권적 위치를 차지하는 차원이 있다고 할 수 있다. 이것은 개인적 실존의 차원이다. 결국 우리가 뛰어난 언어에서 확인하는 것은 구체적 육체와 구체적 생활 속에 있는 개성의 자취이다. 우리의 개체적 생존은 세계로의 열림에서 가장 중요한 매체인 것이다. 어떻게 보면 예술작품이 보여주는 것은 세계에 질서를 주는 원리로서의 인간의 개성적 존재의 가능성이라고 할 수 있다. 가령 우리가 추사(秋史)의 글씨에서 찬탄하는 것은 무엇인가? 자자구구(字字句句)에 삼투되어 있는 그의 독특한 존재방식이다. 그것은 한 작가의 스타일이다. 종종 우리는 스타일의 성취를 예술가적 수련의 종착점이라고 본다. 이것은 개인적 왜곡이 가장 적은 것처럼 생각되는 사실주의적인 예술작품에서도 그렇다. 가령 우리가 17세기 네덜란드 화가의 사실적 그림을 볼 때, 감탄을 보내는 것은 그 박진성 때문일까? 사실 그림이 나타내는 17세기 네덜란드의 중산계급의 내실을 본 사람은 별로 없을 것이다. 물론 우리는 사실적 그림에서 현실세계가 나타나는 어떤 전형적 특징을 인정하고 거기에 우리의 동의를 부여하지만 동시에 우리는 그러한 세계를 꾸며낼 수 있는 예술가의 기량에 감탄하는 것이다. 그러니까 우리는 우리가 가장 잘 아는 현실을 재구성한 작품도 — 중복적인 재구성이란 점에서는 불필요한 행위로 생각될 수도 있지만 — 즐길 수 있는 것이다.

스타일이 개성의 표현이라고 할 때, 개성은 어떤 고정적 실체로서의 개성을 의미하는 것은 아니다. 개성적 스타일은 세계에 열려 있는 한 인간의 존재방식이다. 이것은 그 사람에게 유니크한 것이면서 또 세계와의 교섭 없이는 성립되지 아니한다. 또 이 개체적 스타일이 독자적인 것이 아니라는 것은 아무리 개인적 스타일이라 하더라도 위대한 예술가의 스타일은 한 시대의 스타일에 합류된다는 사실에서 쉽게 알 수 있다.

한 사람이 어떻게 주체적 창조자로 행동하며 또 동시에 세계와 공존하는가 하는 것은 예술가의 매체와의 투쟁에서 가장 잘 예증될 수 있다. 우리가 글을 쓴다는 것은 무엇을 의미하는가? 우리는 하나의 소리, 하나의 단어를 세계로 던진다. 이것은 하나의 무상적 행위이면서 또 원칙적으로 개입된 세계의 응답에 대한 예기(銳氣) 속에 행해진다. 이 응답에 의하여 우리의 소리와 말은 의미를 획득한다. 다시 말하여 하나의 단어를 썼을 때, 우리는 그것으로 스스로를 표현하면서 동시에 언어조직 속에 메아리를 불러일으킨다. 이 메아리를 우리 것으로 함으로써 나의 단어는 문장이 된다. 완성된 문장은 나의 표현이 되었다가 다시 언어와 사물의 로고스로 되돌려지면서 다음의 문장을 낳는다. 이러한 교호(交互)작용 속에서 하나의 의미의 몸뚱이는 구성되어 간다. 그러나 우리가 귀 기울여 듣는 메아리는 당대의 유행적인 수사(修辭)가 아니다. 우리의 자아와 언어의 로고스는 보다 깊은 곳에서 마주친다. 그것은 내가 창조적인 주체로 살고 또 언어 자체가 그 역사적 창조성을 숨겨가지고 있는 그런 곳이다.

나의 언어는 타자의 언어와의 교호작용을 통한 자기점검이다. 시적 언어에서 언어는 가장 개성적이면서 또 세계 그것의 요구에 화답하는 것이다. 세계의 신선함은 감각의 신선함이라고 말한 시인이 있지만(감각은 육체를 가진 우리 개개인을 떠나서 생각할 수 없다), 언어의 신선함은 세계의 신선함이기 때문이다. 닳아빠진 것이 아닌 신선한 언어를 통해 시인은 스스로를 새로이 하고 세계를 새로이 한다. 이것은 세계의 주체적 과정을 되살리는 것이다. 삶을 제한하는 외부적 조건이 개인의 주체적 작용을 통해서 역사적 실천의 연속적 과정 속에 재투입될 수 있듯이 언어도 가장 개인적인 주체화로부터 시작하여 살아 움직이는 것으로 변화될 수 있다.

여기서 우리는 개인과 초개인적 과정의 교호작용이 매체를 통하여 이루어지는 예로서 언어를 들었지만, 언어의 창조적 기능을 회복하는 것은 하나의 예 이상의 의미를 갖는다. 언어는 인간생존에 가장 깊이 연관되어 있는 어떤 것이다. 우리는 고고학 입문서에서 최초로 지구상에 그 유적을 남긴 원시인들이 지구라는 낯선 세계에 그 삶의 터를 마련하는 데 가지고 있던 것이 돌멩이 연장과 불과 언어라는 것을 읽을 때, 우리가 사용하는 언어의 역사적 또는 진화론적 깊이에 적이 감동하지 않을 수 없다. 언어는 거울이다. 문학이 '모방'이라는 오랜 문학사(文學史) 상의 이론은 여기에도 해당된다. 우리는 언어를 통하여 자기 스스로의 모습을 살펴볼 수 있다. 이 모습이란 거울이 우리에게 비추어 주는 모습이나 마찬가지로 세계의 움직임이 드러내주는 공존의 체계의 일부를 이루는 모습이다. 우리는 언어를 통해서 동시대인과 역사와 자연이 전개되는 연속적 과정 속에 들어간다. 언어는 이러한 집단적이고 전체적인 범주 속에 우리를 정립해 주지만 또 우리로 하여금 하나의 개체적 실존을 유지하면서 우리를 둘러싼 전체성에 작용할 수 있게 한다. 나아가 어떤 의미에서는 이 전체성이 객체적 억압의 카테고리로부터 목적적이고 주체적인 과정으로 바뀌는 것은 가장 깊은 의미에서의 창조적 주체성의 획득을 추구하는 개인을 통하여서 이다. 개인의 언어는 전체의 주체화를 매개한다.

6. 약속과 현양(顯揚)의 공간으로서의 사회

물론 언어의 매개작용만으로 개인과 개인, 개인과 사회의 평화가 확보되는 것은 아니다. 사람의 존재는 근본적으로 그 행위적인 면으로 정의된다. 태초에 말씀이 있었다고 말할 수 있다면 그와 똑같이 태초에 행위가 있었다고 말하는 것도 옳은 말이다. 우리는 위에서 이미 나와 다른 사람은 그보다 더 원초적인 것인 공존적인 움직임의 구조로부터 발달 형성된다는 것을 지적하였다. 언어가 우리 스스로를 공존의 공간을 향하여 던지는 행위라는 것도 말하였다. 시각(視覺)을 필두로 한 우리의 5관(五官)도 우리에게 원근의 공간을 열어 준다. 그러나 이러한 5관이 가능하게 하는 세계보다 더 넓고 복잡한 사회적 공간을 열어주는 것이 언어이다. 그러나 5관과 언어가 여는 공간이라는 넓이 그 자체가 이미 우리의 동작 가능성을 예상하는 것이다. 그러니까 우리의 5관과 언어는 동작 내지 행위의 필요성과 공시적으로 일어난다. 반대로 동작과 행위는 존재의 공간을 변형시키고 또 언어와 감각을 재조정한다. 어떻게 보면 이 후자의 경우가 더 타당한 설명일 수도 있다. 결국 사람이란 세계에 거주할 수 있는 어떤 능력이며 세계는 이 능력을 단연코 한정하는 것이기 때문이다. 이미 만들어져 있는 세계는 인간의 행위를 통하여 만들어질 수 있거나 적어도 내 것으로 내면화될 수 있을 때 진정으로 주체적 인간의 거주능력에 대응하게 된다. 그러나 이때 만든다는 것은 이미 만들어진 세계가 역사적으로 우리를 선행한 사람들에 의하여 이루어졌듯이 여러 사람과 더불어 만드는 것이다. 이것은 인간의 공동작업을 요구한다. 이것을 불러 우리는 보통 정치적 행위라고 하지만, 세계에 사람이 사람으로 살 수 있는 공간을 마련하는 행위의 일체를 정치적 행위라고 불러도 좋다. 순전한 정치행위도 그것이 나와 남을 공동체적 과정 속으로 해방하는 행위인 한, 언어나 예술이 여는 공간과 분리될 수 없는 것이다.

이렇게 다각적으로 확보되는 공동공간 속에서 개인과 개인의 만 인전쟁과 개인과 사회 간의 억압적 관계는 끝나고 인간의 생존은 평화롭고 행복한 것이 될 것이다. 그때 개인과 개인 그리고 개인과 사회 간의 긴장은(사실 어느 때나 이루어지는 것은 완전한 평정화보다는 긴장을 내포하는 공존의 변증법이라고 하는 것이 마땅할 것이다) 생존투쟁의 필연성으로 악화되지 않고, 사람과 사람이 서로 서로의 필연을 나누어 갖는 약속의 부하(負荷)로 바뀌게 될 것이다. 이 약속은 부하라기보다는 오히려 즐거움이다. 이것은 우리를 제약하기보다는 오히려 우리를 해방시켜 준다. 왜냐하면 이것을 통하여 생존의 무게는 오히려 가벼워지기 때문이다. 뿐만 아니라 다른 사람을 통한 내 생존의 확인, 나를 통한 다른 사람의 생존의 확인, 또 이 두 반사행위의 보다 섬세한 변형 — 이것은 늘 삶의 가장 큰 보람으로 생각되어 왔다. 모든 시인이 언제나 노래했던 '사랑'이라는 것이 바로 그것인 것이다.

사회는 마땅히 사랑의 공간으로 성립해야 한다. 우리는 거기에서 생존의 필연을 사람 사이의 약속으로 바꾸어 놓을 수 있다. 또 우리는 그 약속을 기쁨으로 전성(轉成)한다. 더 나아가 이것은 단순한 운명의 연대감에서 발생하는 기쁨에 그치는 것이 아니다. 보다 적극적으로 사람이 그의 개성을 발달시키고 그의 자질을 개발하는 것은 사회와의 관련 속에서이다. 뿐만 아니라 발달된 개인의 자질이 그것으로서 확인되는 것도 사회의 인정을 통해서이다. 이것은 단순히 무엇을 보여주고 거기에 대하여 갈채를 받는다는 뜻에서가 아니다. 위에서도 말한 바와 같이 타인의 눈 없이는 우리는 삶을 제대로 파악할 수 없다. 물론 그 눈은 '우리'의 공존적 과정 속에 있는 눈이라야 한다. 그렇지 않을 경우 그것은 우리의 주체성을 빼앗아 갈 뿐이다.[7] 다른 한편으로 개인의 개성적 발달이 단순히 개인적인 것이 아님은 말할 필요도 없다. 그것은 커다란 사회적 의의를 지닌다. 개인의 창조적 실험은 사회 전체의 중요한 가능성을 대표한다. 인간의 본질이 무엇이냐는 물음은 철학이 늘 물어온 것이지만, 간단히 말하면, 모든 역사적으로 가능했고 가능해질 개인적 실존의 모험의 형이상학적 총화가 인간의 본질이라고 말할 수 있다. 이런 의미에서 모든 개인은 중요한 형이상학적 가능성의 담당자이다. 이상적 사회는 이것을 최대한으로 현양(顯揚)할 수 있는 공간으로서 성립한다.[8]

---

[7] 사르트르가 분석하는, 타인의 눈이 우리의 주체적 생존에 대하여 갖는 효과는 근본적으로 공동체적 연대가 깨어진 곳에서의 현상이라 할 수 있다. 《존재와 무》, 제2부, 제1장 4절, 〈눈길〉 참조.

[8] 여러 가지 약점에도 불구하고 한나 아렌트(Hannah Arendt)는 공동체적 공간으로서의 정치의 장(場)에 대하여 가장 독창적이고 심오한 해석을 가한 정치철학자 중의 한 사람이다. 이 공간이 사람과 사람의 약속으로 성립하고(또 용서를 통하여 이 약속은 해제될 수 있다) 그것에 근본에서 '뛰어남'(excellence)을 자랑함으로써 개체적 실존에 공존적인 보강을 얻을 수 있게 하는 '보임의 공간'이라는 생각은 아렌트의 저서에 도처에 보인다. 《인간조건》(The Human Condition, 1958) 제5장 '행동', 《과거와 미래 사이에서》(Between Past and Future, 1968) 참조.

상황과 판단 *

창조적 주체성의 광장

헤아릴 수 없이 많은 것들이 모여 사람이 어울려 사는 사회를 이룬
다. 또 하나의 사회는 될 수 있는 대로 많은 것이 모이고, 많은 것
의 모임을 허용할 때 그 안에서 사람의 삶이 풍요한 것으로 살찌는
터전이 된다. 그러나 이러한 다원성과 풍요가 반드시 혼란을 의미
하는 것은 아니다. 또 그러한 특징을 가진 사회가 단순하고 선명한
이해와 행동의 대상이 될 수 없는 것도 아니다. 한 사회가 사람다운
삶의 터전이 되려면, 그것은 그 안에 사는 모든 사람에게 사람으로
서의 적어도 최소한도의 위엄을 지킬 수 있는 물질적 생활을 가능
하게 하는 것이어야 한다. 이러한 보장은 한편으로는 자연을 개발
하고 그것을 인간의 생활에 이용할 수 있게 하는 지혜의 발전에 달
려 있고, 다른 한편으로 이러한 발전을 모든 사람의 행복과 평화를

---

* 이 글들은 계간 〈세계의 문학〉 '머리말'로 씌어졌다.

위한 것이 되게 계획하고 사용할 수 있게 하는 사회적 공존질서의 수립에 달려 있다. 그러나 또 한 가지, 생존 문제의 기술적·사회적 해결만으로 참다운 인간적 행복과 자기실현은 완성되지 아니한다. 사람은 그의 삶이 그때그때 그의 일생을 통하여 또 과거와 미래로 이어지는 종족적인 지속을 통하여 끊임없이 의미와 가치를 구현하는 것이기를 희망한다. 이 구현을 통해서 사람의 삶은 비로소 어느 정도의 완성을 이룬다.

그러나 이렇게 말하는 것은 인간의 가치에 대한 요구가 기술적·사회적 발전의 끝에 가서야 온다는 뜻은 아니다. 사람이 추구하는 가치는 이런 것과 별개의 것으로 존재하지 아니한다. 그것은 바로 인간의 기술적이고 사회적인 경영도 포함하는 것이다. 다만 여기에서 이것은 단순히 삶의 보존을 위한 수단으로서가 아니라 삶의 향수의 한가지로 이해된다. 또 사람이 기술적 사회적 발전에 뒤따라가는 삶을 누리는 데 만족할 수 없으며, 이러한 발전의 근본 목적이 사람다운 삶의 확보에 있다고 할 때, 또 사람다운 삶의 의미는 그 스스로가 그의 삶에 부여하는 의미와 그 스스로가 창조하는 가치 이외의 아무것도 아니라고 할 때, 인간의 가치에 대한 요구는 최후의 요구일 수 없는 것이다. 현실에서 사람이 스스로의 가치를 창조하고자 하는 노력이 다른 사정에 끌려가는 것일 수밖에 없었다고 하여도 사람이 스스로 창조하겠다는 생각은 적어도 인간의 역사적 투쟁의 이념이었다. 다시 한 번, 조금 다른 의미에서 인간의 가치가 기술적 사회의 역사적 현실을 떠나서 따로 있는 것이 아니란 것을 이야기할 필요가 있다. 그것은 따로 있는 것도 아니고 넘어서서 있는 것도 아니며 기술과 사회적 경영을 포함하는 인간적 경영의 모든 것이다.

이 모든 것은 사람의 실천에서도 드러나지만 무엇보다도 의식 속에서 그러한 것으로 파악된다. 이 의식은 개인의 의식일 수도 있으나 무엇보다도 사회 공동체 의식 또는 공동체의 초개인적 주체성의 의식이다. 이렇게 말하는 것은 개인의 의식도 참으로 효과적인 인간 운명의 활력이 되려면 그것이 공동체의 의식 속에 지양되어야 하기 때문이다. 뿐만 아니라 사회에 존재하는 모든 것이 단지 오늘에만 있는 것이 아니라 과거에서 미래로 연결되는 물질적·사회적 도구의 체제로 존재하듯이 모든 의식도 역사 속에서의 의식으로 존재한다. 오늘날의 개인과 사회의 의식은 과거에서 나와 미래에로 돌아간다. 그렇다고 해서 오늘날의 의식이 굳어 있는 틀 속에서 이미 결정되어 있는 것은 아니다. 오늘날의 의식의 특징은 그것이 늘 창조적 변용(變容)의 가능성 속에 있다는 데에 있다. 역사적 공동의식과 개인의 의식은 현재 속에서 창조적 발전을 위한 힘이 된다. 여기에서 사람에게 주어진 모든 것은 단순히 주어진 것이 아니라 하나의 지향(志向), 하나의 과제가 된다. 역사의 창조적 진화의 근원은 바로 인간의 물질적·정신적 생활의 총체가 하나의 새로운 과제로 지양되는 공동의식의 광장이다.

우리는 우리의 역사가 참으로 창조적인 것이 되기 위하여서는 우리의 물질적·정신적 생활의 모든 것이 교호(交互)하여 이루게 되는 공동의식의 광장을 가장 넓고 가장 활발하게 유지하는 것이 절대 중요하다고 믿는다. 싫든 좋든 우리의 삶에 대한 제약은 여기에서 오며 우리의 가장 큰 보람도 여기에서 온다. 이 광장에서 우리는 우리의 삶이 우리 이웃의 이해와 관용, 또 우리 이웃과 우리의 공동 운명·공동 목표의 확인에 전적으로 의지할 수밖에 없음을 배우고 이 의지를 높은 삶의 행복에 연결시켜야 할 것을 깨닫는다.

안정된 시기에 운명과 창조의 공유는 반드시 분명한 의식을 통하여 이루어지지 않아도 된다고 할는지 모른다. 또 그러한 상태가 가장 순수한 행복의 상태일 수도 있을 것이다. 그러나 격동의 시대에 운명에 대한 주체적 통제와 그것을 개조할 수 있는 자유로운 창조의 힘은 자칫하면 상실되어 버린다. 이런 때, 감추어져 있던 것은 밝은 의식으로 끌어들여져서 비로소 보존되고, 무비판적으로 받아들여졌던 것은 비판의 대상이 되어 비로소 새로운 힘의 근원이 된다. 그리하여 사람이 스스로의 운명을 이해하고 이것을 새로운 가치로서 창조하는 과정은 보다 쉬워질 수 있을 것이다.

우리는 〈세계의 문학〉이 비판적 검토와 의식적 수용을 통해서, 우리 사회의 창조적 주체성을 회복하고 그것을 풍부하게 하는 데 기여할 수 있기를 희망한다. 우리의 역사와 사회를 보다 깊고 날카롭게 이해하고 이것이 창조의 원동력이 될 수 있게 하기 위하여, 우리 역사와 사회의 모든 것, 또 우리 사회가 좋든 싫든 이미 세계를 향하여 열려 있는 만큼, 세계의 모든 것을 우리 역량이 미치는 한, 또 우리의 사정이 허락하는 한 공동 토의의 대상이 되게 하고자 한다. 많은 성원을 바란다.

진실의 언어

간단히 말하여 말의 기능은 두 가지이다. 그것은 사실에 대한 정보를 전달하고 사람과 사람 사이의 의사소통을 가능케 한다. 이 두 기능이 서로 분리된 것은 아니다. 사람과 사람이 주고받는 데에서 닦여진 언어는 사물의 정보를 보다 정확하고 보다 넓은 관련 속에서 전달할 수 있게 한다. 그것이 자연에 관한 것이든 사회에 관한 것이든 또는 자신의 마음에 관한 것이든, 사실적 정보가 의사소통의 가장 기본적인 내용이 되는 것임은 새삼스럽게 말할 필요도 없다. 그러나 오늘날 이러한 말의 기능은 크게 왜곡되고 있다. 우선 지적할 수 있는 것은 틀에 굳어진 말의 범람(汎濫)이다. 그 원인에는 여러 가지가 있다. 생각의 나태함은 굳어진 생각을 낳고 이것은 굳어진 말로 표현된다. 그러나 어떻게 보면 세상의 어떤 것도 단순한 타성으로 인하여 계속 존재하는 것은 없다. 많은 경우 굳은 말, 상투적인 사고는 그러한 것을 유지하는 것이 제 스스로에게 편리한 세력들에 의하여 조장된다. 굳은 말, 판에 박힌 말들의 폐단은 말할 것도 없이 사물이나 현실에 대한 진실을 은폐하고 우리에게 빈 껍질이 된 말들만을 안겨 준다.

판에 박힌 말은 대체로 자각 없이 쓰이는 것이 보통이다. 그런데 오늘날의 사회에서 말은 흔히 고의적으로 사실을 은폐하거나 왜곡하는 일에 봉사하게 된다. 선전이나 광고의 말들은 사실 자체를 겨냥하는 것이 아니라 적당하게 분석된 사실을 이용하여 사람의 마음을 조종하려 한다. 그러나 적어도 광고는 사실을 전달하는 체하는 위선(僞善)을 가지고 있다. 그러나 많은 사사로운 또는 공적인 홍보활동에서 사실 전달은 제1차 제2차의 일이 되고, 말이 만들어 내는 영상, 그것이 끼치는 심리적 효과, 이러한 것들의 조작만이 목적이 된다. 이러한 활동의 대표적인 것이 선전공세라는 것이다. 정부나 정부 간에 교환되는 많은 외교적 제안은 일 그것을 성취시키려는 것보다는 사람들의 마음속 영상의 조작(操作)을 목적으로 한 것이다. 오늘날의 세계의 많은 현안, 동서냉전의 해방문제, 군비감축문제, 인권문제 또는 우리 한반도만의 문제로서 남북통일 문제 등이 이러한 각도에서 처리되는 것을 우리는 보는 것이다.

필요한 것은 사실에의 충실성을 지키는 일이다. 사실의 세계를 떠나서 사람의 삶이 어떻게 가능하겠는가? 대부분의 사람에게 사실의 세계는 그것 자체로서 존재하지 않는다. 그것은 말을 통하여 매개된다. 이 말은 사람과 사람이 일상적으로 주고받고 일상적으로 쓰는 말이다. 구극적으로 사실의 세계는 우리의 일상적 언어를 통하여 보통 사람인 우리에게 가용적(可用的)인 것이 되는 것이다. 여기에 기초하여서만 비로소 사람과 사람 사이의 의사소통도 가능하다. 우리가 듣고 우리가 하는 말 사이로 사람이 굳게 발 딛고 서야 할 사실의 세계가 끊임없이 빠져나간다면 우리는 어떻게 말을 믿고 그러한 말을 통하여 이루어지는 사회적 소통의 여러 관계를 믿을 수 있겠는가?

말을 통하여 사실을 겨냥한다는 것은 극히 어려운 일이다. 가장 좋은 의도에서 하는 말도 사실을 말하기보다는 여러 가지 눈치를 보기 위하여 또는 여러 이해타산에 의하여 채색되는 경우가 많은 것이다. 이것은 말을 쓰는 사람 제 스스로도 가려내기 어려운 일이다. 사실을 말하기 위하여 우리는 늘 스스로를 넘어서야 한다. 또 말의 굳어지는 틀을 깨트려야 한다. 물론 이것이 단순한 의식과 언어의 모험이어서는 아니 될 것이다. 언어의 모험은 늘 새로운 사실, 새로운 언어의 질서의 통합을 지향하는 것이어야 한다. 이것은 말이 곧 세계이고, 세계 없이 사람의 삶은 생각할 수 없기 때문이다. 언어를 사실에 충실하게 하고, 또 그것을 새로운 사실의 구성을 위한 창조적 도구가 되게 하는 작업에는 말을 사용하는 모든 사람이 참여하는 것이지만, 그중에도 특히 문학에 종사하는 사람이 그러한 작업을 의식적으로 떠맡은 스스로의 임무로서 생각한다고 할 수 있다.

근본에 대한 탐구

〈세계의 문학〉은 이번 호로 첫돌을 맞고 그 두 번째 해에 들어간다. 이 기회를 빌려 정신과 노력과 물질로써 또 호의와 관심으로써 또 같이 생각하는 노력을 아끼지 않음으로써 일을 이루어가게 하여

준 많은 분들에게 감사드린다. 버티고 지탱하는 일 자체가 어려운 것이 오늘날의 삶의 실정이라면, 버티고 지탱한 것만도 경하할 만한 일일는지 모른다. 그러나 이룩한 바를 돌이켜 볼 때, 뚜렷하게 내놓을 만한 것이 없음을 스스로 비판하지 않을 수 없다.

〈세계의 문학〉에 던져진 첫 물음의 하나는 그 성격이 무엇이냐 하는 것이었고, 또 뚜렷한 성격을 정립하라는 요청도 빈번히 들려온 이야기의 하나였다. 뚜렷한 성격을 모나게 과시하는 것이 능사가 아니요, 눈에 띄게 성격에 대한 요청이 성격의 상품화에 무관한 일이 아님도 알아야 할 사실이나, 〈세계의 문학〉에게 분명한 성격을 보여 달라는 요청은 첫째로 독특한 개성들의 유기적 통일을 통해서 사회가 하나의 공동체가 된다는 인식의 표현이라고 받아들여 마땅할 것이다. 또 분명한 성격에 대한 요청은 시대의 혼란 속에서 분명한 방향 제시야말로 〈세계의 문학〉과 같은 문화활동이 떠맡아야 할 무거운 사명이라는 것을 말하는 것이기도 할 것이다. 오늘날의 지적 양심은 이것도 일리가 있고 저것도 일리가 있다는 두루뭉수리의 태도나, 막연히 일을 위하여 일을 벌이는 안일한 태도를 편안한 자세로 받아들일 수가 없는 것이다. 지난 1년 동안 〈세계의 문학〉이 성격을 분명히 하지도 못했고 뚜렷한 방향을 제시하지 못했다고 할 망정, 우리는 〈세계의 문학〉이 이러한 시대적 요청에 무감각한 것도 아니요, 방향을 잃고 흘러가는 표류선도 아님을 믿고 싶다.

다만 우리가 짚어보는 방향이 참으로 쓸모 있는 것이 되려면 그것은 넓은 고려와 깊은 성찰에서 우러나오는 것이라야 할 것이다. 그리하여 그것은 우리의 삶에 작용하는 숨은 힘이 무엇이며, 사람이 참으로 소망하고 또 아파하는 것이 무엇인가를 확인하고 종합하는 것이라야 한다. 이것은 수평적 종합과 함께 수직적 착반을 아울러서 얻어진다. 세상의 일은 대개 모래처럼 흩어져 널려 있는 것이 아니라 서로 일정한 관련 속에 맺어져 있다. 이러한 관련은 사물의 덩어리에 저절로 겉과 안, 얕은 것과 깊은 것의 구조를 부여한다. 사람의 삶은 겉과 얕은 것, 안과 깊은 것 양쪽에 걸쳐서 영위된다. 그리고 어느 한쪽만을 더 중요하다고 말할 수는 없는 것이다. 그러나 사물에 대한 지적 탐구에서 더 근본이 되는 것이 있음은 당연하다. 그때그때의 시급한 일들을 당하여 일일이 깊은 곳을 가려내어 일을 처리할 수는 없지만, 모든 일에는 깊은 관련이 있게 마련이고, 이것을 밝히는 일은 중요한 일이다. 사람이 개인으로서 제 스스로와 하나가 되고 사회적으로는 다른 사람들과 하나가 되고 또 사물이 큰 의미에서 하나가 되는 것은 흔히는 눈에 띄지 않는 근본에 있어서이다. 사회와 세계를 그 부분에서 살피고 또 그 전체의 관련을 이어 보며 그것을 다시 한 번 가장 엄격한 자기성찰을 통해서 사람 자신의 모습에 관련시키는 작업 ― 이 모든 것이 근본을 들추어내는 데 필요하고 또 우리의 나아갈 방향을 짚어보는 데 필요한 것이다.

이러한 작업이 조금 우원(迂遠)하고 오활(迂闊)迂 일처럼 보이는 것은 어쩔 수 없는 일이다. 물론 우원하고 오활함이 무슨 자랑스러운 일처럼 정당화될 수는 없다. 삶의 기적은 그것이 지극히 단순하다는 것이다. 사람이 제 몸을 움직여 땅 위를 걷는 것은 얼마나 단순하고 수월한가? 필요한 것은 다시 한 번 삶의 단순성이다. 그러나 사람이 걷는다는 것을 과학적으로 이해하는 것이 복잡해지는 것은 불가피하다. 이러한 이해가 필요한 것은 사람의 영광이, 삶을 살 뿐만 아니라 그것을 의식하고 이해하는 데 있기 때문이라고 할 수도 있지만, 조금 더 실용적 의미에서, 그러한 이해는 부자유스러워진 몸을 고치려고 할 때, 또 몸의 기능을 훌륭하게 유지하고 향상시키려고 할 때 필요하다. 사물의 이해가 그 자체로서 우리에게 삶의 큰 보람이 되는 것도 보이지 않는 삶의 지혜의 작용에서 유래되는 것인지도 모를 일이다.

이러한 단순과 복잡의 상호관계는 사회생활에도 해당된다. 인간 생존에 필요한 사회적 진실의 근본은 단순한 것이다. 삶이 다양하고 그 다양함이 무성해야 하는 것도 사실이지만, 이 다양성은 보다 깊은 근본의 단순함에 뿌리를 내림으로써 가능하다. 혼란의 시기는 이 단순성이 상실된 시기이다. 사람이 사회적으로 어울려 살고 정치적으로 하나의 정치공동체를 이루며 살 때, 근본적인 단순성이 상실되는 것은 무서운 일이다. 오늘의 시대를 지배하는 여러 가지 형태의 폭력은 그 근본에서 단순성의 회복 또는 그 건설을 위한 움직임이라고 해석될 수 있다. 이 움직임은 삶의 바른 질서와 발전을 지향하는 것일 수도 있고, 그러한 움직임을 막아서는 원천적 의미에서의 폭력일 수도 있다. 그러나 구극적 의미에서, 삶으로 하여금 자유로운 움직임이며 향수이게 할 수 있는 단순성은, 개인의 관점에서는 내적 상상력을 통해서, 사회적으로는 대화의 주고받음을 통해서 이루어져야 한다. 개인적으로나 사회적으로나 삶이 외적으로 부과된 강제력에 의하여 하나가 된다면, 어찌 그것이 하나라고 할 수 있겠는가?

혼란한 시대일수록 생각이 많이 번창하게 된다. 그것은 어지러운 겉을 꿰뚫고 삶의 단순성을 확인하는 하나의 역설적 방법이다. 그러나 생각 또한 혼란의 한 요인이 될 수 있다. 생각은 힘에 관련되어 있다. 생각이 헛된 백일몽과 같은 것이 아니라면, 그것은 진실을 드러내는 것이고, 진실은 존재의 법칙이나 당위를 말하는 것이기 때문에 그 자체로서 구속력을 갖는다. 모든 사람이 그의 생각을 현실의 힘이 되게 하여야 한다고 느끼는 것은 이러한 사실에 근거해 있다. 그리하여 어떤 사람은 이 진실을 위하여 권력이나 반(反)권력의 힘도 빌리게 된다. 그러나 구극적으로 우리의 생각이 진실을 나타내고 진실이 존재의 법칙을 나타낸다면, 그러한 생각과 진실은 사물 자체의 있는 대로의 모습이요, 강제력이나 폭력을 통하여 실현되는 것이 아닐 것이다. 도덕적 진실에 대하여 사실의 진실은 특히 존재의 자연스러운 있음 이외의 다른 것을 말하는 것이 아니다. 도덕적 진실도 이상적 상태에서는 이러한 자연스러운 있음의 단순성에 가까이 갈 수 있다. 이것이 이루어지는 것은 대화의 공간에서이다.

〈세계의 문학〉은 인간과 사물의 있음과 있어야 함을 넓고 깊게 생각함으로써 이러한 공간의 구성에 기여하고자 한다. 이러한 의도가 창간호에서나 마찬가지로 아직도 〈세계의 문학〉의 근본 의도로 남아 있음을 우리는 확인하고 싶은 것이다.

민족과 보편의 이념

우리 현대사의 많은 과제들은 자주 민족이라는 말로 또는 민족주의라는 정치적 이념으로 종합되어 표현되어 왔다. 민족의 자주독립을 수호하는 일은 계속적인 외세의 위협 아래에서 가장 중요한 역사적 과업이었다. 또 안으로 눈을 돌려 볼 때 민족이라는 말은 일부 특수 계층 또는 민족의 절단된 일부만이 아니라 민족의 성원 모두가 고르게 참여하는 근대적 민주국가를 이룩하겠다는, 현대사의 강력한 발전적 충동을 표현하였다. 이러한 민족의 이념은 이미 현대사의 초기에 대두된 것이었으나, 그러한 이념이 현실 속에 완전히 구현되지 못하고 남아있는 한, 오늘날에도 이룩되어야 할 중요한 역사적 과업을 그대로 집약하는 이념으로 작용하고 있다.

민족은 한편으로 개인에 대비되고 다른 한편으로는 인간 내지 인류에 대비된다. 그것은 사사로운 이해에 의하여 지리멸렬 상태에 떨어질 수 있는 개인이 삶의 유일한 근거임을 부정하고 또 민족을 넘어서는 보편적 인간의 이념이 공허한 관념론에 떨어질 수 있는 것임을 경계한다. 그리하여 그것은 개인의 진실인 자유와 보편적 인간의 원리인 이성에 대하여도 신중한 경계심을 유지한다. 개인과 인간의 보편성에 대한 이러한 적대관계는, 그것이 바람직한 것이든 아니든, 정치적 현실의 불가피한 실상이라 아니할 수 없다.

그러나 보편적 인간의 이상으로 이어지지 아니하는 민족의 이념이 참으로 그 이름에 값하는 것이 될 수는 없다. 민족이 개인의 지리멸렬상(支離滅裂象)을 극복한다면, 그것은 단순히 어떤 폭력적 강제력에 의한 것이 아니다. 설령 그렇다고 하더라도 그 강제력은 그것이 조금 더 넓은 일반성, 나아가서 보편성을 대표한다는 논리적·윤리적 우위성(優位性)에 결부되어 있다. 그리고 이러한 우위성은 개인의 생존 자체에 보다 넓은 것에로 넘어서고자 하는 초월적 계기가 포함되어 있기 때문이다. 이상적 상태에서 민족적 정치 공동체는 그 자체로서 하나의 가치단위를 이루면서 개인의 가능성과 자유를 보편적 테두리 속에 구현할 것을 보장한다. 민족의 정치 공동체에서 개인의 자유는 그 자의적이고 자기 파괴적인 형태를 넘어서서 자신의 진실에 이르며 또 이러한 개인들의 진실에 내적으로 연결되어서 비로소 민족은 참다운 의미의 공동체, 개인의 퇴적을 넘어서는 실체가 된다.

이렇게 말하는 것은, 민족이 보편성의 움직임의 한 계기로서 성립한다는 말이다. 따라서 이상적 상태에서 민족이 보편적 인간의 이념에 반드시 적대적일 수만은 없는 것이다. 어떤 이념도 공허하고 추상적인 관념이 아니라 사회와 역사의 현실을 표현하는 것이라야 한다. 모든 특수한 민족집단을 초월하는 인간 공동체의 이상은 오늘날의 인류역사의 단계에서 그러한 내용 없는 관념에 그치기 쉽다. 이러한 고려에서 그것은 하나의 유보상태에 남아 있게 되는 것이다. 그러면서도 그것은 어디까지나 하나의 지평으로 남아 있다 (모든 아름다운 이상은 그것이 현실적 내용에 의하여 끊임없이 비판적으로 검토되지 아니하는 한 자기 자신에 대해서 또는 남에 대해서 기만의 도구가 되기 쉽다는 것은 여기에도 해당된다).

민족 내지 민족주의의 이념은 비록 그것이 여러 사람, 여러 사회 계층에 의하여 달리 해석된다고 하더라도, 이미 하나의 당위로서 받아들여져 있다. 그러나 흔히 우리가 보는 것은 동어반복적으로 주장되는 당위성이요, 또 나아가서는 아전인수적 왜곡과 침묵의 요청이다. 이런 상황에서 민족의 이념은 개인에서 인류 공동체에까지 연결되는바, 인간 생존의 내면에 움직이는 보편적 지향으로 생각해 보는 것은 의미 있는 일이다. 많은 민족에 대한 이론이 오늘의 현상에 대하여 긍정적인 것이든, 비판적인 것이든, 의아심을 일으키는 것은 그것을 모든 보편성의 이념에서 분리하려는 노력이다. 이 보편성의 이념이 자유, 평등, 정의, 이성 어떤 것이든지 간에 그것이 종종 민족의 특수한 전통과 소망에 대하여 외래적이며 인위적인 관계에 있는 것으로 이야기되는 것을 우리는 보는 것이다. 물론 역사적 현실 속에 결실되는 것이 아닌 관념들이 공허하고 위험한 것이라는 것은 위에서도 말하였다. 그러나 현실이란 것이 특수하고 개별적인 것만으로 이루어진 것이라는 생각은 민족의 이념에 모순되는 것이다.

우리는 보편적인 것이 인간경험의 중요한 계기임을 다시 상기하여야 한다. 사실 체험적 현실의 관점에서 볼 때, 현실성은 개인, 민족, 인류 — 이러한 순서로 부여되는 것이 아니다. 단적으로 어떤 개인에게 자신이 사람이며 또 자기 이웃이 사람이라는 인식은 거의 무(無) 반성적 직접성으로서 주어진다. 물론 이러한 인식이 곧 구체적인 현실적 내용을 얻는 것은 아니다. 그것은 보편적 인간의 이념에 비하면 특수한 것일 수밖에 없는 여러 중간집단 그리고 민족을 경유하여 비로소 역사적 세력 속에 개입한다. 이러한 현실에의 전환은 복잡한 사회과정을 필요로 한다. 민족주의의 과제 중의 하나는 이러한 사회화를 이룩하는 일이다. 이 사회화는 자기보존 본능에 부수할 수 있는 부정적 정서에 호소하거나 맹목적 선전이나 여러 가지 수단으로도 이루어질 수 있다〔사람이 이러한 방법으로 쉽게 조종될 수 있다는 것은 인간의 극히 폭넓은 조소성(彫塑性)을 나타낸다〕.

그러나 사회와 역사가 방향도 없고 발전도 없는 투쟁의 연속이 아니려면, 민족에로의 사회화는 개체에 내재하는 보편화의 충동에 의하여 매개되어야 한다. 이러한 매개로써 비로소 민족의 이념은 이성적 사고의 대상이 되고 발전적 현실의 일부가 된다. 또 이러한 관점에서 이해될 때 비로소, 그것은 비판적 사고를 무서워할 필요가 없다. 또 그것은 국제사회에서도 수세적이고 변호적인 입장에 설 필요가 없는 떳떳한 이념이 된다.

미개사회로부터 고도의 문명사회에 이르기까지 많은 민족집단들은 자기들만이 '인간' 그 자체를 대표한다고 생각하였다. 그리하여 인류학이 들추어내 주듯이 부족이나 민족의 이름까지도 '인간'을 가리키는 말을 붙이기가 일쑤였다. 물론 특수한 민족집단이 스스로를 보편적 이념을 대표한다고 나설 때, 그것은 오히려 참다운 인간 공동체의 이상을 등지는 결과를 가져올 수 있다. 중화사상이나 근대 서양의 제국주의가 이러한 것이었다. 그러나 이러한 허위의식으로서의 보편사상도 보편적 인간이념을 수긍하는 면을 가지고 있고 또 적어도 그러한 보편사상을 낳은 민족의 긍지에는 기여하는 것이었다. 오늘날 우리 주변의 어떤 민족주의에 대한 이해들은 우리 민족이 인간의 보편적 이념 ─ 참다운 의미의 보편성의 이념을 구현할 수 있다는 데에서 긍지를 찾으려는 것이 아니라 오히려 모든 보편성에서 스스로를 차단함으로 괴팍스러운 뚝심을 보여주겠다는 태도를 드러내준다. 다른 모든 것이나 마찬가지로, 우리는 현실적으로 봄과 동시에 널리 보는 것을 잊지 말아야 한다. 어떠한 것을 지나치게 신성시한 나머지 그것을 이성적 언어와 사고의 검토에서 제외한다면, 그것 자체가 빈곤화되는 것이다. 신성화는 곧 빈곤화가 되어버리고 만다. 사물이나 이념은 개방적으로 맺어지는 다양한 관계를 통하여 비로소 풍부한 구체성을 얻고 또 확대의 에너지를 얻는다. 이것은 민족의 이념의 경우에도 마찬가지다.

물질시대의 정신

산업과 문화의 발달이 갖는 의의 중의 하나는 조금씩이나마 사람을 물질의 구속으로부터 해방시켜 준다는 데 있을 것이다. 그러나 실상은 오히려 그것은 사람을 점점 더 물질에 구속시키는 결과를 가져왔다. 적어도 오늘날 우리의 삶을 돌아볼 때, 많은 사람들은 이렇게 말하지 않을 수 없을 것이다. 사람들의 하루하루 움직임은 물질을 만들어내고 얻어내는 데 송두리째 바쳐지고 생각은 자나 깨나 물질 획득의 궁리에 골몰한다. 그 결과 사람의 일에서 물질 획득 이외에 대한 관심은 모두 변두리로 밀려나고, 이와 함께 사람의 진정한 행복과 사람 사이의 바르고 고른 관계는 사회 현실과 사상에서 보이지 않게 되어버리고 만다.

　오늘의 시대의 문제를 생각하는 사람들이 이러한 사태를 걱정하고 이른바 물질주의라고 불리는 시대의 병을 가장 중요한 문제의 하나로 생각하는 것은 이해할 만한 일이다. 작금에 자주 듣게 되는 여러 가지 도덕적 훈계는 물질주의에 대한 당연한 반작용의 한 모습인 것이다. 이러한 훈계는 정신가치를 재확립하는 것이 물질주의의 병을 치료하는 길이라고 한다. 이러한 주장은 흔히 전통적 윤리규범, 전통적 인간관계, 전산업시대의 인생 정조(情調)의 회복을 그 내용으로 한다. 그리하여 청빈과 강직, 사(私)에 앞서는 공(公), 선비의 기상 등 유교의 실질적 공가치(公價値)가 이야기된다. 또는 충효와 같은 사가치(私價値)와 추상적인 큰 병폐가 정서생활의 고갈에 있음이 지적되고 개인생활의 정서화, 사회생활에서의 인정(人情)의 실천이 중요하다고 말하여진다.

정신적 가치 또는 이른바 인간적인 것의 옹호는 서로 다른 정도의 설득력과 실제적 효과를 가진다. 어떤 종류의 정신옹호는 허위의식을 조장하고 상투적 관념에 의존하는 대중조작을 꾀하고자 한다는 면을 가지고 있다. 다른 것은 더러는 비현실적이라는 인상을 주면서도 적어도 시대의 문제에 대한 깊은 우려에서 나온 것이다.

그 동기야 어쨌든지 간에 물질시대에 정신옹호는 필요한 일이다. 어떤 조건하에서 물질의 힘 또는 외부의 힘에 대한 반작용의 힘은 정신의 힘밖에 없다는 말을 한 시인이 있거니와, 우리 시대의 조건이 바로 이런 것처럼 여겨지기도 한다. 그러나 그러한 조건이란 어디까지나 역사적 사회적 선택이 불가능하고 개인적 선택만이 허용되는 상황에서만 성립하는 것이다. 그렇지 않은 경우, 정신옹호만은 그것으로 충분치 않다. 또 어떻게 보면 그것은 그 동기와 성질이 어떤 것이든지 허위의식을 조작할 위험을 갖는다. 오늘의 물질주의가 물질의 향방에서 유래하는 것이라면 물질의 향방을 연구하고 그것을 적절하게 다스리는 일이 정신의 타락을 꾸짖거나 그 선양(宣揚)을 이야기하는 것보다 오히려 마땅한 일이 아닌가. 원인을 다스리는 것이 일을 바르게 하는 근본적 방법이라는 것은 자명한 논리이다. 자명한 것이 자명하지 못하게 되는 데에는 그럴 만한 이유가 있다. 우리의 전통적 사고 속에는 문제의 해결을 윤리적 교정행위에서 찾으려는 강한 경향이 있다. 또 우리 사회의 의식적 무의식적 위선이나 제도적 고찰에 대한 정치적 금기(禁忌)가 여기에 크게 작용하고 있다.

여러 가지 사정이 있으나 다시 한 번 말하여 물질주의의 폐단을 생각하고 그 극복의 방책을 연구한다면, 그것은 물질의 여러 과정에 대한 경험적 검토 이외의 다른 곳에서 찾아질 수 없는 것이다. 이것은 또 하나의 물질주의에 빠지는 것도 아니고 모든 것을 경제학에 환원하여야 한다는 말도 아니다. 필요한 것은 물질에 대한 그 자체의 지식이 아니라 그것의 향방이 정신의 향방에 어떻게 작용하는가를 따져보는 일이다. 이것이 정신을 옹호하는 방법이다. 왜냐하면 물질에 대한 연구는 불가피하게 그것이 마땅히 그렇게 있어야 하는 참다운 모습에 대한 사실적 탐구에 연결될 수밖에 없고 물질의 참다운 모습은 결국 인간 존재의 참다운 모습에 대응하여서만 그 모습을 드러낼 수 있는 것이기 때문이다.

이러한 이야기는 새삼스럽게 들추어내 말할 필요도 없는 것으로 보일는지 모른다. 이미 앞에서도 말한 바와 같이 우리 시대의 생각은 너무나 물질의 움직임에 침잠하여 있다고 할 수 있다. 물질의 움직임에 대한 사실적 탐구는 정치나 경제나 사회의 분야에서는 새삼스럽게 권장할 필요가 전혀 없는 이야기이다. 사람 사는 일의 외형적 얼개를 생각하고 마련하고자 하는 쪽에서 필요한 것은 그야말로 정신적 존재로서의 사람에 대한 보다 깊은 관심과 경외감이다. 여기에 대하여 오늘의 물질의 문제에 대해서 정신의 괴로움을 말하고 정신적 가치를 옹호하고자 하는 쪽에서 필요한 것이 물질의 향방과 움직임에 대한 깊은 성찰과 검토이다. 흔히들 문학적 사고나 인문적 사고의 시대적 임무는 정신적 가치와 인간적 정서의 옹호로서 생각된다. 이것은 틀리지 않는 일이다. 그러나 그것은 사실에서 출발하여야 한다. 이것은 다시 말하여 인문적 정신도 현실의 사실적·제도적 검토에서 시작하여야 한다는 것을 뜻한다. 인문적 정신도 과학정신의 일부이다. 적어도 그것이 주관적 가치의 역설일 수는 없는 것이다.

물질시대의 정신의 옹호가 현실의 실증적이고 비판적인 검토에서 출발하여야 한다는 것은 바른 논리이며 효과적인 것이라는 의미 외에 또 다른 중요한 정신옹호를 의미한다. 왜냐하면 진정한 의미에서의 정신의 언어는 사실이기 때문이다.

오늘날은 정치 선전의 시대이다. 오늘날 우리의 정신은 끊임없이 또 어느 곳에서나 우리의 정신에 영향을 주고 그것을 자기편으로 끌어들이려는 도덕적 정신적 언어의 집중공격을 받고 있다. 이러한 사정 하에서 우리의 정신은 그 온전함을 잃기 쉽다. 그러나 한 가지 위안은 비사실적 언어 또는 정신적 언어가 우리의 정신을 일시적으로 현혹할 수는 있지만 오랫동안은 그렇게 할 수 없다는 사실이다. 정신이, 많은 현란한 언어의 교란에도 불구하고 늘 귀 기울이는 것은 사실세계의 깊이와 우리 자신의 존재의 깊이에서 우러나오는 말이다. 진리란 무엇인가? 그것은 정신이 사실의 세계와 인간 존재의 근원에 동시에 일치한다는 것 이외의 다른 아무것도 아니다. 정신의 지향은 이 진리를 향한 것이다. 정신의 옹호는 이 진리를 확보하는 일이다. 그것은 정신적 가치를 외곬으로 외치는 것이 아니라 사물 자체를 바르게 하는 일이다.

어떤 신학자의 말을 빌리면 "사람은 자기가 뜻하는 바를 행할 수 있지만, 자기가 뜻하는 바를 뜻할 수 없다". 정신은 세계에서 연유한다. 어떤 의미에서 정신은 바깥세상이 시키는 대로 뜻할 수밖에 없다. 그리고 그 뜻대로 행한다. 여기에 정신의 가공할 예속의 가능성이 있고 또 아울러 진리에 대한 열림이 있고 자유의 가능성이 있는 것이다. 바른 사물의 세계에서, 정신은 진리 속에 있고 또 자유롭다. 또 정신의 진리와 자유를 위한 투쟁은 이 사물의 세계를 생각하고 개조하려는 투쟁이다. 이러한 투쟁이 물질의 시대에서 정신을 옹호하는 길이다.

비도덕한 세계 속의 도덕적 행동에 대하여

진리와 정의를 위하여 분연히 일어서는 것처럼 고귀한 행동은 없다. 그것은 커다란 용기를 필요로 한다. 그것은 천 갈래 만 갈래로 얼크러진 이해관계 속에 있기 마련인 우리 나날의 생활의 모든 귀한 것들을 버릴 용의(用意)가 있다는 뜻이고, 또 극단적인 경우는 삶의 구극적 조건의 하나인 육신의 연약함과 나아가 삶 그것까지도 넘어서야 한다는 것을 뜻한다.

  단호한 도덕적 행동이 어려운 것은 육신이 물려받은 모든 허약함에만 기인하는 것이 아니다. 사람이 진리를 위해서 또는 도덕을 위해서 일어선다고 할 때, 그것은 단지 이미 분명하게 드러나 있는 진리, 누구나 동의할 수 있는 정의를 위하여 육신의 연약함만을 극복한다는 것을 뜻하는 것은 아니다. 진리와 정의를 위한 행동은 진리와 정의 자체에 대한 결단을 필요로 한다. 어느 누구가 '이것이 진리요', '이것이 정의요'라고 쉽게 말할 수 있겠는가. 특히 어떤 개인이 선택한 진리와 정의가 자신의 선택, 자신의 모든 것을 건 선택에 의하여서만 지탱될 수 있는 것이라고 할 때, 어느 누구가 두려움과 전율(戰慄)을 느끼지 않겠는가? 진리와 정의는 가장 의로운 정신의 어둠 속에서 선택될 수밖에 없는 것이다. 비록 우리가 선택한 진리와 정의에 많은 사람들이 동의하고 참여하는 것이라 할지라도 그것을 위한 행동적 결단을 뒷받침하는 것은 우리 자신의 개체적 실존의 어둠 속에서 일어나는 어떤 믿음에의 도약인 것이다.

진리와 정의의 선택이 가장 삼엄한 선택이라고 할 때, 그러한 선택 자체가 이미 진리의 진리임을, 정의의 정의임을 증언해 준다고 할 수도 있다. 사람이 사사로운 나날의 생활에서 귀중한 모든 것을 버릴 때 비로소 세상의 모든 것들은 가장 뚜렷하게, 있는 그대로의 초연하고 냉엄한 진실로서 드러날 수 있는 것인지 모른다. 뿐만 아니라 진리와 정의를 위한 위대한 결의 그것이 곧 사람의 참모습, 사람의 존재가 가진 진실의 차원을 새로이 밝혀주는 일이다. 그래서 우리는 그것이 어떤 진리, 어떤 정의인가를 물을 것도 없이 진리와 정의의 행동 앞에서 숙연해지는 것이다.

그러나 무시할 수 없는 것은 사람들이 무수하게 다른 진리와 다른 정의를 위해서 삶과 목숨의 갈림길을 한 눈으로 바라보며 행동에로 나아갔다는 역사적 사실이다. 사람은 그릇된 진리와 정의를 위하여 죽을 수도 있고 또 서로 달리 믿는 진리와 정의를 위하여 서로 죽일 수도 있다. 무엇이 진리이고 무엇이 정의인가? 이 물음은 나 자신을 위하여서만 묻는 물음이 아니고 다른 사람을 위하여 물어야 하는 물음이다. 왜냐하면 나의 진리와 나의 정의는 곧 다른 사람의 오류와 불의일 수 있고 이러한 차이는 부질없는 갈등과 죽음에 이르는 첩경일 수도 있기 때문이다. 무엇이 진리이고 무엇이 정의인가? 이러한 물음에 답하는 데에는 과학적 기준과 공동체적 약속에 의존하는 방법이 있다. 성급한 사람들에게는 참을 수 없는 것일는지 모르지만 이러한 기준과 약속의 틀을 검토하는 절차는 사람 사는 데 있어서 간단히 빼어놓을 수 없는 일이다. 물론 그렇다고 하더라도 진리와 정의를 향한 믿음에의 도약과 실존적 결단의 차원이 있음을 어쩌지는 못할 것이다. 현대의 물리학자들은 자연과학의 법칙도 절대적이고 필연적인 것일 수도 없고 다만 확률적 가능성만을 가질 수 있다고 말한다. 더구나 사람이 하는 일에서 확률적 가능성이 작용하게 되는 것은 당연하고 이것은 많은 것이 선택과 결단에 달려 있다는 것을 뜻한다. 진리와 정의를 가늠하기 위한 과학적 기준을 생각하고 공동체적 약속의 틀을 검토한다는 것도 어떤 선험적이고 절대적인 법칙을 찾아낸다는 것보다도 사람의 선택의 현실적 타당성의 범위를 비교해 본다는 정도의 의미를 갖는 것이라 할 수 있다.

진리와 정의는 선택과 결단에 의하여서만 진리와 정의가 된다. 다만 한 사회의 통념으로 성립되는 진리와 정의는 그것이 역사적으로 이미 이루어진 선택 또는 다수자의 선택이기 때문에 선택행위의 긴장을 드러내지 않을 뿐이다. 물론 진리와 정의가 선택에 관계된다고 해서 그것이 완전히 마음대로 아무렇게나 선택될 수 있다는 것은 아니다. 그것은 물리적으로 한정된 범위에서 이루어지는 것이다. 그리고 이 범위 내에서 어떠한 실존적인 도덕적 선택도 가능한 것이지만, 그것은 선택이 얼마나 효과적으로 현실 속에 작용하는 것이 되느냐 하는 것은 여러 가지 또 다른 외부조건에 달려 있다. 이 조건은 어느 사회가 어떤 관계에서 경제적 사회적으로 허용하여 주는 인간행동의 범위를 포함하고 또 효과적인 인간행동이 사회 내에서 이루어지는 것인 까닭에 여러 사람의 의식상태도 포함된다. 그리고 마지막으로 가장 중요한 조건의 하나는 순전한 힘, 강제수단의 보유이다. 사실상 유감스러운 일이면서도 사람의 현실은 진리와 정의에 관련이 없이 힘에 의하여서만도 완전히 규정되고 지탱될 수 있는 것이다.

그러나 긴 안목으로 볼 때, 분명코 효과적 행동의 한 구성요소에는 정의가 있다. 그것은 사람들이 보여주는 감동적 용기의 예를 통하여 우리의 마음을 움직일 수 있고 또 끈질긴 설명과 설득, 분석과 해명을 통하여 다수인의 결정을 자극할 수도 있다. 그러나 이 후자의 경우에 비로소 그것은 역사적 행동이 된다. 물론 이 후자의 경우에서도 실존적 결단에서와 같이 용기와 결의가 없이는 아무것도 이루어질 수 없다. 다만, 이때에 각자의 실존적 결단을 곧 다수인의 역사적 결단으로 옮겨갈 수 있는 가능성 속에서 이루어지는 것이다. 이 가능성이란 언제나 자명하고 현실적인 것이 아니기 때문에, 어떠한 역사적 결단도 외로운 실존적 결단의 양상을 띠지만, 그것은 조만간 다른 사람들의 결단 속에 확산되어 역사적 차원을 얻는다.

어느 역사철학자는 '역사적 행동은 마치 시인의 비유를 사용하는 것에 비슷하다'는 말을 한 일이 있다. 시인은 자기가 뜻하는 바를 표현하기 위하여 어떤 비유든지 사용할 수 있는 것이지만 비유의 근거가 되는 사물의 성질을 제 마음대로 부여할 수는 없다. 그는 어떤 사물의 가능성에 자신의 표현을 위하여 뒤틀림을 가할 뿐이다. 양심의 세계에서 진리와 정의는 절대적인 것이다. 또 그것은 어느 때에나 도덕적 결단에 의하여 현실세계의 행동이 될 수 있다. 그러나 현실세계는 힘의 세계이다. 이 힘의 세계에서 도덕적 행동은 하나의 상대적 요소에 불과하다. 그것을 구성하는 것은 강제력을 포함한 여러 외부적 조건이다. 역사적 행동은 이 외부적 조건의 가능성에 진리와 정의의 뒤틀림을 주는 행동이다. 이것을 이루는 데에 도덕적 행동만이 전부인 것은 아니다.

갈등과 그 관리

사람의 영원한 갈망 중의 하나는 평화이다. 누구나 나라와 나라 사이가 평화롭고, 한 사회에서 사람과 사람 사이가 평화롭고, 스스로의 마음이 평화 속에 있기를 갈망한다. 그러나 그러한 갈등은 쉽게 현실적 결과를 가져오지도 않을 뿐 아니라 그러한 소망을 표현하는 일 자체가 비현실적인 것으로 간주된다. 그리하여 평화에 대한 갈망은 약한 사람이나 약한 국가의 증표로서 생각된다. 그리고 더 나아가 평화를 위한 움직임은 사회적으로 금기의 대상이 되기도 한다. 국가와 국가 간, 집단과 집단 간, 개인과 개인 간의 관계가 힘의 관계로 남아 있고, 한 사람이 자신의 삶에 평화를 가져오는 방법이 억압에 있는 한, 평화의 소망이 비현실적인 것으로 또는 금기의 대상으로 생각되는 것은 이해할 만한 일이다.

물론 이러한 일이 현실이라 하여 그것이 당연한 것이 아님은 물론이다. 삶의 모든 면에서 평화에 대한 소망을 표현하고 또 그것에 현실적 내용을 부여하는 것은 아무리 어지러운 시대에서도 가볍게 잊어버릴 수 없는 일의 하나이다. 평화는 약한 사람의 표지도 아니며, 활발한 삶의 움직임의 이완도 아니다. 평화는, 특히 사회내의 평화는 사람이 참다운 의미의, 스스로를 넘어서려는 모든 창조적 노력의 기본이 되는 것이다. 우리 사회의 여러 면에서 평화와 화해를 위한 토의를 터놓는다는 것은 지금 시점에서 무엇보다도 중요한 일이다.

그런데 이와 동시에 갈등이 삶의 필요한 요소라는 것을 인정하는 것도 중요한 일이다. 이것은 단순히 갈등이 창조와 발전의 어머니이며 활발한 삶의 증표라는 뜻에서만이 아니다. 이것은 맞는 말일 수도 있고 안 맞는 말일 수도 있다. 여기서 갈등의 인정이 중요하다는 것은 이러한 역사철학적 또는 단순히 철학적 뜻에서가 아니라 그것이 평화의 달성에 중요한 현실적인 계기의 하나라는 뜻에서이다. 당연한 이야기 같지만, 평화가 이루어지지 않는 곳에는 갈등이 있고 갈등은 그럴 만한 원인이 있어서 일어난다. 평화는 단순히 추상적 주장의 되풀이에 의하여서가 아니라 갈등의 원인을 하나씩 인정하고 연구하고 풀어냄으로써 이루어질 수 있다. 이에 대하여 대체로 추상적으로 평화를 말하고 그 이름하에 모든 갈등을 외면하고 또 갈등에 대한 언급조차 불온한 것으로 보는 태도야말로 평화를 진정으로 바라지 않는 태도이다. 물론 이러한 추상적 평화의 주장이 사람들의 정서적인 면에 호소할 수도 있고 어떤 경우는 그것이 강요될 수도 있지만, 그러한 평화가 진정한 평화가 아님은 말할 필요도 없다. 그리고 대부분의 경우 그러한 평화는 폭력적 현상의 고정화를 위한 또 다른 폭력의 표현인 경우가 흔한 것이다.

그런데 갈등의 원인을 근원적으로 제거하는 일이야말로, 다시 되풀이 하건대, 평화를 이룰 수 있는 현실적 방법이다. 그렇긴 하나 사람이 어울려 사는 일에서 완전히 갈등을 없애고 평화만이 넘쳐나게 한다는 것은 불가능한 일일는지 모른다. 개인이 독특한 개체로 남아 있는 한, 사회가 부락공동체를 넘어 커다란 규모로 확대될 수밖에 없는 한, 또 사회가 발전을 통하여 그 안정된 기반을 벗어나지 않을 수 없는 한, 갈등은 불가피한 것일 것이다. 이러한 조건에서 사람의 사회 평화에 대한 추구는 갈등의 제거가 아니라 갈등의 관리라는 형태를 취하지 않을 수 없다. 사회가 이미 있거나 또는 변화의 과정에 일어나는 새로운 갈등을 발견하여 이를 인정하고 합리적 방법으로 관리 해소하는 일이 필요하다. 이러한 갈등의 관리는 어떤 경우에는 잠재적 갈등을 적극적으로 자극하여 이를 현재화(顯在化) 함으로써 예방적으로 관리하는 일을 포함하고, 또 다른 경우에는 서로 갈등을 일으키는 요인들을 적당한 균형상태로 유도하는 일을 포함한다.

사회집단 간이나 개인과 개인 사이나 또는 개인 내부에 일어날 수 있는 갈등에 대해서 부정적 태도를 취해온 것이 우리 동양의 전통이었다. 모든 면에서 조화만을 지나치게 강조했던 동양윤리는 갈등의 경우에 대하여 속수무책이었고 그 해결을 추구하기보다는 명목상의 또는 위선적 조화에 만족하는 수가 많았다. 예를 들어 자식이 부모에 효도하고 신하가 임금에 충성하고 아내가 남편을 공경하고 제자는 스승을 받들고 등등의 경우만을 생각하였기에 부모와 자식, 임금과 신하, 스승과 제자, 또는 부부간에 있을 수 있는 갈등의 현실은 무시되고 또 아무런 대책이 없는 채 방치되기가 일쑤였다.

오늘날 우리 사회가 여러 가지 갈등에 차 있는 것은 어느 누구도 부정할 수 없다. 국민총화의 구호를 비롯하여 우리 생활의 공사 여러 면에서 얼른 보아 평화의 구호처럼 보이는 말들이 크게 강조되고 있다는 사실 자체가 사회에 내재하는 갈등의 증거라고 할 수 있다.

그러나 강요된 평화가 진정한 평화를 이루는 방법은 아니다. 우리가 우리 사회에 존재하는 갈등의 원인들을 진지하게 마주 보는 고통을 감내하고 이를 해결하려고 노력하고 적어도 갈등의 현실에 맞으며 평화의 이상에 어긋나지 않는 갈등 관리기구를 발전시킬 때 참다운 사회평화는 이루어질 것이다. 우리의 평화의 전통은 사람의 깊은 소망의 표현이면서도 다분히 미성숙한 태도의 표현이기도 하였다. 그리고 이것은 오늘날의 사회의 부조리를 은폐하는 이데올로기를 보강하여 왔다. 평화의 이상을 잃지 않으면서도 갈등의 현실을 정면으로 바라보는 것을 배우고 이에 대치할 수 있는 사회제도를 발전시킴으로써, 우리는 보다 성숙한 역사의 단계로 나아갈 수 있을 것이다. 국제적으로 민족적으로 국내적으로 진정한 평화의 소망의 표현을 가능케 하고 이것의 실현을 위하여 갈등의 현실을 직시하는 일이 필요한 것이다.

시인의 가르침

사람의 마음은 어떻게 형성되는 것일까? 어떤 사람들은 얼마의 한정된 정신적 진리와 도덕적 교훈이 사람의 마음을 형성한다고 한다. 그리하여 인간교육의 과정은 크고 분명한 가르침을 우리의 마음에 새겨 그 틀을 분명하게 하는 일이라고 한다. 종교적·도덕적 가르침의 중요성은 오히려 자명한 것이다. 그러나 이러한 가르침의 과정이 강압적 세뇌작용으로 생각된다면, 그것은 정신의 자율적 조화를 목표로 삼는 도덕적 교양의 목적 그 자체를 저버리는 것이 될 것이다.

직접적으로 정신 태도의 문제를 다루지 않는 학문분야를 담당한 교사들이 이야기하듯이, 사람의 도덕적 교육은 반드시 과목으로 설정되거나 대상화된 덕목의 가르침에서만 이루어지는 것이 아니다. 사실적 탐구가 요구하는바 객관성, 기율, 무사성(無私性) 등이 정신적 의미를 가진 것임은 말할 필요도 없다. 기술공의 기계나 제품에 대한 태도에도 깊은 정신적 요소가 들어 있다. 즉, 장인(匠人)의 제품 완성의 본능, 그것이 정신적 성격을 갖고 있다는 말이다. 어떻게 보면 사실적 탐구를 주안으로 하는 학문이나 장인의 장인본능은, 그것이 욕심에 뒤틀린 인간의 의지가 아니라 사물의 객관적 질서에 충실하려는 것인 까닭에, 또 구극적으로 도덕적·정신적 자세의 의미는 우리를 넘어서는 필연의 질서에 순응하는 데에서 찾아진다고 할 수 있는 까닭에, 직접적으로 도덕적인 태도보다도 오히려 도덕적인 것이라 말할 수 있다. 도덕이 지배와 조종의 저의를 숨기는 경우는 얼마나 많은가. 이런 의미에서 하나의 사물을 철저히 알아보려는 훈련과 하나의 기술의 훈련은 그 자체로서 훌륭한 인간형성의 과정이 된다. 다만 이것이 너무 미시적인 데 집착하여, 사물과 사물, 사물과 인간이 서로 어울려 이루는 전체를 보지 못하게 하는 편집광적 인간을 만들어낼 수 있는 것도 사실이다. 부분의 진실은 전체 속에서 거짓이 될 수도 있다. 그러나 부분의 구체로부터 시작하지 않는 전체는 허황한 것이다. 사실이나 사물과의 접촉은 늘 교육적 의미를 갖지 않을 수 없다.

그런데 사람의 마음이 형성되는 것은 커다란 정신적 가르침이나 과학과 직업의 기율을 통하여서만이 아니다. 우리의 마음은 이런 테두리에 의하여 크게 규정되면서도, 늘 테두리 속에서 다양한 무늬를 이루며 또는 이 테두리를 넘어가며 움직인다. 우리가 일상적으로 보고 느끼고 하는 모든 것이 마음을 움직이고 결국은 마음을 형성한다. 우리가 사는 길거리의 모습, 날로 대하는 또는 우연히 한 번쯤 접하게 된 사람들과의 교환이 우리 마음에 영향을 준다. 특히 자연물의 모든 형상들은 우리 마음에 깊은 영향을 준다. 이것은 특히 어린 시절에 그렇고 어린아이 같은 놀라움의 능력을 잃어버리지 않은 사람에게서 그렇고, 또 어떤 사람의 경우에서나 우리가 흔히 무시하려고 드는 기분의 움직임에서 그렇다.

사람은 예로부터 꽃과 나무와 들과 산과 짐승을 좋아하고 가꾸었을 뿐만 아니라 이것들에서 깊은 정신적 의미를 발견하였다. '들에 핀 백합화를 보라'는 명령은 자연스러운 삶의 평화에 대한 우리의 그리움을 불러일으킨다. 그러나 이러한 그리움 때문으로만 우리는 백합화를 우의적(寓意的)으로 보는 것이 아니다. 실제 식물은 자연 속의 삶을 구현하고 있고 우리에게 그것을 가르쳐주는 것이다. 우리 선조들은 호랑이를 신령스러운 것으로 생각하였다. 그것이 그들의 공포감에만 기인한 감정이었을까? 우리가 들과 산에서 느끼는 것은 그 침묵이며 그 영구성이다. 이러한 것들은 모두 다 자연 자체가 가지고 있는 것이다. 어쩌면 크게 대상화하여 이야기하는 정신적 도덕적 진리는 이러한 자연물들의 가르침을 의식화하고 확대한 것에 불과하다고 할 수 있다.

물론 사물의 세계나 자연에는 좋은 것만이 있는 것이 아니다. 그것은 따뜻한 정(情)의 세계가 아니라 냉혹한 법칙의 세계이다. 이 법칙의 세계에서 사람의 애틋한 그리움은 달성되기보다는 좌절되기 쉽다. 그러나 이러한 냉혹함과 좌절에서 사람이 겪는 것은 단지 고통이 아니다. 그것은 삶의 엄숙성이며 이 엄숙성은 우리가 세계에 대해서 아는 중요한 예지(叡智)의 하나이다. 또 자연에는 우리가 도덕적으로 혐오하는 면도 없지 않다. 문란하고 비열한 것을 '개새끼 같다'고 하고, 탐욕스러운 것을 '돼지새끼 같다'고 하고, 잔학하고 탐욕스러운 것을 늑대나 이리에 비교하는 것이 우리가 자연에서 좋지 못한 특징을 발견한다는 예가 될 것이다. 그러나 이러한 비교는 대부분의 경우 자연 그 자체의 속성이라기보다는 인간의 사악한 모습을 자연에 투사한 것에 불과한 것이기 쉽다. 개나 돼지나 늑대의 좋지 못한 성질들이 대부분 인간이 만들어낸 것임은 이러한 동물을 조금만 철저하게 관찰하면 다 알 수 있는 사실이다. '잡초'라는 말이 표현하는 경멸감, 자연은 약육강식의 세계라는 인식―이러한 것은 다 인간적 투사이기가 쉽다. 사람은 사람이 훌륭한 만큼밖에 자연의 생물을 훌륭하게 보지 못한다.

하여튼 우리가 보고 접하는 인공적 사물들, 우리를 에워싸고 있는 자연물들―이런 것이 다 사람의 마음에 작용하고 그것을 형성한다. 이런 것들과의 접촉을 통하여 사람은 세상의 평화와 냉혹한 질서를 배우고 거기에 적응하는 스스로의 마음을 가꾸어가는 것이다. 이런 과정이 어쩌면 도덕적 또는 직업적인 교육에 선행하는 원초적 교육일 것이다. 우리의 교육은 어느 때 어느 곳에서나 그치는 일이 없다. 그리고 이런 교육은 강제적이라기보다는 자연스러운 삶의 일부를 이루는 것이며, 또 대부분의 경우, 악의적 의지에 의하여 조종되는 것이 아니라면 고통의 경험까지도 포함하여, 삶의 기쁨에 기여하는 것이다.

시인이 우리에게 주는 교육은 바로 이러한 것이다. 시인은 우리에게 사물과 자연과 우리의 기분이 말하여주는 가르침을 우리에게 전달해준다. 그의 가르침은 한편 한편의 시로만 볼 때, 그렇게 큰 것이 아닐는지 모른다. 마치 한 송이 꽃, 하루의 갠 날이 가르쳐주는 것이 별로 큰 것이 아닌 것처럼. 그러나 작은 것들은 모여서 우리의 삶의 전부를 이룬다. 시인은 작게 그리고 전체적으로 자연과 사물의 모습을 우리에게 보여주고 우리를 훈육(訓育)한다.

오늘날 이러한 시인의 교육적 기능이 어려운 것이 된 것은 사실이다. 오늘날 사물과 자연과 우리 자신의 모습은 점점 그 참모습을 숨겨가고 있다. 오늘날 사회에서 그것은 오로지 금전과 권력에 매개되어서만, 뒤틀어진 상태대로 존재하기 때문이다. 그리하여 시인은 불가피하게 금전과 권력이 만들어내는 마술적 공간을 벗어나고 그것을 파괴하는 작업에 관심을 가질 수밖에 없다. 그러나 시인의 계시(啓示)는 여전히 사물과 자연과 사람과의 나날의 교섭의 섬세함을 보여주는 계시이다.

역사의 민주적 발전

거의 불가피한 것으로 보이는 인간 역사의 방향은 민주화이다. 이 과정에 일시적 후퇴가 있을 수는 있으나, 장기적 안목으로 볼 때 그것은 누구나 받아들이지 않을 수 없는 분명한 사실인 것으로 생각된다.

인간 역사에서 거꾸로 갈 수 없는 한 가지 사실이 있다면 그것은 사람이 얻는 지식의 퇴적(堆積)이다. 한 세대는 그 앞 세대보다도 더 많은 세계와 인간에 대한 지식을 갖게 된다. 옛날에는 더러 통치자의 폭력에 의하여 여러 세대에 걸쳐 쌓인 지식과 지혜가 파괴되어 없어지는 수도 있었지만 오늘날과 같이 세계화되는 환경에서 이러한 파괴적 중단은 오랫동안 계속될 수 없는 것이 되었다. 지식의 퇴적이 가져오는 결과의 하나는 일체의 미신적·신화적·권위주의적 허구의 소멸과 붕괴이다. 비민주적 통치체제는 미신과 신화 그리고 다른 권위의 상징들의 제도적 조작에 기초해 있다. 인지의 발달과 더불어 이러한 권위의 상징들은 마멸되어 그 효력을 상실하고 이 상실과 더불어 강제의 기구로서의 권위주의적 제도는 참모습을 노출한다. 그리하여 인간과 인간의 사회생활에 대한 허구의 제도적 지지에 입각한 권력의 유지는 불가능한 것이 된다. 이 허구가 감추려는 것은 인간의 근본적 평등이다. 인간이 그 자질이나 필요에서 완전히 평등하다고 할 수 없을는지 모르나, 사람과 사람의 천부적 불평등은 인간의 근본적 삶의 동질성에 비하면 거의 무시할 만한 것이고 어떤 경우에나 사람의 사람에 의한 폭력적 지배는 정당화할 만한 것은 되지 못한다.

인간의 지식 또는 더 넓은 의미에서의 정보의 불가역자인 퇴적은 단순히 전문적 의미에서의 학문이나 과학의 발달에서만 표현되는 것이 아니다. 학문의 발달이 인지발달의 순수하고 엄격한 형태를 대표하는 것은 사실일지 모르나 사회적 의미에서 더욱 중요한 의미를 갖는 것은 일상생활에서의 인지의 발달이다. 현대 세계의 특징으로 우리는 인구의 증가, 경제활동의 광역화, 기술의 진전, 대중 정보망의 확대, 정치 조직의 광범위화 등을 들 수 있다. 이러한 현상들은 인간의 지적 유산의 퇴적과 확산의 결과이고 또 이러한 지적 작용을 촉진하는 원인이 된다.

인간 활동이 심화되고 확대된다는 것은 개개 인간의 환경이 복잡해지고 넓어진다는 것을 의미한다. 또 사람들은 누구나 이러한 환경에서 살아나가기 위하여 점점 더 많은 정보의 이용을 필요로 한다. 인간의 인구학적, 경제적, 기술적, 사회적, 정치적 진보는 사회의 전체주의화나 민주화에 다 같이 이용될 수 있다. 이러한 진보는 사회의 전체주의적 통제에 매우 편리한 수단을 제공할 수 있다. 사실 전체주의적 체제도 민주적 체제와 더불어 현대 기술사회의 현상임에는 틀림이 없다. 그러나 역설적인 것은 전체주의 체제가 요구하는 국민의 조직화 내지 전체화는 사람과 사람, 사람과 사물의 접촉을 광범위하고 밀접한 것이 되게 하고 그러한 접촉은 장기적으로 볼 때, 사람의 사회적 인식을 증가케 하고 미신, 신화, 권위주의의 유지에 필요한 거리감을 파괴한다는 것이다. 장기적으로 볼 때, 민주화는 역사과정의 유일한 과정이 될 것이다. 왜냐하면 권위주의나 전체주의의 통제의 강화는 현재적 잠재적 저항 곧 불안정의 다른 이름이기 때문이다.

일상적 차원에서의 정보의 확대, 평등적 인간 이해의 확대는 사회제도와의 거래에서, 사람과의 사귐에서 저도 모르게 태도상의 또는 감정상의 뉘앙스로서 나타났다. 이러한 태도나 감정의 표현은 반드시 의식해서가 아니라 무의식적으로 사람이 살아가는 데 필요한 환경에 대한 적응의 결과 생기는 것이다. 이때 권위주의적 제도와 복종의 문화는 어느 때보다도 견디기 어려운 것이 된다. 이렇다는 것은 그것이 일부 사회계층의 억압에 기초하여서 존재하는 것이란 뜻에서만이 아니다. 사회 전체에 제도와 감정이나 태도 사이에 생기는 부조화는 불평, 불만, 불신, 나태 또는 범죄의 온상이 되어 사회과정의 원활한 진행에 수없는 복병(伏兵)으로 작용한다. 그리하여 부정적 요소가 넘치는 사회는 어느 누구에게도 행복한 자기실현을 줄 수 없는 곳이 될 뿐만 아니라 구극적으로 비능률적이고 퇴영적인 경직화를 가져오게 되는 것이다.

필요한 것은 사회발전의 불가피한 추세와 제도를 이성적으로 조정하는 일이다. 이것은 모든 사람이 평등하고 자유로운 입장에서 효율적이며 행복한 사회관계에 들어갈 수 있게 하는 제도의 확보를 말한다. 이러한 제도의 확립을 위하여 이성적 예절과 조정의 작용이 얼마가 허용되느냐에 따라서 한 사회와 역사가 얼마만큼 평화롭고 발전적인 것이 되느냐가 결정된다. 이성(理性)의 예견과 조정이 허락되지 않은 경우 불가피한 역사의 방향은 불안과 폭력과 유혈을 통해서 제 갈 길을 가고야 말 것이다.

이성적 계획의 작용에 가장 요긴한 것은 표현의 자유이다. 이렇다는 것은 이미 고전적 자유론들이 지적한 것처럼 어떤 현상의 참된 인식이 자유로운 토론을 통하여 이루어질 수 있다는 뜻에서만이 아니다. 무릇 모든 일에서 특히 사회현상에서 하나의 이성적 계획이 평화롭고 만족할 만한 인간의 사회적 관계를 한 번에 확정할 수는 없는 일이다. 끊임없이 변화하는 역사의 과정은 인간의 필요와 욕구도 끊임없이 새로운 것이 되게 한다. 또 각각 다른 세력의 영향을 받고 각각 다른 발달과정에 있는 각각의 사회 구성원들은 서로 다른 필요와 요구를 가질 수밖에 없다. 따라서 사회의 진실의 가장 핵심적인 것이 억압 없는 사회평화라면 사회에 대한 이성적 진실은 다른 필요와 요구를 가진 사회성원 또는 사회집단 간의 상호조정(相互調整)을 가장 중요한 특징으로 할 것이다. 이것은 자유로운 토의와 타협과 설득의 과정을 통해서만 이루어질 수 있다. 이때의 상호조정이란 추상적 의미에서의 다른 의견들의 비교조정만을 의미하지 않는다. 그것은 생존의 다원적 표현을 제도적으로 조정하는 것을 포함한다.

이러한 조정이 반드시 평화적 방법으로만 진행되리라고 기대할 수는 없다. 비록 사회가 토의와 설득을 그 기본적 사회과정의 수단으로 삼는다고 하더라도 여기에 문제되는 것은 어떤 학문적 소재가 아니라 그 자체로서 하나의 절대적 가치를 가질 수 있는 구체적 인간 또는 구체적 인간집단의 생존이다. 이것이 늘 충돌과 알력(軋轢) 없이 하나의 조화 속에 통합될 수 있다고 생각하는 것은 인간사회의 이해에서 매우 중요한 오류를 범하는 일이다. 이성적 예견과 계획은 이러한 생존투쟁의 완전한 평정화라기보다는 그것의 최소화를 겨냥하는 것이다. 다만 그것은 갈등을 인정하고 또는 어떤 경우에는 잠재적 갈등을 현재화하고 이를 구극적으로 해결하는 장치도 포함하는 것이라야 한다.

사회를 서로 다른 이해관계의 조정기구로 보는 것은 인간사회를 역설적으로 치열한 생존경쟁의 전투장으로 파악하고 다른 한편으로는 인간생존의 의미의 한계를 왜소한 이기적 욕구에 두는 것처럼 보인다. 그러나 우리는 사회평화의 목적의 의미를 깊이 생각할 필요가 있다. 그것은 단순히 인간 상호간의 투쟁을 줄이자는 의미의 평화가 아니다. 그보다 큰 목표는 인간 상호유대의 강조이다. 또 이러한 유대감의 의미는 인도주의에만 한정되지 아니한다. 사람은 이를 통하여 비로소 인간의 전체성의 이해에 이를 수 있다. 그리고 전체성이란 그것을 넘어서서 다른 전체성에 이르는 것을 의미하는 까닭에 인간생존의 전체를 의식할 때 우리는 그것에 대립되면서 또 그를 포함하는 자연의 커다란 신비를 느낄 수 있게 된다. 그리고 그러한 신비의 일부로서 우리 운명의 신비를 되찾게 되는 것이다. 역사에서 민주화와 이성의 진전의 의의는 그것이 평화와 행복의 소망을 실현해 준다는 데에만 있는 것이 아니다. 그 의의는 구극적으로 인간과 자연의 신비에 대한 입문이 되고, 보다 깊고 크게 살 수 있는 가능성을 열어 준다는 데에도 있다.

여러 가지 시대적 증후로 보아 우리는 역사의 중요한 고비에 서 있다. 이 고비가 새로운 역사적 발전과 민주화의 진전에의 하나의 이정표가 되도록 다 같이 노력하여야 할 것이다.

정치적 에너지와 그 이성적 관리

민주화는 오늘날 시대의 강력한 요청이며, 또 일반적 구호가 되었다. 그렇긴 하나 다른 한편으로 많은 사람들의 마음에 민주화의 전망에 대하여 불안과 의구심이 없는 것은 아니다. 민주화란 개인적으로나 집단적으로나 스스로의 운명을 스스로 결정한다는 것을 뜻한다. 그리고 이것은 단순히 실존적 의미에서의 선택이 아니라 스스로의 운명에 관여되는 중요 요인들을 사실적으로 통제한다는 것을 말한다. 따라서 아직도 민주화의 진로에 대하여 불안이 팽배해 있다는 것은 민주화의 움직임의 고삐를 국민 스스로 잡고 있지 못하다는 느낌 이외의 다른 것이 아니다.

그러나 민주화가 시대의 대세임은 분명하다. 설령 이러한 대세의 진로에 역전과 우회가 있다고 하더라도 그것은 일시적 현상일 것이며, 긴 안목으로 볼 때, 그것이 우리 역사가 가고 있는, 또 가고야 말 방향임은 틀림없는 일일 것이다. 물론 이러한 방향에 어떠한 초인간적 보장은 없다. 이것을 보장하는 것은 다수국민의 의지일 뿐이다. 개인적 선택의 집약이란 뜻에서만, 이 국민의 의지가 역사적 보장이 된다는 것은 아니다. 오늘날 많은 사람들에 의하여 개개인

의 느낌으로 또 집단적 상호작용으로 확인되는바, 거대한 의지는
대체로 그러한 의지를 발생케 하는 객관적 여건에 대응하는 것이
다. 이런 뜻에서 국민의 의지는 객관성을 가지면, 국민의 소리는
하느님의 소리까지는 아니라 하더라도 역사적 상황의 필연을 표현
한다. 그러나 다시 한 번, 객관적 여건도 역사의 진전에 대한 보장
이 되지는 못한다. 이 단계에서 필요한 것은 이러한 진전을 현실적
으로 수행할 수 있는 국민적 의지의 유지이다. 새로운 민주질서를
국민들 스스로 창조해야겠다는 의지를 견지하는 것만이 역사의 민
주적 진로를 보장할 것이다.

　이 의지의 유지는 투쟁 속에서만 가능하다. 적어도 지금 시점에
서 국민의 민주적 질서에의 열망이 식어버리거나 약화될 것이 아니
란 것을 끊임없이 천명하는 일이 중요하다. 물론 적지 않은 불확실
한 요인에도 불구하고 지금 시점에서 기본적 민주정치의 질서를 수
립할 수 있는 전망이 감추어져버린 것이 아니다. 어쩌면 이러한 기
본적 정치 질서의 틀은 단순한 기다림으로도 이루어질 수 있는 것
인지 모른다. 그렇다고 하더라도 흘러가는 세월에 모든 것을 맡길
수는 없는 일이다. 정치가 여러 세력들의 투쟁과 갈등 또는 균형과
조화의 장(場)이란 것은 새삼스럽게 말할 것도 없다. 그것은 작용
과 반작용의 역학(力學) 세계이다. 민중적 작용이 부재한 곳에 반민
주적 반작용이 어찌 없겠는가?

　물론 투쟁과 갈등의 상황이 그 자체로서 바람직한 상황이라고 말
할 수는 없다. 투쟁과 갈등이 삶의 불가피한 조건이 되기도 하고 또
그 자체가 삶의 고양된 표현이 되기도 하지만, 냉정한 입장으로 볼
때, 그것 자체가 집단적 삶의 최대한의 가능성을 나타내는 것이라
고 보기는 아무래도 어려운 것이다. 그러나 집단적인 정치적 의지
의 유지와 실현은 투쟁과 갈등을 피할 수 없는 것일 것이다. 도대체

사람의 의지는 선의와 이성의 평화보다도 부정적 요인들을 자양으로 하여 강인하게 성장하는 것이라 할 수 있다. 정치변화를 향하는 폭발적인 힘은 적어도 그 중요한 부분이 역사적으로 퇴적되어 온 좌절의 억눌려 있던 에너지를 나타낸다. 구사회에서 사회적으로나 심리적으로나 암흑 속에 내밀려 숨어 있던 것이 폭발할 때 그것이 반드시 아름다운 것일 수밖에 없는 것임은 당연하다 하겠다.

싫든 좋든 역사는 광명 속에서만이 아니라 어둠 속에서도 창조된다. 문제는 어둠 속에서 솟구쳐 오는 힘이 고양된 삶의 힘으로 어떻게 전환될 수 있느냐 하는 데 있다. 이러한 문제에 대한 답변이 간단한 것일 수는 없다. 그러나 우리가 이 문제에 관련하여 한 가지 생각할 수 있는 것은 맹목적 에너지의 분출에 대하여 이를 통하여 실제적 작업에 봉사할 수 있게 하는 이성(理性)의 원리이다. 이성의 조심스러운 고려는 역사의 위기에 분출되는 에너지를 우선 일정한 정치적 의지로 결정화할 수 있을 것이다. 또 이성에 매개되는 정치적 의지는 보다 실제적인 생활질서의 새로운 창조에 봉사할 수 있게 될 수 있을 것이다. 이 새로이 창조되어야 하는 생활질서가 민주적 생활질서라야 함은 말할 것도 없다. 그리고 이 질서는 적어도 지금 단계에서는 만인의 평등과 자유 또 인간적 생존을 보장할 수 있는 일상적 생활의 질서이다. 이러한 질서의 확립은 많은 실제적 문제의 검토와 계산과 고안력(考案力)을 필요로 한다. 어떻게 보면, 주로 적절한 사회적 제도와 경제적 하부구조의 수립에 연결된 일상적 질서의 여러 문제는 폭발적 정치적 움직임에 의해서보다도 조심스럽게 연구되고 시험되는 정책들에 의하여 해결될 것으로 말하여질 수 있다.

다시 말하여, 여기에 요구되는 것은 기술적 해결이다. 그렇다고 하여 우리 사회가 당면하는 문제가 모두 기술적으로 또는 테크노크

라트에 의하여 해결될 수 있다는 것은 천만 아니다. 민주화에의 의지를 강화하고 이의 견지를 위하여 투쟁하는 노력은 어떻게 하더라도 생략할 수 없다. 다만 다시 말하여 폭발적 정치 에너지를 이러한 의지로 집약하고 또 이를 구극적으로 생활질서의 창조에까지 밀고 나아가려면, 여러 기술적인 것을 등한시할 수 없다는 것이다. 이것은 어떠한 정치적 전제 위에도 서 있지 않는 사회적·과학적 기술을 말하는 것이 아니라 민주적 국민생활을 창조하고 지탱해줄 기술을 요구하는 것이다. 이것이 이미 있는 기술이 아니라 새로이 창조되어야 할 기술이다. 오늘에도 우리 사회에 경제학이 있고 사회학이 있고 정치학이 있고 기타 학문들이 있지만, 민주화의 경제학, 민주화의 사회학, 민주화의 정치학, 또는 일반적으로 민주화를 위한 학문은 든든한 상태로 존재한다고 말할 수는 없다. 이것을 고안하고 실천하는 일은 앞으로 한없이 계속되어야 할 민주화 혁명의 구체적 내용이 되어 마땅하다. 여기에는 이성(理性)의 크고 작은 작용이 필요하다.

그렇다는 것은, 오늘날의 정치행동의 귀결이 생활질서의 창조에 있기 때문이다. 이것은 앞에서 이미 말했지만, 여기에서 우리가 추가하여야 할 것은, 이것이 반드시 '왜소하고 영리하고 행복한 사람들'의 질서를 뜻하는 것은 아니라는 점이다. 위에서 우리는 역사의 창조에 참여하는 어둠의 힘을 말하고 이것의 이성적 전환의 필요를 말하였다. 그러나 이것은 너무 좁게 해석되어서는 아니 될 것이다. 윌리엄 블레이크에 따르면, 모든 에너지의 표현은 통념적 선악을 초월하여 좋은 것이다. 그가 말한 바를 빌려, 사실 "모든 에너지는 유일한 생명이며… 에너지만이 영원한 즐거움이라"고 할 수 있다. 다만 문제가 있다면, 그것이 어떤 도덕적 의미를 갖든지 간에, 모든 에너지를 어떻게 하나의 삶 속에 포용하느냐 하는 것이다. 새로운 민주적 생활질서를 우리가 말한다면, 그것은 조용하기만 한 낮은 활력의 질서를 말하는 것이 아니라 높은 활력을 팽팽하게 포용하는 질서를 말하는 것이다. 다만 오늘날의 시점에서 행여 정치적 에너지의 폭발에 휩쓸려 그 이성적 관리를 위한 노력이 잊혀지고 또 오늘의 투쟁의 구극적 목표가 삶의 기본 질서의 건설에 있다는 것은 놓쳐 버린다면, 고양된 삶의 사회의 창조가 더욱 더디어지는 결과가 초래되지 않을까 걱정해 볼 뿐이다. (1976~1980)

물음에 대하여

방법에 대한 시론

1

현행의 학교 교육을 거쳐 나가려면 수없는 시험을 통하여야 한다. 말할 것도 없이 시험은 문제로 이루어지고 시험을 친다는 것은 주어진 문제를 보고 문제가 요구하는 답을 찾아내는 작업을 말한다. 이 작업에서 문제와 답을 꿰어 맞추는 속도가 빠르면 빠를수록 시험성적은 좋아진다. 시험 준비는 문제를 인지하고 맞는 대답을 선택하는 속도를 빨리하는 훈련에 집중된다. 그리하여 우수한 학생의 경우, 그의 문답 반응은 거의 조건반사가 된다. 그 과장된 예가 이른바 텔레비전 퀴즈에서 보게 되는 초를 다루는 속사포식 문답이다. 이것은 학교의 객관적 테스트에서도 그대로 나타나고 또 비록 형식은 다를망정 정해진 테두리의 안에서만 답변을 허락하는 주관식 시험에서도 나타난다. 어떻게 보면 이른바 주관식 시험이라는 데서 문답의 조건반사적 성격은 더 잘 나타난다고 할 수 있다. 여기에서는 인지의 자동작용만이 아니라 기억의 자동작용도 요구되기 때문이다.

시험문제의 자동작용은 당연한 것이라 할 수 있다. 시험문제는 교과서의 연습문제나 마찬가지로 연습을 위한 문제이지 참다운 의미에서의 문제가 아니기 때문이다. 여기에서 참으로 문제적인 것은 아무것도 없고 우리가 만들어 내는 답도 결코 새로운 발견은 아닌 것이다. 그러나 이러한 사실은 너무도 자주 잊히고 만다. 우리가 교과서에서, 시험에서 또 일반적으로 학교에서 대하는 문제가 연습문제에 불과하다는 것을 안다면, 우리는 이러한 연습문제를 풀어감과 동시에 세상에 참으로 문제적인 문제가 있으며 참으로 찾아야 할 해답이 있다는 것을 잊지 않을 것이다. 그러나 학교 교육에서 주고받는 문답은 우리를 참다운 문제와 해답의 영역으로 안내해 가는 대신 마치 모든 문제는 다 물어졌으며 모든 답은 다 주어졌다는 착각을 갖게 만든다. 그리하여 그것은 우리에게 독자적으로 질문하고 해답을 찾는 능력을 길러주는 것이 아니라 그러한 능력을 마비시키는 역할을 하기도 한다.

　　세상의 모든 문제는 이미 만들어져 있는 문제와 답의 테두리 속에서 풀어지지 아니한다. 그렇다고 한다면, 그러한 세상은 아무런 새로운 것도 없는 정지되어 있는 곳일 것이다. 또 크게 보아 정체상태에 있는 세상에서도 개개의 사상(事象) 전부가 공식화된 교리문답 속에 종합될 수는 없다. 뿐만 아니라 사람의 삶의 한 특징이 주체적 실천에 있다고 할 때, 정해진 문답의 세계는 개인의 주체적 실천을 봉쇄함으로써 완전한 소외의 세계일 수밖에 없다. 그러니만치 아무리 경직화된 체제에서도 교육은 단순히 교리문답의 습득이 아니라 새로운 물음을 묻고 새로운 답을 찾는 능력을 기르는 작업을 빠뜨리지는 못했던 것이다.

2

우리가 주어진 시험문제에 대하여 답을 찾을 때, 그것은 어디에서 찾아지는가? 주어진 또는 주어질 것으로 예상되는 문제에 답을 마련하기 위하여 우리는 책이나 사전을 뒤지기도 하고 (조금 드물게는) 실제적 경험과 관찰을 시도하기도 한다. 그러나 대부분의 경우 시험문제의 답은 책을 읽고 교사의 가르침을 듣는 데서 얻어진다. 그러나 다른 한편으로 답은 문제에서 온다. 답이 답으로서 성립하게 하는 것은 문제의 제기에서 비롯하기 때문이다. 그러면 문제는 어디에서 오는가? 물론 그것도 책과 교사에게서 나온다. 다만 문제는 보다 철저하게 책과 교사로부터 온다는 점이 다르다면 다르다고 할 것이다. 우리의 답이 문제에 의하여 한정되는 것이라고 해도 답안을 작성하는 것은 우리 자신이며, 작성의 방법에 어느 정도의 선택의 폭이 허용되는 것이 보통인데, 문제를 우리 자신이 작성하는 경우는 매우 드물다. 우리들 자신이 교사가 되어 문제를 작성한다고 하더라도 우리는 기술적 의미에서만 교사일 뿐, 대부분의 경우 우리는 우리의 교사의 문제, 적어도 문제의 틀을 답습하는 데 불과하다. 또 우리의 교사는 따지고 보면 우리의 교사의 교사일 것이고, 또 그 위에는 우리의 교사의 교사의 교사가 있을 것이다. 그러면 우리에게 문제를 만들어주는 최종적인 교사는 누구인가?

여기에 답하기 전에 우리는 보다 추상적으로 문제의 발단이 어디에 있는가를 생각해 보는 것이 좋다. 그러기 위해서, 우리는 다만 일상적으로 부딪치는 경우를 상기하기만 하면 된다. 즉, 문제는 문제적 상황에서 발생한다. 사람은 바깥세상과의 끊임없는 교호작용 속에 살고, 이렇게 사람과의 관계에서 규정된 바깥세상은 사람이 처해 있는 상황을 이룬다. 이 상황이 사람의 기획과의 관계에서 불확정적이 되는 상황을 그것과의 관련에서 확정한 것으로 바꾸려고 할 때 문제가 발생한다.

이런 뜻에서, 문제 해결을 기도하는 노력, 즉 연구는 존 듀이 (John Dewey)가 연구(*inquiry*)를 규정해서 말한 것을 빌려, "불확정 적인 상황을 확정적인 것으로 바꿀 수 있도록 거기에 관계되는 구성요소를 분명히 하여 본래의 상황을 통일된 단일체로 옮겨 놓는 일"이라고 말할 수 있다.[1] 듀이는 상황의 발생과 변화가 문제의 발단이라는 예로 극장에서 화재가 발생하는 경우를 들고 있다. 경보가 울리면 극장 안은 하나의 문제적 상황이 된다. 그때부터 우리의 탐색은 시작된다. 문제는 어떻게 하여 안전하게 그곳을 빠져나가느냐 이다. 이것을 위해서 우선 비상구가 있으리라는 사실을 확인하고 관찰을 통하여 이 출구를 찾아내야 한다. 물론 군중의 성향이나 행동 등도 고려하여야 한다. 이러한 사실들은 모두 '사건에 관여되는 사실', '문제의 조건'들을 이루는 것이다. 문제를 해결하는 것은 이러한 조건들을 하나의 확정된 '관념'으로 통합하고 이것을 실제상황에 적용하는 것이다. 물론 듀이의 예는 너무나 자명한 것이지만, 이러한 초보적 사실도 우리는 가끔 상기할 필요가 있다.

이러한 상황 내의 문제 발생은 물론 다른 경우에도 해당된다. 말할 것도 없이 여러 가지 경제문제, 금융재정 정책, 고용문제, 소득분배의 문제 등은 그때그때 개인적이며 또 사회적인 경제상황에서 의미를 갖게 되는 문제다. 그러나 아마 대부분의 학문, 특히 자연과학의 문제는 얼핏 생각할 수 있는 현실의 상황에서보다는 학문연구에 필요한 일정한 조작과정에서 이루어지는 상황에서 발생한다. 가령 우리는 현재 화학의 발전에서 기본적 발견인 프리스틀리와 라부아지에의 산소의 발견을 생각해 볼 수 있다. 그때까지 물질의 연

---

1 "The Pattern of Inquiry", *On Experience, Nature and Freedom*, 1960, p. 116.

소는 물질에 함유되어 있어 플로지스톤(*phlogiston*)이라는 물질의 소모작용으로 생각되었으나 그들은 물질이 연소될 때 물질의 질량이 줄어드는 것이 아니라 오히려 불어난다는 새로운 실험적 상황에 부딪쳐 연소작용에서 일어나는 것은 산소가 첨가되는 현상, 즉 산화작용이라는 생각에 이르게 된 것이다.[2]

3

문제가 근본적으로 상황에서 발생한다는 것을 상기하는 것은 중요하다. 많은 기계적인 연습문제에 상실되어 있는 것은 이 상황에 대한 의식이다. 따라서 주어진 문제가 보다 적극적으로 우리의 관심 대상이 되게 하려면 이 상황의식을 높여야 한다. 그러면 상황이란 무엇인가? 앞에서 우리는 이것을 유기체와 환경과의 일정한 교호관계에서 생기는 것이라고 정의한 바 있지만, 다시 한 번 그 구조를 좀더 자세히 살펴보기로 하자. 위에서 말한 대로 문제가 상황에서 생겨난다고 한다면, 상황은 또 순환논법의 혐의가 있지만 문제에 의하여 정의된다고 할 수 있다. 상황이라면 비유적으로 말하여 일정한 공간적 넓이를 생각할 수 있는데, 이것은 문제에 의하여 구성되는 공간이다. 다시 말하여, 그것은 한 문제에 관계되는 사항들의 총체이다. 그러나 이 총체는 일정하게 한정된 것이 아니다. 어떠한 문제의 관여되는 사항의 수는 한없이 확대될 수 있기 때문이다. 그리하여 한 문제의 상황 또는 다른 말로 콘텍스트는 우리가 세계에

---

2 J. D. Bernal, *Science in History*, vol. II, 1969, pp. 619~24. 쿤(Thomas S. Kuhn)은 그의 과학사에 대한 주목할 만한 저서 *The Structure of Scientific Revolutions*, 1970에서 과학 발전의 유형을 잘 보여주는 예로써 수시로 산소의 발견에 언급하고 있다. 이 글의 산소 발견에 대한 이야기는 실상보다는 매우 단순화한 것이지만, 크게는 틀리지 않는 것으로 생각한다.

대하여 가지고 있는 모든 이해를 포함할 수도 있다. 앞에서 말한 상황의식을 높인다는 것은 문제의 콘텍스트에 대한 의식을 높인다는 것이고, 이것은 또 적어도 이상적으로 총체적 세계 이해와의 관련 속에서 문제를 파악한다는 것이다. 그러므로 학교의 테두리에서 행해지는 문답의 연습은 어떤 특정한 문답, 그것을 익힘과 동시에 그 문답의 테두리를 이루고 있는 상황, 또는 학문 전체가 대표하고 있는 세계에 이르고자 하는 노력을 나타내는 것이라고 말할 수 있다.

그러나 이렇게 말하는 것은 반드시 산술적 총화(總和)라는 의미에서 모든 것을 모조리 배워야 한다는 뜻은 아니다. 이것은 보통 사람에게는 감히 생각할 수 없는 과제이다. 상황 내지 콘텍스트는 동심원(同心圓)처럼 문제를 둘러싸고 있어서 동심원의 하나만을 문제의 상황으로 파악하는 것은 얼마든지 가능하다. 그리고 또 생각하여야 할 것은, 어쩌면 이 동심원의 어느 하나도 반드시 엄격하게 부분적인 것이라고 말할 수 없다는 점이다. 그리고 어느 상황도 기계적으로 분석되는 구성분자의 총계로서만 생각될 수는 없는 일이다. 구성요소나 범위는 관점에 따라서 달라진다. 문제의 테두리를 이루는 상황은, 듀이에 의하면, 분명한 생각으로부터는 막연한 느낌으로 주어지는 질(quality)의 의식으로 나타난다. [3] 질의 총체라는 것은 어떤 것인가? 아마 이 점은 비유를 달리하여 생각하여야 할지도 모른다. 문제에 있어 부분과 전체는 상호 삼투의 관계에 있다고 말해 볼 수 있다. 또는 문제와 그것을 둘러싸고 있는 상황의 관계는 사물과 그 사물을 싸고 있는 지평의 관계로 볼 수도 있다. 게슈탈트 심리학자들이 지적하듯이 우리의 지각작용의 기본법칙의 하나는 어떠한 대상이든지 그것의 배경과의 관계에서만 지각된다는 것이다. 이 배경

---

3 cf. Dewey, "Qualitative Thought", pp. 176~198.

의 최종적인 것은 물론 세계 전체이다.

문제의 의식에서 부분과 전체의 관계가 어떤 것이든지 간에, 일단 강조할 필요가 있는 것은 전체의 주요성이다. 문제의 상황을 이루는 전체야말로 문제의 타당성과 문제해결의 방향을 규정한다. 이것을 마음에 분명히 해두는 것은 중요하다. 전체적 상황이 잘못 판단되었을 때 우리가 그 점을 의식하지 않고 추구하는 부분적인 문제는 전혀 무의미한 것일 수가 있는 것이다.

그러나 이렇게 말하기는 쉬워도 전체를 분명하게 의식하기는 쉽지 않다. 이것은 방 안에 들어가 한참 지난 다음에는 조명을 의식하기 어려운 것과 같다. 달리 말하여 이것은 "어떤 그릇이 그 그릇 속에 들어갈 수 없는 것에 비유할 수 있고, 또는 이것은 말의 테두리가 되는 것(a universe of discourse)이 그 테두리 안에서 말의 한 명사(名辭)로 나타날 수 없는 것과 같다"[4]고 말할 수도 있다.

토마스 쿤은 《과학혁명의 구조》에서 과학의 밑바탕이 되는 것은 세계에 대한 틀림없고 일사불란한 설명의 체계가 아니라 '패러다임'(paradigm)이라고 말하고 있다. 문제해결의 가능성을 암시하는 모형으로서의 패러다임은 과학적 진술들을 하나로 묶어 주고 자연현상에 대한 일단의 설명을 허용하지만, 다른 한편으로 사태의 진전에 따라서 수정되기도 하고 더 많은 경우는 완전히 새로운 패러다임으로 대치되기도 한다. 그러나 과학적 연구가 있는 그대로의 사실에 투명하게 대응하는 것이 아니라 말하자면 직관적으로 주어진 패러다임으로부터의 연역이라는 것, 따라서 과학적으로 설명된 세계가, 있는 그대로의 세계의 전부가 아니라 있을 수 있는 세계의 하나에 불과하다는 것은, 패러다임의 변화가 일어난 후의 관점에서

---

4 *op. cit*, p. 181.

행해지는 가장 엄격한 반성에 의하여 드러나고 보통 그것은 의식되지 아니하기 십상이다. 그럼에도 패러다임은 우리가 제기하는 문제를 선택한다. 또는 그것은 더 나아가서 어떠한 물음은 물을 수도 없는 것이 되게 한다.[5]

문제를 한정하는 것이면서도 쉽게 반성의 대상이 되지 못하는 전체적 테두리는 자연과학의 경우에서보다 인문과학이나 사회과학의 질문에서 훨씬 중요하다. 여기에서는 자연과학의 경우와는 전혀 달리 잡다한 패러다임이 받아들여져 있다. 그러니만치 그러한 테두리를 테두리로서 알아보는 것은 쉬운 일이라고 할 수도 있는데, 실제에서는 그것이 훨씬 어려운 경우가 허다하다. 그것은 어떠한 패러다임을 받아들이는 것이 이해관계에 직접적으로 결부되어 있음으로써 어떤 특정한 패러다임이 강압적 이데올로기로서 강요되기 때문이다. 이것이 반드시 오늘날의 사회과학이나 인문과학의 중요한 패러다임이라고 할 수는 없지만, 어떤 상황에 대한 전체적인 전제가 구체적 문제에 어떻게 적용되는가 하는 예는 다음과 같은 일상적 문제제기 방식에서도 볼 수 있다. 어떤 사람이 자신의 수입에 관한 문제를 이야기할 때, 그 문제의 제기가 "임금이 낮다"는 형태로 표현되는 것과 "나의 현재의 수입은 아내가 앓아누워 있는 까닭도 있고 하여 현재의 지출을 감당하기에 충분치 않다"는 형태로 표현되는 것과는 전혀 다른 것이다. 전자의 경우는 한마디로 말하여 노동자라든가 임금이라든가 하는 용어로 일반화될 수 있는 사회구조를 전제로 하고 또 거기에 대한 판단을 포함하며, 후자는 그것보다는 개인적 수입의 수지균형, 그 균형의 차질에서 오는 어떤 특정한 개인

---

5 서로 다른 과학적 패러다임이 문제의 가능성을 제한하는 예는 위에 든 쿤의 저서 여기저기, 특히 12장에 잘 나와 있다.

의 역경 — 이러한 것들을 상황판단의 테두리로서 사용하고 있다. 이렇게 테두리가 다른 만치, 문제해결을 위한 동의가 어렵고 또 어떤 한쪽의 테두리를 받아들여야 한다는 사회적, 정치적, 문화적 압력이 작용할 것은 쉽게 생각할 수 있는 일이다.[6]

이러한 전체와 부분의 삼투작용은 우리 생활의 도처에 잠복해 있다. 이것이 뜻하는 바는, 문제는 상황 속에서 파악되어야 하되 그 상황 자체도 문제로서 검토되어야 하며, 그렇게 하기 위해서는 우리는 우리의 문제를 전체성에 이를 때까지 밀고 나가야 한다는 것이다. 그때에야 우리는 비로소 제대로 파악된 상황 속에서 문제를 제기하고 또 풀어볼 수 있다. 그러나 이것은 지극히 어려운 일이다. 우리가 서 있는 자리 바로 그것에 대한 객관적인 반성은, 위에서도 말했듯이, 어떤 그릇을 도로 그 그릇에다 담는 일만치 불가능한 것은 아니더라도 적어도 그에 비슷하게는 어려운 일이고, 뿐만 아니라 그러한 반성을 허용하지 않으려는 외적인 압력은 대개 견디기 어려운 것이기 쉽다. 또 일반 교육과정에서 그러한 근본적인 반성을 일깨워 준다는 것은 매우 힘드는 일일 것이다. 그러나 우리는 대개 교육의 테두리에서의 문답의 목표를 다음과 같이 일반화해 볼 수는 있다. 즉, 그것은 당대 과학 내지 학문의 패러다임에의 입문을 도와주며 이 패러다임 안에서 학생으로 하여금 통제되어 있으면서도 자유로운 물음을 발하고, 그것에 답할 수 있는 능력을 가지게 하며 마지막으로는 이 패러다임의 패러다임을 깨닫게 하여 그것을 넘어설 수 있는 기틀까지도 준비해 주는 데 있다고 할 수 있는 것이다.

---

6 여기에 예는 허버트 마르쿠제가 공업기술사회에서의 언어 조작을 분석하는 과정에서 들고 있는 예의 하나이다. Herbert Marcuse, *One-Dimensional Man*, 1964, p. 99. pp. 108~113.

4

지금까지 이야기한 것은 한마디로 교리문답(教理問答)의 경직성을 해소하려면 문제를 그것이 생겨 나오는 상황에 관계시켜야 한다는 것이었다. 그러나 이것만으로 우리의 교사가 내놓는 문제에 대하여 느끼는 거리감 또 그렇게 외부적으로 주어진 문제를 기계적으로 받아들일 때 일어나는 소외를 극복할 수 있을까? 위에서 우리는 상황이란 말을 여러 번 사용하였다. 이것은 존 듀이의 비교적 메마른 철학적 논고에서 빌려온 것이지만, 사실 우리는 이 말을 다른 연관에서 더 자주 들어왔다. 즉, 그것은 "우리는 언제나 상황 속에 있다"라고 말하고 그의 일련의 저서들을 '상황'(situations)이라고 부른 실존철학자 사르트르의 어휘로서 익히 알려져 온 것이다.

그것은 사르트르가 생각하는 인간의 주체적 자유와 세계의 관성과의 위태로운 균형을 잘 나타내고 있는 말이다. 주체적 존재로서의 인간은 사실의 세계에 거주하고 그로 인하여 제약되지만 다른 한편으로는 이 사실의 세계를 받아들이고 이 받아들임에 근거하여 행동할 수 있다. 이때 인간의 자유에 대한 제약이면서 동시에 주체적 행동의 마당을 이루는 환경은 나의 상황이 된다. 이때 인간의 자유에 대한 제약이면서 동시에 주체적 행동의 마당을 이루는 환경은 나의 상황이 된다. 상황의 중압은 무시할 수 없는 것이고 또 그 무게만치 인간의 자유에 대하여 제약조건이 되지만, 그것은 동시에 인간의 선택에 의하여 초월될 수 있는 한에 있어서마나 상황으로 성립한다. 인간의 주체성의 표현으로서의 자유로운 실천이 제약에 부딪치는 데서 발생하는 자기일탈이 소외라고 할 때, 사람은 그의 상황에서 적어도 그 본연적 가능성이라는 관점에서는 늘 자유로운 주체성에 있다고 할 수 있다. 비록 자유가 주어진 것에 대한 부정적 선택으로만 표현된다 하더라도, 상황은 이 자유의 관점에서 파악된 세계를 말하는 것이기 때문이다. 위에서 말한 문제의 상황도 이와 같은 의미에서 주체적 실천의 대상으로서의 상황을 말하는 것으로 생각될 수 있다. 다만 우리는 상황의 주체적 내용을 분명히 하지 않았을 뿐이다.

그러면 주체와의 관련에서 다시 한 번 '문제가 무엇인가'를 생각해 보자. 첫째 우리가 다시 생각해야 할 것은 문제가 물음이라는 사실이다. 다시 말하면 물음으로서의 문제는 묻는 사람을 떠나서 일어날 수 없다. 물론 묻는 사람이 물음을 묻는 것은 물어볼 만한 일이 일어나기 때문이다. 즉, 위에서 말한 바와 같이 문제는 상황에서 일어난다는 말인데 이것과 묻는 사람의 물음이라는 면을 강조하는 것과는 똑같은 말일 수는 없다. 전자는 문제가 우리가 거기에 대처해야 할 사정에서 일어나는 것임을 말하는 데 비하여 후자는 우리 스스로가 우리 자신의 문제를 만들어 내고 조직화하는 것을 강조한다(문제 해결의 노력은, 사람의 삶이 계속적으로 수행해야 할 작업으로 남아 있는 한, 문제를 물음으로 바꾸려는 노력으로 생각될 수 있다). 다시 말하여, 물음으로서의 문제는 사람의 주체적 상황판단과 주체적 실천의 결단에서 온다. 교리문답식으로 주어지는 문제도 본래는 그것이 제기될 만한 상황에서 제기된 것일는지 알 수 없으나 그것이 우리들 자신의 주체적 관심에서 나오는 물음이 되지 않는 한, 거기에 대하여 우리는 냉담하고 외면적인 관계를 가질 수밖에 없다. 이것은 달리 말하면, 주어진 문제의 상황이 우리의 상황, 나의 상황이 아니라는 것을 뜻한다.

그러면 나의 '상황'과 나의 '문제'는 어떤 것인가? 위에서 인용한 사르트르의 말대로 우리는 늘 상황 속에 있다. 이 상황은 대개는 일상생활이라는 말로 집약될 수 있는 것이기 쉽다. 그리고 이 일상적인 삶은 늘 우리에게 그때그때의 필요에서 일어나는 문제를 던져 준다. 그 중에도 대부분의 사람의 삶은 끊임없이 던져지는 문제 ― 무엇을 어떻게 하여 먹고 살 것인가에 대한 끊임없는 대답의 시도라고 볼 수 있다. 보다 좁은 평면에서도 우리는 그때그때의 문제에 응답하며 살아간다. 아침에 일어나서 살아가는 문제, 일터에서 일어나는 사업상이나 대인관계의 문제, 우리는 이런 문제에 대처하여야 한다. 또는 사랑과 같은 격렬한 정열에 휩쓸리는 일이 있기도 하지만 장기적으로 볼 때, 이것도 일상적 삶의 테두리에 정착하는 문제로 옮겨지고 만다.

일상생활의 테두리가 우리에게 주어진 상황의 테두리라고 인정한다 하더라도 거기에서 발생하는 문제들이 참으로 우리가 우리 상황에 대하여 제기하고자 하는 물음들일까? 일상생활의 문제들이 쉴 사이 없이 일어나며 우리의 날을 채우고 우리의 머리를 채우고 급기야는 우리로 하여금 신경환자가 되게 하기도 하는 것만을 보아도 일상적으로 부딪치는 문제가 참으로 우리의 주체적 선택에서 나오는 물음이라고 보기는 어렵다. 일상의 문제들이 추상적 학과목의 문제들보다는 우리를 몰두시킬지는 모르지만, 그 몰두의 원인은 문제 자체에 있다기보다는 그것이 생활의 절박한 문제라는 데 있을 뿐이다. 어쩌면 이 몰두의 절박성 또는 강박성은 오히려 우리의 소외를 심화하는 데 불과하다고 할 수도 있는 것이다.

여기에 대하여 우리는 완전한 주체적 자유에 입각한 행동과 그에 따르는 물음을 생각해 볼 수 있으나, 이것이 변덕스러운 충동의 연속일 수는 없겠다. 주체는 다른 말로 표현하여 자기 동일성을 뜻하고 의지와 기획의 일관성 없이 동일성은 유지되지 아니한다. 또 행동은 진공 속에서의 유희를 뜻하는 것이 아니라 세계와의 실천적 교섭을 뜻한다. 따라서 우리의 행동은 다시 한 번 말하여 상황 속에의 행동이다. 다만 우리는 이 상황을 보다 주체적으로 구성하고 보다 주체적인 입장에서 변조(變調)하도록 노력할 뿐이다. 이것이 어떻게 가능한가 하는 것이 중요한 과제이다.

또 위에서 말했듯이 나의 주체성도 사실 주어져 있는 대로 나의 충동, 나의 의지, 나의 기획으로 표현되지 아니한다는 것도 참작하여야 한다. 나의 진정한 주체성은 회복되어야 할 어떤 것이다. 그러니까 상황을 주체적으로 구성 변조한다는 것은 동시에 가장 엄격한 자기반성을 통하여서든 다른 방법을 통하여서든 나의 주체를 재구성, 개조한다는 것을 뜻하기도 한다. 이것은 달리 말하여, 나의 상황은 단순히 내 주체적 의지의 실현 대상으로만 있는 것이 아니라 나의 주체의 내용을 결정하는 작용을 한다는 것을 뜻한다. 내 상황이 주체적으로 구성되는 그때에 나의 주체성도 그 본래의 자유를 회복한다. 이때에 나의 문제도 진정한 의미에서의 주체적인 물음이 된다.

지금까지의 이야기는 내 주체성을 결정하는 상황을 주체적으로 파악하고 구성함으로써 주체가 회복된다는 것이었다. 그러나 이와는 반대로 나의 주체성이 상황 전체에 의하여 결정된다고 한다면, 이 상황 전체의 핵심은 곧 내 주체의 참모습이라고 할 수도 있다. 이렇게 볼 때 주체성의 회복은 끊임없이 상황의 주체성을 나의 것으로 내면화하는 과정이라고 할 수 있다. 다만 이 상황은 움직이지 않는 물질의 세계가 아니라 끊임없이 창조 변화하는 우리 자신의 창조성과 근본적으로 다르지 않은 힘으로 생각될 수 있어야 한다. 최상의 상태에서 그것은 함께 창조(mitmachen)하는 힘이어야 한다. 이 창조의 힘은 크게는 창조적 진화의 충동이라 할 수도 있으나 보다 작게는 내 동료 인간의 주체적 창조력이다. 이렇게 하여 내 상황은 과거 인간의 역사적 실천의 소산이면서 동시대 인간의 실천적 노력을 나타낸다. 물론 나도 여기에 내적인 공감과 참여의 관계에 있다고 할 수 있다.

다시 이러한 상황의 창조적 주체를 역사적 연속성의 관점에서 이야기하면 그것은 역사의 주체라 부를 수도 있고 또는 보다 넓은 발전적 이념의 관점에서 이야기하면 보편성의 주체라고 부를 수도 있다. 우리의 주체성을 깊이 하는 일은 끊임없이 이 역사적 주체성 내지 보편적 주체성에로 심화하는 과정이라 해야 할 것이다. 우리가 나의 입장에서 물음을 묻는다는 것은 다만 직접적으로 주어진 나의 상황에서 물음을 발한다는 것일 수도 있지만, 또 우리 자신의 주체 속에 열려 있는 역사와 보편성의 상황에서 물음을 발하는 것이기도 하다. 사실 이상적 상태에서 이 두 가지의 물음의 방식은 하나가 되는 것이다.

5

그러나 이러한 개인적 주체성과 역사와 보편적 인간의 자유롭고 거침없는 주체성의 교환은 현실에 쉽게 이루어질 수 없다. 이것은 다만 이론상의 조작으로만 이루어질 수는 없고 현실에서 전체와 개체의 구체적 관계에 의하여 결정된다. 많은 경우 역사는 맹목적 세력으로 우리들 개개의 의지에 대립한다. 또는 그것은 어떤 부분적 이익이나 권력의 관계에 의하여 지배된다. 그런 상황에서 보통 사람의 입장에서 우리의 생활과 사고의 조건들은 근본적으로 우리와 같은 공동 창조의 힘이 아니라 자유로이 뻗는 인간적 실현을 막는 벽으로만 느껴진다. 또 그러한 벽은 우리가 자유로운 물음으로 그것을 넘어서는 것을 허락하지 아니한다. 여기에서 학문은 교리문답이 되고 사회제도와 마찬가지로 의식(儀式) 내지 요식행위가 된다. 여기에서 최고의 지혜는 경직한 사회질서, 따라서 인간 이성의 창조가 아니라 어찌할 수 없는 운명으로 보이는 질서에 봉사하는 기술이 된다. 또 우리가 배우는 개념들은 우리의 상황을 밝혀주고 상황의 개조와 더불어 변하는 유연한 도구가 아니라 억지로 씹어야 하는 먹을 수 없는 음식 같은 것이 되고 우리의 배움의 과정은 계속적인 자기소외(自己疏外) 작용이 된다.

이러한 상태가 구체적으로 어떻게 극복될 수 있는지는 여기서 논할 수 없다. 우리가 다시 말할 수 있는 것은, 교육은 우리로 하여금 우리 스스로의 창조적 주체성을 확인하게 하고 그것을 역사와 인간의 보편적 주체성에까지 심화하는 것이어야 한다는 이상이다. 이것은 단지 우리의 상황에서 분리된 이념의 확인만으로는 도달될 수 없다. 우리는 나의 삶과 역사와 사회가 사람이 만드는 것이라는 '인간의 이니셔티브'를 깨우칠 수 있어야 한다. 그리고 이 이니셔티브를 사용하는 인간은 영원히 고정된 속성을 구비한 불변의 인간이 아니라 역사의 구체적인 힘과 가능성으로 스스로를 실현하는 인간이다. 그러니만치 이 실현의 상황에 대한 반성적 자기이해 없이는 인간은 스스로의 보편성을 알지 못하는 것이다. 그렇긴 하나 불리한 현실의 제약 속에서도 사람은 그때그때 스스로의 보편적 가능성에 대한 예감을 갖는다. 여기에 비추어 우리는 소외 속에 있는 자아와 현실의 문제를 분석 비판할 수 있어야 한다. 그리고 여기 추가하여야 할 것은 분석은 늘 우리의 선 자리를 결정하는 부분과 전체를 향하는 것이라야 한다는 점이다. 전체적인 테두리가 어떻게 부분을 결정하는가는 이미 위에서 언급한 바 있다.

교육을 이러한 각도에서만 이야기하는 것은 그것을 거의 전적으로 도덕적 자기수련의 과정으로 — 물론 이 과정은 사회와 역사에 대하여 책임을 질 수 있는 인간의 형성을 포함한다 — 파악하는 것이 된다. 이것은 자아의식과 개발과 사회적 행동규범의 탐구에 관계되는 학문 분야에는 해당될 수 있는 이야기일지 모르지만, 자연과학과 같은 경우는 어떻게 생각하여야 하는가? 여기서 자연과학의 인간적 의미를 자세히 따질 수는 없다. 이 문제에 대한 가장 깊이 있는 연구의 하나인 하버마스의 《인식과 관심》을 참조하는 것이 좋을 것이다. 하버마스는 이 책에서 적어도 나에게는 가장 설득력 있게, 얼핏 보기에 인간의 관심과 이해관계의 왜곡을 넘어서는 것 같은 학문적 연구가 그 관심과 이해에 깊이 연결되어 있으며, 이 점에 대한 반성적 고찰을 게을리하는 객관주의 또는 실증주의가 비인간적 사회질서의 수립과 유지에 관계하는가를 보여주고 있다. 그러나 이렇다는 것은 학문적 연구에 사사로운 실천적 정열의 왜곡을 용납하여야 한다는 것이 아니라 그것을 엄격한 자기반성을 통해서 의식해야 한다는 것이고 또 그렇게 함으로써 보다 보편적인 이상에 가까이 갈 수 있다는 것이다. 그러나 구극적으로 보편의 이상이 인간의 보편적 가능성을 실현하려는 관심에 묶이지 않을 수 없는 것은 인정하여야 한다.

학문이 받아들이지 않을 수 없고 또 마땅히 받아들여야 할 지식을 구성하는 관심은 3가지로 나누어 이야기할 수 있다. 자연과학에서 지식을 뒷받침하는 관심은 "객관화된 사물에 기술적 통제를 가하려는 관심"이며, 인문과학에서 그것은 "행동지향적일 수 있는 상호이해의 공동주체성(*Intersubjektivität*)의 유지와 확대에 대한 관심"이며, 사회행동의 과학에서 그것은 "해방의 인식에 대한 관심"이다. 이러한 관심 가운데에서 아마 제일 중요한 것은 해방의 관심일 것이다. 결국 모든 것은 사람의 살 만하고 좋은 삶에 대한 추구에 귀착되기 때문이다. 이것은 가장 엄격하고 쉬지 않는 인간 해방의 역사적 진전에 대한 반성을 요구한다. [7]

---

7 Jürgen Habermas, *Erkenntnis und Interesse*, 1968, 특히 제 3장 참조.

6

학문의 여러 분야에서 학문적 탐구와 인간 해방의 이상의 관계를 밝히는 일은 가장 엄격하고 정치(精緻)한 성찰을 필요로 한다. 그러기 위해서 우리는 전학문적 노작과 현실적 상황의 밑바탕에 잠겨 있는 철학적 전제에 대하여 의미 있는 질문을 던질 수 있어야 하며, 그때그때의 역사의 단계에서 인간적 실천의 원리로서의 주체성의 공간을 확보할 수 있는 현실적 예지를 가져야 한다. 이 엄청난 일은 누구나 일거에 이룩할 수는 없으면서 또 누구나 조금씩은 여기에 참여할 수 있다.

그 한 방법이 물음이다. 우리는 어떤 일의 복잡한 인과관계에 대하여 생각하고 묻고 답할 수 없을는지는 모른다. 그러나 우리는 언제나 그것의 인간적 '의미'를 물어볼 수 있다. 최소한도의 인간적 의미는 우리 자신의 삶과의 관계에서 쉽게 이해될 수 있다.

"도대체 그래서 어쨌다는 것인가?" 우리가 우리의 구체적 삶에 관계되지 아니한 모든 문제, 모든 세뇌(洗腦) 노력에 대하여 던져보는 이런 질문은 결국 가장 높은 의미에서의 '인간해방의 관심'에서 나오는 질문과 본질적으로 같은 것이다. 위에서 우리는 문제의 전체적 상황에 언급했지만 구극적 의미에서의 전체는 양적인 총화가 아니라 목적(telos)이다. 목적이 우리의 상황의 테두리를 정한다. 이 목적은 인간 자체, 인간의 역사적인, 또 나아가 진화적 운명 이외의 다른 아무것도 아니다. 그리고 우리들 모두는 바로 이 운명의 일부의 실천자인 것이다.

모든 진정한 의미에서의 질문은 우리를 당황하게 한다. 그것은 부정과 허무(虛無)의 위험을 가져온다. 그것은 주어진 세계를 괄호속에 넣고 그것의 부정 가능을 생각한다. 뿐만 아니라 물음을 묻는 사람은 허공에 서 있는 것이 아니다. 그의 자기 자신의 서 있는 자리에 대한 물음은 그 자신마저도 허무 속으로 떨어지게 할 수 있다. 우리가 존재의 모든 것을 회의의 대상으로 할 때 드러나는 무(無)의 경험을 하이데거는 여러 곳에서 이야기한 바 있다. [8] 그가 무의 경험에 언급한 것은 단순히 인간 실존의 근본적 불안을 말하기 위한 것은 아니었다. 존재가 무의 바탕에서 나온다는 것은 존재로 하여금 얼마나 경이로운 창조며 선물이 되게 하는 것인가? — 그가 이야기하려고 한 것은 이런 점이었다. 이와 마찬가지로 우리는 사회와 역사의 마당에서도 물음과 물음이 열어 놓는 허무의 차원을 깨달음으로써 비로소 사회와 역사를 굳어 있는 틀이 아니라, 인간의 자유로운 창조의 소산으로서 다시 돌이킬 수 있는 것이다. 인간의 삶을 둘러싸고 있는 어둠에 비추어 볼 때, 비로소 우리는 우리의 삶이 경이로운 창조이며 사회와 역사가 율법이 아니라 사랑과 용서의 계약에 불과한 것이라는 것을 알게 된다.

---

8 특히 그의 "Was ist die Metaphysik?" 논문을 참고할 것.

3

문학의 현실참여 *

1

오늘 이 자리에서 현실참여의 문제를 말하는 일은 착잡한 감정을 불러일으킬 수밖에 없습니다. 여기에서 우리가 찾는 답변이 현실참여의 한 가지로 지칭될 정치적 행동에 문학인이 직접적으로 참여하여야 하느냐, 아니면 그러지 말아야 하느냐 하는 질문에 대한 단도직입적인 가부간의 답변이라고 한다면 그것은 여기서 쉽게 답할 수 없는 것일 것입니다. 이렇게 말하는 것은 우리 모두가 처해 있는 상황이나 나 자신의 어떤 개인적 형편이 그러한 답변을 쉽게 줄 수 없게 한다는 뜻이 되기도 하겠지만, 사실 솔직하게 말하여 그 답이 어느 쪽이어야 할지 나 자신 잘 모르고 있다는 때문이기도 하고 문제의 성질상 하나의 이성적 필연성으로써 이렇다 저렇다 답변을 구할 수 없는 것인 까닭이기도 합니다.

어떤 일은 이성적 논의와 계획에 의하여 예상될 수 없는 것에 속

* 이 글은 1978년 9월 8일 전남대학교에서의 강연을 가필 수정한 것임.

합니다. 그런 일은 외로운 양심의 외로운 결정에 달려 있다고 말할 수도 있고 또는 주어진 상황 안에 작용하는 여러 세력과 내 마음 속의 어떤 것이 순간적으로 화합하여 상황을 진전 또는 후퇴시키게 되는, 의식의 통제를 넘어서는 일이라고 할 수도 있습니다. 그런 일에서 우리는 일이 있은 연후에야 일의 모습을 되새기고 또 그 일을 통하여 내 스스로의 새로운 모습 또는 참모습을 확인하게 됩니다. 어쩌면 우리가 우리 스스로의 참모습을 발견하고 또 삶의 의미를 깨우치는 것은 이러한 위기의 결단을 요구하는 계기를 통해서만이라고 할 수 있을는지 모릅니다.

비유를 들어 다시 생각하여 보기로 합니다. 어떤 낭떠러지가 있고 그 밑에 급류가 있습니다. 이 기슭에서 저 기슭으로 가는 다리가 없기 때문에 마을 사람들이 많은 불편을 겪고 더러는 꼭 강을 건너야 할 사람들이 도강(渡江)을 시도하다가 빠져 죽는 수도 있습니다. 어떤 사람들이 한창 급한 물이 소용돌이할 때, 또 그런 때일수록 건너야 할 사람들에게 다리의 필요는 절실한 것이기 때문에 그들은 다리를 놓아야 할 필요를 역설하면서 첫 밧줄을 들고 급류로 뛰어들었습니다. 그러다가 급한 물살에 이 용감한 사람들은 떠내려가게 되고 또 이것을 보던 사람 몇몇이 황급하게 급류에 뛰어들었습니다.

이러한 행동을 우리는 어떻게 해석할 수 있을까요? 그것을 위대한 도덕적 행위로 말하는 사람이 많을 것은 당연합니다. 물론 그것을 비정상적인 정신작용의 소산이라고 할 사람도 있을 것이고, 다리가 필요 없다고 하는 사람도 있을 것이고, 또는 급류가 흐르고 있다는 사실 자체를 환각작용의 소산이라고 할 사람도 있을 것입니다. 여러 다른 사람들의 마음 깊은 곳에 감추어 있는 동기를 다 헤아릴 수는 없습니다. 그러나 이러한 여러 설명은 상황 자체의 본질에 대한 이해를 기피하려는 외부적 설명에 불과합니다. 또 우리가 문제 삼고자 하는 행동의 의의는 그 자체보다는 그 사회적 의의입니다. 여기에서 문제되는 것은 동기보다는 행동 그 자체입니다.

그러면 다시 위에 들었던 비유적 상황으로 돌아가서, 우리는 그러한 행위의 영웅성을 인정하지 않을 수 없습니다. 그러한 행위는 어떻게 하여 가능한 것일까요? 그것은 오랜 생각과 단련의 결과일 수도 있고 일시적 충동의 결과일 수도 있습니다. 어떤 경우에나 그것은 사람이 스스로를 넘어서는 행동의 가능성을 가진 존재라는 것을 말해 줍니다. 그리고 이렇게 스스로를 넘어서는 행위는 그것이 비록 경험적 동기에 의하여 다져지는 것이라고 하더라도 그 본질에서 일상적 자아의 행위구조를 벗어나가는 신비적인 것이라고 해야 할 것입니다. 기껏해야 우리는 이것을 개체적 생존의 테두리를 넘어서는 근원적 생명의 동질성에 대한 의식 또는 인간존재의 밑에 놓여 있는 근원적 사회성의 의식과 같은 것으로 설명할 수 있을는지 모릅니다. 결국 그러한 행동의 가능성은 누구에게나 있는 것이면서 현실적으로는 보기 드문 일이며 단순한 상식이나 합리성의 예견과 이해를 초월하는 것입니다. 우리는 그러한 행동의 현실 앞에서 외포감(畏怖感)을 느낄 뿐입니다. 그래서 인간의 전설은 예로부터 자기희생의 영웅들을 높이 기려왔습니다.

그러나 위에 든 가상의 경우에서의 위기적 행동이 반드시 문학이나 문학인이 현실 속에서 움직이는 모습에 대한 유일한 비유라고 할 수는 없습니다. 우리가 말한 것은 높은 도덕적 품성과 행동입니다. 이것은 모든 사람에 열려 있는 행동이며 문학인이 여기에 관계된다면 문학인이라는 점에서라기보다는 도덕적 인간으로서 입니다. 다만 두 가지 면에서 문학이 이러한 높은 도덕적 행동에 긴밀하게 관계되어 있다고는 말할 수 있습니다. 반드시 모든 사람이 동의할 수 있는 견해는 아닐지 모르지만 크게 볼 때 문학의 중요한 기능은 교육의 기능이며 문학인은 넓은 의미에서의 인생의 교사입니다. 그 가르침이 반드시 직접적 교훈이나 처방의 형태를 취하는 것은 아니지만, 그 형태가 여러 가지 간접적인 것이 되고 또 그러한 것으로 의식조차 되지 않는다고 하더라도, 가장 중요한 가르침은 사람의 높은 도덕적 가능성에 관한 것입니다. 인간의 근원적 유대를 드러내 보이는 용기 있고 희생적인 행동에 깊은 관심을 가지고 있을 수밖에 없는 문학인이 문학인일 뿐만 아니라 도덕적 행동인이 되어야 한다는 내적 외적 요구는 충분히 이해할 만한 것입니다. 그리고 우리는 우리 시대에서 또 우리의 전통에서 이러한 요구를 실현하는 사람의 예를 가까이 또는 멀리 보아왔습니다.

문학과 도덕적 행위의 이러한 친화성 외에, 문학 또는 문학인이 위기적 행동에 가담하게 하는 또 하나의 조건이 있습니다. 문학은 문학을 가능케 하는 조건들을 가지고 있습니다. 이 조건 중에 가장 근본적인 것이 생각하고 말하고 쓰는 자유입니다. 우리가 문학이 현실에 대하여 어떠한 관계를 갖는다고 생각하든 간에, 그것이 직접적인 것이라 하든 간접적이라 하든 또는 전혀 무관계라 하든, 이것은 반드시 없지 아니할 수 없는 조건입니다. 물론 모든 삶의 조건들이 그러하듯이 이것이 절대적으로 만족될 수는 없을 것입니다. 그리고 표현에 대한 제약과 자유는 다른 삶의 조건들에 관련되어 있습니다. 그것만이 단독으로 존재하는 것이 아닙니다. 그러니만큼 하나를 위한 투쟁은 다른 것을 위한 투쟁이 됩니다. 그러나 문학인이 스스로의 활동을 위한 공간을 확보하는 노력을 한없이 다방면적으로 확대하기는 어려운 일일 것입니다. 아마 이론적으로 말하여 문학인이 관심 갖지 않을 수 없는 것은 적어도 최소한도의 조건에 대한 것일 것입니다. 또 이 최소한도의 조건이란 것도 입장과 사정에 따라 그 평가가 달라질 수 있겠지만(그렇다고 이것이 완전히 규정할 수 없는 것은 아닙니다. 이것은 어떤 특정한 작가가 자신의 또 자신이 본 진실이 그릴 수 있는 자유를 말합니다), 하여튼 최소한도의 조건을 지키기 위한 위기적 행동이 문학 자체에 깊은 관계를 가지고 있음은 분명합니다.

그러나 문학이 도덕적 행동에 또는 스스로의 존립조건의 확보를 위한 행동에 관여한다고 하더라도 이것은 반드시 문학이 문학의 내적 필요성으로써 현실에 관여하는 것은 아닙니다. 그것은 문학의 현실참여보다는 자연인으로서의 또는 문학을 하는 자연인으로서의 현실참여입니다. 그러면 문학은 어떻게 현실에 참여하는가, 또는 문학은 도대체 현실에 참여하는 것인가? 이러한 문제를 한번 생각해 보기로 합니다.

2

사람이 하는 모든 행동이 현실에서 일어나고 현실에 영향을 끼친다는 것은 당연한 이야기입니다. 이와 같은 뜻에서 문학이 직접적으로 또는 간접적으로 현실에 관계되어 있다는 것도 사실일 것입니다. 그러나 현실참여를 말할 때, 사실 우리가 말하고자 하는 것은 문학과 정치의 관계입니다. 이것을 말하려면 우리는 정치적 행동에 대하여 생각해 보아야 할 것입니다.

사람의 어떤 행동은 그 자체로서 의의를 갖는 수가 있습니다. 그것은 꽃의 아름다움이 자연스러운 것인 것과 같이 삶 그 자체의 자연스러운 표현이며 완성입니다. 그러나 대부분의 인간행동은 그 자체로서만 의의가 있는 데에 그치지 않고 어떤 목적에 봉사하는 데에 그 의의를 갖습니다. 또 많은 행동은 이러한 양면을 동시에 가지고 있습니다. 앞에서 우리가 가상했던 급류에 뛰어드는 행위도 그 자체로서 고귀한 행위라는 것을 인정하면서 수단과 목적의 정합성 (整合性)을 저울질하는 합리적 계량의 대상이 될 수 있습니다. 이러한 계량의 결과 그것은 그렇게 효과적인 행동방법이 아니란 판단을 내릴 수도 있습니다. 우리가 가상한 경우에 급류가 줄어들기를 기다릴 수도 있고 또 다리를 가설할 다른 방도를 궁리해 볼 수도 있습니다. 물론 어떤 도덕적 행위를 합목적적 계량으로만 평가한다는 것은 우리의 옹졸함과 비열함을 정당화하는 것에 불과할 수도 있습니다. 또 사실상 사람으로서의 본래적인 도덕적 요구에 단적으로 모순되는 것일 수도 있습니다. 가령 앞의 경우에 급류에 이미 뛰어들어 거기에 휩쓸리고 있는 사람이 있을 때에, 그 뒤를 이어 물에 뛰어드는 것이 옳은지, 그것이 부질없는 생명의 낭비라 하여 방관하는 것이 옳은지, 이러한 선택의 가능성을 아무도 간단히 처리할 수는 없을 것입니다. 사람의 일은 언제나 이런 비극적 위기의 성질을 띠고 있다고 할 수도 있습니다.

그러나 여기에서 지적하고 싶은 것은 사람의 행동에는 합목적적 계량의 차원이 있다는 점입니다. 그리고 도덕적 행동과 달리 정치적 행동은 이러한 차원이 중요해지는 행동이 아닌가 합니다. 정치적 목적, 어떤 구체적 권력관계나 사회적 구조변화를 목적으로 하지 않는 정치행동은 있을 수 없고 그러한 행동에서 수단과 목적에 대한 합리적 고려를 빼놓을 수는 없는 것입니다〔물론 정치행동을 순전히 극적 자기실현, 하나의 에너지의 현현(顯現)으로 생각하려는 정치철학이 있고, 정치행동의 이러한 면을 무시하는 견해가 중요한 오류를 범할 수 있다는 것은 사실입니다〕.

여기서 합리적 고려는 가장 간단하게는 목적 수행을 위한 힘의 전략을 말하지만, 정치를 단순히 물리적 관계로 보지 않고 다수인의 집단행동이라고 본다면, 이 전략에는 설득이 포함됩니다. 그리고 수단으로서의 설득은, 우리가 흔히 주먹과 말을 서로 대조되는 것으로 말하듯이, 힘과는 전혀 다른 성질의 것일 수 있습니다. 이 설득에는 앞에서 예시한 바와 같이 높은 도덕적 모범 또는 사랑의 행위도 포함됩니다. 그러나 설득이 무엇보다도 말로 이루어지는 것임은 새삼스럽게 지적할 필요도 없습니다. 그러면 어떠한 말이 정치적 설득에 사용되는 것일까요? 어떠한 것이든지 어떤 집단적 행동을 촉구하는 것이면 정치적 설득일 수 있습니다. 그러나 효과의 관점에서 볼 때 어떤 말이 행동으로 나타나려면 그것은 사람을 움직일 수 있는, 호소력을 가진 것이라야 할 것입니다. 이 호소력은 말하는 사람과 듣는 사람, 그때그때의 상황에 따라 달라질 수 있습니다. 그러나 긴 안목에서 볼 때, 그것은 사람의 삶의 지속적 질서에 근거한 것이어야 지속적 설득의 효과를 가질 것입니다.

그러면 무엇이 삶의 지속적 질서입니까? 여기서 이를 간단히 답하여 처리하는 것은 매우 무모한 짓일 것입니다. 그렇긴 하나 간단히 윤곽을 말하여 보면, 그것이 어떤 환경이든지, 사람이 삶을 영위하는 한, 사람이 사는 상황은 벌써 하나의 질서를 이루고 있다고 말할 수 있습니다. 설득은 이러한 당대의 삶의 질서를 무시할 수 없습니다. 그런데 주어진 삶의 질서는 반드시 모든 사람의 눈에 분명한 것이 아닙니다. 사실상 그것은, 특히 복잡한 현대사회에서, 자명한 것이라기보다는 끊임없이 밝혀져야 할 어떤 것입니다. 따라서 어떤 설득은 이미 있는 삶의 질서에 기초해야 할 뿐만 아니라 이 삶의 질서의 모습에 관한 것입니다. 그러나 설득의 필요성은 보다 크게 현존질서를 밝힐 필요성에서보다 새로운 질서 또는 새로운 행동의 필요성에서 옵니다. 그리고 이 필요성은 보다 나은 삶을 향한 끊임없는 갈구에서 생겨난다고 말해야 할 것입니다. 따라서 설득은 새로운 질서 그것의 당위성에 관한 것입니다. 그러나 기존질서와 새로운 질서를 두고 하는 설득은 반드시 서로 분리되어 있는 것이 아닙니다. 사실상 새로운 질서에 대한 욕구는 한편으로는 현존질서의 모순과 역기능의 깨우침에서 절박감을 가지고 일어나고 다른 한편으로는 현존질서가 많은 계약을 가지면서도 만들어내는 새로운 가능성에서 일어난다고 볼 수 있기 때문입니다. 물론 이러한 욕구가 어디에서 오든지 그 배경에 들어있는 것은 인간 본연의 어떤 충동과 지향입니다. 사람이란, 많은 철학적 인간학자가 지적하듯이, 미완성의 존재라고 볼 수 있기 때문에, 변하지 않는 항구성이면서 역사적으로 변화하는 새로운 가능성입니다. 따라서 그 배경에는 새로운 충동과 지향도 있을 것입니다. 그러니까 우리가 삶의 지속적 질서라고 말할 때, 거기에 포함되는 것은 오늘날의 삶의 질서와 새로운 질서 두 가지를 다 의미하는 것입니다. 그리고 이 두 가지는 결국 하나로 이어져 있고 하나의 인간성과 인간의 가능성의 자기실현 과정을 이루는 것입니다.

더 구체적으로 다른 면에서 삶의 질서를 살피면 이것은 사람의 삶에 작용하는 필연의 일정한 모습을 말합니다. 그것은 사람의 삶에 필요한 자연환경과 그것에 포용되는 있는 사물을 말하고, 또 사람이 사회적으로 사는 존재인 한, 그의 자연과의 교섭이 대부분 다른 사람들과의 협동이나 매개를 통하여 이루어지는 까닭에, 사회조직을 말합니다. 그런데 자연이나 사회의 필연이 사람에게 중요한 것은 그것이 사람의 욕망에 대응하는 것이기 때문입니다. 물론 이 욕망은 근본적으로는 우리 내부에 존재하는 자연과 사회의 필연성의 다른 이름에 불과합니다. 그러나 그것은 내면화된 자연이면서 그것을 초월하는 전체성을 의미합니다. 또 이 전체성은 그야말로 초월적 차원까지도 지닐 수 있는 것으로 볼 수도 있습니다.

다시 한 번 이러한 삶의 질서는 자명한 것이 아닙니다. 그것은 저절로 원활하게 움직이는 것이라기보다는 갈등과 불균형을 가지고 변해가는 것입니다. 사람이나 자연이나 다 같이 큰 의미의 자연 속에 있으면서 그것들이 완전한 상태를 이루는 것이 아님은 말할 필요도 없습니다. 또 개인과 개인 또는 개인과 사회는 외면적으로나 내면적으로나 같은 테두리 속에 있으면서 서로 갈등을 일으키고 있습니다. 사실 오늘날 우리의 삶의 고통의 대부분은 이러한 갈등에서 온다고 할 수 있습니다. 그것이 어떤 것이든지 간에 갈등에 찬 것이 삶이기 때문에 삶은 질서를 가진 것이라기보다는 혼돈으로 보이기도 합니다. 그러나 삶의 질서와 혼돈이 서로 모순된 것만은 아닙니다. 모든 존재하는 것은 이성적이라는 말은 일단 수긍할 수 있는 명제라고 생각됩니다. 이것은 있는 것이 있을 수 있는 연관 속에 있다는 뜻에서입니다. 그러나 이미 있는 이성적 질서가 반드시 나의 관점에서 이성적인 것은 아니고 또 우리 모두의 관점에서 이성적인 것은 아닙니다. 그런 까닭에 여기에 사람의 의지와 창조 노력이 끼어들게 되는 것입니다. 즉, 이미 있는 질서는 이미 그것대로의 질서이면서 인간의 개인적 욕망 또는 인간이 추구하는 보편적 이성에 비추어 바람직한 질서는 아닙니다. 그것은 인간의 창조적 행위를 통하여 비로소 인간의 보편적 질서에로 나아가게 됩니다.

이런 정도의 말로써, 무수한 구체적 사실로 이루어질 삶의 질서의 윤곽을 말했다고 할 수는 없습니다. 오로지 나는 다시 한 번 효과적인 설득이 위에 말한 특징들을 포함한 삶의 지속적 질서에 기초하여야 한다는 것을 되풀이할 수 있을 뿐입니다. '기초해 있다'고 말하는 것은 모든 정치적 설득이 늘 삶의 근본적 질서를 이야기하는 것이 아니라는 사실을 상기하고자 하는 뜻에서입니다. 말할 것도 없이 정치적 설득은 직접적 행동의 요구입니다. 그리고 이 행동에 대한 합목적적 고려도 매우 직접적 의미의 것에 한정됩니다. 그러나 내가 말하고자 하는 것은 정치적 설득이나 그것이 요구하는 직접행동의 합목적성도 구극적으로는 위에 그 테두리만을 지적하여 말한바, 지속적이고 근원적인 삶의 질서에 기초한 것이 아니고는 지속적 설득력을 가질 수 없고 또 정당화될 수 없다는 것입니다.

그러니까 다시 말하여 삶에 대한 사실적 탐구 — 위에서 말한 바에 따라 이미 이루어져 있는 사실의 이성적 구조, 그것의 보다 인간적인, 즉 개인적임과 동시에 사회적 이성의 입장에서의 새로운 질서, 그리고 어떤 의미에서이든 이성을 통하여 매개되는 두 질서 사이의 변화의 전략, 이러한 것을 포함하는 모든 사실적 탐구는 큰 의미에서의 정치적 설득의 일부를 이룹니다. 이런 의미에서 사람의 사회적 삶에 있어서 사실적 연관의 구조를 부분적으로 또는 전체적으로 드러내려고 하는 사회과학의 연구, 또 사람이 받아들이는 가치나 인간의 참모습 또는 행복의 의미를 생각하고 이것들의 관점에서 현실적 사실의 연관구조를 해석하고자 하는 인문과학의 성찰과 분석도 이러한 정치적 설득의 일부를 이룰 수 있습니다.

문학이 문학으로서 정치에 관계되는 것도 이러한 관련에서라고 말할 수 있습니다. 문학도 사회과학이나 인문과학처럼 사람의 삶의 사회적 관련과 인간의 본성과 인간조건 또는 운명이라고 부를 초사회적 필연성을 탐구합니다. 그러나 구태여 문학 특유의 탐구방식을 구분하여 말하자면, 그것은 생활세계에 뿌리내린 개인적 실존의 관점에서 모든 것을 문제 삼는다는 데에 그 특징이 있다고 할 수 있을 것입니다. 다시 말하여 문학은 구체적 인간이 그의 일상적 또는 비일상적 삶을 살아가는 데 지나쳐야 할 여러 얼크러진 사회적 사실들을 이야기하고 이것을 통하여 이러한 사실들을 한데 묶는 사회의 틀이나 짜임새에 이르려고 한다는 것입니다. 이것이 문학의 전부는 아니지만, 대개 사실주의 문학, 특히 소설은 이러한 의도를 구조적으로 내포하는 것으로 볼 수 있습니다. 그리고 이러한 문학의 한 특질은 작가의 정치적 견해와 정열에 따라 보다 적극적으로 개발되어 한 사회의 모습을 진단하고 그 속에 잠재한 모순과 균열을 지렛대로 하는 새로운 질서의 창조를 부르짖는 수단이 될 수도 있습니다. 이러한 경우에 문학의 정치에의 관련은 가장 뚜렷한 것입니다. 이와 같이 문학은 정치적 설득의 밑바탕이 되는 사실탐구에 종사할 수 있지만, 그것이 이러한 설득의 가장 중요한 부분을 이루는가에 대해서는 적지 않은 의문이 있을 수 있을 것입니다. 근본적 의미에서 문학이 겨냥하는 것은 ― 적어도 문학이 정치에 관계되는 면에서 ― 사회에 대한 사실적 이해보다 그러한 이해를 가능하게 하는 심성의 계발이 아닌가 합니다. 이에 대하여 정치행동이나 사회적 행동에 더 직접적으로 작용하는 것은 보다 더 정면에서 사실의 분석과 조명을 꾀하는 작업들입니다.

그런데 의식의 차원에서가 아니라 무의식의 차원에서 더 근원적인 것은 사실 그것의 움직임입니다. 사회적 사실의 분석이나 문학적 재구성 이전에, 사실은 이미 우리 모두에게 가장 중요한 교육을 제공합니다. 그런데 누구나 끊임없이 받기 마련인 사실의 교육이 정치적 의미를 가지려면, 즉 단순히 기존질서를 내면화하여 그것을 영원한 것으로 받아들이게 하는 훈련으로가 아니라 일정한 질서를 다른 질서로 집단적 의지에 의하여 바꾼다는 의미의 정치의 일부가 되려면 사실 그것이 변화하거나 변화할 수 있는 것으로 생각되어야 하고, 또 이 변화가 보다 나은 질서를 가져올 수 있는 것으로 희망적 전망을 보여주어야 합니다. 아니면 거꾸로 사실의 변화 또는 발전이 사회변화의 전략으로서의 정치라는 이념을 발생케 하는 것이라고 할 수도 있습니다. 사실적 변화의 근원이 무엇이냐 하는 것을 여기에서 일일이 따질 수는 없지만 일단 이 변화는 사람의 삶의 요구와 환경이 허락하는 그 충족조건 사이에 성립하는 함수관계에서 (가령 토지와 인구와 상호관계에서) 일어나는 변화라고 말할 수 있고, 이것은 근대 세계사에서 과학기술의 발전, 다시 말하여 물질생활의 변화에 의하여 주로 촉발되었다고 일반화해 볼 수 있습니다. 물질생활의 변화가 보이거나 보이지 않는 삶의 틀에 변화를 가져오고 또 그것은 우리의 의식상의 변화를 가져옵니다. 이렇게 보지 않더라도 여기에서 내가 지적하여 말하고자 하는 것은 그 제일차적인 원인이 어디 있든지 간에 적어도 현대사 속의 우리의 삶은 일정한 역사적 총체를 이루며 이 역사는 그 나름의 흐름, 일정한 방향을 가진 흐름을 이룬다는 사실입니다.

그러면 물질적 발전이나 정치행동이나 문학의 탐구는 역사의 움직임의 서로 다른 표현이 될 것입니다. 물론 이것은 단지 역사의 수동적 표현이 아니라 그 추진력의 역할을 맡기도 합니다. 그러나 이 역할이 큰 흐름의 현실을 떠나서 일방적으로 또 마음대로 고안될 수는 없습니다. 물질적 발전에 여러 가지 요인과 단계가 있듯이 정치나 문학의 경우에서도 적어도 그것이 효과적 사회변화를 가져오려면 역사의 저류에 입각한 것이라야 한다는 것을 말할 수 있습니다. 다시 말하여 문학을 포함한, 많은 사회적 삶에 대한 자기성찰적 탐구는 역사의 변화를 의식화하고 이 의식을 토대로 하여 그 변화를 보다 바람직한 방향으로 가게 하려는 노력으로 집약된다고 할 수 있습니다(물론 말할 것도 없이 바른 방향에 대한 욕구가 역사변화의 원동력이 되기도 합니다).

여기에서 말하는 바람직한 방향이 보다 자유스러운 삶과 보다 평등한 사회를 가져오는 방향을 말하는 것임은 너무나 자주 역사가 보여준 사실이기 때문에 새삼스럽게 지적할 필요도 없습니다. 다만 사회변화의 시기에, 그것이 어떤 종류의 것이든지, 이 두 가지 경향은 더욱 더 강화될 수밖에 없으며 이러한 경향을 억제하는 어떤 세력이 있다면 그것은 오늘날의 세계에 반역사적인 것이며 결국 실패할 도리밖에 없으리라는 것을 다시 한 번 확인할 수는 있습니다.

자유의 충동이 사람의 근원적 충동이라는 것은 아마 사실일 것입니다. 특히 사회변화가 불가피하게 하는 전통적 권위의 약화는 자유의 충동을 더욱 풀어놓게 됩니다. 그러나 동시에 변화의 시기에 사람들은 서로 서로의 운명이 좋은 의미에서든 나쁜 의미에서든 함께 얼크러져 있음을 깨닫지 않을 수 없고, 따라서 개인의 자유도 이러한 공동체와의 관련 속에서 실현될 수밖에 없다는 사실에 구극적으로 인정하지 않을 수 없습니다. 자유와 평등은 서로 모순된 것만은 아닙니다. 그것은 다 같이 사람이 사는 방식의 특수한 모습 속에서 나오고 사람의 삶이 일체인 한 일체로서 해결되어 마땅한 과제입니다. 이러한 자유와 평등의 일체적 실현을 우리는 민주화라고 한마디로 부를 수 있습니다. 그러면 앞에서 우리가 규정하고자 한 사실적 탐구의 여러 영역은 사실과 사람의 개체적 특성을 분명히 하면서 그 상호연관성을 밝히려고 한다는 면에서 바로 민주화 운동의 중요한 기층을 이룬다는 것을 알 수 있습니다.

우리는 이제까지 문학을 포함한 여러 가지 지적 노력이 직접적으로 행동적 표현이 아닐 경우에도 정치적 설득작업의 일부가 되고 결국 정치 ─ 민주화 정치의 일부가 됨을 이야기하였습니다. 그러나 이 부분의 이야기를 끝내기 전에 우리는 다시 원점으로 돌아가서 실제 행동과 지적 작업이 하나가 아니라 서로 단절된 것임을 상기해야 할 것입니다. 이것은 지적 작업이 실제 행동으로부터 떨어져 있어야 한다는 뜻에서가 아니라 지적 작업은 행동의 도약을 통해서 비로소 역사적 현실이 된다는 뜻에서입니다. 사물의 연관관계를 탐구한다는 것은 사물의 이치를 좇아 위험부담을 최대한으로 줄이면서 역사의 움직임에 참여하자는 것이고 또 이러한 움직임은 반드시 개인적 정열과 행동의 치열함에 의하여 결정되는 것이 아니라는 점을 인정하는 것이지만 새로운 세계, 미래에의 도약이 편하고 합리적이고 기계적인 방편에 의하여서만 이루어진다는 말은 아닙니다. 사실 역사의 움직임은 구극적 이상사회의 자동실현을 약속해주는 것이라기보다는 역사적 전기를 마련할 수 있는 갈등과 투쟁의 잠재적 힘을 암시하여 주는 것에 그친다고 볼 수도 있습니다. 이 힘은 행동적 전환에 의하여서만 현실에 개입합니다. 그리고 우리가 사물의 이치에 따라 움직인다고 하더라도 역사적 행동에 있어 사람의 집단적 의지 그것이 곧 사물의 이치의 일부를 이룹니다. 그러니만큼 행동의 불확실성은 곧 사물 그 자체의 일부입니다. 다시 말하여 모험적 도약이 객관적 역사의 일부인 것입니다.

달리 말하면 역사에는 내면과 외면이 있다고 할 수 있습니다. 이 내면과 외면은 서로 다른 것이면서 밀접한 관계에 있는 한 개의 과정을 이룹니다. 문학을 포함한 지적 작업이 위치한 곳은 이런 과정의 내면이라 할 수 있습니다. 그것은 여러 가지의 사상(事象)들이 삶 속에 새로이 이루어 놓는 내적 연관을 밝히고 의식화합니다. 이러한 토대에 선 효과적인 역사적 행동은 이 내적 연관의 의식이 성숙하여 스스로를 넘어섬에서 일어난다고 할 수 있습니다. 즉, 이때에 역사의 안이 밖이 되는 것입니다. 그러나 이 전환에 의지적 결정이 있어야 하는 것은 말할 것도 없습니다. 그러나 의식의 의지화라는 질적 도약은 문학이나 지적 활동 본래의 영역에서는 헤아리기 어려운 것입니다.

그런데 또 한 가지 지적할 것은 의식과 행동 사이에 단절이 있다고 하더라도 의식, 그것도 실천과 관계없이 그 자체로서만은 무한히 진행될 수 없다는 것입니다. 실용주의 철학이 생각의 발생계기로서 삶의 실제적 요구를 지목하는 것은 바른 것으로 보아야 할 것입니다. 또 의식의 실천구속성은 문학적 실천가와 도덕적 실천가가 일치하는 예들에서도 보는 것입니다. 이렇게 볼 때, 위에서 말한 역사의 안과 밖은 서로 따로 진행하여 하나로 합치는 것이라기보다는 끊임없이 엇바뀌면서 진행하는 것이라 보아야 할는지도 모릅니다. 결국은 안과 밖의 관계는 우리가 역사의 중요한 계기로 보는 것이 크고 장기적인 것이냐, 작고 단기적인 것이냐 하는 데에 따라서 달리 보이는 것이라고 할 수 있을 것입니다. 말하자면 역사의 안과 밖은 작은 교환관계 속에 있으면서 이것이 다시 큰 흐름에서 내면이 되고 그 내면은 다시 역사의 큰 흐름 속에서 외면으로 나타난다고 할 수 있습니다. 문학인도, 물론 다른 자연인과 같이 역사의 작거나 큰 물결 속을 각각 개체적 또는 집단적 운명의 필연성에 따라 휘말려 들어가지 않을 수 없을 것입니다. 문학하는 사람으로서 어떻게 이러한 복합적 움직임의 역사 속에 서느냐 하는 것은 말하자면 실존적 자기 전개의 과정에서 스스로의 운명을 익히는 가운데 하나의 도약으로서 결정되는 것이라고 해야 할는지도 모르겠습니다.

3

위에서 우리는 여러 가지로 이런 면 저런 면을 들추어가면서 문학과 정치의 관계를 살펴보았는데, 결국 그 방식이 어떻든 간에 문학의 정치적 의의를 인정하는 이야기를 한 셈입니다. 그런데 많은 문학인이 문학의 정치적 의의를 인정하는 일, 특히 문학을 어떤 정치적 계획에 편입시키는 일에 커다란 저항감을 가지고 있는 것은 어떤 까닭에서 입니까? 여기에는 말할 것도 없이 개인적 이해관계라든가 좁은 소견이라든가 하는 것이 작용하는 바가 없지 않을 것입니다. 그러나 이렇게 개인적 제약과 동기만으로 문제를 처리해버리기에는 이러한 저항감은 너무나 근원적인 것으로 생각됩니다. 대체로 정치적 목표나 전제조건뿐만 아니라 일체의 전제조건 또는 나아가 결정론적 인생해석을 거부하려는 경향은 문학의 자연스러운 충동이라 할 수 있습니다. 그것은 문학의 충동이 사람의 자유에 대한 깊은 갈망에 이어져 있기 때문입니다. 문학은 전제 없는 언어를 생명으로 삼고 또 그러한 자유로운 언어는 자유롭게 행동하는 인간을 자유롭게 그리는 것이라고 믿고자 합니다. 상상력(想像力)의 특징은 바로 이런 자유에 있습니다.

문학의 자유는 방금 말한 바와 같이 사람의 깊은 열망이고 문학의 속성일 뿐만 아니라 적어도 얼른 보아서는 인간의 실상입니다. 특별한 경우를 제외하고는(이 특별한 경우는 누구나 금방 거북스럽고 답답한 것으로 느끼게 됩니다) 우리가 사용하는 말처럼 자유자재의 것이 어디 있습니까? 언어 사용에서처럼 우리의 뜻과 행동이 일치하는 수는 없습니다. 그래서 우리는 말처럼 쉬운 것이 없다고 합니다. 이런 자유로운 행위에 굴레를 씌운다는 것에는 누구나 도착된 악의를 느끼지 않을 수 없습니다. 또 우리의 다른 일상적 체험을 보십시오. 당장 신체에 결박을 당하거나 곧 굶어서 죽게 되거나 병으로 쇠약해진 경우를 제외하고(이런 것들이 예외적인 경우이면서도 반드시 드문 것만은 아닌 것이 우리 사는 시대의 고통의 하나입니다), 일상생활의 차원에서 우리는 자유롭게 이야기를 하며 자유롭게 몸을 움직일 수 있습니다. 나는 지금 당장에라도 금남로로도 충장로로도 내가 원하는 발걸음으로 걸어갈 수 있습니다. 또 걸어가다가 아는 사람을 만나면 내 자유로운 의사대로 인사를 건넬 수도 있고 안 건넬 수도 있습니다. 우리가 학교가고 직장을 택하고 결혼하는 것도 자유로이 하자면 자유롭게 할 수 있습니다. 주변의 어른들의 말씀이나 다른 외부적 사정들을 참조하지 않는 것은 아니나 요즘 세상에 그것은 어떤 강제성을 띠는 것은 아니고 결국 최종 결정은 내 의사에 달려 있는 것으로 보입니다. 심지어는 어떤 피치 못할 운명을 피치 못할 운명으로 받아들이지 않을 수 없는 때에 그 피치 못할 운명의 수락은 내 의사의 선택으로 보입니다(사실 자유가 필연의 수락이라는 말은 과히 틀리지 않는 말입니다).

일상적으로 체험되는 이러한 자유로운 행동의 주체로서의 인간을 있는 대로 보여주고자 하는 것이 문학입니다(앞에서도 우리는 문학을 일상적이고 실존적인 사실탐구라는 말로 정의하였습니다). 그러면서 문학은 일상적 자유를 초월하는 자유에 입각하여 성립합니다. 그것은 생활 현실을 그대로 그리면서도 그것의 강박성 — 현실적 행위의 위험이나 실제적 행위의 공리성에 대한 계산에서 해방됨으로써 이루어지는 특별한 현실세계입니다. 그리하여 문학하는 사람은 문학을 통하여 현실을 포착하면서 동시에 현실의 강박성에서 벗어난, 가장 무사공평하고 선입견 없는 상태에 이를 수 있다고 믿습니다. 실제적 속박에서 풀려난 문학의 상태는 높은 의미에서의 놀이, 유희로 생각되기도 합니다. 이렇게 볼 때, 문학이야말로 사람이 있는 현실 그 안에서 가능한 인간의 자유에 대한 가장 좋은 증거라고 할 수도 있습니다.

그러나 말할 것도 없이 우리의 일상생활에도 마음대로 되지 않는 것이 너무나 많습니다. 이것은 개인의 사회적 경제적 지위 내지 계급적 상황에 따라서 크게 다를 것입니다. 그리고 우리 사회의 문제의 하나는 우리의 삶에서 부자유의 영역을 너무나 많은 사람이 너무나 자주 느끼지 않을 수 없다는 데에 있습니다. 그럼에도 불구하고 나는 사람들이 근본적으로 가지고 있는바 나는 내 자유를 가진 사람이란 느낌은 이러한 사정으로 하여 크게 변하지 않으리라 생각합니다. 그러나 이 근본적 자유라는 것이 형이상학적 의미에서의 잠재적 자유의 가능성을 가리키는 경우를 제외하고는 참으로 얼마나 확대되어 생각될 수 있을는지는 의문입니다.

어쩌면 우리의 자유라는 것이 일상성의 세계 속에서 조심스럽게 유지되는 환상에 불과할지도 모른다는 것을 생각해 보기 위해서 조금 우스꽝스러운 철학적 가능성을 생각해 보기로 합시다. 아까 우리는 금남로나 충장로를 내가 마음대로 걸을 수 있다고 말했습니다. 그러나 그 걸음이 많은 외부적 조건으로 그 성질을 크게 달리하는 것임은 말할 필요도 없습니다. 그곳이 통행금지 되었을 때 걸을 수 없다거나 또는 특정한 수의 사람이 일정한 집단을 이루어 걷는 것이 금지되거나 하는 것은 오히려 자명한 것입니다. 그 외에 우리의 걸음을 유쾌하게도 불유쾌하게도 하는 것은 다분히 밖으로부터 주어진 조건, 주로 시(市)와 시민생활과의 사이에 있는 정치적 상호작용에 의하여 정해집니다. 또 생각해 보면 금남로나 충장로를 걷는 것은 역사적으로 정해진 길을 걷는 것입니다. 우리는 이제 나란히 달리고 있는 이 두 길 사이를 걸을 수는 없습니다. 더구나 광주에 도시가 서기 이전의 들판을 거닐 수는 없습니다. 또는 두 길을 없애버리고 다시 그곳을 전원으로 돌리자는 결정을 내릴 수가 있겠습니까? 이렇게 생각해 보면 우리가 충장로나 금남로를 거니는 것은 그렇게 스스로 하는 것인지 또는 그렇게 하지 않을 수 없게 되어 있는 것인지 알 수 없는 일처럼 보입니다.

이것은 조금 이상한 예였습니다. 그러나 이런 식으로 생각해 볼 때 보다 중요한 삶의 여러 기회에 대하여도 꼭 같은 의문은 가능한 것입니다. 학교가고 직장을 선택하고 결혼하고 잘 살고 못 살고— 이런 모든 일에서 참으로 어디까지가 우리의 자유로운 의사이고 어디까지가 밖으로부터 결정된 필연인지는 심히 가려내기 어려운 일입니다. 학교를 생각해 보십시오. 한 가지만 이야기하더라도 현대

교육의 단초에 학교는 학생을 모집하기가 매우 어려웠습니다. 유교의 경전을 학습하는 일에 대하여 어디에 쓸모가 있을지 알 수 없는 서양의 잡다한 지식을 배우는 일은, 오늘날 백백교(白白教)의 교리를 배우는 것만큼 커다란 사회적 모험이었을 것입니다. 이제는 수많은 젊은 학생들이 학교에, 또 그것도 좋은 학교에 들어가지 못해 안타까워하는 것을 보게 됩니다. 다만 초기의 사정을 생각해 볼 때, 이것은 그들이 원해서인지 원하게끔 조건지어져서인지 또는 그들이 참으로 배움의 참다운 근거를 저울질한 이후의 결정인지 아니면 다른 요인들에 의하여 덩달아 따라가게끔 된 현상인지 알 수 없는 일입니다. 결혼문제만 해도 우리와는 비교가 안 되게 자유스럽다는 프랑스에서 결혼적령 남녀가 파리의 수많은 남녀 가운데 결혼할 상대로 고를 수 있는 사람은 몇 백 명에 불과하다는 계산을 해낸 사회학자가 있습니다. 직장이라거나 경제적 부가 개인적 선택보다는 외부적 여건 또는 어떤 이익관계에 의하여 조정되는 여건 때문에 결정되는 것임은 누구나 분명히 아는 것은 아니라도 어렴풋이는 느끼고 있는 일일 것입니다.

이러한 예까지도 우리에게 그렇게 중요한 사실이 아닐는지 모릅니다. 그러나 그것들은 적어도 탁 트여 있는 자유선택의 공간으로 보이는 삶의 현장에 보이지 않는 많은 그물들이 가로 세로 질러 있다는 것을 말하여 주는 데 족합니다. 이러한 사실의 중요성은 이러한 그물이 인간의 자유의 공평한 배분과 향수를 제한하고, 더구나 정당화될 수 없는 자의적 조작이나 무반성적 타성의 추종 때문에 그것을 심히 제한할 수 있다는 데에 있습니다. 사르트르는 사람의 생존이 어떻게 사회적으로 조건지어지는가를 말하면서, 보건 예산에 관한 정부의 결정은 어떤 부류의 사람이 살아남아야 하는가 또 다른 어떤 부류의 사람이 죽어야 하는가를 미리 결정하는 것이라는 점을 지적한 바 있습니다만, 사람의 탄생과 성장과 교육과 결혼과 생업과 죽음, 그 외의 많은 것은 직접적으로 눈에 보이지 않을망정, 사회적 요인에 의하여 결정됩니다. 이러한 요인을 정하는 것이 사람이라면, 그 결정이 모든 사람의 행복을 가장 정의롭게 확보해 주는 것이 되어야 한다는 것은 당연합니다. 우리가 보이지 않는 인간 생존의 제약의 깨달음을 강조하는 것은 그것이 이런 요구에 연결되어 있기 때문입니다.

그러나 여기서 내가 지적하려고 하는 것은 이러한 중요한 문제가 아니라 자유의 인식에 관한 것입니다. 즉, 위에서 이미 말한 바와 같이 우리가 자신의 상황에 대하여 가지고 있는 자유의 느낌은 대개 주어진 상황 속에서의 선택에 한정되며, 또 그뿐만 아니라 그 선택도 외부적으로 조건지어진 욕망의 소산일 경우가 많다는 것입니다. 이에 대하여 진정한 자유는 우리가 그 속에서 선택에 직면하게 되는 상황 자체를 결정할 수 있는 자유이며 다른 쪽으로는 우리의 욕망이 인간성 본연의 필연성을 가지게 할 수 있는 자유를 말합니다. 그리고 자유에 이르는 첫 발자국은 주어진 대로의 삶이 이미 이루어진 상황의 제약 속에 있음을 깨닫는 일입니다. 이 제약의 각성을 통한 자유에의 길은 개인에 따라서 또 그의 계층적 위치에 따라서 다르고, 길기도 하고 가깝기도 할 것입니다. 또 이것은 당대의 물질적 상황, 정치운동의 성질, 정치적 결정의 공적 광장의 존재여부와 그 수준 등에 따라서도 여러 가지로 달라질 것입니다. 그리고 문학의 상태도 여기에 중요한 요인이 된다고 할 수 있습니다. 위에서 말한 문학의 기능은 다시 상황의 제약의 각성을 통한 자유화의 작업이라고 다시 말할 수 있습니다. 문학은 상황의 제약 또는 더 크게 말하여 필연성의 자각에로 독자를 유도하는 기능을 가지고 있습니다(여기서 길게 말할 수 없지만, 간단히 말하여 인위적으로 만들어진 제약과 참다운 필연성을 가려내는 것은 문학의 깨우침의 중요한 부분을 이룹니다).

그러면 처음에 수긍하여 마땅한 것으로 말한 문학의 자유는 어떻게 생각하여야 합니까? 여전히 내 생각으로는 그러한 요구는 타당한 것입니다. 우리는 위에서 우리가 갖는 자유의 느낌이 흔히 환상에 불과함을 말하였습니다. 여기에 따르는 자연스러운 귀결은 문학이 가장 자유로운 언어로 자유로운 인간을 말한다고 할 때도, 그것은 알게 모르게 매어 있는 언어, 매어 있는 인간의 자기기만일 가능성이 크다는 것입니다. 그럼에도 불구하고 문학의 언어가 일단 자유롭다는 것은 인정하여야 합니다. 이것은 문학의 자유와 부자유는 매우 복합적인 현상이라는 말도 됩니다. 매어 있음의 상태는 반드시 그렇게 느껴지는 것도 아니고 또 일부러 제약을 받아들이려는 고의의 결정에 의하여 일어나는 상태도 아닙니다. 그것은 다만 우리 행동의 배경 또는 지평으로 존재하면서 우리의 행동의 지표를 결정합니다. 그리고 우리는 그 안에서 우리 나름 자유롭게 행동할 수 있습니다. 여기에서 우리의 행동의 전제조건을 이루는 지평과 구체적 행동의 관계는 게슈탈트 심리학에서 말하는 우리 감각작용에서의 배경과 대상물과의 관계에 흡사하고 또는 칸트 철학의 용어로 말하면 인식에 선행하는 선험적 조건과 구체적 인식작용과의 관계에 흡사하다고도 할 수 있습니다. 또는 보다 적절하게 현상학에서 말하는 "의미생성의 근원으로서 먼저 주어진 삶의 세계"와 이 삶의 세계 속에서 그것에 의하여 규정되는 여러 개체적 사상과의 관계와 같다고 할 수도 있습니다. 후설과 같은 현상학자의 노력은, 적어도 그 만년에 있어 이렇게 미리 주어져 있어서 우리의 인식을 조건짓고 있으면서도 또 잊어버리거나 의식되지 아니하는 삶의 세계의 선험적인 구성을 보여주려는 것이었습니다. 다만 이런 현상학의 모범을 생각할 때, 우리의 느낌과 인식을 규정하는 선험적 조건이 현상학에서 말하여지는 것보다 훨씬 경험적 내용을 가진 것을 상기할 필요는 있습니다. 거기에는 선험적 동기관계만이 아니라 사회구조와 사물과 교육과 문화 등을 통해서 주어지는 여러 가지 가치 또는 인식과 행동의 유형이 포함되어 있다고 보아야 한다는 말입니다.

여기의 예들이 조금 까다로워졌지만 내가 말하고자 하는 것은 그렇게 까다로운 것은 아닌 것으로 믿습니다. 즉, 그것은 우리의 머리에는 여러 가지로 퇴적된 문화적 사회적 찌꺼기들이 쌓여서 우리의 생각과 행동을 규제한다는 것이고, 더 중요한 것은 이러한 규제조건이 우리의 의식 속에 그러한 것으로 인식되지 아니한다는 것입니다. 사실 우리에게 동기를 부여하고 우리를 규정하는 것의 특징은 그것이 중요한 것일수록 무의식 속에 가라앉아 있는 것입니다. 따라서 우리가 이러한 규제로부터 벗어나는 것은 쉬운 일이 아닙니다.

이것이 어떻게 가능한가를 여기서 일일이 가릴 수는 없으나 적어도 여기서 말할 수 있는 것은 단순한 도덕적 교훈이나 정치적 구호로써 의식이 해방을 이루기는 매우 어려운 일이라는 것입니다. 무의식의 문제에 의식의 언어, 특히 단도직입적으로 표현된 도덕적 당위의 명제는 별 의미를 갖지 못합니다. 가령 이것은 정신병 환자에게 그의 현실인식이 전혀 그릇된 것임을 이야기하겠다면서, '정신 차리라'고 호통쳐 봤자 별 소용이 없는 것과 비슷한 일입니다. 그렇다고 해서 위에서도 말한 바와 같이 다른 대안을 여기서 쉽게 제시할 수는 없습니다. 다만, 우리는 훨씬 다양한 언어와 논의의 작용이 필요하리라는 것을 느낄 수 있을 뿐입니다.

한 가지, 정신분석에서 무의식에 대하여 말을 거는 방법이 발생론적 방법이란 사실에서 약간의 시사를 받을 수는 있습니다. 즉,

정신분석에서 치료방법은 근본적으로 질환의 원인이 어떻게 구성되었나, 그 역사적 발생과 경과를 들추어내어 보여줌으로써 환자에게 그것을 넘어설 수 있는 계기를 마련해주는 데 그 요체가 있는 것으로 보입니다. 다만 정신병 환자의 경우와는 달리 정상인은 비록 그가 그릇된 전제와 조건에서 생각하고 행동하더라도 근본적으로 현실 감각을 상실한 것은 아닙니다. 적어도 기본적으로 그가 현실 시험을 받아들일 수 있다는 것은 일단 전제할 수 있습니다. 따라서 정상인의 치유는 보다 덜 격정적이고 보다 더 합리적인 언어로써 이루어질 수 있을 것입니다. 인문과학이나 사회과학에서 역사적이며 구조적인 연구는 사회적 단편화와 거기서 나오는 부분적이며 그릇된 의식의 치유과정의 일부를 이루는 것으로 볼 수 있습니다.

위에서도 말한 바 있지만, 문학의 실존적 접근은 아마 정신분석의 발생론적 접근에 가장 가까운 것일 것입니다. 그것이 반드시 우리의 개인적 과거를 들추어 그 역사적 생성과정, 특히 그것이 삶의 온전함을 손상하게 된 경로를 밝힐 필요는 없습니다. 그 대신 그것은 가상적이거나 현실에서 추상된 전형적 인간의 삶을 들추어 그것이 사회 속에 펼쳐짐에 있어서 발견하게 되는 여러 가능성과 제약을 보여줍니다. 이것은 근본적으로 개체와 일반성의 변증법, 개인적 또는 집단적 역사현상에 대한 발생론적 분석을 그 주된 방법으로 합니다.

지금 이야기한 바와 같은 것들이 우리로 하여금 우리 자신의 생각과 행동에 숨어 있는 왜곡에서 벗어나오게 하고 또 그것은 구극적으로는 정치적 의미를 갖는 것입니다. 그러나 그것이 직접적 의미에서 정치적 언어, 구호나 강령과는 다른 것임을 다시 한 번 상기해야 합니다. 우리가 말하는 것은 행동의 언어가 아니라 치유와 이해의 언어입니다. 여기서 중요한 것은 행동적 결과가 아니라 내적 변화입니다. 이성적 설득이나 문학작품에서 중요한 것은 단지 어떤 내용이나 결과가 아니라 과정입니다. 모든 병의 치료에서 그렇듯이 정신치료에서도 과정에 대한 면밀한 주의가 없이는 좋은 결과는 얻어질 수 없습니다. 이성적 언어에서 논리와 증거가 중요한 이유는 그것이 내적 설득을 목표로 하기 때문입니다. 문학 작품에서도 소박한 참여론의 주장과는 다르게 문학의 형식적 구조는 바로 내적 설득의 기본적 요건입니다. 형식이란 개인적 또는 집단적 삶의 발생론적 역사적 전개과정의 전체에 다름이 아니고 이러한 전개과정의 이해 없이는 우리는 작품이 이야기하려는 의미에 대하여 내적 동의를 부여할 수 없는 것입니다.

이렇게 과정을 강조한다고 하여, 구호나 강령으로 표현되는 정치적 언어를 일체 부인하거나 또는 그것을 문학적 언어와 전적으로 단절된 것으로 말하자는 것은 아닙니다. 오히려 문학 본래의 언어와 정치 언어와의 사이에 있는 어떤 단절을 지적하는 일은 우리의 삶의 완성에서 문학의 언어, 치유와 이해 또는 분석의 언어만이 전부가 아니라는 것을 지적하는 일이 된다고 말할 수 있습니다. 이러한 언어가 비록 정치적 의미를 띤다고 하더라도 그것이 정치행동의 현장에서 얼마나 효과적이냐 하는 것은 또 다른 문제인 것입니다. 정치적 행동에 필요한 것은 목표의 분명한 설정과 단기적 행동의 지침입니다. 이것은 그것대로의 수사학을 요구합니다. 그것은 다수 대중의 사실적이고 정서적인 흐름을 한 곳으로 모아 행동에의 의지로 옮겨놓을 수 있는 것이어야 할 것입니다. 또 그러니만큼 그것이 이러한 흐름을 떠나 있는 것이어서는 효과를 충분히 가질 수 없다는 말도 됩니다. 그러니까 긴 역사의 관점에서 볼 때, 이것은 우리 의식 내부의 움직임에 관계되는 것일 수밖에 없습니다. 이 움직임을 명확히 하고 형성하는 데 기여하는 것이 이해와 치유의 언어입니다. 위에서 역사의 내부와 외부에 대해서 언급했습니다마는 이런 이해의 언어가 역사의 내부에 관계되고 외부적인 발전이 외부를 이룬다면, 이 외부적 발전을 매개하고자 하는 행동 일보 전의 구호나 강령은 내부와 외부의 중간에 위치한다고 말할 수 있을 것입니다. 이러한 관련 속에 있지 않는 정치언어는 그야말로 헛구호에 그치게 될 것입니다. 뿐만 아니라, 많은 문학인의 반응에서 볼 수 있듯이, 이런 경우에 문학과 구호는 그 단절을 극복하지 못할 것입니다. 왜냐하면 문학의 언어가 자유의 언어인 데 대하여 아무리 좋은 정치의 경우에도 정치는 강제력의 세계에 속하는 일이고 정치강령이나 구호는— 또 사실상 정도는 다를망정 도덕의 언어도— 강제력의 표현이기 때문입니다. 물론 우리가 지금까지 말한 것은 이러한 거의 본질적 대립이 문학적 언어의 유연한 매개작용에 의하여 지양(止揚)될 수 있다는 것이었습니다.

정치적 언어와 문학적 언어 사이에 있을 수 있는 대립을 통하여 우리는 앞에서 이야기한 '문학이 자유의 언어이어야 한다'는 요구로 되돌아왔습니다. 우리는 앞에서 이 요구가 정당한 것임을 인정하면서도 다른 한편으로는 그것이 착각일 수 있음을 누누이 이야기하였고, 다만 이 착각의 시정은 특별한 전략을 요구한다고 말했습니다. 그래서 어쩌면 문학이 자유로워야 한다는 요구는 부정되는 듯한 인상을 주었을지도 모릅니다. 그러나 이 부분의 이야기를 끝내기 전에 나는 그 요구가 정당한 것이며 또 사실에 입각한 것임을 다시 확인하고 싶습니다.

문학의 언어가 이해와 치유의 언어란 것은 무엇을 뜻합니까? 이해는 주체의 개입 없이는 이루어질 수 없습니다. 치유 또한 자연 그대로의 인간의 육체에 자발적으로 건강을 회복하고 유지하는 능력이 없다면 성립할 수 없습니다. 문학의 성과가 우리를 미몽(迷夢)

에서 깨어나게 하고 보다 진실되고 새로운 삶의 가능성을 보여준다고 하는 것은 우리를 자유롭게 한다는 것일 것입니다. 그러나 그것이 우리의 이해에 호소하고 우리의 치유를 기대한다는 것은 이미 우리의 주체적 자발력, 곧 우리의 자유를 전제하고 있는 것입니다. 또 우리가 본래부터 자유를 경험한 것이 아니라면 새로운 자유를 원할 수조차 없을 것입니다. 그러니까, 역설적으로 말하여 우리가 얻고자 하는 자유는 이미 있는 자유 속에서 얻어지는 것입니다.

그런데 자유란 무엇입니까? 위에서 우리는 소박한 자유의 느낌이 자유가 아니란 것을 말했습니다. 자유가 필연성에서 온다는 것도 이미 말했습니다. 다시 말하여 이미 가진 자유는 다분히 기성질서의 필연성을 내면화한 것에 불과하고 자유에의 첫 발자국은 이것을 외면으로 밀어내어 그것이 밖에서 부과된 것임을 깨우치는 데 있습니다. 그런데 외면적으로 부과된 필연성의 깨우침은 불가피하게 새로운 필연성으로서 우리 생존의 공동체적 연관을 받아들이게 합니다. 그리고 이 연관을 설사 부정한다고 하더라도 우리는 구극적으로 우리의 삶의 우주적 연관, 적어도 우리 본성의 신비스러운 필연성에 부딪치지 아니할 수 없습니다. 이렇게 볼 때 자유화의 과정은 하나의 필연성에서 다른 또 하나의 필연성으로 옮겨가는 것에 불과하다고 할 수 있습니다.

그러면 자유는 어느 경우에서나 환상에 불과한 것입니까? 자유로써 절대적 무규정 상태를 의미한다면, 우리는 그렇다고 대답할 수밖에 없습니다. 이 환상이 삶의 가장 중요한 요소 중의 하나입니다. 그러면 이 환상은 어떤 때 성립하는 것일까요? 그것은 조화의 느낌에 다름이 아닙니다. 그것은 우리 자신과 필연이 일치한 상태에서 발생합니다. 달리 말하여 자유가 필연성의 다른 이름이라면, 자유로 받아들여지는 필연성은 우리가 거기에 주체적으로 참여하는 필연성입니다. 이 주체적인 참여는 필연성을 내면화할 때, 그리하여 우리가 거기에 참여하고 있다는 것을 거의 망각하게 될 때, 그리하여 이 망각이 새로운 창조의 기초가 될 때 가장 극대화된다고 할 수 있습니다. 가령 사랑의 경우를 생각해 보십시오. 대부분의 사람은 낭만적 사랑을 하등 외부의 강요를 느낄 수 없는 아름다운 경험으로 생각할 것입니다. 그러나 이러한 사랑의 근원에 있는 성욕처럼 강력한 필연성을 가진 것은 달리 찾아보기도 어려울 것입니다. 우리의 사랑은 사실 종족 보존이라는 우리를 초월하며, 구극적으로는 우리가 그 뜻을 헤아릴 수 없는 진화론적 구도의 가장 미묘한 표현입니다. 자유가 필연의 환상이라고 하면 어떠한 자유의 환상 또는 어떠한 필연도 결국 마찬가지라고 할는지도 모릅니다. 그러나 인간의 본성과 그 역사적 변모, 그리고 그것의 사회적 조화를 최대로 확보해줄 수 있는 필연의 질서가 가장 행복한 자유의 환상을 부여한다고 말할 수도 있을 것입니다. 그것은 우리 자신이 우리 자신으로 돌아간 상태입니다.

이러한 고찰은 문학의 전략에 어떠한 의미를 갖는 것일까요? 우리가 이미 있는 필연성 또는 가짜의 필연성에서 새로운 필연성 또는 참다운 필연성으로 옮겨갈 때 우리는 자유의 꿈을 버리고 필연성을 받아들입니다. 그러나 이것은 괴로운 일입니다. 이 괴로움은 오로지 필연성이 약속해 주는 망각의 꿈, 즉 자유의 약속에 의하여 덜어질 수 있습니다. 작가가 새로운 필연성을 이야기한다면, 그는 이미 어느 정도는 내면화되고 따라서 망각의 일부가 된 필연성 속에 그것을 이야기하고 있는 것일 것입니다. 우리의 얼굴처럼, 스스로의 참모습은 적어도 반쯤은 잊혀지기 마련이기 때문입니다. 새로운 작가의 말은 우리에게 끊임없이 도덕적 요구를 깨우치게 하면서 동시에 반드시 외면적으로 인식되는 필연성과 명령의 언어만을 사용하지는 않을 것입니다.

'시인은 많은 것을 체험하고 또 그것을 잊어버려야 한다'는 릴케의 말은 옳은 것입니다. 시인은 경험의 필연적 구속 속에 있으면서 그것을 넘어서는 망각 속에서 새로운 창조에 종사합니다. 사람들은 과거의 필연성을 구속으로서 대상화하면서 새로운 필연성 속에서 자유로워집니다. 시인은 이 두 세계의 언어를 구사합니다. 문학이 자유를 말하고 필연을 말하는 것은 조화와 부조화의 끊임없는 교환을 말하는 것입니다. 그리고 문학의 언어 그것이 곧 일치와 조화와, 불일치와 부조화가 균형을 이루는 곳이기도 합니다. 그것은 보다 큰 자유를 말하면서 또 이미 자유롭습니다.

지금까지 우리는 문학 또는 문학인이 사회현실이나 정치에 참여하는 양상을 여러 가지로 이야기했습니다. 이제 이야기를 끝내야 할 단계에 이르렀지만, 우리는 마지막으로 문학이 사람의 행복한 삶에 기여하는 것이 반드시 직접 간접의 정치적 기능을 통해서만은 아니란 점을 상기하여야겠습니다. 우리가 절대적 자유와 행복과 조화 이외의 일체의 것을 거부하지 않는 한 사람의 삶에서 어느 정도의 자유와 행복과 조화는 가능한 것입니다(위에서 우리는 얽매여 있으면서도 자유롭다는 인간의 역설적 조건에 대해 언급했습니다). 우리가 세상에 대하여 스스로를 열고 있으며, 다른 사람들과 어울려 일하고 생명과 우주의 신비를 생각할 때 제한된 범위에서나마 있는 대로의 세계도 우리를 압도하기에 족합니다. 문학이 전통적으로 그래왔듯이 지금도 이러한 체험을 기록하고 일깨워주지 말아야 할 아무런 이유도 없습니다. 또 이것도 그 나름의 사회적 정치적 의미를 갖는 것입니다. 우리 시대의 고통은 단지 외부적인 것이 아닙니다. 우리 내면의 깊은 욕망의 타락이 그 일부를 이루고 있습니다. 문학은 우리 시대나 문명을 넘어서는 원초적인 것을 이야기하고 또 원초적인 것에 대한 우리의 그리움이 잊혀지지 않게 하여 그런 것들로 하여금 새로이 태어날 시대의 씨앗이 되게 할 의무를 가지고 있습니다. 다만 우리가 좀더 문학의 사회교육으로서의 가치를 중시할 때에, 우리의 현대사가 우리 문학의 초점에 놓이는 것이 당연하다는 것을 인정하지 않을 수 없는 것입니다.

일제하의
작가의 상황

사람은 그의 현실의 부분과 전체를 보고 산다. 그러나 이 현실을 살아가는 데 있어서나 이를 의식 속에 투영하여 파악함에 있어 전체와 부분의 균형을 바르게 유지하는 것은 극히 어려운 일이다. 이 균형을 유지하려면, 긴장과 갈등과 투쟁을 무릅쓸 각오를 해야 하는 것이기 때문이다. 긴장이 커짐에 따라 많은 경우 우리는 현실의 한쪽을 선택해 버리고 만다. 그러나 한쪽만의 선택은 우리에게 현실의 전모를 돌려주지 않는다. 우리가 현실의 부분에 눈길을 모으고 그것을 틀림없이 포착하려고 하면, 이 부분은 그것을 포함하는 전체에 의하여 뒤틀리고 제약되었음이 드러나게 되고, 따라서 우리가 보는 부분은 현실의 참된 모습이 아닌 것이 된다. 그러나 현실의 전체를 보는 눈은 사람이 세계와 생리적으로 감각적으로 교섭하며 살아가는 과정에서 유일하게 명백한 사실인 구체적 현실을 잃어버리고 만다. 언제나 전체가 부분의 총화보다 크다고 하더라도 전체라는 부분은 집합에 기초해 있다고 할 수밖에 없다. 구체적 생존에 의하여 매개되지 않은 어떠한 전체적 현실도 참다운 의미의 전체일 수 없고 단지 퇴화된 전체의 겉껍질에 불과할 뿐이다.

사람의 현실을 의식의 대상으로 또는 의식적 의도의 대상으로 삼고자 할 때, 우리는 언제나 이러한 부분과 전체의 변증법에 부딪치게 된다. 그러나 이것은 현실을 이해하고 창조하는 문학적 방법에서 특히 핵심적 사실을 이룬다. 소설이나 시에 나타나는 현실은 무엇보다도 개체적 삶 또는 개개의 순간의 구체적 직접성 속에 체험되는 현실이다. 구체성과 직접성에 대한 문학의 집착이야말로 문학적 작업에, 그것이 인간 현실을 인간적으로 이해하고 창조하는 거의 유일한 방법이라는 특별한 지위를 부여하는 것이다. 문학작품은, 아무리 사람이 그를 에워싼 커다란 상황을 헤어나지 못하는 것이 사실이라고 하더라도, 인간을 구체적인 것으로 묘사함으로써 문학에 고유한 영광을 (또는 그 수모까지도) 차지한다.

그렇다고 하나 구체적이고 직접적이라는 것이 우리의 개체적 삶의 외로운 감옥 속에 남아 있다는 것과 같은 뜻이라면 문학의 현실이 유독 나날의 삶을 있는 그대로 기록한 사실의 보고(報告)보다 한 단 높은 위치에 있는 것으로 평가되어야 할 이유가 없다. 문학이 단순한 사실의 보고와 다른 것은 그것이 전체성을 향한 ― 구체적이고 직접적인 것이 의미 속으로 전체화되고 삶의 부분과 전체 사이의 균열이 하나로 이어져서 인간의 영웅적 가능성이 실현될 수 있는 차원을 향한 ― 발돋움이기 때문이다. 모든 문학이 이 전체성을 얻는다는 것은 아니다. 보다 실제적으로는 개개의 문학작품이 겨냥하는 것은 그것이 다루는 한정된 경험의 전체성에 불과하고, 또 이것은 단지 이 특정한 작품의 구조적 원리 또는 형식에 불과할 수도 있다. 그러나 따지고 보면 하나의 작품의 전체성은 하나의 삶의 전체성, 서로 한데 어울려 살고 있는 여러 사람의 다양하면서도 통일되어 있는 전체성, 또 삶 전체의 전체성에 이어진다.

하나의 작품은 이 복합적 차원의 전체성에 다양하게 이어져 있으면 이어져 있을수록 그만큼 위대한 작품이 된다. 그러한 작품만이 개체로서, 사회적 존재로서의 인간, 인간의 가장 구체적이고 전형적인 모습을 보여줄 수 있다. 그러나 이 전체를 향한 발돋움은 작가가 추구하는 이상에 그치는 것이 아니다. 위에서도 말했듯이, 그것은 현실을 바르게 이해하는 데 있어서 필연적인 조건이다. 어떤 현실에 대한 부분적인 이해가 아무리 정확한 것이라 할지라도 이 부분적인 현실을 규정하는 큰 테두리에 비추어 볼 때, 우리의 이해는 하나의 망상(妄想)에 불과할 수 있다.

현대 한국문학의 발생과 전개를 이야기할 때, 삶의 가장 큰 테두리가 되는 것은 식민지(植民地)라는 상황이다. 우리는 이 테두리를, 일제(日帝)하에 쓰인 문학을 평가하는 데 있어 늘 기억해야 한다. 식민지적 상황에 언급하지 않는 평가는 거의 틀림없이 부정확하거나 잘못된 것이 될 것이다. 식민지라는 전체적 테두리에 미치지 못하는 작품은 식민지의 삶에 대한 진실을 있는 그대로 이야기하지 못한다. 이렇게 말하는 것은 모든 문학이 반드시 정치성을 띠어야 한다는 말이 아니라, 식민지 문학은 불가피하게 정치적이 될 수밖에 없다는 말이다. 식민지 지배는 사회생활의 전체를 철저하게 규정하는 체제인 까닭에 식민지에서의 삶의 어느 부분도, 제국주의가 식민지의 현상과 미래에 내리씌우는 철쇄에서 제외되지 않는다고 해야 한다.

그런데 일제시대의 문학에서 또는 이 시대의 문학을 이야기함에 있어 식민지 지배라는 사실은 쉽게 잊힐 수도 있는 것이기도 하다. 우리는 (정치적 상황으로 인한 제약이 전혀 없었다고 말하는 경우는 없겠으나) 현대 한국문학이 마치 제 스스로의 역학 속에 성장한 것처럼 토의되는 것을 종종 보는 것이다.

삶의 총체적 테두리로서의 식민주의(植民主義)가 눈에 늘 보이는 것이 아닐 수가 있다면, 그것은 또 그렇게 안 보일 수 있는 원인이 있었다고 말할 수는 있다. 식민지배의 탄압과 착취는 외부적 면에서는 비교적 쉽게 알아볼 수 있지만, 식민지인(植民地人)의 삶의 모든 면에 작용하는 보다 미묘한 영향력으로서는 쉽게 보이지 않을 수 있는 것이다. 이러한 미묘한 영향은 어디에나 있으면서 또 어디라고 꼭 꼬집어서 잡아내기는 어렵다. 이것은 문화나 정신의 면에서 특히 그러하지만, 사회나 경제의 미묘한 면들에서도 그러하다. 가령 직접적 행동으로 표현된 탄압과 착취가 아니라, 지배자에 유리하고 피지배자에게 불리하게 이루어지는 식민지 사회구조의 전반적 변화를 가려낸다는 것은 매우 어려운 일이다. 문화와 같은 보다 무형적인 분야에서 식민주의는 지배문화의 점진적 침투와 피지배문화의 내적 붕괴와 부패라는 형태를 띤다. 그것은 외부적 강압보다는 내적 괴멸(壞滅)을 통하여 작용한다. 극단적인 경우, 피지배인이 스스로 그러한 점을 의식하기도 전에 식민주의는 그의 마음 깊이에 자리 잡고, 정복된 문화에 대한 은밀한 경멸과 지배자들의 승리한 문화에 대한 은근한 부러움과 찬양의 심리를 조성해 놓는다. 그러나 내면으로부터의 괴멸을 단순한 배신이라고만 처리해 버리기는 어렵다. 식민지인이 자신의 문화를 버리는 것 자체가 그의 사회와 문화의 상태에 대한 심각한 우려와 관심의 표현일 수 있다. 그의 사회와 문화가 식민 지배하에 들어가게 되었다면, 그것은 바로 그 사회와 문화가 개혁과 변화를 필요로 한다는 증거가 아닌가? 생존의 현실에서 살아남는 것만이 값있는 일이라는 교훈은 사회의 존립에서 비극적 진실인 것이다.

한국에서 식민주의 문제를 한결 복잡하게 하는 또 하나의 요인은 여러 가지 개혁운동이 일본인의 도래(渡來) 이전에 이미 활발했었다는 사실이다. 외관상 변화의 계속은 안으로부터의 파괴공작과 개혁의 움직임을 쉽게 혼동할 수 있게 했다. 그리하여 선의의 배신은 양심의 먼 구석에 이는 거의 느껴질 수 없는 파문에 불과할 수도 있었다. 사실상 희망적 방향을 가리키는 듯한 변화의 움직임이 있었다. 삶의 외적 도구의 영역에서 새로운 건축, 새로운 복장, 새로운 교통수단 등이 들어서고 하는 것은 사람의 눈을 현혹할 수 있었을 것이다. 문학에서도 많은 변화가 일어났다. 합방 이전에 이미, 오랜 외국어의 지배하에서 벗어나 새로운 문학적 표현의 수단으로 등장한 우리말은 합방(合邦) 후에도 계속 활발한 문학적 실험의 매체가 되었다. 새로운 문학형식, 새로운 장르들이 점점 광범위하게 시험되었다. 이런 것들이 식민주의를 보이지 않는 것이 되게 하는 데 도움을 주었다.

다시 한 번 말하여 전체에 이어지지 않는 부분적 현실은 비현실이 되고 만다. 식민주의 하의 사건들을 고찰할 때면, 우리는 식민지적 상황으로 하여 작용했을 왜곡효과(歪曲效果)를 상기하여야 한다. 이러한 부분과 전체의 변증법은, 예를 들어 현대 한국문학의 가장 중요한 주제의 하나인 개인의 문제에서 분명하게 볼 수 있다. 사회와 정치에 단절이 일어나는 때에 개인의식은 고조되게 마련이다. 이런 때 개인과 사회의 관계가 매우 불확실한 것이 되게 마련이다. 따라서 개인의식은 구질서로부터의 개인의 해방이라는 형태를 취하기 쉽다. 그러나 그것은 새로이 나타날 질서의 관점에서도 중요한 문제가 된다. 왜냐하면 새로운 질서도 구질서에서 떨어져 나온 개체들의 공동노력을 통해서 성립되기 때문이다. 개인의식의 문제가 한국문학에서 주제가 되는 것은 당연하다. 그런데 여기서 주목해야 되는 것은 이것도 식민지배라는 전체 상황의 테두리 속에서 보아져야 한다는 것이다.

이광수(李光洙)가 최초의 중요한 현대작가로, 또는 더 크게 보아

한국 역사상 처음으로 한국어를 유일하게 중요한 표현과 전달의 매체로 사용하는 작가가 되었을 때, 그가 내세운 것 가운데 가장 중요한 테마의 하나는 전통사회의 속박으로부터의 개인의 해방이었다. 유교의 억압적 기율과 의무규정에 대항하여 그는 개인이 그 신체에 있어 또 영혼에 있어 저 자신일 수 있는 권리를 가져야 한다고 주장하였다. 아이들의 행복과 복지가 어른의 이익을 위해서 희생되어서는 안 된다고 그는 말하고, 또 개인은 자유스러운 사람의 관계를 통하여 배우자를 선택할 수 있어야 하고, 또 교육은 묵은 미신과 도덕률을 가르칠 것이 아니라 인간과 세계에 대한 과학적 이해를 촉진시켜야 한다고 했다. 이광수가 내건 개혁안들이 당대의 식자들이 느끼던 필요를 표현했다는 것은 이광수가 신문화의 교사로서 크게 각광을 받게 되었다는 사실로써 알 수 있다. 그러나 위에서 말한 대로, 이러한 개혁안들이 식민지적 상황에서 제출된 것이라는 것을 상기하면, 이광수의 개인주의적 계몽론(啓蒙論)은 조금 다른 의미를 띠게 된다. 사회가 노예화되어 있을 때 개인이 자유로울 수 있는가? 시대의 과제는 개인의 해방이 아니라 민족의 해방이었다. 물론 이광수의 의도에는 개인의 깨우침이 없이는—개인이 자유와 책임의 의미를 깨우치지 않고는—해방된 민족이 있을 수 없다는 뜻도 포함되어 있었을 것이다. 그러나 그의 개인 옹호가 무엇보다 집단의식의 쇠퇴를 원했을 일본 통치자들에게는 매우 편리한 것이었음에는 틀림없었을 것이다.

여기서 문제가 되는 것은 어느 개인이 잘하고 못하고의 문제가 아니다. 이광수 이후의 대부분의 현대작가들도 역점을 달리하여 개인의 해방을 주제의 하나로 삼았다. 그것은 사회의 사정에서 저절로 우러나오는 일이었다. 또 근본적으로 개인적 관점과 반성적 자아의식을 그 방법으로 하는 서구문학은 여기에 모범을 제공했다.

뿐만 아니라 이광수의 개인주의는 이익의 합리주의가 아니라 깨우친 자아의 철학, 사회전체를 위한 정신적 자각의 철학이었다. 그러나 역설적으로 정신적 자각의 철학은 참의식을 이룩하는 데 오히려 장애가 될 가능성을 가지고 있다. 단순히 개인의 자유를 부르짖는 경우 그것은 종국에는 식민체제 전체에 이르는 충격을 불러일으킬 수도 있었지만, 정신적 자각은 마음을 바꾸어 현대문화의 세례를 받으라거나 현대문화의 싸구려 외관을 장만하라는 호소로서 이해될 수도 있었다. 다시 말하여, 이것은 현대문화의 문제를 외래문화 도입의 문제와 동일시하게 하는 까닭에, 구극적으로는 '신'문화가 없는 식민지인의 열등의식을 북돋워 주고, '신'문화를 가진 자와 안 가진 자 사이의 간격을 넓히며, 정치적 문제점들을 흐리게 할 가능성을 가지고 있는 것이었다. 이러한 문화주의(文化主義)의 향방은 나중의 이광수의 이상주의와 종국적인 친일(親日) 개종(改宗)에서 대표적으로 볼 수 있다.

문화주의는 문화라는 것을 서양사람의 습관과 책과 음악과 스포츠 등을 도입하는 것으로 인식하였다(이른바 '신문화운동'이라는 것의 상당 부분이 이러한 것이었다).[1] 본래의 의도가 어떤 것이었든지 간에, 개인주의적 문화의 현실적 귀착점은 마찬가지였다. 결국 그것이 이르는 곳은 개인주의의 부식효과로 인한 전통사회의 공동체 의식의 퇴화였다(식민지 시대의 알제리에서도 비슷한 상황이 있었다는 것은 흥미로운 일이다. 사르트르의 분석에 따르면, 프랑스 사람들은 알제리에서 '어찌됐든지 봉건제도로 하여금 사람이 사는 사회의 제도이게 하였던 제도와 관습을 파괴하고' 그 자리에 자유주의적 개인윤리를 들여놓았다. 이것은 물론 정치에서 자유민주제도를 수립하자는 의도에서가

---

1 趙容萬, 《일제하 한국신문화운동사》에서 받는 인상은 이렇다.

아니라 구질서의 굳어진 잔재들을 손쉽게 조정하자는 의도에서였다).[2]

이광수나 그와 비슷한 문화주의자들과는 달리, 염상섭(廉想涉)은 개인의 문제를 보다 현실적으로 사회제도와의 뗄 수 없는 얼크러짐 속에서 이해하였다. 그는 〈만세전〉(萬歲前)에서 이 얼크러짐을 사실적으로 묘사했다. 이 소설은 식민지 통치의 압력하에 안으로 터지며 타락하는 한국 사회의 실상을 그리고 있다. 어떻게 옛 질서의 핵심이 되었던 가족 집단주의가 공공권력의 책임에서 유리되어 완명(頑冥)한 보수와 이기주의의 가면에 불과하게 되고, 어떻게 이 전통적 질서의 질곡으로부터 해방되지 않고는 개인이나 사회의 혁신이 있을 수 없는가를 이 소설은 이야기하였다. 식민지의 막힌 상황에서 벗어나는 방법으로 일본이나 서양으로 정신적으로 또는 실제로 이민 가는 수도 있겠으나, 이것은 환상에 불과하다. 자기의 사회에 뿌리내리지 않은 어떠한 삶도 바른 삶일 수 없는 것이다—염상섭의 결론은 이러했다.

《3대》에서 염상섭은 서양에서 온 개인적 문화를 통하여 전통사회를 부정하는 길과 죽어버린 제도의 보수주의 사이에 중도적 입장을 발견하고자 했다. 그는 이 중도적인 길이 추상적으로 서양을 택하는 데에 있는 것이 아니라(이 소설은 서양에의 길에는 기독교적인 것과 마르크시즘이 있다고 말한다) 전통적 가족 집단주의의 도덕적 혁신에 있다고 보았다. 이 소설의 지적(知的) 구도만을 따라 보면, 사회적으로 혜택 받은 지위에 있는 가문의 개인이 자기해방을 이루어야 하는 것은 분명하지만, 이 해방은 도피를 위하여서가 아니라 책임을 위한 것이라야 한다는 것이다. 다시 말하여 개인의 자유의 효

---

2 식민주의는 체계이다("Le Colonialisme est un systeme"), *Situations*, V, 1964, pp. 39~40 참조.

용은 묵은 믿음과 제도에 대한 완맹한 집착을 넘어서 사회의 현실을 바로 살피고 가족 내에 한정되었던 관심의 테두리를 사회 전체에 확대하는 책임을 떠맡는 데에 있다는 것이다. 그러나 염상섭이 그의 사회적 상상력에도 불구하고 전통적 가족제도의 의미에 대하여 충분하게 검토했다고 말할 수는 없다. 귀족가문의 이기주의는 전통적으로 그들의 정치권력과 대중 사이를 갈라놓던 간격의 한 표현에 불과하고, 또 이 간격은 가족제도 자체의 구조에도 내재하는 것이라고 할 수 있다. 어떤 선택된 개인의 사회적 책임에 대한 자각이 이러한 역사적 간격을 넘어설 수 있다고 하더라도 그것은 그다지 믿을 만한 것이 되지 못하는 것일 것이다.

염상섭의 사실주의가 어떤 것이었든 간에, 한국사회의 질적 붕괴는 보다 강화되는 개인주의의 방향으로 — 그것도 이광수의 도덕적 자아주의가 아니라 소외와 아노미의 방향으로 계속되었다.

이상(李箱)은 현대문화의 습득과 거기에 따르는 사인주의(私人主義)에 의하여, 개인적 독립을 얻은 식민지인의 상황을 전형적으로 나타내는 작가라고 할 수 있다. 그의 작품은 그가 날카로운 자의식(自意識)을 가진, 사회로부터 완전히 소외된 인간임을 드러내 준다. 그의 자의식은 서양과 일본의 심리주의적 작품에서 배워 온 것일 수 있고, 그의 소외는 속물의 세상에 고립된 서양 예술가의 자기 투영을 모방한 것이라고 할 수 있다. 그러나 그의 자의식과 소외가 식민주의 하의 진상 — 식민주의가 어떤 개인을 그의 사회집단들로부터 떼어내어, 과거의 공동체나 미래의 공동체에 똑같이 정당한 자리를 가지지 못하는 개인적 문화의 회색지대에 거주하게 할 때 발생할 수 있는, 생존형태의 진상을 나타내는 것도 사실이다.

작가와 사회의 관계는 동서양을 막론하고 평탄하지 못한 예가 많았다. 작가가 기존사회의 가치를 대변하는 사람이 되어 공적 숭배와 보상의 대상이 되는 경우도 있었으나, 보다 더 많은 경우 전형적인 현대 예술가는 반항아(反抗兒) 내지 소외된 인간이었다. 그가 박해와 망명이라는 극단적 운명을 피한다 해도, 국외자의 오랜 고난의 기간이 지난 후 물질적 사회적 보상을 조금이라도 얻으면 다행한 것이었다. 그러나 그의 소외가 완전한 것이 아닌 것이 보통이다. 왜냐하면 그의 소외는 그 혼자만의 것이 아니라 사회 자체에 있는 균열을 대표하는 것이기 때문이다. 이 사회의 균열은 기존사회와 새로 태어나는 사회의 대결에서 일어나는 하나의 사회과정의 양면이다. 사회세력의 움직임은 하나의 권력을 생성하고 이를 뒷받침하지만, 또 그것은 스스로를 넘어갈 수 있다. 그리하여 자기초월의 과정에서 사회세력의 움직임은 그 스스로 만든 체제를 스스로 폐기할 수 있게 된다. 작가의 소외는 이 사회과정의 틈바구니에서 발생하며 그런 만큼 그것이 결코 사회로부터 완전한 소외일 수는 없는 것이다.

그러나 식민체제하에서, 권력은 사회 내의 세력의 움직임에 대하여 아무런 관계를 갖지 못한다. 다른 사회의 동력학(動力學)에서 나오는 폭력인 식민지 권력은 식민지 본래의 사회세력의 움직임을 저해하고 왜곡시킨다. 모든 절대권력의 체제에서 그렇듯이 식민체제에는 사회세력의 이중운동이 존재하지 못한다. 이러한 상황 속에서 작가는 자기 스스로 이방의 문화, 정복자의 문화 속에 편입되어 들어간다. 그러나 식민지를 지배하는 사회는 어떠한 적극적 의미에서도 그를 필요로 하지 않는다. 식민지 사회는 더구나 그를 필요로 하지 않는다. 먼 문화에로 외롭게 팔을 뻗는 이 이방인은 자기 사회의 동력학 속에서 전통적 질서도, 새로 태어나는 질서도 대표하지 않는다. 말하자면, 그는 선거구민을 갖지 않는 자선(自選) 선량(選良)이 되는 것이다. 그러면서 그는 두 문화 사이의 회색지대에 서식하는 기생충과 같은 존재가 된다. 한국 현대문학의 대표적 단편들, 가령 김동인(金東仁)의 〈배따라기〉, 〈광화사〉(狂畵師), 〈광염(狂炎) 쏘나타〉나 염상섭의 〈실험실의 청개구리〉 또는 현진건(玄鎭健)의 〈술권하는 사회〉 등에 미친 사람이나 술꾼과 같은 일탈(逸脫) 성격자가 많은 것은 식민지 문화인의 반드시 이러한 고민에 연유하는 것이 아니라 할지라도 적어도 새 문화의 압력에서 오는 정신적 고통의 어려움을 나타내는 것이라고 할 수 있다.

그러나 식민지 사회에서의 현대 예술가의 소외를 집중적으로 드러내 주는 것은 이상(李箱)이다. 이것은 그의 단편과 시에 잘 나타나 있지만, 그의 생애 자체도 증후적인 것이라 할 수 있다. 그의 이름까지도 미묘한 방식으로 그의 소외를 표현하고 있다. 알다시피, 이상(李箱)이란 이름은 공사장 노동자가 잘못 부른 이름을 그대로 자기의 필명으로 삼았다는 것인데, 이러한 경위는 인간의 자아라는 것이 극히 우연적인 사정에 의해서 규정될 수 있다는 냉소적인 인식을 드러낸다. 그런데 이름의 내용도 그의 소외의식에서 어떤 의미를 갖는다고 할 수 있다. 전통적으로 문인들이 필명을 갖는 것은 흔한 일이나 성씨를 가는 것은 조금 드문 일이다(그만큼 가문과 조상에 대한 의식은 강하게 우리 의식적 무의식적 행동을 규정하고 있다). 김해경(金海卿)이 이상(李箱)이 된 것은 바로 이러한 드문 사건이다.

전통적 한국에서 말할 것도 없이 가장 중요한 사회집단은 가족이다. 그러나 이것은 많은 현대작가들에게는 맨 먼저 대항하여 싸워야 할 사회적 범주가 되는 경우가 많았다. 사회변화의 시기에 변화의 부조화는 으레 가족관계에 나타나게 마련이지만, 한국과 같은 유교사회에서 이것은 특히 그럴 수밖에 없었다. 식민지배의 새 문화와 더불어 전통적 가족이 담당하던 사회화 과정은 새 정치 질서, 새 식민지 문화에 이어질 수 없는 것이 되었다. 가족 내의 사회화는 새로운 가족 구성원을 외부세계로 진출하게 하는 데에 적절한 준비가 되지 못하고 오히려 장애가 되었다. 따라서 밖으로 뻗고자 하는 젊은 세대는 새 세계에서 무엇인가를 하기 위해서는 가족의 속박을 끊어야 했다. 이것은 작가의 경우에도 마찬가지였다. 이광수·김소월·염상섭·심훈(沈熏) 등에서 우리는 이러한 갈등을 볼 수 있다. 이상(李箱)이 본래의 성을 버리고 아무렇게나 주은 성을 자기 성으로 한 것은 성씨로 표현되는 가통(家統) 의식의 무의미함을 표현하려 한 것으로 해석될 수 있다. 한국사람의 성은 의미를 상실했고 그들은 이제 일본의 '상'이 되어가고 있는 것이다. — 이것이 이상의 미묘한 자기 인식이 아니었을까?

이상(李箱)이 가족을 거부하고 또 가족에 따르는 가치를 거부한 것은 보다 넓은 면에서 전통적 가치와 윤리를 부정하는 태도의 일부에 불과했다. 가족에 추가하여 그는 직업의 세계를 부정했다. 고등공업을 나온 다음에 그가 총독부 건축기사로 일하다가 그만두었다는 것은 잘 알려진 사실이다. 그가 계속 그 자리를 가지고 있었더라면 그는 식민지 정부의 일원으로 적어도 지배민족 집단의 준회원의 자격은 얻을 수 있었을 것이다. 그러나 그는 총독부의 직업에 매달리는 대신 이국적 이름의 다방(茶房)들을 경영하였다. 새 문화의 추종자들이 바라는 우아한 소비생활을 상징했다고 볼 수 있는 다방을 경영함으로써 이상은 식민 자본주의 문화의 최고의 소비 이상을 실현하고자 하면서, 결과적으로는 바로 그러한 이상으로 말미암아 쓸모없는 것이 되어버린, 자신의 쓸모없는 삶, 잉여인간으로서의 조건을 표현한 것이 아닐까?

이상(李箱)의 다방처럼 그의 단편들은, 봉건적 기반에서 풀려난 사람의 추상적 자유와 이 자유를 조장하면서 그것을 무의미한 것이 되게 하는 식민지의 테두리 사이에 끼인, 식민지 문화인의 자기모순을 표현하고 있다. 이상 소설의 주인공은 모든 삶의 얽힘에서 풀려난, 따라서 철학적으로 절대로 자유로우면서 실제에서는 무력한 잉여인간(剩餘人間)이다. 이 잉여인간의 상황은 그의 가장 유명한 단편 〈날개〉로 요약하여 이야기될 수 있다. 이 단편의, 아내의 매춘행위에 의지하여 먹고 사는 주인공은 완전히 할 일이 없는 나태한 인간이다. 그러나 그는 그의 형편을 적어도 표면적으로는 별로 괴롭게 생각하지 않는다. 그렇다고 그가 도덕적 의미에서 부패했다고 말할 수는 없다. 사실 그는 어린아이처럼 순진한 사람이어서 그의 경우 선악의 문제는 도대체 일어날 수가 없다는 인상을 준다(물론 따지고 보면 자기와 아내의 생활방식으로 하여 일어날 수 있는 도덕적 문제에 대하여 천치같이 순진한 태도를 취하는 것은 그의 자기방어를 위한 한 방법이라고 해야 한다). 그의 순진함의 원인이 무엇이었든지 간에, 하여튼, 일과 양심에서 풀려난 그는 세상에 가장 자유로운 사람으로 묘사되어 있다. 정해진 시간에 따라 움직일 필요도 없는 그는 자고 싶을 때 자고, 먹고 싶을 때 먹고, 가끔 마음이 내키는 대로 외출도 한다. 그의 이러한 생활에서 중요한 일은 확대경을 가지고 노는 일과 아내의 화장품 냄새를 맡으며, 그것을 그녀의 몸에서 나는 냄새에 관련시켜 보는 일이다. 그의 또 한 가지 면에서의 자유는 얇은 칸막이로 나누어 있는 바로 옆방에서 아내가 사업을 하건만, 그러한 아내에 대해서 아무런 시기심도 또 사랑도 느끼지 않는다는 감정의 초연함으로 하여 가능해진다. 그러나 그의 자유는 세계와의 감정적 실존적 절연에 말미암은 것이기 때문에, 그의 인생은 완전히 메마르고 위축된 것이 되어 생활공간은 조그마한 자기 방에만 한정된다. 이 줄어든 삶에서 그에게 문제되는 것은 오직 권태(倦怠)를 어떻게 할 것인가 하는 것이다.

　이상(李箱)의 단편과 수필에 나오는 권태는 프랑스의 '저주받은 시인'(poètes maudits)과 세기말 퇴폐주의 전통에서 빌려온 것으로 생각되지만, 식민지 문화인으로서 그가 처했던 상황에서 저절로 나올 수 있는 것이기도 하였다. 권태란 정신의 에너지, 특히 세계의 성적(性的) 향수(享受)에 관계되는 에너지가 세계의 장으로부터 후퇴하여, 우리로 하여금 세계에 대하여 극히 가냘픈 끄나풀만으로 연결된 상태에 놓이게 할 때 일어나는 심리라고 할 수 있다. 이렇게 권태의 의미를 정의하고 보면 〈날개〉의 주인공의 아내가 성적 쾌락을 팔고 사는 창부(娼婦)라는 것은 그럴 만한 사정에서 나오는 것으로 생각된다. 구체적으로 주인공의 권태의 핵심에 놓여 있는 것은 쾌락의 여인인 아내에게서 쾌락을 얻을 수 없다는 사실이다.

이 이야기에서 주인공과 아내의 관계는 외면적으로 내면적으로 지극히 정상적이다. 이야기의 어디에도 두 사람 사이에 성적으로 감정적으로 성인의 관계를 암시하는 사건이나 말을 발견할 수 없다. 주인공의 아내에 대한 관계는 아이가 어머니에 대해서 갖는 것과 같은 의존심이고, 아내의 그에 대하는 감정도 어머니가 아이를 걱정하는 것과 같은 요소를 강하게 가지고 있다. 그러나 두 사람의 관계는 단순히 심리적으로 설명되어 버릴 수 있는 것이 아니다. 주인공이 감정적으로 아내에 의존하는 것은 그 근본에서 그가 아내에게 경제적으로 매달려 있다는 사실과 한 덩어리를 이룬다. 이 경제적 의존관계가 감정적 의존관계를 만들어 내고 또 그것이 두 사람 사이의 관계를 왜곡시킨다. 이러한 연관들의 의미는 자명하다. 〈날개〉의 세계에서 남자와 여자의 관계는 쾌락에 의해서 규정된다. 쾌락은 돈에 의하여 매개된다. 그러나 경제능력이 없이 쾌락의 대가는 지불될 수 없는 것이다. 이것이 〈날개〉의 주인공과 아내의 관계를 설명해 주는 근본 구도이다.

실제 이 이야기에 돈은 매우 중요한 역할을 한다. 의도적으로 혼란되어 있는 이야기에서 돈의 의미를 완전히 추출해 내기는 쉽지 않지만, 대강의 맥락은 짐작해 볼 수 있다. 아내가 손님을 받을 때면, 물론 대가로 돈을 받는다. 그러면 아내는 주인공의 방으로 건너와 그에게 돈을 준다. 그러나 주인공은 이 돈을 어떻게 해야 할지를 알지 못한다. 그러나 아내는 돈 주는 일을 계속한다. 그녀에게 이것은 중요한 일이다. 왜냐하면 그에게 돈을 줌으로써 그녀는 (반드시 성적 의미에서는 아닐망정) 쾌락을 얻으며, 또 그것을 통하여 그의 그녀에 대한 의존관계를 굳히고, 이것을 통하여 자신의 생존의 의미를 확인한다. 이야기의 나중 부분에 가면서 주인공도 돈을 지불하는 기쁨을 깨닫기 시작한다. 그는 아내에게 돈을 돌려주는 방법을 발견하고 거기에서 이상한 쾌감을 느끼게 되는 것이다. 주인공이 이 소설에서 깨닫게 되는 교훈의 하나는 사람들이 쾌락과 금전의 교환관계를 통하여서 맺어진다는 사실이다(기지에 찬 도입부의, "육신이 흐느적흐느적 하도록 피로했을 때만 정신이 銀貨처럼 맑소"에는 사람이 육체의 한계점에 이르렀을 때 사물을 제대로 인식하며, 이때 인식의 한복판에 선명하게 떠오르는 것은 금전문제라는 뜻도 함축되어 있는 것으로 볼 수 있다).

〈날개〉에서 이상은 식민지 화폐경제하에 사는 식민지인의 상황을 선명하게 묘사하였다. 삶이 의미의 공적 공간에의 참여를 거부당할 때, 그 의미는 오직 개인적으로 추구되는 쾌락에서만 찾아진다. 그러나 쾌락은 돈의 상관변수이다. 그러면 돈을 어디에서 얻을 것인가? 사회의 생산조직에서 떨어져 나간 사람에게 돈을 구할 수 있는 유일한 수단으로는 매춘행위나 기생충적인 생활방식의 채택이나 — 이러한 자신의 바른 모습을 희생하는 수단만이 있을 뿐이다. 그러나 이 타락한 생존방식에서는 쾌락도 그 의미를 잃게 된다. 이것이 이상(李箱)의 권태의 의미가 아닐까?

결국 쓸모없는 것이 될 정도로 사인화(私人化)되어 버린 인생을 그런 이상의 단편에 두드러진 것은 주로 절망과 냉소이지만, 그가 말하고자 했던 것은 단지 인생이 도저히 불가능한 것이라는 사실만은 아니었다. 그는 그의 주인공의 삶, 곧 그의 삶이 타락의 구렁텅이를 넘어서야 마땅하다는 것을 강하게 느끼고 있었던 것으로 생각된다. 위에서 살펴본 이야기의 제목 〈날개〉는 천치와 기생충의 생활에서 벗어나 천사처럼 날아가고 싶다는 그의 욕망의 상징이다.

이 타락의 현상을 벗어나고자 하는 욕망은 이상(李箱)의 다른 단편들에 더욱 구체적으로 나타난다. 〈날개〉에서와 마찬가지로 타락한 삶의 고통은 남녀관계, 특히 매춘부와의 생활이나 불충실한 애인관계의 불운을 통하여 이야기되어 있다. 이야기의 내용은 대개 여자의 배신에 관한 것인데, 주인공 = 이상(李箱)은 이러한 배신을 될 수 있으면 관대하고 평온한 태도로써 대하려고 한다. 그의 주인공이 되풀이하여 보여주는 것은 그가 매춘행위라든지 애인의 배신에 대해서 하등의 통상적 편견을 가지고 있지 않다는 것이다. 그러나 이러한 초연한 태도를 유지하는 것이 그에게 괴롭지 않은 것은 아니다. 그렇다는 것은 애인의 불충실함이 그의 윤리감각에 배치되는 때문이 아니라 그가 원하는 것은 완전한 믿음과 사랑의 관계이기 때문이다. 그러나 그는 이러한 관계가 폭력이나 윤리나 돈에 근거하여 이루어질 수 없다는 것을 잘 알고 있다. 그것은 다만 자유로운 사람과 자유로운 사람 사이의 무상의 증여로써만 성립할 수 있다. 그의 얼른 보기에는 냉소적인 자포자기 아래에는 이러한 이해가 들어 있는 것이다. 그가 그를 배신하거나 떠나는 여자들을 그대로 버려두는 것은 그들이 완전히 자유의사로 돌아오는 것을 기다리고 있기 때문이다. 그러나 사랑의 자유롭고 대가 없는 교환 — 이것은 있을 수 없는 일이었다. 식민지 사회의 삶은 너무나 단단히 돈과 쾌락의 올가미 속에 죄어져 있었던 것이다.

얼른 보기에 오로지 퇴폐와 절망만을 이야기하는 이상의 이야기들이 말하고 있는 사연은, 다시 말하여, 인간의 자유―인간관계의 기초로서의 자유의 의미에 대한 것이다. 사람과 사람을 묶어 놓는 것은 돈도 아니고 윤리나 도덕도 아니며, 오직 그것은 자유와 사랑이다―그의 단편들은 한쪽으로 이러한 사연을 담고 있다. 이러한 사연은 개인의 자유에 대한 그의 극렬한 실험에서 얻어졌다. 이상(李箱)의 자유를 위한 실험은 어쩌면 그의 식민지인으로서의 주변적 지위로 하여 더욱 극렬하고 철저한 것일 수 있었다고 할 수 있다. 그러나 주변적 생존의 무의미는 그의 자유로 하여금 현실 속에 구현될 수 없는 자유의 약속에 불과한 것이 되게 하고 말았다.

위에서 살펴본 대로 자유의 진상은 현실에서 퇴폐와 타락과 고통이었다. 이상(李箱) 자신이 동시에 자유와 부자유를 함께 베풀어 주는 그의 생존의 주변성을 잘 알고 있었다. 그는 문화와 권력의 중심지인 동경에 감으로써 그의 주변성을 벗어날 수 있다고 생각하였다. 후회와 폐결핵에 괴로워하며 그래도 새 출발을 해보겠다는 희망으로 그는 동경으로 갔다. 그러나 그를 기다리던 것은 체포와 석방과 죽음이었다. 죄목은 사상이 불온하다는 것이었는데, 식민지라는 주변지대의 자유는 중심지에 옮겨 놓을 때 곧 불온한 것으로 보일 수밖에 없고 그것은 아무리 작은 것에 불과하더라도 용서될 수 없는 것이었다.

그 분위기와 방향은 전혀 다르지만, 윤동주(尹東柱)의 생애에서도 우리는 비슷한 식민지인의 운명을 볼 수 있다. 이상의 생애에 비하여 윤동주의 생애는 보다 의도적이고 조화된 궤적을 그리는 것이었다. 이상만큼은 자기 내면에 자리 잡은 사회와 의식의 파괴적 힘들에 의하여 시달리지 아니한 윤동주의 생애의 주제는, 괴테의 자기완성의 이상에 비슷한 정신적 성장이었다. 이상(李箱)의 개인주의가 세기말의 퇴폐주의 또는 소비문화 쪽으로 향해 간 데 대하여 기독교 교육을 받은 윤동주는 삶의 미적(美的) 윤리적 완성에 더 관심을 가졌었다. 그러나 그는 내면의 완성을 추구해 가는 도정에 내면과 외면의 조화된 교환이 없는 곳에 내면만의 완성이란 있을 수 없다는 것을 깨달았다. 문제는 식민지 사회라는 외면이었다. 식민지의 조건 하에서는 내면은 어디까지나 내면으로 남아 있어서 외면으로 바뀔 가능성이 없었다. 그가 그의 시집의 출간마저도 생전에 보지 못한 것은 내면의 외면화가 불가능한 식민지적 생존의 극적인 상징으로 생각된다.

그러면 이 내면적 인간의 내면은 어디에서 오는가? 그것은, 그의 유기적 영혼의 개화(開花)를 저해하는 요소로 느껴졌던 토착전통의 내면에서 오는 것이 아니었다. 그것은 멀리 괴테, 키르케고르, 앙드레 지드, 발레리 등 서양의 내면적 작가에서 온 것이었다. 그리고 일본은 한국보다는 이러한 영혼의 고향인 서양에 가까운 곳이었다. 그 자신, 자기완성의 이상과 다른 한쪽으로는 그러한 이상이 현실화될 수 있는 공간으로서 필요한 독립되고 자유로운 사회(이 사회의 성립을 누르고 있는 것이 바로 그 성립을 요구하는 이상의 고향이었다) ― 이 두 가지 것을 한 번에 선택한다는 것의 모순을 알고 있었다. 그러나 그는 결국 영문학을 공부하기 위하여, 즉 자기완성의 길을 택하여 일본을 갔고 그곳에서 옥사(獄死)하였다.

모든 작가의 문학적 모험이 개인주의적 문화를 위한 것은 아니었다. 식민지 한국의 현실, 특히 농민을 비롯한 민중의 현실에 보다 단호하게 눈을 돌린 작가들도 있었다. 그렇긴 하나 이러한 작가가 사회현실을 다루는 경우에도 개인의 문제는 완전히 배제될 수 없는 것이었다. 가령 민촌(民村) 이기영(李箕永)의 〈고향〉의, 대체로는 낮은 열도의 감정으로 일관된 삽화들 가운데 그래도 가장 감격적인 순간은 여주인공 갑숙이가 서울에서 고향으로 내려온 다음 연애의 자유를 포함한 자유의 불가능을 깨닫게 되는 순간이다. 이때에 여주인공은 생각한다.

누구나 똑바로 눈을 뜨고 쳐다볼 때 이 세상에서 진실한 자유를 가진 자가 누구더냐. 어느 곳에 진실한 자유가 있더냐? 참으로 어디에 인간의 남녀가 참마음으로써 결합할 자유가 있는가. 이것은 비단 가난한 사람들의 남녀에게만 한정한 말이 아니다. 비록 누거만(累巨萬)의 부자라 할지라도 그들은 돈을 쓰는 자유는 있을는지 모르나 진정한 자유는 없다. 다만 그들은 금전으로 속이 빈 자유를 사는 것뿐이었다.

우선 갑숙이 자신을 두고 보더라도 그는 물질적 생활에는 그다지 부자유가 없는 이상 남보기에는 자유롭고 행복할 것 같지만 실상은 그렇지 못하다. 그는 처녀의 순진한 마음으로 무지개와 같은 좋은 행복을 손짓해 불러 보았다. 그러나 그에게 부딪친 현실은 봉건적 사상과 낡은 습관과 타락한 금수(禽獸) 철학이 그의 몸을 싸늘하게 결박하고 있지 않은가? 그렇다면 이 시대는 자유를 누리랴 할 것이 아니라 먼저 부자유와 싸워야 할 것이다. …그렇다면 연애니 가정이니 하는 것은 도대체 문제 이외가 아닌가?

이런 다음 여주인공은 주인공 희준이에 대한 그의 은밀한 사랑을 다음과 같이 청산하기로 한다.

갑숙이가 이렇게 생각하니 비로소 희준이의 마음을 짐작할 수가 있었다. 그렇다면 그는 누가 설사 연애를 걸더라도 한 말로 거절하고 말 것이다. 그의 이런 생각은 지금까지 자기의 먹고 있던 마음이 얼마나 어리석었음을 깨닫는 동시에 스스로 얼굴을 붉히지 않을 수 없었다.[3]

이렇게 〈고향〉의 등장인물의 경우에서 볼 수 있듯이, 눌려 있는 사회에서 개인적 행복의 추구가 불가능한 것이라고 한다고 하더라도, 개인의 문제가 반드시 사라지는 것은 아니다. 새로운 변화는 개인의 의식 내의 변화를 통하지 않고는 올 수 없다(물론 그렇다고 해서 지속적인 사회변화가 개인의 의식 하나만으로 일어날 수 있다는 것은 아니다. 그리고 여기에서 우리는 의식의 변화가 어떤 조건하에서 일어나느냐 하는 문제에도 언급하고 있지 않다). 〈고향〉에 그려진 모순된 지주제도와 식민지 통치의 이중고 속의 농민생활은 너무나 침체되어 있다. 농민을 겨우 연명이나 가능한 빈곤상태로 몰아넣고 동시에 자신들의 상황에 대한 집단의식을 불러일으킬 만한 일체의 활동을 맹아(萌芽)에서부터 삼제(芟除)해 버리는 체제 하에서 삶은 생존을 위한 끊임없는 안간힘의 노동이 될 뿐만 아니라 공동체 내의 싸움질과 모략중상의 신경전이 된다.

　이런 상황에서 새로운 출발이 이루어질 수 있는 것은 좁은 마을의 한계와 그 안에 얽힌 억압의 굴레를 넘어설 수 있는 외부인에 의하여서이다. 〈고향〉의 마을을 빈곤과 절망의 수렁에서 건져내려고 노력하는 사람이 서울과 동경에서 공부한 지식인이라는 것은 이러한 관점에서 이해될 수 있다. 그의 경우에 개인적 자각은 다시 한 번 개인적 문화에로 나아가지 않고 공동체에 대한 책임에로 나아간다. 그렇다고 해서, 가령 〈상록수〉와 같은 작품에서처럼 이 소설의 주인공이 그의 과업을, 농민을 계몽하여 자기의 개화된 생각에로 이끌어간다는 식으로 생각한다는 것은 아니다. 그는 주로 농민들 자신이 가지고 있던 옛 풍습과 제도, 가령 두레라든지 부락제라든지 하는 것들을 부활시키는 것을 방편을 삼고자 한다.

---

3 《고향》 상, 1947, pp. 409~410.

그러나 소설 전체로 볼 때, 주인공의 의도에도 불구하고 크게 중요한 사건은 일어나지 아니한다. 이야기는 전반적으로 낮은 열도의 행동 차원에 머물러 있으면서 봉건제도와 식민지 통치하의 농촌의 문제를 극적으로 다루지 못한다. 그리고 다른 많은 작품의 경우나 마찬가지로 이 소설이 그리고 있는 농촌의 삶을 규정하는 큰 테두리의 상황을 식민주의보다는 봉건적 농촌경제로 보는 것도 완전히 충분한 고찰이라고 할 수는 없다. 물론 우리는 이 소설이 작가의 투옥으로 중단되고 다시 계속되지 않았다는 사실을 요량하여야 한다. 그렇긴 하나 이 소설이 계속되었더라도 보다 넓은 무대의, 보다 극적인 사건의 전개를 통하여 본격적인 상황판단을 소설적으로 제시해 주었을 가능성은 적다. 사회 전반이 침체되어 있는 마당에 작가 혼자서 극적인 행동과 무대를 조작해 낼 수는 없는 일이다. 어떤 의미에서 농민의 삶의 진상에 충실하다는 것은 모든 개혁운동을 억제하는 정치적 금제(禁制) 안에 남아 있다는 것을 의미한다. 〈고향〉의 주인공이 개인적 걱정의 영역에서 공적 문제의 광장으로 나가려고 시도할 때마다 부딪치는 좌절과 장해는 이것을 분명하게 보여준다.

〈고향〉의 주인공이, 식민지가 일본을 향하여서 열림으로써 가능해진 현대교육을 받은 지식인이라는 것은 경시될 수 없는 사실이다. 사회현실을 바르게 검토하고자 한 다른 작가들의 경우에도 우리는 이러한 사정을 볼 수 있다. 이들 작가들은 문학기법과 비판적 관점을 서양 문학, 특히 러시아 문학이나 일본 문학을 통하여 배웠다. 그들이 '리얼리즘', '자연주의' 또는 여러 가지의 대중적 정치 이데올로기를 배운 것도 서양과 일본을 통하여서였다. 사실상 이 무렵에 서양문학을 의식함 없이 작가 수업을 한 사람은 없다고 해도 좋을는지 모른다. 토착적인 이야기의 전통이 없지 않았지만, 이 전통에 의지하여 작품을 쓴 사람은 없었던 것 같다. 그러니까 작가들의 근본방향에서의 차이는 그들이 밖으로부터 배워온 것을 어떻게 사용했느냐에 의하여 정해졌다고 할 수 있다. 그들의 교육은 그들로 하여금 도피를 택할 수 있게도 하고 책임을 택할 수 있게도 했다. 어느 쪽도 쉬운 선택은 아니었다.

그런데 현대문화 또는 개인주의적 문화가 문제 밖이었던 작가들도 있었다. 이러한 작가들은 대개 전통적 교양에 의하여 인격을 형성한 사람들로서, 이들의 경우 현대문화는 적어도 영혼 내부에서의 자기분열을 가져오지는 아니하였다. 그들의 고민은 자아의 내부분열에서 오는 것이 아니라, 그들을 길러낸 사회와 그 사회의 존립을 위협하는 세력 사이에 끼여 어떻게 해야 할 것인가 하는 결단의 어려움에서 오는 문제였다. 따라서 이들은 그만큼 쉽게 절망에 빠지지도 않았고 암중모색에 헤매지도 않았다. 이런 종류의 대표적 작가들은 시인(詩人)들이었는데, 이들의 의식이 시로써 표현되는 데에는 그럴 만한 이유가 있었던 같다. 시는 대체로 현실에 지나치게 얽매임이 없이 소망의 세계를 이야기할 수 있는 장르이고, 또 소설이 외국 모형의 흡수와 더불어 서서히 토착화되어야 했던 문학형식인 데 대하여, 시는 한국 전통에서도 분명한 모습을 갖추고 있었던 형식이었기 때문에 외국에서 특히 배워 올 바가 적었다. 이런 사정으로 말미암아 이들이 전통적 교육을 받고도 시를 쉽게 쓸 수 있지 않았나 생각된다.

현대시의 대가이고 독립운동의 지도자인 한용운(韓龍雲)은 불교에서 그 기본적 교양을 얻었다. 그는 불교에서의 무(無)의 변증법을 통하여 식민지 현실의 진상을 이해할 수 있었다. 불교의 구극적 실재는 공(空)인데 이것은 그 자체로서 그저 비어 있는 어떤 것이 아니라 부정(否定)의 끊임없는 움직임 속에 확인되는 것이다. 같은 방식으로 식민지의 상황은 부재(不在)에 의하여, 있는 대로의 상태를 가차 없이 부정함으로써 넘겨다 볼 수 있는 정의와 진리의 세계에 비추어서만 그 뜻을 이해할 수 있는 것이었다. 그의 시집의 제목에 암시되어 있듯이, 식민주의의 시대는 님이 침묵하고 부재하는 때다. 그러면 님은 어디에 있는가? 님은 어둠과 고통의 이 세계에는 존재할 수 없다. 그렇다고 해서 님은 피안의 존재일 수도 없다. 그런 경우 님은 우리의 고통에 아무런 관계가 없을 것이기 때문이다. 어쨌든지, 님은 경배의 대상으로 받들어 올려질 수도 없다. 그것은 님의 무한한 완전함을 제한하는 것이기 때문이다. 님은 부정(否定), 비(非)진리의 세계에 굽히지 않으려는 투쟁 속에만 있다. 한용운의 이러한 형이상학은 식민지 현실에 대한 하나의 해석을 주었다. 그러나 그 폭넓은 형이상학은 개인과 전체의 관계에 대한 비유도 포함하고 있었다.

한용운의 부정(否定)은 사회의 초개인적 제약이 개인을 속박하는 것을 거부하였다. 그리하여 이것은 다른 반(反)계율주의처럼 개인에게 완전한 자유를 인정했다. 그러나 이 개인적 자유는 결코 개인적 탐닉으로 흘러갈 수는 없는 것이었다. 한용운이 사회의 제도적 규약들에게 대상적 의미를 거부한 바와 같이 그는 그의 개인적 자유를 대상적인 것, 어떤 물질적 정신적 내용으로 파악하는 것을 거부하였다. 그의 자아는 어떤 적극적 내용보다는 불의에 대한 저항, 잡히지 않는 진리에 대한 갈구에 의하여 정의되는 것이었다. 이러한 사회와 자아에 대한 이해는 한용운을 가장 철저한 개인 인격의 옹호자이면서 가장 강인한 독립운동자이게 했다.

이육사(李陸史)는 전통에서, 이번에는 조선의 유교사회의 정치적 도덕적 질서의 수호자들이었던 선비의 전통에서 정신적 힘을 얻은 시인이었다. 그의 감수성이나 인품에서 그는 전통적인 사람이었던 것 같지만, 그는 동부 아시아 전역에 벌어지고 있는 정치투쟁의 상황을 잘 알고 있었다. 전해지는 말로는 북경대학에서 공부한 일이 있다고 하지만 그는, 그의 정치평론에 의하면, 중국 대륙에서 벌어지는 복잡한 군사적 정치적 투쟁을 잘 알고 있는 중국문제 전문가였다. 그의 시를 보면 그는 서구시의 영향을 받은 한국 현대시들의 경향을 잘 의식하고 있었다. 이러한 국제적 맥락에도 불구하고 그의 인격의 핵심은 매우 전통적인 것이었던 것으로 보인다. 그에게는 내면의 인간과 사회 사이에 갈등은 있었지만 그 사이에 일어나는 본질적인 고민은 없었다. 그가 불행했던 것은 사실이나 그의 불행은 자신의 능력과 현실 사이의 불균형에서 오는 것이다. 그의 내적 요구는 침략자에 대항하여 싸워야 한다는 것이었으나 그가 북경의 감옥에서 죽을 때까지 투쟁을 계속하였음에도 불구하고 그의 저항이 효과적인 것이 될 만큼 자신의 힘이나 민족의 힘을 집약할 수 없음을 안타깝게 생각했던 것 같다.

이육사는 식민지시대에 살았던 작가가 갈 수 있었던 여러 갈래 길 가운데서 가장 흥미 있는 길 하나를 대표하고 있다. 그러나 그의 시적 업적은 한용운이나 다른 시인들의 그것만큼 뛰어난 것이 되지는 못한다. 그의 시는 분량에서 얼마 되지 않을 뿐만 아니라 그의 상상력은 경직(硬直)한 무엇을 가지고 있는 것 같다. 이것은 시적 기교의 부족에 기인하는 것이 아니라 전통적 선비의 윤리에 내재하는 어떤 추상성(抽象性)에 기인한 것이 아닌가 한다.

이 점은 여기에서 할 수 있는 것 이상으로 엄격한 분석을 필요로 하는 점이다. 사실 이 추상성은 한용운에게서도 발견되는 것으로서 그의 시로 하여금 한 민족의 시적인 소망과 정신적 욕구의 완전한 표현이 되지 못하게 하는 요소이다(물론 불교는 그의 전통적 태도를 크게 다른 것이 되게 한다). 이 추상성이란 유교 윤리 속에 있는 외면적인 것, 남성적인 것, 말하자면 도덕적 남성주의에 관계되는 것으로 생각된다. 인류학자들이 말하듯이, 많은 전통적 사회는 두뇌와 심장, 남자와 여자, 남자의 일과 여자의 일, 공적 영역과 사적 영역 — 달리 말하여 사람의 바깥과 안, 융의 말을 빌려서는, 사람의 인격에서 아니무스(*animus*, 남성적 정신)와 아니마(*anima*, 여성적 영혼) 사이에 확연한 구분을 두는 것이 보통이다. 선비의 윤리는 위의 대조에서 전자만을 중시하고 후자를 경시한다.

이육사가 실의(失意)의 사람이었다면, 그것은 그의 도덕적 성품이 그로 하여금 민족의 독립과 고통받는 동족에 대해서(그의 사회주의적 경향도 여기에 관련이 있겠으나) 책임을 떠맡도록 요구하였기 때문이다. 이러한 요구에도 불구하고 이 책임을 충분히 효과적으로 수행할 수 없다는 것은 그의 좌절감의 한 원인이었던 것 같다. 그의 공적인 행동주의는 공적 공간에서 큰일을 해내야 한다는 전통적인 남성의 야심과 별 차가 없는 것이었다. 유교에서 중요한 외적 인간에 대하여 — 여기에서 내면은 늘 감추어져야 할 뿐만 아니라 외적 윤리인의 요구에 따라서 훈련되어야 했다 — 현대시의 방향은 내적 인간의 성적 요구를 그 주제로 하는 것이었다. 이러한 현대시의 방향이 틀렸다고 할 수는 없다. 그것은 인간의 전면적 행복에 대한 요구라고 할 수도 있겠기 때문이다. 유교의 윤리는 인간의 완전한 인간됨을 도덕적으로 추상화할 것을 요구하였다. 이것은 인간의 본능에 관해서 특히 엄격한 규제를 필요로 하였다. 현대 한국문학이 서구의 개인주의 문학에서 풍기는 내면성의 유혹에 끌려간 것은 인간성의 억압된 요소들의 복원을 위한 호소에 그것이 일치했기 때문이었다.

이런 의미에서 현대 한국문학에서 개인주의 문학의 고뇌는 인간성의 전면적 완성을 향한 발돋움의 일부였다고 볼 수도 있다. 김윤식(金允植) 교수는 현대 한국문학에 '피메일 콤플렉스'(여성 편향)란 것이 존재한다는 것을 지적한 바 있는데,[4] 사실 현대문학에서 여성적인 것, 내면적인 것, 부드러운 것을 향한 움직임은 문학

---

4 김윤식, 《근대한국문학연구》, 1973, pp. 447~473 참조.

을 움직이는 중요한 힘이었다고 말할 수 있다〔한용운이나 이육사에게도 여성적인 것은 강하게 나타나 있다. 한용운의 〈님의 침묵〉이 여인의 애가(哀歌)와 같은 형태를 취하고 있다거나, 육사의 많은 시에 섬세한 애수(哀愁)의 정서가 깃들어 있다거나 한 것이 그 증거라고 하겠다. 전통적 교양 속에 자라난 시인들의 경우에도 그들의 시는 그들의 여성적인 것에 대한 요구를 표현하지 않을 수 없었던 것으로 보인다. 이러한 면은 그들의 전체적 삶의 방향에 모순된 것으로서 그들의 시에서 반드시 시의 강점을 이루는 요소라고 말할 수 없다〕.

한국인의 정신에서 내면과 외면의 균형이 어떠한 것이었든지 간에 식민주의 내에는 그의 내면화된 욕구를 위한 자리는 있을 수가 없었다. 내면적 인간의 식민지적 한계를 넘어서고자 하는 고통스러운 노력은 허상과 타락과 배반으로 끝났다. 이것이 일제하의 한국 문학사의 곡절 많은 진로에서 발견할 수 있는 가장 중요한 교훈의 하나이다.

나는 인간의 현실을 이해함에 있어 부분과 전체의 변증법을 의식하는 것이 얼마나 중요한가를 말하고 또 문학은 구체적 부분을 전체에로 지양하는 방법이라고 풀이함으로써 이 글을 시작하였다. 이러한 지양의 필요가 있다고 할 때, 부분과 전체의 필연적 함축에도 불구하고 그 관계가 늘 분명한 것은 아니다. 그러니까 문학은 그것이 전면적인 현실을 향하여 발돋움할 때, 그 결과가 이미 알려져 있는 놀이를 짐짓 모르는 체 벌여 보는 것이 아니다. 전면적 현실은 끊임없이 발견되고 규정되어야 할 어떤 것이기 때문에 문학이 인간 노력의 경제 속에 중요한 자리를 차지하고 있는 것이다. 현대소설의 특징을 규정하는 소설은, 한 비평가의 말을 빌리면, ‘삶의 감추어진 전체를 들추어내고 또 구성하기’위한 발견의 기법이다. 이러한 소설의 정의는 대체로 현대문학의 일반적 양상을 규정하는 말로 받아들여질 수 있을 것이다. 여러 가지의 제도에 구현된 사회의 기성질서는 이미 삶의 전체성(全體性)의 한 표현이다. '감추어진 전체성'이 있다고 하는 것은 이 기성의 전체성이 사회 내의 사태의 진상을 나타내는 것이 아니라는 뜻이다. 즉, 기성질서는 인간관계 내지 물질관계의 실상 속에 작용하는 전체성이 아니고 거기에 실제 움직이는 것은 감추어진 전체성이라는 말이다. 이렇게 드러난 전체성과 감추어진 전체성 사이에 간격이 있다는 것은 사회 속에 옛것을 무너지게 하고 새것을 등장하게 하는 작용이 있다는 증거라고 하겠다. 그러니까 다시 말하여 감추어진 전체는 있는 대로의 진상만이 아니라 앞으로 있게 될 사물의 진상을 대표한다.

그런데 드러난 것과 감추어진 것의 전체성은 단일한 사회과정 속에 있다. 그러니까 두 개의 전체성은 적대적 관계에 있는 것만은 아니다. 감추어진 전체는 밖으로부터 와서 드러난 전체의 자리를 차지해 버리는 것이 아니라 후자에서부터 자라나온다. 새것을 생성해 내는 것은 옛것인 것이다. 그것은 스스로의 구체적 내용에 작용하고 이렇게 작용된 구체는 옛 전체에로 되돌아가 부딪쳐 그것을 바꾸고 깨고 폐기해 버린다. 이렇게 볼 때, 두 전체성은 적대적인 것이면서 또 완성과 보완의 관계에 있다. 우리가 때로는 문학작품을 현실의 모사(模寫)라고 하고 때로는 이상의 투사(投射)라고 하고, 또 어떤 때 그것이 이 두 개를 합친 것임으로 하여 기성현실을 가능성의 관점에서 비판하는 것이라고 할 때, 문학의 그러한 면들은 감추어진 전체성이 드러난 전체로부터 나타나는 모습에 관계되는 것이라고 말할 수 있다. 즉, 현실의 모사로서의 문학은 이미 이루어진 사회를 비추고 이상으로서의 문학은 감추어진 사회의 참모습을 그려 보이고 비판으로서의 문학은 이 두 개의 상관관계에 관심을 기울인다고 할 수 있다는 말이다.

다시 한 번, 문학과 현실의 변증법을 서로 연결시킬 때 이것이 움직이고 있는 사회의 표현이라는 것을 잊지 말아야 한다. 이 움직임이 두 전체를 낳고 모사로서 또 비판으로서의 문학이 가지고 있는 현실탐색의 방법에 존재이유를 부여한다. 문학은, 말하자면 감추어진 전체와 드러난 전체의 사이에서 그 움직임을 매개하는 구체(具體)의 균열 가운데 존재하는 것이다.

식민지 지배와 더불어 이 전체의 변증법은 정지하고 만다. 전체성이 있어도 그것은 새로운 전체성에로 옮겨갈 수 없는 얼어붙은 전체성이다. 위에서 말한 개별적인 것과 전체의 관계는, 정확히 말하면 개별적인 것과 드러나 있는 전체성과 감추어진 전체성, 셋 사이의 관계로 옮겨 볼 수 있다. 식민주의의 경우 개별자와 전체성의 관계는 얼어붙은 전체와 다른 한쪽으로 자신을 규정하고 계약하는 전체에 대하여 아무런 영향을 줄 수 없는 개별자와의 관계가 된다. 다시 말하여 식민주의는 식민지 삶의 전면적 테두리가 되어 식민지 삶의 모든 구체적 표현을 결정한다. 그러나 그것은 구체적 인간관계의 동력학이 그 스스로에 반작용을 가할 것을 허용하지 않는다.

그러나 언제나 신비화(mystification)는 존재한다. 식민지인의 삶이 조직적으로 마멸(磨滅)되어 간다는 이외에는 아무것도 꿈쩍하지 않는 정지상태 속에서 이루어지는 일방적 삶의 전체화는 눈에 보이지 않는 것이 될 수도 있고, 또 억압의 테두리 속에서도 삶이 변화하고 사태가 나아진다는 환각 — 이미 이루어진 전체성 속에 새로운 전체성이 성숙해 간다는 환각을 만들어 낼 수도 있다. 이러한 환각은 식민주의의 이데올로기 조작으로 생성될 수도 있지만, 식민지인이 스스로의 문화적 미래를 가정하고 지배민족이 스스로의 문화적 우월을 가정(假定)함으로써도 조성될 수 있다. 이 가정의 정립과정에서 식민지화의 과정은 개화의 과정, 문명의 과정으로 의장(擬裝)된다. 작가는 특히 이런 심리적 조작에 약하다. 그런데 실제 외관상으로도 그것이 누구를 위한 것이고 무엇을 위한 것이냐를 묻지 않는 경우 일단 경제적 발전도 식민지화 과정을 발전의 과정으로 착각하게 할 수도 있다. 이러한 발전이 진정한 의미에서의 발전이 아님은 말할 필요도 없다. 그러나 우리는 언제나 문화적 환각(幻覺)에 대해서 구체적 인간생활의 사실들을 기억하고 대립시켜 볼 필요가 있다. 일제하의 외견적 발전과 수탈의 실상은 경제사나 사회사의 면을 통해서 검토되어야 한다.[5]

그러면 경제적으로나 문화적으로나 일본 식민지 참상 하에서 작가는 어떤 입장을 취할 수 있었을까? 제일 쉬운 답변은 시기가 문학을 할 수 있는 그러한 시기가 아니었다고 말하는 것일 것이다. 그러나 비록 정도의 문제라고는 하지만, 참으로 문학이 번성할 수 있는 조건이 완전히 갖추어진 시대는 찾아보기 어려운 일인지도 모른다. 일제하가 아무리 문학이나 하고 있을 그런 때가 아니었다고 하더라도 오늘날 돌이켜보건대, 오늘의 문학이 그때의 문학적 발전의 토대 위에 성장하고 있음은 부인할 수 없는 사실이다. 하나의 시대는 하나의 덩어리요 전체이면서, 또 그 시대만으로 끝나는 전체는 아닌 것이고 또 이 전체는 어느 때에나 그야말로 현실적으로 잠재적으로 인간의 모든 것을 포함하는 전체이다. 그러나 직접적인 정치 행동이라는 면에서 모든 사람이 같은 치열함을 유지할 수는 없었겠지만 적어도 식민주의에 대한 보다 철저한 의식은 작가로 하여금 눌리고 타락하는 식민사회의 고통을 좀더 폭넓게 증언할 수 있게 해주었을 것이다. 그러나 이것이 완전히 내면적 갈등 없는 공적 영역에서의 활동 또는 공적 의미의 저작으로 나타날 수는 없었을는지 모른다. 공적 영역이 어떤 것이든지 개인적 행복과 개인적 자기완성에 대한 충동도 또한 조선의 억압 이후 한국인의 정신을 휩쓴 어쩔 수 없는 역사적 — 또 인간적 — 충동이었다.

---

5 가령 趙璣濬, 《韓國資本主義成立史論》 참조.

구체적
보편성에로

역사와 문학의
관계에 대한 한 고찰

역사(歷史)와 문학(文學)의 관계는 어떠한 것일까? 그것은 서로 어떻게 다르고 어떻게 같을까? 이 문제에 대하여 우리는 표면적인 경험적 관찰로 대답할 수 있다. 역사는 사실을 기록하고 문학은 허구의 구조물을 만들어내며, 역사는 있었던 일에 관계되고 문학은 있을 수 있는 일에 관계되며, 역사는 집단의 운명을 추적하고 문학은 가공인물의 개체적 운명을 추적한다 등이 그것이다. 이러한 관찰은 모두 다 중요한 관찰이면서, 역사와 문학의 내적 관계에 대한 근본적 검토가 없이는 이것은 피상적 관찰일 수밖에 없다. 불완전하고 제한된 대로 우리는 이 짧은 글에서 역사와 문학의 내적 관계에 대한 성찰을 시도하여, 문자활동으로서의 역사와 문학의 특징적 차이의 해명에 기여하여 보고자 한다.

1

우리는 근년에 와서 역사의식(歷史意識)이란 말을 자주 들어왔다. 역사의식이란 무엇을 말하는가? 또 그것이 가지고 있는 계기에는 어떠한 것들이 있는가? 우선 이러한 문제들로부터 생각해 보기로 하자.

역사의식은 서로 얼크러져 있으면서도 다른 두 가지 느낌을 포용적으로 지칭하는 것으로 보인다. 느낌의 하나는 역사를 우선 바깥 세상에 있는 객관적 사실로 보는 데서 생긴다. 이러한 객관적 사실로서의 역사를 대할 때 우리는 그 앞에서 모든 옛날의 기괴하고 신비한 물건들 앞에서 그러하듯이 외경심을 느낀다. 이러한 느낌에서, 역사의 사실을 다른 어떤 신비한 물건과도 달리 불가역의 시간, 우리가 손을 뻗칠 수 없는 시간의 벽 뒤에 진열된 귀중한 물건들이기 때문에 특별히 강력한 주술(呪術)의 힘을 풍기는 것으로 보인다. 그런데 이 주술적 힘은 무엇인가? 모든 신비한 물건들은 이러한 힘을 가지고 있다. 그것은 이것들이 오늘의 우리에게 미묘한 힘을 뻗치고 있기 때문이다. 역사적 사건이나 유물은 옛날의 것이면서 오늘에도 그 영향력을 발휘하고 있다. 과거에 있었던 것은 오늘에도 되풀이된다 — 이것이 역사의 교훈이다. 사람이 이루어 놓는 사실도 단순한 객관적 사실로서 존재하는 법은 없다. 그것의 객관적 사실로서의 무게 자체가 그것이 오늘에 되풀이되어 마땅하다든가, 오늘의 일에 장애물이 된다든가, 긍정적이든 부정적이든, 오늘의 사람의 일에 대한 교훈으로서 실감나는 것이 되는 것이다.

객관적 사실로서의 역사의 무게는 우리가 그것에 대하여 부정적 느낌을 가질 때 더하여진다. 모든 의식은 차이의 의식이다. 역사적 사실에 대한 의식도 그것과 우리 의지의 차이에서 문젯거리로서 등장한다. 지난 1세기 간의 한국의 역사는 시련과 고난의 연속이었다. 우리가 겪었던 시련은 따지고 보면 서양 과학기술 문명에 지배적 패권을 부여한 세계사의 흐름 속에서 불가피하게 겪지 않을 수 없었던 시련이었다. 과학기술에 뒷받침된 서양의 제국주의에 맞부딪쳐서, 우리 과학기술 및 사회제도의 낙후성은 절실한 사실로서 실감되지 아니할 수 없었다. 이런 때 역사는 어느 때보다도 철저하게 엄연한 객관적 사실로서, 다시 말하여 우리의 조급한 의지로 어떻게 해볼 수 없는 사실로서 느껴졌을 것이다. 개인적 차원에서도 역사는—특히 수난의 한 세기를 산 한국인에게는, 삶을 밖으로부터 제약하는 외적 조건, 불가항력적인 객관적 사실로서 체험되는 것이었다. 싫든 좋든 식민지 상황에서 삶을 영위하며, 식민지적 상황이 내어 놓는 선택을 받아들이며, 싫든 좋든 전쟁에 나가고, 전쟁의 아픈 부작용에 적응하고, 싫든 좋든 전후의 혼란과 저개발 사회의 교육과 직장의 조건들과 씨름하며 생존의 근거를 마련코자 애쓰며—이러한 조건들이 제국주의와 전통사회의 모순에 의하여 역사적으로 형성되는 것이라고 할 때, 역사는 무엇보다도 우리의 의사로 좌우할 수 없는 객관적 사실이었다.

이러한 때의 역사는 우리의 삶의 구극적인 한정으로서의 운명에 비슷하다. 모든 운명적 자각이 그러하듯이 이러한 역사인식에는 어떤 적극적 긍정보다는 부정적, 비극적인 정감이 따른다. 물론 역사가 우리의 삶에 개인적으로나, 사회적으로나, 운명의 한정조건이 된다고 하여 사람들이 그것을 곧 그러한 것으로 인식한다는 말은 아니다. 우리의 삶은 대체로 그때그때의 역사적 상황이 규정하는 길을 별 반성 없이 따라가게 마련이고 역사의 전변(轉變)을 운명으로서 자각하는 일은 특별한 순간에만 일어난다.

이러한 객관적 사실로서, 거기서부터 시작하여, 긍정적 모범으로 또는 부정적 제약으로서 역사를 의식하는 것 외에, 역사의식에는 또 하나의 면이 있다. 우리가 흔히 들어온 역사의식의 필요성은 반드시 생존의 객관적 한정 또는 비극적 제약조건으로서의 역사에 대한 인식을 환기시키자는 것은 아니었다. 이와 반대로, 역사의식에 대한 요구는 오히려 사람이 적극적으로 자신의 환경에 작용하고 그것을 형성하고 스스로의 삶 또는 운명을 스스로 빚어 나갈 수 있다는 데 대한 자각의 필요에 대한 요구였다. 이것은 객체적 여건의 불가항력성이 아니라 그러한 여건에 맞설 수 있는 사람의 주체적 의지와 자유를 확인하는 것이었다. 사람은 여기에서 수동적 계승자나 희생물이 아니라 능동적 행위자이며 창조자이다. 서양에서 흔히 역사의식의 단초를 '역사는 사람이 만든다'는 비코(Vico)의 명제에서 발견하거니와, 1960년대, 70년대의 역사의식도 역사에서 인간의 이니셔티브를 발견한 것이었다.

역사의식은 방금 살펴본 바와 같이 '객관적 한계'와 '주체적 창조'라는 서로 다른 인식을 담고 있다. 그러나 이 두 인식이 서로 반대 모순되는 것만은 아니다. 역사를 운명적 제약으로 의식한다고 할 때, 이것은 모든 대자적 인식이 그러하듯이 스스로를 넘어설 수 있는 계기를 그 안에 이미 지니고 있다. 전체로서의 역사에 대한 인식은, 그것이 긍정적이든 부정적이든, 또는 능동적이든 수동적이든 역사의 역사성에 대한 인식을 포함한다. 역사의 역사됨에 대한 반성은, 이미 살펴본 바와 같이, 한편으로는 현재의 삶에 대한 제약으로서의 여러 객관적 사실들의, 우리 의지로써 마음대로 할 수 없는 역사적 깊이를 깨우치는 일이면서, 동시에 그러한 깊이의 역사가 결코 객관적 사실만도 운명만도 아닌, 사람의 형성적 노력, 스스로의 삶을 창조하려는 노력의 수많은 결정의 퇴적이라는 사실을 깨우치는 일인 것이다. 이러한 양면적 깨우침은 잠재적으로는 어떤 역사의식에나 들어 있다. 다만 역사 창조의 의지를 다짐하는 태도에서 형성적 노력의 소산으로서의 역사가 좀더 뚜렷하게 나타날 뿐이다. 그러나 이 경우에도 객관적 사실로서의, 밖으로부터 오는 한정으로서의 역사에 대한 의식이 배제되는 것은 아니다. 역사 창조는 이 객관적 토대를 떠나서 있을 수가 없다.

사람의 삶을 규정하고 그 내용을 이루는 객관적 사실의 상황을 레이먼드 윌리엄스(Raymond Williams)는 '추상적 객관성'과 '역사적 객관성'으로 나누어 이야기한 바 있다. 주어진 사실을 사람의 의지와 관계없는 삶의 조건으로 받아들이는 경우 그것은 이러한 사실을 '추상적 객관성'으로 받아들이는 것이고, 그러한 관련을 깨달을 때 그것은 이를 '역사적 객관성'으로 파악하는 것이다. 사실을 역사 속에서 이해한다는 것은, 위에서 말한 바와 같이, 스스로의 삶과 삶의 조건을 주체적 창조자의 입장에서 파악한다는 것을 뜻하지만, 그것은 동시에 이러한 창조적 행위가, 이미 이루어져 있는 객관적 사실의 세계에서 행해지는 것이라는 인식을 포함한다. 사람은 역사를 스스로 만들지만 제 스스로 선택하지 아니한 여건 속에서 이를 만드는 것이다.

2

여기에서 역사의 창조는 주체적 의지에 못지않게 객관적 상황에 대한 이성적 접근을 요구하는 것으로 생각된다. 역사 속에 행동하고자 하는 사람은 주어진 상황을 충분히 검토할 수 있어야 하고 그 검토하에서 새로운 진로를 선택할 수 있어야 한다. 그러나 이때의 선택은 무규정적인 자유의 표현이라기보다는 현실 속의 가능성의 선택이며, 이 가능성은 현실 속에 이미 내포되어 있다. 그렇다면 역사에 드러나는 주체적 의지는 행위자의 내면적 의지라기보다는 상황의 논리라고 하여야 하지 않을까? 이러한 관찰에서 역사의 법칙적 전개는 사람의 안과 밖에서 동시에 작용하는 어떤 원리 — 이성에 의하여 지배된다는 생각도 가능해진다. 다시 말하여 역사의 전개는 이성적 법칙을 가지며, 이 이성은 사람의 의지와 객관적 사실에 동시적으로 작용하면서 역사의 진로를 지시한다는 생각이 가능해지는 것이다.

그러나 역사의 이성이 — 그것은 '세계 정신', '변증법' 또는 '발전의 이념', 어떻게 부르든지 간에 — 경험과 실천의 테두리를 넘어가는 초월적 원리인 것은 아니다. 그것은 현실의 물질적 조건, 경제적, 인구학적 여건의 객체적 지배하에 있으면서도 사람의 노력으로 형성되는 어떤 질서이다. 여기의 사람의 노력에는 역사를 이론적으로 규명하며 이에 실천적으로 개입코자 하는 투쟁도 포함된다. 물론 이런 의미에서의 역사는 단순히 역사가의 전문적 영역에서 이루어지는 공헌만을 말하는 것은 아니다. 그것은 역사의 역사성을 깨닫는 모든 사람의 의식의 사실적, 주체적 심화의 결과로 성립하는 모든 이론적 노력의 종합이다.

이러한 넓은 의미에서의 역사에 대한 관심은 그 나름의 한정조건을 갖는다. 이것은 단순히 있는 그대로의 사실을 밝히는 일이라기보다는 그것을 발생적으로, 다시 말하여 사실이 사실로서 성립하게 되는 과정을 밝히는 데에 향한다. 관심은 응고되어 있는 사실이 아니라 사실의 동력학(動力學)에 있다. 물론 이것도 그것 자체로보다는 인간의 창조적 행위와의 관련에서 움직인다. 더 나아가 이러한 역사에의 관심은 사실로서 주어져 있는 것들을 인간행위의 역사적 제도화의 소산으로서 이해하고자 한다. 이론적 분석에의 강한 의지에도 불구하고, 여기에서 역사 이해를 계획하고 나선 사람은 근본적으로 실천적 인간이다. 그는 과거를 인간 실천의 소산으로 보지만 또 미래를 창조의 영역으로 보며 현재를 그 준비를 위한 투쟁의 장소로 본다. 따라서 그의 이론적 탐구는 현실의 실천적 구조에 대한 참조에 의지한다. 달리 말하면 그의 역사에 대한 접근은 전략적 사고의 성격을 띤다. 실천적 인간으로서, 우리가 여기에 상정하는 역사적 인간은 역사를 실천적 선택의 가능성의 관점에서 보되, 이를 다만 추상적 보편적인 선택의 구조에서 보는 것이 아니라 그때 그때 현실의 가능성의 구조 속에서 접근한다는 말이다. 그는 미래에 대한 전망에 못지않게 현실의 움직임에 대한 날카로운 통찰력을 가지고 장기적 전망을 잃지 않으면서 그때그때 현실 속에서 작용하고 움직일 수 있는 실천의 능력을 유지한다.

여기에서 우리가 간단히 그 성격을 설명하고자 한 역사인식은 다시 말하여 반드시 전문적 역사학의 발전을 지칭하는 것은 아니다. 또 의식적 노력을 통하여 첨예화한 역사인식의 과정만을 가리키는 것도 아니다. 우리가 시도한 것은 역사의식이, 반드시 객체적 사물에 대한 지식만도 아니며 무규정적인 실천적 의지의 표현만도 아닌, 이론과 실천, 객관과 주관의 교환작용의 매듭으로 성립한다는 것을 설명하려는 것이었다. 위에서 말한 바와 같이, 역사의식은 객체와 주체, 사실과 의지의 두 계기를 지니고 있지만, 두 계기는 역사에 대한 인식의 하나의 과정을 구성하는 것이다.

3

지금까지 설명코자 한 역사의식은 다시 말하면 역사의 이성에 대한 의식을 가리킨다. 또 역사적 실천이란 현실을 이성적으로 이해하고 그 이성의 진로와 더불어 움직이는 것을 말한다. 미래는 현재의 현실 자체의 변증법적 움직임 속에서 배태되어 나온다. 현재의 현실의 모순과 갈등 속에 지시되는 균열에 따라서 미래가 드러나는 것이다. 역사적 실천은 이 균열 속에 개입하는 일이다. 메를로퐁티의 말을 빌려 설명하면, 역사적 실천은 시인(詩人)이 주어진 사물의 자연스러운 의미에 비유적 변용을 가하는 일에 비슷하다. 비유는 시인의 주체적 의도에 의하여 구성되는 것이면서도 사물의 자연스러운 의미 암시의 가능성을 벗어날 수는 없는 것이다.

이렇게 말하고 보면, 유보와 한정에도 불구하고 역사에 작용하는 현실의 이치를 지나치게 강조하는 것이 된다. 말할 것도 없이 역사의식의 핵심은 주체성에 있고 또 역사의 객관적 조건의 일부의 구성에도 그것은 가장 중요한 요인이 된다. 많은 혁명적 변화가 소수인의 단호한 결단에 의하여 결정되는 것처럼 보이는 경우가 적지 않다는 것은 놓칠 수 없는 역사적 사실이다.

다만 모든 소수의 주체적 결단이 역사적 객관화를 얻을 수 있는 것은 아니다. 이미 살펴본 바와 같이 소수의 결단이 역사적 움직임의 단초가 되려면 현실의 객관적 여건에 무엇인가 무르익은 것이 있어야 한다. 다만 이 무르익음의 계기란, 위에서 우리가 비친 것보다는 훨씬 더 유동적인 것으로 생각될 만한 것이라 하여야 할는지 모른다. 왜냐하면 대부분의 경우 현실 속에 무르익고 있는 것은 한 가지의 가능성만이 아닐 것이기 때문이다. 아무리 현실구조의 법칙성을 강조한다고 하더라도 그것이 강철의 줄로 엮어진 필연의 법칙이라고 할 수 없음은 물론, 그것은 어디까지나 선택적 행동의 다양한 가능성을 배제하지 않는 것이다. 법칙적 국면을 현저하게 드러내는 지나간 역사는 이미 이루어진 사실을 하나의 가능성으로 돋보이게 하면서 다른 가능성들을 은폐하는 작용을 한다.

현실의 다양한 가능성을 현실화하는 데 중요한 요인이 되는 것은 주체적 의지의 집단적 규모이다. 자명한 일이지만, 역사적 실천의 의지는 그것이 다수의 것으로 확대될수록 객관적 사실의 값을 얻는다. 또 거꾸로 객관적 사실로 정립되는 것으로 보이는 의지일수록, 전염작용에 의한 것처럼 다수에 의하여 받아들여진다. 객관화되는 역사현실과 집단적 의지는 상승작용으로 강화되는 경향을 갖는 것이다. 이 상승작용은 역사의 장기적 흐름 속에도 나타나지만, 그날

그날, 그때그때의 단기적 변화 속에서도 나타난다. 역사의 무자비한 선회가 이루어지는 혁명적 상황 속에서, 오늘과 내일, 아침과 저녁의 대세가 달라지는 것은 드문 일이 아니다. 다시 말하여, 소수의 결단은 집단적 확산과정에서 객관적 세력이 될 만한 크기에 도달하기도 하지만, 이 확산은 이 객관적 크기에 대한 주관적 판단에 달려 있고, 이 판단은 급격히 변화하는 상황 속에서 수시로 달리 형성될 수밖에 없는 것이다. 이렇게 볼 때, 역사의 변화는 장기적 추세 속에서 이루어지면서 또 동시에 위기적 상황에서 수시로 바뀌는 주체적 의지의 향방에 의하여 좌우된다고 할 수 있다.

주체적 의지의 집단화는 다분히 변덕스러운 날씨와 같은 면을 가지고 있으면서, 또 그 나름으로의 이치를 가지고 있다. 그 하나는 이미 암시된 대로 사물이나 상황의 객관적 방향, 달리 말하면 이성적 진로에 대한 판단에 영향된다. 또 다른 한편으로 이러한 판단의 형성은 사회 내에서 진행되는 설득의 강도에 의하여 영향된다. 이것은 역사의 이성에 대한 설득을 뜻하기도 하지만, 달리 보면 이러한 이성의 필요는 설득의 필요에서 나오는 것이라 할 수도 있다. 역사의 무게란 무엇인가? 그것은 이미 말한 바와 같이 우리의 주체적 의사로 어떻게 할 수 없는 객관적 사실을 가리킨다. 그러나 이 사실의 무게는 상당 부분이 다른 사람들의 무게이다. 다른 사람의 존재는 사물의 무게보다 오히려 더 큰 관성을 가지고 우리의 주체적 의지의 자유로운 비상(飛翔)을 막는다. 이것은 산 사람의 경우에도 그렇고 죽은 사람의 경우에도 그렇다. 역사의 무게란 죽은 사람의 의지가 오늘날의 나에게 굳은 제도로서, 전통으로 작용하고 있는 것을 말한다.

그러나 무엇보다도 중요한 것은 오늘날의 동료인간이다. 과거가 그 무게를 나에게 느끼게 하는 것도 오늘날의 사람들의 타성(惰性)

을 통하여서 이다. 역사적 객관성에 눈을 뜬다는 것은, 사실 사람 존재의 사회성 또는 집단성에 눈뜬다는 것 이외의 다른 것을 의미하지 않는다. 우리의 삶의 집단적 성격은 우리의 동료인간들이 추상적 객관성 속에 사로잡혀 있는 한 더욱 무거운 것으로 느껴진다. 그리고 그런 상황에서 역사 창조를 위한 우리의 이니셔티브도 영원히 좌절상태 속에 머물 수밖에 없다. 따라서 우리는 우리 동료인간과 이야기하지 않을 수 없다. 결국 역사의 이성이란 이 이야기의 활발한 상태를 지칭한다고 말할 수 있다. 인간은 인간의 객관적 조건이며 또 그 창조적 활동의 주체적 원리이다. 인간이 주체성으로 남아 있는 것은 이야기의 활발함을 통하여서이다. 이 한도에서 사람은 어디까지나 그의 역사를 주체적으로 창조한다.

4

역사의 주어진 조건과 주체적 의지가 일치하는 곳에 역사의 이성 (理性)이 성립한다. 또 역사의 주어진 조건으로서의 인간의 집단체가 스스로의 주체적 의지에 일치하는 곳에 이성이 성립한다. 그러나 주체성과 이성이 완전히 일치할 수 있는가? 여기에 대한 바른 대답은 주체성과 이성의 일치는 일정한 조건하에서만 가능하다고 하는 것이다. 어떤 경우에나 사람의 행위가 절묘한 이치에 따라서만 이루어질 수는 없는 것이다. 객관적 조건과 주체적 의지의 일치는 의지의 법칙에의 승복을 요구한다. 한 집단체가 주체적 의지로 뭉칠 수 있는 것은 이성에 기초한 대화를 통하여서이다. 이것은 객관적 사물의 이치에의 승복을 요구하고 또 여러 다른 개체의 의지의 객관적 이성과 집단적 이성에의 순응을 요구한다.

그리고 이러한 여러 단계의 승복이나 순응 그것도 이성적 조정에 의하여서라기보다는 긴장과 갈등을 통하여서 이루어진다. 다시 말하여, 역사적 이성이나 역사적 효력을 갖는 실천적 의지는 하나의 변증법적 갈등의 과정으로서만 성립하는 것이다. 여기에는 많은 요소가 서로에 대하여 폭력적인 대립 속에 편입된다.

주체성이 현실 속에 나타나는 것은 폭력적 반대명제로서이다. '모든 존재하는 것은 이성적이다'라는 명제는 여러 가지로 해석될 수 있는 것이지만, 이것은 일단 현실은 어떤 현실이든지 간에 그것 나름으로의 질서—따라서 이성을 가지고 있다는 말로 생각될 수 있다. 이것은 현실이 사람의 의지에 따라 함부로 바꾸고 깨뜨릴 수 없는 무게와 저항을 가지고 있다는 말이기도 하다. 그런데 실천으로 표현되는 주체성은 그 본질에서 이미 있는 것을 변형하고 바꾸고 깨뜨리려는 의지이다. 따라서 그것은 이성적 질서에 대한 폭력적 대립, 이성의 관습에 대한 비이성적 욕구라는 성격을 가지게 된다.

그러나 이성과 비이성, 질서와 폭력의 대립과 모순은 기정사실이나 새로운 주체적 분출의 어느 쪽에도 해당시켜 볼 수 있는 대립과 모순이다. 새로운 주체적 의지가 폭력적이 되는 것은 그것이 자연질서에 대한 저항이라기보다는 기존의 사회질서에 대한 대결이 되고 이 사회의 기존질서는 그것 나름으로 힘에 의하여, 어떤 종류의 것이든 폭력에 의하여 뒷받침되기 때문이다. 사실상 모든 의미 있는 질서는 힘에 의하여 뒷받침된 질서이다. 그런데 그러한 질서의 이성으로서의 권리는 그 보편성에서 온다. 현실 세계에의 새로운 주체적 의지의 분출은 이미 그 분출의 사실로 하여 기존질서의 보편성을 손상시켜 버린다. 그것은 단순히 보다 큰 힘에 의하여 지탱되는 부분적 이치에 불과함이 드러나는 것이다. 이성은 근본적으로 비이성적인 욕구의 집단적 결속을 나타내는 상태를 나타냄에 불과하다. 이 경우 집단은 전체라기보다는 한 집단에 대한 다른 집단을 말하고 그 이성적 권리는 집단의 부분성을 호도하는 허위라는 인상을 준다. 그리하여 역사는 이성의 정연한 자기 전개의 과정이 아니라 집단과 집단의 갈등의 마당이 된다.

이렇다고 하여 역사나 집단적 사회질서에서 이성의 이념이 완전히 사라져 버리는 것은 아니다. 이것은 단순히 사물의 법칙성을 말하는 것이 아니라 인간과 삶의 욕구의 관점에서 파악된 사물과 사회의 질서, 또 그 이론적 실천적 가능성의 원리를 지칭한다. 그리고 여기의 이성은 그 관점의 보편적, 전체적 범위의 정도에 따라 상대적 정당성을 갖는다. 따라서 사회적 변화를 위한 투쟁은 힘과 힘이 혼란된 각축인 듯하면서도, 이성과 이성의 갈등이라는 양상을 띤다. 이 투쟁은 보다 더 보편적 원리로 생각될 수 있는 이성을 이성으로, 그에 미치지 못하는 것을 비이성(非理性)으로 규정한다. 그러나 이러한 결정은 집단의 실천적 능력에 달려 있는 것이기도 하다. 이런 관련에서, 이성은 비이성으로, 비이성은 이성이 될 수 있다. 이성의 정당성은 힘, 즉 폭력 또는 비이성에 의하여 지탱되는 셈이다.

5

기존질서에 대하여 새로운 실천적 의지로서 대두하는 주체성은 하나의 폭력적 단절을 표현하면서도 동시에, 그것이 보다 참다운 이성의 질서, 새로이 나타나는 이성의 질서를 대표한다는 것으로 스스로를 정당화한다. 그러나 주체성과 이성의 일치는 근원적인 것이 아니며, 긴장과 갈등을 통하여서만 성립하는 과정이라는 점에 다시 한 번 주목할 필요가 있다. 그러면 우리는 주체성의 구성 자체가 이성과 비이성, 질서와 폭력의 두 모순된 계기를 포함하고 있음을 깨닫게 된다.

우리는 위에서 역사적 실천의 담당 원리로서 주체성(主體性)이란 말을 사용하였지만, 이 주체성, 주체적 의지 또 실천적 개입은 누구의 주체성을 말하는 것인가? 얼른 생각할 수 있는 것은 대부분의 경우 이것이 어느 개인의 주체성 또는 주체적 의지를 말하는 것이 아니라는 점이다. 역사 속에서 현실적 의미를 갖는 것은 어떤 개인의 의지의 표현이 아니다. 이것은 역사의식이란 말을 쓸 때의 상식적 연상을 생각해 보아도 금방 드러난다. 역사의식을 가지고 행동한다는 것은 목전의 개인적 이해관계를 초월하여 크게 행동한다는 것을 뜻한다. 따라서 역사적 실천의 근본 원리로서의 주체성은 개인의 의지의 적나라한 표현보다는 그것의 객관적 필요 또는 필연에의 순응을 요구한다고 하는 것이 옳다. 중요한 것은 집단의 관점에서의 책임과 기율이다. 그리하여 이러한 순응과 책임과 기율은 개인의 주체적 의지에 대하여 억압적인 것으로, 더 나아가 폭력적인 것으로 생각될 수 있는 가능성이 생긴다. 또는 반대로 개인의 의지, 개체적 주체성은 본질적으로 집단의 기율에 대하여 하나의 폭력이며 단절로서 나타난다. 그리고 이러한 개체적 주체성은 모든 집단의 역사에 집약되는 주체성보다 근원적이며 그것에 선행하는 것이다. 그렇다는 것은 사람에게 직접적으로 주어지는 — 감성적으로, 본능적으로, 직관적으로 주어지는 주체로서의 체험은 아무래도 개인적 실존에 의하여 매개되기 때문이다.

주체성은 차이의 원리, 대립의 원리이다. 그것은 세계의 무게와 나의 의지와의 차이와 대립으로 나에게 주어진다. 이 차이와 대립은 극단적인 경우 해소될 수 없는 것으로 보인다. 그리하여 길러지는 개인의 괴로움과 분노는 사회의 규범으로부터의 일탈 또는 그에 대한 저항으로 나아간다. 그러나 이러한 개인적 차이 및 대립의식은 그 자체로서 이를 극복하는 원리가 되지 못한다. 그것은 기존질서에 대한 변혁 의지로 바뀌어서 비로소 사회적 실천의 차원을 얻게 된다. 즉 개이의 차이의식은 그것이 집단직으로 확산될 수 있을 때에 비로소 역사적 행위의 모체가 될 수 있다. 이때 단순한 차이의식은 벌써 사회에 대한 이성적 인식으로 전환된다. 왜냐하면 그러한 의식의 담당자로서의 개인은 그의 삶의 욕구가 정당한 것이며, 또 그 욕구가 사회적으로 실현될 가능성이 없는 경우에는 그 좌절을 가져오는 사회기구 자체가 비이성적이라는 생각을 요구하기 때문이다.

이렇게 하여 비로소 개인과 집단은 사회적인 투쟁관계 속에 들어간다. 집단은 이미 존재하는 사회적 질서의 특권을 가지고 스스로의 이성적 우위를 주장하고 개인적 저항은 일단 비이성적 충동의 분출로 처리하려고 한다. 이에 대하여 집단에 맞서는 개인은 기존 이성의 허위성 또는 부분성을 들추어내고 스스로가 보다 넓고 발전적인 이성, 사회의 실질적 보편성 내지 전체성을 대표한다고 주장하고 나서게 되는 것이다. 저항하는 개인의 관점에서, 기성의 이성이야말로 비이성의 다른 이름인 것이다.

그러나 이러한 대결에서 갈등과 투쟁은, 실제에서 그렇든지 안 그렇든지, 적어도 이론 면에서 개인과 사회의 투쟁이 아니라 사회와 사회, 하나의 사회이념과 다른 사회이념 사이의 투쟁이 된다. 그러면 본래의 개인의 주체적 의지의 분출은 어떻게 되었는가? 그것은 사회동력학의 논리 가운데서 변모의 과정을 겪지 않을 수 없었다. 이 동력학 속에서 모든 것은 집단적으로 움직인다. 비이성적 충동의 분출로서의 개체는 사회에 맞부딪치면서 동시에 그 이성적 우위의 주장에 부딪치고 여기에서 스스로의 의지가 구질서에 의하여 인정되지 않은 새로운 집단, 새로운 이성의 모체로서의 새 집단에 연결되어 있다고 주장하지 않을 수 없게 된다. 그는 집단을 곁눈질하며 스스로를 거기에 일치시키는 것이다. 그리고 그는 새로운 집단의 이성과 그 기율에 스스로를 순응시킨다. 그러나 새로운 집단적 이성이 본래의 개체에 대하여, 그 생충동(生衝動)의 분출 전부에 대하여 정당한 공간을 보장하리라는 것을 어떻게 알 수 있는가? 그것은 차이와 대립의 또 다른 순환을 준비하는 것에 불과할 수도 있는 것이다.

물론 집단과 개체의 대립은 이와 같이 극단에 이르지 않는 것이 현실이라고 할 수는 있다. 사실 사회를 떠나서 개체라는 것을 절대적 원리처럼 생각할 수 있는가? 따지고 보면 개체는 사회화의 소산이다. 개체가 느끼는 주체적 의지까지도 사회의 의지를 내면화한 것에 불과하다고 할 수도 있다. 또는 사람이 역사 속에 행동하는 극단적 경우로서 정치적 활동이나 군중행동은 개체와 집단의 대립이란 관점에서만은 이해될 수 없는 면을 가지고 있다. 사실 많은 사람에게 집단적 정치 행동의 매력은 그것이 풀어놓아 주는 행동적 충동의 충일 내지 고양에 있다. 정치행동의 의미는 그것이 이성적으로 기획된 목표의 달성에 기여한다는 데 있지만 실제에서 집단적으로 움직이는 데서 오는 순수한 고양감이 정치행동의 중요한 심리적 동력으로 작용하는 것임은 부인할 수 없는 일이다. 이러한 움직임은 우리의 주체적 의지를 제약하는 것이 아니라 북돋워 주고 확대시켜 준다.

이러한 사실들에도 불구하고 역시 개체와 집단의지의 일치가 당연한 것으로 볼 수 없는 것임은 다시 주장될 수밖에 없다. 개체와 집단의 양극은 조화시켜 주는 것이 사회화라고 하더라도, 이 사회화가 개체의 본능적 생활에 제약을 가져오거나 이를 만족케 할 장치를 못 가지게 되는 것은 불가피하다. 프로이트가 문명에 따르게 마련인 불유쾌한 요소를 지적한 것은 이러한 개체적 희생의 불가피성을 말한 것이다. 또 사회화가 제약을 가지면서도 개체와 집단의 조화를 가져온다고 하더라도 그 과정의 강도와 순수성은 문제가 될 수밖에 없다. 사회화, 내면화의 과정에는 암시와 세뇌와 위선적 강요가 작용할 수 있는 것이다. 이것은 일단 지배적 위치를 점유한 집단 내에서 특히 그렇다. 대항적 집단에서의 내면성, 자율성, 자발성이 이러한 집단의 승리와 더불어 허위로 떨어져 버리는 일은 역사에서 흔히 보는 일 중의 하나이다.

정치적 집단행위에서 일어나는 행동적 의지의 고양은 삶의 일상적 질서라기보다는 예외적 축제와 같은 것이다. 그러니만큼 정치가 인간의 일상적 삶의 질서의 수립과 유지에 관계한다고 할 때, 그러한 행동의 축제는 오히려 비정치적이라고까지 말할 수도 있을 것이다〔축제와 극적 전시야말로 정치의 본질을 가리키는 것이라고 하는 학자가 없는 것은 아니다. 또는 사람과 사람의 격의 없는 결합을 정치의 모범으로 보는 생각도 정치적 발상의 매우 중요한 한 면을 이룬다. 가령 스타로뱅스키(Starobinski)에 의하면 루소에 있어 '포도의 축제' — 사람과 사람이 격의 없이 마음을 트고, '주고받는 마음속에 공동체가 스스로를 표현하며, 스스로의 고양을 주제로 삼는' 축제는 모든 정치 공동체의 모범이었다〕.

현대 정치에서의 집단행동이 축제적 요소를 갖는 것은 사실이나 장기적으로 볼 때, 그것은 예외보다는 일상적 필요, 사람과 사람의 연합 그 자체보다는 물질적 제약에 규정되는 사회관계의 제도적 구성을 겨냥하는 것이라 말하는 것이 옳을 것이다. 다시 말하여 그것은 사람과 사람의 전인격적 또는 정서적 결합보다는 사회의 정치적, 사회적, 경제적 조직화에 관계되는 것이다. 물론 이러한 조직화가 사람과 사람의 인격적, 정서적 교환을 최대한으로 확보하게 하는 노력이 될 수는 있다. 그러나 어떤 경우나 사회질서가 사람의 모든 욕구를 만족시켜 줄 수는 없을 것이다. 기껏해야 그것은 여러 가지 소집단, 일터, 가족, 친구, 이웃 사이에서 만족될 수 있고, 이러한 소집단의 다양한 전개를 뒷받침해 주는 사회조직을 보장해 줄 수 있을 것이다. 그러나 정도의 차이는 있을망정, 개인으로부터 그의 인격이 모든 것이 아니라, 집단 내에서의 사회적 역할이 요구하는 어느 특정한 인격의 부분만을 수용하게 되는 것이 바로 집단 구성의 근본원리가 된다는 점에는 변함이 없다.

집단과 개체와의 불가피한 긴장관계는 단순히 집단의 본질 때문만이 아니라 개체의 개체로서의 특성 때문에 발생한다고 할 수도 있다. 아무리 쾌적한 집단적 삶이 가능한 경우라고 하더라도 사람의 본능의 밑바닥에는 그러한 집단에서마저 자기를 독립시키려는 개체화의 본능이 있는 것인지도 모른다는 말이다. 체르니셰프스키의 합리주의에 대하여, 인간의 비이성적인 주체적 의지를 강조한 도스토예프스키가 그의 지하인간(地下人間)으로 하여금 '사람은 어디에서나 어느 곳에서나 제 마음대로 행동하기를 원하지, 그의 이성이나 이해타산에 따라서 행동하기를 원치 않는다'고 말하게 한 것은 옳은 말인지도 모른다. 지하인간은 '아무리 황당무계할망정, 자신의 제약 없는 자유로운 선택, 자신의 바람기, 때로는 미칠 지경으로 흥분된 공상 ― 이것이야말로 우리가 간과하고 있는 이익 중의 이익이며, 어떤 분류체계에도 들지 않고, 오히려 어떠한 체계나 이론도 박살을 내버리는 그러한 근본적 사실이다'(《地下의 手記》)라고 말한다.

사람의 개체성의 원리가 이러한 비뚤어진 본능이나 마음에 있다고 하기는 어렵지만, 적어도 우리가 인정할 수 있는 것은 이성과 집단의 요구를 넘어서서 무엇인가 개체를 차이 속에서 정의하려는 근본적 동기가 사람에게 이미 생물학적으로 주어져 있을 가능성이 크다는 점이다. 인간의 생존의 가장 근본적인 사실의 하나는, 그가 사회 속에서 산다는 사실과 함께, 개체로서 태어나서 세계를 새로 살 듯이 산다는 사실인 것이다.

그런데 이렇게 이야기하고 보면 우리는 다시 한 번 생존의 사회적 연관을 상기하게 된다. 그렇다는 것은 개체적 생존의 불합리성, 그의 억제할 수 없는 주체적 의지, 이것이 곧 사회생활에 직접적으로 필요한 것은 아니라 하더라도 동적인 역사의 전개에 필요한 것이라는 말이다. 한 사학자의 견해에 의하면, 역사변화의 근본동력은 자원과 제도와 인구의 상관관계의 변화에 기인하고 이것은 다시 근본적으로는 인구의 변화에 기인한다. 인구의 변화가 자원과 제도의 새로운 조정을 불가피하게 하는 것이다. 물론 인구의 총체적 변화는 또 그것대로 자원과 제도의 변화에 의하여 자극된다. 그러나 근본적으로 인구변화의 근본요인은 사람이 개체로서 나고 죽는다는데 있다. 심리적으로 보아서 사람의 욕망이 변화의 내적 동기라고 한다면, 이것은 집단적으로 자극되면서, 다른 한편으로는 모든 개체가 새로이 태어나서 새로운 욕망과 필요에 따라 삶을 살아가고 또 그의 새로운 삶에 맞게 세상을 고칠 필요가 있는 데에서 일어나는 동기라고 해야 할 것이다. 역사적 변화가 좋은 일이든 아니든 이미 있는 세계의 발전적 개선이 불가피하다고 할 때, 또 그러한 개선이 필요하든지 안하든지 간에 개인과 집단 사이의 활발한 주고받음이 사람의 삶의 기쁨의 한 원천이 된다고 할 때, 개체의 주체적 의지 ─ 비이성적이며 폭력적인 형태를 취할 수 있는 개체의 주체적 의지는 역사의 발전과 공동체적 공간의 활력을 위하여 반드시 필요한 것이다. 다만 개체와 집단의 관계는 완전한 일치보다는, 최선의 상태에서도, 모순까지는 아니라 하더라도 긴장 속에 유지될 수밖에 없는 것이다.

6

개체와 집단의 갈등은 단순히 욕망과 이성, 비이성과 이성, 또는 폭력과 질서의 대립 갈등으로만 설명될 수 없다. 이러한 갈등은 사람의 삶의 역사성(歷史性)에서도 온다. 위에서 우리는 역사를 여러 가지 대립적 요소의 해소 아니면 적어도 긴장된 합일이 이루어지는 과정으로 말하였지만, 역사는 그것 자체가 이러한 긴장을 격화시키는 원인이 되기도 한다. 그것은 역사는 하나로서만 존재하는 것이 아니고 여러 갈래로 존재하기 때문이다. 개인, 집단, 사회, 문화, 국가 ― 모든 것은 그 나름의 시간 속의 궤적을 가지며, 여기서 오는 각각의 역사는 갈등의 씨앗이 된다. 한 사회와 또 하나의 사회, 또는 한 문화와 또 하나의 문화가 부딪치는 데서 갈등이 일어나고 또 이 갈등이 쉽게 해소될 수 없는 것은 각 사회단위나 문화단위가 다른 종류의 역사적 관성을 가지고 있기 때문이다. 이것은 개인과 개인의 삶, 개인의 삶과 어떤 집단 또는 사회의 요구가 맞부딪칠 경우에도 마찬가지이다. 한 사람과 다른 사람, 또는 한 사람과 사회집단의 갈등이 쉽게 해소될 수 없는 것은 여기에 서로 다른 종류의 역사적 과거가 개입하고 있기 때문이다. 이러한 점은, 사회나 역사와의 관계에서 개체의 삶을 이해하고자 할 때 주목해야 할 중요한 사실의 하나이다.

위에서 우리는 개체적 삶의 개체성은 구극적으로 그것이 비이성적인 생충동(生衝動)의 분출이라는 점에 근거해 있는 양 이야기하였다. 그러나 실제에서 어떠한 사람의 삶이든지 간에 무규정적 욕구의 자연발생적 분출일 수만은 없다. 사람이 단순히 그의 욕망의 내면 속에 남아 있지 않는 한, 그 욕망의 충족을 위하여서도 그는 바깥세상에 나아가 움직여야 한다. 이런 바깥세상에서의 움직임은 저절로 시간 속에서의 궤적을 그린다. 그리하여 사람의 삶은 실존주의자들이 말하듯이 하나의 '기획'(企劃)이라는 형태를 취하게 마련이다.

이 기획은 일단 사람의 주체적 의지의 선택에서 시작한다. 그러나 이것은 한편으로는 밖으로부터 주어진 가능성 속에서의 선택이다. 또 다른 한편으로는 선택 자체도 그것이 일단 이루어진 다음에는 그것 나름으로서의 객관적 구속력을 갖는다. 그리하여 선택은 객관적 상황의 법칙적 관계에 의하여 규정되고 또 선택의 자취 자체는 공간적으로 시간적으로 하나의 객관적 체계를 구성한다. 그러므로 우리의 선택은 완전히 자유로울 수 없으며, 따라서 사회 내에서의 갈등은 우리 자신의 자유의지를 초월한 우리 자신 또는 우리 집단, 또 다른 사람 또는 다른 집단의 역사적 깊이로부터 나오는 현실적 질서의 불가피성을 띤다. 그런데다가 우리의 기획은 우리의 선택에 들어가는 비이성적 충동의 모든 에너지를 그 밑바탕에 감추어 가지고 있다. 그리하여 갈등은 더욱 격렬하고 불가피한 것으로 나타난다. 이러한 관련들이 결국 이성적 조화와 설득의 노력으로 하여금 좌절에 부딪치게 하는 요인을 이룬다. 개체나 집단의 기획의 역사적 우여곡절과 그에 따른 결정적 원인을 참고하지 않는 공시적 설득은, 그것이 아무리 표면적으로 이성적인 것이라 하더라도, 효과를 갖기가 어려운 것이다.

그렇다고 하여 개체나 집단의 기획이 이성적 접근을 완전히 배제하는 것은 아니다. 이것은 근본적으로 비이성적 힘으로서의 생충동의 분출과는 다르다. 각 개체 또는 집단의 기획을 이루는 선택은 객관적으로 주어지는 기회와 가능성의 연쇄이기 때문에 이것은 객관적으로 이해되고 통제될 수 있는 것이다. 이러한 기회와 가능성은 사실상 우리 스스로 만들어내는 것이기보다는 사회적으로 주어진 것이다. 그리고 이성적 사회에서 이러한 가능성의 폭은 한편으로 최대한으로 크면서도 다른 한편으로는 구극적인 합리적 질서 속에 통합되어 예견되고 또 계속 확대 발전될 수 있는 것으로서 존재할 수 있을 것이다.

우리는 여기에서 이성(理性)이나 이성적 질서의 이념을 다시 한 번 생각해 볼 필요가 있다. 이성의 이념은 사회에서 전체성(全體性) 또는 보편성(普遍性)의 이념과 거의 같은 것으로 생각된다. 이성은 사회의 모든 부분간의 갈등 없는 작용을 확보해 주는 정합성(整合性)을 말한다. 이 갈등 없는 정합성은 사회의 각 부분에 고르게 작용하는 질서를 요구한다. 결국 질서는 넓은 범위에 작용하는 힘의 일관성에 비례하는 것이다. 따라서 그것은 위로부터 부과된 중앙집권적 힘에 의하여 얻어질 수도 있고 또는 전체를 구성하는 각 부분들의 에너지의 총화와 균형에 의하여 얻어질 수도 있다. 또 그러한 질서는 삶의 발전적 에너지를 제한하는 방법에 의하여 얻어질 수도 있고 또 그것을 가능한 한 최대한으로 풀어 놓고 촉진하는 쪽으로 얻어질 수도 있다. 즉, 사회의 질서는 이른바 전체주의적인 것일 수도 있고 민주적인 것일 수도 있으며, 또는 보수적인 것일 수도 있고 발전적인 것일 수도 있다. 어느 쪽의 질서를 택하느냐 하는 것은 우리의 의지와 역사적 조건에 달려 있다. 그리고 어느 쪽이든지 간에, 그것은 일정한 효율성을 가지고 있는 한 이성적이라고 할 수 있다. 그렇긴 하나, 인간의 본연의 성향을 생각하고 또 장기적 안목에서 볼 때, 민주적이며 발전적인 질서야말로 더 바람직하고 더 이성적 질서라고 하지 않을 수 없다. 왜냐하면 사람은 누구나 또 어느 집단이나 비슷한 자기실현의 욕구를 가지고 있으며, 이 욕구가 실현될 때까지, 사람과 사람의, 또 집단과 집단의 투쟁은 쉴 사이가 없을 것이므로 이 모든 욕구에 정당한 실현의 공간을 주는 질서가 보다 넓은 의미에서 또 보다 긴 안목에서 갈등 없는 정합성의 이상에 가까이 간다고 할 것이기 때문이다.

또 일반적으로 인간의 사회가 아직도 이루어야 할 과업들을 가지고 있다고 할 때, 또 그러한 과업이 없다고 하더라도 사람의 보람이 개인적으로나 집단적으로나 그 잠재력의 활발한 실현에 있다고 할 때, 사회 구성분자의 모든 지점에서의 자유롭고 활발한 에너지의 발산을 허용하는 질서가, 적어도 인간의 가능성의 관점에서 더 이성적 질서라고 할 수 있다. 이러한 고려들을 포함하는 이성의 이념만이 진정한 의미에서의 이성의 이념에 가까이 가는 것이다.

다시 말하여 이성은 전체성 또는 보편성의 이념이다. 그것은 부분적인 것, 특수한 것을 초월한다. 그러나 다른 한편으로 참다운 전체성이나 보편성은 추상적으로 전체를 포괄하는 것이 아니라, 즉 모든 구체적 계기를 사상함으로써만 얻어지는 일반 개념이 아니라 구체적인 것들의 그 변증법적 전개과정을 일부로 포함하는, 구체적인 것들의 낱낱의 구체성과 그 가능성을 포용하는 참다운 전체, 아무것도 완전히 버리거나 무시하는 것이 아닌 보편을 말한다. 이것은 현실적으로 특정한 개체나 집단 고유의 역사성을 존중하는, 다시 말하여 그 역사적 진로의 관성에서 유래하는 제약을 참고하고 그것의 발전적 지양의 가능성을 고려하는, 그러한 보편성이다. 이것은 한편으로 개체적인 것의 완전한 원자적 자유와 그것의 단순한 총화를 넘어간다. 구체적 보편성은 개체적 생존의 고유한 역사적 전개를 허용하면서, 그 안에서 일어나는 개체적 역사의 맥락에 늘 삼투하는 고양과 초월의 지평으로서 존재한다. 다른 한편으로 구체적 보편성은 추상적 전체성에서처럼 모든 것의 획일적이며 즉각적인 조화를 겨냥하지 않는다. 그것은 인간의 생존이 구체와 보편의 긴장된 변증법적 관계 속에 있음을 인정하고 일시적인 긴장과 갈등에도 불구하고 구극적인 조화의 지평이 그러한 긴장과 갈등의 근본 바탕임을 믿는 것이다.

구체적 보편성 또는 전체성의 이념 안에서의 구체와 보편의 관계는 가령 민족주의와 국제주의의 예시될 수 있다. 어떤 사람들은 이두 가지 것이 서로 모순되는 태도인 듯이 이야기한다. 그러나 이것은 진정한 보편성의 이념을 잘못 이해한 결과이다. 진정한 국제주의는 추상적 의미에서 모든 국가나 민족이 인류라는 이념 속에 결합되어야 한다는 것을 주장하지 아니한다. 그러한 주장은 오늘날민족국가의 현실과 그것의 역사적 진로를 무시하는 것이다. 각 민족이 스스로의 독특한 역사에서 나오는 제약을 극복하고 또 동시에그 가능성을 발전시키고 이러한 극복과 발전이 가능케 하는 진정한자기회복에 이르며, 거기에 따라 다른 민족과의 대등한 위치를 확보할 수 있을 때 비로소 보편성으로서의 인류의 이념은 그 토대 위에서 현실적 이념이 된다. 오늘날의 민족주의 — 특히 제3세계 국가의 민족주의가 할 일은 과거의 불균형한 국력, 경제력 또는 문화적 세력의 상처를 극복하고 고유한 발전의 능력을 회복하는 일이다. 그렇다고 해서 이것이 그 자체로 끝나버리는 노력이어서는 안된다. 그것은 결국 자유롭고 대등한 입장에서의 인류 공동체에의참여를 향한 역사의 한 단계로 이해되어야 한다. 또 이러한 과정의지평 속에서의 일이니만큼, 과도단계로서의 민족주의도 이미 이러한 보편적 지향을 그 모든 국면에 표현하고 있어 마땅하다. 이러한역사적 과정으로서 변증법적 교환 속에 있는 세력으로서의 민족주의를 우리는 추상적 민족주의에 대하여 구체적 또는 역사적(歷史的) 민족주의(民族主義)라고 부를 수 있을 것이다.

이와 같은 이해는 개체와 집단과의 관계에도 적용할 수 있다. 모든 사람이 집단, 사회, 민족 속에서 조화를 이룰 수 있어야 한다는것은 모든 정치이상의 핵심이다. 그러나 이것이 가능하려면, 우선 개체가 그의 역사 속에 드러나는 부정적 제약을 극복하고 또 그러한 역사가 보여주는 고유한 가능성을 발전시킴으로써, 자유롭고 대등한 입장에서 공동체에 참여할 수 있어야 한다. 각 개체의 고유한 또는 계급적 역사의 제약을 참조하지 않는 단순히 형식적이고 추상적인 사회조화의 여러 약속과 정책이 무의미한 것임은 우리가 흔히 보는 바이다. 또 각 개체의 역사성에 기초한 고유한 가능성을 인정하지 않는 전체성이 극히 억압적인 것이 되는 것도 우리가 흔히 보는 일이다.

　개체와 전체, 구체와 전체를 조화하는 이성적 질서가 가능하게 하려면 구성단위의 역사의 특수한 성격에 대한 이해가 극히 중요하다. 역사는 한편으로 보면, 개체를 초월한 집단의 시간 속의 진로를 말한다. 그것은 개체의 의지를 초월하는 법칙성을 갖는다. 그러나 다른 한편으로 보면 이러한 역사는 개체의, 또는 하나의 단위로 끊어낼 수 있는 특수자의 고유한 시간적 진로를 말한다. 그리고 이것이 모아져 이루는 것이 큰 의미에서의 역사이다. 이렇게 큰 역사의 흐름이 이루어지는 데에는 작은 역사들과의 희생과 일치가 착잡하게 얽히게 마련이다. 그러나 사람이 스스로의 노력에 의하여 참다운 역사를 창조한다고 할 때, 큰 역사와 작은 역사들은 서로 긴장을 완전히 해소하지는 않으면서도 하나로 통일을 이룰 수 있어야 할 것이다. 진정한 역사는 구체적 보편성을 실현하는 역사이다.

7

지금까지의 역사의 몇 가지 면에 대한 우리의 성찰은 역사와 문학의 관계에 대하여 무엇을 시사해 주는가? 이 글의 머리에 제기했던 물음으로부터 우리는 너무 떨어져 있었던 것처럼 보인다. 그러나 나는 반드시 그런 것만은 아니라고 말하고 싶다. 우리는 역사의식이 우리의 사회적 삶을 결정하는 객관적 조건과 스스로의 삶을 창조하겠다는 주체적 의지에 대한 두 모순되면서도 일체가 되어 있는 의식으로 이루어져 있음을 지적하였다. 또 역사 창조의 의지로서의 집단적 주체성의 구성에 작용하는 개체적 주체성의 문제에 언급하였고 개체적 생존의 역사성이 집단의 역사에 대하여 가질 수 있는 긴장과 모순의 관계에 대하여 논의하였다. 그런데 역사의 내면에 숨어 있는 잠재적 갈등과 그 변증법적 지양의 관계는 사실상 한편으로는 문학과 역사의 관계에 있을 수 있는 갈등과 일치를 말한 것이라고 할 수 있다.

위에서 살펴본 대로 객체성이나 주체성은 다 같이 단일한 인자로 보기보다는 그것들 나름으로 복합적 과정을 통괄하여 지칭한다. 또 객체나 주체는 이 과정에서 서로 자리를 바꿀 수도 있다. 그럼에도 위에 분석한 몇 개의 과정에서 갈등의 두 극을 차지하는 것이 주체성과 객관적 사실이라고 할 때, 문학은 그 근본적 자리를 주체성 위에 가지고 있으며, 역사는 객관적 사실 위에 그 근거를 가지고 있다고 할 수 있다(더 엄밀하게 주체성과 객체성 사이에 여러 가지 의식활동의 분야를 조금 다르게 배치시켜 볼 수 있다. 문학이 주체성 쪽에 있다면, 객체성 쪽에는 자연과학이 가장 가깝게 있을 것이고 그 다음으로는 사회과학이 있을 것이고 역사는 자연과학이 취급하는 물질적 법칙의 세계, 사회과학의 집단적, 제도적 상관관계의 세계와 문학의 주체성의 세계의 중간에 위치하는 것으로 생각할 수 있다. 이것은 바로 위에서 여러 가지 분석을 통해서 보여주고자 하였던 것이다. 그러나 역사를 단지 문학과의 상관관계에서 볼 때 그것은 객체성 쪽에 서 있는 것으로 볼 수 있다 하겠다).

다시 말하여 문학의 편견은 주체성의 관점에서 사람의 체험을 이해하고 기술하고자 한다는 것이다. 역사가 완전히 객관적 법칙, 자연과 집단의 규칙성에만 관심을 가지고 있는 것은 아니다. 그러나 그것이 문학만큼 인간의 주체적 의지 내지 의도에 주의하지 않는 것은 사실이다. 그러한 경우에도 그것은 이를 객관적 자료로서 검증하고 또 많은 경우 결과적으로 주체적 의지의 객관적 의지에 의한 한정과 좌절을 보여줄 경우가 많다. 문학이 객관적 역사의 상황에 무관심할 수는 없지만, 그것은 여기에서의 주체적 의지의 작용을 ─ 그 창조적 표현이 아니라면 적어도 주체적 반응을 보여주려고 한다. 개체적 의지와 집단적 의지의 갈등에서도, 문학은 사회과학적 접근에 비하여, 개체적 의지 ─ 그 무한정적 표현이 아니라고 하더라도 적어도 그것이 세속적 부침의 경로에 보다 깊은 관심을 갖는다.

이것은 집단적 이데올로기에 의하여 지배되는 문학의 경우에도 마찬가지이다. 서정시의 근본적 영감은 삶에 대한 주체적 직관에 있다고 일단 말할 수 있다. 이것은 어떠한 집단적 범주의 지배에서도 벗어나는 직접성을 가지고 있다. 그런가 하면, 사회 속의 인간을 그리게 마련인 이야기체의 장르에서도 주체성은 문학의 핵심의 하나이다. 위에서 언급한 도스토예프스키의 지하인간처럼 모든 집단적, 이성적 기획을 거부하는 '심술의 귀신'(에드거 앨런 포)은 현대 서구문학의 또 우리 현대문학의 중요한 수호신이 되어 왔다. 또 개체적 삶의 역사성은 아마 역사의 경우보다는 전적으로 문학의 관심이라고 하여야 할 것이다. 역사에 그러한 것이 있다고 하더라도 그것은 전기(傳記)라는 특수하고 한정된 분야에서만 문제가 되는 것이다. 결국 이러한 이야기는 사회과학적 접근이 중요한 역사에서 보다 주관적 정감의 세계와 개체적 인간, 다시 말하여 감정과 극적 주인공을 떠나서 문학은 생각할 수 없다는 매우 상식적인 사실을 확인하는 일이다.

그런데 여기에서 역사와 문학의 관계를 이야기하면서 빼어 놓을 수 없는 사실이 있다. 그것은 역사는 실제 있었던 일을 다루며 문학은 허구의 세계를 구축한다는 사실이다. 그러나 이러한 사실을 두 가지 지적 활동의 특징적 구분으로서 열거하는 데 그치는 것은 별 의미가 없는 일일 것이다. 여기서 우리가 생각해야 할 것은 이러한 구분이 인간과 세계에 대한 접근태도의 차이에서 오는 것이라는 사실이다.

문학이나 역사가 어떤 사실을 이해하고 기술한다는 것은 그것을 단순히 실증적 인과관계 속에서 설명한다는 것을 뜻하지는 않는다. 다시 말하여, 흔히 서양의 해석학에서 사용하는 구분을 빌려 문학이나 역사는 외적으로 파악된 인과관계만을 '설명'하려는 것이 아니라 내적 동기관계를 '이해'하려고 한다는 말이다. 딜타이(Dilthey)가 이 개념을 대립적으로 설정하면서 말한 바 있듯이, '이해'가 다른 사람의 심리적 중심에 우리 스스로를 위치하고 공감으로써 내적 연관을 알게 되는 과정을 말한다. 이것을 통하여 우리는 어떤 행위자의 내적, 주체적인 인식에 참여할 수 있고 이러한 참여를 통하여 비로소 인간행동을 의미 속에 구성하여 이해할 수 있게 된다.

그러나 순수한 의미에서의 이해의 과정은 너무나 주관적인 것이어서 이를 검증하는 방도가 있을 수 없다는 난점이 있다. 그러나 역사의 재구성에서 이해는 객관적으로 제시되는 문서와 기타 증거의 텍스트에 기초하고 또 이러한 이해는 보다 법칙적인 집단적 범주에 의하여 대조 검증될 수 있다. 그러나 문학은 이러한 객관적 참조의 자료가 없거나 부족한 가운데서 움직인다. 그것은 문학이 아직 문서화되지 않은 당대의 풍물과 사건을 대상으로 하기 때문이다. 또 설사 문학이 과거를 소재로 한다고 하더라도 대부분의 역사적 기록은 평범한 주인공, 특히 역사적으로 중요한 역할을 맡지 않았던 개체적 주인공들에 관하여서는 침묵을 지키는 것이 상례이기 때문에 사정은 크게 달라지지 아니한다. 또 설령 기록이 있다고 하더라도 기록의 유용성은 후세의 질문자가 내는 질문에 답하여 줄 수 있는 한도에서만 생겨나는 것인바, 문학이 발하는 모든 질문에, 특히 내적 의미연관을 밝히려는 질문에 속속들이 답하기에는 모든 기록은 너무나 편벽되고 단편적인 것이 보통이다. 어떤 경우에서나 개체적 생존에 영향을 주고 이를 결정한 요인들 — 특히 다른 개체적 생존이 구성한 영향의 그물들을 가공적 구성을 통하지 않고 사실대로 가려낼 수는 없다.

가령 우리 자신이 성장할 때의 모든 주변 조건과 인물들을 실증적으로 분석해낼 도리가 있는가?(사르트르는 만년의 한 인터뷰에서 자서전에 대해 언급하면서, 자신의 자전적인 사실적 기록보다 소설로써 더 적절히 그려낼 수 있을 것이라는 말을 한 바 있다). 물론 가공적 구상이란 제 마음대로 아무것이나 만들어낸다는 말이 아니라 우리가 접할 수 있는 사실의 텍스트와의 진지한 대화로부터 출발하여 그럴싸한 외적 인과(因果)와 내적 동기관계를 짐작해 낸다는 것을 말한다. 여기에 이상화 또는 더 나아가 환상작용이 개입할 수 없다는 것은 아니다. 그러나 주의해야 할 것은 이상화 또는 환상화는 아무리 사실로부터 유리되어 있는 듯이 보이더라도 사실과의 관계에서 그 의의를 얻게 된다는 사실이다. 실제에 있어 어설픈 사실적 묘사, 특히 사실을 상투적 상상력과 언어로써 호도하려는 노력보다는 단연코 사실을 벗어나는 환상적 구조물이 우리에게 사물의 참모습을 전달해 주는 경우는 얼마든지 있다. 환상은 사실의 가장 좋은 조명이 되기도 한다. 표가 나게 환상적이 아닌 경우에서도 문학적 창조물에서 구조적 상상력은 빼어 놓을 수 없다. 이 경우도 상상력의 의미는 사실에 대한 조명능력, 또는 사실의 가능성에 대한 계시(啓

示) 능력, 또는 적어도 인간의 욕망의 관점에서 본 인간과 사실의 관계에 대한 의미 제시능력에서 얻어진다. 결국 상상력에 대한 구극적 통제는 사실이 담당하는 것이다.

그러나 한 가지 첨가해야 할 것은 문학의 허구성이 단순히 객관적 자료의 결여에서만 정당화되는 것이 아니라는 사실이다. 주체성 또는 주체적 체험은 벌써 그 저의에서 객관적 인식, 그것을 대상화하는 인식에 의하여 접근될 수 없는 성질의 것이라 할 수 있다. 이것은 우리 자신의 주체성의 본질에도 해당되고 주체적 행위자로서 다른 사람의 경우에도 해당된다. 주체성에 가까이 가는 것은 공감적 이해, 또는 상상력의 직관을 통해서라고 해야겠지만, 엄밀하게 따져서 이러한 이해와 직관도 주체성의 주체됨을 범하는 것이라고 말해야 할는지도 모른다. 그리고 언어에 의한 표현 그것도 주체성의 무한한 창조적 유동성을 고정하는 결과를 가져오는 것이기 때문에 주체성은 언어의 표현도 넘어가는 것이라고 할 수 있다. 그러므로 여기에서 차라리 옳은 태도는 단지 침묵하고 외경(畏敬)하는 것일는지도 모른다. 이러한 신비는 확대하여서 생각하면 단순히 인간의 주체성에만 해당되는 것이 아니다. 대상적 지식의 좋은 자료로 보이는 사물에 대하여도 이를 그 본질로부터 접근하려고 할 때, 우리는 사물의 내부에 잠재해 있는 불가해(不可解)의 신비(神秘)에 접하게 된다. 물론 주체성이나 본질의 신비를 너무 대단한 것으로 생각할 것은 아니다. 설사 그것이 사실이라고 하더라도 우리의 일상적 생활은 이런 차원에서 영위되지 않고 또 흔히는 이런 신비는 자의적 신비화의 소산이기 쉽다. 그럼에도 불구하고 사람이나 사물의 본질적인 신비는 완전히 무시될 수 없는 인간의 형이상학적 체험의 일부이다. 뿐만 아니라 인간과 사물이 남김없이 쓸모와 소비의 도구로 전락하는 오늘날의 무자비한 경제 속에서, 이러한 형이상학적 체험은 그 나름으로의 생태학적 지혜를 담고 있는 것이다.

어쨌든지 간에 여기서 우리가 지적하고자 하는 것은 문학이 전통적으로 관심 가져온 주제에는 사람과 사물의 본질적 신비가 있다는 점이다. 문학은 — 특히 어떤 종류의 시는, 고정하고 분류하고 설명하는 논리가 아니라 공감하고 이해하는 상상력으로, 또 통상적 언어의 공리 계산이 아니라 시적 언어의 암시와 침묵으로써 이러한 신비를 지적해 왔다. 이런 의미에서 문학은 다른 어떤 지적 활동보다도 사람의 주체성과 사물의 본질적 신비에 대하여 강한 집념을 보였던 것이다.

문학이 객관적 탐색과 사고를 대신하는 게으른 수단으로 상상력을 채택한 것이 아니라는 것은 확실하다. 문학의 상상적, 가공적 구성은 여러 가지 의미로 그것의 사실 또는 진실에 대한 헌신에서 온다. 이런 관점에서 볼 때, 역사와 문학의 차이로서 거론되는 사실성과 허구성의 문제는 본질적 차이라기보다는 방법적 차이일 뿐이다. 보다 본질적인 차이는, 이미 말한 바와 같이, 문학이 주체성, 특히 그것의 개체적 표현에 관심을 가지고 있으며 역사가 외적이며 집단적인 현상의 법칙성, 아니면 적어도 개체적 움직임의 집단적 범주에의 편입에 그 관심의 초점을 맞춘다는 점에 있다. 물론 좋은 문학이 외적인 제약과 가능성을 무시할 수 없으며 역사가 개체적 집단적 주체성의 분출을 문제 삼지 않는다는 것은 아니다. 여기서 말하는 것은 관심의 자장(磁場)에서의 초점일 뿐이다.

그러나 문학과 역사의 두 서로 다르면서 얼크러져 있는 관점의 긴장과 합일의 변증법은 단순히 전문적인 지식활동으로서의 문학과 역사를 위해서 의미 있는 것이 아니다. 역사 — 단순히 학문활동으로서의 역사가 아니라 사회세력의 구조적 움직임으로서의 역사는, 위에서 누누이 설명한 바와 같이, 객체성과 주체성, 집단과 개체등의 두 극 속에서 움직이는 것으로 이야기될 만한 것이다. 지적 활동으로서의 문학과 역사는 역사 현실 속의 착잡한 움직임을 나타내는 약호(略號)에 불과하다. 이 두 활동은 학문적 방법의 차원에서가 아니라 현실의 차원에서 깊이 연결되어 있다. 그리고 이 두 활동의 성패는 다 같이 현실의 움직임의 일환이 된다. 역사현실 속에서의 주체성과 객관적 조건의 주제의 관련은 이미 앞에서 그 설명을 시도한 바 있다. 이러한 설명은 곧 문학과 역사의 두 지적 활동의 영역과 존재방식과 역할에 대한 설명이 될 수 있는 것이다. (1981)

4

사고와 현실

김윤식의
《한국근대문예비평사 연구》와
《근대한국문학 연구》

1

책은 왜 읽는가? 외부적 사정은 여러 가지겠지만, 책 읽는다는 일 그 자체만 떼어놓고 볼 때, 그 목적은 두 가지로 생각할 수 있다. 우선 우리는 책이 우리의 현실을 조금 더 알 만한 것이 되게 해주기를 기대한다. 책을 읽는 데에서 오는 다른 기쁨은 현실과는 전혀 무관한 것처럼 보이는 본질(essence)의 세계에 접하는 데에 있다. 다시 말하여 우리는 책 속에서 현실을 인지하고 또 에센스의 세계를 규지(窺知)하는 것이다. 이렇게 두 가지를 나누어 말하였지만, 사실상 그것들이 서로 분리된 것은 아니다. 책에서 보는 현실이란 즉자적 상태로 있는 두루뭉수리가 아니다. 그것은 처음과 끝이 있고 그럴싸한 가닥과 갈래가 있는 일정한 방향으로 나아가는 현실이다. 책에서 느끼는 기쁨은 바로 현실이 벽과 같이 막혀 있는 것이 아니라 우리의 뜻에 대응하는 어떤 것이라는 것을 확인하는 데서 오는 것이다. 그렇지만 보통은 현실의 대응성이 완전한 것이 아님은 말할 것도 없다. 오직 에센스의 세계에서만 우리의 뜻과 세계의 필연은 완전한 조화를 이룬다. 그리하여 오히려 이 조화의 세계는 우리의 개별적인 뜻을 초월하여 따로 있는 하나의 이상세계를 이루고 있다고까지 느껴진다.

현실이란 무엇인가? 한없이 복잡할 수도 있는 논의를 피하여 우리가 살고 있는 시공의 동심원적 확산이라고 한정하여 보자. 이것을 책의 평가에다 적용해 볼 때, 우리는 옛날의 책일수록 에센스에 의하여, 또 요즘의 책일수록 현실에 의하여 판단하게 될 것이다. 에센스란 무엇인가? 레비스트로스(Levi-Strauss)는 "마음은 대상을 모방하나 마음이 마음만으로 있을 때에는 그 스스로를 대상으로 모방한다"고 말한 일이 있다. 우리는 일단 마음이 마음을 모방할 때 일어나는 것이 곧 에센스라고 정의할 수도 있을 것이다. 그런데 그 것을 구조라고 부르든 에센스라고 부르든, 마음이 마음을 모방하는 데 우리가 관심을 갖는다면, 그것은 결국 대상이 마음을 모방하기 때문일 것이다. 이렇게 말하는 것은 무슨 관념론을 말하자는 것도 아니고 또 사실 구조철학의 내재적 플라톤주의에 동의하자는 것이 아니라 우리가 살고 생각하는 세계(Lebenswelt)에서 사물은 늘 마음의 가능성으로서 나타난다는 것을 지적하려는 것이다. 어쩌면 이것은 다른 쪽에서 이야기해 오는 것이 더 선명할는지 모르겠는데, 삶의 세계에서 사물은 늘 초월적 가능성을 향하여 스스로를 넘어선다. 이렇게 말하는 경우 사물 자체의 초월적 가능성이 곧 에센스이다.

우리가 과거에 쓰여진 책에서 기쁨을 느낀다면, 그것은 순전한 이데아적 세계가 아니라 거기에 투영된 초월적 가능성으로서의 세계를 보기 때문이다. 이 가능성은 두 가지로 나누어질 수 있다. 그 하나는 옛날의 관점에서의 가능성이며, 다른 하나는 우리 현실의 관점에서의 가능성이다. 이른바 고전적 저술은 이미 죽은 가능성으로서의 에센스의 세계를 보여주면서, 또 동시에 오늘날의 가능성으로 열릴 수 있는 세계를 보여준다.

2

지금까지 이야기한 것은 책을 읽는 데 대한 성찰이지만, 그것은 사고와 현실의 상관관계에 대하여 일반화해서 해당시킬 수 있는 것이다. 무반성(無反省) 상태의 현실은 사고를 통해서 반성으로 바뀌고 또 반성은 무반성적인 것으로 돌아간다. 이러한 상관관계는 사고의 자기운동이나 현실의 자기운동 어느 쪽으로도 파악될 수 있다. 어쨌든 이러한 사고와 현실의 자기운동을 통해서 사고는 현실을 조명하고 또 현실 속에서 작용하는 행동이 된다.

그러면 사고는 늘 현실과 합일의 상태에 있는가? 우리의 사고가 오류(誤謬) 투성이라는 것은 그 관계가 고르지 못하다는 단적인 증언이 된다. 아무리 그것이 현실의 움직임에 일치하는 것이라 하더라도 현실의 가능성이 열려 있는 만큼, 다시 말하면 사고의 가능성이 발생하는 근거 바로 그것으로 하여 오류는 발생하게 마련이다. 이 오류는 본래 사고의 불철저에서 발생할 수도 있으며 또 역사적 현실의 추이로 발생할 수도 있다. 그러나 이러한 오류는 적어도 현실의 일부 모습이며 또 변화하는 역사 속에서 다시 그 자체가 지닌 새로운 가능성으로 재생될 수도 있는 것이다. 어떤 경우, 진리로서 재생될 수 있는 오류는 진리나 마찬가지의 폭발력을 갖기 때문에 오류라기보다는 이단(異端)이라는 이름의 위험사상이 된다. 그러나 흔히는 역사의 진전에 의하여 부정된 사고의 소산은 진실도 아니고, 오류도 아닌 중간지대를 형성하게 되고, 우리가 우리의 생각인 양 간직하고 말하고 교육하고 쓰는 의견들은 이러한 중간지대에 서식하는 것들일 경우가 많다. 이런 생각의 특징은 그것이 이래도 저래도 좋다는 데에 있다.

김윤식(金九植) 씨의 두 근저(近著)를 읽고 얻은 인상으로는 신문학 이후에 행해진 비평적 사고의 대부분이 거의 이래도 저래도 좋은 의견의 세계에 속한다는 것이다. 이것은 물론 비평가 자신들의 잘못만은 아니다. 실제 우리가 뛰어난 비평적 천재를 못 가졌다는 것도 사실이지만 우리의 역사가 무반성적이고 맹목적인 외부세력에 의해 영향 받았다는 데에도 비평적 사고의 빈약의 원인이 있는 것이다. 이러한 역사적 여건 아래서 모든 사고는 결국 의견 이상의 것을 낳지 못한다. 의견의 취약성은, 그것이 비록 현실에 대한 설명이 되더라도 부분적 설명밖에 되지 않는다는 데 있다. 그것은 한 입언(立言)을 부정할 수 있는 여러 요인들을 알지 못한다. 따라서 그 생명력이란 극히 순간적이다. 그러나 어떠한 의견도 그것이 아무리 엉터리없는 것이라 할지라도 그냥은 발생하지 않는다. 관점의 깊이에 따라서는 존재하는 모든 것은 이성적인 것이다.

이렇게 보면 의견이란 것도 어떠한 상황이 던지는 도전이나 의문에 대한 현실의 논리 안에서의 답변이라고 할 수 있다. 적어도 여기에 개인적 동기는 말할 수 있지 않을까? 물론 그것도 단순히 개인적인 것만은 아니다. 많은 문학이 문학을 하고 싶다는 소박한 동기에서 쓰인 것이라고 할 때, 그 밑바닥에는 문학가가 사회에서 차지하는 위치에 대한 어떠한 이해가 있다고 할 수 있다. 어느 사회나 그 사회의 상징적 세계의 정비사(整備士)에 대하여 응분의 보상을 하는 것이겠지만, 이 보상은 전통적 한국에서 과거제도나 신분제도와의 결합으로 하여 유달리 비대한 것이었다. 이러한 사정이 의견을 산출해야 한다는 압력으로 작용한 것은 쉽게 생각할 수 있다. 물론 이러한 관점에서만 저작활동을 본다는 것은 경솔한 일일 것이다. 단지 여기서 말하고자 하는 것은 내가 여기서 의견이라고 부른 것도 그것이 대개 부분적인 것이거나 오도된 것이라 하더라도, 상황에 대한 하나의 반응으로 볼 수 있다는 점이다. 그렇다 하더라도 의견과 상황의 관계를 밝히는 데는 심부(深部) 해석의 기술이 필요하다. 프로이트나 마르크스의 손에서 일견 별 뜻이 없는 성싶은 꿈의 단편(斷片)이나 사회행위가 한 개인이나 사회체제의 전체상황에 대한 중요한 열쇠가 되는—이러한 것은 심부 해석의 가장 뛰어난 예가 될 것이다. 다시 확대해서 말하면 어떠한 해석 작업에서나 전체만이 부분에 대하여 의미발생의 모체가 된다.

한 역사적 사건—비평도 역사적 사건이다—을 싸고 있는 전체를 한 시대의 역사적 상황이라 할 때, 이것을 어떻게 회복할 수 있는가? 사실의 확신과 집성이 그 기본적 작업임은 말할 것도 없다. 그러나 사실이란 것도 한없는 것이고 또 사실만으로 어떤 상황을 구성할 수 있다는 것도 의심스러운 일이다. 사실이 문제되는 것은 그것이 사람이 어떻게든 반응하기를 요구하는 형태—게슈탈트—로서 나타나기 때문이다. 이렇게 볼 때, 한 시대의 상황은 가능성 또는 불가능의 관점에서 파악된 사실들의 총체라고 해석될 수 있을 것이다. 그러니까 다시 말하여 역사적 이해는 단순한 사실의 집성이나 또 따로따로 있는 사고작용과 사실을 병치하는 것으로 얻어지지 않는다. 한 시대의 역사적 상황을 파악한다는 것은, 앞에서 설명한 의미에서 사물의 움직임 가운데 가능해지는 사고의 핵심에 이르는 것이다.

이것은 사상사(思想史)나 문학의 역사일 경우 특히 그렇다. 사상사에서 시대적 상황의 파악은 사실을 직접적으로 취급하는 역사에서보다는 쉬운 일인 것처럼 생각될 수도 있다. 왜냐하면 당시대에 대한 사고는 이미 사료(史料) 가운데 들어 있다고 볼 수 있기 때문이다. 이것은 반성된 반성을 취급하는 비평사의 경우에도 마찬가지다. 그러나 역사적 이해의 난이(難易)가 위에서 말한 것과 전혀 반대라는 것은 우리가 잘 아는 바다. 단순히 일어난 일이 아니라, 사고와 현실이 어떻게 하여 가능성 속에서 통일되는가를 저울질함으로써 비로소 진정한 역사적 이해가 이루어지는 것이라 하더라도, 이미 과거가 되어버린 사실의 경우 참다운 가능성이란 오직 실제로 일어났던 일뿐이었다고 할 수 있다. 물론 어떤 현실의 움직임이 가지고 있는 가능성이란 그렇게 좁은 울 안에만 들어가는 것은 아니다. 사람의 역사적 행동이 중요한 의미를 갖는 이유는 바로 현실이 배태하는 가능성이 다원적일 수 있다는 데 있다. 그러나 이미 일어난 일이 가장 큰 가능성이었다는 사실은 또 틀림이 없다. 그러니까 사실을 다루는 역사는 일어난 일만을 추구하는 것에 일단의 만족을 얻을 수 있다(무엇이 일어났는가를 확인하는 일 자체가 문제적인 것은 물론이지만 이 점은 여기에서 접어두기로 한다).

그러나 사상사는 역사적 상황과 사고와의 관계를 동시에 파악하는 작업을 기피할 수 없다. 그것의 핵심은 사고와 현실(또는 현실의 움직임으로서의 가능성)의 접합점의 궤적을 추출해내는 일이다. 이것은 훨씬 더 복잡한 조작을 요구한다. 물론 사고의 궤적만을 추구하는 역사가 있을 수 없다는 것은 아니다. 특히 사료가 하나의 자족적인 반성의 체계를 이루고 있을 때 그렇다. 그것은 마음의 성장에 대한 진실을 밝혀준다. 그러나 앞에서 이야기하였듯이 에센스의 세계가 흥미로운 것은 결국 사물의 투영이 거기에 있기 때문이다. 그리고 이러나저러나 사고가 현실에 완전히 일치한다는 것은 역사가 끝에 이른다는 것을 의미하기 때문에, 사고와 현실이 어떻게 통일되는가 하는 것은 사상사의 핵심문제로 남는다.

3

20세기 전반 우리의 상황을 재구성한다는 것은 일단은 쉬운 일이라고 볼 수 있다. 쉽다는 것은 놓칠래야 놓칠 수 없는 외적 조건이 그것을 결정해 주고 있다는 말이다. 즉, 일본의 식민지라는 사실은, 말할 것도 없이 시대의 대표적 모순으로서 거의 모든 사실을 조직화해 준다. 가령 식민지라는 결정론 앞에서 어떠한 자유로운 토론도 '거짓 의식'이 되어버린다. 어떤 시대에나 '의식의 역사'는 다분히 '거짓 의식'의 역사이기 쉬우나 일제하의 한국사상사는 저절로 '거짓 의식'의 역사로 규정될 가능성을 갖는다. 한용운(韓龍雲)은 "민적(民籍) 없는 자는 인권이 없다. 인권이 없는 너에게 무슨 정조냐"라고 썼지만 우리는 식민지 인간에게 무슨 순수며 무슨 휴머니즘이며 무슨 지성이냐고 말할 수 있을 것이다. 이것은 사회의 전체적 상황에 대하여 민감하려고 애썼던 프로문학가들의 경우도 마찬가지다. 민족해방의 전략이 없는 사회주의 투쟁은 공소(空疎)한 추상론에 불과한 것이기 때문이다. 이것은 역사에 대하여 깊이 있는 통찰을 한 서인식(徐寅植), 박치우(朴致祐), 신남철(申南澈) 등 역사철학자의 경우에도 마찬가지다. 김윤식 씨가 이들을 일본의 군국주의 철학에 연결시키는 맥락을 나는 분명히 이해할 수 없지만 하여튼 씨가 지적하는 대로 "민족, 국가, 전체, 개체 따위의 개념이 이들 식민지 역사철학에서는 하등의 구체성 없는 개념의 유희"에 불과했다고 할 수는 있을 것이다. 그리고 의식적이든 무의식적이든 이들이 파시즘의 진로에서의 한 단계처럼 보일 수 있다는 해석도 가능하다.

그렇다면 김윤식 씨가 《비평사 연구》의 서문에서 들고 있는 "일제시대 일체의 합법적 문화행위는 노예화에 귀착하게 된다"는 단재(丹齋)의 명제는 수긍되는 것이다. 그렇긴 하나(김윤식 씨는 이러한 명제가 우리 문학사 연구에 어떠한 의미를 갖는가를 충분히 설명하는 것 같지는 않지만), 단재의 명제가 추상적 입장에서의 전면부정으로만 해석될 수는 없을 것이다. 오늘날 우리 사회에 팽배한 윤리주의의 대부분이 그러하듯이 전면부정은 후대의 우리의 기분을 만족시켜 주기는 하겠지만 사실의 해명에는 별 도움을 주지 못한다. 어떻게 보면 노예의 역사는 늘 존재하게 마련이고 그 역사적 과정을 정확히 이해하는 것은 가장 중요한 일 중의 하나이다. 뿐만 아니라 일제 하에서 이루어진 사고가 일체 거짓일 수는 없다.

아무리 시대가 어두워도 새로운 역사가 배태되는 곳은 그 어둠의 뱃속 이외의 다른 어떤 곳일 수도 없다. 그리고 아무리 사회의 표면에서만 명멸하는 현상들일지라도 그것은 이 씨앗에 관계된다. 가령 비평사에서 백철(白鐵) 씨의 휴머니즘도 그것이 식민지적 상황에서 이야기되는 것이기 때문에 하나의 '나쁜 믿음'(mauvaise foi)이 되지만, 그것이 현재가 아니라 미래의 인간을 위한 준비였더라면 다시 해석될 수 있는 여지가 생길 수 있는 것이다. 결국 모든 해방의 노력이란 인간의 가능성에 대한 탐구가 아니고 무엇이겠는가? 이것은 표면의 문화활동에 관한 이야기지만, 표면 아래 있는 문화의 씨는 어디에서 찾을 것인가?

4

간단히 말하여 문화 활동의 목표는 일단 문화 창조이다. 여기에 경계해야 할 것은 문화란 것이 예술이나 학문과 같은 문화의 상층부만을 뜻하는 것이 아니라는 것이다. 차라리 그것은 인류학에서 말하는 "어떤 인간집단의 삶의 방식의 총체, 개체가 그의 소속집단에서 습득하는 사회적 유산 일체"(클라이드 클라크혼)를 의미한다고 생각되어야 한다. 이렇게 볼 때, 문화의 총체에서 의식적 요소보다는 오히려 무의식의 상태로 존재하는 생활방식 일체가 더 중요한 부분이 된다고 하겠다. 다시 말하여 문화는 반성으로부터 무반성적인 것에까지의 폭넓은 스펙트럼을 형성하는데, 문학은 이 스펙트럼에서 반성의 위쪽에 속하여 무반성적인 것을 반영하고 동시에 그것에 작용을 가하는 것으로 생각될 수 있다. 그러니까 어떻게 보면 문학은 문화 창조의 전위(前衛)라기보다는 창조된 문화의 후위적 표현인 경우가 많다고 할 것이다. 물론 문학이 전혀 수동적 위치에 있다고 하는 것은 과장된 말이겠지만, 한 가지 말할 수 있는 것은 문학이 문화 창조에 기여하려면 무반성적인 것의 진실에 입각해야 한다는 것이다. 민족문화의 원핵(原核)은 이 무반성인 것에 있다. 1920년대 말의 '대중화론'도 이러한 의미에서 생각될 수 있는 것이다(단지 이 대중화가 무반성적인 것의 진실을 반성을 통하여 정립하는 작업으로 생각되지 않고 반성된 것의 희석화 정도로 해석된다면 그것은 대중화의 근거 자체를 몰각하는 일이 될 것이다).

무반성적인 것은 반성(反省)을 집요하게 거부한다. 이러한 저항은 모든 의식작용에 대하여 커다란 십자가가 된다. 그러나 그것은 달리 보면 그 구원이라고도 말하지 않으면 안 된다. 사상통제와 같은 외부적 악조건 하에서도 문화의 핵심이 어느 정도의 자율성을 유지하는 것은 이러한 저항에 힘입은 바 큰 것이라 하겠다. 물론 이 자율성을 지나치게 강조할 수는 없다. 무반성은 결국 물질로 침하하며, 물질에 대한 직접적인 작용은 무반성적 문화를 변형시킨다. 그러니까 인간의 물질적 환경에 대한 인위적 조정법이라고 할 수 있는 정치는 문화과정에 절대적 요인이 된다.

20세기 초반의 정치여건은, 다시 말하여 일제의 식민지 통치였다. 따라서 이 사실을 고려하지 않은 어떤 문화적 작업도 '나쁜 믿음'이 된다. 그러나 정치는 약식(略式)의 방법에 불과하다. 뿐만 아니라 식민지 통치의 질곡은, 그것이 생활방식의 자율적 총체로서의 문화의 필요와 아무런 내적 상관관계 없이 행해진다는 데에 있다. 그러므로 정치와 문화가 괴리된 때일수록 문화는 찌푸려진 모습 그대로 더욱 중요한 것이라 할 수 있다. 나아가 정치의 불연속선 아래에서 문화 활동은 미래를 위한 유일한 준비가 되기도 한다. 임화(林和)가 일제하에서 최후의 거점으로 문학사를 생각한 것도 이러한 생각에서가 아닐까. 물론 그가 생각한 것은 피상적 문화 활동의 기복이 아니었다. 그가 (김윤식 씨의 해설대로) 문학사의 중심과제를 사회적 토대의 석명(釋明)과 시대적 양식의 확인에 두고 "이 양상(樣相)을 꿰뚫고 흐르는 에스프리"를 포착하려고 한 것은 민족생활의 원핵(原核)으로서의 문화에 이르고자 한 것으로 생각된다.

5

이렇게 말하면서 한 가지 주의해야 할 것은 민족문화의 회복이 단순한 '조선주의'를 의미할 수는 없다는 것이다. 위에서 문화 활동은 문화 가치를 창조한다고 했지만, 가치란 인간생활의 기본적 사실의 저 너머에 따로 있는 것이 아니다. 가치가 재창조되어야 한다는 것은 삶에 필수적인 어떤 것이 결여되어 있다는 사실에서 발생하는 당위이다. 그러니까 다시 말하여, 가치의 창조, 차라리 재창조는 그것을 통하여 살 만하지 못한 민족의 삶이 다시 살 만한 것이 된다는 전제 하에 요구되는 것이다. 이렇게 볼 때, 현상의 비판적 검토를 거부하는 복고주의는 오히려 반문화주의에 떨어지는 것이다. 이것은 결국 과거나 전통이 하나의 가치가 되는 것도 사실이나 또 동시에 초월되어야 할 사실이라는 것을 알아야 한다는 말이다.

위에서 나는 민족이나 역사란 말을 썼지만, 민족이나 역사에 대해서도 우리는 똑같은 말을 할 수 있다. 이러한 말들은 요즘 마술적인 용어로서 튀어나오는 까닭에 우리는 새삼스럽게 그 내용을 잘 생각할 필요가 있다. 우리가 알아야 할 것은 전통문화의 경우나 마찬가지로, 민족이나 역사도 무엇보다도 여건 내지 조건이지 이상(理想)이 아니라는 점이다. 이것들은 인간생존의 사실적 구속성(facticité)를 이루는 요건의 일부이다. 다시 말하여 이것들은 인간의 보편적 가능성의 실현을 억제한다. 그러니까 민족이나 역사가 중요하다면 그것은 사실적 구속을 고려하지 않는 어떠한 계획이나 사고도 허무맹랑한 공상이나 거짓에 떨어져 버리기 때문이다. 세계사의 현 단계에서 우리가 생각할 수 있는 어떠한 보편적 가치도 민족이라는 인간집단, 그것과 다른 집단 간의 상호작용, 또 그러한 상호작용이 집단 내의 세력균형에 끼치는 영향들이 얽여서 이루는 역사를 무시하고 실현될 수는 없는 것이다. 그러나 그것은 어디까지나 수단이지 목적은 아닌 것이다. 그러나 인간생존의 거의 모두가 자유에 대한 구속으로 작용하는 것이라 할 수 있다. 그러면서도 사람은 그의 생존 이외의 어떤 것도 사랑하지 않는다. 즉, 사실의 구속성은 곧 가치도 된다는 말이다. 이런 의미에서 민족이나 역사도 가치가 된다. 그러나 참다운 의미에서 그것들은 자유를 구속하는 사실성이면서 또 동시에 가능성이기 때문에 중요한 것이다.

지난 수십 년간의 한국문학사에서 가장 중요한 사항 중의 하나는 말할 것도 없이 외래문화(外來文化)의 문제이다. 이것도 위에 말한 관점에서 생각할 수 있다. 한국 신문학이 명치(明治) 대정(大正) 문학 또는 보다 확대하여 구미문학의 이식사(移植史)라고 처리될 수 있다는 것은 수긍할 만한 일이지만, 이것이 갖는 의미가 무엇인가 하는 문제는 간단히 생각될 수는 없다. 우리가 적어도 문화의 창조를 외면하지 않는 한, 외래문화는 단순히 국수주의적 입장에서 배척될 수도 없는 일이며, 또 문호를 개방한다고 해서 바른 수입태도를 쉽게 판단할 수 있는 것도 아니다.

대체로 한 문화란 통일적인 양식을 유지한다. 그리고 이 통일은 다분히 보수적인 단일체제로 굳어져 버리기 쉽다. 이 경직성은 한 사회의 지배적인 또는 지배의 이데올로기에서 가장 강력히 나타난다. 그러므로 한 사회가 다른 방향으로 발전하려고 할 때 전통적 문화는 강력한 브레이크로 작용한다. 그런데 한 사회가 여러 가지 원인으로 하여 자체갱신을 필요로 하는 상태에 있을 때, 거기에는 새로운 문화와 새로운 사회의 이론을 필요로 한다(실천 없는 이론이 공허한 것이라면 이론 없는 실천은 더욱 생각할 수 없기 때문이다).

그러나 위에서 말한 것과 같은 문화의 단일화 경향으로 하여, 자체갱신의 이론은 대개 밖으로부터 온다. 문화가 독창적 창조보다는 전파(傳播)에 의하여 만들어진다는 것은 인류학이나 고고학이 말하여 주는 초보적 사실이다(이것은 인간 사고의 비독창성을 말하는 것이기보다는 얼마나 그것이 사실적 구속성에 깊이 뿌리 내리고 있는 것인가를 말하여 준다). 고고학과 인류학의 문화전파라면 간단한 도구, 농작물 따위를 생각하기 쉽지만 이것은 여러 형태의 크고 작은 사회제도에도 해당된다.

어떤 문화가 개혁을 필요로 할 때, 그것은 같은 문화에서의 대체전통의 발굴에 기대거나 외래전통에 기대게 된다. 그러나 앞에서도 말했듯이 문화란 강한 단일화 충돌을 가진 것이므로, 외래전통이 보다 쉽게 하나의 예로서 작용할 것은 분명하다. 사회개혁의 중요 동력으로 외국문화가 작용한 예는 세계 역사상 너무나 많기 때문에 프랑스, 일본, 중국 등 — 우리는 오히려 외국문화의 영향 없이 이루어진 사회개혁이 있는가를 의심할 만하다. 이러한 고찰은 저절로 외래문화에 대하여 있을 수 있는 태도가 무엇인가를 밝혀준다. 이러한 관점에서 보면 외래문화의 가치는 그것이 사회와 문화의 자기갱신을 위하여 얼마만큼의 가능성을 가질 수 있는가에 의하여 재어질 수 있다고 할 수 있다는 말이다.

　이것은 한편으로는 외래문화를 어떻게 바르게 이해하느냐, 다른 한편으로는 이것을 어떻게 자국문화에 관계시키느냐의 양면에서 부연될 수 있다. 외래문화를 바르게 이해한다는 것이 반드시 어떤 특정사항들에 대한 정확한 사전적 지식을 가리키는 것이 아님은 자명하다. 이 점에 대한 불투명한 성찰은 우리 문학사에서 적어도 내가 보기에는 쓸데없는 논쟁과 명사론(名辭論)의 원인이 되었던 것 같다. 가령 염상섭(廉想涉)이 서구의 자연주의를 얼마나 잘 알았느냐, 김억(金億)이 상징주의를 정말로 알았느냐 등의 문제라든가, 도대체 자연주의 퇴폐주의 등의 이름 자체가 이런 것들의 예가 될 것이다. 한 문화에서 다른 문화에로 도구가 전파될 때 그 도구는 단순한 물건이 아니라 하나의 유기적 의미체계에서 일정한 의미단위를 이루던 단편(斷片)이다. 의식문화의 경우 더욱 그러할 것임은 말할 것도 없다.

　외래문화를 바르게 이해한다는 것은—특히 문화 전체의 자기갱신이 문제될 때—어떤 문화현상이라도 그것을 '삶의 방식의 전체'에 기초해 있는 단편으로 파악함으로써 가능하다. 백과사전적 지식이 도움이 될 수는 있지만 그것이 어떤 문화양식의 역사적 발전의 근본 동력에 대한 직관적 이해를 넘어설 수는 없다. 이것은 문화가 위에서 말한 것처럼 의식적 요소 이상의 것이란 것과도 관계되는 것이다. 그러니까 고도의 문자문화뿐만 아니라 감수성과 통찰력을 가진 눈으로 본 원시사회도 훌륭한 모범으로 작용할 수 있는 것이다. 다시 말하여 현학(衒學)과 외래문화에 대한 바른 이해와는 일치하는 것이 아니다. 이것은 영향을 받는 측의 사회의 관점에서 볼 때 특히 그렇다. 자체갱신을 필요로 하는 문화에서 문제되는 것은 사는 방식 전체이다. 따라서 중요한 것은, 사는 방식의 있을 수 있는 다른 가능성에 대한 시사이다. 그러니까 다시 말하여 문화 전체에 대한 직관이 오히려 중요한 것이다. 종국적으로 이 이해는 말할 것도 없이 우리 사회 자체의 필요성에 의하여 테두리지어진다.

그러나 이 필요성을 재는 일이란 지극히 어려운 일이다. 어떻게 하여 사회의 내부에 흐르는 역사의 어두운 씨를 포착하고 문화의 상부구조의 죽은 부분을 알아낼 것인가? 위에서 우리는 외래문화가 하나의 삶의 방식으로 파악되어야 하고, 또 이것은 우리가 모색하는 삶의 가능성에 의해서 제한되어야 한다고 했지만, 실제 이 두개의 국면이 하나의 과정이란 데서 하나의 방법론적 시사를 얻을 수는 있다. 우리 전통의 가능성은 다른 가능성과의 대비에 의하여서만 보다 쉽게 확인될 수 있다. 다시 말하여 외래문화는 우리의 문화의 가능성을 모색하는 도구가 된다. 생각건대 한국문화사에 들어왔던 외래사상의 불모성(不毛性)은 그것이 단순한 현학적인 과시로 사용되는 경우가 있었다는 외에 분석과 모색의 도구보다는 처방의 공식으로 사용되는 경우가 많았다는 데에 연유하는 것인지 모르겠다(여기서 분석의 도구가 되었어야 한다는 것은 오랫동안 일제하의 비평계를 지배해 온 듯한, 비평과 창작 어느 쪽이 지도적 입장에 서야 하는가 하는 공허한 논쟁과는 직접적 관계가 없는 이야기다. 어떤 의미에서는 현재의 가능성을 분석하는 데서 출발하지 않는 지도가 무슨 소용이 있겠는가?).

이렇게 볼 때, 우리의 비평적 사고가 시대적 제약으로 하여 정치 사회 경제를 포함한 문화의 총체를 대상으로 하지는 못했을망정 적어도 이러한 총체의 그늘 아래 있는 민족문화의 속안 깊이를 파헤치지 못했다는 의미에서라면, 우리의 문학이나 비평이 "명치(明治)

대정(大正) 문학의 이식사(移植史)"에 불과하다는 것은 불행한 일이라 하겠다. 물론 책임이 반드시 비평이나 문학에 있는 것만은 아니다. 되풀이하여 사고는 진공 속에서 움직이지 아니한다. 그것은 현실의 자기운동의 일부로서만 기능을 발휘한다. 그것은 현실에서 나와 현실로 돌아간다. 정치가 우리 머리 위 저 멀리에서 제 마음대로 움직일 때, 사고가 돌아갈 현실이 어디에 있는가? 사고는 조만간 공전하거나 정지할 위험에 부딪치게 된다.

6

그러나 어떠한 전제적인 정치상황에서도 현실은 완전히 응결(凝結)해 버린 것일 수는 없다. 문제는 얼마만큼의 깊이에서 사고와 물질의 접합점을 적출하느냐에 있다.

일제치하에서 한국문화가 추구한 사고를 생각해 본다면 그것은 어떤 것일까? 한 피상적 가설을 생각해 볼 수는 있다. 출발점으로 시사적인 것은 김윤식 씨가 《근대 한국문학연구》에서 "한국시의 여성적 편향"이라고 명명한 현상이다. 한국 현대시가 그 내용이나 형식에서 계속적으로 드러낸 '여성적 편향'은 무엇을 의미하는가? 김윤식 씨가 지적하는 대로 전기(傳記), 한(恨)의 전통, 신화적 원형 등의 원인이 있을 것임은 분명하다. 그러나 여기에 추가하여 그것은 한국의 정통문화에서의 에로스의 위치에 대하여 무언가 이야기하는 것이 아닐까? 유교의 세계에서 지하의 생명만을 허락받은 성적 충동이 시에서 모든 것을 에로스의 눈으로 성화(性化)하려는 '여성적 편향'으로 두드러지게 나타난 것인지도 모를 일이다. 안서(岸曙)의 여성적 시어가 한국시에 결정적 영향의 근원이었다면, 그것은 시조나 최남선(崔南善)의 남성적 언어에 비하여 한국어 자체의 내적 요구에 부응하는 것이었기 때문이었을 것이다. 이것은 오늘날에도 마찬가지다. 우리 시는 아직까지도 여성적 언어에 대한 욕구 속에 살고 있는 것이다.

에로스적 충동은 다른 현상들에 연결된다. 그것이 한국문학에 두드러지게 나타난 것은 오랫동안 무시되었던 육체가 인간생존의 당연한 일부로서 회복되기를 요구한 것이라 할 수 있다. 정지용(鄭芝溶)과 같은 시인에 의한 감각의 실험이 큰 영향을 끼친 것도 이러한 욕구에 연관된 것이라 할 수 있다. 그런데 감각은 육체가 스스로를 확인하는 방법이면서 또 다른 한편으로는 육체가 세계로 나아가는 창문이라 할 수 있다. 사실 육체의 상실은 그것에 그치는 것이 아니라 세계의 상실을 의미한다. 육체로서 파악되지 아니한 세계는 공허한 추상으로 떨어져 버리기 때문이다. 시는 존재라는 박용철(朴龍喆) 등의 순수시론이나 존재론적 비평도 여기에 관련시켜 볼 수 있다. 그것은 세계를 망실(忘失)케 한 추상화 작용에 대한 반대명제로 성립하는 것이다. 존재론적 시론이 밝히려는 세계는 감각과 시가 새로이 창조하는 세계인 것이다.

이것은 보다 확대해 볼 수 있다. 여성적인 것, 육체의 언어, 감각 또는 존재로서의 시 등 — 일련의 현상들이 표현하는 것은 육체에 자리한 지향적 존재로서의 인간이 체험으로써 우리 자신의 일부가 될 수 있는 세계를 회복하려는 노력이었다고 볼 수 있기 때문이다. 이것은 매우 조잡한 가설이지만 한국문화가 체험의 가능성으로서의 세계를 추구했다는 것은 사실이 아닐까? 결국 이것은 모든 문화에서 그렇듯이 문화의 충동이 에로스에서 온다는 일반론에 불과한 것이지만 한국문학도 여러 악조건 속에서도 인간의 전인적인 가능성의 실현을 위하여 노력하였다는 말이 되기도 할 것이다.

에로스의 요구가 인간 현실의 깊은 진실에서 나오는 것이라 하더라도 그것이 얼마나 구체적 가능성이냐 하는 것은 별개의 문제이다. 사실 어려운 문제는 원천적 충동보다는 그것과 현실 조건과의 관계에 있는 것이다. 그리고 이 조건을 총괄적으로 검토하는 역할을 한 것은 시보다는 차라리 사회나 문화에 대한 비평적 사고이다. 이러한 비평적 사고가 과거에 전혀 없었던 것은 아니지만 그것이 얼마나 한국사회와 문화의 구체적 사실과 가능성에 투철했었던가는 의문이다. 뿐만 아니라 설사 그러한 철저한 문화이론이 있었다 하더라도 오늘날 그것은 하나의 모범에 불과할 뿐 우리 자신의 사고를 대신하지 못하는 것임은 말할 것도 없다.

7

김윤식 씨의 두 저서 《근대 한국문학연구》와 《한국 근대문예비평사연구》는 이러한 사고를 진행시킬 근거가 될 자료를 정리해 준다. 이 책들은, 특히 후자는 일제 치하에서의 문학사상에 관한 기초자료를 놀라운 부지런함으로 수집·정리하고 있다. 적어도 자료가 보다 널리 사용할 수 있는 것이 될 때까지는 이 책들은 이번 세기에 한국 문학사상을 연구하는 데 빼놓을 수 없는 지침이 될 것이다. 이 책들의 참고서목과 분류법은 문학사상 연구와 비교문학적 연구에 좋은 출발점이 될 것이다.

그러나 이것은 다시 한 번 출발점이다. 나는 현실과 관계없는 빗나간 사고의 소산을 의견이라고 부른 바 있지만 의견은 사고 자체의 결함에서 생길 뿐만 아니라 역사과정의 추이에서 발생한다. 그러한 추이의 하나는 사고의 소산이 후대에 의하여 제대로 계승되지 않는 일이다(결국 사고는 사회의 여러 성원들 사이에 반향되고 계승됨으로써 현실의 일부가 된다). 유감스럽게도 이들 책에 대표되어 있는 제 비평가들의 견해들은 대부분 이래도 저래도 좋은 의견들처럼 들린다. 이것은 그것들이 본래 그랬었기 때문일 수도 있고 또 받아들이는 측의 미비로 그럴 수도 있다. 사실 이 책들의 필자는 부단히 전대(前代)의 비평을 정리하고 거기에 비평을 가하고 있지만 그러한 비판이 얼마나 단순한 의견의 경지를 넘어서는지는 모를 일이다. 얼른 받는 인상으로는 재단적(裁斷的) 의견들의 속출은 오히려 실증적 기록의 훌륭한 기념비였을 이 책들의 커다란 흠집이 되는 것 같다〔물론 앞에서 말했듯이 실증적 사료(史料)의 집성만으로써 역사가 성립하느냐 하는 것도 문제이긴 하나〕. 지금은 의견의 시대이다. 바른 사고가 부재하는 곳에 의견은 사고를 대신한다.

비평과
이데올로기

틀린 생각을 생각하고자 하는 사람은 없을 것이나 사람의 생각에는 틀린 것 또는 뒤틀린 것들이 있기 마련이다. 틀린 생각을 갖게 되는 것은 생각의 훈련이 부족한 때문이기도 하고 그러한 훈련이 충분하든 안하든 사사로운 이해관계나 감정에 흔들려 생각의 규칙을 지키지 못하기 때문이기도 하다. 또는 설령 이러한 지적 훈련의 부족이나 사고를 왜곡하는 여러 비이성적 원인을 극복한다고 하더라도 사람의 생각은 그가 처한 입장의 부분성(部分性)으로 하여 진실과는 먼 것이 될 수도 있다.

마르크스는 이러한 부분성은 계급적 계약으로서, 특히 지배급이라는 위치가 인식에 가하는 제약으로서 가장 분명하게 나타난다고 생각하였다. 그는 이러한 발상에서 지배계급이 지배의 편의를 위하여 만들어낸 왜곡된 관념들을 이데올로기라고 불렀다.

사람의 생각은 어떻게 하여 이데올로기의 왜곡을 벗어나서 진실에 이를 수 있을까? 소박하게 말한다면, 위에서 말한 왜곡의 요인들을 제거하기만 하면 진실은 가능한 것이라고 할 수 있을 것이다.

341

지적 훈련을 쌓으며 부분적 입장으로부터 전체성 또는 보편성에로 나아가는 것이 진리에의 길이라는 말이다. 한마디로 지적으로나 윤리적으로나 무사공평한 마음가짐을 얻는 것이 중요한 것이다. 그러나 우리의 생존이 불가피하게 부분적이라면, 어떻게 넓은 것에 이를 수 있는가? 흔히 사람들은 비록 우리가 실존적 부분성에 매여 있는 것이 사실이라고 하더라도, 적어도 생각은 넓을 수 있다고 말한다. 이것은 어느 정도까지만 맞는 이야기일 것이다. 우리의 생각에서 윤리적 의미에서의 보편성은 보다 쉽게 얻어질 수 있는 것으로 보인다. 지적 보편성은 잡다한 사실의 경험적 일관성 위에 성립하는 데 대하여 윤리적 보편성은 선험적으로 주어지는 듯한 내적 확신의 문제라고 느껴질 수 있기 때문이다. 말할 것도 없이 진리의 문제는 단순히 인식론상의 쟁점이 되는 것이 아니다. 그것은 사회적 투쟁 에너지의 집합점이다. 사람이 어울려 살아가기 위해서는 자연과 인간에 대한 일정한 동의가 있어야 한다. 혼란의 시기는 이러한 동의의 영역이 줄어지거나 사라져 버린 때이다. 이런 때일수록 보다 직관적으로 얻어지는 듯한 윤리적 보편성에 대한 요구나 주장은 절실한 것이 된다.

그런데 윤리적 보편성이 간단히 얻어질 수 없다는 것도 혼란한 시대의 특징이다. 뿐만 아니라 보편적으로 적용될 수 있는 윤리적 규범이 삶 전체의 원리일까? 그것은 그보다는 훨씬 넓은 인간의 개인적 사회적 생존의 한 부분에 불과한 것처럼 보인다. 어떤 윤리적 규범의 진정한 의의도 그 자체로서보다 넓은 생존의 동력과의 관련에서 발생한다. 그것은 이러한 관계 속에 놓일 때 어떠한 부분적 생존의 이해관계를 위장하는 이데올로기의 일부로만 작용하는 수도 있다. 설사 그렇지 않더라도 보편적 윤리 규범이 인간 생존의 전체가 아니라 부분에 불과하다면, 그것은 흔히들 무력하고 공허한 불평이거나 위장된 보편이 될 수도 있는 것이다.

어떤 사람들은 인간 생존의 공간적 시간적 전체를 역사라는 이름으로 파악하고 이 역사가 보편적 윤리적 이상을 실현하는 것이라고 말한다. 이렇게 하여 윤리적 보편은 현실적 전체에 일치하는 것이 된다. 동양에서, 역사를 여러 세력이 상호작용하는 동력의 장으로 파악하는 태도는 별로 없었던 것처럼 보이지만 구극적으로 역사가 윤리를 정당화시켜 주는 어떤 이치를 구현하고 있다는 생각은 매우 강력한 흐름을 이루어왔다. 마르크스에게도 역사의 의미는 비슷한 윤리성을 갖는 것으로 말하여질 수 있다. 다만 그에게 역사는 전체적으로 작용하는 동적인 장(場)으로 파악되고 단순히 윤리적인 것이라기보다는 더 세부적인 인간의 여러 욕구를 실현하고 보편화하는 과정으로 생각되었다. 이러한 관점에서는 이데올로기의 부분성은 보편적 인간 실현의 역사를 통하여 초월되는 것이다.

그것이 어떤 형태의 것이든지 간에 보편이나 전체에는 왜곡이나 모순이 없는 것일까? 흔히 어떠한 윤리규범은 개인의 착잡한 욕구에 억압적인 것으로 느껴진다. 그것은 우리 실존적 진실을 표현하지 못한다는 느낌을 준다. 국가나 사회의 공공목표도 흔히는 우리의 개인적 삶에 대하여 희생과 억압으로서의 의미를 갖는다. 추상적으로 선정된 전체성 또는 보편성의 이념은 그 안에 편입되는 부분과 모순의 관계에 있다.

여기에서 다시 한 번 진리의 문제가 사회적 투쟁의 초점이 됨을 상기하게 된다. '아는 것은 힘'이라는 말은 '진리가 권력의 수단'이라는 말로 번역될 수 있다. 진리의 필연성은 인식의 필연성이면서, 권력의 강제성이다. 흔히 보편적 이념은 그 자체로서 특수자에 대한 억압이 될 뿐 아니라 한 특수자의 다른 특수자의 억압을 목표로 하는 투쟁의 무기가 된다. 그것도 이데올로기가 될 수 있는 것이다.

대체로 진리는 추상적 언어로 표현된다. 이것은 당연하다. 진리의 명제는 구체로부터의 추상화(抽象化)에서 얻어진다. 이 추상화는 감각적 체험의 충일함을 방법적으로 억압하는 과정이다. 그런데이 억압이 단순히 우리의 인식작용에만 한정하여 일어나는 것일까?개념적 언어의 추상화가 인간 이해의 근본에 커다란 왜곡을 가져오는 것임은 철학자들이 이미 지적한 바 있다. 추상적 언어에는 기술적 조작에의 관심이 들어 있다. 이 관심은 사회관계를 표현하는 추상 언어(抽象言語)의 경우에는 더욱 두드러진다. 은혜의 노력에도불구하고, 추상 언어가 권력의 언어임은 많은 사람이 본능적으로알고 있는 바이다. 추상적으로 설정된 보편의 이념이 권력의 언어가 되기 쉬운 것은 자연스럽다.

모든 과학적 정치적 언어는 추상 언어이다. 여기에 대하여, 유독문학의 언어는 언어가 허용하는 한 구체적이고자 한다. 그것은 일반적인 명제보다 구체적 사건을 구체의 충일감 속에서 기술하려 한다. 그것은 사물과 사람의 감각적 실체에 주의한다. 전체주의적 이데올로기들로 특징되는 20세기의 서양문학은 어느 때보다도 사건과사람과 사물의 구체를 중시하였다. 이것은 이데올로기의 허위를 벗어나고자 하는 문학의 본능적 반작용을 나타낸 것이라 할 수 있다.

그런데 구체적이고 특수하고 유일한 이야기, 사람, 사물은 무엇인가? 이러한 것들이 우리에게 주는 위안은 그것들이 어떠한 숨은의도를 위장하고 있는 것이 아니라 그저 있는 대로 주어진 것이라는 데에 있다. '그러나 그저 있는 대로 주어진 것이' 있을 수 있는가? 이야기는 사람과 사람, 사람과 자연과의 교섭 속에서 벌어진다. 이 교섭은 구조적으로 결정된 사회관계 안에서의 현상이다. 역사적 사회적 관계 속에서 형성되지 않는 사람이 있을 수 있는가? 또사물은 무엇인가? 그것 또한 여러 관계 속에서 구성된 것이다. 그것은 헤겔의 말을 빌려 '사물들의 전체성' 속에서만 존재한다. 다만 그것을 그렇다고 알아보기가 다른 경우보다 어려울 뿐이다. 물건은 물건으로 주어졌다기보다는 물건화 또는 물화(物化)된 것이다.

이 물화의 진실을 들추어내는 데는 가장 날카로운 이데올로기적 분석이 필요하다. 이 분석은 비평의 기능의 하나이다. 비평은 작품에 그려지는 구체를 사회의 이데올로기적 구조에 연결시키는 작업을 한다. 물론 작품이 반드시 주어진 삶의 구체에 속아 넘어가는 것은 아니다. 작품도 삶의 구체를 그려내면서 그 진실과 함께 허위를 들추어 낼 수 있다. 그러나 이것은 대개는 간접적인 암시의 수법을 통해서이다. 구체적 언어는 재귀적(再歸的)으로 스스로를 설명할 수 없다. 구조적 분석의 언어는 추상의 언어이다. 작품 자체가 삶의 양의적 모습을 드러내고 있다고 하더라도 그것은 비평의 추상적 언어로써 더욱 분명한 것이 된다.

그러나 비평은 추상적 언어의 허위성 또는 그 억압성을 벗어버릴 수 있을까? 그것은 이데올로기적 성격을 갖지 않는 것일까? 주어진 사물의 껍질을 벗기는 부정의 순간, 그때 잠깐 동안 그것은 이데올로기적 제약으로부터 자유로울 것일는지 모른다. 순수한 파괴와 폭로의 자유는 가상에 불과하다. 판단은 어떤 입장에 섬으로써 가능해지는 판단이다. 또 순전한 부정의 자유는 퇴폐적인 자유이다. 이렇다는 것은 그것이 온전함을 위한 삶의 충동을 만족시켜 주지 못한다는 말이다. 부정의 자유는 단편적이며 부분적일 수밖에 없다.

보다 넓은 삶의 실현에 대한 믿음 없이 무엇을 부정하고 비판할 수 있는가? 비평이 전체성을 얻고 삶의 전체에 대하여 진실하고자 할 때, 그것은 이 믿음을 죄의식처럼 받아들일 수밖에 없다. 이 믿음은 더 적극적으로는 삶의 윤리적 의미에 대한 또는 그 의미의 역사적 전개에 대한 실천적 믿음이 되기 쉽다. 그리고 이 믿음을 이야기한다는 것은 또 하나의 이데올로기에의 도약이 된다.

　어떤 경우에서나 이데올로기적 선택은 불가피한 것처럼 보인다. 다만 부분과 전체, 특수와 보편, 구체와 추상 — 서로 모순되는 것들의 변증법적 통합이 이러한 선택의 왜곡을 완화할 뿐이다.　　(1980)

문화 · 현실 · 이성

유종호의
《문학과 현실》

1

영국 시인 존 단(John Donne)의 해학적 단시(短詩)에 사람이 하기 어려운 일들을 나열하는 것이 있는데, 그는 이 시에서 떨어지는 별 똥 잡기, 여자 정절지키기 등과 아울러 외국 갔다온 사람이 입 다물 기도 어려운 일 중에 어려운 일로 들고 있다. 조금 기발한 지적이지 만 외국 다녀온 친구를 가진 사람은 물론 외국에 다녀온 사람 자신도 이 지적에 동의를 표하지 않을 수 없는 경험을 가진 일이 많을 것이 다. 대개 사람의 입을 다물게 하는 일이 어려운 것임은 권력자를 포 함하여 많은 사람이 잘 알고 있는 사실이다. 이것은 사람이 제 잘난 맛에 사는 동물이기 때문이기도 하겠지만, 사실이나 진리 자체가 말 하여지지 않고는 못 견디는 강박성을 가진 때문이라고 말할 수도 있 다. 진리가 종국적으로 진리가 되는 것은 공동의 진리가 됨으로써 이다. 외국여행에서 돌아온 사람을 우리는 조금 관대하게, 자기 홀 로 떠맡은 진리의 십자가를 메고 괴로워하는 사람의 말을 어디까지 진실한 것으로 받아들일 것인가 하는 것은 물론 별개의 문제이다.

흔히 이들의 말은 우리로 하여금 사회와 문화에 대한 상식적인 지식 일반에 대하여 심각한 인식론적 회의를 가지게 한다.

나는 얼마 전에 미국학(美國學) 관계의 일로 일본에 다녀온 일이 있다. 내가 일본 여행에서 받은 인상도 매우 의심스러운 값어치밖에 갖지 못하는 것이나, 그것은 적어도 나 자신에게도 어떤 암유(暗喩)적 의미를 갖는 것이었다.

잠깐의 일본 체류 중 인상 깊었던 것은(많은 관광객들이 이야기했듯이) 교토(京都) 방문이었다. 우선 산업문명의 모든 열병과 비대증과 속도에 휩싸여 있는 도쿄(東京)로부터 빠져나오는 사람에게 교토는 보다 여유 있는 생활의 속도와 사람의 힘에 맞가운 크기로서 안도의 숨을 쉬게 하는 곳이다. 이것은 교토의 구시가에서 특히 그렇다.

구시가의 길은 보행자를 압도하는 아스팔트의 사막이 아니라 사람이 걸어 다니고 가게에 들르고 하는 데 알맞는 정도의 크기와 계획을 느끼게 하고, 주로 눈에 띄는 집들도 그 딱딱한 콘크리트에 벽돌로 사람을 밀어내는 듯한 새로 일어서는 계급의 성곽(城郭)들이 아니라 꺼멓게 풍화한 나무와 회벽을 많이 사용한 조그마한 규모의 것들이었다. 이런 집들 사이에 담장이 있다면 그것은 보통 꽃이나 나무의 생울타리로서 도적을 방지하는 방책보다는 개인적인 정밀(靜謐)의 영역을 표지하고자 하는 인간의 원시적 충동의 표현이라는 인상을 주었다. 아이들이 짝을 지어 학교에 가기도 하고 자전거를 타고 놀기도 하는 길거리는 전체적으로 사람이 한곳에 오래 살며 길들이는 사이에 너무 모나지 않게 너무 어지럽게 않게 가꾸어진 곳이라는 느낌을 주었다. 교토는 고적의 도시로 알려져 있거니와 호감을 주는 것은 고적들이(특별히 유명한 곳은 다르겠지만) 일상생활의 구역과 따로 저만큼 떨어져 있는 것이 아니라 아이들의 공부와 놀이, 어른의 일과 여가의 일상 속에 섞여 있다는 사실이었다.

무슨 판단을 내리기에는 너무 짧은 동안의 마지막 시간을 나는 일본인들이 하이델베르크에서 배워왔음직한 '철학의 길'이라는 곳을 산보하면서 보냈다. 한쪽으로 여염집들을 끼고 수목이 무성한 언덕 밑을 둘러낸 자갈길은 명소라고도 할 수 없는 소박한 산보 길이었다. 그러나 노변에는 심심치 않게 푯말이나 비석들이 있어 역사를 느끼게 하고, 길에 가꾼 꽃과 함께 '철학의 길을 아름답게 하는 회(會)'라는 표지는 현재의 손길을 말하여 주었다. 아침 일찍이어서인지 길에는 별로 사람이 보이지 않았다. 어느 중년의 남자가 들꽃 한 송이를 들고 언덕을 내려오고 할머니 한 사람이 집 앞의 울타리를 매만지고 있을 뿐.

이런 조용하고 예스러운 공기로 하여서인지 같이 산보 길에 나섰던 나의 미국인 친구는 나에게 물었다. 내가 지키는 어떤 개인적 의식(儀式)이 있는가 하고. 분재(盆栽)의 취미를 가졌다든지 또는 다도(茶道)를 익힌다든지 하느냐는 질문이었다. 이런 질문은 그의 마음속에 오래 맴돌고 있던 것으로서 나에게보다는 차라리 스스로에게 던져보는 것이었을 것이다.

몇 년 만에 만난 우리는 그 전날 숙소에서 피차의 삶에 대하여 가지고 있는 방향감각을 맞추어 보았었다. 이것은 불가피하게 우리의 개인적 삶과 세상 형편과의 관계를 아울러 저울질하게 했다. 나의 친구의 생애에는 두 가지 강한 인력이 작용하고 있었다. 그는 젊어서부터 동양예술과 동양적 삶의 양식에 크게 끌렸었다. 서양문명의 열띤 회오리 속에 자라난 그로서 동양은 조용하고 조촐하면서 보다 보람 있는 삶의 한 방식을 나타내는 것처럼 보였을 것이다. 그러나 그가 동양에 관계되는 논문을 쓰고 대학교수 생활을 시작한 것은 흑인 민권운동에 참가하여 유치장 생활을 한 것과 거의 같은 때였다. 동양의 평화에 대한 동경은 그로 하여금 사회적 평화에 무관심할 수 없게 하고 사회적 평화는 사회 정의 없이는 불가능하다는 것을 깨닫게 했을 것이다. 사회제도 부정의 첫 경험 이후, 비록 직접 정치운동에 참가할 기회는 적었지만 정치는 그의 관심을 떠나지 않은 셈이었다. 그러나 동시에 동양예술이 약속해 주는 듯한 소박한 초월의 세계 또한 늘 그의 관심 속에 있었다. 이것이 지난 몇 년 동안 그로 하여금 교토 같은 도시를 몇 차례 찾아오게 하였을 것이다.

나는 '개인 의식(儀式)'에 대한 그의 질문에, 그러한 의식을 가져 보았으면 하고 생각하는 때는 더러 있었지만, 실제 그것을 가져보지는 못하였다고 하였다. 그는 나의 답변을 보충하여 설명한다기보다는 스스로의 질문에 스스로 답하듯 정치의식과 개인의식과는 병행하기 어렵다는 말을 했다. 물론 그도 잘 알다시피 늘 그랬던 것만은 아니었다. 연전에 다른 한 친구는, 어려운 때일수록 잘 끓여진 한 잔의 차, 잘 연주된 한 편의 음악이 중요하다는 이야기를 써 보내왔다. 동양에서는 예로부터 차(茶)라든가 서도(書道)라든가 명상(冥想)이라든가 하는 것이 난세에 사는, 그리고 또 어차피 불완전하게 마련인 세계 속에 어느 정도의 안정을 얻는 한 방법이었다. 물론 이것은 단순한 도락으로라기보다는 주로 선(禪)과 자연숭배에 기초한 문학의 한 부분으로서 그 문화가 가지고 있는 어떤 정신내용을 환기해 주는 상징의식의 역할을 하였다.

하여튼 문화의 뒷받침 속에서 차 한 잔은 세상의 혼란에 맞설 수 있는 무게와 깊이를 가질 수 있었다. 차와 같은 것이 보다 넓은 문화의 일부를 이루었다면, 부분은 또한 문화의 전체 속에 커다란 메아리를 일으켰다. 가령, 오카쿠라 카쿠조의 《茶와 書》에 의하면 다도(茶道)는 16세기 이후의 일본의 건축양식, 실내장치, 도자기, 직물, 그림, 칠기 등에 넓은 영향을 끼쳤고 일본 사람들의 정신생활에도 없을 수 없는 한 부분을 이루었다. 관광객이 보는 교토의 인상도 사실은 차와 선불교와 일본식 정원과 — 이러한 조촐한 초월의 기술을 포함했던 옛 문화의 한 단편인 것이다.

동양 전통에서 예술은 일본의 차와 비슷한 것이었다. 그것은 하나의 도락이면서 정신의 기술이었다. 그러면서도 그것은 주로 엄숙하게 굳어 있는 도학자의 얼굴을 가진 것이라기보다는 일상생활과 문화 일반의 자연스러운 일부를 이루었다. 그것은 크게 떠들어지는 것보다는 조용히 이야기되고, 이야기되기보다는 단지 생각될 뿐이었고, 생각되기보다는 담담한 삶으로서 살아지는 것이었다. 그리하여 예술은 참으로 단순히 생활의 문채(文彩)가 되고 생활의 문채이면서 천지자연의 영묘함을 드러내어 주는 것이라고 생각될 수 있는 것이었다.

이렇게 정의되는 예술에서 중요한 것은 그것이 근본적으로 같은 정신에 의하여 충동되는 문화의 일부를 이룬다는 것이다. 그런 때 차 한 잔이 그럴 수 있는 것과 같이 시 한 줄, 그림 한 폭, 한 가락의 노래가 문화와 시대의 한 표현이 되고 그 전 무게를 지탱하는 것이 될 수도 있다. 이때 예술은 정해진 테두리 안에서 그 창조적 기능을 수행한다. 그것은 우리의 감식력을 세련시켜 세계에 대한 우리의 관계를 깊이하고 또 나아가 감식력의 심화를 통하여 새로운 세계를 연다. 이렇게 하여 깊어지고 새로 열리는 세계는 사회의 모든 성원에게 독자적인 보람과 행복의 영역을 확보하여 줌으로써 최선의 상태에서도 불가피하게 마련인 인간 상호간의 투쟁을 평화롭게 하는 데 기여한다.

물론 문화의 조화작용에 대한 이러한 생각은 다분히 허상과 허위의식을 포함하고 있을 것이다. 이것은 관광객이 교토에서 얻는 인상이 군국주의와 산업사회의 여러 모순 속에 표류해 온 일본에 대한 허위의식이 되는 것과 같다. 그러나 긍정의식으로서의 예술이 늘 허상의 인식인 것은 아니다. 예술의 허위화(虛僞化)는 전체와 부분의 관계에서 일어난다. 간단히 말하면 그것이 한 사회의 전체성을 표현할 때 그것은 그만 진실이며 그것이 부분으로 후퇴하면 할수록 거짓이라고 할 수 있다. 이 전체성은 단순히 양적 총체를 의미하는 것이 아니라 동력학적으로 파악된 역사적 발전의 전부이다. 한 시대의 진실된 예술은 다음의 역사단계에서 거짓의 예술이 되기도 한다. 달리 말하면 한 문화의식은 한 사회의 전체성을 나타내되, 동시에 역사의 창조적 추진력의 일부를 이루며 변모해갈 때 그 진실성을 유지한다고 할 수 있다.

2

우리 문학도 전통적으로 하나의 정신기술로서 파악될 수 있을 것이었다. 정신기술 또는 생활적 표현 면에서 고등(高等)한 고락(苦樂)으로서의 문학은, 그것이 전통사회의 퇴영적(退嬰的) 보수성에 어떻게 결부되어 있었던 간에 그것대로 사회 전체의 핵심적 진실을 표현하고 그것 나름의 타당성을 가진 것이었다. 그러나 지난 세기 말 이래 우리가 겪은 급격한 사회변화는 그렇게 파악된 문학행위를 하나의 환상 및 환상적 자위행위가 되게 하였다. 한밤의 달을 읊던 과거의 시인은 달이 지고 대낮이 되어버린 것도 모르고 달을 노래하는 사람처럼 된 것이다. 새로운 세월과 더불어 문학에 주어진 최대의 과업은 이러한 과거의 환상에서 깨어 현실 그것의 동력학(動力學)에 눈을 돌리고 거기에서 새로운 조화 또는 조화의 준비를 탐구하는 것이었다. 이것이 어렵고 불쾌하고 많은 불협화음을 일으키는 것임은 어쩔 수 없는 일이다.

이 어려움은 신문학이 시작한 이래 지금껏 새로운 각성의 필요성이 줄곧 이야기되지 않으면 안 되었다는 데서도 알 수 있는 일이다.

6 · 25 이후도 이것은 계속 이야기되었는데, 이 중에도 유종호(柳宗鎬) 씨는 가장 일관성 있게 또 줄기차게 이를 이야기해 온 평론가의 한 사람이다. 그는 이미 《비순수의 선언》에서도 이러한 입장을 천명한 바 있지만, 이번의 《문학과 현실》에서 이를 보다 조리 있고 설득력 있게 이야기하고 있음을 우리는 확인할 수 있다.

그의 주제는 문학의 현실에의 복귀이다. 그것은 작가적 관심의 우리 사회에로의 집중을 말하고 그것도 정태적 의미에서가 아니라 진보하는 역사의 관점을 지니고 현실로 복귀하는 것이기 때문에 불가피하게 사회현실의 비판을 주장하고, 또 역사의 진보는 모든 사람의 자유와 평등을 의미하기 때문에 민중적 현실에의 동화를 요구하는 것이다.

이러한 요구의 당위성은 지식인의 위치에 대한 일반적 고찰이나 서양문학에서의 원형적 문제를 생각해 볼 때 쉽게 드러난다. 그러나 작가와 현실과의 관계는 현대 한국문학사를 돌이켜 볼 때 보다 선명하게 규명된다. 유종호 씨의 입장에서 판단해 볼 때, 한국 현대문학의 원로들은 따라야 할 모범으로보다는 계고적(戒告的) 존재로서 우리에게 어떤 교훈을 준다. 가령 이광수(李光洙)의 '지도자적 복음주의'는 작가의 올바른 현실에 대한 태도와는 분명하게 구분되어야 한다. 이광수가 민족의 현실에 관심을 가졌던 것은 사실이나 그의 '선량의식'은 필연적으로 민중과의 어떤 거리의식을 가져왔고 다른 한편으로 행동이 없는 '정신주의'의 유약함을 낳았다. 이효석(李孝石)과 같은 경우에는 오히려 선량의식 — 또는 그 다른 형태의 표현이라고 할 수 있는 사명감의 결여로 하여 소외감정의 미학(美學) '창백한 초속주의(超俗主義)'를 낳았다고 유종호 씨는 지적한다. 더 극단적인 현실 유리(遊離)는 이상(李箱)에서 볼 수 있다. 그의 모더니즘은 근본적으로 자국문화에 대한 모멸과 서양에 대한 열등의식의 소산인, 서양을 따라붙어야겠다는 초조감, '추적 망상'의 표현에 불과하다. 이것이 그의 정신 귀족으로서의 자세의 근본을 이룬다고 유종호 씨는 진단한다.

'추적 망상'으로 인한 현실 이탈은 유종호 씨 자신 그렇게 분명하게 말하고 있지는 않지만, 이광수나 이효석에게도 작용했을 것이고, 사실 현대 한국문학사의 대부분의 작가가 어떤 형태로든지 대결하지 않으면 안 되었던 문제라고 할 수 있다. 유종호 씨는《문학과 현실》의 평문(評文) 여러 곳에서 이 문제를 다루고 있는데 이것은 당연한 일이다. 그의 서양일변도 지식인에 대한 강한 반감은 그가 많은 유보를 두면서도 동감을 가지고 인용하는 김성한(金聲翰) 씨의 지식인상에 잘 요약되어 있다. 이런 지식인은, "갈수록 멀어져 가는 이역, 그 이역과 고향땅 사이에 성을 쌓고 도랑을 파고 이방인으로 행세하며 고토(故土)의 원시에 침을 뱉는 일당이었다. 침을 뱉으면서 이를 침노하여 자행하는 파렴치한들의 앞잡이…"라는 것이다. 작가가 이러한 유형에 속한다는 것은 가장 타기할 노릇이다.

그러나 그렇다고 해서 유종호 씨가 맹목적 국수주의를 옹호하는 것은 아니다. 그는 분명하게, 또 암시적으로 민족옹호론 뒤에 숨어 있는 보수주의, 반(反)지성주의를 경고하고 있다. 사실 그가 항의하는 것은 무비판적 서양 취미 또는 그 변형으로 서양의 역사를 송두리째 삼켜 넘기고 서양 것 가운데도 요새 것일수록 좋다는 '직선적 진화론'이다. 이에 대하여 우리가 마땅히 받아들여야 하는 것은 계몽사상가들의 비판정신이며 그 계승자라고 볼 수 있는 비판적 현실주의의 입장에 서 있는 서구의 작가들이다.

이러한 서양의 지적 전통에 대한 선택적 접근은, 유종호 씨가 옹호하는 바른 현실복구의 방법에 연결되어 있다. 위에서도 언급한 바와 같이 그는 작가가 현실에 복귀하는 것은 가장 중요한 일이지만, 이것이 지나친 현실 밀착이 되어서는 아니된다고 생각하고 있다. 이러한 입장은 《문학과 현실》의 가장 긴 작가론인 염상섭에 관한 글에서 잘 밝혀져 있다. 〈만세전〉(萬歲前), 〈3대〉(三代) 등이 그 밀도 높은 현실성으로 하여 뛰어난 작품으로 평가될 수 있는 데 반해, 현실감의 묘사에서 오히려 보다 능숙한 솜씨를 보여주는 후기의 작품들이 그렇게 평가될 수 없는 것은 이런 차이로 인한 것이다. 전기의 작품들은 뛰어난 현실묘사 이외에 강한 비판의식 또는 적어도 분노를 담고 있지만 후기의 작품들에서 현실감각은 현실영합 아니면 허무주의적 체념과 구분할 수 없는 것이 되어버린다. 이런 차이는 어디에서 오는가? 전기의 분노는 '어두운 오늘을 극복하려는 내일에의 비원(悲願)'에서 나오며 만년의 '현실추구주의'는 오늘도 내일도 없는 닫혀진 세계를 불가변의 세계로 받아들이는 데서 온다고 유종호 씨는 말한다.

이러한 염상섭 비판의 전제는 근대서양 역사의 소산인 진보의 개념이다. 여기에서 사회는 정태적인 것이 아니라 동적인 과정 속에 있는 것으로 역사의 흐름 속에서 파악된다. 이 역사의 마땅한 진전은 자유 평등의 확대를 가져오는 것이다. 이것은 주로 이성적 질서의 사회전반에로의 확대에서 오는 실용적 결과이다. 따라서 역사의 바른 진전에 있어 이성의 옹호자로서의 지식인의 현실비판은 가장 중요한 역할의 하나를 맡는다.

어떻게 보면 유종호 씨의 비판적 현실주의의 문제는 지식인의 문제로 환원된다. 《문학과 현실》에서 가장 많이 논의되는 것이 지식인의 문제인 것은 이런 각도에서 이해될 수 있다. 지식인의 근본 임무는 역사의 수레바퀴를 바른 방향으로 나아가게 하는 데 있어 이상과 현실의 거리를 끊임없이 측정해내는 데 있다. 그러나 이러한 그의 위치가 선량의식을 불러일으켜서는 안 된다. 그는 늘 민중적인 것에 스스로를 일치시켜야 한다. 그러나 오늘날의 현실에서 지식인은 오히려 여러 '비력'(非力)의 증상에 빠질 위험성이 더 크다. 허무주의, 비행동적 순응주의와 같은 것은 극복되어야 한다. 선량의식과 '비력'의 자각증상 사이쯤에 위치하는 것이 현행질서에 봉사하는 지식의 기능공들이다. 이들은 지식인의 병폐를 가장 잘 드러내는 자들로 가장 피해야 할 자세를 대표하는 자들이라고 판단되어야 한다.

3

다시 말하면 지식인의 임무는 '이성적 사회'의 실현에 있으며 이것은 가장 끈질긴 현실과의 투쟁을 필요로 한다. 이것은 《문학과 현실》에서 잠시도 잊혀지지 않는 테제이다. 위에서 본 바와 같이 이것은 여러 가지 측면에서 논의되고 강조되어 있다. 이 강조는 어떤 독자에게 지나치게 강박적이고 지나치게 추상적이라는 인상을 줄는지 모른다. 이것은 유종호 씨의 개인적 편향으로 인한 것일는지 모르지만, 다른 한편으로는 시대적 상황의 긴급성이 부과하는 불가피한 편향이라고 할 수도 있다.

위에서 말하였지만 이상적으로 볼 때 문화는 — 나아가서 정치까지도 — 억세게 주장된 말보다는 창조적 생활로서 존재하는 것이 바람직하다고 할 수 있다. 문화의 이상적 모습이 우리가 사는 세계와 우리 존재와의 조화에 있다면 주제화되고 대상적으로 파악된다는 것은 이미 '그저 있음'의 조화가 깨뜨려졌음을 말한다. 되풀이되고 도덕적인 의무가 되고 투쟁의 슬로건이 되는 언어가 자연스러운 조화감을 깨뜨리는 것은 어쩔 수 없는 일이다.

문화는 현실의 창조적 변형의 소산이다. 그 근본은 현실 자체가 가지고 있는 창조적 이성에 있으나 이 이성은 인간의 창조적 과정을 통해서 사회생활의 전면에 확대 적용된다. 이것은 거친 투쟁과 화해의 과정을 동시적으로 포함한다. 문화의 근본 공약으로서의 이성은 우리에게 안식처를 제공하면서 동시에 하나의 필연적 제약으로 작용한다. 문화의 창조는 한편으로 문화의 근본적 이성을 정립하는 일을 하면서 다른 한편으로는 그 세련과 장식을 통해서 문화의 이성을 부드러운 것으로 변형시킨다. 이러한 양면작업이 붕괴한 곳에 새로운 문화의 작업은 전체적 이성을 정립하는 방향으로 갈 수밖에 없다. 이것은 현실과 문화의 창조적 접합점에로의 복귀로써 가능하다. 이때 문화와 현실의 이성이 거친 강박성, 전투성을 띠는 것은 불가피하다.

그러면 유종호 씨 입장의 추상성은 어떻게 이해될 수 있는가? 이것은 한국 실정에서 현실에의 복귀가 복잡한 매개를 통해서만 이루어질 수 있다는 데에 기인한다고 할 수 있다. 문화의 새 이성은 현실에서 온다. 이때 현실은 사회 내부에 태동하는 새로운 역사의 이상이다. 이렇게 보면, 새로운 이성의 확인은 비교적 (적어도 이론적으로) 쉬울 것처럼 보인다. 그러나 그렇지 않은 것이 실상이다. 이성은 현실의 모순 속에 배태되는 잠재력으로서, 바로 그 모순으로 인하여 역사의 동력이 되지 못하는 새로운 힘이라고 정의할 수 있다. 그러나 세계사(世界史)의 테두리 속에서 이성은 늘 이러한 잠재력 또는 내재하는 힘으로만 생각될 수 없다. 민족사(民族史)가 얽혀져 이루는 세계사의 시스템 속에서 한 사회의 발전은 스스로의 발전에 맡겨지지 않고 전면적으로 부정될 수 있다.

우리는 위에서 유종호 씨의 역사적 이상이 서구의 계몽사상에 연유하는 것임을 언급하였다. 이것은 그의 경우에 한하는 것은 아니지만, 이러한 서구의 이상과의 관련은 우리에게 한국의 역사가 한국의 역사만으로는 지양될 수 없지 않을까 하는 의구심을 갖게 한다. 염상섭의 현실감각의 심화가 정체(停滯)적인 '현실추구주의'에 귀착했다는 것은 무엇을 의미하는가? 한국현실의 추구가 현실 속에

익사(溺死)하는 결과를 가져왔다는 것은 염상섭의 개인적 선택과 아울러 당대의 사회의 한 진상을 이야기하는 것이 아닐까? 달리 말하면 염상섭이 필요로 했던 것은 바로 유종호 씨가 그를 비판하는 데 사용한 진보의 이념이었다고 말할 수 있다. 현실을 이해하고 분석하는 데 현실의 밖에서 오는 이념을 적용하고 또 이를 필요로 한다는 것은 우리의 지적 작업을 추상적인 것이 되게 할 수밖에 없다 (지식인의 문제가 핵심적 문제가 되는 것도 이러한 역사적 사실과 이러한 이해의 구도 속에서이다).

위에 비친 어쩔 수 없는 사정 외에 《문학과 현실》의 주장이 추상적인 것은 이 책의 접근법과도 관계있는 것으로 보인다. 조금 단순화하여 말하면 《문학과 현실》은 문제를 주로 도덕적 선택의 문제로서 제기한다. 가령 어떠한 작가가 '초속주의자(超俗主義者)'가 된다든지 '고고한 이방인'이 된다든지 하는 것이 도덕적 결단에 의존하는 선택 가능성의 어떤 문제로 생각되어 있다는 말이다. 그러나 사실 웬만한 지식인에게도 '비교적 매이지 않는 입장'에 서서 도덕적, 지적 선택을 한다는 것은 어려운 일이다. 결국 '매이지 않는 진리'는 우리 생존의 왜곡을 — 우리의 생각은 생존의 왜곡에서 나온다 — 초월하려는 부단한 노력에 의하여서만 수렴되는 것이라 할 수 있다. 어떻게 보면 한 사람이 '초속주의자'가 되는 것은 그의 지적 선택에 의하여서보다 그 생존의 논리에 의하여서이다. 우리가 탐구해야 할 것은 어떤 생각이나 입장이 얼마나 바른 선택인가 하는 추상적 문제와 아울러 우리의 선택의 개인적 실존과의 연관관계이다.

사실 유종호 씨가 의도한 것은 이러한 구체적 삶의 논리에 대한 탐구가 아니고 분명한 문학적 사고의 지표 제시였다고 말할 수 있지만, 또 한편으로 그의 주장의 추상성은 한국의 지적 전통에서 저절로 우러나온 것으로 보아질 수도 있다. 이 전통은 일의 근본적 해결책으로서 어떤 도덕적 결정, 그 중에도 지적 엘리트의 영웅적 선택을 중요시 했다. 지식인이나 작가의 경우 그들의 생존이 다분히 의식적 선택에 의하여 결정되고 그것이 다른 사람에게 중요한 범례가 된다는 것은 사실이다. 그러나 보다 중요한 것은 의식적 선택의 한정조건이 되는 생존의 논리이다. 그러나 최근세계사가 민족적 생존의 내재적 동력의 무자비한 파괴로 특징된다고 할 때, 생존의 논리의 탐구가 매우 어려운 일이 되는 것임은 말할 필요도 없다.

그래도 역시 우리 사회의 내부에 어떤 내재적 이성의 역사가 없었다고 말할 수는 없다. 한국인들이 계몽사상의 이념에 공명했다는 사실만도 추상적 차원에서의 지적 동의로만은 해석될 수 없는 일이다. 그것은 내적 요구와 외적 영향의 일치로 보아야 할 것이다. 그러긴 하나 대체로 한국역사의 현실 자체에서의 내재적 이성의 탐구는 진정한 '귀환'을 위한 우리의 노력에서 보다 어려운 과제로 남아 있다고 할 수밖에 없다.

유종호 씨는 《문학과 현실》에서 바른 역사적 이성이 무엇인가를 확인해 준다. 또 이 이성의 관점에서 우리 문학과 현실을 어떻게 보아야 할 것인가를 이야기해 준다. 이제 우리의 삶이 (지식인으로서의 생각 또는 태도가 아니라) 어떻게 이러한 이성을 드러내고 또 벗어나며 또 우리 대부분이 그 속에 잠겨 있는 개체적 삶의 어둠으로부터 어떻게 이성의 밝음으로 나아갈 수 있는가를 탐구하는 일은 우리 모두의 남은 과제가 되겠다. 여기에는 추상적 이성에 현실을 비추어 보는 작업보다는 현실에 내재하는 자기초월의 원리, 즉 역사적 이성에 대한 모색이 긴요할 것으로 생각된다.

실천적 관심과 이상적 언어

하버마스의 비판이론

설립 초기부터 프랑크푸르트 사회연구소 소속 학자들이 가지고 있던 장점의 하나는 그 다방면적인 박학(博學)이었다고 할 수 있는데 (이것은 단순한 호사벽보다는 사회현상의 부분적 절단이 허위인식에 관계된다는 방법론적 요구에서 나온 것이라고 보아야 할 것이다), 다방면성은 위르겐 하버마스(Jürgen Habermas)의 경우도 큰 특징이 되는 것이다. 그의 저작들은 철학 사회학 정치학 언어심리학 등 학문의 여러 전문분야를 완전히 넘어서는 종합적 고찰의 성격을 띠고, 그의 사고는 그 배경으로서 유럽의 철학적 사상적 전통의 깊이 — 특히 헤겔 및 마르크스 이후의 유럽사상의 주류를 가지고 있으면서 다른 한쪽으로는 보다 실증적이고 경험주의적인 현대사회학의 방법론과 업적을 의식하고 있다. 이러한 하버마스의 포괄성은 조지 릭타임(George Lichtheim)이 헤겔과 비교도 하였지만, 하여튼 이러한 면모는 그의 추상적이고 난삽한 언어와 합세하여 그의 업적에 대한 평가를 극히 어렵게 한다.

그러나 그의 생각의 폭과 의의를 짐작해 보는 데 어느 정도의 가닥을 잡아볼 수 없는 것은 아니다. 한 가지 편리한 가닥은, 그것이 비록 그의 복잡다기한 발언을 요약한다고 할 수는 없으나, 그의 주된 관심은 이론(理論)과 실천(實踐)의 관계 고찰에 있는 것으로 보인다. 그가 이론 또는 실천의 뜻을 어떻게 쓰고 있는가를 가려내기는 물론 쉬운 일이 아니다. 우선 지적할 수 있는 것은 이러한 문제에 대한 하버마스의 관심이 다른 프랑크푸르트 학자들의 관심에 연결되어 있다는 점이다.

프랑크푸르트 학자들이 그들의 종합적 연구대상으로 삼은 것은 현대 선진자본주의 사회의 현상이었고 그들은 이것을 비판적으로 분석함으로써 할 수 있다면 새로운 사회로의 진로를 밝혀보고자 했다. 이들의 분석에 배경이 된 비판적 사회이해의 전통은 어떤 해설가에 의하면, 아우구스티누스까지 소급할 수 있다고도 하나 그 현대적 기원은 마르크스에서 찾을 수밖에 없다. 이들이 마르크스의 자본주의 비판에 크게 의존하는 것은 사실이나 물론 그것은 그들 나름대로의 새로운 해석을 통하여서이다.

주지하다시피 마르크스의 자본주의 분석은 주로 경제관계의 분석에 집중되었다. 그러나 프랑크푸르트 여러 학자들의 서구사회 분석은 마르크스와는 달리 그 사회의 문학적 내용 내지 이데올로기적 조작과정을 향한 것이다. 이러한 방향설정은 한쪽으로는 제도적 응고화(凝固化) 대신 인간의 역사적 실천적 차원의 회복을 강조한 마르크스의 일면을 재해석함으로서도 가능했지만, 다른 한쪽으로는 마르크스의 위기이론을 현실적 논리로서 액면 그대로는 수긍할 수 없게 만든 자본주의 사회의 발달에 대한 이들 나름의 비판적 이해를 통하여 이루어진 것이다. 자본주의적 발달의 이데올로기에서 핵심을 이루는 것은 합리적 원리에 대한 신념이다. 따라서 자본주의 사회의 역사적 발전에 대한 쉬운 이해방법의 하나는 합리성 또는 이성 원리의 의미를 캐어보는 일이다.

자본주의 발달 초기부터 경제와 사회뿐만 아니라 삶의 모든 면에서 합리성은 사회의 생산력을 크게 증대시켰을 뿐만 아니라 여러 가지 면에서 서구인을 보다 넓은 삶의 가능성으로 해방시켰다. 그러나 동시에 다른 한편으로 불행과 위축과 비인간화를 가져왔다는 것도 널리 지적된 바 있다. 그리고 합리화 과정이 가져온 부정적 효과는 반작용으로 '생의 철학'을 비롯한 많은 낭만주의적 비합리성의 태도를 낳기도 하였다. 프랑크푸르트학파의 사회분석에서 합리성 또는 이성에 대한 비판적 검토가 중요한 위치를 차지하는 것은 이러한 사정에 의한 것이다. 대체로 이들의 이성비판(理性批判)은 두 가지 면으로 진행된다. 한편으로 '생의 철학'이나 '실존주의'라는 비합리의 철학에 대하여 이성의 권위를 옹호하며, 다른 한편으로는 자본주의 사회의 변질되고 왜곡된 이성의 여러 형태를 들추어내어 이를 비판하는 이중 작업이 되는 것이다.

이들의 생각으로는 현대 서구에서 이성의 왜곡은 사회와 경제관계의 실제에서도 나타나지만 사회과학에서의 여러 가지 실증주의적 합리성에서도 드러난다. 여기에서 이성은 개별적 사실들 속에 나타나는 일반적이고 추상적인 개념으로 생각되는데, 이것은 일단은 사실 존중의 과학적 태도를 나타내는 것 같으면서 실제에서는 사실들의 역사적 구성을 포함하는 전체적 과정에 대한 선험적 반성을 등한시함으로써 현상을 초역사적 실재로서 긍정하는 것이 된다는 것이다. 그리하여 이성은 알게 모르게 당대의 특수한 이해관계가 설정하는 목적에 봉사하는 '도구적' 이성이 되어 이성 스스로의 이념인 보편성을 상실하게 되고 아울러 이러한 보편성의 이념에 결부되었던 인간의 보편적 해방과는 별 관계가 없이 오히려 그것을 억제하는 탄압의 수단이 된다는 것이다.

이러한 과학주의적 이성에 대한 비판은 호르크하이머(Horkheimer), 아도르노(Adorno) 또는 마르쿠제(Marcuse)의 저술 도처에 나타나는 것이지만, 그중에도 마르쿠제의 《이성과 혁명》은 이러한 문제를 가장 길게 다룬 책으로 말할 수 있을 것이다. 그리고 이러한 보다 나이 많은 프랑크푸르트의 대가들에 이어 가장 주목할 만한 이론상의 전개를 보여 준 하버마스의 업적도, 위에서 말했듯이, 이러한 전반적 이성비판의 관점에서 이해될 수 있다.

과학주의적 이성이 이성의 참다운 모습이 아니라고 할 때, 그러면 이성의 참다운 모습은 어떤 것인가? 이러한 물음에 대하여 부정적 답을 주기는 보다 쉬운 일이다. 프랑크푸르트의 철학자들은 이성을 주어진 사실을 초월하는 하나의 초월의 원리로서 이해한다. 그것은 끊임없이 현실 속에 있으면서 현실을 넘어서는 부정의 원리로서 작용한다. 이렇게 볼 때 이성의 기능은 무엇보다도 비판적인 것이다. 그러나 이성의 부정적 비판적 기능이 지향하는 것은 무엇인가? 이성의 보다 적극적인 내용에 대한 질문은 조금 더 답변하기 어려운 것이다. 프랑크푸르트의 철학자들 사이에 여기에 대한 철학적 고찰이 없는 것은 아니지만, 여기에서 우리는 하나의 당위로서 이성이 지향하는 것 또는 마땅히 지향해야 하는 것은 인간의 전면적 해방이라고 말하는 것으로 만족할 수밖에 없다.

그러나 비판이론은 어디까지나 현실비판의 이론이면서도 주관주의적 현실 초월을 거부하는 입장을 고수하려는 까닭에 현실과 논리를 무시하는 당위의 설정은 만족할 만한 답변일 수는 없다. 해방의 내용과 원리까지도 역사 현실 속에서 구성되는 것으로 파악되지 않는 한, 주관주의적 또는 이상주의적 자의성(恣意性)은 피할 수 없는 것이 되고 비판적 이성은 '도구적 이성'이나 마찬가지로 편협한 이해관계에 좌우되는 독단론으로 떨어질 수 있다. 하여튼 비판적 이성의 철학적 근거는 대개 그 관념론적 요소를 제거한 헤겔의 전체성으로서의 이성의 변증법에서 찾아진다고 할 수 있겠는데, 다른 면에서 과학주의적 이성이 절단해 버린 인간의 비합리적 차원을 회복하는 일에 대한 여러 가지 관심은 이성에 보다 바른 내용을 주려는 노력의 하나로 볼 수 있다. 즉, 다른 마르크시스트와 다르게 프랑크푸르트의 철학자들이 보여준 정신분석에 대한 관심과 같은 것은 이런 면을 가지고 있는 것으로 볼 수 있다. 에리히 프롬(Erich Fromm)의 경우는 그 극단적인 예이고, 사회비판과 정신분석을 가장 성공적으로 결합한 경우는 마르쿠제의 《에로스와 문명》이다. 하버마스의 이성비판은 이성에 실천적 차원을 돌이키려는 노력으로 나타난다. 과학에 작용하는 '기술적 이성'을 부정하자는 것은 아니지만 그는 학문의 구극적 근거는 '실천적 관심'에 있으며, 다시 '해방에의 관심'에 의하여 규명되어야 한다고 말한다. 이렇게 말하는 것은 다시 한 번 이성의 보편이념을 스스로 제한하는 것이라는 비난을 받을는지 모른다. 그러나 이것은 두 가지 관점에서 반박될 수 있다.

학문의 인식론에 대하여 최근에 이루어진 가장 중요한 기여라고 해야 할 《인식과 관심》에서 하버마스는 모든 지식에서 인간적 관심은, 비록 그것이 학문 자체의 테두리 밖에 있을지라도, 학문의 대상과 방향에 대하여 선험적 구성의 바탕이 되며 과학주의적 이성이 이러한 삶의 세계의 관심에서 초연할 수 있다고 하는 것은 자기 이해의 부족에 기인하는 것이라는 것을 역설하고 있다. 이른바 '가치중립적' 사회과학 또는 인간과학은 스스로의 입각지를 모르고 있는데에서 스스로의 객관타당성을 믿게 되고 구극적으로는 반성의 저쪽에 있는 억압의 지평에 의하여 통제당하게 되는 것이다.

학문적 추구가 관심의 구성작용을 벗어날 수 없는 것이라면(하버마스는 다른 곳에서 이성적이라는 것은 이성적일 수 있는 요인에 연결되었다고 말한다) 그것이 해방의 실천을 스스로의 기본 가정으로 삼는 것은 당연한 선택인 것으로 볼 수 있다. 그러나 실천적 선택이 실존적 선택과 같은 주관적 결단이 아님은 말할 것도 없다. 그것은 주로 사회의 생산능력의 증대에 연결되어 조성되는 객관적 여건을 주체적 자각을 통하여 인간의 자기생성으로서의 역사로 옮기는 행동이다.

그러나 여기에서 주의할 것은 이것이 어디까지나 객관적 과정과 함께 주체적 인식을 그 중요한 계기로 한다는 점이다. 이런 면에서 하버마스는 통속적 마르크시즘의 객관주의와 입장을 달리하며 마르크스에서도 발견되는 경제결정론적 경향을 비판적으로 본다. 그에게 객관적 여건과 아울러 이론적 반성은 사회변화에 똑같이 중요한 변수가 된다. 그런 의미에서 바른 이론은 실천의 한 요인, 나아가서 실천 그 자체이기까지 한 것이다. 하버마스는 자기 자신의 비판이론의 의의도 이러한 테두리에서 이해한다.

실천의 한 계기로서의 이론 — 이것을 이야기할 때, 우리는 이론의 실천적 의미를 두 가지 평면에서 생각할 수 있다. 이론적 작업은 역사의 각 단계에서 사회적 발전이 이룩한 자유의 가능성에 비추어 정치적 사회적 경제적 제도의 비판적 검토를 시도하는 것이다. 그러나 여기의 이론적 작업은 단순히 서재나 연구소에서 외롭게 진행되는 작업일 수는 없다. 첫째 이 작업의 의의는 해방의 관심에 의하여 지배되고 실천에로의 번역을 궁극적 목표로 하는 것이므로 일종의 설득의 기술이란 면을 가질 수밖에 없다. 그리고 실천을 위한 비판작업에 이어서 문제인 것은 단순히 객관적 여건만이 아니고 사회에서의 일반적 의식의 상태이다. 그것이 얼마나 준비된 상태에 있느냐 하는 문제는 이론적 작업을 단순한 실증적 조작일 수 없게 한다.

이렇게 하여 하버마스는 사실상 모든 실천과 이론의 구극적 권위로서 자유로운 언어의 공간을 내세우게 된다. 즉, 그는 모든 이론과 실천의 구극적인 이념을 '이상적 언어상황'에 집약한다. 여기에서 '이상적 언어상황'이란 어떤 상황에 참여하는 모든 사람이 지배, 피지배 관계로부터 해방되어 자유로이 대화를 교환할 수 있는 상황을 말한다. 이러한 상황은 물론 관념적으로만 실천될 수 있는 것이 아니고 사회 현실의 자유화와 더불어 투쟁적으로 실현될 수 있는 것이지만, 다른 한편으로서는 우리의 일상적 의견교환과 과학적 학문활동에서도 일종의 한계개념으로 전제된 것이기도 하다. 그런데 여기에서 주의해야 할 것은 모든 사람이 동등하게 참여할 수 있는 언어공간의 확보는 단지 정치적 당위라는 뜻을 갖는 데 그치는 것이 아니라 진리의 문제에까지도 중요한 의미를 갖는다는 점이다. 왜냐하면 이 공간에서만 모든 '규범 타당성에 대한 이론적 해결'이 이루어질 수 있기 때문이다.

하버마스도 그 중요성에 주목한 미국 철학자 찰스 퍼스(Charles Peirce)는 과학적 합리성이 구극적 근거를, 방법론적 전제를 공유하는 과학자들의 역사적 공동체에서 찾았지만, 하버마스는 모든 규범생성의 원리로서의 이성의 근거를 공동체의 자유로운 언어 공간에서 찾은 것이다. 이러한 공간은, 그에게는 당위로서의 요구이기도 하지만, 또《후기자본주의에서의 정당성의 문제》에서 분석하듯이, 모든 전통적이고 권위주의적 규범이 해체되어 버린 후기 자본주의 사회가 향하여 가지 않을 수 없는 혁명적 종착역이기도 한 것이다.

하버마스의 자유로운 언어에 대한 이론을 언급하면서 우리는 그자신의 언어이론이 단순히 이론적 관심에서만 연유한 것이 아니라 민주적 휴머니즘에 대한 깊은 신념에 입각한 정치적 사회적 존재로서의 인간에 대한 날카로운 통찰에서 나온 것임에 다시 한 번 주목하게 된다. 그가 이론을 이야기하고 실천을 말할 때 그것은 주관적인 것 또는 단순히 객관적인 것을 배경으로 하는 것이 아니라 인간존재의 간주관적(intersubjective) 구조에 뿌리내린 이론과 실천을 말한다. 그에게는 사실 주관적인 것과 객관적인 것은 같은 것이며 적어도 인간의 실천적 생존의 면에서 볼 때는 둘 다 참다운 객관성과는 인연이 먼 것이다.

하이데거도 여러 곳에서(특히 《사물의 문제》에서) 과학적 이론이 드러내주는 세계가 주관적 세계라고 지적하고 과학은 사람이 사물 속에 집어넣었던 주관을 법칙으로서 되찾는 과정이라고 말한 바 있지만, 하버마스가 과학에 대하여 이 정도로 불신을 가지고 있다고 할 수는 없을망정 적어도 그가 인간 과학에 관계되는 한은 인간사회에 법칙적 필연성을 수립하려고 하는 노력은 주관적이고 자의적인 것이며, 결국은 억압의 의지에 봉사하는 것이 되기 쉽다고 생각한다고 말할 수는 있다. 그의 저서 《이론과 실천》에서 이야기하고자 하는 것의 하나는 이러한 점이다.

그가 홉스나 마키아벨리의 통치기술의 정치이론이나 토마스 모어의 유토피아의 사회질서의 공학(工學)을 다같이 고전적 정치이상의 타락으로 보는 것은 이러한 정치사상들이 인간의 행동적 상호작용보다는 사회안정을 위한 법칙적 이론적 모델을 제시하려고 하였기 때문이다. 이러한 비판은 오늘날의 많은 행태론적 사회이론에도 해당될 것이다. 또 하버마스가 위에 든 저서와 또 다른 곳에서 마르크스의 노동일변도의 사회이론을 비판하는 것도 그것의 다수가 이루는 사회공간 내에서의 행위자로서의 인간을 중요하지 않고 있기 때문이다. 여기에 대하여 하버마스는 역사의 동력으로서 노동과 주체적 인간의 상호작용, 이 두개의 독립적 변수를 인정한 예나시절의 헤겔에서 역사에 대한 바른 해석을 발견하는 것이다.

법칙적 관심이 목표로 하는 것은 '통제'이고 사회질서의 법칙은 인간이 다수로서 존재한다는 사실에 본질적으로 관계되지 아니한다. 법칙에 따른 통제는 한 사람의 사변작용과 폭력적 의지로서도 가능할 수 있는 종류의 조작이다. 여기에 대하여 행동은 인간과 사물에 대한 통제를 뜻하는 것이 아니라 사회적 공간에서 여러 주체적 인간들이 상호작용 속에 들어가는 것을 말한다.

이 점에서 하버마스에게 중요한 영향을 끼친 것으로 보이는 한나 아렌트(Hanna Arendt)에 의하면, 공적 공간에서의 인간의 행동과 언어는 그것 자체로서 사람의 사람됨을 보여주는 인간 본질의 표현으로서의 의미를 가지며, 그것 자체로서 사람으로서 가질 수 있는 가장 큰 행복의 하나, 즉 '공적 행복'을 가져다주는 것이다. 하버마스도 이러한 견해에 어느 정도는 동의하는 것이 아닌가 한다. 다만 이러한 행동과 언어의 공동광장을 확보하기까지에는 여러 '이론적-기술적' '이론적-실천적' 해명과 무엇보다도 사회개혁을 위한 실천이 있어야 한다고 생각하는 점에서 하버마스는 아렌트와 같은 정치철학자가 아니라 어디까지나 비판이론가로 남아 있다고 해야 할 것이다.

이성적 사회를
향하여

1. 혼란과 반작용

> 넓게 퍼져가는 원을 그리며 나는
> 매는 매부리의 부름을 듣지 못하며,
> 사물은 깨어져 흩어지고 중심은 버티지 못하며
> 오로지 혼란만이 세상에 풀려나고
> 피에 흐린 潮水가 풀려나고…

예이츠는 피비린내 나는 정치적 갈등과 사회적 혼란에 빠진 20세기 초의 아일랜드에 대한 그의 느낌을 이와 같이 표현했지만, 이러한 예이츠의 느낌은 오늘의 우리 사회에 대한 많은 사람의 느낌을 나타내고 있다고도 할 수 있다. 나날의 삶에서, 정치의 공간에서, 물질의 세계나 마음의 질서에서, 마찰과 부조화, 폭력적 혼돈은 우리의 삶의 가장 두드러진 특징이 된 것이다.

사람은 지나치게 경직된 질서 속에서도 질식할 것처럼 느끼지만, 모든 일이 엇갈리고 꼬이고 부딪치는 속에서도 살아가기 어렵다.

따라서 혼란의 증대와 더불어 점점 더 높아져 가는 질서를 찾는 외침을 듣게 되는 것은 당연하다. 다만 이러한 외침이 참다운 질서의 도래에 도움이 되는 것인지 아니면 오히려 그것을 무한정 연기시키는 것인지는 알 수 없는 일이다.

질서를 찾는 외침 가운데 가장 성급한 것은 힘에 대한 욕구이다. 이 힘에 대한 욕구는 폭력적 수단에 의지하는 정치질서에 대한 요구로도 나타나지만, 작게는 모든 일은 엄벌로써 처리하고 통제할 수 있다는 생각에도 나타나고, 쉽게는 우리의 이웃들에 대한 증오로서도 나타난다. 힘이 하나의 질서의 원리라는 것은 부정할 수 없다. 그것은 갈등을 일으키는 힘을 제어하여 일정한 명령체계를 수립할 수 있다. 그러나 정신분석에서 말하듯이 억압된 것은 다시 돌아오게 마련이다. 군림하는 커다란 힘에도 불구하고 작은 힘들은 끊임없는 갈등과 긴장을 조성하게 마련이고, 이것은 점점 더 큰 힘의 작용을 요구하게 된다. 그리하여 위에서 작용하는 큰 힘과 은밀히 발휘되는 작은 힘은 삶을 비능률과 경직 속에 빠뜨리게 된다. 추상적으로 말한다면, 사회질서의 문제는 큰 힘에 의한 작은 힘의 통제로 해결되는 것이 아니라 작은 힘들로 하여금 스스로 일정한 질서 속에 들어가고, 서로 갈등하는 것이 아니라 서로 북돋워주는 큰 힘으로 변모하게 하는 데에서 해결이 찾아져야 할 것이다.

질서를 찾는 또 하나의 중요한 외침은 확실한 사회적 행동규범에 대한 요구로서 나타난다. 흔히 듣는 가치관의 확립, 인간회복 등은 다 같이 이러한 규범의 확립을 요청하는 말들이다. 일단 확립된 사회적 행동의 규범은 폭력수단을 사용하지 않고도 사회 성원으로 하여금 자율적으로 일정한 질서에 들어가게 할 것으로 기대된다. 그러나 이 기대가 반드시 틀린 것이 아니라 하더라도 실질적 효과는 요청되는 규범이 어떤 것이며 그것이 어떻게 수용되느냐 하는 데에 달려 있다. 모든 규범은 어느 정도의 보편적 타당성을 갖는 것으로 보인다. 인간의 사회적 공조의 역학은 그러한 타당성이 없는 규범의 출현을 방지해 주기 때문이다.

그러나 우리는 그 사회규범이 어떤 부류의 사람들에게는 좀더 유리하게 작용하고 또 다른 부류의 사람들에게는 좀더 불리하게 작용할 수 있음을 안다. 그 표면적 타당성에도 불구하고 규범들은 일방적으로 부과되고 또 사회조화의 미명 아래에서 은밀히 사회 투쟁의 무기로 사용될 수 있는 것이다. 또는 규범의 타당성은 그것이 요청하는 방법으로 하여 의심을 받기도 한다. 가령 '가치관 확립' 운운할 때, '확립'이라는 말이 풍기는 강압적 분위기는 우리를 곧 경계태세 속에 들어가게 한다. 한 사람의 의지가 다른 한 사람의 의지에 대하여 폭력적으로 작용하겠다는 뜻이 여기에 풍겨 있다. 또 어떤 종류의 규범은 그것이 실질적 삶의 질서에 맞아 들어가는 것이 아니기 때문에 현실적 효력을 갖지 못한다. 당초에 사회적 규범이 붕괴되는 것은 그것이 현실의 삶의 질서에서 유리되었기 때문이다. 그러한 상황에서 강조되는 규범은 공허한 것이 되거나 어떤 특정한 사람들에 의하여 생존투쟁의 무기로서 활용되는 이데올로기가 되어버리고 만다.

이렇게 볼 때, 사회의 혼란 속에서 새로운 질서의 출현을 기대한다면 오히려 필요한 것은 힘에 대한 요청이 아니라 혼란에 대한 내성을 기르며 내가 생각하는 규범을 요청하고 부과할 것이 아니라 다른 사람들의 다른 종류의 규범에 대한 관용성을 기르는 일이라고 할 수 있다. 다시 말하여 다른 사람의 다른 종류의 삶과 내 방식대로의 나의 삶의 공존을 모색하는 것이 사회 평화를 향하여 나아가는 기초가 되는 일이 아닌가 하는 것이다.

2. 이성의 질서

그렇긴 하나 다원적 규범의 공존 가능성을 인정하는 것 — 결국 그 논리적 귀결은 각자는 각자의 취미에 따라서 살아간다는 것을 인정한다는 것인데, 이러한 다원성의 인정만으로 사회의 질서가 보장될 수 있을까? 한 사회가 한 사회로서 성립하려면 그것은 서로 뿔뿔이 있는 개체들의 집단 이상의 것으로 존재하여야 한다. 뿔뿔이로 있는 사람들이 각각의 이익과 행동의 규범 속에 폐쇄된 단자(單子)로 살아간다고 하더라도 그들이 같은 차원의 공간을 점유하는 한 그들의 이익과 행동은 서로 교차하게 마련이며, 거기에는 어떤 타협과 협상과 협약 — 불가피하게 개인을 넘어가는 협약, 초개인적 규범이 필요하게 될 수밖에 없다.

　이러한 규범의 보장은 모든 사람이 납득할 수 있는 어떤 이치 — 이성의 원리에서 발견될 수밖에 없다. 홉스가 생각한 것처럼 이러한 보장은 국가권력에 의하여서만 주어질 수 있다고 할 수도 있다. 그러나 이것은 하나의 커다란 가정을 받아들이는 것일 뿐만 아니라 당초에 힘의 질서 이외의 질서를 생각해 보고자 하는 우리의 의도에도 배치되는 것이다. 어떤 경우에서나 국가권력의 이성적 성격을 믿는 것보다 모든 사람의 이성적 납득 가능성을 믿는 것이 경험적으로 덜 타당하다고 생각할 근거는 없는 것이다. 비록 순수한 형태로서 이성이 현실적 인간 속에 발견되지 않는다고 하더라도, 인간은 여러 가지의 우여곡절에도 불구하고 이성에 접근할 수 있는 능력을 가지고 있다고 믿어서 좋은 것일 것이다. 아마 문제는 이러한 능력이 발휘될 수 있게끔 해주는 현실적 조건일 것이다. (여기에서 우리는 최소한의 질서 — 어쩌면 극히 이기적이고 개인주의적인 질서의 보장을 이야기하고 있지만 이성의 원리를 사회통합의 원리라고 할 때,

그것이 반드시 이러한 최소한의 질서의 원리에 그친다고 말하려는 것은 아니다. 그것은 보다 의미 있고 지속적인 질서 — 스스로이고자 하며 스스로를 넘어서려고 하는 사람의 역설적 운명의 수행에 관계되는 질서를 보장해 줄 수 있는 것이어야 한다고 생각해야 할 것이다).

3. 전체와 평등한 배분의 원리로서의 이성

사회통합의 이치로서의 이성(理性)은 그 안에 몇 가지 계기를 가지고 있다. 그것은 모든 사람이 납득할 수 있는 것이라야 한다. 이것은 다원적 입각지에 서 있는 인간들의 납득을 말한다. 그러기 위해서 그것은 전체와 개체에 관계되는 두 가지 조건을 만족시킬 수 있어야 한다. 이성은 우선 전체의 원리, 즉 부분과 부분의 조정과 조화를 보장해 줄 수 있는 원리라야 한다. 그러면서 그것은 그 전체를 구성하는 부분들의 원칙적 평등성을 고려하는 것이라야 한다. 이것은 사람이 독립적이고 자율적인 존재이며 삶의 구극적 현장이 개체에 있다는 것을 전제한 것이다. 이것을 전제할 때, 불평등은 이성의 설득이 아니라 강제력으로만 수락될 수 있을 것이다. 전체와 평등한 배분의 원리로서의 이성을 말하면서 주의해야 할 것은 그것이 적극적 내용을 가진 것이라야 한다는 것이다. 사회적 규약이나 이성적 원리는 아무리 보편적이고 공평한 것이라 할지라도 그 자체로서 귀중한 것이 아니라 사회의 삶을 고양해 주는 한 귀중한 것이다. 가령 다 같이 죽자는 요구에 비하여 다 같이 살자는 요구는 더 이성적이다.

지금까지의 이성적 원리의 조건은 구체적인 예를 통해서 보다 분명하게 설명될 수 있다. 가령 잘 산다는 것이 하나의 지상명령으로 생각되는 경우를 보자. 이것은 전체가 잘 산다는 전칭적(全稱的)

명제가 될 때 사회 전체에 윤리적 요청으로 작용할 수 있다. 그러나 다시 이 '잘 산다'는 것은 구체적 개체들에게 평등하게 배분되어 적용되지 않을 때, 반드시 순순히 납득할 만한 명제가 되지 않을 것이다. 그런데 이런 경우 배분의 원리는 이기적 이해타산의 가능성을 참작하는 것이 중요하다는 것을 말하는 것으로 보인다. 물론 이러한 가능성을 배제하는 윤리적 요청은 공허한 것이 되기 쉽다. 그러나 배분의 이치에 충실해야 한다는 것은 보다 적절하게는 사물의 구체성에 충실해야 한다는 말이고, 이 구체성은 단순히 내 개인의 삶의 주체성만을 지칭하는 것이 아니다.

가령 '사람은 나라를 위하여 죽을 각오가 되어 있어야 한다'는 윤리적 요청을 생각해 보자. 물론 이것은 일부 한정된 사람이 아니라 모든 국민에 해당될 때 보편적 요청으로 성립한다. 그러나 그런 연후에도 이 요청은 나의 죽음이 구극적으로는 보다 크고 높은 삶의 긍정에 연결될 수 있다는 확신과 이해가 성립할 때 의미 있는 것이 된다. 뿐만 아니라 그 죽음은 간접적 의미에서나마 나의 삶, 그것을 고양할 수 있어야 한다. 나의 죽음도 나의 삶을 실현하는 한 방법일 수 있기 때문이다. 우선 내가 다른 사람을 위해서 죽을 수 있는 것은 그 다른 사람이 나를 위해서 죽을 수 있기 때문이다. 더 나아가 우리가 다른 사람을 위해 죽을 수 있는 것은 나와 다른 사람의 생명이 하나의 연속성 속에 있기 때문이다. 또는 우리는 어떤 땅 위에서 영위되는 어떤 종류의 삶을 지극히 사랑하기 때문에 그것을 지키기 위하여 죽을 수도 있다.

집단을 위한 개인의 죽음은 이러한 계기 — 나의 생명과 다른 생명과의 근본적 연계성에 대한 인식, 어떤 종류의 삶에 대한 높은 사랑, 이러한 계기가 없이는 공허한 것이 된다. 되풀이하건대 나라를 위해서 죽는다는 것은 바른 의미에서는 다른 사람을 위해서, 동료

국민을 위해서, 어떤 구체적인 땅 위에 영위되는 어떤 구체적 삶 일반을 긍정하기 위해서 죽는다는 것을 말한다. 이런 자기희생(自己犧牲)의 예에서, 우리는 오히려 전체와 배분의 원리로서의 이성의 움직임을 의의 깊게 살펴볼 수 있다. 하나의 사회적 요청은 한편으로는 사회 전체를 포용할 수 있어야 하고 다른 한편으로는 실존적 구체성으로 옮겨질 수 있어야 비로소 이성적으로 납득할 만한 것이 되는 것이다.

4. 이성의 단순성

우리는 방금 사회적 통합의 원리로서의 이성적 원리 내지 규범의 조건을 구체적 사례를 들어 살펴보았다. 그러나 이성이 어떤 구체적인 실천적 강령 또는 윤리적 요청으로 요약될 수 없다. 위에서 우리는 아무렇게나 만들어본 두 가지의 명제를 가지고 그것이 어떤 조건을 만족시킬 때 사회적 이성의 입장에서 납득할 만한 것이 되겠는가를 고려해 보았다. 이것은 어디까지나 두 명제를 일단 받아들인 다음 어떻게 하여야 그것이 보편적이고 공평한 것이 되는가를 생각해 본 것이다. 그러나 이 두 명제를 처음부터 부정하는 입장이 있을 수 있다. 그리고 그것이 반드시 비이성적인 것은 아니다. 참으로 이성적 질서는 이러한 부정도 포용할 수 있는 것이라야 한다. 그렇지 않으면 특정한 이성적 규범은 조화의 원리가 아니라 또 하나의 분규의 원리가 될 것이다. 그러므로 참으로 포용적인 이성의 원리는 최소한도의 내용적 규정을 가진 것이라야 한다. 그것이 금지하는 것도 최소한도로 한정되는 것이며, 그 윤리적 요청도 실질적 내용보다는 형식적 요건에 관계되는 것이 바람직하다. 그렇다는 것은 단순하고 일반적이고 형식적인 규정만이 사회적인 질서 속에 사람을 있게 하면서 그의 창의와 자유를 가장 작게 제약하기 때문이다.

이렇게 말하는 것은 부르주아 사회규범의 형식주의를 옹호하는 것으로 들릴 수 있다. 사실 최소한도의 형식적 협약으로서의 사회규범들은 이기적 동기에 의하여 움직이는 투쟁적 개인들이 구성하는 사회의 최소한도의 제약을 의미할 수 있다. 그러나 문제는 최소의 규범 자체가 아니라 이러한 규범들이 가능하게 해주는 자유를 어떻게 쓰느냐에 있다. 소유적 개인주의의 사회에서 이것은 부와 소비재의 경쟁적 획득에 사용된다. 그러나 그 자유는 보다 인간적인 데에 — 인간적 진리에 입각한 삶의 실현에 사용될 수도 있는 것이다. 그러니까 형식적으로 표현되는 보편적 이성의 법칙의 이념 그 자체가 사회통합의 이념으로서 그 타당성을 잃는다고 말할 수는 없다. 보다 나은 사회 질서 속에서 이 자유는 보다 깊이 진리 속에 사는 자유를 의미할 수도 있다.

여기에서 내가 중요하다고 생각하는 최소한도의 규정은 단순히 이기적 소유의 추구에서보다 우리의 윤리적 행동에서 커다란 의미를 갖는다. 그리고 그것은 윤리적 행동으로부터의 도피를 위해서가 아니라 그것을 더 넓고 깊게 하는 데 필요한 것이다. 예를 들어 설명해보자. 가령 여기 '갑은 을을 공경하여야 한다'라는 명제가 있다고 하면, 이것은 '젊은이는 노인을 공경하여야 한다'는 것보다는 부자유스러운 명령이다. 갑과 을은 밖으로부터 교시되어야 하는 구체적 사항이다. '젊은이'와 '노인'은 보다 일반적인, 따라서 우리 자신이 비교적 독자적으로 판단할 수 있는 범주들이다. 이에 대하여 '나이와 더불어 오는 지혜를 존중하여야 한다', '나이든 사람의 체험의 깊이를 존중하여야 한다', '나이와 더불어 오는 생리적 쇠약을 존중하고 이에 도움을 주어야 한다' — 이러한 종류의 명제가 있을 수 있다. 이것은 노인을 공경하라는 것보다도 일반적인 요청이다. 여기에서 우리가 요청받는 것은 어떤 특정한 인간의 범주가 아니라 추상화되고 일반화된 특성이나 품성을 존중하라는 것이다. 그리하여 이것은 밖으로부터의 지적이 없이도 우리 스스로 우리 자신의 이성으로 납득하고 내면화할 수 있고 또 확대 변형할 수도 있는 요청이다.

가령 우리가 노인을 그 지혜로서 존경한다면, 우리는 이와 비슷하게 다른 지혜로운 사람을 존경할 수 있고 또는 노인을 그 체험의 깊이로 인하여 존중한다면 모든 깊은 체험을 갖는 자를 존중할 수 있고, 또 노인을 그 쇠약함으로 아낀다면 우리보다 약한 모든 사람, 즉 아이들과 같은 경우에도 똑같은 배려를 베풀 수 있다는 것을 뜻한다. 이렇게 특정한 것으로부터 일반화・단순화・추상화된 것이 우리에게 규범과 자유를 동시에 주는 것이라면, 단연코 삼강오륜의 덕목보다는 인(仁)이나 사랑, 자비가 더 높은 경지의 윤리적 요청이 된다고 말하여야 한다.

5. 이성의 자기초월

그런데 최소한도의 규정일망정 정말 필요한 것일까? 이성은 규정되는 것이라기보다는 규정하는 원리이며 규정되는 것을 초월해 있다. 달리 말하면 이성은 스스로를 초월한다. 그때 그것은 비로소 있는 대로의 존재와 일치할 수 있다. 또 그때 그것은 가장 포괄적인 통합의 원리가 된다.

이것을 사회를 구성하고 있는 사람들의 관점에서 볼 때는, 가장 포괄적인 이성적 질서는 모든 사람을 있는 그대로 포용할 수 있어야 한다는 말이 된다. 궁극적으로 개체적 실존은 손쉬운 질서 ― 그것이 비록 이성적인 것이라 하더라도 ― 이것에 흡수되는 것을 거부한다. 우리는 이러한 개체의 독자성에 대하여 깊은 두려움을 가지고 있다. 그러나 따지고 보면 우리의 궁극적 소망은 일어날 수 있는 모든 것이 허용되는 세계이다. 그러니까 가장 포괄적인 이성은 이성으로 환원되지 않는 구체적 실존도 스스로의 테두리 속에 간직하는 것으로 생각될 수 있다. 그런데 다른 한편으로 사람은 아무리 그 독자적 자유 속에 있어도 자연의 한계와 인간성의 한계 속에 있다. 다시 말하면 인간의 자유는 아무리 지나쳐도 자연의 필연이 설정하는 한계 내에 있는 것이다. 그러면서도 이 한도 내의 자유가 사람으로 하여금 스스로를 택할 수 있게 하며 도덕적 존재일 수 있게 하는 것이다. 윤리적으로 말하여 사람이 선택하는 것은 세계와 삶의 진리여야 마땅할 것이다. 이 진리를 통하여 그는 참으로 스스로 택하여 도덕적인 존재가 될 것이다. 그러나 여기에 필연적 인과관계가 있는 것도 아니고 도덕적 삶의 모습이 일정하게 정해져 있는 것은 아니다. 사람이 비진리를 택하는 데 그 자유를 사용할 가능성은 가볍게 취급될 수 없는 것이다. 그러나 이 가능성이야말로 사람이 참다운 의미에서 자유롭다는 증거가 된다. 그러면서도 다시 뒤집어 말하건대 이 비진리의 가능성까지도 가장 넓은 의미에서의 이성이 허용하는 범위 안에 있다. 이성은 스스로를 넘어서는 자유를 포용함으로써 비로소 존재 그 자체에 일치한다.

6. 이성과 생존

우리가 지금까지 생각해 본 것은 추상적 차원에서의 이성의 이념이다. 그러나 현실 속에 움직이는 이성은 단순히 관념적 성찰로 밝혀지는 것도 아니고 다른 복합적 맥락에서 절단된 사회적 상호작용을 통하여 나타나는 것도 아니다. 그것은 구체적 생존의 과정에서 나

타난다. 또 그렇게 나타남으로써만 현실적 의미를 갖는다. 말할 것
도 없이 사람의 생존의 토대를 이루는 것은 물질세계다. 그런데 물
질세계의 자원은 제한되어 있다. 사회적 갈등은 이 제한된 자원에
대한 사람들의 경쟁적 관계로 하여 발생하거나 심화된다. 사회적
조화의 원리로서의 이성은 그 조화의 작업을 이 자원의 보편적이고
공평한 분배로부터 시작할 수 있어야 할 것으로 보인다. 그러나 말
할 것도 없이 이것은 현실도 아니며 쉽게 이루어지지도 않는 일이
다. 생존의 충동은 비이성 또는 이성 이전의 상태에 뿌리내리고 있
어서 이것이 쉽게 이성적 조정을 받아들일 것으로 기대될 수는 없
다. 뿐만 아니라 우리의 생각 그것도 생존에 얽혀 있어서 한달음에
무사공평한 보편성의 차원에 이를 수 있는 것이 아니다. 사람의 생
각이 그 독자적인 힘으로 선험적 이성의 진실에 이를 수는 없다 —
이렇게 말할 수는 없는지 모른다. 그러나 사변적 차원에서가 아니
라 생존의 차원에서 우리의 삶이 이성적이 되는 것은 지극히 어려
운 일이다. 그것은, 방금 말한 바와 같이, 생존 그것이 비이성적 분
출이어서 이성적 질서의 부과를 거부하는 때문이기도 하지만 그러
한 거부가 없다고 하더라도 끊임없는 창조 진화 속에 있는 생존의
복잡다기한 연관을 이성적 질서 속에 거두어 넣는 일이 지난한 일
의 하나이기 때문이기도 하다. 다시 간단히 말하여 구체적 생존의
측면에서 보편적 이성의 이념에 이르기도 어려우며 이러한 이념에
의하여 삶을 안배하기란 더욱 어려운 것이다.

　그렇다고 사람의 삶의 구체적 현실 속에 이성적 질서를 향한 움
직임이 없는 것은 아니다. 공평과 조화를 향한 사람의 소망은 거의
보다 직접적인 생리적 욕구나 마찬가지로 사람이 본래적으로 가지
고 있는 것일 것이다. 끊임없는 눌린 자의 저항, 피착취 계급, 식민
지 민족의 투쟁은 가장 뚜렷한 역사적 현실의 하나이다.

바른 질서를 향한 움직임은 사람의 삶에 내재하는 불균형으로 하여 촉진되고 또 강화된다. 어떤 때에나 사람의 삶의 양극을 이루는 개체와 전체의 관계는 완전한 균형 속에 유지되기 어렵다. 개체 또는 보다 적절하게는 생존의 이해관계를 비슷하게 가지고 있는 개체들의 집단의 행동은 어느 정도 전체와 독립되어 행해질 수 있다. 또 전체의 움직임은 그들의 의지에 상관없이 개체나 구성집단에 피할 수 없는 제약을 가한다. 이러한 상호모순은 끊임없이 새로운 조정을 불가피하게 한다. 물론 두 극의 관계는 변하면서도 지속적인, 역동적 균형 속에 있을 수도 있다. 그런데 이 관계를 더 역동적인 것이 되게 하는 것은 자연과 인간과의 순환 작용에서 나온다. 미시적 또는 거시적인 인구의 변화는 사람과 자연 자원과의 관계에 늘 새로운 조정이 필요하게 한다. 또 기술의 발달, 생산 수단의 변화는 이 관계에 인위적 변화를 가져온다. 요약건대 이러한 여러 요인들—사람과 자연 자원과의 비율의 유리하거나 불리한 정도, 개인이나 집단의 창의와 자유—이 사람의 삶을 불균형적인 것이게 또는 역동적인 것이 되게 하고, 변화하는 것이 되게 한다. 그리고 공평하고 보편적인 질서를 향한 사람의 소망—더 정확히는 눌린 자의 소망과 이 소망의 실현을 위한 투쟁은 조금 더 실현되기도 하고 또는 덜 실현되기도 한다. 이성적 질서는 이런 소망과 투쟁 속에 구체적으로 존재하는 것이다.

7. 비판적 이성

여기서 우리가 주목할 것은 이성적 질서에로의 접근이 흔히 모색과 갈등과 투쟁에 의하여 특징된다는 사실이다. 여기에서 이성은 현실로서 탄생한다. 한 사회 내에서의 싸움은 단순히 물리적 의미에서의 싸움과는 성격을 달리한다. 거기에는 거의 필연적으로 이성적 사고의 싸움이 개입되고 그것의 개입으로 싸움이 더욱 심화되기도 하고, 또 다른 한편으로는 새로운 통합에로 지양될 수 있는 기틀이 마련되기도 한다. 이것은 반드시 그러한 싸움에 이성적 요소를 의도적으로 개입시키려는 노력으로 하여 일어나는 일이 아니다. 싸움의 상황과 성격이 그렇게 만드는 것이다. 한 사회 내에서 두 가지 또는 그 이상의 요소가 갈등의 관계에 들어갈 때, 문제가 되는 것은 두 집단의 단순한 힘의 영토 또는 역학 관계가 아니다. 그것은 그러한 영토의 배분과 관계를 규정하는 질서 전체이다.

다시 말하여 문제는 어느 쪽이 이기느냐 하는 것보다도 사회 전체가 어떤 질서 속에 사느냐 하는 것이 되는 것이다. 완전한 정복보다는 패권이 문제인 것이다. 한 사회는, 적어도 의식의 수준에서 주체화되는 한, 하나의 전체를 이룬다. 현상을 고치려고 하는 쪽은 이 전체의 전체성을 비판 부정하고 이를 새로운 전체로 대체하려고 한다. 여기에서 이성은 비판적 이성으로서 역사에 등장하게 된다. 물론 현상을 옹호하는 쪽은 기존의 전체의 전체성을 옹호하고 새로이 나타나는 전체를 격파하려 하면서 변호적이고 비판적인 이성을 발달시키게 된다(여기서 비판적이란 이성이 스스로를 의식한다는 뜻에서이다).

어느 쪽이든 비판적 이성은 몇 가지로 작용한다. 앞에 말한 바와 같이 그것은 사회의 전체성을 향한다. 이 전체성은 의식적으로 설정된 것일 수도 있으나 그보다도 암묵리에 전제된 것이기 쉽다. 비판은 우선 그것이 개체적인 삶, 사회의 구성집단의 삶, 또는 구체적 사실들에 의하여 검증될 수 있는가를 따진다. 여기서 중요한 것은 무엇보다도 사실적 검토이다. 문제되는 것은 전체의 이념과 사실들의 정합성(整合性)이다.

비판은 구체적인 것과 전체적 이념의 대비가 아니라 그 이념 자체를 향할 수도 있다. 당연히 전체는 구체적 사실들의 총화로서 구성된다. 그러나 그것이 구체적 사물들의 필연적 연계관계에서 나오는 것은 아니다. 그것은 그러한 관계의 한 가능한 구조에 불과하다. 사물들은 인과관계의 연쇄 속에 있으면서 또 늘 인간적 행동의 가능성으로서 있다. 물론 이 가능성은 자의적인 것도 무한한 것도 아니다. 그것은 인간의 가능성이면서 사물의 암시이다. 그러나 이러한 가능성 또는 암시가 있는 한 사물들은 새로운 전체성으로 구성될 수 있다. 그리고 이 전체성은 보다 적절하게 보편적 이성의 구현에 가까이 갈 수도 있는 것이다.

그러므로 전체란 언제나 하나의 가정 또는 요청의 성격을 가지고 있다. 그것은 있을 수 있는 가능성 중의 하나이며 선택의 대상이 될 수 있다. 위에서 우리는 이 가정 또는 선택이 자의적이라기보다는 필연적 연쇄 속의 사물의 가능성에서 암시되어 나온다고 하였다. 그러나 이것은 다른 역설적 주장에 의하여 수정되어야 한다. 이 역설적 주장이란 부분과 전체의 변증법적 관계에서 나온다. 전체가 부분의 총화란 것은 진상의 일면에 불과하다. 전체는 부분에 앞서 미리 주어지고 부분을 결정한다. 그렇다면 전체가 없는 곳에 부분만이 있을 수는 없는 일이다. 그리하여 전체는 절대적 요청이며 선택이라는 면을 가지고 있다. 여기서 한 전체에 대한 다른 전체의 싸움은 전부냐 완전한 무냐의 격렬한 싸움이 된다. 하나의 전체성의 이념을 선택하는 것은 다른 전체의 가능성, 또 그와 아울러 그 안에 생성되는 사실들을 송두리째 배제한다는 것을 뜻한다.

그러나 다시 한 번 생각해 볼 때, 서로 극한적으로 대립되는 두 전체, 요청으로서, 선택의 대상으로서 있는 전체 — 이러한 것들이 참다운 의미에서의 전체일까? 참으로 전체적인 것은 그저 있을 뿐이다. 이성적으로 정립되는 전체는 근원적 삶의 전체에 접근할 뿐이며 그것과 완전히 일치하는 것이 아니다. 전체성(全體性)의 선택과 그것을 위한 투쟁은 불가피하며 또 가장 심각한 것이다. 그러나 삶은 늘 이 선택되는 전체를 초월한다. 삶은 더 큰 전체이다. 따라서 그것이 어떤 종류의 것이든지 간에 선택되고 요청되는 전체성은 끊임없는 비판에 의하여 보완 수정되고 또 부정 지양되어야 하는 것일 것이다. 그리고 이 비판은 단순히 우리가 대치코자 하는 전체를 향하는 것이 아니라 우리 자신의 전체성의 이념을 향하는 것이 되기도 할 것이다.

이러한 비판과 자기비판의 움직임은 무엇을 근거로 하여 성립할 수 있는가? 비판은 비판의 기준을 상정하고서야 가능하다. 그런데 우리가 말하는 비판의 세계는 확실성의 세계가 아니라 선택과 결단과 투쟁의 세계이다. 그렇긴 하나 의지할 것이 전혀 없는 것은 아니다. 사람의 생존에서 모든 선택을 초월하여 확실한 것은 삶의 구체적 현실―생물학적이면서 어떤 때는 인문적이기도 한, 삶의 구체적 현실이다. 낳고 살아가고 자식을 기르고 늙고 죽고, 홀로 있으며 함께 있고, 개체로서 또 집단으로 고통하고 기뻐하며…. 이러한 것들은 가히 생존의 밑바닥 진실을 이루는 것들이다. 이것은 반드시 높거나 넓은 진실은 아닐지 모르지만, 우리가 서 있는 발밑의 진실이고 그러니만큼 모든 사회적 통합작용을 위한 선택에서 가장 근본적인 비판의 기준이 되는 것이다.

우리가 밥을 먹는 것은 자유인으로 그럴 수도 있고 노예로서 그럴 수도 있다. 어느 쪽의 상태에 있느냐 하는 것은 우리의 삶의 질과 의미와 질서에 결정적 차이를 가져온다. 그러나 어떤 경우에나 사람이 밥을 먹어야 한다는 것은 자유와 부자유의 진실을 넘어선 이 세상의 생사실(生事實)을 이루는 것이다. 우리가 택하는 전체의 진리가 무엇이든지 간에 근본의 시금석은 이러한 생사실로서의 생존이다. 적어도 어떠한 사회과정에서나 그것은 하나의 통제의 근거가 되어 마땅하다. 깊은 의미의 비판적 이성은 이 통제를 받아들여서 비로소 더욱 완전한 것이 된다.

8. 이성적 질서의 현실조건

지금까지 우리는 사회적 이성의 작용에 대해서 살펴보았지만, 그것을 보장하는 것은 추상적 이해와 각성이라기보다는 그 제도적 구현이다. 그러면 이것의 구현에는 어떠한 조건이 만족되어야 하는가?

우선 필요한 것은 사상의 자유이다. 이것은 현실의 사실들을 있는 그대로 검토하는 자유요, 이것을 여러 가지 가능성 속에 놓아볼 수 있는 자유를 뜻한다. 또 이것은 사실을 초월하여 모든 철학적 가능성을 생각해 볼 수 있는 자유를 뜻하기도 한다. 이러한 가능성 속에서의 훈련이 우리의 마음으로 하여금 현실적 가능성을 직관할 수 있게 해주기 때문이다.

사상의 자유는 두 가지 점에서 표현의 자유를 요구한다. 생각한다는 것은 자기 자신과 대화한다는 것이다. 우리는 목전의 사실을 거머쥐며 다른 한편으로 이것으로부터 떨어져 다른 관점, 다른 맥락을 조감하는 것으로써 생각의 실마리를 연다. 이 경우 나는 나 자신과 나 자신이 아닌 입장에 서 있는 나로 쪼개어진다. 이런 이분화 작용은 나와 다른 사람의 대화를 우리의 내면에 재현한 것이다. 그런데 이보다도 다른 사람과의 대화야말로 우리의 사고를 확대하여준다. 사고가 생존에 깊이 맺어져 있다면, 우리는 손쉽게 이 맺음의 한계를 뛰어넘을 수 없다. 우리의 사고는 다른 사람의 관점과 사고와 대결하여 비로소 확대를 얻게 된다. 이것은 우리의 사고가 삶 그 자체를 대상으로 할 때 특히 그렇다. 우리가 생각한 어떤 것보다도 다른 사람의 삶이야말로 인간의 삶의 가능성을 대표한다. 이 가능성들 속으로 생각을 넓히는 것이, 곧 이 점이 요구하는 보편성에 이르는 길이다. 이런 고려는 쉽게 생각의 표현, 표현의 교환, 공동의 토의가 생각의 과정 그 자체의 일부가 됨을 알게 해준다.

표현의 자유가 요구되는 또 하나의 이유는 자명하다. 우리의 생각이 현실의 질서에 관계되는 것일 때, 그것은 표현됨으로써만 현실에 작용할 수 있다. 또 표현의 과정은 단순히 한 사람의 견해를 다른 사람에게 전달하는 것을 뜻하지 아니한다. 한 사람의 견해는 곧 다른 사람의 견해일 수 있다. 또 두 사람의 사고와 표현은 교환 과정을 통해서 누구의 견해도 아닌 새 견해에 이르게 된다. 표현, 특히 공동 토의 형태의 표현은 사회적 통합과정의 핵심을 이루는 것이다.

자유로운 사상의 모험 또 그 전달에 모든 사람이 관심을 가지기는 어려운 것일지 모른다. 대부분의 사람에게 중요한 것은 삶의 현실이며, 그들이 새로운 자유, 새로운 가능성에 관심을 갖는다면 그것은 이러한 것이 그들의 구체적 생존에 관계되는 범위 내에서이다. 이를 넘어서는 보다 철학적인 자유는 지식과 문화활동에 전문적 이해관계를 갖는 사람들의 관심사일 것이다. 물론 이들의 작업은 이들에게만 중요한 것이 아니다. 자유로운 사상의 모험은 한 사회의 삶의 폭을 넓게 하고 그것에 정밀성과 섬세함을 부여한다. 또 이러한 작업은 현실적으로 미래의 선택을 넓은 가능성 속에서 이성적으로 이루어질 수 있게 한다.

철학적 사상의 모험이 소수 학문공동체 또는 문화공동체의 주된 관심사가 된다고 하더라도 이러한 모험이 드러내 보여주는 현실의 사실적 모습과 그것이 감추고 있는 새로운 가능성은 보다 일반적인 관심의 대상이 되어 마땅하다. 또 이 관심을 환기시키는 것은 지식인이 사회로부터 떠맡은 임무이다. 물론 더 바람직스러운 것은 문제적 개인이나 집단이 지식인의 도움을 기다리지 않고 스스로의 상황과 그 가능성을 의식하고 그에 대하여 발언하는 것이다. 어떤 경우이든 이러한 의식과 발언은 우선 비교적 동질적인 소규모 집단 속에서 가장 분명하게 집약된다. 이성적 사회는 이러한 집단적 집약의 기구를 될 수 있는 대로 많이, 또 유기적인 연계관계 속에 유지할 수 있어야 한다. 물론 궁극적으로는 지식인의 이성적 반성이든 구체적인 이익집단의 견해이든 그것은 보다 넓은 범위의 정치과정에 편입되고 공동주제가 되어서 현실을 바꾸는 정책으로 번역이된다. 여기서의 정치과정은 말할 것도 없이 모든 생각과 정책이 자유로이 경쟁할 수 있는 공간으로서의 민주적 정치과정을 말한다. 노동조합이나 정당 또는 의회 등은 이러한 과정을 제도화하는 전통적 방법이었다.

이러한 이야기들은 상식적인 것들로서 사실 새삼스럽게 말할 필요도 없는 것이다. 더 중요한 것은 이성적 사회의 실현을 위한 여러 제도와 고안이 어떻게 현실 속에 보장될 수 있는가 하는 것이다. 유감스럽게도 이 가장 중요한 점에 대하여서 나는 별로 이야기할 준비가 되어 있지 않다. 추상적으로 말하건대 현실 속의 보장은 투쟁적으로— 그러한 제도의 확보에 생존이 달려 있는 사람들의 투쟁에 의하여 얻어질 것이라고 말할 수는 있을 것이다. 물론 이러한 당위론이 얼마나 도움이 될지는 의문이다. 그러나 우리 현대사의 이 시점에서 우리는 말할 수 있다. 보다 자유롭고 이성적인 사회를 향한 충동은 역사의 대세 속에 있는 충동이라고.

오늘날 권위주의적 사고와 힘이 현실을 압도하고 있다면, 그것은 실제에서의 작용이 아니라 반작용을 나타내는 것일 것이다. 그것은 넓고 깊은 추세에 대한 일시적 반작용으로 설명되어야 할 현상인 것이다. 우리는 이 역사의 대세에 대하여 좋은 느낌을 가질 수도 있고 우려의 느낌을 가질 수도 있다. 다만, 우리의 현실은 — 지난 백 년 동안의 역사의 추세는 획일적 규범주의로부터 다원적 경험주의에로 옮겨 가는 것이었다. 이것은 구세계의 붕괴에 따르는 불가피한 현상이었다. 그러나 얼핏 보기에 새로운 세계를 구축하는 것과 같은 여러 시도와 경향 — 정보의 팽창과 물질생산 능력의 확대도 적어도 이 점에서는 같은 추세와 과정을 촉진하는 폭으로 작용해 왔다. 즉, 그것은 자의적 규범의 세계를 마손(磨損)케 하고 좋든 나쁘든 다원적 경험의 세계를 출현케 했거나 할 것으로 생각되는 것이다. 문제는 이 과정이 거꾸로 되돌려질 수 있느냐가 아니라 경험의 혼란 속에서 (경험을 충분하게 포용하면서) 이성적 질서를 만들어낼 수 있느냐 하는 것이다. 또는 이 이성적 질서가 편협하고 추상적인 전체의 이념이 아니라 끊임없는 비판의 과정을 통해서 사람의 생존의 전폭을 수용할 수 있는 참으로 전체적이고 구체적인 질서일 수 있느냐 하는 것이다. 따라서 모든 불리한 현상적 여건에도 불구하고 가장 깊은 의미에서의 이성적 사회를 위한 전망은 밝은 것이라고 우리는 말할 수 있을 것이다.   (1982)

고요함에 대하여

우리나라의 자동차 보유 대수가 백만이 넘었다고 한다. 자동차야말로 20세기의 세계를 큰 일에서나 작은 일에서나 송두리째 바꾸어놓은 발명품이라고들 말한다. 그것은 사람의 생물학적 근본조건, 곧 사람의 근본 특성에 드는 움직임을 하루아침에 몇십 배로 확대시켜버린 연장이다. 사람이 자신의 생물학적 특성을 확대시키는 일은 신들에 대한 상상이나 슈퍼맨의 환상에도 깃들어 있는 원초적 소망에 든다. 그러나 기능의 확대는 천만 가지 생태계의 균형 속에 살고 있는 사람의 삶을 사뭇 뒤흔들어놓는 결과를 가져오게 마련이다. 이것은 자동차와 같은, 사람이 움직이는 힘을 확대한 연장의 경우에도 마찬가지다. 그것은 우리의 개인적 삶의 흐름과 공동체적 삶의 모양과 자연환경의 질서를 들쑤시고 뒤집어놓게 된다. 그리하여 우리 환경의 모든 것을 여태까지 살아온 사람으로는 견디기 어려운 삶의 조건으로 바꾸어놓아 버린다. 이것은 사람의 생물학적 특성 어느 하나를 지나치게 확대하면 부수적으로 따라 일어나는 결과이다.

　자동차가 가져오는 적지 않은 폐해로 소음이 있다. 적어도 오늘날의 도시공간치고 자동차의 소음이 안 미치는 곳이 없다. 그리고 그것은 고속도로를 따라 시골에까지도 넘쳐난다. 게다가 오늘의 도시는 자동차가 아니더라도 소음으로 가득 차 있다. 끊임없이 파헤치는 도로 공사장의 소리, 집 짓는 소리, 집 안팎에서 밀집된 사람들의 떠드는 소리…가 그것이다. 덤벼들듯이 다가오다 사라지는 듯하기도 하고 물어뜯을 듯이 덤비다가 건물들에 부딪혀 스스로 아비규환(阿鼻叫喚)의 비명이 되어 하늘로 치솟아 하늘을 원귀(寃鬼)의 울부짖음으로 채우는 자동차 소리는 그런 도시 소음에서 으뜸가는 것일 뿐이다. 이러한 소리들은 우리의 몸에 보이지 않는 해독을 끼칠 법한데, 적어도 그것이 우리 마음에 중대한 충격을 가하는 것은 틀림없는 일일 것이다. 우리의 마음이 늘 쫓기고 급하며 안정을 얻지 못하는 것은 주변에 가득 찬 소음들의 의식되지 못하는 효과일 수 있다.

그러나 마음의 안정을 빼앗는 소음은 보이지도 들리지도 않는 소음 환경의 일부에 불과하다 할 수도 있다. 근대화의 물결과 더불어 우리의 주변은 활동의 에너지로 가득 차게 되었다. 이것이 경제성장과 국가발전에 원동력이 되는 것은 사실이겠지만, 활동 에너지는 상당 부분이 쓸데없는 일에 쓰이고, 또 쓸데없는 것이거나 쓸데있는 것이거나 그것이 우리의 진정한 행복에 꼭 보탬이 되는 것이라고 말하기는 어렵다. 백 년 전쯤에 영국의 시인 매슈 아널드는, '병적인 조급함, 헛갈리는 목적, 짓눌린 머리, 멍멍한 가슴 ─ 현대의 인생의 기묘한 병'을 말하였다. 오늘날 우리의 삶이야말로 병적인 조급함과 헛갈리는 목적으로 특징지어지게 되었다. 세우고 뜯고, 궁리하고 뛰고, 권력과 부의 줄달음길로 내달리는 일은 우리 주변을 현란하게 하고 알지 못하는 사이에 우리 자신의 마음과 삶에 그 조급함을 삼투(滲透)하게 한다. 그리하여, 마음이 정체를 알 수 없는 설렘과 불안한 흔들림의 상태에 떨어진다. 이것을 잠시라도 잠재울 수 있는 것은 그렇지 않아도 끊임없이 자극되는 소비재에 대한 욕망의 만족이다. 흔들리고 있는 마음은 욕망의 온상이 되고, 그것은 시장이 제공하는 상품이나 지위와 멋에 의하여 일시적으로 평화를 찾는 것이다.

소음의 시대에 나타나는 중요한 문제 하나는 소음이 아닌 말까지도 소음의 일부로 전락해 버린다는 것이다. 삶이 설레고 흔들리는 상태에 있음에 따라, 우리의 환경은 무수한 말과 의견으로 가득 찬다. 불안한 사람은 대체로 말이 많게 마련인 때문이다. 그러나 이러한 마음이 만들어내는 말의 얼마만큼이 의미에 이르지 못하고 소음으로 끝나버리고 마는가. 하기야 우리가 듣는 말들이 의미에 이르지 못하는 것은 단순히 말이 많기 때문만은 아니다. 우리의 귀에 들리는 말은 오늘날과 같이 주위가 산만한 시대에는 애초부터 의미 없는 소음이라는 인상을 준다. 우리가 듣는 그런 말들이 여러 말들과 부딪치고 다투면서 의미에 이르려고 하는 것이다. 이러한 말이 현실 또는 실재에 맞는 말로 드러날 때에 의미 있는 말이 되고 말들의 다툼이 우선 끝나게 된다. '우선'이라고 함은 어떠한 말도 다양한 현실에 일치할 수 없고 또 그것은 시간과 더불어 그 형국을 달리하게 마련이기 때문에, 말과 사물의 일치가 있다고 하더라도 그것은 오래 지속될 수가 없는 것이다. 그리고 오늘날 우리 주변에 진리에 이르지 못한 말이 많다면, 그 주요한 원인 하나는 말이 사물에 경쟁적으로 이르게 되는 경로가 차단되어 있기 때문이다.

그러나 우리가 의미 있는 말을 듣지 못하는 것은 단순히 말을 들을 수 있는 공간이 없기 때문이기도 하다. 이 공간은 실제로 소음이 미치지 않는 물리적인 공간이기도 하고 우리 마음의 고요함이기도 하다. 마침내 그것은 물리적 환경의 잘못에 깊이 이어져 있는 것이지만, 마음의 고요함을 잃어버린 것에 더 중요한 원인이 있다. 하기야 그것들은 서로 순환적으로 얼크러져 있는 일이다. 주위의 소란이 마음의 고요함을 없애버리고, 마음의 고요함을 상실함이 주위의 소란을 증대시킨다.

어떤 의미의 고요함이거나 고요함은 사람에게 생리적으로 필요한 것일 것이다. 누구나 끊임없는 소음의 소용돌이 속에서 괴로움을 느끼지 않고는 살아남을 수 없는 것이다. 이것은 우리의 신체가 그 피로에 견디지 못하기 때문이기도 하지만 무엇보다도 마음의 조건에 관계되어 있다. 사람의 마음은 한 번에 여러 가지 일을—특히 그 일이 어떤 질서와 맥락을 보여주는 것이 아닐 때에—처리해 낼 수가 없다. 그것은 외부로부터 받는 자극의 일정한 수효만을 소화해 낼 수 있을 뿐이다. 여기서 소화한다는 것은 비유이지만 실제로 밖에서 오는 것들은 마음의 어떤 작업을 통해서 우리의 일부가 되어야 한다. 이러한 작업은 일정한 시간과 공간의 여유를 통하여서만 이루어질 수 있다. 이러한 여유를 마련하여 주는 것이 고요함의 순간, 곧 밖으로부터 오는 자극과 내 자신이 만들어내는 말과 행동이 먼지와 바람으로부터 한발 물러앉아 있을 수 있는 순간이다.

이것은 내 자신 속으로 돌아가는 것을 말한다. 우선은 밖으로부터 떨어져서 정신을 차리고, 이 정신 차림의 주체로서 자기 속으로 돌아가는 것이다. 그런 과정에서, 어떤 소음들은 나에게 의미 있는 것으로 살아나고, 다른 어떤 소음들은 그야말로 소음에 불과했던 것으로 드러난다. 그리고는 소음 또는 의미 없는 외부적인 자극과 그 자극에 뒤흔들렸던 욕망들의 의미 없음을 깨닫게 된다. 고요함 속에서, 참으로 얼마나 많은 것이 의미가 없는 일이며, 얼마나 적은 것이 참으로 사람의 삶을 채워주는 것임을 우리는 느끼는가.

그러나 주변에 소리가 없고, 내 자신이 아무 소리도 하지 않으며, 아무 행동을 하지 않는다 하여 내가 참으로 고요한 마음의 상태에 들어갈 수 있는 것은 아니다. 대체로 가만히 앉아 있기도, 아무 말도 하지 않기도 어렵지만 가만히 있으려고 하는 순간에도 우리의 마음속에서 끊임없는 상념이 꼬리를 물고 일어서 마음의 내부를 붐비게 한다. 생각을 비우고 고요한 상태에 들어가기는 보통 어려운 것이 아니다. 우리의 마음은 조용히 있을 때나 조용히 있지 않을 때나 소리 없는 소리들로 가득 차 있는 듯하다. 불교의 '선'(禪)에서 중시하는 명상(冥想)의 훈련이 있는 사람에게나 마음을 완전히 비우는 것이 가능하다. 그런 뒤에 남는 것이 있다면, 그것이 우리의 순수한 자아(自我)일 것이다.

그러나 명상 끝에 나타나는 마음의 상태를 묘사하는 말들은 동양의 고전들에서 고요한 물의 표면, 거울, 수정과 같은 맑은 물체에 비유되는 것을 본다. 고요함에 든 마음은 더없이 맑은 것이면서, 만물을 있는 그대로 비추는 것으로 생각된다. 우리가 마음 깊이 속으로 들어가는 것은 '나'에게 들어가는 것이면서, 다시 만유(萬有)가 있는 그대로의 세계에 나가는 것이다. 여기에서 마음은 움직이지 않으며 고요하여 극히 허허한 것이다. 인도의 옛 철학자는 마음과 심리상태, 그리고 마음과 사물의 관계는 수정과 수정에 비치는 꽃의 관계에 있다고 한다. 꽃이 흔들림에 따라 수정도 흔들리는 듯하지만, 그것은 모두 그림자의 놀이에 불과한 것이다. 수정에 비친 그림자가 수정을 흐리게 하지는 않는다.

그러나 이러한 이른바 '선정'(禪定)의 경지는 속세의 우리에게는 알기 어려운 세계이다. 다만 세상의 소음 속에 있는 우리에게 필요한 고요함에도 그 근본에는 절대적인 해탈과 절대적인 정신의 세계가 숨어 있지 않을까 하는 짐작을 해볼 수 있을 뿐이다. 우리가 나날이 경험하는 마음의 고요함은 완전한 부동과 평화의 느낌이라기보다 우리 마음의 어떤 따스함, 그 따스함이 주변공간으로 확산함과 같은 데에서 오는 포근함의 느낌이다. 대표적으로 조용한 곳으로서 우리는 햇볕과 공기가 적절하게 조화되어 있는 솔숲과 같은 곳을 생각할 수 있다. 또 실제로, 요즈음 같은 세상에 그것이 가능한지 어쩐지는 알 수 없지만, 산에 올라가는 것은 막연히나마 산의 숲이 약속하는 정밀(靜謐)함에 이끌려 하는 일일 것이다. 불교 사찰들의 위치도 그러한 이끌림에 관계되는 것이다. 깊은 산의 숲이 우리를 이끄는 것은 그곳이 고요하기 때문이기도 하지만, 그러한 숲이 바로 우리가 희구하는 마음의 고요함에 대한 심상이 되기 때문이기도 하다. 우리는 숲에서 우리의 마음을 보는 것이다. 고요한 솔숲은 조금은 넓은 것이어야 한다. 그러면서 더 넓은 것을 암시하여야 한다. 그 넓음은 무엇인가 자유스러운 소통에 관계되어 있는 것이어서 동시에 비어 있음을 생각게 한다. 그러나 솔숲이 비어 있는 것은 아니다. 거기에는 소나무들이 있고 그것보다도 솔향기가 서려 있다. 그러나 솔향기가 아니라도 무엇인가 수런대면서 고요하고, 가득하면서 비어 있는 것이 있다. 그것은 정기(精氣)라거나 기운이라거나 하는 말로 표현될 수 있는 어떤 것이다.

우리가 세속의 차원에서 느끼는 마음의 고요함도 이러한 것이 아닌가 한다. 또 이 고요함 속에 사물들은 너그럽게 포용되고 친근한 것으로 나타난다. 마치 산에서 우리가 유달리 꽃과 나무와 바위와 하늘을 눈여겨보는 바와 같이, 고요한 숲과 숲의 사물들은 따로 있는 것이 아니라 조화(調和) 속에 하나로 있다. 적어도 우리가 체험하는 범위 안에서 고요한 마음과 세상의 사물도 함께 존재하는 것이다. 그것은 조용하면서 살아 있는 한 공간에 자리하고 거기에서 나오는 듯하다.

이러한 조화를 생각하는 것은 중요하다. 왜냐하면 절대적으로 고요함의 세계 그 자체는 인간의 마음과 함께 있으면서도 우리가 아는 여느 세계의 인간을 초월하여 있기 때문이다. 거기에서 인간의 희망과 욕망, 의지와 이성은 아무런 의미를 갖지 못할 것이다. 그러나 우리가 이러한 것들을 쉽게 포기할 수는 없다. 다만 우리는 이러한 것들이 근원적으로 고요함의 세계에서 크게 벗어나지 않는 것이기를 원할 뿐이다. 그리고 보면, 어떤 차원에서는 마음의 고요함과 사물의 실재, 마음의 원초적인 설렘과 사물의 모습은 다 같이 한 조화와 통일로부터 일어 나오는 것으로도 보이는 것이다.

말〔言〕의 가능성도 이러한 조화와 통일성에 있다. 말은 욕망의 표현이다. 학문적으로 사용되는 말의 원리가 주관적 욕망이기보다는 이성이기는 하나, 이것은 욕망의 다른 표현에 불과하다. 그것은 어떠한 관점에서 세상에 일관성을 부여하려는 의도를 가진 것이고, 이 의도는 마침내 인간의 실존의 '벡터'에 이어져 있다. 그런데 이 욕망의 언어가 어떻게 세상의 진상을 동시에 표현할 수 있을까? 그것이 가능하려면 세상의 있음과 우리의 근원적 욕망의 있음이 하나이어야 한다. 고요함의 명상 속에서 얻는 조화와 통일은 간접적으로나마 이러한 원초적인 과정에 대한 증거로서 생각될 수 있다. 세상이 투영되는 고요함 속에는 이미 우리의 욕망이 움직이고 있는 것이다. 어쩌면 그 고요함 속에 이미 의미로 향해 나아가는 소리가 있었다고 할 수 있다.

한 요가 철학자는 신약성서 〈요한복음〉의 서두에 나와 있는 '태초에 말씀이 있었다'는 말은 철학적인 또는 종교적인 진술을 넘어서서 더 직접적인 방법으로 체험될 수 있는 것이라고 말한다.

깊은 명상을 경험한 사람은 마음속에서 울리는 소리를 들었다는 보고를 하고 있다. 그 소리는 귀에 들리는 것이 아니라 마치 들리는 것처럼 체험된다. 이 소리는 절묘하게 아름답고 쾌락적인 것이라고 한다. 이 내면의 소리는 우리가 흔히 들을 수 있는 종소리, 피리 소리, 바다의 파도 소리 같은 것에 비슷하다. 이 소리는 너무나 좋은 것이어서 명상하는 사람은 거기에 완전히 빠져 들어 그 체험의 상태에서 벗어나기를 원하지 않는다. 우리가 만들고 즐기는 음악은 이 미묘한 소리를 비슷하게 흉내낸 것이다. 이 소리는 기독교 성서의 〈요한 계시록〉에 기술되어 있다. 명상의 초보자도 때로는 이 소리를 들을 수 있는데, 이 소리에 대하여 배운 바가 없으므로 그는 어리둥절하여져서 그것이 어디에서 오는 소리인가를 알지 못할 뿐이다.[1]

이 요가 철학자에 의하면, 이 소리는 깊은 사랑의 체험에서도 들리고, 또 우리의 일상 언어도 궁극적으로는 이 소리에 관계되어 있는 것이라고 한다. 하기야 이것은 아주 멀리 관계되어 있다는 것에 불과하다. 그렇기는 하나 우리는 어렴풋이 이러한 맥락을 우리의 나날의 말에서도 느끼기는 한다. 그러면 우리의 마음을 잘 움직이는 말은 어떤 말일까? 그것은 빈말이어서는 아니된다. 말이 말만으로 공전(空轉)하는 것은 우리에게 지겨운 느낌을 줄 뿐이다. 그것은 사실에 부합하는 말이어야 한다. 그러나 사실과의 부합은 기본 조건의 하나에 불과하다. 사실의 언어는 오히려 우리의 마음을 억압하는 느낌을 줄 경우가 많다. 말이 우리를 움직이려면, 그것은 어떤 형태로나 사람의 욕망의 긴장을 표현하는 것이어야 한다. 욕망의 역학적 긴장 속에서 비로소 우리는 언어에 일치해 들어갈 수 있다. 이 욕망은 한정된 대상을 향한 것이라기보다는 막연한 설렘, 설레는 힘의 공간으로서 존재하는 것일 때에 우리를 근원적으로 움직이는 것으로 보인다. 시(詩)의 언어가 이러한 것이다. 그것은 사

---

1 스와미 아자야, 《요가 심리학》, pp. 59~60.

물을 가리키며 동시에 욕망의 공간에 있다. 그러나 그것은 특정한 욕망으로부터는 떨어져 있다. 특정한 대상을 향한 욕망은 한없는 쾌락 전의 상태에 있음으로 말미암아 그 안에 대상 세계의 전체를 수용하는 통일을 이룰 수 있다. 그럴 때에 이 욕망 속에 있는 시적인 언어가 우리의 근원적 욕망 또 그 바탕으로서 우리 마음에 일치하고 우리를 그 안으로 끌어들일 수 있다.

다시 말하여 모든 언어는 우리의 욕망에 호소하여 우리를 움직이지만, 호소되는 욕망이 될 수 있는 대로 우리의 근원적인 욕망의 상태 — 더 나아가 우리와 세계를 한데 묶어놓는 고요하면서 역동적인 공간 — 에 가까이 있는 것일 때에 거기에 호소하는 언어가 우리를 가장 보편적으로, 가장 깊이 움직이는 것이다. 이 보편적 욕망은 가장 고요한 순간에 세계와 일치하는 단순한 마음의 지향성이라고 하여도 좋다. 또는 그것은 플라톤이 철학의 동기로서 강조한 경이의 느낌이라고 하여도 좋다. 정적인 것이면서 우리와 세계를 한순간의 정서적이며 직관적인 유대 속에 묶어놓는 것이 경이의 느낌이기 때문이다. 아무튼 우리의 언어는 이러한 바탕을 상실함으로써 별 의미가 없는 소음으로 전락하게 되는 것이다.

말의 힘은, 이렇게 보면 그 자체에서 오는 것이 아니라, 그것이 가리키는 우리 욕망의 힘에서 온다. 이 욕망은 다시 말하여 그 고요한 균형으로 우리 자신의 마음과 세상을 역동적인 통일 속에 지니고 있는 것이다. 이것은 우리 마음에 호소함으로써만 비로소 말이 의미를 갖는다는 원초적인 사실을 가리킨 것에 불과하다. 말할 나위도 없이 어떤 말이 마음에 호소되고 그 안에서 다시 살아난다는 것은 쉬운 일이 아니다. 우리는 정신의 경전과 고전을 읽으라는 소리를 귀가 아프게 듣고, 또 더러 그것들을 읽기도 하지만, 그것들이 우리 마음속에 살아나는 경우는 얼마나 될까? 그것은 소음의 쓰레기 속에 읽어버린 신문처럼 버려지기가 일쑤이다.

말은 당초부터 이룰 수 없는 일을 이루려는 것으로 보인다. 그것은 우리의 욕망을, 마음을, 궁극적으로 마음의 고요함을 가리킨다. 말은 침묵을 가리키는 것이다. 말로써 어떻게 침묵을 가리킬 것인가? 게다가 이 침묵은 역동적인 것이어서 끊임없이 변하는 것이다. 그러므로 말은 벌써 출발부터 실패하게 마련이다. 그것이 의미와 진실에 가까이 갈 수 있는 것은 끊임없는 새로운 시도를 통하여서이다. 그렇게 함으로써 그것은 근원적인 욕망, 근원적인 사실의 세계의 사건이 될 수 있다. 말은 말하여지면서 침묵을 가리키며, 침묵으로 돌아가고 다시 말하여지는 과정 속에서, 살아 있는 실재를 암시하는 것이다.

오늘날 우리는 말의 홍수 속에 있다. 그것은 인쇄매체, 방송매체 같은 전달수단의 발달에도 기인한 것이지만 사람과 사람의 상호작용의 증진이 말의 생성과 유통을 늘어나게 하기 때문이다. 그러나 끊임없이 주고받아지는 말들을 사물과 심성의 가장자리를 돌면서 또 순전한 유통의 마멸(磨滅)작용으로 빈 껍데기의 말이 된다. 이러한 말들이 결여하는 것은 우리의 마음과 세상의 한복판에 있는 고요함과의 관계이다. 그런 말들은 우리의 마음을 움직이지도 못하고 또 사물의 진면목을 깨우쳐 주지도 못한다. 그러한 말들이 우리의 대기를 채우면서 부질없는 잡담이 되고, 또는 정치적 동원을 목표로 하는 경직된 표어가 된다. 이러한 말들은 조용해질 수도 없고 변화될 수도 없다. 여기에 대하여 살아 있는 말은 끊임없이 변화하게 마련이다.

마음의 실체는 고요함이다. 이것이 우리를 자아로서 지속하게 하며, 또 세계를 있는 대로 드러내주게 된다. 이 두 가지를 잇는 것은 움직이지 않으면서 움직이는 역동적 지향성이다. 그런 까닭에, 마음은 예로부터 일체를 비워내어 비어 있는 허허한 것으로 생각되기도 하고, 다른 한편으로는 끊임없이 사물 자체의 변화와 더불어 움직이는 변화의 원리로 생각되고 하였다. '주일(主一) 무적(無適)하여 만변(萬變)에 처하는 것'— 마음을 한 곳에 쏟아 잡념을 없애고 만 가지 변화에 대처함— 을 마음가짐새의 근본으로 삼고, '마음을 허전하게 하되 주재(主宰)를 두어야 한다'— 마음을 비우되 중심을 지녀야 한다— 라고 설명한 퇴계의 말은 이러한 것을 두고 한 것이다. 오늘날의 소음들 속에서 우리가 상실한 것은 스스로를 온전하게 유지하며, 바깥세상에 밝고 기민하게 반응하고 여러 사람의 의견들을 하나로 종합될 수 있게 하는, 마음의 근본적 고요함이다. (1985)

작은 것들의
세계

피천득론

우리의 눈은 생활의 관심에 따라 넓게도 보고 좁게도 본다. 서울거리는 세계에서도 으뜸가게 번잡한 곳이지만 그 번잡함은 지상 여섯자 내외에서의 일이고, 웬만한 지붕 위에만 올라도 우리는 거리 위에 서려 있는 고요에 놀라게 된다. 우리의 관점을 좀더 높이 우주공간의 한 점에서 지구를 내려다보는 사람의 그것에 옮겨 놓으면, 지구의 번잡한 삶은 완전히 적막 속으로 사라지고 지구 그것도 하나의 죽은 별처럼 보일 것이다. 우주 관측자의 눈에 인간이라는 생물체가 의식된다고 하더라도 그것은 어떤 철학적 순간이나 천문학적 순간에 잠깐 명멸하는 생각일 뿐, 대체적으로 지구는 죽은 별과 다름없을 것이다. 이러한 원근법의 문제는 시간에도 해당된다. 여름의 하루살이가 가을을 모른다는 것은 그래도 70을 산다는 사람이 뽐내어 하는 소리지만, 사람도 지질학의 거대한 시간으로 재어 볼 때, 순간 속에 생겼다 사라지는 부유(蜉蝣)의 존재에 불과하다. 물에 뜬 연잎 위를 오고 가는 개미를 보면, 그 개미에게는 연잎이 운동장만치는 크고 든든한 느낌을 줄 것이라는 생각이 든다. 그러나 해마다 홍해 바다의 폭이 5센티미터씩 넓어지고 있다는 사실을 생각하면, 지질학의 연대로 보건대, 아시아 대륙이 개미의 연잎과 별로 다르지 않게 생각될 수도 있다.

우리의 눈을 조금 더 가까운 데로 옮겨 가면, 거기엔 세계가 있고 문명의 역사가 있고 또 조국의 강산이 있고 그 위에서 영위하는 민족의 삶이 있다. 역사와 사회는 우리 나날의 삶을 에워싸고 있는 또 하나의 삶의 큰 테두리이다. 이 테두리는 좀더 비근한 것이기는 하지만 이것도 사람들의 의식 밖으로 쉽게 벗어져 나갈 수 있는 것이기 때문에 삶의 바른 균형을 생각하는 우리의 교사들은 이 테두리의 중요성을 자주 강조한다.

우리가 별을 생각하고 화강암의 역사를 생각하는 것은 그렇게 하는 것이 우리에게 지적 만족감을 주고 심미적 쾌감을 주기 때문만은 아니다. 그것은 우리의 삶에 바른 지표를 주고 보일 듯 안 보일 듯 우리의 삶을 형성하는 생물학적 하부구조와 생태환경이 된다. 역사와 사회의 우리 삶에 대한 영향은 현대 한국사의 격동기를 살아온 우리에게는 새삼스럽게 말할 필요도 없는 것이다.

그러나 별을 쳐다보고 땅 위를 걸어가던 탈레스가 도랑에 빠졌다는 것은 유명한 이야기이지만, 허허한 공간의 펼쳐짐과 몇 백만 년의 지질학적 시간만을 생각하면서 산다든지 사회와 역사의 차원만을 유일한 현실로 받아들이면서 산다는 데에는 무엇인가 허황스럽고 비인간적인 것이 있다고 생각될 수도 있다. 삶의 큰 테두리들이 아무리 주요한 현실의 조건이 된다고 하더라도 역시 그 현실성은 궁극적으로 우리와 우리 이웃과 우리 후손의 구체적인 삶을 통하여 발생한다. 그리고 이 구체적 삶은 따지고 보면 오늘 이곳에서 영위되는 나날의 삶이다. 바른 원근법으로 볼 때, 우리의 삶을 이루는 여러 세력 가운데 어느 하나만을 특히 중요하다고 말할 수는 없다.

그리고 이러한 세력은 서로 따로 존재하는 것도 아니다. 삶의 참모습을 포착하고자 하는 노력은 자연과 역사와 나날의 삶을 하나의 의식 속에 꿰어가지려는 노력이다.

문학의 기능도 우리의 눈을 적당한 인간적인 높이에 유지하고 이러한 전체의식을 갈고 닦는 데에서 찾아진다고 할 수 있다. 시대가 험하면 험할수록 우리의 의식은 한 곳으로 치우치고 우리의 눈은 사람다운 높이를 유지하지 못하기 쉽다. 우리는 먼 것만을 보다가 오늘과 이곳을 잊어버리고 또는 내 코앞만을 보다가 먼 것의 위협과 아름다움을 잊어버린다. 작은 것에 대한 집착은 우리의 삶 자체를 좁히고 우리로 하여금 많은 것에 둔감하게 하며 모르는 사이에 우리를 커다란 세력의 노리개가 되게 한다. 그러나 작은 것만을 보는 폐단은 오히려 자명하다 할 것이고 멀고 큰 것 일변도의 추구는 우리로 하여금 공연스레 허황스런 자만심에 들뜨게 하고 멀고 큰 것의 이름으로 엄청난 일을 벌이게 하는가 하면, 우리를 스스로의 무력감에 사로잡힌 허깨비 인생을 살게 하기도 한다. 이런 때, 작은 것에의 사랑은 그것대로의 폐단을 낳으면서도 우리를 미치지 않고 살게 하는 유일한 지주가 된다. 아무리 사람이 스스로의 운명을 만드는 존재라고 하더라도 개인적 삶의 테두리에서 보면 정말 아무 것도 할 수 없는 상황이 있고, 그런 상황에서 삶의 작은 것들은 우리에게 삶을 견디게 하는 유일한 것이 된다. 한 그릇의 따뜻한 국과 따뜻한 털장화에 대한 관심이 없었다면, 이반 데니소비치는 강제수용소의 혹독함을 견뎌내지 못했을 것이다.

금아(琴兒) 선생의 수필의 세계는 나날의 세계이다. 그것은 나날의 삶에서 우리가 겪는 작은 일들, 그중에도 아름다운 작은 일들로 이루어진다. 이것들은 감각적 기쁨을 주는 작은 일들—"고무창 댄 구두를 신고 아스팔트 위를 걷는" 느낌이라든가, 손에 만져지는 "보드랍고 고운 화롯불재"와 같은 것일 수도 있고, 또는 잘못 걸려온 전화에 들려오는 "미안합니다" 하는 젊은 여성의 목소리가 우리 마음속에 불러일으키는 젊음의 파문(波紋)일 수도 있고, 또는 우리의 평범한 생활 가운데 문득 비쳐오는 보다 넓고 큰 세계의 '반사적 광영'일 수도 있다.

무릇 모든 아름다움은 우리 자신의 삶에 자세에 대응하는 것이다. 금아 선생의 아름다운 것들은 결코 협소한 세계는 아니면서, 선생만의 독자적 세계를 이룬다. 《나의 사랑하는 생활》에 든 많은 것들은 깨끗하고 부드럽고 조촐한 느낌에 대응하는 것들이다. 이것들은 하나의 조그맣게 조화를 이루는 세계의 이미지들이다. 거기에서 요란하고 퇴영적인 아름다움은 배제된다. 그 나름으로의 건강은 이 세계의 특징이다. 이 점은 금아 선생 자신이 의식하는 것으로서 〈신춘〉(新春)에서 노년의 기호에 대하여 말씀하신 것은 사실상 선생의 세계 전체에 해당되는 것이다. 즉, 선생은 바이올린 소리보다는 피아노 소리, 병든 장미보다는 싱싱한 야생 백합, 신비스러운 모나리자보다는 맨발로 징검다리를 건너가는 시골 처녀, "11월 어느 토요일 오후는 황혼이 되어가고 있었다"라는 소설의 배경보다는, "그들은 이른 아침, 바이올렛빛 또는 분홍빛 새벽 속에서 만났다. 여기에서는 일찍이, 그렇게 일찍이 일어나야 되었기 때문이었다"라는 시간적 배경을 좋아하시는 것이다. 선생은 세상의 모든 것이 그 나름으로서의 값과 몫을 지니는 것으로서 노년은 노년대로 가을이나 겨울은 또 그러한 계절대로 아름다움을 지니고 있음을 인정하는 너그러움을 잊지 않지만, 아무래도 선생의 찬미의 노래는 젊음과 봄을 기리는 것이다.

그러나 금아 선생의 세계가 깨끗하고 맑은 세계라고 해서 그것이 반드시 도려내고 단순화하는 작용으로 이루어지는 세계는 아니다.

선생이 인생의 어둡고 뒤틀린 것들을 별로 말하지 않는 것은 긍정에의 동경이 너무 강한 때문이지 그러한 것들을 모르기 때문이 아니다. 그러한 것들은 늘 아름다움의 주변에 서려 있는 것으로 파악되면서 아름다움을 더욱 빛내는 배경이 될 뿐이다. 선생의 아름다움에 대한 감각에는 그 아름다움이 덧없는 것이며 끊임없는 소멸의 위험에 있음을 아쉬워하는 마음이 깃들어 있다. 우리는 금아 선생에게 기쁨을 드리는 것이 새로 나온 나뭇잎이라든가 갈대에 부는 바람이라든가 문득 들은 한가락의 음악이라든가 어떤 여성의 지나가는 미소라든가 가냘프고 스러지는 것들임에 주의한다. 그리고 대부분 이러한 것들은 현재의 것으로보다는 추억의 조각들로 이야기된다. 가냘픈 것들의 추억은 금아 선생의 아름다운 것에 늘 애수(哀愁)가 어리게 한다. 이 애수는 어떤 때는 비창감(悲愴感)으로 심화되기도 한다. 선생이 신록에 관한 글에서 갑자기 젊은 시절의 외로운 여행을 회상하며, "'得了愛情痛苦 失了愛情痛苦' 젊어서 죽은 중국 시인의 이 글귀를 모래 위에 써 놓고, 나는 죽지 않고 돌아왔다"고 할 때, 우리는 신록의 싱싱한 생명이 죽음으로 하여 더욱 찬란해지는 것을 아는 선생의 비극적 인식의 일단을 느낀다.

또 금아 선생이 "세계가 아름다운 작은 것으로 이루어진다"고 할 때, 그것은 인생의 참값이 그러한 것들 속에만 있다는 편협한 주장을 두고 말하는 것이 아니다. 거기에 전제된 것은 평범한 사람에게 주어진 대로의 삶이 근본적으로 제약 속에 있는 삶이며 그럼에도 불구하고 이 제약 속에서일망정 평범한 삶도 그 나름으로 보람 있는 삶이어야 한다는 의식이다. 자유라든가 민족이라든가 하는 이상을 위하여 자기를 희생하는 위대한 삶을 우리는 우러러 볼 수 있다. 그러나 얼마나 많은 사람들에게 이러한 위대함이 허용되는가. 선생 자신의 말씀대로 "누구나 큰 것만을 위하여 살 수는 없다. 인생은 오히려 작은 것들이 모여 이루어지는 것이다." 다시 말하여 평범한 사람이 운명의 제약에서 배울 수 있는 것은 운명에 대한 사랑이다. 확대해서 보면, 모든 인간의 운명은 제한된 것이며 그러니만치 운명에 대한 사랑은 모든 사람의 운명이라고 할 수도 있다. 그래서, "우리가 제한된 생리적 수명을 가지고 오래 살고 부유하게 사는 방법은 아름다운 인연을 많이 맺으며 나날이 작고 착한 일을 하고, 때로 살아온 과거를 다시 사는 데 있다"고 말할 수도 있다.

그러나 우리의 삶을 제약하는 것이 운명적인 것이 아니라고 말하는 사람도 있을 것이다. 사실 선생이 살아오신 시대를 생각할 때, 선생의 세계가 오로지 맑고 깨끗하고 정돈되어 있는 것임에 놀랄 수도 있지만, 그것은 반드시 시대의 각박함을 까마득하게 잊고 있는 데에서 이루어지는 허상의 세계는 아니다. 시대와 사회가 삶의 조건이 험한 때, 삶의 아름다움과 마음의 부드러움을 지키는 것은 어려운 일이 된다. 그러니만치 새장에 갇힌 종달새도 "푸른 숲, 파란 하늘, 여름 보리를 기억하고" 있으며, 그가 꿈꿀 때면, 그 배경은 새장이 아니라 언제나 넓은 들판임을 알아야 하며, 사막의 나무에도 "눈이 부시도록 찬란한 꽃이 송이송이 피어"날 수 있음을 믿어야 하는 것이다. 금아 선생의 아름답고 작은 세계는 시대의 험악함에서도 망해가는 피난처가 아니라 너무나 험한 시대를 살아감에 절실히 요구되는, 강한 긍정에의 의지의 표현 또는 적어도 그 표현의 한 방식이라 할 수 있다.

그리고 이 긍정은 부정만치 어려운 것이다. 작은 것을 생각한다는 것은 오늘의 시대가 제공하는 모든 거창하고 거짓된 유혹을 물리치고 사람이 본래 타고난 신선한 감각을 그대로 유지하는 노력을 엄격히 함을 뜻한다. 작은 것으로 이루어지는 조촐한 생활은 실로 삶의 원초적 진실에 충실하고 현대의 모든 가상(假象)을 꿰뚫어 보는, 어쩌면 영웅적일 수도 있는 노력도 요구한다. 도연명(陶淵明)처럼 삶의 근본으로 돌아가는 일도 큰 이상을 위하여 자기를 버리는 일 다음으로 어려운 것이다.

금아 선생의 아름다움이 어린 시절에 뿌리내리고 있다는 점에서 그것이 약간은 퇴행적인 것이라 할 사람이 있을는지 모른다. 그러나 선생에게 어린 시절은 퇴행의 피난처라기보다는 워즈워드에게 그러했던 것처럼 하나의 이상이 된다. 아름답고 다정한 것들로 이루어진 조그마한 추억의 세계는 인간행복의 원형을 보여준다.

이 세계의 중요성은 무엇보다도 그것이 사랑의 공간이라는 데 있다. 어린 조카가 도지사 되기를 축원하던 '외삼촌 할아버지', 색종이를 주면서 눈물을 씻어 주던 유치원 선생님, 가난한 시골 한약방 주인—이런 사람들이 이 조그만 사랑의 세계의 주민들이지만, 물론 으뜸가는 주인공은 선생의 어머님이시다. 그 사랑은 잃어버린 줄 알았던 아들을 뛰는 가슴과 떠는 팔로 껴안은 어머니의 애절한 아낌으로 나타나기도 하지만, 또 어머니는 보다 넓은 연상과 교훈적 깨우침 속에 회상되기도 한다. 이 회상에서 어머니는 직접적인 아낌의 근접함보다도 아들도 모르게 마련되는 아낌과 허용의 공간으로 생각된다. 금아 선생은 엄마가 숨바꼭질을 하며 짐짓 못 찾는 것처럼 하시던 일, 구슬치기를 하고 나서 땄던 구슬을 전부 내주시던 일, 글방을 도망나온 아들을 때리시고 나중에 남모르는 눈물을 흘리시던 일을 회상한다. 어머니는 이와 같이 멀리서 아들의 유희와 욕망과 성장의 공간을 마련해 주셨던 것이다.

선생에게 어머니의 사랑이 특히 애절하던 것은 어머니가 남편을 여읜 젊은 과부로서 상실의 아픈 경험을 겪은 분이시고, 선생 자신 이러한 어머니를 일찍 여의지 아니할 수 없었기 때문이었을 것이다. 어머니의 모습은 그러므로 더욱 단순히 아늑하고 따스한 것이 아니라 상실의 고통 속에 아늑하고 따스한 것을 지킨 그러한 사랑의 모습으로 생각된다. 그 생활이 "모시같이 섬세하고 깔끔하고 옥양목같이 깨끗하고 차가웠던" 어머니, "남에게 거짓말 한 일 없고, 거만하거나 비겁하거나 몰인정한 적이 없었던" 어머니 — 여읨의 아픔과 추억을 통하여 더욱 맑게, 더욱 애절하게 순화되는 어머니의 모습은 외부의 혼란에서 선생을 지켜주는 내면의 그리움이 된다. 어머니의 이미지로 집약되는 어린 시절의 영향은 반드시 직접적 형태로가 아니더라도 금아 선생의 글 도처에서 찾아볼 수 있다. 가령, 사물이나 사람에 대한 우리의 관계가 원칙적으로 무상적 증여의 것이어야 마땅하다는 선생이 암암리에 가지신 생각에서도 그러한 영향을 찾아볼 수 있다.

〈선물〉에서 선생은 선물의 본질은 주고받음의 기쁨에 있고 그 현금적 값어치에 있는 것이 아니기 때문에 비싸게 값 매길 수 있는 것은 선물로 적당할 수 없다는 말씀을 하시지만, 대사물(對事物) 관계의 무상성(無償性)은 선생이 기뻐하는 모든 것에 나타난다. 즉, 선생이 기뻐하는 아름다움은 언제나 조그마한 것으로서 현금으로 따져 결코 값비싼 것일 수 없는 것이며, 또 위압이나 뽐냄의 의도를 숨겨 가질 수 없는 것이라는 것, 나아가서 그것이 아이들의 장난감처럼 현실의 이해득실과는 관계가 없는 물건이기 쉽다는 것 — 이러한 데에서 잘 드러나는 것이다. 더러 금아 선생이 세전(世傳)의 가구 같은 것을 예찬하는 경우가 있어도, 그것은 그러한 가구가 비싼 소유물이 되거나 위압의 상징이 되기 때문이 아니라 사람의 지상이 삶을 조금 더 유구한 것이 되게 하는 것이기 때문이다.

대체로는 주고 더러는 받으며 결코 빼앗지 않는 관계는 사물에서와 마찬가지로 사람에 대해서도 이야기될 수 있다. 금아 선생의 사람에 대한 가장 깊은 사랑은 따님에 대한 것이다. 이것은 선생의 글에도 나오는 것이지만, 선생을 개인적으로 아는 사람들 사이에서도 오래 전부터 유명한 이야기이다.

선생의 어머님의 사랑이 그러했듯이, 선생의 따님에 대한 사랑은 한 사랑하는 사람을 위한 행복과 평화의 공간을 마련하고자 하는 노력이다. 시 〈새털 같은 머리털을 적시며〉에 선생의 따님에 대한 사랑은 가장 인상 깊게 그려져 있는데, 그것은 숨 막히는 감정의 근접으로가 아니라 멀리서 일상적 동작을 지켜보는, 즉 따님의 세수하고 학교에 가고 물을 떠먹고 문을 열고 산수 숙제를 하고 잠이 드는 것을 지켜보는 자세로서 나타날 뿐이다. 이 시에서 이 지켜봄의 기능은 어떤 적극적인 것이라기보다는 일상적이고, 흔한 한 소녀의 동작을 기억할 만한 것이 되게 하고 또 귀한 것이 되게 하는 일일 뿐이다. 아버지로서의 금아 선생의 사랑은 아마 〈기다림〉에서 이야기된바 학교 유리창 너머로 따님을 바라보는, 단순한 지켜봄으로 다시 한 번 요약해 볼 수 있다. 이 지켜봄은 물리적으로는 아무 일도 안 하는 듯하면서 학교의 공간 전체를 사랑의 공간으로 바꾸고 이 공간 속에서 따님으로 하여금 신뢰와 자유를 익힐 수 있게 하는 것이다.

이러한 사랑의 공간화(空間化)를 가능케 하는 지킴의 거리는, 금아 선생이 보는 사람의 바른 관계가 억눌림 없는 자유롭고 허용하는 관계이기 때문에 유지되는 것이다. 사람과 사람의 관계는 주는 관계이며 그 주는 것에 대한 유일한 갚음은 고마움일 수밖에 없다고 보는 까닭에 선생은 잘못 걸려온 전화의 젊은 목소리에 고마움을 느끼며, 보다 적극적으로는 남녀관계에서의 억지와 억누름을 싫어하여, "무력으로 오스트리아 공주 마리아 루이사를 아내로 삼은 나폴레옹도 멋없는 속물"이라고 규정하고 부부관계가 완전히 동등한 것이어야 한다고 말씀한다.

금아 선생은 이러한 인간관계의 자유로운 주고받음을 따님에 한정하거나 또는 남녀관계만에 한정해서 말씀하는 것이 아니다. 따님을 위한 생각이나 남녀관계의 이상은 선생이 생각하시는 보다 보편적인 인간관계의 특별한 경우에 불과하다. 선생은 〈멋〉에서 어느 강원도 산골에서 보신 풍경을 다음과 같이 묘사하고 있다.

키가 크고 늘씬한 젊은 여인이 물동이를 이고 바른손으로 물동이 전면에서 흐르는 물을 휘뿌리면서 걸어오고 있었다. 그때 또 하나의 젊은 여인이 저편 지름길로부터 나오더니 또아리를 머리에 얹으며 물동이를 받아 이려 하였다. 물동이를 인 먼저 여인은 마중 나온 여인의 머리에 놓인 또아리를 얼른 집어던지고 다시 손으로 동이에 흐르는 물을 쓸며 뒤도 아니 돌아보고 지름길로 걸어 들어갔다. 마중 나왔던 여자는 웃으면서 또아리를 집어들고 뒤를 따랐다.

이러한 소유도 수탈도 뽐냄도 없는 사랑의 관계, 이것이 너무도 흔하지 않을 수밖에 없음이 삶의 고통을 이룬다면, 금아 선생이 말씀하듯, 이러한 관계가 인생을 살 만한 것이 되게 하는 것임은 분명하다.

우리는 위에서 금아 선생의 주제들을 몇 가닥으로 헤아려 보았거니와, 이런 헤아림은 선생의 글을 딱딱한 논설인 양 다루는 흠이 있다. 그런데, 선생의 글이 딱딱한 것과는 정반대의 것임은 새삼스럽게 말할 것도 없다. 선생의 글은 모질고 모난 논설과는 전혀 다르게 평이하고 일상적인 일들을 곱고 간결한 우리말로 도란도란 이야기한다. 그것은 따지고 묻고 설득하려는 것이 아니라 다만 우리로 하여금 삶에서의 아름다움의 기미와 기쁨의 계기를 더불어 느끼게 하려 한다. 선생의 글은 과연 산호나 진주와 같은 미문(美文)이다. 그리고 우리가 알아야 할 것은 이러한 미문이 겉치레의 곱살스러움을 좇는 결과 다듬어지는 것이 아니라는 점이다. 다 알다시피 다른 사람을 부리고자 하는 언어는 딱딱해지고 추상화되고 일반적이 되고 교훈적이 된다. 금아 선생의 글이 이러한 딱딱한 요소를 최소한도로밖에 가지고 있지 않은 것은 선생의 인생 태도에 관계되어 있는 것이다.

금아 선생의 문장이나 태도는 수필의 본래적 정신에 부합하는 것이라고 볼 수도 있다. 수필은 평범한 사람의 평범스러움을 존중하는 데에 성립하는 문학 장르이다. 대개 그것은 일상적 신변사를 웅변도 아니고 논설도 아닌, 평범하게 주고받는 이야기로서 말하고 이 이야기의 주고받음을 통해서 사람이 아무 영문 모르고 탁류에 밀려가듯 사는 존재가 아니라 전후좌후를 살펴가면서 사는 존재라는 것을 드러내 주려고 한다. 이 드러냄의 장소는 외로운 인간의 명상이나 철학적 사고보다는 이야기를 주고받는 대화의 장이다. 영국에 수필이 번창하기 시작할 무렵에 다방이 생기고 신문이 생기고 하던 것도 우연한 일이 아니다. 수필은 사람과 사람이 서로 서로를 알아보고 의사를 소통할 수 있다는 것을 전제로 하여 성립한다. 우리 시대는 서로 알음이 있는 사람들이 모여 담소하는 것으로서 문제의 매듭을 풀어나갈 수 있는 시대가 아니다. 설사 우리가 친한 벗들과 담소하는 느낌으로 수필을 쓰더라도 그것이 참으로 문제를 해결해 주고 상황을 밝히며 사람의 사람됨을 확인해 주는 경우는 드물고, 보다 흔히는 지저분한 신변잡사에 관한 요설(饒舌)이나 억지로 만들어 낸 정서의 자기만족으로 전락해 버리기 쉽다. 그러니만치 오늘날 수필 예술은 어느 때보다도 그 참모습에 이르기가 어렵다고 하겠다. 금아 선생의 수필이 현대 수필의 번설성(煩屑性)을 벗어나 삶의 한 국면을 밝혀주고 있는 것은 참으로 회귀한 일이라고 하여야 할 것이다.

금아 선생의 글이 우리 삶의 착잡한 모습의 전모를 들추어내는 것은 아니라 할는지 모르나(더러는 그것이 너무 소박한 것인 때도 있으나), 그것은 우리 마음 깊이 자리 잡고 있는 목가적(牧歌的) 이상(理想)을 상기시켜 준다. 그 목가는 우리 모든 사람이 생각할 수 있는 온화한 행복의 모습을 띠고 있다. 선생은 이 온화한 행복이 멀리 있는 것이 아니라 우리의 나날에 있다고 말씀하신다. 그것을 위해서 우리는 사물과 사람들을 우리의 사랑과 고마움 속에 살게 하여야 한다. 이 사랑은 잃어버린 사랑과 얻어진 사랑, 우리의 추억과 현재의 기쁨이 엇갈리는 마음의 공간에서 성장한다. 바깥세상은 너무나 혹독하고 그것은 우리의 행복을 거의 허용하지 않을 것처럼 보일는지 모른다. 또 많은 사람들에게 바깥세상을 이해하고 이 세상을 바르게 하는 일이 주요한 일이라고 생각될는지도 모른다. 그러나 우리의 세상은 안에다 가꾸는 꿈의 공간에서 비롯한다. 이것을 버릴 때, 우리가 만드는 새로운 세상은 또 다시 황량한 것이 될 수밖에 없을 것이다.

시대와
내면적 인간

윤동주의 시

꼭 맞는 것이라고는 느끼지 않으면서도 많은 사람들이 받아들여 온 윤동주(尹東柱) 상(像)은 저항시인의 그것이다. 그의 옥사(獄死)는 여기에 대한 확실한 증거가 되는 것으로 보이지만, 잘 생각해 보면 그의 투옥과 옥사에 관한 경위가 실증적으로 밝혀진 일은 없는 것 같다. 이것은 손쉽게 휘둘러진 상투형 아래 감추어진 다른 많은 일 제하의 체험들과 아울러 밝혀져야 할 일의 하나이지만, 윤동주 체 포의 사유가 된 '사상불온, 독립운동'이라는 일체의 죄목은 어떤 적 극적 저항을 가리키기보다는 "일제 경찰의 탄압적 수법에 쓰인 일반 적 의미를 갖는다고 보는 것이 옳지 않을까" 하는 김흥규(金興圭) 씨의 견해는 그럴싸한 것으로 생각된다. 회고담을 쓴 문익환(文益 煥) 씨도 윤동주가 저항정신의 불멸의 전형이라고 하는 이야기는 수긍하기 어렵다고 말하고, 그가 적극적인 행동의 인간이라기보다 는 '고요하고 내면적인 사람'이었음을 지적한 바 있다. 이러한 견해 들은 우리가 그의 시에서 받는 일반적 인상과 일치한다.

그렇다고 윤동주를 이러한 각도에서 보는 것이 그의 생애의 비극성을 줄이는 것은 아니다. 행동적이라기보다는 내면적 인간이었던 윤동주의 순사(殉死)는 오히려 일제하에 한국인의 삶이 처했던 상황의 가혹성을 더 절감하게 한다. 어쩌면 민족의 정신사에 큰 기여를 할 수도 있었을, 한 뛰어난 재능의 소유자가, 또는 그가 어떠한 사람이었던지 간에 한 사람의 젊은이가 적극적 투쟁의 결과로서가 아니라 거의 우연한 사고에 의해서 죽어 없어질 수 있다는 것은 어느 시대에나 하나의 극한상황을 이루는 일임에 틀림이 없다. 이렇게 말하는 것은 윤동주의 순사(殉死)가 순전히 밖으로부터 오는 요인에 의해서 결정된 수동적 사고라는 것은 아니다. 그의 내면성은 그의 죽음에 오히려 하나의 필연성을 부여한다. 시대의 어둠은 내면적 인간의 자기 성찰의 습관에, 시간이 지남에 따라, 억압의 무게를 더하게 되며 내면화의 고독과 침묵을 깊게 하고 조여 오는 이중의 압박에서 풀려나오고자 하는 충동은 그로 하여금 시대와의 비극적 대결에도 치달아 가게 한다.

그의 대결은 처음부터 비극적일 수밖에 없다. 내면적 필연의 소리에 귀 기울이는 그는, 그 나름의 필연성에 따라 움직이는 바깥세상을 능동적으로 타고 넘을 수 없다. 그의 대결을 통하여 그는 분명한 저항의 입장을 획득한다기보다는 그러한 입장에 끊임없이 가까이 가면서도 엄청난 상황의 선취(先取)로 인하여 그 희생이 되고 만다. 그의 희생은 실제의 면에서 비효과적인 것일는지도 모르지만, 시대의 증언으로서는 보다 더 감격적인 것일 수 있다. 그리고 양심의 증언도 궁극적으로는 삶의 실천적 효율성의 일부를 이룬다. 윤동주는 양심의 수난자로서 우리로 하여금 그가 살았던 시대의 암흑상을 실감하게 하고 또 오늘날까지 뻗쳐 있는 어둠의 그림자를 느끼게 한다.

윤동주가 비상하게 순수하고 깨끗한 인간이었던 것은 그의 시에도 잘 나타나 있지만, 그의 순수하고 깨끗한 골똘함을 양심이라고 할 때, 그의 양심은 얼핏 생각되는 그런 간단한 것은 아니었다. 그 것은 《하늘과 바람과 별과 시》의 〈서시〉(序詩)에 표현된 "죽는 날 까지 하늘을 우러러, 한 점 부끄럼이 없기를" 다짐한, 적어도 표면 적으로는 극히 소박한 선언으로도 나타나지만, 그것은 보다 복잡한 연관 속에서 이루어지는 자기성찰과 자기파악의 여러 내용으로도 전개된다. 사실, 그의 양심의 특징은 밖에서 받아온 어떤 도덕률에 서 유도되어 나오는 것이 아니라 자신의 삶에 대한 끊임없는 내적 인 성찰에서 얻어지는 경우가 더 많은 것이다.

도식적으로 볼 때, 그의 출발점은 자기 응시(凝視)이다. 대체로 윤동주의 시에는 자신에 관한 시가 많다고 하겠는데, 그것은 반드 시 제 잘난 맛을 즐기는 사람들의 자기 객체화 또는 극화(劇化)의 결과로는 돌릴 수 없는 것이다. 물론 〈사랑스런 추억〉에서, "담배 연기 그림자를 날리며" 정거장의 플랫폼에 서 있는 자신의 이미지를 이야기하는 경우와 같은 데에, '포즈'에 대한 그의 관심이 나타나지 않았다고 할 수는 없지만, 그의 자아의식에는 그의 골똘함에도 불 구하고, 어딘가 사심 없는 초연함이 있는 것을 우리는 느낄 수 있 다. 그렇다고 그의 자아의식이 예를 들면 데카르트의 철학적 성찰 에서처럼, 극단적으로 추상적인 것은 아니다. 한 쪽으로 그것은 관 조적 거리를 유지하면서도 기묘한 자기감응과 몰두를 나타내는 나 르시시즘이라고 할 수 있고, 다른 한 쪽으로는 실존적 자각이라고 할 수도 있는 것이다. 다시 이 실존적 자각은 회의와 절망 가운데서 도 부인할 수 없는, 삶의 밑바탕으로서의 자기를 확인하는 행위일 수도 있고 또는 보다 동적으로 삶의 가능성을 개체적인 생애 속에 구체화하고자 하는 자기완성에 대한 적극적 관심일 수도 있다. 〈자 화상〉의, 물에 비친 나르시시즘으로서의 자아, 〈흰 그림자〉나 〈사랑스런 추억〉의 스스로를 되돌아보는 의식 속에 비친 자아의 영상(影像)에는 적지 아니 연연한 향수가 배어들어 있다. 그러나 〈쉽게 쓰여진 시〉의 자아는 실존적 자각에 관계된다. 이 시에서 윤동주는 몇 개의 일상적 삽화의 요약을 통하여 스스로의 고독과 시대의 어둠을 이야기한 다음 모든 불리한 여건 하에서도 흔들리지 않는 생존의 근거와 위안을 확인하듯, "나는 나에게 작은 손을 내밀어 / 눈물과 위안으로 잡는 최초의 악수"라고 말하는 것이다. 〈참회록〉에서 이 자아는 갈고 닦을 수 있는 거울에 비유되고 다시 닦여진 거울은 현재의 자아가 아니라 보다 큰 자아의 가능성을 비추는 것으로 이야기된다.

이러한 여러 가지 면에서의 자아 파악이 반드시 동일한 것은 아니다. 있는 대로 또는 있었던 대로의 자아에 대한 애착이 미래의 가능성으로서 자아의 발전적 전진과 알력을 일으킬 수도 있다. 그러나 다른 한편으로는 나르시시즘인 관조에 나타나는바 스스로의 삶에 대한 애착과 삶의 구체적 바탕으로서의 자아의 확인 없이는 가능성의 구체적인 실천자로서의 보다 동적인 자아는 있을 수가 없는 것이다. 그러나 윤동주에게 보다 중요한 것은 이 동적인 자아의 자기실현이었던 것으로 생각된다. 달리 말하여 윤동주의 근본적 관심은 의식작용을 통하여 드러나는 자신의 도덕적 형이상학적 가능성에 대한 관심이며, 또 이것을 구체적 삶으로 구현하는 데 대한 관심이었다.

이러한 다면적이면서도 일관된 관심은 대체로 그가 애독하였다는 키르케고르의 자아 이해에 비슷한 것이다. 개체가 모든 것과 따로 제 스스로 사는 구체적 삶이야말로 절대적 현실이라고 생각한 키르케고르는 삶에서 관조적이고 심미적인 요소와 지적 요소의 중요성을 인정했지만, 무엇보다도 개체의 삶을 완성시켜 주는 것은 그 '윤리적 실재'라고 생각하였다. 여기서 윤리적 실재라 함은—그에게 개체의 윤리적 실재는 "하늘과 땅, 그리고 그 안의 모든 것, 6천 년의 인간 역사… 등보다도 중요한 것"이었다—삶의 3가지 분야, 즉 지적인 것, 심미적인 것, 윤리적인 것에 하나의 통일을 부여하는 과정, 더 간단히 말하여 인간의 내적 가능성의 전인적 발전을 이룩하는 과정을 일컫는 말이다. 키르케고르와의 병행관계를 너무 강조해서는 안 되겠지만, 윤동주에게도 심미적 발전을 통하여 자신의 윤리적 완성을 기하려는 충동이 강하였다고 말할 수는 있다. 그리하여 심미적 관심은 그의 내면화를 가져오고 윤리적 관심은 그를 시대의 어두운 장벽에 대결하게 하였다. 이러한 두 관심은 그의 품성의 양면이면서 하나의 전체를 이룬다. 심미적 관심은 세계의 감각적 양상과 자아의 교섭에 대한 관심이며, 이것은 불가피하게 세계 자체가 이 교섭에 어울리는 것이기를 요구하게 된다. 그의 양심은 이 요구에서 태어난 것이다.

윤동주의 짧은 생애, 특히 시를 쓴 몇 년 안 되는 기간에 어떤 확연한 발전과 변모의 모양을 가려내는 것은 쉽지 않은 일이다. 우리가 기껏 할 수 있는 것은 그의 시가 어떻게 내면성과 실존적 자기실현 사이를 왔다 갔다 하고, 이 양극 사이에 동시에 펼쳐지는가를 이야기하는 것이다. 그러나 대략적으로 그의 시는, 그것이 정치적 현실인식에서 나왔든 아니면 심미적 발전의 자기초월에서 나왔든, 점점 급해지는 행동의 요구를 표현하게 된다고 말할 수는 있다. 그러나 어느 때에나 심미적이고 윤리적인 것에 대한 긴장된 의식이 없는 경우는 드물다.

1939년의 〈자화상〉은 산문시의 부드러운 수사 속에 비교적 행복한 자기몰두를 보여주고 있다. 그러나 우리는 행복의 이미지 아래에 다른 의식, 즉 관조의 정지와 고독을 고통으로 느끼며 보다 높은 윤리적 자기실현을 요구하는 의식이 숨어 있음을 느낄 수 있다. 시의 첫 부분은 고요와 상호조응의 조화된 세계를 보여준다.

> 산모퉁이를 돌아 논가 외딴 우물을 홀로 찾아가선
> 가만히 들여다봅니다.
> 우물 속에는 달이 밝고 구름이 흐르고 하늘이
> 펼치고 파아란 바람이 불고 가을이 있습니다.

그러나 다음 연은 벌써 부조화의 요소를 끌어들인다.

> 그리고 한 사나이가 있습니다.
> 어쩐지 그 사나이가 미워져 돌아갑니다.

앞에서 시인은 우물 속에 자연의 모습이 투영되는 것을 보았다. 이제 이 우물에는 시인 자신의 모습이 투영된다. 그런데 시인은 왜 물에 비친 자기의 모습을 미워하는 것일까? 이 시와 관련하여 물에 비친 스스로의 아름다움에 사로잡혔던 나르시스의 신화를 생각하고 또 발레리의 나르시스를 주제로 한 시들을 생각한다면 이러한 질문은 무의미한 것이 아닌 것으로 보인다. 시인의 자기혐오(自己嫌惡)를 설명할 수 있는 이유를 지나치게 마음대로 시의 밖에서 가져오지 않는다면, 이 증오는 제일 간단히 말하여 물에 비친 자기의 모습이 이상적 모습에 미치지 못하기 때문에 일어나는 것이라고 생각해 볼 수 있다. 그는 나르시스처럼 아름답지 못한 것이다. 그러면 어떤 점에서 그는 이상에 미치지 못하는 것일까? 여기에 대한 답은 간단히 생각할 수 없다. 그러나 우리는 그것을 다음 연과의 관련에서 추측해 볼 수는 있다.

돌아가다 생각하니 그 사나이가 가엾어집니다.
도로 가 들여다보니 사나이는 그대로 있습니다.

여기에서 우물 안의 사나이가 가엾어지는 것은 그가 시인 자신에 의하여 버림받고 있기 때문이며, 이 버림받고 있다는 것이 특히 애절한 것은 그가 홀로 우물 안에 있기 때문이다. 우물 안은 우물 안 개구리와 같은 전통적 연상을 가진 말로서 좁은 공간을 의미한다. 그러니까, 다시 말하여 시인이 보는 시인 자신의 이미지는 좁은 테두리에 갇혀 있는 것으로 여겨지고 이것이 그가 불쌍한 이유가 되며 또 그 다음 연에서도 되풀이하여 이야기하듯이 미움의 대상이 되는 이유가 되기도 한다. 갇혀 있는 자아는 우물을 떠나려는 자아에 제약을 가하고 있기 때문에 그것은 미움의 대상이 되는 것이다. 그러나 시인은 다시 뒤집어 이 우물 안의 존재가 그리운 존재라고 말한다. 아마 이렇게 말하는 것은 그것이 시인 자신의 삶의 일관성을 위하여 빼어 놓을 수 없는 자아의 일부를 이루고 있기 때문일 것이다. 마지막 연은 이러한 사정을 다시 통틀어서 말하고 있다.

우물 속에는 달이 밝고 구름이 흐르고 하늘이
펼치고 파아란 바람이 불고 가을이 있고
追憶처럼 사나이가 있습니다.

이 우물 속의 비침을 통해서 공간적으로는 개체적 삶의 환경으로서의 자연은 그 갖가지 양상과 움직임 속에 파악되며, 시간적으로는 개체의 과거와의 관련 속에서 달리 말하여 역사적 지속으로 파악된다.
이렇게 시인은 우물에 비치는 자아에 대하여 착잡한 관계를 가지고 있는데, 이러한 관계의 핵심에 놓여 있는 이미지, 우물은 무엇을 뜻하는가? 자연과 자아를 비추어 그것에 대한 인식을 가능하게 하는 매체로서의 우물을 의식의 상징으로 짐작하는 것은 어렵지 않은 일이다. 그러면 〈자화상〉에서 윤동주가 표현하는 것은 의식작용에 대한 양의적(兩義的) 태도로 볼 수 있다. 의식은 그에게 자연을 알게 하고 또 자아의 비판적 의식을 가능하게 한다. 그리고 그것은 비판되는 자아가 무엇보다도 우리 자신에 깊은 자애(自愛)의 유대로서 묶여 있는 것을 알게 한다. 그러나 동시에 우리는 의식의 세계가 우리의 자아를 제약하며 의식의 세계가 포용하는 넓은 자연도 사실은 같은 제약 속에 있다는 것도 알게 된다.

이외에 〈자화상〉에는 자전적 요소가 들어 있는 것으로 생각된다. 즉, 우리는 이 시의 자아가 '추억'처럼 있다는 사실에 주목하게 되는데, 이 시에서 윤동주는 자신의 과거를 이야기하는 것을 보인다. 이 과거의 자아는 용정(龍井), 용 우물의 좁은 세계 속에 있는 것으로 회상된다. 거기에서 소년 윤동주는 "달이 밝고 구름이 흐르고" 하는 자연에 보다 가까웠지만, 또 그러니만치 보다 순진하고 행복한 상태에 있었지만 동시에 그의 세계는 우물 안의 좁은 세계일 수밖에 없었다. 그러나 시의 문면에서 알 수 있듯이 시인이 이야기하는 것은 현재의 의식과 현재의 자아이다. 다만 그것은 '추억처럼' 구성되는 것이다. 윤동주 자신이 그렇게 분명히 생각한 것은 아니겠지만, 관조적 자아의식이 본질적으로 반성적이며 따라서 과거 지향적이라는 것을 그는 알고 있던 것으로 볼 수 있다. 그러나 과거의 관점에서의 자아의 구성은 반드시 과거에로의 퇴행을 의미하는 것이 아니라, 현재의 자아에 안정감을 주는 실존적 근거를 구축하는 일로 생각할 수 있다. 1942년 동경 체재중의 실의상태를 그리고 있는 것으로 보이는 〈흰 그림자〉에서도, 윤동주는 "오래 마음 깊은 속에 / 괴로워하든 수많은 나를" 돌려보내고 남는 가장 근원적 자아의 이미지로서 '흰 그림자', 즉 그가 양복을 입고 신문화의 습득에 나서기 이전, 흰 조선옷을 입고 토착적인 삶을 누리던 때의 자기 모습을 환기함으로써 자기 위안의 근거로 삼고 있다. 위에서도 이야기한 〈쉽게 쓰여진 시〉에서, '최후의 나'에게 눈물과 위안으로 잡는 최초의 악수의 대상이 되는 나도 같은 종류의 자아를 지칭하는 것인지 모른다.

위에서 본 바와 같이, 긴장이 없는 것은 아니지만, 우물 속의 상태일망정 의식의 관조를 통해 파악된 자아는 비교적 행복한 긍정으로 받아들여져 있다. 그러나 다른 많은 작품에서 좁은 의식의 틀을 벗어나야 하겠다는 윤동주의 결심은 훨씬 더 강력하게 표현되어 있다. 이러한 결심의 밑바닥에 깔린 논리는, 가령 〈자화상〉에 1년을 앞서는 그의 산문 〈달을 쏜다〉에서의 비슷한 이미지를 사용하는 부분에서 이미 엿볼 수 있다. 이 산문에서 윤동주는 가을과 같은 계절이 인간의 마음에 미치는 영향, 가령 가을의 우수(憂愁)에 영향받은 친구가 단교를 선언해 오는 것과 같은 일에 대하여 생각하고 있다. 이런 문제를 생각하면서 시인은 자신도 저절로 비감에 젖어드는 것을 느낀다. 이 느낌을 이기지 못하여 시인은 방 밖으로 걸어나오고 못가에 이르게 된다. 그는 거기에서 많은 것을 발견한다.

발걸음은 몸뚱이를 옮겨 못가에 세워줄 때 못 속에도 역시 가을이 있고 三更이 있고 나무가 있고 달이 있다.
그 찰나 가을이 원망스럽고 달이 미워진다. 더듬어 돌을 찾아 달을 향하여 죽어라고 팔매질을 하였다.

가을의 산책에서 시인이 이르게 된 못은 윤동주의 시에 많이 나타나는 우물이나 호수의 이미지들과 마찬가지로 의식의 상징으로 생각될 수 있다. 그런 가정 하에 위의 구절을 해석해 본다면, 시인은 가을의 설레는 우수(憂愁)를 가지고 마음속 깊은 곳의 정밀(靜謐)을 찾아 나서 보지만 거기에도 가을의 우수의 요인이 되는 것들이 비추어 있는 것을 발견하고 이 가을의 영향을 깨뜨려 버리려고 호수의 수면으로 돌을 던진다. 그러나 그것은 불가능한 일이다. 못 속의 달은 잠시 깨어져 사라진 듯하나 이내 모든 것은 본래의 상태대로 돌아가고 만다. 그리하여 그는 모든 것의 근본은 못 속의 달이 아니라 바깥세상의 하늘에 있는 달이라는 것을 깨닫는다. 그리하여 이 산문은 다음과 같은 상징적 동작으로 끝난다.

　　나는 곳곳한 나무가지를 고나 띠를 째서 줄을 매어 훌륭한 활을 만들었다. 그리고 좀 탄탄한 갈래로 화살을 삼아 武士의 마음을 먹고 달을 쏘다.

여기에서 우리는 윤동주가 〈자화상〉에서와 비슷한 이미지군(群)을 통하여 조금 더 분명하게 의식의 세계가 실제의 세계에 대하여 부차적 위치에 있음을 이야기하고 있음을 본다. 그러나 〈자화상〉과 같은 발상은 다른 곳에서도 볼 수 있다. 가령, 〈한난계〉(寒暖計)의 마지막에서 윤동주는 자신의 들뜬 산책을 기술하면서 "하늘만 보이는 울타리 안을 뛰쳐/ 역사 같은 포지션을 지켜야" 한다는 것을 이야기하고 있는데, 여기의 "하늘만 보이는 울타리 안"은 놀랍게 〈자화상〉의 근본 이미지에 비슷한 것이다. 또 〈길〉에서 윤동주는 잃어버린 것을 찾아서 방황하는 이야기를 하고 있다. 그는 이 길이 담을 끼고 뻗어 있는 길이며 담 위의 푸른 하늘이 넓은 공간을 암시하여 주지만 길을 막는 담으로 하여 잃은 물건은 찾을 수 없다고 말한다. 그러나 이것을 찾기 전에 시인은 완전한 사람이 될 수가 없는 것이다. 이 시의 마지막 부분에서 그는 말한다.

돌담을 더듬어 눈물짓다
쳐다보면 하늘은 부끄럽게 푸릅니다.
풀 한포기 없는 이 길을 걷는 것은
담 저쪽에 내가 남아 있는 까닭이고,
내가 사는 것은, 다만,
잃은 것을 찾는 까닭입니다.

의식의 세계는 부차적 세계이며 실제의 세계에 의하여 보충되기
전에는 완전할 수 없는 세계란 생각은 다른 시들에서는 더 적극적
으로 강조되지만, 이러한 시들에서의 의식과 실제의 대조는 단순히
철학적 명제로 파악되지 아니하고 당대의 시대상황에 대한 비유가
된다. 즉, 내면적 의식의 강화는 실천을 불가능하게 하는 시대상황
으로 하여 발생하며 그것은 단순히 좁아든 삶의 터에 비례하는 것
이다.

〈돌아와 보는 밤〉은 밤이 되어 자기 방으로 돌아온 시인을 기술
하고 있는데, 그는 좁은 방과 넓은 세상과 낮과 밤이 한결같이 어둡
고 좁은 것이라고 한다. 이러한 때, 유일한 위안은 내면세계뿐이
다. 그는 말한다.

하로의 울분을 씻을 바 없이 가만히 눈을 감으면 마음 속으로 흐르
는 소리, 이제 사상이 능금처럼 저절로 익어 가옵니다.

여기에서 내면과 외면의 역비례(逆比例) 관계는 비교적 조용하게
이야기되어 있다. 내면은 외면의 불리함에 따라 성장한다. 〈자화
상〉에서와 마찬가지로 내면은 이러한 때에 유일한 정도의 평화와
행복의 근거가 된다.

그러나 최악의 상태는 내면도 침묵과 정지 속에 위축해 버리고

외면도 완전히 움직일 수 없는 공간 또는 공간의 부재(不在)로서 응고해 버리는 일이다. 〈병원〉과 같은 시는 개인의식이 침묵 속에 고립하고 의사소통의 노력이 단절된 상황을 묘사하고 있다. 그러나 이 뛰어난 우의적(寓意的)인 시는, 동시에 침묵 속에 이루어지는 이심전심(以心傳心)의 전달을 이야기한다. 즉, 이 시의 화자는 자신의 병 속에 완전히 고립되어 있으면서 다른 환자의 똑같은 상황을 이해하는 것으로 이야기되어 있다. 〈무서운 시간〉도 의식이 메마르고 외부 공간도 극도로 좁아든 상황을 이야기하면서 동시에 이러한 극한적 상황은 이 공간을 깨뜨리고 밖으로 나오라는 부름을 낳는다는 것을 시사한다.

거 나를 부르는 것이 누구요,
가랑잎 잎파리 푸르러 나오는 그늘인데,
나 아직 여기 呼吸이 남아 있소.

한 번도 손들어 보지 못한 나를
손들어 표할 하늘도 없는 나를
어디에 내 한몸 둘 하늘이 있어
나를 부르는 것이오.
일을 마치고 내 죽는 날 아침에는
서럽지도 않은 가랑잎이 떨어질텐데 …

나를 부르지 마오.

이 시의 화자가 처해 있는 공간은 '그늘'이다. 여기에서는 그것이 그늘이기 때문에 오히려 가랑잎까지도 푸르러 보인다. 그러나 이것은 환상 효과에 불과하다. 그렇다고 생명이 아주 없어진 것은 아니다. 그렇긴 하나 이 시의 화자는 '그늘'이 사실상 전혀 움직임을 허용하지 않는 공간임을 알며 스스로의 목숨이 이미 가랑잎과 같아서 죽음과 삶의 구분은 의미가 없다고 말한다. 그리하여 어디선지 들려오는 행동에의 초대는 그에게 아무 효력도 갖지 못한다고 말한다. 그러나 독자는 이러한 거부에도 불구하고 행동에의 초대가 상황 자체에서 저절로 울려나오는 소리임을 느낀다.

　실제의 세계에서 분리된 의식의 세계가 불완전한 것이라는 생각에서이든지, 또는 주어진 시대의 상황이 너무 급박하고 외부세계의 급한 사정 하에서 내면적 세계가 지탱되기 어렵다는 생각에서이든지 윤동주는 여러 시들에서 적극적 행동에의 의지를 확인한다. 그러나 이 행동은 주어진 조건이 절대적으로 불리한 것인 것만치, 주로 고통스러운 투쟁으로 생각된다. 이 고통은 기독교의 테두리를 빌려 이야기되는 경우가 많은데, 이 테두리에도 불구하고 윤동주는, 이 세상에서 행동과 고통이 병행하는 것임을 강조하고 그것을 실존적 결단을 통해서 받아들여야 한다는 것을 이야기할 뿐 초월적 위안을 말하지는 않는다. 〈八福〉은 산상수훈을 모방한 것이지만, 여기에서 고통의 수락이 이야기되었을 뿐, 거기에 따르는 위안이 생략되어 있음에 우리는 주의할 수 있다. 예수는 8가지 내지 9가지의 고통을 갈라 이야기하고 여기에 일일이 위로의 말을 붙였거니와 윤동주는 이 모든 고통을 통틀어 슬픔에 환원되는 것이라 하고 위로 대신에 "저희가 영원히 슬플 것이오"라는 결론내린 것이다. 〈태초의 아침〉은 또 다른 기독교 신화에 의거하고 있거니와, 그가 강조하는 것은 악과 선을 같이 만든 섭리의 절대성이다. 에덴동산에는 이미 태초의 아침이 열리기도 전에 "사랑은 뱀과 함께/ 毒은 어린 꽃과 함께" 마련되었다는 것이다. 이러함에도 불구하고 〈또 태초의 아침〉에 의하면, 인간은 악까지도 포함하는 삶을 살 결심을 하여야 한다. 윤동주는 이 시에서 말하고 있다.

빨리
봄이 오면
죄를 짓고
눈이
밝어

이브가 해산하는 수고를 다하면
無花果 잎사귀로 부끄런 데를 가리고
나는 이마에 땀을 흘려야겠다.

이러한 운명의 수락의 강조는 다시 어떤 때 강박적이기까지 한 행동의 의지로도 나타나고, 또 보다 흔히는 비극적이고 영웅적인 최후의 예감이 되기도 한다. 가령, 〈눈감고 간다〉에서 윤동주는 어두운 세상에서 분명한 정세 판단을 하고 행동하는 것은 불가능하다. 그러나 훗날을 예비하는 것은 필요한 것임에 우리는 눈을 감고라도 행동해야 한다. 차질이 일어난 연후에 전후좌우를 둘러보아도 괜찮다―이러한 요지의 말을 하고 있다.

이러한 절박한 심정은 그로 하여금 부단히 비극적인 자기희생을 그리워하는 마음을 가지게 한다. 사실 자기희생의 숭고함에 대한 윤동주의 집념은 그가 열일곱의 소년이던 때 쓴 〈초 한 대〉에 이미 나와 있다. 그러나 자기희생의 이념을 표현한 대표적인 시는 〈십자가〉이다. 이 시에서 그가

괴로웠던 사나이,
행복한 예수, 그리스도에게
처럼

十字架가 허락된다면
목아지를 드리우고
꽃처럼 피어나는 피를
어두어가는 하늘 밑에
조용히 흘리겠읍니다.

라고 말한 것은 이미 자주 인용되어 온 바 새삼스럽게 지적할 필요
도 없다(아마 지적되어야 할 점은 예수를 간단히 '행복하다' 하고 수난
의 피가 꽃처럼 '피어난다'고 한 묘사의 지나친 낭만 취미일 것이다).

그러나 비장한 최후에 대한 생각은 다른 시들에도 나타난다. 가
령, 〈참회록〉에서 윤동주는 자신의 운명을 홀로 별똥이 되어 떨어지
는 것이라고 예언하고 있는데, 같은 생각은 〈별똥 떨어진 데〉에
서도 반복되어 있다. 여기에서 그는 다시 한 번 그의 운명을 별똥의
그것에 비유하고 단지 문제가 되는 것은 떨어져야 할 자리를 찾는
일이라는 것을 시사하고 있다. 자신의 시인으로서의 운명을 이야기
한 〈별 헤는 밤〉에서, 자신이 빛나는 별이 되지 못하고 "밤을 새워
우는 벌레"임을 부끄러이 여기면서 다시 한 번 별이 될 것을 희망할
때, 그가 생각한 것도 별보다는 별똥의 비장함이었는지 모른다.

그것이 비극적 결과만을 가져오는 것이라도 직각적 행동에 돌입
해야 한다는 생각이 윤동주의 시에서 중요한 테마가 되는 것은 분
명한 것이지만, 이 행동은 보다 정확히 어떤 행동을 말하는가? 그
의 시에 산견(散見)되는 '새벽', '아침', '시대', '역사', '진실한 세기
의 계절', '빛', '어둠' 등의 어휘는 그의 행동도 이러한 어휘가 가리
키는 사회적·정치적 테두리 속에서 취해져야 할 것임을 이야기해
준다.

그러나 우리는 윤동주의 행동이 반드시 직접적인 정치적 행동만
을 의미하지 않을 수도 있다는 가능성을 배제하지 말아야 한다. 우

리는 앞에서 그의 생애의 지배적 모티브의 하나가 키르케고르에서처럼 심미적·윤리적 자기완성이고, 이러한 완성이 궁극적으로는 실천과 행동을 통하여 완성되는 것이라고 했거니와 이러한 의미에서의 행동이 반드시 정치적 행동이어야 할 이유는 없다. 윤동주가 조신독립이라는 특정한 정치적 목표를 달성하기 위한 행동을 원했다 하더라도, 그것은 그러한 정치목표 그 자체를 위해서라기보다는 그것이 삶의 완성에 필수적인 전제조건이 됨으로써였다고 할 수도 있는 것이다. 말하자면 윤동주에게 괴로웠던 것은 당대의 사회가 넓은 의미에서 자기완성의 추구를 허용하지 아니한다는 점이었고, 그 결과 그는 현상타파를 요구하게 된 것이다. 그러므로 윤동주는 직접적 의미의 애국심과 자신이 추구하는 이상 사이에 갈등을 느낀 경우도 적지 않았다.

내 생각으로는 〈또 다른 고향〉은, 극히 애매한 시이기는 하지만, 이러한 갈등에 대한 윤동주의 인식을 잘 드러내주는 시이다. 여기에서 그는 그의 추구가 괴테적 '아름다운 혼'의 완성이고, 이것은 당대 사회의 주조(主潮)에 반드시 일치하는 추구가 아니라고 말하는 것으로 생각된다. 이 시는 시인 자신의 상황을 간략하게 요약하는 것으로 시작한다.

> 고향에 돌아온 날 밤에
> 내 白骨이 따라와 한 방에 누웠다.
>
> 어둔 방은 우주로 통하고
> 하늘에선가 소리처럼 바람이 불어온다.

시인은 자기의 고향을 죽은 자신의 시신을 만나는 음산한 곳이고 '어둔 방'으로 집약하여 표상할 수 있는 곳이라고 말한다. 그러나 또 역설적으로 이 좁고 어두운 곳은 넓은 움직임의 공간에로의 부름을 가지고 있다(여기의 발상은 〈자화상〉의 그것에 비슷하다).

어둠 속에서 곱게 風化作用하는
白骨을 들여다보며
눈물짓는 것이 내가 우는 것이냐

白骨이 우는 것이냐
아름다운 魂이 우는 것이냐

시인이 고향의 어두운 상황을 슬퍼하는 것은 어째서인가? 시인 자신의 어떤 면에 비추어 그러한 질문이 발해지는 것인가? 시인의 자기성찰은 자신 가운데 세 분신을 발견한다. 하나는 삶의 가능성을 죽음의 세계 속에 묻어버린 과거의 자기, 고향에 남아 있던 자기요, 다른 하나는 이것을 반성하는 현재의 자기다. 세 번째 '아름다운 혼'을 유럽의 낭만주의 문학에서 중요한 개념이었던 아름다운 영혼(*La belle âme/ Die schöne Seele*), 특히 괴테의 《빌헬름 마이스터》 중의 〈아름다운 영혼의 고백〉에 나오는 아름다운 영혼에 대한 언급이라고 본다면 그것은 그때그때의 감각적 체험적 쾌락과 고통을 넘어서고 또 그것을 밑거름으로 하여 삶을 하나의 조화된 통일체로 완성하는 성장의 원리라고 생각할 수 있다. 시인은 이러한 3개의 분신 중 우는 것이 누구냐고 묻고 있는데, 우는 것은 이 세 분신 모두라고 할 수도 있지만, 그중에도 다양하고 조화된 생의 통일성을 관장하는 영혼—좁은 방에 대하여 하늘에서 오는 바람소리처럼, 현재를 초월하는 원리인 '아름다운 혼'이 희생된 삶의 가능성을 생각하여 운다고 하는 것이 적절할 것이다. 이 시의 다음 부분은 매우 모호하다.

지조 높은 개는
　　밤을 새워 어둠을 짓는다.

　　어둠을 짓는 개는
　　나를 쫓는 것일 게다.

　흔히 여기의 '지조 높은 개'는 시인 자신이 우러르는 충의와 애국의 상징으로 해석되었는데, 이것은 그다지 타당성이 높은 해석이 아닌 것으로 생각된다. 개가 충성스러운 짐승인 것은 사실이라 하겠지만, 개에 대한 일반적 연상을 생각할 때, 윤동주가 하필이면 충의의 사표로서 개를 들었다는 것은 기이한 일이다. 사실 이런 구절의 의미는 붙이기 나름이고, 붙이기 나름이라는 것은 시인으로서의 윤동주의 미숙함을 드러내는 것이라고 하겠는데, 내 생각으로는 '지조 높은 개'는 아이러니컬한 뜻을 가진 것으로 보는 것이 좋을 듯하다. 즉, 한쪽으로 그것은 지사적(志士的) 인물로서 어둠의 증인이 되는 사람을 가리키고 다른 한쪽으로 그것은 지사는 지사이되 '어둠을 짓는' ─ 즉 여기서는 어둠의 소리만을 낸다는 뜻에서 '어둠을 짓는' 일 이외에는 하늘의 소리도 아름다운 혼의 세계도 알지 못하는 우직한 존재, 아직 사람의 경지에 이르지 못한 동물적 존재를 가리킨다(윤동주는 〈아우의 印象畵〉에서 '무엇이 되겠느냐'는 그의 질문에 아우가 "사람이 되지"하고 대답하는 말을 듣고 그것이 얼마나 어려운 운명적 투쟁을 겪어서 이루어지는 소망인가를 예감한 바 있음을 기록했다).
　'지조 높은 개'의 세계는 시인 자신의 백골을 담아가진 세계이다. 적어도 위 인용 후반부에서 분명하듯 이것이 현재 시인 자신이 속한 세계가 아닌 것은 분명하다. 그는 이 개에 쫓겨가는 것이 아닌가? 장황해지는 폐를 무릅쓰고 여기에 대하여 이야기를 계속하면, '지조 높은 개'의 이중적 의미는 윤동주의 신상 사정에 직접적으로 관계되는 것으로 생각된다. 정음사 간의 시집에 의하면 〈또 다른 고향〉이 쓰인 것은 1941년 9월로 되어 있는데, 여기에 1942년까지 윤동주가 매년 겨울과 여름방학에 고향에 내려왔었다는 윤일주 씨의 증언을 합쳐보면, 이 시는 여름방학 직후에 쓰인 것이 되겠는데, 용정(龍井)을 떠나서 서울로 돌아온 시인은 자기의 여행과 궁극적으로는 서울 유학의 의미에 대하여 생각하게 되었던 것으로 짐작할 수 있다.

한편으로 그는 용정을 떠난 것을 지조를 꺾는 것으로 생각했을 것이다. 그것은 단순히 고향을 떠나는 것이 아니라, 반(半) 자치의 특권을 누렸던 한국인 사회를 버리고 보다 개화는 되었을지 몰라도 적 치하에 있는 서울을 택하는 것이었다. 뿐만 아니라 졸업을 얼마 남겨두지 않았던 1941년 9월에 그는 이미 일본에 갈 계획까지 짜고 있었는지 모를 일이다. 서울에 가고 일본에 가는 명목은 교육이고 자기완성이지만, 이것은 일본의 신문화에 혼(魂)을 파는 것이오, 고향에 대해서 이방인(異邦人)이 되는 것이다. 새로운 정신세계에 발돋움하고자 하는 윤동주는 자신의 선택의 뜻하는 바를 너무도 잘 알기 때문에, 이 시의 마지막 부분에서 이야기하듯이

가자 가자
쫓기우는 사람처럼
백골 몰래
아름다운 또 다른 고향으로 가자

라고 절규하며 황급히 고향을 떠나 새로운 정신적 고향을 찾아가는 것이다.

〈또 다른 고향〉에서 보는 바와 같은, 윤동주의 주된 추구와 정치 행동과의 괴리를 드러내는 사례들은 다른 데에서도 찾을 수 있다.

아마 그 가장 적절한 예는 〈별똥 떨어진 데〉일 것이다. 여기에서 윤동주는 자기가 생각하는 이상과 정치와의 관련성을 분명히 하고 있다. 그는 정치를 부정하지는 않지만, 그의 추구가 반드시 정치를 필수적으로 하는 것이 아니라는 것도 밝히고 있다. 엇비슷한 상징의 수법으로 쓰인 이 산문의 서두에서 그는 우선 하늘과 별과 '자조(自嘲)하는 한 젊은이'라는 우리가 위에서 여러 번 본 이미지군(群)을 사용하여 자신의 상황을 상징적으로 그린 다음 보다 구체적으로 자신의 성장 환경과 상황에 언급하여 다음과 같이 이야기한다.

나는 이 어둠에서 배태되고 이 어둠에서 생장하여서 아직도 이 어둠 속에 그대로 생존하나 보다. 이제 내가 갈 곳이 어딘지 몰라 허우적거리는 것이다.

그러나 이것이 그 전부는 아니다. 어둠은 밝은 것에 대한 대칭으로 존재한다. 따라서 어둠 속의 그에게는 "이 점의 대칭위치에 또 하나 다른 밝음〔明〕의 초점이 도사리고 있는 듯 생각킨다". 그러면 이 밝음의 초점은 어디에 있는가? 급한 생각으로는 그것은 "덥석 움키었으면 집힐 듯도 하다". 그러나 준비가 필요하다. 이 준비는 주로 '내마음'의 준비인데, 내가 "행복이란 별스런 손님"을 맞아들일 준비를 하는 데에는 "한 가닥 구실"을 치르지 않으면 안 된다. 하여튼 윤동주에 의하면 우리는 어둠을 그대로 "공포의 장막"으로도, 퇴폐적인 "향락의 도가니"로도 받아들일 수는 없는 것이다. 이 거부는 "다만 말 못하는 비극의 배경"이 될 뿐인 "어둠 속에 조을며 다닥다닥 나란히한 초가(草家)"들에도 향한다(여기에 관련시켜 볼 때 그의 시 〈슬픈 족속〉, 〈장〉과 같은 데 나타나는 한국의 삶의 묘사가 단순히 연민과 사랑을 나타낸 것이라고 볼 수는 없다). 그러나 한국의 어둠의 극복은 일시적이고 외부적인 변화에 의하여 이루어질 수 없다. 그는 말한다.

　　이제 닭이 홰를 치면서 맵짠 울음을 뽑아 밤을 쫓고 어둠을 내몰아 동켠으로 휙—ㄴ히 새벽이란 새로운 손님을 불러온다 하자. 하나 경망스럽게 그리 반가워할 것은 없다. 보아라. 가령 새벽이 왔다 하더래도 이 마을은 그대로 암담하고 나도 그대로 암담하고, 하여서 너나 나나 이 갈랑지길에서 주저주저 아니치 못할 생존들이 아니냐.

그러면 어떻게 할 것인가? 윤동주는 위와 같이 자신과 사회의 상황을 논한 다음 돌연 "나무가 있다"하고 나무 이야기를 끄집어낸다. 나무는 어떠한 곳에서나 자연의 다른 요소들과 어울려 삶을 구가한다.

　　… 나무는 행동의 방향이란 거치장스런 과제에 봉착하지 않고 인위적으로든 우연으로서든 탄생시켜준 자리를 지켜 무진무궁한 영양소를 흡취하고 영롱한 햇빛을 받아들여 손쉽게 생활을 영위하고 오로지 하늘만 바라고 뻗어질 수 있는 것이 무엇보다 행복스럽지 않으냐.

나무를 말하는 윤동주의 교훈은 분명하다. 필요한 것은 정치적 해결이 아니라 내적 충실, 유기적 성장이다. 이것은 안도산(安島山)류의 민족의 실력을 기른다는 이야기로도 생각되지만, 아마 그것보다도 〈또 다른 고향〉에서 시사된 것처럼 자신의 내적 성장—고향을 떠나서 서울로, 교토(京都)로 추구해간 내적 성장을 가리키는 것일 것이다. 이러한 유기적 성장에 대한 관심은 또 하나의 산문 〈화원(花園)에 꽃이 핀다〉에도 나타나 있다. 윤동주는 이 글의 요지를 요약하는 마지막에서 "履霜而堅氷至—서리를 밟거든 얼음이 굳어질 것을 각오하라가 아니라 우리는 서릿발에 끼친 낙엽을 밟으면서 멀리 봄이 올 것을 믿습니다. 화로 가에서 많은 일이 이루어질 것입니다"라고 정치정세의 악화 속에서도 희망을 가질 수 있다는 선언하고 있다.

이것은 1940년대 말에 이태준(李泰俊)이 〈패강냉〉(浿江冷)에서 "履霜而堅氷至"를 인용하면서 시대의 암흑화를 예언한 것에 답하는 선언으로 보이는데 윤동주의 의견으로는 외부의 계절이 어느 때가 되든지 그의 화원에는 "사철 내 봄이 청춘들과 함께 싱싱하게 등대하여 있고" 공적인 활동이 쉬고 있는 동안에 오히려 꽃의 유기적 성장은 촉진된다는 것이다. 이 꽃들은 또 고독한 영혼 속에 자라는 것만은 아니라고 한다. 독일 시인 쉴러는 시대의 어려움으로부터의 피난처로 아름다운 영혼들의 모임을 생각했지만 윤동주도 친구들의 교감이 그의 화원을 빛나게 할 것임을 이야기한다. "고독, 정적도 확실히 아름다운 것임에 틀림없으나, 여기에 또 서로 마음을 주는 친구가 있다는 것도 다행한 일"이라는 것이다. 그리하여 그는 결론적으로 "세상은 거듭 포성에 떠들썩하건만 극히 조용한 가운데 우리들 동산에서 서로 융합할 수 있고 이해할 수 있고 종전의 X가 있는 것은 시세의 역효과일까요"라고 반문한다.

이 글에서 이야기되는 내적 충실은 당대의 정치정세에 대한 하나의 대증(對症) 처방으로 제시된 것이라 해석될 수 있는 것이나 그의 근본적 성향이 여기에 향했던 것은 부인할 수 없다. 이 글에서 그는 자신의 성향을 말하여 "나는 세계관, 인생관, 이런 좀더 큰 문제보다 바람과 구름과 햇빛과 나무와 우정, 이런 것들에 더 많이 괴로워해 왔는지 모른다"라고 말하고 있거니와 괴테가 식물의 자연에서 인간의 영혼과 같은 본질을 보았듯이, 윤동주도 자신이 추상적 이념보다는 식물과 자연만물과 더불어 공유하는 생명충동에 의하여 움직이는 사람이었음을 선언하는 것이라고 생각된다.

〈서시〉에서 "잎새에 이는 바람에도 나는 괴로워했다"라는 말도 바로 이런 선언인 것이다. 또는 어떻게 보면 전적으로 정치적으로 해석될 수 있는 시 〈병원〉에서 여자 환자를 나비가 찾아오지 않는 꽃에 비유하고, 또 시인 자신이 앓고 있는 병을 늙은 의사는 알 수 없는 "젊은이의 병"이라고 한 것을 보면, 이 시의 '병원'은 ─ 여기서 '병원'은 사회전체라고 생각해도 좋다 ─ 단순한 정치적 정세가 아니라 건강이 훼손된 상태, 달리 말하여 생명력이 손상된 상태를 지칭하는 것이라 하겠다.

이렇게 윤동주가 생명의 충일을 자족적(自足的)인 식물의 비유로 이야기했다는 것은 그가 그러한 행복의 상태를 아주 정적인 것으로 생각했다는 인상을 준다. 물론 이런 면이 있었던 것도 사실이겠지만 이것은 그의 실천적 행동의 강조와는 맞아들어 가지 않는 인상이라 하겠다. 그러나 그의 생명충동은 자족적 향수보다는 보다 능동적 감각과 관능의 정열, 다시 말하여 기쁨과 젊음의 충동으로도 표현되었다. 그리고 이러한 표현은 그의 시적 사유와 전기(傳記)의 흐름에 더 맞아들어 가는 것으로 보인다.

이러한 기쁨의 충동을 잘 나타내는 것은 그가 동경으로 가기 직전에 썼다는 〈참회록〉이다. 이 시는 당시의 윤동주의 상황을 매우 적절하게 드러낸다. 이 시는 또 한번 시인 자신의 상황의 간략한 제시로서 시작한다.

　　파란 녹이 낀 구리거울 속에
　　내 얼굴이 남아 있는 것은
　　어느 王朝의 유물이기에
　　이다지도 욕될까.

첫 연의, 윤동주로서는 드물게 역사에 직접 언급하는 상황판단에 의하면, 시인은 자신을 죽은 역사의 유물 가운데 있는 사람이라고 하고, 이를 욕된 일이라고 말한다. 그리고는 다음 연에서 이러한 역사에 눌려 있는 자신을 비판한다.

> 나는 나의 懺悔의 글을 한 줄에 줄이자
> ―만 24년 1개월을
> 무슨 기쁨을 바라 살아왔든가.

시인은 이렇게 자신의 생애가 기쁨이 없는 것임을 참회한다('후회'라고 해도 될 것을 '참회'라고 한 것은 그것이 기쁨 없는 삶이 죄악이라는 강력한 주장을 함축하는 것이기 때문이다). 이러한 자신의 삶에 대한 비판은 그 삶을 조건짓는 왕조의 전통을 비판하는 것이기도 하다(우리는 유교가 삶의 기쁨에서는 가장 멀리 떨어져 있는 윤리임을 생각해 볼 수 있다). 다음 연은 이러한 자기비판을 강력한 거부의 결의로 바꿀 것을 촉구한다.

> 내일이나 모레나 그 어느 즐거운 날에
> 나는 또 한 줄의 懺悔錄을 써야한다
> ―그때 그 젊은 나이에
> 왜 그런 부끄런 고백을 했든가.

여기에서 시인은 미래의 즐거움의 확실성을 기정사실로 만들어 버리고 그 관점에서 볼 때, 오늘날의 여건이 어떠한 것이든지, 젊음이 기쁨의 삶을 대담하게 살지 못했다는 것은 부끄러운 일이며 젊음의 삶에 대한 의무를 다한 일이 아니라고 말한다. 오늘의 삶을 기쁘게 살 결의가 가장 중요한 것이라면, 어떻게 해야 할 것인가?

밤이면 밤마다 나의 거울을
　손바닥으로 닦어보자.

시인은 어둠의 시간에도 자신의 이상적 가능성을 비출 수 있는
의식을 닦아야 한다. 그것도 전력을 다해서, 손과 발로, 즉 실제적
행동을 통해서 닦아야 한다.

　그러면 어느 隕石 밑으로 홀로 걸어가는
　슬픈 사람의 뒷모양이
　거울 속에 나타난다.

　실천적 의식이 포착하는 것은, 영웅적이며 비극적인 행동인의 이
상이다('슬픈 사람의 뒷모양'이라는 표현에서 보듯이 여기의 행동인은 영
웅적 운명을 스스로 창조하는 지도자보다는 비장한 수난자, 앞으로 나아
오는 것보다는 뒤로 물러가고 사라져가는 모습을 보여주는 사람이다).
　이와 같이 〈참회록〉은 기쁨의 행동을 이야기하고 있는데, 같은
주제는 〈한난계〉에도 나와 있다. 다만 이 시에서 주목에 값하는 것
은 〈참회록〉의 개인적인 것으로 파악된 기쁨의 행동이 여기에서 역
사와 연결되어 있다는 점 때문이다. 여기서 윤동주는 자신을 "한난
계"에 비유하면서 자신이 "분수같은 냉침을 억지로 삼키기에 정력을
낭비"하기도 하지만, 자신의 이상은 "해바라기 만발한 8월 교정"이
며 "피끓을 그날"이라고 말한다. 그리고 나서 따뜻한 계절의 충동의
시킴에 따라 자기가 자연을 헤매었던 사실에 언급하고 이것은 바로
역사의 참다운 행로와 일치하는 것이라고 말한다. 다시 말하여, 우
리의 생리는 따뜻한 계절에 반응하여 우리로 하여금 산야를 헤매게
하지만 역사도 같은 충동에 의하여 움직이는 것이다.

나는 또 내가 모르는 사이에 —
나는 아마도 진실한 세기의 계절을 따라 —
하늘만 보이는 울타리 안을 뛰쳐,
역사같은 포지션을 지켜야 봅니다.

이렇게 하여 윤동주에 있어서 짓눌린 삶에 대한 반발, 식물의 더하고 모자랄 것 없는 삶의 향수(享受), 기쁨의 삶에 대한 지향은 다시 한 번 정치적 행동과 만나게 된다.

그러나 1940년대의 한국이나 일본에서 그가 할 수 있는 정치적 행동이 무엇이었을까는 가늠하기 어렵다. 그가 1940년대의 숨 막히는 상황을 일본에서 단신 대결하여 무엇을 얻을 수 있었을까? 어쨌든 그가 별로서 우러른 것은, 그 자신에 말에 의하면 추억과 사랑과 쓸쓸함과 동경과 시와 어머니, 그리고 어린 때의 여자 친구들과 "비둘기 강아지, 토끼, 노새, 노루, 프랑시스 쨤, 라이너 마리아 릴케"였고, 그의 동생의 말에 의하면 그의 장서(藏書)의 저자에는 앙드레 지드, 도스토예프스키, 발레리, 키르케고르가 포함되어 있었다. 그가 원했던 것은 주로 자아의 미적·실존적·윤리적 완성이었다. 이것은 새로 눈뜬 한국의 자아의 절실한 소망이기도 했다.

그러나 시대는 너무나 가혹했다. 〈종시〉(終始)에서 비유적으로 말했듯이 그가 어둠 속에서 눈을 떴을 때 앞에는 예로부터의 성벽(城壁)이 있었다. 하늘이 보이기는 했지만 성벽은 그를 밀어내고 있었다. 한 가닥 희망은 이 성벽이 끊어진 곳을 찾는 것이었다. 그러나 그 끊어진 곳에는 "총독부, 도청, 무슨 참고관(參考舘), 신문사, 소방조(消防組), 무슨 주식회사, 부청(府廳), 양복점, 고물상" 등이 있었다. 그가 당황한 것도 무리는 아니었다. 그는 새로운 행동의 결심을 가지고 있었으나, 가혹한 시대는 자아 탐구자에게 비장한 수난자의 지위밖에 허용하지 않았다. 그러나 그의 시는 그에게 어느 정도의 내적 공간을 마련하여 주었다. 그러나 주어진 상황, 짧은 생애에서 내면의 완성도 기대하기는 어려운 것이었다. 이 어려움은 그의 시에 깃들어 있는 어떤 미완성감과 침묵으로 남을 수밖에 없었다. 괴테는 〈아름다운 영혼의 고백〉에서 다음과 같이 말하고 있다.

거룩하고 다사롭고 커다란 감정을 바깥세상의 사물들과 따로 떨어져서 가꾸면, 그러한 감정은 우리를 텅 비게 하고 우리 삶의 뿌리를 뒤엎어 버린다. … 사람의 본질은 활동하는 데 있고 쉬어야 하는 것이 불가피한 경우 그동안에 바깥세상의 사물에 대한 분명한 인식을 얻도록 노력해야 한다. 그래서 이 인식은 그 다음의 활동을 쉽게 해주게 된다.

당대의 대부분의 사람에게 그랬듯이 윤동주에게도 안과 밖의 자연스러운 교섭은 허용되지 아니하였다. 그러니만치 그의 삶은 미완성인 채로 끝날 수밖에 없었다. 그러나 그는 당대의 기교파 시인이나 미쳐 돌아간 친일 곡예사(曲藝師)들에 비하여 누구보다도 삶의 깊이에 이르려 했고 또 이 안으로의 깊이가 밖으로의 높이와 넓이를 필요로 하는 것을 의식하고 있었다. 또 의식이 적극적 행동으로 전환되어야 한다는 것도 생각하였다. 그러나 그는 거기에 성공하지는 못했던 것 같다. 이러한 요소들이 그의 삶을 비극적인 것이게 했고 또 영광스러운 것이 되게 하였다.

일체유심

🍁 한용운의
용기에 대하여

한용운(韓龍雲)이 우리 독립운동사나 문학사에 가장 뚜렷한 영웅이었다는 점은 많은 사람이 동의하는 바이다. 그의 사람됨을 한두 가지의 특징으로 집약하여 말할 수는 없지만, 그중에도 그에게 가장 뚜렷했던 것은 실천의 의지였다는 것으로 말할 수 있을 것 같다. 그의 강인한 의지는 어디에서 오는가? 우선 쉽게 생각할 수 있는 것은 천성이다. 그러나 천성은 개인적 사회적 환경과의 교류 속에서 비로소 운명적 성격이 된다. 또 이러한 성격의 형성과 이것의 운명적 작용에는 여러 가지 이념적 영향도 개입되는 것일 것이다. 이러한 여러 가지 요인들이 인간의 의지에 작용하고, 또 이 의지는 이러한 여러 요인의 수용을 어느 정도까지는 선택한다. 한용운의 의지의 신비는 이러한 요인들을 낱낱이 밝히고 그 상호작용을 이해함으로써 들여다볼 수 있는 것이 될 것이다.

그런데 한용운에 있어 의지의 윤리적 단련은 우발적 결과가 아니라 그의 중요한 삶의 지향이었던 것으로 보인다. 그에게 의지의 단련은 의식적으로 선택된 목표였다. 그의 생애의 특별한 사정과 또 그가 의지했던 한국의 전통적 정신기율이 다 함께 윤리적 의지의 단련으로 그의 삶의 지향을 형성한 것이다.

한용운에 있어 그의 생애의 외부적 상황과 정신적 진로가 어떻게 윤리적 의지에 집중되는가는 그의 얼마 되지 않은 자전적 서술에서 넘겨볼 수 있다. 그중에도 시사적인 것은 20대 초의 첫 중요한 경험이다. 이것은 그 자체로서는 그다지 큰 중요한 일이 아니면서도 그의 생애 전체의 한 전형을 드러내 주는 것으로 생각된다.

그것은 그가 설악산 백담사에 있다가 세계 만유(漫遊)를 목적으로 서울로 향하던 중의 이야기이다. 백담사를 출발한 그는 가평천(川)에 이르렀다. 그곳은 다리가 없는 데다가 때가 겨울이라 눈 녹은 얼음물이 내리고 있어서 건너가기가 아주 어려운 곳이었다. 약간의 주저 끝에 그는 발을 벗고 물을 건너기 시작하였다. 그러나 바닥의 조약돌이 미끄러워 돌에 부딪치는 발은 아프고 물은 몹시 차서 그가 물 가운데에 이르렀을 때에는 다리가 감각을 잃고 마비되기 시작하였다. 그리하여 그는 육체와 정신이 진퇴유곡의 혼란에 빠져드는 느낌을 가지게 되었다. 그러나 그곳으로부터 되돌아갈 수 없는 것이어서 그는 앞으로 나아갔고 발등이 찢어지고 발가락에서 피가 흐르는 채로 피안(彼岸)에 다다르게 되었다. 그러나 다 걷고 난 그는 통쾌한 느낌을 가지고 모든 것이 마음먹기에 달렸다, 일체유심(一切惟心)이라고 생각하였다.

그의 이때의 체험은 조금 더 계속된다. 강을 다 건넌 다음에 그는 다른 사람이 이편에서 강을 건너가다가 자기와 같은 곤경에 처한 것을 보게 되었다. 그는 아무 주저 없이 물에 들어가 이를 구해 주고 나왔다. 이때는 그는 발이나 다리가 별로 아프지도 않은 듯했고 마음에는 오히려 여유가 생기는 듯하였다. 그러고 보니 처음 강을 건널 때 가졌던 통쾌한 마음까지도 우습게 생각되었다.

이 조그만 일화는 난경(難境)을 극복하는 태도의 한 전형을 보여 준다. 그것은 의지력에 의한 방법이다. 이 의지력은 모든 것이 마음먹기에 달렸다는 생각에 의하여 강화된다. 위의 삽화에서 한용운이 처음에 느꼈던 일체유심의 깨우침이 두 번째의 도강(渡江)에서 극복되었다고 볼 수도 있으나, 따지고 보면 마지막 소감도 확장·승화된 일체유심의 깨우침이라고 생각된다. 다만 두 번째의 극기(克己)에서 그것은 주체화되어 생각되고 느껴질 필요가 없을 정도로 보편적 진리가 된 것이다. 일체유심의 관점에서 극복되어야 할 맨 처음의 대상은 자신의 육체이다. 이 육체의 극복은 역설적인 두 계기를 가지고 있다. 한편으로 다쳐서 피가 나고 얼음물에 마비되는 수동적 감각의 수단으로서의 육체는 완전히 초월되어야 하는 것이다. 그러나 다른 한편으로 육체의 매개 없이는 도전해 오는 상황 자체를 헤쳐 나갈 수가 없다. 그것은 단련되어 완전히 의지력의 수단이 되고 그것에 일치되어야 한다. 그렇게 함으로써 의지에 대항하는 외계도 일체유심의 세계 속에 편입될 수 있는 것이다.

아울러 여기에서 주목할 수 있는 것은 극복되는 외적 장애도 일정한 물리적 법칙을 가진 것으로보다는 정신력에 의하여 무화(無化)될 수 있는 존재 또는 이상적 존재로 생각된다는 것이다. 따라서 이 장애는 합리적이고 세간적인 작업을 통해서보다는 즉시적인 윤리적 행동으로서 제거될 수 있는 것으로 생각된다.

지금 우리가 분석해 본 바와 같은 정신주의 또는 거기에서 나오는 행동주의도 일반적으로 크고 작은 위기적 상황에서 하나의 반응양식이 된다고 할 수 있지만, 한용운에게 이것은 그의 독특한 삶의 지향과 철학에 의하여 일반적 인생태도나 세계관이 되었던 것으로 보인다. 사실 그의 지적 노력은 이러한 태도를 하나의 일상적 몸가짐으로 지니는 데에 경주되었다고 할 수 있다. 이것은 그의 논설들에서 살펴볼 수 있다. 가령 《심우장(尋牛莊) 만필(漫筆)》에 포함된 교훈적 논설들을 통하여 그가 당대의 청년들에게 가르치고자 했던 유심(唯心)의 행동철학은 바로 그 자신의 역정을 말하는 것으로 추측할 수 있다.

그는 이러한 철학에 이르는 길을 전통적 방법에 따라 수양(修養)이라고 불렀다. 그에 의하면 당대의 '조선 청년의 급선무'는 학문도 실업도 아니요 '심(心)의 수양'이다. 〈조선청년과 수양〉에서 수양의 중요성을 그는 다음과 같이 말한다.

심수(深邃)한 수양이 있는 자의 앞에는 마(魔)가 변하여 성자(聖者)도 되고 고(苦)가 전(轉)하여 쾌락도 될지니 물질이 어찌 사람을 고통케 하리요. 개인적 수양이 없을 뿐이요. 물질문명이 어찌 사회를 구병(救病)하리요. 사회적 수양이 없을 따름이라. 수양이 있는 자는 어느 정도까지 물질문명을 이용하여 쾌락을 얻으리라. 심리적 수양은 궤도와 같고 물질적 생활은 객차와 같으니라. 개인적 수양은 원천(源泉)과 같고 사회적 진보는 강호(江湖)와 같으니라. 최선(最先)의 기유(機杻)도 수양에 있고 최후의 승리도 수양에 있으니 조선 청년 전도(前道)의 광명은 수양에 있으니라.　　　　　　　　(全集 I , p. 268)

그러면 수양(修養)의 중요성은 그렇거니와 수양은 무엇을 말하는가? 그런데 우리는 위의 인용에서 한용운이 이미 수양의 내용에 대하여 말하고 있음에 주의하여야 한다. 여기에서 수양은 외적 환경에 혹은 초연하고 혹은 이를 극복하고 혹은 이를 이용할 수 있는 원리에 이르는 방법으로 파악된다. 이것은 또한 인간에게는 어떤 특정한 내용보다도 행동적 실천의 원리로 파악된다. 그리하여 위 인용의 바로 앞에서 그는 "천하 만사에 아무 표준도 없고 신뢰도 없는 무실행위 공론으로만 이어지는 것이 있으리요"라고 말하고, "실행은 곧 수양의 산아(産兒)라 심수(深邃)한 수양이 있는 자의 앞에는 마(魔)가 변하여 성자(聖者)도 되고…" 운운하는 것이다.

또 "자아(自我)를 해탈(解脫)하라"의, 수양에 관해서 말하는 부분에서도 그가 수양을 같은 움직임의 원리, 실천의 원리에 이르는 단련의 길로 보고 있음에 유의할 수 있다. 그에 의하면 자아를 해탈하는 길은 "오직 수양의 한 길이 있을 뿐"이다. 그러면 수양은 어떻게 가능한가? 그는 말한다.

> 수양에도 갖가지 방식이 있을지니 유익한 서적을 읽는 일도 있으며 직접으로 선배의 교훈을 듣는 일도 있으며 간접으로 위인 석덕(碩德)을 사숙(私淑)하는 일도 있으리라. 그러나 여하한 양서를 읽으며 여하한 선배의 교훈을 들으며 여하한 석덕을 사숙하여 자기의 수양에 자(資)하여도 자기의 실천이 없으면 허다한 세월을 지내더라도 전정(前定)의 이상향에 도달할 날은 없으리니, 결국은 자기의 노력에 의하여 마음을 닦으며 성(性)을 길러서 실천궁행(實踐躬行)의 향상을 꾀함에 있으니, 그러면 품성은 훈도(薰陶)되어 고상(高尚)의 역(域)에 나아가고, 인격은 단련되어 정고(貞固)의 위(位)에 들어갈 것이니, 그리하여 점점 계박(繫縛)으로부터 통명(通明)에 들고 통명으로부터 무장애(無障碍)에 들고, 무장애로부터 대해탈(大解脫)에 이르면 사분오열(四分五裂)이 다 원융(圓融)이요, 칠전팔도가 다 같은 낙취(樂趣)리니, 안전에 어찌 마장(魔障)이 있으며 두리(肚裡)에 어찌 역경이 있으리요.　　　　　　　　　　　　(全集 I, pp. 277~8)

여기에서도 실천이 강조되어 있음을 볼 수 있는데, 이것은 어떤 특정한 세속적 의미에서의 실천보다 불교적 수련의 일상적 실천을 말하고 있는 것으로 보인다. 그러나 불교적 해탈의 경지 그 자체는 세속적 관점에서 보면, 의지의 온전함을 지칭한다고 할 수도 있다. 불교적 해탈의 막힘없는 상태는 의지와 사물의 일치를 지향하는 '순진한 의지의 꿈'(폴 리쾨르)에 비슷하다고 유추하여 생각할 수 있고, 이 의지의 단적인 표현은 즉시적인 실천에 의하여 증거된다고 할 것이다.

어쨌든 불교적 차원에 대하여 우리가 너무나 소박하고 세속적인 해석을 시도하는 것을 삼간다 하더라도, 한용운의 인간 의지와 실천에 관한 생각에 또는 수양론 자체에 세간적 차원이 있음은 분명한 일이다. 가령 사회적 의미에서의 행동인, 지사(志士)를 이야기할 때 그는 다음과 같이 의지의 강인함을 강조한다.

산하(山河)가 아무리 험하다 할지라도 지사(志士)가 가지 못할 땅은 없고, 시대가 아무리 변한다 할지라도 지사가 서지 못할 때는 없는 것이다. 지사는 자기의 입지(立志)가 공간이요 시간이다. 다시 말하면 그것이 세계요 생명이다. 지사(志士)의 앞에는 천당도 없고 지옥도 없으며, 군함도 없고 포대도 없는 것이다. 풍우여회(風雨如晦)에 계명불이(鷄鳴不已)하고 대침(大浸)을 이 계천(稽天)에 지주불이(砥柱不移)하느니, 도도한 세고(世故)가 아무리 다단(多端)하다 할지라도 지사의 뜻은 불을 따라서 하지도 않지마는 물을 따라 흐르지도 않는 것이다. (全集 I, p. 224)

이러한 구절에 표현된 의지주의 또는 행동주의는 불교적 의미에서의 무장무애(無障無碍)의 경지의 자유를 사회적으로 옮겨 놓은 것으로 볼 수 있다.

어떠한 차원에서든지, 한용운에게 중요하였던 것은 행동과 사실로부터 추호의 간격도 갖지 않는 즉시적 행동이었다. 위의 인용이 보여주듯이, 그에게는 어떠한 장애물도 그의 실천적 의지를 저지할 수 있는 것일 수 없었다. 그는 장애물에 대한 고려로 하여 실천적 행동이 지연되는 것을 용서하지 아니하였다. 그것은 오로지 수양이 덜 된 자의 핑계에 불과하고 장애는 단련된 의지의 행동인에게는 오히려 새로운 성취에의 계기가 될 수도 있는 것이다. "…노력 용진 하는 자에게는 기회 아닌 때가 없고 타태(惰怠) 천연(遷延)하는 자에게는 불기회(不機會)가 아닌 때가 없도다"(〈遷延의 害〉, 全集 I, p. 278)라고 그는 말한다. 따라서 "…기회가 없을지라도 용진의 노력으로 인위의 기회를 만드는 것"(全集 I, p. 279)이 중요한 것이다.

그렇다고 한용운이 인간의 의지에 의하여 모든 것이 이루어질 수 있다고 믿은 것은 아니었다. 그의 믿음은, 되든 안 되든 또는 오히려 안 되는 세계에서의 행동적 시도의 중요함을 강조한, 차라리 불안과 위험의 철학이었다. 한편으로 의지의 온전함에 대한 강조는 기약할 미래가 없는 세계에서 마음을 가라앉혀 현재에 전심케 하는 하나의 방법이었다. "기성의 왕사(往事)를 회한하여 현재의 정력을 모손(耗損)함을 불가하고, 미연의 환난을 우려하여 현재의 예기(銳氣)를 저상(沮喪)함은 불가하며, 현재에도 인력으로 주성(做成)할 만한 당면의 사위(事爲)에 대하여 노력할 뿐이라, 어찌 절실하지 못한 공상을 품고서 부질없이 심신(心神)을 비(費)하리요."(〈無用의 勞心〉, 全集 I, p. 282)라고 그는 평상적 실천을 강조하였다.

그러나 다른 한편으로 그는 사필귀정(事必歸正)이나 현실적 성공의 기약이 없는 세계에서의 실천적 도전으로서 그의 의지의 철학을 설명한다. 그는 말한다. "가령 진정한 선견의 명(明)이 있다 할지라도 사람은 미래의 성패이전(成敗利錢)만을 목표로 하고 살 수는 없는 것이다." 그에게 사람의 상황이란 마치 부모가 병이 들었는데 무엇인가 하지 않고는 배기지 못하는, 또는 "어느 때에 지구의 중심으로부터 화산이 터질는지 모르는… 태양의 흑점이 멀어져서 광명이 멸망될는지도 모르는"(〈事後의 先見者〉, 全集 I, p. 218) 환경에서 죽음을 각오하고 한번 살아보는 그러한 것이다.

이러한 거의 실존주의적 인간조건의 파악에서 한용운은 영웅적 행동주의를 주창한다. 사람은 백년이 못 가서 죽게 마련이지만, "그렇다 하여서 전도를 비관하고 공수대사(拱手待死)하는 사람은 고금을 통하여 하나도 없는 것이다"(全集 I, p. 218).

그러나 인생을 안전하고 고통 없이 살아가려는 사람이 있을 수는 있을 것이다. 그러나 안전을 도모하여 실천적 인생을 기피하고 천연하는 자에게는 "기회도 없고 기회 아님도 없으며 성공도 없고 실패도 없으며 개인도 없고 사회도 없다. (또 그런 사람에게는)… 삶도 없고 죽음도 없다". 그리하여 그러한 사람의 "백년의 삶이 용진하는 자의 하루의 죽음만 같지 못한 것"(全集 I, p. 280)이다. 또 인생의 진미를 알고자 하는 자는 고통과 위험을 피할 수 없다. 삶의 "쾌락은 … 고통을 피하는 자를 피"한다. 따라서 삶의 보람을 구하는 자에게 고통은 불가피한 것이고, 뿐만 아니라 그러한 자는 그것을 "쾌락으로 인정"하여야 한다. 이것이 위인 · 걸사(傑士)의 삶의 방식이다(〈고통과 쾌락〉, 全集 I, p. 269).

여기서 흥미로운 것은 이러한 진술들에서 한용운의 삶에 대한 태도가 종교적이나 도덕적인 것이라기보다도 생철학(生哲學) 또는 당대의 많은 사람들에게 볼 수 있는 바와 같이 진화론적이라는 점이다. 물론 그에게 윤리적 관심이 없는 것은 아니다. 다만 그것도 투쟁적 행동의 관점에서 파악되는 것이다. 삶의 투쟁이고 또 선악의 투쟁이다. 그는 말한다.

선(善)이라 함은 무슨 의미로든지 무엇의 앞에든지 무조건으로 죽어지내는 소극적인 것을 가리킴이 아니오. 어디라도 우자(優者) 되고 승자(勝者) 되어 증인을 보호하는 자가 되며, 만물을 애육(愛育)하는 자가 되는 것이 선이 될 것이요, 악(惡)이라 함은 무고(無故)히 사람을 구타하고 물(物)을 상해(傷害)하는 것만이 아니라 열자(劣者)되고 패자(敗者)되어 남에게 불쌍히 여기는 자가 되고 물(物)에게 심부름하는 자가 되는 것이 더 큰 악이 되느니라.

— 〈前路를 택하여 進하라〉, 全集 I, p. 240

결국 삶은 이와 같이 개인적 차원에서나 사회적 차원에서나 또는 도덕적 차원에서, 투쟁에의 과감한 참여 없이는 온전하게 살아질 수 없는 것이다. 다만 이러한 삶에의 참여는 역설적인 선택을 요구하는 것이다. 그것은 고통과 죽음을 무릅쓰는 것을 의미한다. "인생의 대활(大活)은 대사(大死)의 중에 있도다. 구구한 탐생(貪生)의 일념은 곧 죽음이니라, 죽음을 무시하면 곧 삶이니라."(〈春夢〉, 全集 I, p. 240) — 삶의 비결은 결국 이렇게 말하여질 수 있는 것이다.

이와 같은 수양론이 한용운으로 하여금 결연한 행동가가 되게 하는 데에 한 가지 뒷받침이 되었을 것으로 우리는 생각해 볼 수 있다. 그러나 위에서 우리가 살펴본 일체유심의 행동철학만이 그의 정신력의 근원을 이룬 것은 아니었고 또 그의 수양론의 전부도 아니었다. 한용운의 의지와 행동의 철학은 이미 살핀 바와 같이 전통적 요소와 현대적 요소를 종합하고 있다. 그것은 불교의 일체유심과 매우 서구적인 힘의 철학으로부터 하나의 행동철학을 용접해 낸 것이다. 그렇긴 하나 한용운에게 기본적인 것은 전통적 정신기율이었다. 우리는 그에게서 서구의 근대정신, 생철학, 사회적 진화론, 낭만적 행동주의에서 발견하는 초조함, 허무감, 살벌한 정열 — 이러한 것들의 흔적을 본다. 물론 이것은 서양적인 것의 영향이라기보다는 그가 살았던 시대의 극한성에서 생기는 것일 것이다. 그러나 그의 이러한 어두운 정열은 폭발적 황홀경에 이르지 아니하고 어디까지나 정신적 기율에 의하여 제어되어 있는 것으로 보인다.

그의 일체유심의 깨우침은 단순히 치열한 행동주의만을 결론으로 갖는 것이 아니고 종교적인 달관, 견성해탈(見性解脫)의 경지를 지시하는 것이기도 하였다.

일체유심이라는 깨우침은 곧 종교적인 정적 세계로 나아가는 처음이다. 《불교대전》에 인용된 〈석마가연론〉(釋摩訶衍論)은 "일체(一切)의 경계(境界)가 유심(惟心)의 망기(妄起)라, 심(心)의 망동(妄動)을 관(觀)한즉, 일체(一切) 경계(境界)가 멸(滅)하고 유일(唯一) 진심(眞心)이 불편(不偏)함이 무(無)하니라"(全集Ⅲ, p. 150)고 말하고 있거니와 여기의 '불편한 진심'이란 고요하고 맑은 어떤 경지를 말한 것이라고 할 수 있는데 한용운에게 이러한 면이 있다는 점을 놓쳐서는 안 된다.

그의 행동철학은 흔들리지 않는 세계에 대한 관심과 서로 대립하면서 또 이를 보충하고 합치는 한 짝을 이룬다. 고요한 세계에 대한 그의 느낌은 그의 행동철학이 그 근거로서 요구하는 일종의 허무의 인식을 제공하고, 또 다른 편으로는 그 허무의 정열을 다시 초연한 정신의 기율로 제어했던 것이 아닌가 생각되는 것이다.

그의 적정(寂靜)의 세계는 말할 것도 없이 불승(佛僧)으로서 그가 끊임없이 접근하고자 하는 세계였지만, 문학적으로는 이것은 주로 그의 한시(漢詩)에 표현된 것으로 생각된다. 〈님의 침묵〉이 치열한 의지의 세계를 표현한다면, 그의 적지 않은 한시들은 주로 고요와 정지의, 전통적 시상에 의하여 특징된다. 가령 〈청한〉(清寒)에서 그는 추운 곳에서도 맑은, 사물과 사람의 기상을 다음과 같이 이야기한다.

달을 기다리며 매화는 학인 양 야위고
오동에 의지하니 사람 또한 봉황임을!

온 밤내 추위는 안 그치고
눈은 산을 이루네.

待月梅何鶴 依梧人亦鳳 通宵寒不盡 遠屋雪爲峰

달을 기다리는 매화나 추위, 또 산처럼 쌓이는 눈은 다 같이 시절
의 어려움의 상징이지만, 이 시가 나타내는 것은 그러한 어려움이
나 그 고통보다도 오히려 그런 가운데서도 맑게 존재하는 사물과
인간의 풍모이다. 그리하여 그것은 〈님의 침묵〉의 애절한 그리움과
님에의 발돋움과는 상당한 거리를 가지고 있는 느낌을 조성한다.

달은 밝고 당신이 하도 그리웠읍니다.
자던 옷을 고쳐 입고 뜰에 나와 퍼지르고 앉아서 달을 한참 보았
읍니다.

이러한 정한(情恨)의 세계와 청한(淸寒)의 세계는 비슷하면서도
다른 것이다. 맑음과 고요의 상념은 다른 시들에도 나와 있지만,
〈독좌〉(獨坐) 하나를 더 들어보자.

북풍 이리 심한 밤은
종이 울리자 일찍 문을 잠근다
눈 소리에 귀 기울이면 등에서는 불꽃이 피고
붉은 종이로 오려 붙인 매화 무늬에선 향기 풍기느니

석 자의 거문고에 학을 곁들이고
한 칸의 달빛과 구름과 사는 나
우연히 육조(六朝)일 생각나
말하고자 고개 돌려도 안 보이는 사람이여!

朔風吹斷侵長夜 隔樹鍾聲獨閉門 青燈聞雪寒生火 紅帖剪梅香在文
三尺新琴伴以鶴 一間明月與之雲 偶然思得六朝事 欲說轉頭未見君

이 시에서도 추위와 님의 부재와 외로움은 전체적 배경이 된다.
그러나 전통적인 맑음의 상징들은 오히려 이러한 배경을 정적의 공
간으로 바꾸어 놓는다.

위의 시들은 전통적인 것들로서 비교적 비개인적인 것이지만, 얼
마간의 한시에서도 우리는 한용운의 개인적 사정에 대한 하소연을
듣기도 한다. 여기에서도 우리는 결연한 의지의 표현보다는 그 정
지를 느낀다.

1
흘러오니 남쪽 땅의 끝인데
앓다가 일어나니 어느덧 가을바람…
매양 천리길을 혼자 가다가
길 막히면 도리어 흐뭇하더군

2
초가을 병 핑계로 사람 안 만나고
하얀 귀밑머리 늙음이 물결치네.
꿈은 괴로운데 친구는 멀고
더더욱 찬비 오니 어쩌겠는가.

仙巖寺病後作二首
其一
客遊南地盡 病起秋風生 千里每孤往 窮途還有情
其二
初秋人謝病 蒼髮歲生波 夢苦人相遠 不堪寒雨多

"길 막히면, 도리어 흐뭇하더군." 이것은 얼마나 삼엄하지 않고 인간적인가.

예로부터 자연과 자연의 고요와 그 속에서의 인간의 고독과 안주는 인간의 삶의 구극적 모습에 대한 비유가 되어 왔다. 한용운에게도 이것은 마찬가지였다. 그의 한시의 상당수는 단순한 시라기보다는 그의 수도의 보조수단이었을 것이다. 이것은 위에 인용한 것과 같은 자연의 정이나 인간의 정을 그린 시들에서도 그렇지만, 보다 직접적으로 자연을 수도(修道)의 비유로 이야기한 시에서는 더욱 그렇다. 가령 〈양진암〉(養眞庵)과 같은 것은 그 대표적인 예이다.

깊기도 깊은 별유천지라
고요하여 집도 없는 듯.
꽃이 지는데 사람은 꿈 속 같고
옛 종을 석양이 비춘다.

深深別有地 寂寂若無家 花落人如夢 古鐘白日斜

여기의 묘사는 단순히 자연의 깊고 고요함을 이야기한 듯하지만, 동시에 그것은 이러한 깊음과 고요 속에서 사람이 짓는 집은 없는 것과 같고 자연의 영고성쇠(榮枯盛衰) 속에서 사람의 삶도 꽃이 지듯, 꿈이런듯, 덧없는 것이라는 것을 암시한다. 사람의 삶이 이렇다면, 그 가운데에서 오로지 빛나는 것은 경건한 신심(信心)을 불러일으키는 예로부터의 종(鐘)이 있을 뿐.

이와 같이 한용운에게는 투쟁적인 면만이 아니라 고요에 안주하려는 면도 있었다. 그의 일체유심의 의미는 한편으로는 의지에 의해서 어떠한 어려움도 극복할 수 있다는 행동주의에 있었고, 다른 편으로는 삶의 무상(無常)에 대한 직관과 그것을 넘어서는 무장무애 (無障無碍) 의 마음에의 귀의 (歸依) 에 있었다. 그리고 이 두 면은 서로 다른 것이 아니었다. 그의 행동주의는 구극적으로는 단순한 분격의 표현이 아니라 본래의 고요한 마음의 막힘없는 움직임이었다. 그의 이러한 행동과 정적 (靜寂) 의 삶은 천성과 시대적 환경 속에서 형성된 것이면서, 또 동시에 전통적인 수양 — 유교에서 이르고자 하였던 부동심 (不動心) 의 상태나 불교의 부동의 선정 (禪定) 의 상태를 향한 수양으로 하여 그 지속적인 기율을 얻은 것이었다.

어린 시절 한학을 공부한 그는 "나도 그 의인·걸사와 같은 훌륭한 사람이 되었으면…" (全集 I, p. 254) 하는 생각을 하며 집을 나섰다. 그는 험난한 개인적, 사회적 환경과의 투쟁에서 이 생각을 실현해갔다. 그런데 당초에 그에게 그러한 생각을 불러일으켰던 전통은 그것을 실현시키는 데 보조가 될 정신적 기율을 이미 가지고 있었다. 그는 그것에 의지할 수 있었던 것이다.   (1979)

예술가의 양심과 자유

김수영론

김수영(金洙暎)이 작고한 지 8년이 되었다. 그가 살아 있었더라면 그는 지금도 우리와 더불어 같은 시대를 살고, 같은 문제를 생각했을 동시대의 시인이었을 것이다. 그러나 그의 죽음은 그를 역사의 일부가 되게 한다. 물론 이것은 그가 이미 과거에 속하는 인물이 되었다는 뜻에서만은 아니다. 김수영이 역사의 일부가 되는 것은 그의 죽음 또는 그의 시인으로서, 산문가로서의 업적에 의한 것이기도 하지만, 이에 못지않게 적어도 우리의 어제를 생각하며 오늘을 이해하려는 노력에 그의 생애가 하나의 전형을 이루고, 또 그것을 통하여 우리 시대와 우리 시대에서의 예술가의 의미를 밝혀주기 때문이다. 김현 씨는 김수영시선 《거대한 뿌리》의 해설에서 "김수영의 시적 주제는 자유"라고 선언한 바 있지만, 우리는 우리 시대에서 자유의 이념이 예술가의 삶에 어떻게 관계되며 또 그것이 우리 개개의 삶에 어떠한 의미를 갖는가를 김수영의 생애와 저작에서 읽을 수 있다. 자유는 말할 것도 없이 정치적 이념이지만, 김수영은 그것이 삶의 근본적 있음에서 우러나오는 것이며, 예술적 충동이 삶의 근본적 진실에서 뗄 수 없는 한, 예술가는 그 양심과 생애와 저작을 통하여 자유를 요구하지 않을 수 없다고 말한다.

《퓨리턴의 초상(肖像)》에 실린 〈말리서사〉(茉莉書舍)에서 김수영은 그의 친구이면서 또 그가 "가장 경멸한 사람의 한 사람"이었던 박인환(朴寅煥)을 회고하면서 박인환에게 예술의 참뜻을 가르쳐 주었던 박일영(朴一英)의 이야기를 하고 있다. 박일영은 예술, 특히 전위예술을 깊이 이해하고 즐기는 사람이었으면서, 그의 이해를 명리(名利)의 밑천으로 이용할 것을 거부하고 끝끝내 무명의 간판장이로서의 생애에 안주할 수 있었던 예술의 도사(道士)와 같은 존재였다. 김수영에게는 이러한 "성인에 가까운 진정한 아웃사이더"야말로 예술가의 원형적인 모습을 보여주고 있는 사람이었다. 이 예술의 도사가 박인환 또는 김수영에게 가르쳤던 것은 "예술가의 양심과 세상의 허위"에 관한 교훈이었다. 그 교훈은 예술가에게 무엇보다도 귀중한 것이 그의 양심이고 그것은 어쩔 수 없이 세상의 허위에 대하여 맞서게 되고 예술가는 이 맞섬의 외로움에서 양심의 순결을 지켜나가야 된다는 것이었을 것이다. 김수영에게 박인환이 경멸의 대상이 된 것은 그가 이러한 예술가의 운명에 대한 교훈을 제대로 깨우치지 못했기 때문이었다. 박일영의 교훈이 옳은 것이든지 아니든지, 김수영 자신의 경우, 그는 일생 내내 박일영의 태도에 구현된 어떤 결백하고 엄격한 이상에 의하여 스스로의 생애를 저울질하려고 한 것은 틀림이 없다.

예술가의 양심이란 무엇인가? "예술가의 양심과 세상의 허위"라는 공식에 요약된 예술적 이상이, 속물의 세계로부터의 소외를 유일한 자랑으로 삼았던 서양의 보헤미아 예술가들의 고정관념에 이어져 있다는 추측은 있을 수 있는 일이다. 이들 보헤미아 예술가들의 의도적 또는 무의도적 소외는 속물의 세계에 대한 비난으로 작용할 수밖에 없는 것이지만, 다른 한편으로는 소외의 덕성으로 굳힌 그들의 예술가적 양심이 하나의 거짓 포즈가 되고 자기 위안의 수단이 될 가능성이 있는 것도 사실이다. 김수영에게도 이러한 면이 전혀 없는 것은 아니다. 〈구름의 파수병〉에서

> 일방 두 간과 마루 한 간과 부엌과 애처로운 처를 거느리고
> 외양만이라도 남과 같이 살아간다는 것이 이다지도 쑥스러울 수 있
> 을까

라고 하면서 자신의 평범한 생활을 이야기하고, 이어

> 詩를 배반하고 사는 마음이여
> 자기의 裸體를 더듬어보고
> 살펴볼 수 없는 詩人처럼
> 비참한 사람이 또 어디 있을까

하고 시인의 고독을 그리워할 때, 또는 〈바뀌어진 지평선〉에서 비록 이 시의 전체적인 뜻은 〈구름의 파수병〉에서와는 달리 시가 낮은 현실, 일상의 지평으로 내려와야 한다는 것이지만, 여전히

> 뮤즈여
> 용서하라
> 생활을 하여나가기 위하여는
> 요만한 輕薄性이 필요하단다

라고 말하며 생활이 그로 하여금 허위의 세상 속으로 섞여들어 가지 않을 수 없게 함을 변명할 때, 우리는 그의 변명의 어조에서 세기말

의 심미주의자가 보여주었던 고고(孤高)의 포즈를 엿볼 수 있다.

그러나 김수영이 처음에 어떠한 시인적 자만심을 가졌든지 간에 그의 마지막 예술가적 양심이 사치스러운 포즈가 아니었던 것은 틀림이 없다. 그가 '예술가의 양심'이라고 부른 것은 오히려 예술가의 태도나 이념으로 굳어지기 이전의 어떤 고집 같은 데에서 그 원형을 볼 수 있다. 김수영에게서 발견되는 이 고집의 결정은 단순한 자기주장, 아집에 불과할 수도 있지만 무엇인가 엄격하고 진실된 것을 향한 고행자적 감각으로 많은 다른 예술가에서도 발견되는 것이다. 예술 창작의 고통스러운 모색 가운데에서 쾌재를 부르게 하고 작품의 최종적 형태에 동의하게 하는 것, 또는 어떤 사건이나 상황에 거의 본능적으로 동의하게 하는 것, 또는 이 모든 것을 거부하게 하는 것, 이러한 것이 전부 '예술가의 양심'이라고 불리는 것의 한 속성이 아닌지 모른다. 하여튼 김수영의 고집은 사실에 철(徹)하고자 하는 노력 또는 그의 감정과 표현을 사실에 정확히 맞게 하고자 하는 노력에서 나오는 것이었던 것처럼 보인다. 방금 말하였듯이 〈바뀌어진 지평선〉에서 김수영이 말하고자 하였던 것은 시가 현실로 돌아와야 한다는 것, 또 한 걸음 나아가 "타락한 오늘을 위하여서는/ 내가 '오늘'보다 더 깊이 떨어져야 할 것"이라는 것이었다.

이런 점에서 가령, 《詩여, 침을 뱉어라》에 실린 일기에 기록된 몇 가지 삽화는 그의 생애를 통하여 줄곧 나타나는 한 행동 내지 감정양식의 한 조짐으로서 매우 흥미 있게 생각된다. 1954년 11월 25일자의 일기를 보면, 이런 대목이 있다. 그는 그날 취직 알선에 관계되는 사람을 다방에서 만나게 된다. 다방에서 이 사람을 기다리다가 그는 들어오는 사람을 맞아 차를 권한다. 그러면서 그는 이것이 "내가 약한 징조가 아닌가 하고 자문하여" 보았다는 것이다. 또 11월 27일자의 일기에서도 우리는 이와 비슷한 자기 성찰을 발견한다. 그것은 어머니와의 대화로서 기록되어 있다.

"내달부터 신문사 일을 보게 되었습니다."

구두끈을 매면서 나는 어머니한테 이렇게 이야기할 수밖에 없었다. 이것은 밤낮 나의 약한 성격이 시키는 일로서, 언제나 상대편에 지고 들어가는 치욕의 언사라는 것을 의식하고 있기 때문에 그렇게 기분 좋은 감을 주지 않는 것이었다마는 내가 이렇게 하는 말에 어머니는 "무엇으로 들어가니?"하고 선뜻 물어본다. 이러한 물어봄도 필요 없는 일이거니 느끼면서, 나의 증오감은 이중으로 되고, 그래도 여전히 대답을 한다.

"번역두 하구, 머어 별 것 다아 하지요, 내가 못하는 일이 있나요!"

참패의 극치. 인제는 완전히 내 자신을 버리고 들어가는 것이라 알면서 어머니의 다음 말이 나올 것을 기다린다. …

위에서 본 바와 같은 삽화에서 김수영이 드러내고 있는 혐오의 감정은 몇 가지 원인에서 오는 것으로 추측해 볼 수 있다. 말할 것도 없이 그에게는 구직 그 자체가 싫은 것이었을 것이다. 머리를 굽히고 들어가는 것도 못마땅한 것이었겠지만 보다 근본적으로는 "번역두 하구, 머어 별 것 다 하는 일", 그가 가지고 있던 시인의 사명에 대한 높은 인식에 비추어 볼 때 자기 평가절하를 요구하는 소외노동일 수밖에 없는 일을 구하여 나선다는 것이 탐탁할 수가 없었을 것이다. 다시 말하여, 그의 시인의 입장에 대한 비현실적으로 높은 인식은 그를 직장의 세계로부터 소외시켰다고 할 수도 있고, 또는 그의 시인으로서의 의식은 ─ 그것이 비현실적으로 높든지 안 높든지 간에 ─ 직장의 세계의 소외현실을 보게 했다고 할 수 있다. 그런데 위의 삽화들에서 사실 더 이해하기 힘든 것은 그의 친구나 어머니에 대한 감정이다. 그는 차를 권한다든지 또는 어머니에게 취직의 사실을 알린다든지 하는 일에 대하여 이상한 혐오감을 나타내고 있다. 이것은 아마 추측건대, 감정의 정확성을 기하려는 노력에서 나오는 것이 아닌가 한다. 친구나 어머니에게 위로가 되는 말을 마땅치 않아 하는 것은 사실에 어긋나는 감정의 소비를 피하려는 때문일 것이다. 친구와 어머니에 대한 겉치레의 말을 한다는 것은 그가 소외의 직업에 대하여 가지고 있는 관계를 왜곡하는 것이다.

이러한 감정의 절약은 부자연스러운 것으로 보인다. 그러나 김수영에게 관습적인 감정으로부터 스스로를 해방시키는 것은 가장 중요한 일 중의 하나였던 것으로 생각된다. 우리는 1965년과 1966년의 〈잔인의 초〉와 〈엔카운터지(誌)〉에서도 그가 평범한 생활의 호의의 감정에서 스스로를 해방하는 실험을 계속하고 있는 것을 보게 된다. 〈잔인의 초〉에서는 '시작 노트'에서 설명하듯이 국민학교 6학년짜리 이웃집 아이에게 상냥한 인사말을 안 하는 실험을 하고 〈엔카운터지〉에서는 당연히 잡지를 빌려 줄 것으로 기대하는 사람에게 잡지대여를 거부하는 연습을 하는 이야기를 적고 있다.

이러한 괴기한 실험들은 김수영 자신에게 자아의 의지를 단련하는 한 방법이었을 것이다(물론 의식의 면에서 확인할 수 있는 의도 외에 다른 심부 심리적 의미가 있을 수 있을 것이다). 그러나 이것은 단순히 개인적 의미만을 갖는 것은 아니다. 어떻게 보면 사실과 감정의 바른 대응관계에 대한 관심은 시가 문화의 역학에 기여하는 기본적 추축(樞軸)이라고 할 수 있다. 문화의 건전성은 사실의 세계와 감정의 세계와의 정합(整合)관계의 유지에 의존한다(헤겔은 기독교를 논하면서 기독교 근본문제의 하나를 그것이 생활의 실상에서 떨어진 도덕적 감정을 인위적으로 처방함으로써 위선을 불러들이고 행동인으로서의 전인격적 인간의 자기분열을 가져오게 하는 데 있다고 지적한 바 있다).

김수영에게 시인의 양심은 사실과 감정의 정합을 기하는, 말하자면 데카르트의 비판적 회의의 기능을 수행한다고 할 수 있다. 이때 시인의 양심의 근거가 되는 것은 무엇인가? 일단은 데카르트가 스스로의 명증성(明證性)을 믿을 수밖에 없었듯이 시인도 스스로의 양심의 명증성을 하나의 구극적 요청으로 설정할 수밖에 없는 것인지 모른다. 어떤 사람은 양심의 자기 기만성을 우려하는 수도 있겠지만, 김수영에게서 예술가적 양심이 어떤 적극적 원리, 따라서 어떤 초월적 독단의 원리, 따라서 폭력적 원리가 아니라 주로 소크라테스의 다이몬이나 마찬가지로 금지의 원리, 부정의 원리라는 점은 이런 우려를 감소시켜 줄 수 있다. 그는 어떤 원리를 부과하려는 것이 아니라 정당화되지 않는 질서에 봉사하기를 거부하려는 것이다. 이러한 거부 없이는 예술가의 자아는 말살되어, 그가 〈말〉에서 밝히고 있듯이

　　　돈을 벌고 싸우고 오늘부터의 할일을 하지만
　　　내 생명은 이미 맡기어진 생명
　　　나의 秩序는 죽음의 秩序
　　　온 세상이 죽음의 價値로 변해버렸다

고 설명될 수밖에 없는 상태가 된다. 그리고 위에서도 말했듯이 시인의 이러한 개인적 양심은 중요한 문화적 기능을 갖는 것이다.

　　김수영에게 양심의 절대적 명증성은 그로 하여금 모든 관습적 감정을 배격하게 한다. 우리는 위에서 그가 어머니와 친구에 대한 관습적 감정을 거부하는 것을 보았다. 관습적 감정은 소외와 인간의 평가절하의 수락을 강요한다. 왜냐하면 많은 경우 사회는 우리의 심리적 약점을 통하여 그 속박의 손을 뻗치기 때문이다. 〈하 …그림자가 없다〉에서 그가 이야기하듯이 적(敵)은 많은 경우 그림자도

없고 늠름하지도 않고, 또 〈적〉에서 이야기하듯이 그것은 "정체 없
는 놈"으로 "더운 날"의 "해면"(海綿)과 같고 "나의 양심과 독기를 빨
아먹는 문어발" 같은 것이다. 김수영으로는 이러한 적 가운데, 그의
어머니, 친구 아니면 어머니나 친구에 대한 감정도 포함되는 것이
었다. 그는 나이가 들어감에 따라 여기에 그의 아내와 자식들과 일
도 포함시켰다. 그리하여 그는 "나는 자본주의보다도 처와 출판업
자가 더욱 싫다"(〈시작 노트〉)라고도 하고, 또는 "나는 마비되어 있
는 것이 아닌가. 이 극장에, 이 거리에, 저 자동차에, 저 텔레비전
에, 이 내 아내에, 이 내 아들놈에, 이 안락에, 이 무사에, 이 타협
에, 이 체념에 마비되어 있는 것이 아닌가. 마비되어 있지 않다는
자신에 마비되어 있는 것이 아닌가"(〈三冬有感〉)하고 자신에 가까
이 있는 일체의 것, 또 자신에 대하여 회의의 눈길을 돌렸다.

　김수영이 감정의 명증성을 다른 사람이나 사물과의 관계에서만
요구한 것이 아니라 무엇보다도 자기인식에서도 그것을 요구한 것
은 위의 예들에서 분명히 알 수가 있다. 그는 사실 다른 사람이나
사물에 대한 스스로의 감정을 의심하면서 스스로를 의심했다. 또
이것이 병적인 자의식의 소산만은 아니었다〔사실 김수영의 자의식,
자기 착반은 이상(李箱)의 그것에 통하는 바가 있다〕. 우리 자신의 감
정 자체도 응고하여 〈적〉의 이용물이 될 수 있는 것이다("또 나는
흥분하고 말았다. 흥분도 상품이 되는 경우가 있다. 이것도 사기다." ―
그는 〈反詩論〉에서 이렇게 쓴 바 있다).

　감정의 자기기만(自己欺瞞)을 벗어나는 데 가장 중요한 것 중의
하나는 따라서 자신의 감정적 결백성 또는 이러한 결백성에 대한
요구가 사실에서의 결백을 보장하지 않는다는 사실을 아는 것이다.
많은 사람들은 스스로의 세상의 거짓에 대한 인식이 그로 하여금
그 허위의 질서에서 벗어나게 한다는 착각을 갖는다. 아니면 적어

도 감상과 자기 연민(自己憐憫)을 통하여 스스로에 대하여 변명을 마련한다. 김수영의 경우에도 그의 50년대 시에서 많은 자기연민의 예를 발견하지만(가령 〈달나라의 장난〉, 〈방 안에서 익어가는 설움〉) 이것은 60년대 시에 와서는 극복되어 있다. 아마 김수영의 후기시의 가장 큰 특징은 너무나 명증하게 사실적이기 때문에 시를 난해하게 하는 냉철한 자기이해, 냉철한 사회이해이다. 〈도적〉에서 그는 그의 집에 침입해온 도적에 못지않게 그의 아내가 도적이라는 것, 또 한술 더 떠서 도적 마음을 일으키는 자신도 도적이라는 것을 아무런 감정적 얼크러짐이 없이 그리고 있다. 〈식모〉의 난해함은 그 가차 없는 리얼리즘에서 오는 것일 것이다.

그녀는 盜癖이 발견되었을 때 완성된다.
그녀뿐이 아니라
나뿐이 아니라 賤役에 찌들린
나뿐만이 아니라
여편네뿐이 아니라 안달을 부리는
여편네뿐만이 아니라
우리들의 새끼들까지도
아무것도 모르는 우리들의 새끼들까지도

그녀가 온 지 두 달 만에 우리들은 처음으로 완성되었다.
처음으로 처음으로

이 시에 들어 있는 것은 사회와 인간에 대한 일정한 결정론적 인식이다. 주어진 여건 속에서 모든 사람은 주어진 상투적 역할에 맞아 들어갈 뿐이다. 식모와 주인의 불평등 관계 속에서 식모는 도벽(盜癖)을 갖게 마련이며, 주인은 비록 김수영만치 진보적이며 평등적인 사회관을 갖는 사람일지라도 이 식모를 도벽가진 식모로서만 대하게 된다. 이것은 또 사회의 천역(賤役)을 맡은 김수영 자신에게도 그대로 해당되는 인간관계의 유형인 것이다.

김수영은 이러한 냉혹한 인식에서 도착적 쾌감을 느낀 듯하다. 이것은 그 자신에 대한 것이라기보다는 한국의 문화전통에 대한 것이지만 '거대한 뿌리'의 놀라운 리얼리즘을 가능하게 하는 것도 이러한 냉철한 자기 성찰의 눈일 것이다. 이 시의 핵심이 되어 있는 것은 그가 직시하는 "더러운 전통", "더러운 역사"이면서 또 있는 그대로의 그것을 아무런 감정적인 진통제 없이 받아들이는 행위이다. 그의 시 가운데 가장 단정한 시의 하나인 〈의자가 많아서 걸린다〉에서 의자와 테이블과 미제(美製) 자기 스탠드와 피아노와 '노리다케' 반상 세트와 이런 것들로 점점 부르주아의 안락을 확보해 가는 그의 집의 '형식화·격식화'에 비판적이고 자조적인 성찰을 시도하면서 동시에 그의 집의 '난삽한 집'으로의 변모를 기꺼이 이루어지는 것이라고 말하는 것도 그의 결연한 정직에서 나오는 것이다.

위에서도 본 바와 같이, 김수영이 기하고자 했던 감정의 엄격성은 그 구극적 의미를 감정의 뒤에 감추어진 사실의 세계를 바르게 파악하고 또 나아가 그것을 바로 잡는 데에서 얻는다. 김수영이 감정의 연화(軟化)를 경계한 것은 그것이 사태 자체의 이해를 왜곡시키기 때문이었다. 그가 감정의 정밀성을 통하여 문제 삼은 것은 근본적으로는 그의 비판적 양심에 비추어 정당화하지 않는 일체의 문화적 사회적 우상(偶像)이었다. 그러나 이렇게 말하는 것은 그가 그의 감정까지 포함하여 모든 것을 새로이 문제 삼고자 했기 때문이지만, 사실 김수영이 어떤 사실들을 보다 구체적으로 검토의 대상으로 했는지는 분명치 않다. 아마 시대는 김수영에게 사회적인 여러 우상들을 근본적으로 검토할 자유를 허용하지 아니하였을 것이다. 그것보다 먼저 김수영에게는 모든 우상을 새로이 검토할 수 있는 권리와 자유 자체를 획득하는 것이 우선적 과제로 생각되었을 것이다. 아니면 어떠한 사회적 목적에서보다 그가 생각하는 예술적 양심의 절대성에 비추어 그는 거기에 제약을 가하는 어떤 외부적 권위도 인정할 수 없었던 까닭에 그에게 자유는 하나의 철학적 필연으로서 요구되는 것이었는지도 모른다.

하여튼 그의 산문들은 아마 우리 근대의 산문 가운데서 하나의 빌려온 이상으로서가 아니라 자신의 삶의 내면의 깊이에서 나오는 절실한 요구로서 자유를 이야기한 가장 웅변적인 문헌이 된다고 할 것이다. 그에게 자유에 대한 요청은 추호도 타협할 수 없는 절대성을 띠는 것이었다. 특히 예술에 있어서 그러했다. 그는 〈창작자유의 조건〉에서 예술자유의 문제를 말하면서,

시를 쓰는 사람, 문학을 하는 사람의 처지로서는 '이만하면'이란 말은 있을 수 없다. 적어도 언론자유에서는 '이만하면'이란 중간사는 도저히 있을 수 없다. 그들에게는 언론자유가 있느냐 없느냐의 둘 중의 하나가 있을 뿐, '이만하면 언론자유가 있다고' 본다는 것은 쉽게 말하면 그 자신이 시인도 문학자도 아니라는 말밖에 안 된다.

고 선언한다. 또 〈지식인의 사회참여〉에서도 "문화와 예술의 자유의 원칙을 인정한다면 학문이나 작품의 독립성은 여하한 권력의 심판에도 굴할 수 없고 굴해서는 안 되는 것"이라고 말한다. 물론 예술의 이러한 절대적 자유의 요구가 현실에서 또 정치의 제약 속에서 구체화되기 어려운 것이라는 사실을 그가 모르는 것은 아니었다. 그가 "시인이 사랑하는 것은 '불가능'"(〈시의 뉴프론티어〉)이라고 말한 것은 이러한 사정을 생각했기 때문이었을 것이다. 그럼에도 그에게 예술가로서의 의무의 하나는 이 불가능의 자유를 끊임없

이 추구하는 것이었다. 시인은 모든 금기(禁忌)를 깨뜨리려 하고 또 금기에 대하여 은근한 인력을 느낀다.

김수영에게 우리 사회에서 가장 분명한 금기 중의 하나는 남북 분단의 문제였다. 그가 이러한 금기사항이 존재한다는 것 자체에 얼마나 강박적 저항감을 느꼈는지는 그의 여러 암시적 행동이나 발언에 나타난다. 그는 4·19 이후에는 술에 취하여 파출소에 가서 자기가 공산주의자라고 들이대어야 할 필요를 느꼈고, "글을 쓸 때면 무슨 38선같이 선이 눈앞을 알찐"거림을 느끼고 "이 선을 넘어서야만 순결을 이행할 것 같은 강박관념"을 가졌고, 또 이것을 못하는 한 "무슨 소리를 해도 반토막 소리밖에는 못하고 있다는 강박관념"(〈히프레스 문학론〉)을 느꼈었다. 이러한 강박관념에 어느 정도의 정치적 의미를 인정하여야 할지는 알 수 없는 노릇이나, 아마 그가 "모든 시인이란 선천적 혁명가"(〈시의 뉴프론티어〉)라고 하고 또 "모든 전위문학은 불온하다. 그리고 모든 살아 있는 문화는 불온한 것이다"(〈실험적 문화와 정치적 자유〉)라고 말할 때처럼, 그의 금기철폐의 주장은 정치적 테제보다는 철학적 당위의 진술이었는지도 모른다.

그리고 그의 금기에 대하여 느끼는 매력은 예술가의 도착(倒錯) 취미 또는 에드거 앨런 포가 '도착의 도깨비'(The imp of perversity)라고 부른 요인의 작용에서 일어나는 것인지도 모른다. 그러나 그렇다고 해서 이것이 현실에 관계되지 않는다는 것은 아니다. 예술가의 기능은 바로 이러한 도착을 통하여 현실의 숨은 진실을 꿰뚫어 보는 데 있다고 할 수도 있다. 다만 우리가 지적할 수 있는 것은 철학적, 형이상학적 요구로서의 자유가 현실에 대하여 갖는 관계는 직접적이라기보다는 변증법적이며, 이 변증법적 과정이 최후의 화해에 이르지 않는 한 예술가는 정치의 무자비 속에 고통스러울 수밖에 없다는 점이다.

김수영이 그의 끈질긴 관심에도 불구하고 현실적으로 자유를 얻기 어려웠고 또 이것을 그의 시의 내용으로 구체화시키지 못하였다고 하더라도 적어도 그의 시의 이론과 시의 실천에서는 어느 정도의 자유를 획득한 것으로 볼 수 있다.

　그의 시의 이론도 예술가의 양심의 결백성에 대한 신념에서 나온다. 그는 시에서도 무엇보다 거짓을 미워했다. 그중에도 특히 미워했던 것은 감정이나 태도의 거짓 꾸밈이었다. 그의 월평이나 시평에서 가장 빈번히 공격이 되는 것은 안으로의 진실을 그대로 노출시키는 것이 아닌, 일체의 가식적인 포즈였다. 몇 번의 논쟁으로 발전한 전봉건(全鳳健) 평에서 그가 공격한 것은 사기성을 띤 포즈라고 생각되는 점이었다. 박인환(朴寅煥)을 경멸한 것도 그가 시의 외적 장식만을 알았지 정직성을 배우지 못했다는 이유에서였다. "그는(인환은) 그에게서(박일영에게서) 시를 얻지 않고 코스춤만 얻었다"(〈茉莉書舍〉)고 했다. 이것은 박인환의 '목마', '숙녀', '원정'(園丁), '베고니아', '아뽀롱' 같은 시어들에서도 드러나는 것이었다.

　그러나 김수영은 사실상 이러한 외면상의 거짓만을 경멸한 것이 아니었다. 그의 시적 정직을 향한 치열하고 금욕적인 충동은 훨씬 더 근본적인 것이었다. 그에게는 일체의 정립된 언어, 고정된 언어는 부정직한 것이었다. 그러나 시는 또 대부분의 예술은 어떤 태도, 어조, 감정, 스타일 등의 선택적 구성으로 성립한다고 할 수 있다. 이것은 불가피하게 삶의 전면성과 유동성으로부터의 추상을 요구하고 따라서 경험적 정직성의 포기를 요구한다. 김수영은 예술이 불가피하게 가지고 있는 이러한 형식화, 곧 그의 관점으로 자기 기만성을 깨뜨리고자 했던 것 같다. 그는 쉬페르비엘을 논하는 자리에서 쉬페르비엘이 자기의 소재를 말하자면, 관객적 입장에서 시각적으로 전개시키는 것을 탓하고 이것을 그의 연극성에 돌리면서 이로 인하여 그가 속된 시인이 되는 것이라는 취지의 말을 하고 있다. 정직한 시는 그의 생각으로는 "죽어가는 자기를 바라볼 수 있는 자기가 아니라 죽어가는 자 ─ 그 죽음의 실천"(⟨새로움의 모색⟩)을 목표로 하는 것이어야 했다. 또는 그는 미국의 시인 비어렉을 이야기하면서도 비슷한 흠을 찾고 더 나아가 연극과 아울러 구상(具象)을 위한 시적 조작까지도 일종의 거짓에 속한다고 하고 그가 원하는 시는 추상의 정직성 내지 단도직입성(單刀直入性)을 추구하는 시라는 뜻의 말을 하고 있다.

또 ⟨잔인의 초(抄)⟩를 설명하는 '시작 노트'에서는 논리적 사실적 구성의 노력까지도 허위에 떨어진다고 다음과 같이 말하고 있다. 그는 이 시를 쓸 때에

> …'생명'과 '죽어라'를 대치시키려는 내심이 있었다. 이 작품의 리얼리즘의 빽본을 삼으려는 음흉한 내심이 있었다. 내가 싫은 것은 이것이다. 이 공리성이 싫다. 그런데 풋내기 평론가들과 나의 적들은, 사실은 나를 보고 이 공리성이 모자란다고 탓하고 있는 것이다.

그는 이와 같이 연극적 전략, 구상성, 사실과 논리의 구성적 전개, 이러한 것 일체를 거부하고자 한다. 그렇다면 그가 지향하는 시는 어떤 것인가? 그에게 시는 새로움이며 자유였다. 다시 말하여, 그것은 "새로운 언어의 작용을 통하여 자유를 행사"하는 것이어야 한다(⟨생활현실과 시⟩). 그렇게 하기 위하여 시인은 모든 기존 사실과 고정 관념에서 벗어나야 한다. "기정사실은 그의 적이다. 기정사실의 정리도 그의 적이다"(⟨시인의 정신은 미지⟩). 그러니까 그의 정신은 늘 미지의 것에의 도약이다. 그러나 이 미지에의 도약은 밖에 있는 기존의 것만이 아니라 시인 자신, 시인 자신의 언어를 끊임없이 넘어섬으로써 가능하다. 또는 그래도 불가능하다. "시인은

밤낮 달아나고 있어야"하는 것이지만, 그의 운명은 그 자신과 자신의 진실을 배반하는 것이다

> 시인은 영원한 배반자다. 寸秒의 배반자다. 그 자신을 배반하고, 그 자신을 배반한 그 자신을 배반하고, 그 자신을 배반한 그 자신을 배반한 그 자신을 배반하고 ….　　　— 〈시인의 정신은 미지〉

이렇게 밖으로 안으로 모든 기존의 사실로부터 도망가고자 하는 시의 언어 — 이것이 김수영의 시의 언어의 한 이상이었다. 그는 구극적으로는 시를 하나의 움직임, 하나의 행동, 언어행위 자체만으로 "언어와 나 사이에는 한 치의 틈사리도 없는"(〈시작 노트〉) 순수한 현장성, 순수한 에네르기아(energia)로 만들고자 했다.

이렇게 이야기하면 김수영이 목표하였던 것은 자동기술(自動記述)을 겨냥한 초현실주의, 사물의 직접적 현장성을 강조하는 즉물주의, 창작행위 자체에 창조의 방향을 전적으로 위임하는 어떤 종류의 행동주의 예술이었던 것처럼 보인다. 그러나 아마 김수영이 원하였던 것은 시작(詩作)행위 속에 의식을 포기하는 것이 아니라 그 속에서 완전한 의식에 이르고자 했던 점에서 피상적으로 이해된 이런 유파와 다르다고 할 수 있다. 결국 행동으로서의 그의 시의 언어가 갖는 이상은 완전히 정직한 언어에 이르고자 하는 그의 예술가적 양심과 별개의 것이 아니었다. 그의 자유로운 언어는 사실이나 감정에서 완전히 정직한 언어이고 그러한 언어는 비판적인 언어였다. 이 비판은 자기비판을 포함하여 언어행위 자체가 가지고 있는 허위성에 대한 끊임없는 경계를 요구하는 것이다. 따라서 이러한 언어는 언어행위 한가운데에 스스로의 행위를 살피고 있기 때문에 스스로에 밀착되어 있으며 빠른 속도로 스스로를 앞지르려는 언어가 된다. 말하자면 비판적 각성이 언어의 자기 몰입과 속도를 만

들어 내는 것이다. 이러한 비판적이면서 자기몰입적인 시창작 과정은 그의 '시작 노트' 특히 〈잔인의 초(抄)〉에 관한 노트에 잘 나타나 있다. 이 노트에서 우리가 분명하게 알 수 있는 것은 그의 몇 겹으로 꼬이는 자기반성적 시작과정이 시작과정 가운데 자신의 전(全) 상황에 대한 완전한 의식을 포착하려는 데에서 온다는 점이다.

위에서도 말한 바와 같이 이러한 전면적 언어는 경험과 의식의 일정한 관점에서의 절단과 전개로 생각될 수 있는 시 자체를 부정하는 결과를 가져온다. 이것은 김수영 자신도 알고 있었다. 그는 제대로 시를 쓰려면 시를 쓴다는 의식을 버려야 하며 시를 싫어하고 또 시에 절망하여야 한다고 말하였다(〈시작 노트〉). 또 그는 그가 시에서 목표하는 것은 침묵이며(〈시작 노트〉) 또는 "모든 시의 미학은 무의미"(〈변한 것과 변하지 않은 것〉)라고도 말했다. 이러한 시론이 어떤 의미를 갖든지 간에 독자의 입장에서 볼 때, 김수영의 시에서 발견되는 기묘한 진술의 불완전감 또는 난해성이 이러한 반(反)시론에 관계된 것은 틀림이 없다. 그러나 다른 한편으로는 김수영 시의 독특한 결연하고 단단한 효과도 여기에 기인한다고 할 수 있다. 대부분의 우리 시가, 그것이 서정시든 정치시든 그 시적 효과를 감정의 고양 또는 감정이입을 통하여 얻는 것이 사실이라면 김수영의 시가 보여주는 것은 반드시 의미나 논리로 해소되는 것이 아닌 어떤 의식의 명증성이다. 그것은 우리를 평상적 의미나 감정에서 떼어 놓는 조작을 통해서 새로운 의식의 모험을 요구하는, 말하자면 브레히트의 소외효과(*Verfremdungseffekte*) 같은 것을 낳는다.

우리는 여기에서 참여시인으로서의 김수영의 입장을 생각해 볼 필요가 있다. 왜냐하면 지금까지 살펴본 김수영의 시 이론으로는 그는 정치적 입장에 대하여서 대척적 자리에 서 있는 전위예술주의자로 보일 수 있기 때문이다. 말할 것도 없이 김수영은 가장 날카로운 정치적 감각을 가졌던 시인 중의 하나이다. 다만 그의 경우에 우리가 보는 것은 예술에서의 전위의식과 정치의식이 마주치는 점이다. 김수영은 이 접합점에 성립하는 의식을 다음과 같이 역설적으로 요약하였다.

"시는 문화를 염두에 두지 않고, 민족을 염두에 두지 않고, 인류를 염두에 두지 않는다. 그러면서도 그것은 문화와 민족과 인류에 공헌하고 평화에 공헌한다." 　　　　　　　　　　(〈시여, 침을 뱉어라〉)

이 발언의 첫 부분은 그의 시작(詩作) 과정에 대한 이해에서 저절로 유도되어 나온다. 시가, 그의 말대로 전적으로 새롭고 자유로운 것이며, 어떠한 기존의 것에도 매일 수 없는 것이라면, 그것은 이미 설정된 문화적 정치이념에 매일 수 없는 것이다. 그렇다면, 위의 발언의 후반부에서 이야기되듯이 시가 어떻게 근본적으로 목적적이고 공리적으로 이해될 수밖에 없는 민족의 문화적, 정치적 발전에 기여할 수 있는가? 김수영에게 예술의 자립성과 정치의 공리성의 문제는 유추에 의하여서 해결되었던 것으로 생각된다.

위에서 본 바와 같이 시는 자유이며 행동이다. 그는 이것이 저절로 정치에서의 자유와 행동에의 요구로 넘쳐나는 것으로 생각하였던 것 같다. 그가 시를 구극적으로 행동이라고 이야기할 때, 우리는 종종 그것이 시작과정을 이야기하는 것인지, 아니면 정치적 행동주의를 이야기하는 것인지 알기 어려울 때가 많다. 가령 '시작 노트'에서 다음과 같은 구절을 보자.

詩, 아아 행동에의 계시(啓示), 문갑을 닫을 때 뚜껑이 들어맞는 딸각소리가 그대가 만드는 시 속에 들렸다면 그 작품은 급제한 것이라는 의미의 말을 나는 어느 해외 사화집에서 읽은 일이 있는데, 나의 딸각소리는 역시 행동에의 계시다. 들어맞지 않던 행동의 열쇠가 열릴 때 나의 시는 완료되고 나의 시가 끝나는 순간은 행동의 계시를 완료한 순간이다. 이와 같은 나의 전진은 세계사의 전진과 보조를 같이한다. 내가 움직일 때 세계는 같이 움직인다. 이 얼마나 큰 영광이며 희열 이상의 광희(狂喜)냐!

그러면 이러한 관점에서, 시 = 행동 = 역사, 이러한 병치는 완전한 일치관계를 말하는가? 또는 비유적 관계를 말하는가? 예술과 정치의 관계에 대한 김수영의 견해를 생각할 때, 적어도 예술 경험의 구극적 진리가 자유로운 행동 또는 행동적 자유라면 그러한 진리 속에 있는 예술가가 같은 진리의 실현을 정치에서도 요구하리라는 것은 짐작할 수 있다. 또는 보다 직접적으로 우리는 김수영의 견해로는 시나 정치는 다 같이 동일한 생명 충동의 표현으로서 생존의 완전한 현존적 실현, 곧 에네르기아를 향한 움직임이었다고 말할 수도 있다.

이렇게 원천적인 동일을 상정한다면, 우리는 구태여 정치적인 시가 정치이념에 매인 형태를 취할 것을 생각할 필요가 없다. 시가 나타내는 방식은 곧 그대로 정치의 움직임과 같은 것이다. 김수영이 조금 더 "투박한 민족주의자"(〈변한 것과 변하지 않은 것〉)에 대하여 예술의 독립성을 옹호하고 나선 것은 이러한 생각에 근거한 것이다. 그에게는 그의 구분을 빌려, "언어의 서술"이나 마찬가지로 "언어의 작용"이 중요했다(〈생활현실과 시〉). 어쩌면 언어작용이 더 중요했을지도 모른다. 왜냐하면 그의 시론으로는 이 작용 속에서 전면적인 의식이 이루어지고 또 그의 행동적인 구현이 이루어지기 때문이다.

시의 행동과 정치행동이 일치한다는 역설은 다시 말하여, 결국 시에 철저한 것이 정치에 철저하다는 말이 되는데, 이러한 생각은 그로 하여금 시의 소재의 선택에서도 어떤 독자적 견해를 갖게 했던 것으로 보인다. 즉, 논리적으로 볼 때 각자의 시적 활동이 곧 사회적 활동이고 사회적 활동이 곧 시적 활동이라면, 작자의 현실은 곧 사회의 현실일 수 있는 것이다. 따라서 김수영은 작가가 정직하게 자기의 삶을 이야기하는 데 대하여 관대하였다. 물론 그가 대중의 편에서 대중의 현실을 이야기하는 작가의 도덕적 우위를 인정하지 않은 것은 아니었다. 다만 그는 그것을 안으로부터, 말하자면 자기의 현실에 충실하는 것이 곧 대중적 현실이 될 수 있는 입장에서 이야기할 수 있어야 한다고 생각하였다. 즉, 작가는 "바라보는 … 군중"이 아니라 "작가의 안에 살고 있는 군중"을 이야기하여야 한다. 이것은 다만 감정적 일치를 이야기하는 것이 아니다. 이러한 일치는 김수영이 요구하는 전면 진실의 태도, 포즈 거부의 기준에 어긋나는 것이다.

그러면 "작가 안에 살고 있는 군중"을 이야기한다는 것은 무엇을 말하는가? 아마 김수영이 생각하였던 것은 시인이 민중적 정치의식을 완전히 내면화해서 그것이 대상적 의식이기를 그친 상태였다고 할 수 있다. 그러나 이러한 명제는 쉽게 설명할 수 없는 과제이고 우리는 다만 김수영의 의도를 그 자신의 예에서 추측할 도리밖에 없다. 가령 〈반시론〉(反詩論)에는 농사일을 이야기하는 대목이 있는데, 그는 여기에서 그가 농업노동의 기쁨과 의미를 잘 알 수 있는 것은 그가 소시민적 지식인이기 때문에 또 소시민의 지식인으로 그것을 성(性)이 주는 쾌락과의 관계에서 볼 수 있기 때문이라고 말하고 있다. 가령 보다 적절한 예를 들어 노동자는 '노동자적'이려고 애쓸 필요가 없다. 그가 그의 삶에 충실하게 사는 경우 무엇을 하든지 그는 이미 노동자적이다. 하여튼 그는, "실험적 문학은 필연적으로는 완전한 세계의 구현을 목표로 하는 진보의 편에 서지 않을 수 없게 된"(〈실험적 문학과 정치적 자유〉)다는 것을 신념으로 삼으면서 동시에 누구에게나 그 자신에 정직하고 그 자신을 부끄럽게 생각하지 말도록 요구했다고 할 것이다.

다시 한 번 김수영의 참여이론의 근본으로 돌아가서 참으로 예술과 정치는 비유적 관계라는 매우 가냘프고 간접적인 관계에 서 있는가? 여기서 아마 문제 삼아야 할 것은 비유라는 말보다도 비유는 가냘프고 간접적이라는 선입견일 것이다. 구극적으로 따져 볼 때 비유관계야말로 참으로 강력한 관계라고 볼 수도 있다. 사람과 사람, 한 송이의 꽃과 또 한 송이의 꽃, 하나의 현상과 다른 현상―이것들이 서로 비유관계에 있게 되는 것은 이 모든 것이 하나의 창조력의 표현이 될 때이다. 모든 주체적 관계는 비유적이다. 나는 주체적 자유 속에 있으면서 이 자유를 내 이웃이 가지고 있음도 알고 있다. 우리는 결국 같은 창조적 진화 가운데 있어서 서로의 유사성을 인정하는 것이다. 역사의 움직임도 이와 같은 데가 있다고 할 수 있다. 역사가 하나의 창조적 모체가 되어 발전하는 것이라면 그것은 사회 안의 서로 다른 인간, 다른 사건과 현상 사이에 비슷한 충동에 의한 움직임들을 만들어 낼 것이다. 여기서 비슷한 것은 반드시 내용이라기보다는 내용을 나타나게 하는 창조적 충동의 형식이다. 시와 정치 사이의 끊임없는 비유, 일치의 관계를 설정하고자 했던 김수영의 노력은 이렇게 볼 때, 반드시 하나의 시적 환상에 불과했던 것이라고 할 수 없다. 참으로 시인의 큰 통찰력의 하나는 역사와 자연 속의 발전적 충동과 개개인 내부에 움직이는 충동을 하나의 움직임으로서 꿰뚫어 보는 데에서 나타난다. 그러나 시인의 또 다른 통찰의 하나는 이러한 일치의 가능성은 현실에서 끊임없이 좌절에 부딪친다는 것이다. 김수영 자신 이것을 모르는 것이 아니었다. 〈민락기〉(民樂記)에서 그는 말하고 있다.

힘의 마력, 그것은 행동의 마력이다. 시의 마력, 즉 말의 마력도 원은 행동의 마력이다. 그러나 그것은 원리상의 문제이고 속세에서는 말과 행동은 완전히 대극적인 것이다.

속세에서 또는 부자유로운 사회에서 시와 정치의 일치는 그야말로 가냘프고 간접적이고 허망한 비유에 떨어진다. 그리고 그 비유는 시인의 머리 속에 존재할 뿐이다. 그리고 시가 이야기하는 사물과 사물, 사람과 사람, 실재와 현상의 일치도 다만 비유로서 존재할 뿐 사실적 관계의 에너지를 얻지 못한다.

이러한 반성은 우리로 하여금 다시 김수영에 있어 예술가적 양심의 의의를 생각하게 한다. 예술가의 양심은 막연한 고집, 어떤 자아의 동일성에 대한 필요, 기성질서를 있는 대로 받아들이기를 거부하는 본능적 결단으로 시작된다. 그리고 그것은 외부세계와 내면의 세계에 대한 매우 준열한 비판과 의도적으로 강화된 소외 또 새로운 질서를 위한 행동에의 의지로 구체적 내용을 얻는다. 이러한 양심의 과정은 매우 험난한 과정이다. 그러니만치 그것은 시인에게 더욱 중요한 것이다. 그것만이 소외된 세계에서 조화된 세계에로, 분열의 세계에서 일치의 세계에로 나가는 길이기 때문이다. 그러나 양심의 소리가 귀에 거슬리게 쨍쨍하고 편협한 것이 되기 쉬움은 우리가 다 아는 바이다. 이 양심의 편협성(偏狹性)은 김수영의 예술세계의 협소성, 그의 예술의 빈곤으로도 나타난다. 그러나 좁아진 세계가 이것에 대항하는 좁고 드높은 목소리의 절대적 요구를 낳는 것은 어쩔 수 없는 일일 것이다. 김수영은 그의 예술의 절대적 자유에서 보다 구체적이고 현실적인 자유의 요구를 끌어내었다. 그는 작가의 임무를 다음과 같이 규정했다. 즉, "우리들의 언어가 인간의 정당한 목적을 향해서 전진하는 것을 중단했을 때 우리들에게 경고하는 것이 작가의 임무"라고.

또 그는 그의 작가의 양심의 절대적 자유의 경험으로부터 인간 자유의 보다 구체적인 테두리를 다음과 같이 정의했다. "사랑의 마음에서 나온 자유는 여하한 행동도 방종(放縱)이라고 볼 수 없지만 사랑이 아닌 자유는 방종입니다." 또 이어서 경고하기를 "사랑을 갖지 않은 사람들의 자유가 사랑을 가진 사람들의 자유를 방종이라고 탓하고 있습니다". 이것보다도 분명하게 그 안에서 자유의 의미가 결정되어야 할 테두리를 밝힌 말을 나는 달리 찾을 수 없다고 생각한다. 김수영은 이러한 발언에서 '예술가의 양심'을 넘어서 인간의 양심을, 예술가의 자유를 넘어서 인간의 자유를 이야기했다. 여기에서 양심과 세계의 비유가 세상의 구체적 사물 속에 매개될 수 있는 계기가 시작되는 것을 우리는 본다. (1976)

6

예술과 삶

1

종소리가 풀밭 위로 넘쳐 내린다…
부드럽게, 하늘에서 부르는 목소리처럼.

저녁 무렵 문득 들려오는 종소리는 우리로 하여금 보다 맑고 아름다운 곳, 다른 또 하나의 세계를 생각하게 할 수 있다. 이것은 모든 예술이 지니는 한 매력이다. 그것은 잠시나마 일상생활의 지루함과 무게로부터 우리를 해방시켜 준다. 해방은 종소리와 같은 예술의 암시가 주는 애틋한 향수의 순간일 수도 있고, 위대한 예술작품이 깨우쳐 주는 새로운 행복과 광명의 압도적 체험일 수도 있다. 또는 그것은 더 통속적인 형태의 오락이 제공하는 일시적 흥분일 수도 있다. 이런 경우에 예술은 우리의 인생에 대립되는 것으로 생각될 수 있다. 이러나저러나 우리의 삶의 답답함과 다른 무엇이 아니라면, 예술을 찾을 무슨 이유가 있겠는가?

그러나 다른 또 하나의 세계를 말하는 예술의 영감은 어디에서

479

오는가? 그것은 참으로 다른 하나의 세계에서 오는 것일지도 모른
다. 그러나 적어도 예술이 나타내는바 현상이나 그 표현의 매체의
관점에서, 예술은 굳건히, 어떤 초월적 세계, 초감각적 세계가 아
니라 감각적 세계, 지금 이곳의 세계에 머물러 있다고 말하여야 할
것이다. 이 감각의 세계는 반드시 그것에 한정되는 것은 아니면서
우리가 지각하고 느끼고 생각하고 행동하는 일상적 경험의 세계이
다. 우리가 보고 듣고 느끼는 이미지와 소리와 인상과 경험들 — 이
러한 것들을 떠나서, 예술가들의 무엇을 어디에서 달리 구하여 그
들의 뜻을 실어 펼 수 있을 것인가? 예술과 우리의 생활은 별개의
세계에 속하는 것이 아니다.

　다만 주어진 대로의 생활이 예술의 암시를 모두 구현해 가지고 있
지 아니할 뿐이다. 달리 말하여 예술은 우리의 삶을 표현하되 그것
의 가능성을 표현한다. 이 가능성은 삶에 있을 수 있는 것이면서 아
직 어디에도 실현되지 아니한 순수한 가능성을 뜻할 수도 있다. 그
러나 예술가의 영감이란 것이 대체로 거대한 방법론적 도약을 꾀하
는 것이라기보다는 주먹구구식의 직관에 의지하는 것에 불과하기 때
문에, 또 그것이 이러한 직관에 만족할 만큼 현실의 감각적 세계를
깊이 사랑하는 것이기에, 예술가가 표현하는 것은 이미 있는 삶의
암시에 크게 의존하는 것일 것이다. 그것은 이미 있는 삶의 어떤 면
들에 특히 주목하고 그것을 새롭게 구성하여 펴내는 구도이기 쉬운
것이다. 더러 말하여지듯이, 예술이 인생의 강렬화(intensification)라
고 하는 것은 이러한 의미에서이다.

　이것은 삶을 보다 더 진하게, 더 풍부하게 살고 싶은 욕구가 예술
에 표현된다는 것인데, 우리가 예술에서 구하는 것이 모두 이렇게
설명될 수만은 없다. 주목해야 할 것은 우리가 일상생활의 압박으
로부터 예술적 해방을 구한다고 할 때의 우리의 심리 속에 들어 있

을 동기이다. 앞에서 말한 첫 번째의 경우, 우리가 찾고 있는 것은 따분한 인생에 대한 대치물이다. 바라는 것은 주어진 인생의 가열화, 고양화, 풍부화가 아니고, 그것을 잊어버리거나 무화(無化) 하거나 대체하는 일이다. 예술을 도피(逃避) 라거나 보상(補償) 행위라고도 하는 것은 이런 의미에서이다.

그리고 일단 이런 도피와 보상의 자료가 되는 예술을 퇴폐(頹廢) 예술이라고 부를 수 있다. 퇴폐예술은 물론 조금 더 복합적으로 생각할 필요가 있다. 위에서 이것을 우리는 일단 삶에서 이탈되는 예술처럼 말하였다. 그러나 달리 생각해 보면, 무엇이 삶으로부터 벗어날 수 있는가? 삶으로부터 벗어난다는 것은 백일몽(白日夢)이나 환상에 침잠한다는 것이 되겠지만, 정신분석이 이야기하여 주듯이, 백일몽이나 환상도 커다란 의미에서의 인간현실의 지배를 벗어나지 못한다. 그것은 자유로운 것인 듯하면서 오히려 우리의 자유로운 의식의 통제를 벗어나는 어두운 세력의 강박적 필연 속에서 움직이는 것이다. 퇴폐예술의 영감(靈感)도 궁극적으로, 또는 건전한 예술에 비하여, 더 현실원리의 지배를 받는다. 그것의 영감은 왜곡된 현실에서 온다. 다만 그것의 강박을 반성적으로 의식하지 못할 뿐이다. 심리적 차원에서 퇴폐예술은 의식과 무의식의 불균형에서 발생한다. 그러나 더 표면적인 현상의 관점에서 말하여 그것은 전체적으로 왜곡된 삶의 한 결과이다. 이 왜곡은 삶의 부분과 전체의 불균형이라고 바꾸어 말할 수 있다. 어떤 한 부분이 과장되고 다른 한 부분이 억압되는 것이다. 그리하여 삶의 전체가 억압적 상태에 놓이게 된다. 그 결과 인간의 전체적 완성이 불가능하여지고, 이 전체적 자아로부터 유리된 인간은 소외를 그 주어진 삶의 조건으로부터 받아들이지 아니할 수 없다.

이것은 개인적 상황이라기보다 사회적 조건이다. 개인은 사회의 반영이고 사회는 개인의 반영이다. 그러나 이러한 교환관계에서 사회가 더 강한 세력일 수밖에 없기 때문에, 사회에서 소외의 필요는 그대로 개인의 생존에 정도를 달리하여 재생되게 마련이다. 이러한 개인적·사회적 조건에서, 예술은 소외극복의 수단의 역할을 한다. 그러나 그것은 그 의도에도 불구하고, 소외를 심화하거나 적어도 소외상황의 일부를 이룬다. 마르쿠제가 '억압적 역승화'(repressive desublimation)[1]라고 부른 것이 이에 비슷한 도피와 보상행위이다. 마르쿠제는 선진 산업국에서의 알코올리즘, 야성(野性) 예찬, 도착(倒錯)적 성욕 충족 등이 쾌락 추구의 표현이면서, 깊은 의미에서의 불행과 소외 및 억압의 증후라고 하였지만, 이 '억압적 역승화'는 어떠한 단편화된 사회에서도 볼 수 있는 것이다.

우리가 삶의 어떤 부분의 병적인 항진(亢進)을 요구한다면, 그것은, 이미 비친 바와 같이, 삶의 온전함이 손상되어 있기 때문이다. 감각적, 관능적인 것의 지나친 강조, 그 반대로 두뇌적인 것에 의한 비감정화, 또는 수동적 순응과 그에 반대되는 공격적 투쟁성의 예찬, 사사로운 삶에의 집착, 구체적 삶의 이데올로기적 단순화, 이러한 인간의 단편화에 대한 가치부여는 모두 퇴폐의 증후이다. 이러한 단편화된 인간 기능, 인간활동이 도피와 보상의 예술적 환상의 내용을 이룬다.

물론, 다른 각도에서 볼 때, 퇴폐적 증후의 도피적·보상적 성격이 그렇게 자명한 것은 아니다. 현실적 삶에 대립하는 부정적 환상들은 보다 온전한 삶을 향한 예비적 파괴의 의미를 가질 수도 있다. 중요한 것은 그것이 한편으로는 삶의 현실과 혼동되지 않는 것이다. 또 다른 한편으로는 그것이 삶의 가능성으로서 다른 현실에 이

---

1 Herbert Marcuse, *One-Dimensional Man*, 1964, p. 56 이하.

어지는 것이다. 이 양면은 하나를 이룰 수도 있고 둘을 이룰 수도 있다. 현실과 대립되는 순수한 가능성의 세계로서의 예술은 현실의 세계를 부정하며 그것의 변화와 개조에 충동을 불러일으킬 수 있다. 그러나 이 예술의 순수한 가능성이 반드시 직접적으로 현실에 관계되어야 한다고 하는 것은 예술의 영역과 기능을 너무 협소하게 해석하는 것이다. 예술은 순수한 놀이의 성격을 가질 수도 있기 때문이다. 이러한 경우에도 그것이 왜곡된 현실과 분명하게 다른 것으로 남아 있는 한 그것은 보다 활발한 삶의 에너지 보존자로서의 역할을 맡는다.

2

이와 같이 예술의 퇴폐적 증후를 재단(裁斷)하여 말하기는 쉽지 않다. 그리고 어떤 경우에나, 예술과 생활의 일치는 일단 바람직한 것으로 상정할 수 있는 것이면서 현실적으로 기대하기 어려운 것이다. 흔히 이야기되듯이 오로지 원시공동체에서만 생활이 예술을 완전히 흡수할 수 있었을 것이다. 원시공동체의 경우를 제외하고 예술의 존재이유는 늘 그것의 생활과의 차이에 있었다고 할 수 있다. 또 바로 그것이 생활의 미적 향상에 예술이 기여하는 원인이 되었다. 이때 그 차이는, 위에서 말한 바와 같은, 고양화의 효과이기도 하고 도피와 보상의 효과이기도 한 것인데, 이것은 딱히 구분하여 말할 수 없는 면을 가지면서도, 궁극적으로 삶의 전체적 조화와 고양에 기여하는 차이가 됨으로써, 삶의 건전한 미적 향상에 기여한다고 해야 할 것이다.

예술과 생활의 거리는 산업문명에 의하여 특히 심화되었다. 물론 이 거리는 또 예술의 생활화, 생활의 예술화에 의하여 다시 좁혀지는 것이기도 하다. 이 거리와 일치는 일정한 변증법적 교환의 과정을 이룬다. 그러나 이 교환과정의 대전제는 생활과 예술의 거리가 날로 멀어져 간다는 사실이다. 이것은 오늘의 삶의 불행의 한 원인이다. 대체적으로 말하여 또는 피상적으로 볼 때, 오늘의 생활환경은 심미적 관점에서 크게 향상되었다고 말할 수 있다. 그렇지 않다면, 1960년대 이후의 우리의 경제발전의 상당 부분은 무의미한 것이 되고 말 것이다. 새마을운동에서 시작한 농촌의 주거환경의 변화는 경제적 동기를 가진 것이면서도 적어도 그 목표와 효과에서 생활환경의 미적 개선을 기하자는 것이었다. 도시에서의 새로운 건축물, 도로의 정비, 공원 조성, 재개발 사업 등도 경제적 의미에 못지않게 심미적 목표와 효과에 관계되는 사회변화였다. 또는 의상을 포함한 상품들의 모양이 전에 없이 아름다워진 것도 1960년대 이후의 경제발전의 한 측면이라고 말할 수 있다. 지난 25년간의 경제발전이 우선 우리의 가시적 생활환경의 미적 수준을 괄목할 만하게 올려놓은 것은 부정할 수가 없는 것이다. 되풀이하여 말하건대, 이것은 경제발전에서 나오는 한 효과이다. 또는 뒤집어서, 경제발전 자체가 목표로 하는 것이 그 상당 부분에서, 적어도 의식주의 최소한도의 충족이 가능해지는 선을 넘어선 다음부터 우리 생활의 미적 수준의 향상이라고 할 수 있다. 사실 어느 한계 너머에서 사람이 원하는 것은 오로지 미적 이상의 추구인 것처럼도 보이는 것이다.

그러나 날마다 아름다워지는 우리의 옷, 우리의 집, 공공건물, 길거리가 반드시 우리의 삶을 깊고 넓게 하는 것인가 하는 데 대하여 우리가 할 수 있는 답은 간단할 수가 없다. 우선 오늘날의 경제발전은 환경의 면에서 인공물의 증가, 그것도 너무도 빠른 증가를 의미하기 때문에 자연환경의 파괴를 가져오게 됨을 지적할 수 있다. 자연환경의 파괴는 오늘날 환경오염, 생태계의 파괴라는 말들로써 표현되는, 인간생존에 대한 근본적 위협을 말하지만, 우리의 심미감각에도 중요한 변화를 가져오는 일이다. 전통적으로 문학이나 미술, 또 예술론에서, 인간의 아름다움에 대한 감각이 자연의 아름다움에 의하여 계발되고 그것에 의지하였던 것임은 증명되고도 남는 일이다. 산업의 발달과 더불어 이제야 드러나는 것은 이 자연의 아름다움에 대한 인간의 느낌이 단순히 미적인 것이 아니고 인간의 생존에 깊이 이어져 있다는 사실이다. 어느 경우에나 아름다움의 느낌은 건전한 상태에 있는 삶의 느낌에 다름이 아니다.

자연에 대한 미적 감각은 적어도, 그 일부에서, 쾌적한 생활환경, 생존의 조건에 대한 감각이다. 그러나 이 감각은 더 일반적으로 확대될 수 있는 교훈적 의미를 갖는다. 그것은 일반적으로 삶의 유기적 조화에 대한 감각의 계발에 기여하는 것으로 생각된다. 워즈워스에게 자연의 교훈은 그러한 것이었다. 그것은 그에게

> 더욱 깊이 섞여 있는
> 어떤 것에 대한 드높은 느낌 —
> 지는 해의 빛 속에 머물며,
> 둥그런 바다, 설레는 바람,
> 푸른 하늘, 사람의 마음에
> 머무는 더욱 깊이 섞여 있는
> 어떤 것에 대한 드높은 느낌   — 〈틴틴 寺院〉

을 길러주는 것이었다. 이러한 자연과 삶의 일체성에 대한 교훈은 다른 낭만주의 시인 그리고 동양의 자연 시인들도 우리에게 이야기하여 주는 것이다. 인공물의 증가와 그것에 의한 자연의 후퇴는 아마 이런 종류의 깊은 의미에서의 삶에 대한 유기적 일체성의 감각을 손상시키는 것이 아닌지 모르겠다.

그런데 이 유기적 일체성의 손상은 다른 면에서도 이미 여러 가

지로 촉진되는 현상이다. 그 원인의 하나는 산업사회에서의 생활조직과 생활환경의 거대화이다. 산업화는 우리 생활의 지역적 자족성을 파괴하고 그것을 점점 더 넓은 시장조직·산업조직에 편입하는 과정이다. 이와 더불어 도시에서 가시적으로 볼 수 있듯이 우리의 환경 자체가 거대한 인위적 계획과 건조물에 의하여 규칙화된다. 이것은 자연발생적이라기보다는 관료적 타율적 지배 속에서 일어난다. 그리하여 유기적 일체성의 외연(外延)과 함께 그 중심인 능동적 주체가 제약받게 되고 우리는 생활인으로서 스스로의 환경으로부터 소외된다.

그리고 이러한 공간적 인공화·이질화·소외와 더불어, 이에 못지않은 또는 그보다 더 중요한 것으로 일어나는 일은, 자연스러운 주체적 시간의 손상이다. 낭만주의자들은 인간을 식물에 비교하기를 즐겼다. 이것은 비유에 불과하지만, 사람의 행복에 관한 중요한 통찰을 담은 것이다. 자연스러운 시간의 모습은 성장이다. 이것은 밖으로부터의 힘에 의하여 빠르게 되기도 하고 느리게 되기도 하는 기계적이고 외면적인 시간에 대립된다. 오늘날의 생활과 그 환경을 지배하는 관료적 계획은 그 기계적 시간으로 삶의 자연스러운 시간, 삶의 시간을 대치한다. 여기에서 조직과 오늘의 계획도시가 나타난다.

이러한 것들이 유기적 일체감을 손상하는 데 기여한다. 그리하여 삶은 가운데로부터 환경에로 나아가는 자연스러운 넘쳐남의 과정이기를 그친다. 결과는 삶의 내적 요구와 그 환경적 조건의 부조화이다. 이렇게 하여 오늘의 도시 또는 산업 사회의 내적 수준의 향상에도 불구하고 그것은 쉽게 삶의 내적 요구와 불균형을 이루고, 삶의 부분과 부분의 일체적 조화를 어려운 것이 되게 한다. 이러한 불균형과 부조화는 도처에서 볼 수 있지만, 아마 가장 단적인 예가 되는 것은 여러 가지 재개발(再開發) 사업일 것이다. 가령, 판자촌의 철거와 같은 데에서, 주체적 삶의 요구, 지역적이고 구체적일 수밖에 없는 삶의 요구가 타율적으로 부과되는 전체적이고 추상적인 아름다움의 요구에 대결하는 것을 우리는 보게 된다. 아름다움과 삶이 단적으로 적대관계 속에 들어가는 것이다. 이러한 주체적인 삶의 파괴는 물질적 조건에만 한정되는 것이 아니다. 가령 아무리 조심스럽게 좋은 의도로 행해진다고 하더라도, 새로 발전된 도시에 농촌의 공동체들이 여러 공동체적 상징형식들, 개인생활과 공동체 생활, 일과 놀이, 현실과 정서 등을 적절하게 조절해 주는 여러 제도를, 가령 당산나무, 마을 우물, 안방과 사랑방 등의 상징적 구조물들을 온전히 보전하고 있는가? 이러한 것들이 없는 마당에 우리가 사는 동네는 정서적으로, 지적으로, 또 생활의 공간으로써 우리의 삶 속에 유기적 일체성의 공간이기를 그친다.

오늘날 아름다움과 삶을 유리시키고 더 나아가 적대적 관계에 들어가게 하는 가장 큰 요인은 말할 것도 없이 상업주의이다. 서양의 속언에 아름다움의 깊이는 피부의 두께밖에 안 된다는 것이 있지만, 아름다움이 주로 표면의 문제 또는 현상 또는 가상의 문제인 것은 사실이다. 그러나 표면의 현상인 아름다움이 가치 있는 것으로 받아들여지는 것은 그것이 궁극적으로 표면의 뒤에 있는 실제의 표현이기 때문일 것이다. 사람의 아름다움은 대체적으로 건강과, 또는 적어도 그것을 반드시 하나로 확정할 수는 없는 대로, 어떤 삶의 충일과 고양을 나타낸다. 자연환경이나 인조물의 아름다움도 쾌적감이나 생명과 인간의 능력의, 적극적 증표로서의 의미를 갖는다고 말할 수 있다.

상업문화에서 아름다움의 표면과 실질의 관계는 극히 문제적인 것이 된다. 물론 산업의 발달, 고정밀도의 가공기계의 발달이 우리의 환경 구조물과 그 속의 물건들을 어느 때보다도 아름답게 한 것은 부정할 수 없는 사실이다. 그러나 그것은 많은 경우 포장의 성격을 가진 것이다. 상품 표면의 미적 세련은 판매에 관계된다. 물론 아름다운 표면이 물건을 더 잘 팔리게 한다면, 그것은 표면이 주로 실질의 증표가 된다는 이해가 있기 때문이다. 겉볼안이란 말은 그러한 통념을 나타낸다. 판매를 목적으로 하는 상품에서 정성스럽게 만들어진 거죽과 내용의 정성스러움이 상관관계에 있는 것은 흔히 보는 일이다. 그러나 거죽만 번지르르한 물건은 또 얼마나 많은가. 이러한 물건을 많이 대하다 보면, 거죽의 상태를 일단 의심의 대상으로 삼는 것은 마음의 습관이 되기까지 한다. 그것이 근거 없는 것이라고 하더라도 형태와 기능이 지금껏의 어떠한 인공물에서보다도 상품에서 분리될 수 있다는 것은 분명하다. 또 어떤 경우에는 상품에서의 표면적 아름다움의 지나친 강조는 형태와 기능, 그리고 인간적 쓰임새의 적절한 배합에 혼란을 가져오게 마련이다. 19세기 중엽에 존 러스킨(John Ruskin)은 상업제품에서 완벽성의 추구가 제품을 만드는 노동자의 삶을 불필요하게 고통스럽게 한다고 말한 바 있지만, 순전한 심미적 관점으로 보아도 불필요한 표면적 세련은 자연스러운 조잡함에 대한 우리의 미적 감각을 오도할 수가 있다. 어쨌든 이런저런 이유로 상품포장의 미학은 미의 표면을 실질에서 분리하고 아름다움과 생활의 관계를 근본적으로 왜곡함으로써, 미의 본질에 대한 사람들의 감각을 혼동시킨다.

3

산업사회의 상업주의는 이보다도 더 근본적 의미에서 미(美)와 생활의 관계에 변화를 가져온다고 하여야 할는지 모른다. 산업사회는 그 생활의 전체적 흐름을 특정한 방향으로 몰고 가서 우리의 내면 그것을 바꾸어놓고, 그에 따라 저절로 아름다움에 대한 느낌에 새로운 성격을 준다고 할 수 있다. 산업사회가 크게 바꾸어놓는 것은 인간 욕망의 존재방식이다. 우선 지적할 수 있는 것은 욕망과 그 충족 사이의 회로가 극히 짧아진다는 것이다. 전근대적 산업체제 아래에서 많은 사람에게 욕망으로부터 그 충족까지의 사이에는 욕망 충족의 대상을 획득하고 이를 가공하고 하는 노동의 긴 과정이 개입되었다. 그러나 생산능력의 전대미문(前代未聞)의 확대는 이 중간과정을 없애버렸다. 이로 인하여 그 충족이 용이해진 욕망은 한편으로 그 중절(中絶)이나 좌절(挫折)을 용서하지 않는 급박한 것으로 항진(亢進)된다. 그리고 세계의 많은 것들이 욕망 충족의 대상이라는 관점에서 보아진다. 그러나 다른 한편으로 욕망을 지배하는 것은 산업사회의 재화와 재화의 판매전략이기 때문에 욕망은 밖에서 조종되는 수동적 객체가 된다. 욕망의 공격적 항진도 사실은 이러한 욕망의 수동화(受動化)에 관계되는 것으로 말할 수 있다. 수동화된 욕망의 충족은 깊은 의미에서 인간의 능동적이고 주체적인 만족과는 다른, 헛그림자에 불과하다. 산업사회에서의 욕망·충족의 양식은 대체적으로 피상적인 것을 그 특징으로 한다고 할 수 있다. 욕망의 대상에 대한 관계가 피상적일 수밖에 없는 것은 둘 사이에 창조적 상호작용 과정이 배제되어 있기 때문이다. 욕망은 그 대상에 거의 관계나 접촉을 갖지 않는다고까지 말할 수도 있다. 또 욕망은 우리 내면의 깊이로부터 우러나오는 것이 아니기 때문에 우리 자신과도 깊은 의미에서의 상관관계를 갖지 못한다.

사실 욕망은 산업사회가 만들어낸 것이라는 면을 가지고 있다. 그것은 우리의 생물학적 필연에 입각해 있는 필요와는 달리 어느 정도까지는 불필요한 필요, 잉여의 필요를 인위적으로 자극함으로써 생겨나는 것이기 때문이다. 그리하여 어떤 경우에나 그것은 전인적 관계에서 이탈하기 쉬운 것이다. 그러나 다른 한편에서 필요의 제약을 벗어난 욕망이야말로 문화창조의 근본 동기가 될 수 있는 것이다. 욕망은, 필요와 달리, 비교적 자유로운 것이니만큼 위험스러운 것이기도 한 것인데, 사람의 삶에 기여하는 것이 되려면, 그것은 가장 조심스럽게 인간의 총체적 발전의 가능성에 결부되어야 한다. 그것이 인간의 한 부분과 또 한 부분에 불균형을 가져오거나, 또 사람의 근본적 사회성을 생각할 때, 사회의 한 부분과 다른 부분에 갈등을 가져오는 것이어서는 아니 된다. 그러면서 그것은 의식적으로 결단되는, 그래서 하나의 필연성으로 받아들여지는 인간의 미래 — 개체적이며 집단적인 미래에 연결되어야 한다. 시장경제가 이룩해 내지 못한 것은 자유로워진 인간 욕망의 이러한 조소성(彫塑性)을 인간 발전의 필연으로 전환하지 못한 것이다. 오히려 인간 욕망에 대한 끊임없는 조작은 단편화되고 불균형적이며 강박적인 욕망에 시달리는 인간을 만들어낸다.

이러한 욕망의 존재방식은 우리의 예술감각에 미묘한 영향을 미친다. 한마디로 그렇게 규정해 버릴 수 없기는 하지만, 산업사회에서의 욕망의 특수한 형태 — 추상화되고 수동화되고 단편화된 형태는, 한편으로 예술감각의 고양 또는 항진을 가져오면서, 다른 한편으로는 그것 또한 추상화되고 수동화되고 단편화된 것이 되게 할, 한마디로 퇴폐적 성격을 가지게 할 위험을 증대시킨다.

4
이러한 관찰은 물론 아름다움이 우리의 욕망에 깊이 관계되어 있다는 것을 전제한 것이다. 이 관계를 우리는 여기서 간단히 생각해 볼 필요가 있다. 우선 그 관련은 의심할 여지가 없다. 그러나 그것이 너무나 직접적인 것일 때, 예술은, 기껏해야 프로이트가 말한, '소원 성취'라는 보상적 욕망충족의 꿈이 될 수 있을 뿐이다. 더 나아가 예술은 욕망보다는 욕망의 정지, 욕망으로부터의 해탈 또는 그것의 포기에 관련되는 것으로 생각되기도 한다. '심미적 거리'라는 것은 바로 욕망과 그 대상, 욕망과 그 충족과의 거리를 말하는 것이라고 할 수 있다. 예술은 사실 욕망에 관련되면서 욕망의 승화로 종결되는 측면을 강하게 가지고 있다. 아름다움이란 본능의 세계를 초월하는 초감각의 세계에 연결되어 있는 것이기도 하기 때문이다.

사실 예술은 욕망에만 관계되는 현상이 아니다. 그것은 욕망의 회로에 못지않게 또는 그보다도 더 긴밀하게 우리의 인식작용에 관련되어 있다. 예술은 철학이나 과학과 마찬가지로 세계 인식의 한 방식이다. '심미적 거리'는 모든 인식조건에 필수적인 무사무욕의 객관성의 이성을 나타내는 것으로 말할 수 있다. 뿐만 아니라 인식의 여러 방식에 숨어 있는 실용적 관심과 이해의 관련을 생각할 때, 비실용성을 특징으로 하는 미적 인식이야말로 가장 객관적인 것이라고 할 수도 있다. 위에서 이야기한 예술의 두 상반된 동기, 욕망과 무욕망을 합쳐본다면, 예술은 욕망을 자극하되 그 충족보다는 그 지향성을 통하여 현상세계에 대한 객관적 이해에 이르려 한다고 말할 수 있다. 예술에서 일어나는 것은 욕망의 이데아에로의 전환이다.

욕망이 인식에 봉사하게 되는 것은 욕망의 억압이 아니라 욕망의 성취와 완성을 뜻하는 것이기도 하다는 것을 우리는 상기할 필요가 있다. 모든 실용적 또는 이론적 목적은 인간의 에너지와 경험의 위계적 조직화를 요구하고 또 그것의 상당 부분의 억압을 필요로 할 수 있다. 좋게 말하여 승화(昇華)가 요구되는 것이다. 그러나 예술적 체험에서는 오히려 이러한 억압의 부재로 하여 승화가 일어난다. 어떤 경우에나 예술적 체험은 스스로 원하는 바 없이는 일어날 수 없는 것이다. 그러면서도 욕망은 보다 높은 다른 것으로 바뀌게 된다. 바슐라르는 이런 과정을 다음과 같이 말하고 있다.

승화가 반드시 욕망의 부정은 아니다. 그것은 늘 본능에 반대되는 것으로만 나타나는 것은 아니다. 그것은 하나의 이상을 위한 승화일 수도 있다. 그리하여 나르시스는, '있는 대로의 나를 사랑한다'고 말하기를 그치고, '내가 사랑하는 대로의 나로서 있다'고 말한다.[2]

이러한 나르시스의 경우에도 이상을 위한 승화는 삶의 폭의 협소화를 불가피하게 하는 것이 아닐까 하는 생각을 할 수 있다. 그러나 위의 바슐라르의 말은 마르쿠제가 '성(性)의 자기승화'[3]라는 것을 이야기하는 부분에서 인용한 것인데, 나르시스의 승화보다도 넓은 의미에서의 '성의 자기승화'는 억압 없는 성의 상태 또는 더 일반화하여 억압 없는 욕망의 상태를 가리키는 것이다. 다만 마르쿠제에 의하면, 이 상태에서 인간의 리비도는 어떤 특정한 대상 또는 행위에 집중되기보다는 넓은 범위로 확대되면서 억압된 욕망의 폭발성을 잃어버린다. 그리하여 그것은 행복한 문화작업의 원동력이 된다. 그런 의미에서 욕망은 승화되는 것이다.

이러한 가설이 옳든 그르든, 이것은 말할 것도 없이 현실의 역학에 관계되는 가설이다. 사실 마르쿠제는 이러한 자기승화의 상태는 사회와 인간의 전면적 개조 없이는 달성될 수 없는 것이라고 말한다. 그러나 예술에서 우리의 욕망은 이미 비슷한 변화를 겪는 것이 아닐까? 이것은 예술의 비현실적 성격으로 하여 가능한 것일 것이

---

2 Gaston Bachelard, *L'Eau et les rêves*, 1942, pp. 34~35, Herbert Marcuse, *Eros and Civilization*, 1955, p. 191로부터 재인용.
3 위의 책, p. 186 이하.

다. 현실과 상상의 차이는 있을망정, 스스로 승화되는 리비도와 예술인식의 욕망 조작에는 비슷한 데가 있는 것이다.

　사람의 욕망이 좁은 대상과의 관계를 넘어서 다른 많은 대상으로 확산될 때, 거기에서 우리는 전경(前景)과 배경(背景)의 구조를 확인할 수 있다. 즉, 전경에 있는 대상으로부터 리비도는 넓은 배경으로 확산되어 가고, 그 결과 그것의 폭발적 성격이 승화되는 것이다. 이때 배경의 대상들은 전경의 대상과의 관계에 일종의 지적 인식의 바탕으로서 참여한다. 예술에서도 이와 비슷한 것을 본다. 즉, 예술은 우리들에게 욕망의 특정한 대상으로서의 영상들을 보여준다. 그러나 그것은 다른 영상들로 이루어지는 배경에 대하여 전경으로서 존재하는 영상들이다. 이 배경에로의 확산은 예술적 체험에 들어있는 인식의 동기에 의하여 매개된다. 왜냐하면 예술의 인식은 어떤 대상과 다른 대상들의 형식적 관계를 그 목적으로 하기 때문이다. 예술의 시각 속에 욕망의 대상은 이데아의 지평 속에서 전경을 이루는 것에 불과하다. 예술의 욕망은 이 배경과의 관계 속에서 저절로 스스로의 균형 속으로 승화된다. 물론 이러한 과정이 현실을 이미 포기한 결과로 얻어지는 것은 사실이지만, 적어도 상상 속에서 예술체험은 '성의 자기승화'와 같은 해방과 충족의 상태를 만들어낼 수 있는 것이다.

　그런데 우리의 관점에서 중요한 것은, 현실에서든 예술에서든, 욕망의 포괄적 성격이다. 마르쿠제가 그려내는 심미적 경지에서, 인간의 리비도는 한정된 대상에 폭발적인 형태, 또는 퇴폐적이고 도착적인 상태로 관계되는 것이 아니라 인간의 생존 전체에 널리 관계된다. 예술의 이념도 이와 같은 전체성에서 만족된다. 인간의 욕망이 개체적으로나 집단적으로나 인간 생존의 전체에 관련되는 상태를 예술은 지향한다. 미적 교육이야말로 인간의 전인성(全人

性)을 회복하는 길이라고 생각한 실러에게 미적 능력은 인간의 감각과 이성, 다양한 능력들을 통합하는 것이라고 생각되었다. 아름다움은 인간의 여러 능력을 종합하고 조화하여 '사람으로 하여금 그 스스로 완전한 존재가 되게'[4] 하는 것이다. 그러나 실러는 이러한 조화된 전인적(全人的) 상태가 그의 시대에 존재하지 않는다고 생각하였는데, 그것은 어느 정도는 인지의 발달로 하여 불가피한 것이었다. 위에서 우리가 말하고자 하였던 것은, 반드시 인지의 발달이라기보다는 오늘날 발달되는 산업사회의 성격으로 하여, 이러한 전인적 상태가 존재하기 어렵다는 것이었다. 또 오늘날 우리가 아름다움의 모습으로 받아들이는 것도 이러한 전인적, 총체적 조화의 동력이 되기 어렵다. 오늘의 아름다움은 우리의 삶의 전체적 요구로부터 벗어나서, 유기체에서 떨어져 나온 단편(斷片)이 지니는 퇴폐적 성격을 띨 가능성이 많은 것이다.

5

다시 말하여 오늘의 예술은 삶에 뿌리를 가지고 있지 않기가 쉽다. 이것은 예술의 상태가 그렇고, 그러한 상태 아래에 놓여 있는 예술에 대한 이해로 하여 그러한 것이지만, 더 근본적으로는, 위에서 살핀 바와 같이, 삶 자체가 그 전체성을 상실하고 있기 때문이다. 그리하여 어떻게 보면, 그것을 간단한 방법으로 온전한 모습으로 되돌려 놓을 수는 없는 것으로 보인다.

오늘의 예술의 대체적 경향은 단순화하여 말한다면 낭만주의적이라고 할 수 있지 않을까 한다. 낭만주의(浪漫主義)라고 함은 삶의 현실과 그 건전한 가능성으로부터 유리되어 있다는 뜻에서인

---

4 Friedrich Schiller, *Über die Ästhetischen Erziehung des Menschen*, Schillers Werke, Zweiter Band, 1964, S. 605.

데, 그것은 좁은 의미에서의 낭만주의보다는 여러 가지 형태를 취할 수 있다. 그것은 여러 가지 환상적 실험을 낳는다. 그러면서 우리가 놓칠 수 없는 것은 이러한 실험이 얼핏 보기에는 세련되고 정치한 예술의 원동력이 될 수도 있다는 점이다. 그러나 그것은 대체로 표면적 완성에 그칠 가능성이 크다. 원래 예술은 표면과 현상의 영역에 속한다. 다만, 위에서 말한 바와 같이, 이 표면은 실질의 증후로서만 그 궁극적 정당성을 얻는 것이다. 그러나 그것이 그것만으로 독립될 수도 있고, 그 나름의 완벽에 가까이 갈 수 있는 것도 사실이다. 이것은 상품의 포장술에서 가장 단적으로 표현되는 것이지만, 예술에서도 그러한 표면적 완성이 있을 수 있다. 장식적 예술이나 예술지상주의적 예술표현들의 발달은 그러한 예의 하나이다. 이러한 태도는 조금 더 정신주의적 색채를 띨 수 있다. 예술가만이 아는 어떤 신비적 계시가 있는 것인 양 꾸미는 몽매주의도 우리가 더러 만날 수 있는 뿌리 없는 예술의 한 가지 철학이다. 또는 예술의 어떤 애틋한 감상이 어지러운 실사회의 모든 긴장과 고통을 어루만져 줄 수 있는 것처럼 생각하는 사람도 있다.

또 하나의 낭만적 경향의 표현은 관능주의(官能主義)이다. 앞에서 비쳤듯이 현실을 벗어나고자 하는 환상은 결국 그 환상의 자료를 현실에서 취해 오게 마련이다. 여기에 쓰이는 것은 주어진 현실에 대한 보상과 대체물로서의 현실의 일부이다. 여기에는 '특이한 감각'들이 특별한 위치를 차지한다. 억압된 리비도는 감각의 표면에 쉽게 집중된다. 그러면서도 그것은 책임과 작업을 요구하는 심층적 개입을 피할 수 있게 해준다. 이렇게 하여 인간의 기능의 일부는 표면적으로 강화되고 환상적 가치를 부여받는 것이다.

이러한 삶의 뿌리가 절단된 환상의 조각으로서의 예술에 맞설 수 있는 것은 삶의 현실로 돌아가는 예술이다. 삶에의 밀착을 고집하는 예술적 태도가 흔히 리얼리즘, 사실주의 또는 현실주의라고 부르는 것이다. 그러나 삶의 현실을 부여잡는다는 것은 얼마나 어려운 일인가? 사실주의도 '특이한 감각'을 추구함으로써 관능주의(官能主義)와 크게는 다르지 않은 것일 수 있다. 격렬한 현실성을 가진 것으로 생각되는 사실들은 관능주의의 충격과 비슷한 효과를 낳는다. 사실상 그것이 과장되고 편벽된 상상력의 소산일 가능성도 크다. 아마 사실주의를 관능적 퇴폐주의로부터 구분해 주는 것은 그 놀라운 사실들이 아니라 강한 도덕적 관심일 것이다. 이 관심이 불의와 고통의 격렬한 사실들을 탐색해 내게 하는 것이다. 그러나 이 도덕적 관심이 또한 낭만주의적 과장과 왜곡에 오염되지 않기는 얼마나 어려운가? 공격성, 증오, 복수심, 또는 협소한 초자아(super-ego)의 도덕적 분노는, 다른 사람에게나 그것을 지니고 있는 당자에게나 진정한 도덕으로부터 가려내어 따지기가 매우 어려운 것이다. 또 이러한 부정적 요소가 없다고 하더라도 도덕은 하나의 교과서적 진실이 된 이데올로기적 도식성에 의하여 쉽게 사실적 정직성과 인간적 유연성을 잃어버린다.

6

이렇게 생각해 볼 때, 이 모든 것들은 삶의 온전성을 참으로 딛고 서 있는 어떤 예술적 비전이라기보다는 분열된 현실, 삶과 예술, 삶과 도덕 또는 이념과의 심각한 분열을 드러내주는 증후이고 그러한 분열을 구성하는 현실의 일부이다. 그러면 이러한 분열을 극복하는 길은 없는가?

　문제의 발단이 삶의 현실로부터 우리의 관념과 감성과 상상력이 유리된 데 있다고 한다면, 얼핏 우리는 격렬하게 과장된 환상주의나 사실성(事實性)에 대하여, 가장 사실적인 사실성, 가장 과학적이고 또 어쩌면 평면적이라고도 할 수 있는 사실성으로 돌아가는 것을 생각해 볼 수 있다. 그러나 그러한 사실적 사실성이란 것이 존재할 수 있는가? 그것은 이미 드러난 사실 — 그것이 소외와 억압의 사실이라면, 그러한 사실을 숙명처럼 받아들임으로써 드러나는 사실일 것이다. 평면적 사실에의 충실성을 루카치는 자연주의에서 볼 수 있다고 생각하였다. 발자크의 '비정상'과 '특이성'에 대신하여 평상적인 것을 택한 졸라의 '자연주의의 단조로운 범상성'은, 루카치의 의견으로는 '자본주의의 따분한 현실을 기계적으로 반영하는 데에서 나오는 것이었다.'[5] 또 이것은 맥없이 현상을 수용하는 일일 뿐만 아니라 위대한 예술의 감동을 포기하는 일이었다. 여기에 대하여 루카치의 생각으로는, 발자크의 '낭만적 요소, 그로테스크한 것, 환상적인 것, 기괴한 것, 추한 것, 아이러니를 가지고 또는 허세를 가지고 과장된 것'이 차라리 취할 만한 것이었다. 발자크는 이러한 '낭만적 요소'들을 통하여 '본질적 인간관계, 사회관계를 보여줄 수 있었다'. 그렇게 하여 그는 더욱 큰 의미에서의 리얼리즘을 이룩하고 '옛 문학의 위대한 성질을 유지할 수 있었다'.[6]

사실 예술은 그 본질에서 낭만적이라 할 수 있다. 주어진 삶을 넘어가든 그 안에 남아 있든, 조금 더 활력에 찬 삶을 원하지 않는다면, 사람이 무엇 때문에 예술을 원하겠는가? 예술은 욕망의, 낭만적 욕망의 산물인 것이다. 다만 그 욕망이 삶의 전반적 고양을 가져오고 급기야는 바라는 바와 같은 고양된 삶을 살고자 하는, 바라는 것이 바로 삶의 사실이기를 원하는 것이다. 이러한 욕망과 사실의 관계를 월리스 스티븐스(Wallace Stevens)는 다음과 같이 기이한 역

---

5 Georg Lukács, *Studies in European Realism*, 1964, p. 93.
6 위의 책, p. 94.

설로 표현했다. "우리는 사실을 떠난다. 그리고 그것으로 돌아온다. 우리가 그랬으면 하는 사실로 돌아온다. 그것은 그 전의 사실도 아니고, 너무나 자주 그래왔던 사실도 아니다."[7]

우리는 사실을 떠나서 다시 사실로 돌아온다. 그러나 이 떠남과 돌아옴 사이에 사실은 우리가 원하는 것과 일치한다. 우리는 이 새로 돌아간 사실과 우리의 원하는 것의 차이를 알지 못한다. 그리하여 우리는 우리의 상상에로의 비상에도 불구하고 계속적으로 사실 속에 있는 것이다. 이러한 사실을 떠나고 사실을 변형시키고 변형시킨 것을 의식하지도 못하는 것 — 이것이 시(詩)의 작업이며 문화의 의미이다. 문화 속에서 우리는 늘 사실의 세계에 있다. 그러나 그 사실의 세계는 우리의 삶과 현실에 대한 가장 깊은 개입에 의하여 우리 자신이 만들어낸 것이다.

우리가 원하는 세계 그러면서 사실이 되어 있는 세계는, 방금 말한 바와 같이, 문화의 작업이면서(문화의 의의는 그것이 우리의 현실적 삶에 형성적 영향을 준다는 데에서만 발견되는 것인 까닭에), 사회적이며 정치적인 작업이다. 그러나 동시에 우리의 원하는바, 우리의 욕망과 세계 사이에 심오하고 신비한 일치가 없다면, 어떻게 세계가 우리의 욕망의 모습을 띠게 될 것인가? 우리는 사실을 통하여 세계의 사실로 나아갈 수 있는 것과 같이, 우리의 욕망을 통하여서도, 사실의 세계로 나아갈 수 있는 것이다. 세계의 안과 밖은 궁극적으로 하나이다. 예술의 가르침은 이 하나에 대한 것이다. 그러면서도 우리는 그것이 우리의 안에, 우리의 욕망에 더 친근한 것임을 안다. 거기서부터 예술의 환상과 퇴폐와 낭만주의의 가능성이 나온

---

7 Wallace Stevens, "Prose Statement on the Poetry of War", *The Palm at the End of the Mind: Selected Poems and a Play*, 1972, p. 206.

다. 그러나 그것의 내면적 충동은 결국은 세계와의 조화를 통해서만 완성된다.

토마스 만은 프로이트를 논하는 자리에서 "객체와 주체의 대결, 그것의 혼용과 일치, 자아와 현실, 운명과 성격, 하는 것과 일어나는 일의 신비스러운 일체성, 심리의 작용으로서의 현실의 신비성 — 이 대결이 정신분석적 지식의 처음이고 끝이다"[8]라고 말한 바 있다. 이것은 예술의 근본적 통찰과 일치하는 것이다. 이런 의미에서 예술은 정신분석에 매우 가까이 있다. 만은 쇼펜하우어를 빌려 이 통찰을 다시 다음과 같이 부연 설명한다. 쇼펜하우어에 따르면,

꿈에서 가차 없는 객관적 운명으로 나타나는 것은 실은 무의식적으로 나타나는 우리의 의지다. 꿈속의 모든 것은 우리로부터 나오고, 우리는 모두 우리의 꿈의 숨은 연출자이다. 이와 꼭 같이 현실에서도, 유일한 본질인 의지가 우리가 더불어 꾸는 커다란 꿈, 우리의 운명은 어쩌면 우리의 깊은 내면의 자아, 우리의 의지의 소산일는지 모르고, 우리한테 일어나고 있는 일은 사실상 우리 자신이 일어나게 하는 일일 수 있다.[9]

이러한 주장은 놀라운 주장이면서, 또 우리의 마음 깊은 곳에서 믿음을 촉발하는 주장이다. 다만 이러한 주장의 진리됨은, 쇼펜하우어의 생각대로, 깊은 철학적 또는 불교적 깨우침을 통하여서만 또는 토마스 만이 시사하는 대로, 정신분석의 비교적(秘敎的) 교의로써만, 또는 예술적 체험의 구경에서만 짐작될 수 있는 것이다. 그러나 예술과 같은 현세적 의식의 형태에 이미 암시되듯이, 보통 사람에게 주객합일(主客合一)의 조화는 주로 현세에서, 그날그날을

---

8 Thomas Mann, *Essays*, 1957, p. 304.
9 위의 책, p. 312.

생활해 나가는 현실 안에서만 그 의의를 갖는 것이다. 그리고 사실상 현실세계가 그것을 허용하지 않는다면, 궁극적 진리의 차원에서의 조화가 어떻게 짐작될 수 있을 것인가? 사람은 궁극적으로 그를 에워싸고 있는 자연의 아들이다. 그리고 사람은 문화를 만들어냄으로써, 자연을 조금 더 그의 의지와 욕구에 순응할 수 있는 것이 되게 하였다. 이것을 위한 집단적 노력의 시간적 집적이 역사이다. 인간이 역사를 의도적으로 창조한다면 말이다. 물론 이러한 객관적 조건의 창조가 객체에 대한 주체의 일반적 작용만을 뜻하는 것은 아니다. 주체 그것도 자연과 사회의 진리에 열려 있게끔 형성되지 아니하면 아니 된다. 다만 이 형성은 밖으로부터의 제약을 통하여 이루어지는 것이 아니라, 안으로부터의 성장으로 이루어진다. 물론 그것은 일부 욕망의 포기와 체념을 요구한다. 그러나 동시에 자연과 사회의 핵심적 원리의 내면화를 통하여 그 원리, 그것이 자아의 성장의 원리가 되는 것이다.

이러한 핵심적 원리는 종교나 철학의 추상적 논의에서 추출되고, 또 윤리와 도덕의 강령이 되어, 교육의 내용이 되기도 하지만, 사람 사는 환경에 일관되어 있는 통일성으로 감지될 수 있는 것이기도 하다. 더욱 중요한 것은, 사람이 근본적으로 추상적이라기보다는 구체적 존재인 한, 삶의 구체적 환경이다.

환경의 궁극적 마련이 적어도 현대에서 정치적 행위에 달려 있다고 할 때, 의식적 행동의 대상과 수단으로 가장 중요한 것은 정치(政治)이다. 그것이 삶의 환경의 큰 테두리를 정한다. 이것이 전부인 것은 물론 아니다. 사람은 구체적 존재로서 수많은 실제적 행동과 감각과 사고를 통하여 그의 환경과 관계를 맺기 때문이다. 이 모든 관계의 구체적 맥락이 다 우리의 삶에 영향을 미친다. 조화된 세계의 건설은 전체로부터도 개별자로부터도 시작할 수 있다. 윌리스스티븐스의 난해한 시 〈바위〉(The Rock)라는 것이 있다. 이것은 우리의 삶의 공간으로서의 전체와 특수의 관계를 다음과 같이 이야기하고 있다.

> 바위를 잎으로 덮는다고 끝나는 것은 아니다.
> 우리는 바위에 익어, 땅을 익히고
> 우리 스스로를 익히고, ―그것은 땅을
> 익히는 것과 같은 일로, 잊지 않게 익히는 것이다.
> 그러나 잎들이 싹으로 핀다면,
> 싹으로 피어 꽃이 된다면, 그리하여 열매가 된다면,
> 그리고 싱싱히 끌어낸 것의 첫 빛깔을 먹는다면,
> 그 잎들도 땅을 익힘과 같다.
> 잎들의 꿈은 시의 성스러운 초상, 至福의 모습이다.
> 그리고 초상은 인간이다….

이 시를 속속들이 분석하는 일은 힘든 일이다. 그러나 여기에서 그 상징들에 대하여 간단한 사전적 해석을 추가할 수는 있겠다. '바위'는 인간조건의 기본을 나타낸다. 그것은 지구이고 대지이다. 우리는 이것을 깊이 깨닫고 잊지 말아야 한다. 그것이 인간생존의 근본이고 전체적 테두리이다. 그것은 무르익어야 하고 익숙해져야 하고 돌보아야 하는 것이다. 그러나 이 인간생존의 필연적 바탕은 삭막한 바위이다. 그리하여 그것은 잎으로 덮어서 비로소 볼 만하고 살 만한 것이 될 수 있다. 그러나 잎들을 기르는 것, 그것이 이 대지를, 근본을 다스리는 것이 될 수도 있다. 어쨌든 잎이 만개될 때, 그것은 대지를 익숙한 것이 되게도 하고, 행복을 그려 보여주기도 하고 인간의 모습을 비추어 보여주기도 한다. 이 잎이 시(詩)다.

그것만으로 전부인 것은 아니지만, 사람의 세상을 살 만한 것이 되게 하는 것은 시요, 예술이다. 그것은 인간조건의 전제적 필연과 작은 구체적 감각의 행복을 연결시켜 하나가 되게 한다. 전체가 잘 되려면 정치가 잘되어야 한다. 그것은 기본적으로 인간의 삶의 기본적인 마련, 가차 없는 필연이며 행복의 약속일 수도 있는 바탕이다. 그러나 궁극적으로 사람이 그것에 의하여 참으로 행복하여질 수는 없다. 실러는 정치 공동체의 의무를 자유로 바꾸어놓을 수 있는 것이 예술이라고 생각하였다. 사실 이것은 오래된 생각이다. 희랍 사람들은 이 전체적 필연과 행복한 자유의 연결을 '칼로카가티아'(Kalokagathia)란 말로 표현하였다. 이것은 이성적이고 의지적인 선(善)과 감각적 미(美)를 하나로 합쳐놓은, 이상적 인간의 자질을 말한다. 실러는 여기에서 미의 요소가 자유를 가능하게 한다고 생각하였다. 말할 것도 없이 이성과 도덕은 강제적인 성격을 띠고 있다. 정치는 그 최고의 형태에서 인간에게 사회적 이성과 도덕적 기율의 훈련을 줄 수 있다. 그러나 이것이 자발적으로 내면화될 수 있는 것은 정치 그것이 형식에 대한 감각과 일치함으로써 이다. 공동체의 행사에 심미적 의식들이 필수적인 것은 이러한 관련에서도 이해될 수 있다. 그러나 이 형식적 감각은 공동체뿐만 아니라 우리의 사생활의 구석에도 침투되어 비로소 참으로 삶의 구체성을 얻게 된다. 또 그것은 감각적 내용에 의하여 채워져야 된다. 이러한 과정은, 스티븐스의 시에서 암시된 바와 같이, 거꾸로 진행될 수도 있다. 즉, 감각, 감각의 형식적 변용, 그것의 공동체적 균형에로의 확대 ― 이러한 순서가 될 수도 있다는 말이다.

자연발생적 삶의 관점에서 볼 때, 오히려 이러한 순서가 경험의 사실에 맞는 것이라고 할 수 있다. 우리의 교육은 교육 이전에 이미 지각으로부터 시작한다. 지각은 이미 의미의 벡터에 의하여 관류되어 있다. 〔메를로퐁티의 지적대로 프랑스어의 '상스'(sens)는 감각이기도 하고 의미와 방향이기도 하다.〕이러한 지각은 아이들이 보고 만지고 관계하는 모든 것으로부터 그의 정신 속으로 흘러들어간다. 이것은 다시 크고 작은 놀이와 여러 가지 축제를 통하여 강화되고, 최종적으로 제도와 공동체적 의무의 체계와 인간과 자연에 대한 이해에로 나아간다. 지각으로부터 시민과 인간으로서의 포괄적 의식에까지의 연결이 제대로 되지 않는 곳에, 조화된 인간품성이 있을 수 없고 개인과 사회의 조화가 있을 수 없다. 그런데 이 연결은, 다시 말하여, 추상적 이념의 교육에 의하여서가 아니라 지각작용을 통하여─모든 형식 교육에 선행하여 시작되며 일생에 줄곧 우리의 삶의 느낌의 현실감의 핵심을 이루는 지각작용을 통하여 이루어진다. 이것은 우리와 우리의 생활환경과의 끊임없는 상호작용 이외의 다름이 아니다. 이러한 상호작용을 좀더 강화하고 의식하고 그것을 삶의 전체적 요청에 끌어올리려는 것이 예술이다. 또 예술 없이 우리는 인간과 인간환경의 자연스러운 상호작용을 보다 만족할 만한 것으로서, 인간의 깊은 욕망과, 참다운 운명에 맞는 것으로서 방향지어 나아갈 수 없다. 그러나 다른 한편으로 예술은 삶의 전체에, 그것의 내면적이고 외면적인, 욕망과 현실의 전체적인 변증법에 뿌리내리고 있는 것이어야 한다. 그럼으로써 비로소 그것은 우리의 삶에 불가결한, 그것을 깊고 높은 곳으로 끌어올리는, 형성적 힘이 될 수 있다.

(1987)

예술과
초월적 차원

1

옛날의 초상화(肖像畵)는 우리에게 기묘한 우수(憂愁)를 느끼게 한
다. 우리를 마주보고 있는 초상화의 주인공은 이미 옛날에 죽었다.
그리고 그들 육신의 유해마저 이미 옛날에 대부분 썩어서 흙으로
돌아갔을 것이다. 또 초상화 속에 배열된 상징적이거나 장식적인
물건들도 이제는 흩어져 폐품이 되었거나, 아주 사라졌거나, 기껏
해야 고물상의 손을 전전하거나, 박물관이라는 무시간(無時間)의
공간 속으로 들어갔거나 했을 것이다. 이러한 죽음과 패산(敗散)의
운명은 수백 년의 이쪽에서 시간의 무화(無化) 작용을 생각하는 관람
자의 마음에서만 일어나는 감상이 아니다. 그것은 초상화 그것 속
에 이미 암시되어 있다. 물론 그림 자체가 초상화의 주인공과 물건
과 실내공간에 닥쳐올 죽음의 운명을 어떤 적극적 의미에서 보여주
는 것은 아니다. 오히려 이것이 드러나는 것은 마치 죽음과 시간을
초월하여 존재하는 듯한 삶의 긴장된 모습에서이다.

　초상화의 인물들은 대개 일정한 자세 ― 대개는 의젓하고 위엄있

는 포즈를 취하고 있다. 그들은 성장(盛裝)을 하고 엄숙하게 가라앉은 얼굴로 정면을 똑바로 노려보거나 또는 옆얼굴의 엄숙한 굴곡을 보여주며 비스듬히 한쪽을 바라본다. 그들의 복장은 단정하게 그러나 너무 딱딱하지 않게 펼쳐지고 주변과 배경에는 이러한 자세에 알맞은 뚜렷하면서 너무 요란하지 않은 물건들이 배치되고 그들이 그 복판에 앉아 있는 공간은 단정한 원근법으로 그들을 받들어 올리면서 뒤로 물러간다. 또 어떤 경우 실내 공간의 저편으로, 반드시 사실적이라고 할 수 없는 하늘과 땅의 모든 공간이 이어진다. 이러한 모든 것은 초상화 주인공의 지위와 위엄을 드러내도록 계획되어 있다. 그러나 초상화가 보여주는 조화된 공간, 또 그 속에 의젓하게 자리 잡은 주인공의 모습은 그것이 저절로 주어진 것이 아니라 그렇게 구성된 것이라는 것을 우리에게 느끼게 한다. 그러한 구성된 조화는 우리의 일상적 체험에서 쉽게 발견되는 것이 아니다. 주인공의 어깨너머로 펼쳐지는 하늘과 땅의 한량없는 공간이 얼마나 오래 이 초상화의 주인공만을 떠받들고 있는 조화의 공간일 수 있을 것인가? 그는 그 공간으로 하여금 참으로 얼마만 한 시간 동안 스스로의 아름다움을 돋보이게 할 배경의 위치에 머물게 할 수 있을까? 태어나면서부터 물려받은 권리로서, 본래부터 있었던 것처럼 있는 실내며, 거기에 자연스럽게 배치된 가구나 물건들은 얼마나 많은 개인적인 또 집단적인 노력에 의하여 떠받들어져 있는가? 엄숙한 자세의 주인공은 늘 그러한 자세로 엄숙함과 위엄을 유지할 수 있는 것일까? 조금 부자연스럽게 긴장되어 있는 얼굴의 표정과 눈에 서린 명상적 우수(憂愁)는 이미 그의 이러한 자세가 계획과 구성의 결정임을 드러내주는 것이 아닌가?

초상화의 모든 것은 그 영원성, 그 위엄, 또 아름다움에도 불구하고 그것이 덧없는 시간 속에 사람의 노력이 결정시킨 최선의 순간일 뿐이라는 것을 느끼게 한다. 사람의 힘과 위엄이 아무리 크다고 하더라도 하늘과 땅은 한 개인을 위하여 오랫동안 다소곳이 있을 수 없다. 초상화의 주인공이 과시하는 위엄은 수많은 일상적 순간의 속됨과 낭비와 무정형(無定形)에 대한 한때의 승리를 나타내고 있음에 불과하다. 초상화 — 잘된 초상화는 소모적 삶의 표류 가운데 이룩되는 한순간, 한 초월(超越)의 순간을 포착한다. 또는 더 정확히 이 초월에의 노력을 포착한다. 왜냐하면 그러한 순간은 삶의 무너짐에 대한 끊임없는 투쟁으로서만 나타나기 때문이다.

예술작품이 우리에게 주는 감동의 근본에는 이러한 초월에의 의지(意志)가 있다. 예술은 단순히 있는 것을 그리면서도 그 있는 것을 넘어서는 어떤 것을 암시하려고 한다. 예술의 기쁨은 있는 것을 확인하는 '알아봄의 기쁨' 못지않게 있는 것을 넘어설 수 있는 힘에 대한 공감을 불러일으키는 데에서 온다. 초상화의 예술적 효과도 위에서 이야기하였듯이 이러한 점에 관계되어 있다. 초월적 의지가 가장 두드러지게 작용하는 것은 비극에서이다. 오이디푸스의 비극은 그가 자신의 존재를 좁은 행복보다는 진실의 평면 위에서 영위하고자 하였던 때문에 일어난, 그 범상한 생존을 넘어서려는 결심이 그의 생애를 비참하게 하면서 또 위대하게 한다. 연극 오이디푸스왕의 감동은 이러한 생애의 위대성을 깨우치는 데에서 온다. 초월적 요소는 이러한 큰 스케일의 예술작품뿐만 아니라 예술의 가장 작은 표현에도 들어 있다. 모든 예술은 초월의 방법이다. 그것은 범속한 인간의 생존이 던져져 있는 좁은 테두리를 넘어서려는 데에서 그 출발을 갖는 것이다.

2

초월의 계기는 별로 위대하다고 할 수 없는 몇 줄의 시에서나 또는 한 시의 뒤에 있는 넓은 생각의 지평에서도 발견할 수 있다. 가령 너무도 잘 알려져 이제는 시적 감흥마저도 사라진 김소월(金素月) 의 〈진달래꽃〉을 보자.

나 보기가 역겨워
가실 때에는
말없이 고히 보내드리우리다

라고 시인이 말할 때, 또 마지막의 연에서

나 보기가 역겨워
가실 때에는
죽어도 아니 눈물 흘리우리다

라고 말할 때, 여기에는 상실의 슬픔을 넘어서려는 시인의 의지가 표현되어 있다. 사실상 아무리 진부한 이별의 슬픔도 그것을 극복 하려는 의지와의 긴장 없이 표현되는 수는 아주 드물다. 낭만적 시 인들이 애인의 아름다움을 말하고 그들의 사랑의 영원함을 말할 때, 가령 셰익스피어가 그의 소네트에서,

아름다운 그대를 여름날에 비하랴.
그대는 더욱 아름답고 온화한 것을.
오월의 새 잎은 거친 바람에 흔들리고
여름의 시간은 너무도 짧고 또한
하늘의 태양도 너무나 뜨거워
그 얼굴 때로는 흐려지거니.

아름다운 모든 것은 이울기 마련,
속절없이, 또 자연의 변덕 속에 스러지는 것.
하나 그대의 영원한 여름은 기울지 않고
그대의 아름다움 잃어질 수 없으리,
그대 죽음의 그늘 속에 서성이지 않으리…

라고 말할 때, 셰익스피어는 아름다움과 영원에 대한 낭만적 환상을 현실로 착각하는 것이 아니라 덧없는 사랑의 아름다움이 완전하고 영원한 것인 양 행동하고자 하는 자의 이상에의 결의를 표현하는 것이다. 이러한 예는 거의 거죽에 나타나지 않은 인간의 긍정에의 의지, 초월에의 의지를 나타낸 것이지만, 어떤 시는 이러한 의지를 조금 더 광범위한 상황과의 관계에서 표현한다. 새삼스럽게 들 필요도 없는 것이지만, 육사(陸史)의 〈광야〉(曠野)는 손쉬운 예의 하나가 될 것이다.

지금 눈 나리고
梅花香氣 홀로 아득하니
내 여기 가난한 노래의 씨를 뿌려라

다시 千古의 뒤에
白馬 타고 오는 超人이 있어
이 曠野에서 목놓아 부르게 하리라.

아마 이런 직접적 결의(決意)의 표현보다도 더욱 심미적으로 효과적인 것은 숨어 있는 초월의 암시일 것이다. 가령 그러한 예로서 우리는 생각나는 대로 우리 시사(詩史)의 첫머리에 서 있는 〈찬기파랑가〉(讚耆婆郎歌) 같은 것을 들어볼 수 있다.

열치고 나타난 달이
흰 구름 좇아 떠가는 어디에
새파란 냇물 속에, 기랑의 모습 잠겼어라.
逸延烏川 조약돌이
郎의 지니신 마음 가를 쫓고자,
아, 잣가지 높아 서리 모를 꽃판이여.

이 시에서 사람이 범속성(凡俗性)을 넘어설 수 있다는 가능성은
맑은 기상을 나타내는 여러 상징물로써 암시되어 있을 뿐이다. 이
시의 주인공의 고매한 인격은 다만 흰 구름을 좇는 달이나 높은 잣
나무 가지 위의 꽃판에 비유되어 묘사되어 있다. 그리고 이 맑고 좋
은 것의, 범속을 넘어서는 상태도 달이 물속에 비쳐서 지상에 있는
듯하면서 사실은 하늘 높이 근접할 수 없는 곳에 있다거나, 잣나무
가지가 서리도 미칠 수 없이 높은 곳에 있다는 간접적 서술로 암시
되어 있다.

3

이와 같이 시를 포함한 예술작품에서 초월적 요소는 예술적 효과의
중요한 한 부분이 되고 또 의미 있는 심미적 동기가 되는 것이지만,
그 심미적 가치가 다 같은 것은 아니다. 〈진달래꽃〉의 초월은 〈찬
기파랑가〉의 그것과는 차원이 다른 것이다. 위에서 우리는 이미
〈찬기파랑가〉의 초월적 비유가 매우 암시적이고 모나지 않은 것이
며, 그러한 특성이 시의 효과를 높이는 것이라고 언급하였다. 이러
한 비유의 특성은 이 시의 관점이, 사물을 그 초월적 차원 속에서
즉각적으로 파악하는 데 익숙해 있는 감수성의 관점이라는 사실에
관계되어 있다. 분명히 꼬집어 말하지 않더라도 현실의 차원과 초
월의 차원이 동시에 교차된 투명한 지각작용을 우리는 여기에서 느

낄 수 있다. 그러니만큼 이 시에서 사람의 높고 아름다울 수 있는 가능성이 어떤 특정한 인간능력이 아니라 기파랑(耆婆郞)의 전인격에 투영된 것은 당연하다. 여기에 대하여 〈진달래꽃〉은 어느 특정한 감정의 ― 그것도 틀에 박힌 감정의 표현과 절제에 관계될 뿐이다. 다른 면에서는 우열이 다시 논의되어야 하겠지만, 적어도 같은 관점에서 볼 때, 셰익스피어의 소네트나 〈광야〉도 감정의 의식화와 의지만을 이야기함으로써 〈찬기파랑가〉의 전인격적 암시에는 이르지 못한다.

다시 말하여 하나가 사람 인격의 전체적 기율(紀律)과 고양을 말한다면 다른 것들은 그 부분적 기율을 말하고 있을 뿐이다. 이러한 차이는 시인의 개인적 감수성과 생각의 깊이에 관계된다. 그러나 모든 것이 반드시 개인적 요인만으로 설명될 수는 없다. 아마 그것은 예술과 사회적·문화적 여건의 교묘한 상호작용으로 설명하여 마땅할 것이다. 사람이 스스로에 대한 조화되고 고양된 이념을 발달시킬 것을 허용하고 또 그 실천을 가능하게 하는 여건이 성립할 때만, 인간의 현실과 그 초월적 가능성의 예술적 묘사도 용이해지는 것이다. 〈찬기파랑가〉와 〈진달래꽃〉의 차이는 경덕왕 대의 신라와 일제하의 한국의 차이이다.

〈진달래꽃〉에 비하여 〈광야〉는 보다 큰 초월에의 의지를 보여주고 있다. 그것은 이육사가 찌그러진 일제하의 생존 공간에서도 가열(苛烈)한 의지를 통해서 깨달을 수 있는 삶의 가능성을 겨냥했기 때문이다. 그러나 〈광야〉의 초월은 자연스럽게 구현되는 보편적 생존의 차원에 이르지 못한다. "백마를 타고 오는 초인"의 이미지에서 우리는 하나의 의사(義士)의 상, 영웅의 상을 본다. 그러나 여기에 어떤 허세가 느껴지지 않는다고 할 수 있을까? 초인의 이미지가 지나치게 상투적이고 무대장치와 같은 느낌을 주는 것은 웬일일까?

여기에 비하여 일제초기의 애국시(愛國詩)는 보다 순수한 자기 초월을 드러내 준다.

    당당한 대의를
    펴고야 말 것이
    늦은 이 몸 막대 잡고
    뒤를 따라나섰오.

    한 조각 붉은 마음
    간 곳마다 서로 통함을
    살아도 죽어도
    맹세코 서로 도우리.　　　　　　　　　　　　　　— 松庵 金道和

이러한 소박한 노래는 오히려 어떤 영웅적인 자기투영에 대한 좁은 관심이 아니라 진실의 움직임에 스스로를 내던지는 행동의 순수함을 그대로 드러낸다. 또 하나 예를 들어보면, 가령 이은찬(李殷瓚)의 다음 시를 생각해 볼 수 있다.

    오얏나무 한 가지로 배를 만들어
    창생을 건지고자 바다로 떠났으나
    아무 공 못 세우고 내 몸 먼저 침몰하니
    그 누가 동양평화 이룩하리오.

    一枝李樹作爲船　欲濟蒼生泊海邊
    未得寸功身先溺　誰算東洋樂萬年

어떻게 보면 거의 상투적이라고 할 수도 있는 이런 시에서도 우리는 사람이 스스로의 좁은 테두리를 넘어서고자 하는 발돋움을 본다. 그리고 그것은 반드시 쩡쩡 울리는 수사일 필요도 없고 사람의 무력함과 괴로움을 모르는 체하는 것일 필요도 없다.

그런데 다시 말하여 이러한 초월적 차원의 획득은 반드시 개인적인 안간힘으로 얻어지는 것이 아니다. 위에 든 애국시를 쓴 사람들이 유교적 교양이 밴 사람들이라는 것은 경시할 수 없는 사실이다. 셰익스피어의 사랑의 수사도 단순히 개인적 의지의 표현이 아니다. 르네상스의 플라토니즘과 궁정예의를 통하여 비로소 그는 덧없는 감정의 잔물결을 높은 의식으로 승화하고 또 그것을 하나의 인격적 세련의 방법이 되게 할 수 있었던 것이다.

맨 앞에 들었던 초상화(肖像畵)의 경우는 조금 더 길게 말해볼 수 있다. 앞에서 나는 일반적으로 옛날의 초상화를 이야기하였지만, 사실 앞에서 말하고자 했던 느낌을 강하게 일으키는 것은 르네상스의 초상화들이다. 그것은 유명한 모나리자일 수도 있고 젊은 라파엘의 자화상일 수도 있고 브론지노(Bronzino)의 비교적 알려지지 않은 초상화일 수도 있다. 이러한 그림들에 대하여 가령 18세기 영국의 초상화들을 비교해 보면 거기에서 초월적 차원은 기묘하게 변화되었음을 감지하게 된다. 여기에서도 여전히 스스로의 아름다움을 뽐내며 선남선녀가 화가 앞에 앉아 있다. 한껏 치장한 귀족의 다듬은 수염, 화사한 귀부인의 피부, 그 실감을 화면에 재생하고자 당대의 화가들이 그렇게 애썼던 비단 옷자락, 무겁고 부드럽게 펼쳐진 우단 장막, 이런 것들은 모든 것이 자랑이요 전시요 가상(假象)이라는 느낌을 준다. 그러나 가상은 가상에 멈추어 있는 듯하다. 그렇다고 필요한 것이 피안적 초월이라는 말은 아니다. 초상화는 죽은 사람 또는 죽어갈 사람을 기념하여 제작되는 하나의 증표로서의 영정(影幀)과 같은 것일 수 없다. 그것은 개성적인 모습의 독특한 아름다움과 영광을 그리고자 한다. 초상화라는 장르는 사람의 삶이 전적으로 피안의 질서나 관료적 위계에 의하여 정당화되는 곳에서는 쉽게 성립하기 어려운 것이다. 초상화에서 가상(假象)의 세계는 본질적인 힘의 세계를 전제로 하고 있다. 서양인간의 자기 회복이 시도된 르네상스기에 개성적 인물의 묘사가 시도된 것은 우연이 아니다. 《군주론》의 권력 개념의 핵심을 이루는 세속적 능력(virtú) — 시운(fortuna)을 스스로의 권력 신장에 사용할 수 있는 가차 없는 세속적 능력 — 은 정치가의 경우뿐만 아니라 모나리자나 라파엘 자화상의 화려한 아름다움 또는 브론지노의 마르텔리의 초상에 서린 우수에도 배어들어 있다.

18세기 현세적 가상(假象)의 의미는 르네상스의 그것과 상당한 거리를 가지고 있다. 첫 번째 시기에 가상이 현실적 힘의 표현이라면 두 번째 시기에 현실은 거의 가상 이외의 다른 아무것도 아니다. 정치사가들이 지적하듯이 17세기 이후의 유럽에서 부르주아계급의 상승과 함께 공권력의 행사와 그에 따른 책임의 수락은 점점 사회의 표면을 떠나고 사회(또 좁은 의미의 사회 노릇을 한 사교계)는 부(富)와 허영의 경쟁시장으로 변모해 갔다. 그리하여 뛰어난 인간적 능력이 영웅적 차원과 그 가상으로 이어지는 것이 아니라 단순히 외적 증표로서의 부와 허영의 가상 그 자체가 하나의 지속적인 가치 노릇을 하게 되었다. 18세기 또는 19세기의 유럽소설에서 우리는 비단 조끼나 양가죽 장갑이 사교계에서 성공과 실패에 직결되는 양 이야기되는 것을 보거니와, 이러한 이야기도 가상의 가치화에 맞아들어 가는 것이다. 18세기의 레이널즈(Reynolds)나 게인즈버러(Gainsborough)의 초상화들에서 보는 것은 이러한 부르주아 사회의 예시적 표현인 것이다. 여기에서 가상은 가상에 그친다. 가상이 사람의 에너지 — 그 아름다움과 영광을 나타내고 삶의 일상적이고 거친 충동을 아름다움 속으로 집약할 수 있다는 데에서 그 의미를 얻는다고 한다면 현실적 힘에서 단절된 가상은 사람의 삶에서 그야말로 외면적으로 겉도는 것이 될 수밖에 없다. 뛰어난 그림은 사물의 그릴 만한 성질에서 나온다. 또 그림을 통해서 그러한 성질이 확인되고 또 사물의 사물됨이 고양된다. 가상만의 그림은 이러한 존재론적 필연성을 벗어난 허위에 불과하다.

4

사람이 스스로를 넘어선다는 것은 쉽게 말하여 큰 관점에서 스스로를 파악하고 또 산다는 말이다. 가장 분명한 예는 종교와 같은 초월적 원리에 자신의 삶을 순응시키는 것이다. 그러나 어떠한 삶이나 초월의 동기를 포함하고 있다. 실존주의자들이 말하듯이 산다는 것자체가 이미 스스로 가운데 파묻혀 있는 즉자적인 사물과는 달리 어떤 기획 속에 있다는 것을 뜻한다. 가장 초보적 의미에서 의식하고 행동하는 것 자체가 또는 신진대사가 이미 스스로를 넘어서는 것이다. 나아가서 조금 더 지속적으로 사람이 스스로의 삶을 어떠한 의미 있는 곡선으로 파악하고 그렇게 살려고 하는 것도 이러한 충동의 연장이라 할 수 있다. 종교의 피안적 원리를 통한 초월도 이러한 작고 큰 삶의 초월적 충동에서(적어도 경험적 관점에서는) 그 심리적 타당성을 얻는다. 다만 그것이 정해진 초월의 원리를 절대화하고 이 세상이나 세상의 삶과의 단절을 절대화할 때 그것은 주어진 삶의 기획으로서의 의미를 갖지 않는다고 할 수 있다. 순전히 경험적 테두리에서만 말한다면 초월은 주어진 삶의 부분성이나 범속성을 전체적이고 고양된 삶의 이념으로 극복하는 경우를 말한다.

르네상스기 휴머니즘의 의미는 이러한 각도에서 이해될 수 있다. 미술사가 파놉스키(Panofsky)는 르네상스기에 대두된 '인간적이라는 것'(*Humanitas*)의 의미를 설명하면서, 칸트 생애의 한 삽화를 들고 있다. 칸트는 죽기 아흐레 전에 늙고 병든 몸으로 찾아온 손님을 맞은 일이 있다. 그때 그는 자리에서 일어나 바른 자세를 갖추기를 고집하였다. 그러면서 그는 "아직은 나에게 인간의 위엄에 대한 느낌이 남아 있다"(Das Gefür Humanität hat mich noch nicht verlassen)고 말했는데, 이때 그의 말 '인간의 위엄'(Humanität)은 휴머니즘의 핵심을 잘 드러내주고 있다고 파놉스키는 말한다. 칸트의 태도와 말에 두드러지게 표현된 것은 "사람이 병이나 퇴락이나 기타 약한 인간 조건의 모든 압력에 완전히 굴복해 버리지 않고, 오히려 스스로 긍정하고 스스로 부과한 원리에 따라 행동할 수 있다는 사실에 대한 비극적이고 자랑스러운 의식"이며, 이렇게 제한된 인간의 현실을 높은 원리 속에 초월하려는 것이 휴머니즘의 핵심이 된다는 것이다.

칸트의 삽화에 암시된 '인간적인 것'이란 말의 의미는 감격적인 것이면서도 윤리적이고 금욕적인 면만을 일방적으로 강조하는 것으로 생각될 수 있다. 아마 이러한 윤리적 의미는 조금 더 관대한 뜻에 의하여 보충되어야 할 것이다. 르네상스 휴머니즘의 이상의 하나는 '인간의 정신적 물질적 생존의 조화된 발전'(부르크하르트)이었다. 다시 말하여 여기서 '인간적'이란 말은 인간 가능성의 모든 것 또는 인간의 모든 것으로 생각되어도 좋다. 하여튼 르네상스 휴머니즘은 분명하게 알아볼 수 있는 인간의 이념을 가지고 있었다. 그리고 일상적 삶의 혼란은 이러한 이념을 통해서 그 스스로를 넘어설 수 있는 기율(紀律)을 얻을 수 있었다. 예술에 투영된 것도 이러한 초월적 충동인 것이다.

5

비록 이탈리아의 르네상스에 비견될 만한 시각예술을 만들어내지 못하였어도 조선의 전통에서도 비슷한 기율과 조화의 이상을 발견할 수 있다. 위에서 우리는 칸트의 노년의 삽화에 언급하였지만 이러한 자기 기율(紀律)의 일화는 오히려 우리 전통에서는 헤아릴 수 없이 발견되는 것이다. 조선의 인문학적 전통이 연마해온 것 가운데 가장 중요한 것이 있다면, 그것은 서양과는 다른 의미에서의 조화된 인격의 이상이었다. 가령 후자의 예는 전형적인 인품의 묘사에서 쉽게 살펴볼 수 있다. 김성일(鶴峯 金誠一)은 퇴계(退溪)를 다음과 같이 이야기한 바 있다.

까다롭지 않고 명백한 것은 선생의 학문이요, 공명정대한 것은 선생의 道요, 봄바람처럼 부드럽고 상서로운 구름과 같은 것은 선생의 덕이요, 베나 명주처럼 질박하고 콩과 조처럼 담담한 것은 선생의 글이었다. 가슴 속은 맑게 트이어 가을 달과 얼음을 담은 옥병처럼 밝고 결백하며, 기상은 온화하고 순수해서 精한 金과 아름다운 玉과 같았다. 무겁기는 산악과 같고 깊기는 못과 같았으니, 바라보면 덕을 이룬 군자임을 알 수 있었다.

그 사실성이야 어쨌든 자연과 산업과 장식의 세계에서 나온 언어를 써서, 그러한 세계의 여러 뛰어난 성질이 조화되어 하나의 품성을 이룰 수 있다는 가능성을 암시하는 듯한 위의 글이 말하는 인격의 이상이 진실된 것임은 의심할 여지가 없다. 머리 부분에서 이야기한 〈찬기파랑가〉와 같은 시의 배경에 있는 인간의 이념이 무엇인지는 알 수 없지만, 예술적 풍요의 경지에 이르지는 않은 채로, 조선의 삶과 예술 뒤에 스며 있는 것은 이와 같은 조화된 인간의 이념일 것이다.

6

그런데 인간의 전체성의 이념이 예술작품의 배경이 된다는 것은, 단순한 의미에서, 시대의 흐름이 다른 많은 우발적인 것들처럼 예술에 반영된다는 뜻은 아니다. 일상적 삶의 잡다함을 넘어선 전체성을 지향하는 것은, 앞에서 비친 대로 예술적 감동의 필연적 요인이다. 다시 말하여 예술작품과 인간의 전체성의 이념의 관계가 늘 직접적인 것은 아니지만, 적어도 후자의 지평 속에서만 예술적 전율(戰慄)이 일어난다는 점에서 필연적인 것이다.

예술이 추구하는 아름다움은 흔히 형식적 완성에 있는 것처럼 이야기된다. 그 피상성에도 불구하고 이것은 어느 정도 맞는 이야기이다. 형식의 완성은 서로 조화된 구성요소 또는 소재들이 하나의 지속적이고 이상적인 구조를 이루는 상태를 가리킨다. 이때의 소재적 요소들이 사람과 세계의 주요한 내용과 일치하는 경우 이러한 요소들의 '구조에의 전환'은 곧 인간과 세계의 조화된 질서, 적어도 그 가능성을 전제하는 데에서 가능하다. 심미적 구조가 단순한 유희적 조작의 소산이 아니라면 그것은 있을 것이 마땅히 있어야 하는 이상적 질서를 전제로 하여 성립한다. 물론 이렇게 말하면, 세상의 모든 것을 신(神)의 완성된 희극의 입장에서나 본다면 모르거니와, 불완전한 세상에서 완전한 심미적 구조는 있을 수 없는 것이라는 주장이 될는지 모른다. 그렇다고는 하더라도 예술작품의 감동의 근본에 삶에 내재하는 초월의 가능성이 놓여 있다는 것은 확실하다. 아름다움이 드러내 주는바 인간의 전체적 가능성과 사물의 바른 있음에 대한 인식이 없을 때에 예술작품은 기계적 형식의 완성만을 추구하거나 조잡한 현실의 묘사에 그칠 수밖에 없다.

예술작품의 아름다움이 공허한 형식이나, 현실묘사의 능숙함에서만 오는 것이 아니란 점을 강조하는 것은 중요하다. 우리는 위에서 예술의 형식미의 근거가 사실적 조화의 가능성임을 말하였다. 예술의 아름다움은 추상적 논리나 현상계를 넘어선 신비적 관조에 의하여 일거에 주어지지 아니한다. 아름다움은 사물과 사물의 관계에서 생겨난다. 또 이 관계는 두 개 또는 여러 개의 사항을 일반적 개념 속에 편입시킴으로써 생겨나는 것이 아니라 구체적 사항과 사항의 직접적 대조 내지 연결에서 발생한다. 그것은 어울림의 관계이다. 가령 한 쌍의 부부가 잘 어울린다고 할 때, 그것은 두 사람이 어떤 일반적 원칙으로 설명될 수 있는 두 항목을 이룬다는 말이 아니다. 그러니까 이러한 어울림의 관계를 파악하는 것은 추상적 원리도 신비적 영교(靈交)도 아니다. 그것은 칸트가 판단력이라고 부르고 또는 일반적으로 취미라고 부르는 직관적 능력이다. 그렇다고 이것이 완전히 판단 나름이요, 취미 나름인 주관적 원리라는 것은 아니다. 그것은 사물에 대한 일반적 감각, 구체적 인간과 인간 사이에 관한 지혜 내지 양식(良識)과 비슷한 것이다. 그것은 한쪽으로는 이상적 규범성의 가능성을 가지고 있으면서 다른 쪽으로 또는 보다 분명하게 공동체의 전통적이며 당대적 삶 속에서 얻어지는 감성적 세련에 근거를 갖는 것이다. 그리하여 칸트는 심미적 판단의 능력을 상식 또는 보통의 느낌(sensus communis)과 일치하는 것이라고 보았다.

상식(sensus communis)에 우리는, 다른 사람의 마음 가운데에서의 표상을 우리의 반성 속에서 직관적으로 고려하며, 말하자면 스스로의 판단을 인간의 집단적 이성과 비교하고 그렇게 함으로써, 사사로운 사정에서 나오는 것을 객관적인 것으로 잘못 생각하는 결과 생기게 되는, 판단을 손상하는 착각을 피하고자 노력하는 판단의 능력을 포함시켜야 한다. 이러한 판단은 다른 사람의 실제의 판단보다는 있을 수 있는 판단과 우리의 판단을 비교하고 다른 사람의 입장에 우리 스스로를 놓으며 우리의 판단에 우발적으로 따를 수 있는 제약을 넘어섬으로써 도달될 수 있다.

이와 같이 우리의 심미적 감각이 참으로 칸트가 이야기하는 상식 또는 그가 달리 부르는 말로 '확대된 사고'(Das erweiterte Denken)에서 나온다고 한다면, 예술작품에 구현되는 심미적 질서는 사회 내지 공동체가 허용하는 종합적 판단에 기초한다고 해야 할 것이다. 예술작품이 불러일으키는 초월적 전율은 다분히 이러한 공동체 의식에의 도약의 가능성을 지시하는 면이 있다. 훌륭한 예술을 산출한 시대 또는 조금 더 조화된 시대는 매우 구체적이면서 동시에 개개의 사례를 넘어서는 '상식' 또는 '확대된 사고'가 유포된 시대이고, 이러한 상식은 문화로서 제도로서 또 주로 인간의 이념에 대한 끊임없는 세련으로서 존재하며 심미적 인식의 토양이 된 것이다.

7

이렇게 말하고 보면, 예술의 효과는 전적으로 경험적이고 사회적인 것으로 환원된다는 말이 될는지 모른다. 그러나 예술작품의 감흥에는 그것이 가냘픈 서정시 한편이든 또는 소포클레스의 비극과 같은 장대한 것이든, 어떤 종류의 형이상학적 고양감이 섞여 있기 마련이라는 것이 아마 솔직한 체험의 증언일 것이다. 예술작품이 어떻게 경험적이면서 초경험적인 이상의 세계를 가리키고 예술의 원리가 공동체의 상식을 지향하면서 동시에 그러한 경험적 총체를 넘어서는 규범적 이상성을 띨 수 있느냐 하는 문제는 매우 중요한 문제이면서 극히 답하기 어려운 문제이다. 여기에서는 다만 개인적 체험에 대한 존재론적 고찰이 이 문제에 답하는 첫 시작이 될 수 있을 것이라는 점만을 지적하고 상식 내지 확대된 사고 또는 나아가서 예술의 원리가 규범적 이상성을 지니게 된다는 것을 받아들여 보자.

위에서 인용한 칸트의 말에서도 상식이 다른 사람의 생각을 고려할 수 있는 능력에 관계된다고 할 때 문제되는 다른 사람의 판단은 '실제의' 것이 아니라 '있을 수 있는', 즉 논리적으로 가능한 것을 가리키는 것이었다. 즉, 여기서 다른 사람의 생각은 반드시 우리 이웃의 실제 인물의 생각을 가리키는 것이라기보다는 (그것도 포함하지만) 이상화된 공동체를 가리키는 것이다. 이 점을 인정하는 것은 중요하다. 그렇다는 것은 실제적 공동체의 이상화가 어떻게 일어나느냐 하는 것을 이해하는 것은 조금 복잡한 일이지만, 적어도 이러한 인정은 예술가가 그 상식을 확대하고 양심과 자유를 유지하는 방식을 이해하는 데 중요한 기초가 된다. 예술적 가치가 구극적으로 공동체의 상식에서 온다고 하더라도 그러한 사실은 반드시 그가 공동체의 압력하에 놓여야 된다는 것을 말하지는 않는 것이다. 공동체는 그에게 이상화된 형태로 나타난다. 여기에 그의 개인적 양심과 자유의 가능성이 있다. 사람은 이상을 통해서 또는 지금까지의 논지에 조금 더 맞는 방식으로 말하여, 실제의 공동체가 아니라 이상화된 공동체의 이념을 통하여 비로소 자유로워진다. 여기에서 비로소 그는 동시에 사회의 직접적 압력과 개인적 편견으로부터 해방될 수 있다. 상식의 이상적 형태, 따라서 심미적 조화의 구극적 원리는 개인의 주관이나 여기에 맞서는 물화된(reified) 객관으로 있는 것이 아니라 이것을 포함하면서 그것을 초월하는 것이다. 그것은 주관과 객관이 서로 맞부딪는 곳에 성립한다.

8
예술가는, 또 일반적으로 사람은 어떻게 하여 보편적 관점에 이르는가? 사람이 생각하는 보편에는 두 가지 것이 있다고 말함으로써 이 문제에 대한 생각의 단초를 삼아볼 수 있다. 정신분석학자 에릭 에릭슨이 우리와는 다른 관련에서 이야기한 삽화는 매우 재미있는 우화(寓話)가 될 수 있다. 아침마다 구역질하는 사람이 있었다. 이를 걱정한 그의 가족들은 그에게 의사를 만나게 하였다. 진찰실에 나타난 그에게 의사가 "아침마다 구역질한다고 들었는데…" 하고 말을 여니까 이 사람은 "누구나 아침이면 그러는 것이 아니냐" 하더라는 것이다. 에릭슨의 일화의 주인공이 드러내는 것은 자기중심적 보편주의이다. 이러한 보편주의는 모든 사고의 도처에서 우리의 세계 이해의 결함을 은폐하고 참다운 보편성에 이르는 것을 방해한다.

이러한 자기중심주의(自己中心主義)는 한편으로는 객관적 사실의 기율을 받아들이고 다른 한편으로는 다른 사람과의 대화 속에 들어감으로써 극복될 수 있다. 그러나 이것은 자기중심주의를 객관주의로 완전히 대치하는 것을 의미하지 않는다. 적어도 인간사에서 완전한 객관성 또는 객관적 보편성은 존재하지 않는다. 그러한 것이 있다 하더라도 그것은 반드시 개체의 의식과 행동을 통해서 나타날 수밖에 없는 것이다. 물론 사람이 사전을 뒤져서 바른 말을 찾아내는 식으로 권위 있는 사람의 말만을 좇아 반복하는 수는 있겠지만, 권위자의 말도 주관적 왜곡을 면할 수는 없다. 그리고 무엇보다 주관의 오류를 피하기 위하여 지나치게 엄격한 객관주의를 취한다면, 그것은 결과적으로 다른 사람과 사실의 열려있는 지평으로 나아가는 모든 길을 차단하는 일이 될 것이다.

이 점은 인간의 언어습득 과정에서 예시될 수 있는 것으로 생각된다. 성장심리학자 장 피아제(Piaget)가 지적한바 일곱 살 이전의 어린 아이들의 언어의 특징은 그 자기중심주의에 있다. 그들이 설혹 대화하는 것 같은 인상을 주는 경우에도 그들은 '집단적 독백'을 하고 있을 뿐이다. 대체로 어린 아이들에게 자기의 세계와 자기의 언어세계에 직접적으로 나타나는 것은 굉장한 '현장감'(réalisme)을 가지며 또한 모든 사람, 모든 곳에서 보편적으로 옳은 것으로 생각된다. 어린 아이들이 의사소통 수단으로서의 언어의 개념에 이르려면 이러한 자기중심주의를 극복하고 자기와 다른 사람의 분명한 구분과 사물의 객관적 인과관계 파악에 기초한 성인의 언어로 옮겨갈 수 있어야 한다.

그러나 피아제의 주장과는 달리 이 이행(移行)이 그렇게 절대적으로 별개의 차원으로 옮겨가는 것일 수는 없다. 이 이행을 너무 극단적인 대조의 관계로 보는 피아제를 비판하는 자리에서 메를로퐁티의 지적에 따르면, 아동언어의 자기중심주의와 성인언어의 객관주의는 그렇게 날카롭게 구분될 수 없는 것이다. 어린 아이의 경우나 어른의 경우나 의사소통은 이루어지고 또 의사소통의 근본조건은 크게 다른 것이 아니다. 사람은 다른 사람의 상황을 자기의 것으로 생각할 수 있는 능력을 가지고 있다. 이것은 어린 아이의 경우나 어른의 경우나 근본적으로는 같다. 물론 어린아이가 자기중심적인 것은 사실이다. 그러나 그가 자기중심주의에서 빠져나올 수 있다면 그것은 그가 특정한 상황 속에 있음으로써 이다. 이것을 통하여 그는 다른 사람도 같은 상황 속에 있음을 깨닫게 된다. 이 상황은 이미 인간적 의미로 차 있다.

언어는 이 의미 속으로 개입해 들어가는 하나의 수단이다. 이때 언어는 이미 어떠한 상황 속에서 행동을 매개하는 체계로서 개체를 넘어서는 것이다. 그러니까 자기중심적 언어도 이미 이 체계를 통해서 자기를 넘어서고 있는 것이라 할 수 있다. 또 어떠한 개인은 이미 그 언어로서 또는 언어 이전의 몸짓으로 하여 상황 전체에 범주적으로 작용하고 있었다고 할 수 있다. 말하자면 한 개체는 자기중심적으로일망정 어떤 상황에 대하여 전체적으로 관계되어 있고 그렇기 때문에 같은 입장의 다른 개체와 일치할 수 있는 것이라 할 수 있다.

두 사람 또는 여러 사람 사이의 바른 의사소통의 조건을 이렇게 생각해 볼 때, 그것은 3가지 계기 — 전체 상황 속에 표현과 행동을 펼칠 수 있는 능력(메를로퐁티가 '범주적 태도'라고 부르는), 개인을 넘어설 수 있는 언어체계, 상황 — 를 가지고 있는 것으로 보인다.

이것은 어린 아이의 언어상황에도 잠재적으로 있는 것이면서, 어른의 언어전달에서 비로소 분명하게 표현된다. 그런데 이러한 계기는 서로 독립적으로 존재하는 것도 아니고 단순히 주어진 생물학적 여건도 아니다. 언어 없이 사람이 어떤 상황에 전체적으로 관여할 수 있을는지는 의심스러운 일이다. 또 '범주적 태도' 없이 언어가 사물의 바른 인식의 수단이 되지 못한다는 것은 확실하다.

어떠한 상황은 인간의 행동이나 의식의 초월 없이 또는 언어 없이 하나의 상황으로 구성되거나 정의될 수 없을 것이다. 이러한 상호의존성은 다시 문화적 조건으로 하여 크게 복잡한 것이 될 것이다. 범주적 태도는 문화적 수련에 의해서 주어진 인식능력 이상의 섬세함과 포괄성을 얻을 수 있을 것이다. 언어가 문화적인 것임은 말할 것도 없다. 그것은 일정하게 고정할 수 없는 유연성을 가지면서도 문화적으로 퇴적된 구조적 통제를 가지고 있다. 메를로퐁티는 홈볼트(Humboldt)의 말을 빌려, 언어에는 '하나의 언어공동체의 성원들이 공유하는 정신적 지도'로서 '내적 언어형식'(Die innere Sprachform)이 있다고 한다. 궁극적으로 언어가 의미 있는 현실을 지칭하는 일은 이 언어형식의 유연하고 포괄적인 힘을 개인 언어에 흡수하는 과정을 전제한다. 인간의 능력과 언어적 표현의 근본적 준거로서의 상황이 역사적인 것임은 새삼스럽게 말할 필요도 없다. 그리고 이 역사는 인간의 능력과 언어적 표현의 역사를 포함한다.

위의 분석은 지나치게 조급하고 거친 것이어서 납득하기 어려운 점이 많을는지 모른다. 그러나 적어도 하나의 이상으로서 우리는 주관적 보편주의와 객관적 인식 내지 의사전달이 거의 구분될 수 없는 평형을 이루는 상태를 상정할 수 있다. 객관적 사실의 기율에 의하여 끊임없이 훈련됨 없이 스스로의 생각이 곧 보편성을 갖는다면 사람은 얼마나 세계의 중심에 편안히 앉아 있으며 또 동시에 가장자리에까지 미치고 있다고 느낄 것인가? 이러한 평형과 조화는 사람의 주체적 능력 — 자기중심주의를 낳으면서, 또 동시에 상황의 전체에 자신을 전개할 수 있는 능력 — 을 보편적 문화이상에 접근하도록 교육함으로써 또 사람의 상황 자체를 문화적 이상의 실천적 구현의 결과가 되게 함으로써 접근될 수 있을 것이다. 이때의 교육은 외적인 정보의 습득보다는 범주적으로 상황에 개입할 수 있게 하는 능력의 수련을 그 핵심으로 하는 교육일 것이다. 이것은 인문적 전통에 의하여 발전시켜진 보편적 인간의 이념의 내면화를 포함한다. 예술작품은 이러한 이념의 근본원리로서의 상상력에서 나오고 또 그러한 상상력의 형성에 기여한다. 물론 사람이 스스로를 초월하여 보다 보편적으로 나아가는 것은 예술작품 또는 예술적 상상력을 통하여서만이 아니다.

문화의 한 가지 의미는 그것이 개인으로 하여금 자신의 좁은 테두리를 넘어서서 큰 것 가운데 있을 수 있게 하는 다양한 계기를 제공한다는 데에 있다. 종교, 전통, 법률, 실용적이거나 예술적인 구조물, 기타 여러 제도 이 모든 것들이 그러한 계기를 제공한다. 일정한 질서와 예의로 짜여진 사회공간 또는 권력과 공공목적이 얼크러진 역학적 공간으로서의 정치도 주요한 초월의 계기가 된다. 이러한 유형 무형의 사회적 제도는 사람들의 마음 깊이 침전되어 보편적 인간의 이념을 형성하고 또 여러 가지 지적인, 실제적인 활동의 형성원리가 된다.

9
지금껏 우리가 말한 것은 인간의 보편적 가능성에 대한 이념을 바탕으로 하여서만 예술과 인생이 범속한 삶의 무정형성과 좁은 테두리를 벗어날 수 있다는 것이었다. 여기서 인간의 이념은 르네상스기의 조화된 인간의 이념에 가까운 것이라는 것을 일단 수긍할 수 있다. 그러나 우리는 그러한 조화된 인간을 향한 발돋움이 '사람의 잠재적 가능성에 반대하여 이미 이룩한 것의 조화를 갈망하는 것'이 되고 내적인 조화를 핑계로 하여 사회의 여러 투쟁으로부터 사람들을 유리하게 할 위험을 내포한 것임을 인정하여야 한다. 이것은 앞에서 언급하였던 르네상스나 조선의 유교적 인간의 경우에도 마찬가지다. 르네상스의 이상은 특정한 계층에 한정되는 이상이었고 모든 성원의 보편적 조화와 완성을 약속하는 것이 아니었다. 또 이것은 역사의 진전과 더불어 점점 허망하고 관념적인 도피주의(逃避主義)로 변모했다. 조선시대의 조화된 인간의 이상이 매우 부분적인 것이었음은 말할 필요도 없다. 그것은 계급적 이상이었고 그 자체로서도 완전한 조화의 이상이 아니었다. 퇴계(退溪) 자신 아랫사람에게는 평화가 아니라 엄격한 기율이 중요함을 말하였다. 다산(茶山)의 《목민심서》의 일관된 주제의 하나는 아랫사람에 대한 불신이다. '아랫사람'의 자율적 인간에로의 발전이 인정되지 않는 만큼 엄격함이 '윗사람'의 중요한 행동규범이 될 수밖에 없고 또 이 엄격성은 (이것은 일반적으로 행동과 도덕의 엄숙주의와 부분적으로 일치한다) 그의 성품 안에서도 부조화(不調和)의 요소로서 남아 있을 수밖에 없었다.

진정한 의미에서의 조화된 인간의 이념은 인간의 과거의 업적에 못지않게 잠재적 가능성을 포함하여야 한다. 그것은 단순히 현실이 이상적 존재로 초월되는 순간만이 아니라 그럴 수 없게 하는 부정적 순간을 포착한다는 의미에서 초월적인 것이 될 수밖에 없다. 그러나 여기에서 초월적이란 것은 위에서 생각했던 여러 관련으로 하여 개인적인 것도 관념적인 것도 아닌, 있어야 할 인간의 모습에 의한 인간의 극복을 말한다. 그것은 구체적 인간이 살고 있는 사회와 거기에서 투사되어 나오는 이상사회를 거쳐 나갈 수밖에 없다.

그러나 인간의 업적과 가능성을 동시에 포용하는 인간 전체의 이념이 쉽게 얻어질 수는 없다. 많은 경우 이 두 면은 서로 갈등을 일으키고 있을 것이기 때문이다. 어떤 종류의 업적은 다른 가능성을 억압함으로써 이루어진다. 따라서 새로운 가능성의 해방은 이미 이루어진 업적의 파괴를 요구할 수 있다. 이런 경우 보편적 인간의 이념은 조화의 이념과 결별하고 부정적 초월을 강조할 수밖에 없다. 또 어떤 경우는 상황 전체가 이미 이루어진 업적에 입각한 인간능력의 조화마저 불가능하게 할 수 있다. 가령 식민주의 통치하에서 어떤 종류의 조화된 인간의 발전이 있을 것인가? 유일한 보편적 입장은 부정의 보편성의 입장이다. 이육사의 시가, 앞에 언급한 대로, 자연스러운 초월의 순간을 보여주지 못한다면, 그것은 일제하에서 참다운 의미의 보편적 인간에의 초월이 어려운 것이었다는 것을 말하여 주는 예가 된다.

그럼에도 불구하고 예술은, 또 일반적으로 사람은 긍정적 의미에서의, 인간의 개체적인 또 사회적인 보편적 조화의 가능성을 버릴 수는 없다. 그것을 버릴 때 예술과 사회는 '더럽고 짐승스럽고 짧은' 것이 될 것이다.

(1977)

아름다움의
거죽과 깊이

심미감각과 사회

'시는 세상의 숨은 입법자'라는 셸리의 말은 낭만적 상상력의 과대망상에서 나오는 과장된 표현이라는 인상을 준다. 모든 사람이 다 알다시피 세상을 움직이는 것은 시 또는 일반적으로 아름다움이 아니다. 그것은 정치며 경제이다. 이것은 사회나 국가의 차원에서 그렇고 또 개인의 차원에서 그렇다. 힘과 재화와 아름다움을 다 가질 수 있다면, 그 이상 좋은 것이 없겠지만, 이러한 것들이 양립할 수 없는 것일 때 사회나 개인이나 기꺼이 아름다움을 버리고 힘과 재화를 택하는 것이 통상적인 일이다. 그렇기 때문에 아름다움을 위하여 다른 것을 버린 사람들의 이야기는 별스러운 이야깃거리가 된다.

힘과 재화의 목적은 무엇인가? 힘의 무한한 행사, 재화의 무한한 획득은 오늘날의 사회를 특징짓는 인간활동처럼 보인다. 그러나 이것은 또한 아름다움 자체만의 추구가 그러한 것처럼 보통 사람의 감각에 정상적인 일은 아닌 것으로 느껴진다. 그리고 힘이나 재화의 의미는 결국 그것이 그 소유주에게 아름다운 것을 쉽게 확보하여 주거나 적어도 그에 유사한 내적 만족을 가능하게 하는 것으로 생각되는 것이다.

특히 재화 추구의 궁극적 목적은 아름다움에 있는 것처럼 보이기도 한다. 가장 통속적으로 생각하여도 돈을 많이 번 사람이 할 수 있는 마지막 일의 하나는, 단순히 어떤 물건을 모은다든지 돈을 무작정 계속 모은다든지 하는 것보다는 아름다운 물건들을 모으고, 또 아름다운 물건을 아름답게 보이게 할 수 있는 집과 터를 만드는 일로 생각된다. 좀바르트가 지적했던바, 자본주의의 원동력이 사치(奢侈)에 있다고 한 것은 그 역사적 진실이 어떠한 것이든지 간에 인간행동의 심리적 동기 또는 자본주의적 발전에서의 한 중요한 심리적 동기를 지적한 것임에는 틀림이 없는 것이다.

1. 인간적 아름다움의 탐닉

재화 획득의 한 최종적 목표가 그렇다고 할 수 있는 바와 같은 뜻에서 권력의 목표가 아름다움에 있다고 할 수는 없을는지 모른다. 사실적 입장에서 볼 때, 권력의 절대적 추구의 끝에 아름다움에 대한 탐닉, 특히 인간적 아름다움의 탐닉이 오는 것은 흔히 볼 수 있는 일의 하나이다. 폭군의 최후가 관능의 아름다움 속에 끝나는 예는 교훈적 역사책의 한 부분을 이룬다. 또는 이와는 조금 다르게 권력자의 최종적 야심이 아름다운 궁전 또는 아름다운 도시의 건설로 표현되는 예들도 역사에 볼 수 있는 예이다. 네로나 히틀러가 가졌던 것도 그러한 야심이지만, 조금 더 나은 예로는 르네상스 이탈리아의 많은 건축물과 미술품들의 경우이다. 이것들의 많은 것이 권력자의 최종적 야심으로서의 아름다움을 과시하려는 욕망의 소산인 것이다. 아마 이렇게 이야기하면서 의심이 가는 것은, 아름다움이 인간행동의 최종적 동기 중의 하나인가 아닌가 하는 것보다는 그래서 마땅한 것인가 ―적어도 재벌의 아름답고 값비싼 물건의 맹목적 취득이나 폭군의 관능적 쾌락의 탐닉이라는 형태로 나타나는, 아름다움에 대한 추구가 옳은 것인가 하는 것일 것이다.

이러한 일들의 비속성(卑俗性) 또는 부도덕성에 대하여 우리가 어떻게 생각하든지 간에, 부자나 폭군의 경우와 같은 퇴폐적 경우를 빼놓고 보더라도 아름다움에 대한 사람들의 욕구는 근원적인 것이라 할 수 있다. 우리가 자연의 작은 물건, 풀 한 포기, 꽃 한 송이, 돌 하나를 볼 때, 아름다운 사람에게 끌릴 때, 아름다움은 우리 마음속에 작용하고 있다. 또는 이렇게 분명하게 심미적 태도를 불러일으키는 계기가 아닌 경우에도, 아름다움은 알게 모르게 중요한 작용을 하는 수가 많다. 가령 틀림없이 실용적 목표를 위해서 실용적 물건을 산다고 할 때도, 물건의 미적 호소력은 우리의 선택에 얼마나 큰 영향을 주는가.

악명 드높은 부동산의 경우를 생각해 보자. 부동산에 투자하는 사람은, 그 행위의 도덕성 여부는 우선 접어두기로 하고, 가장 냉혹한 이윤의 동기에 따라서 땅이나 집을 사고판다. 그러나 내 느낌으로는 궁극적으로, 궁극적이란 것은 당장의 주거와 돈의 긴급성은 조금 벗어난 단계에서, 부동산의 값은 심미적 가치에 의하여 결정되는 것이 아닌가 한다. 구미의 도시에는 도시 중심부에 버림받고 퇴락한 부분들이 있지만, 그렇게 된 데에는 당초에 그러한 지역이 심미적으로 매우 살벌한 곳이었던 점에 중요한 원인이 있는 것으로 보인다(물론 버림받은 것이 미적 퇴락을 가져왔다고 할 수도 있고, 또 이 버림받음은 사회적 경제적 원인을 가지고 있는 일이라고 할 수 있다. 다만 그 궁극적 원인이 어디 있든지 간에 도시 중심부의 퇴락에 의하여 가속화된다고 말할 수 있을 것이다).

2. 삶의 깊은 충동

하여튼 되풀이하건대 아름다움의 감각이 사람의 근본적 감각에 드는 것임에는 틀림없다. 그렇다면 그것은 사람의 삶의 깊은 충동에 이어져 있는 것일 것이다. 그리고 하나의 가설로 생각해 볼 때, 사람이 살아가는 데 필요한 하나의 전체적 감각이 아름다움이라고 할 수 있을는지 모른다.

방금 나는 아름다움의 감각이라는 말을 썼지만, 아름다움은 감각에 관련되어 있는 느낌이다. 아름다움의 느낌은 어떤 대상물이 감각을 통하여 자극할 때 일어난다. 이런 의미에서 이것은 늘 직접적이다. 꽃이 아름답다는 것은, 정상적 상황에서는 깊이 생각하여 결론적으로 이르게 되는 판단이 아니다. 이런 반면 아름다움이 순전히 감각적 현상이 아님도 분명한 것으로 보인다. 그것은 뜨겁다든지 차다든지 하는 감각과는 달리 대상을 보는 사람의 기분, 심리상태, 선입견, 심지어는 지적 훈련에 따라서 크게 달라질 수 있는 느낌이다. '금강산도 식후경'이란 말은 아름다움의 지각에 있어 대응하는 주체의 상태의 중요성을 나타낸 말이고, '제 눈에 안경'이란 말은 아름다움의 지각은 거의 전적으로 주관적 기호에 달려 있다는 것을 뜻하는 말이다. 서양에서도 아름다움의 식별능력이라고 생각되는 '기호나 취미는 논란의 대상이 될 수 없다'라는 말은 모든 미학적 명제 중에 가장 유명한 것의 하나이다. 익숙한 상태와 이해의 깊이에 따라 아름답지 않던 것이 아름답게 또는 아름답던 것이 아름답지 않게 느껴지는 것도 우리가 잘 아는 체험이다. 또는 감각을 완전히 벗어난 아름다움을 우리가 생각할 수 있다는 것도 아름다움의 비감각적 관련을 짐작하는 데 중요한 사실이다.

여기서 내가 말하려는 것은 아름다움의 여러 측면에 대한 이론적 변별(辨別)이 아니라 하나의 가설(假說)이다. 그것은 이미 말한 바와 같이 아름다움의 감각이 삶의 중심감각이라는 것인데, 그것은 감각을 통해서, 직시적으로 작용하기 때문에 우리에게 끊임없이 변하는 환경에 대한 정보를 수시로 전하여 주고, 외부의 정보를 내부에 포개어 주는 일을 한다. 그리고 이러한 안팎의 정보는 두 다른 계열의 정보의 비교와 계산에서 성립하는 것이 아니라 그때그때의 직접적 아름다움의 느낌으로 나타난다. 또 덧붙여야 할 것은, 아름다움의 느낌이 하나의 숨은 정보라고 할 때, 그것은 단순히 우리의 삶의 일면 — 가령 생명의 위협에 대처하여 생명을 보존하려면 어떻게 하여야 하느냐 또는 어떤 수학 문제를 푸는 데 필요한 적절한 방법이 무엇이냐 하는 바와 같이, 어느 하나의 관점에서 추상화되고 단순화된 삶의 일면의 문제에 관계되는 것이 아니라, 우리의 삶의 모든 기능의 평형과 신장 또 이것과 환경과의 적절한 평형에 관계되는 것일 터이다.

아름다움은 다른 말로 하여 어떤 쾌적감 또는 행복감과 비슷하다고 말할 수도 있다. 다만 그것은 이러한 쾌적감이나 행복감보다는 조금 더 외부세계의 영향을 스스로 속에 포용하는 느낌이라고 하여야 할는지 모른다. 그런 의미에서 이것은 조금 더 객관적인 것이다. 또 아름다움은 단순히 현재적 대상에 대한 느낌이 아니라 앞으로의 대상을 지향하는 느낌일 수도 있다. 즉, 그것은 눈앞에 있는 대상과 나와의 관계에서만 느껴지는 것이 아니라 마땅히 있어야 할 대상에 대한 느낌으로 나타날 수도 있다는 말이다. 이것은 쾌적의 느낌에도 해당되는 것이다. 우리가 쾌적(快適)을 좋아한다면 이것은 불쾌를 싫어하는 것의 다른 면일 뿐이다. 따라서 불쾌의 상태는 그것을 벗어나려고 하는 움직임을 낳는다. 마찬가지로 아름답지 못한 것, 추한 것은 그것으로부터 떠나 아름다움을 향하는 움직임을 낳는다. 다만 이 경우에 이 움직임은 조금 더 분명하게 대상 지향적이고 의도적이다. 뿐만 아니라 아름다움의 느낌은 사람이 스스로 아름다운 대상을 창조하는 데에서 충족되기도 한다. 다시 말하여 그것은 창조적인 것이다.

3. 삶을 향한 소망

하여튼 이러한 관찰을 통해서 우리가 생각하려는 것은, 아름다움의 감각이 일반적인 만큼 삶의 어떤 원초적 충동에 이어져 있다는 사실이다. 다시 말하여 아름다움은 우리의 삶에서 나오고 또 보다 나은 삶을 향한 소망에서 나온다는 말이다. 그것은 사람의 행복, 그것도 전면적 행복의 느낌이며, 또 스탕달의 말을 빌려 행복의 약속이다. 또 그것은 더 적극적으로는 행복의 창조이다. 사람이 추구하는 것 가운데 가장 중요하고 보편적인 것을 행복이라 하고 그것을 알려주고 그것을 추구케 하는 것을 아름다움의 감각이라고 한다면, 아름다움의 핵심적 원리를 시로써 대표할 때, '시는 세상의 숨은 입법자'란 말도 전혀 지나친 말이 아니라고 할 수 있는 것이다.

그렇다면 우리가 아름다운 것을 즐기고 이를 그리워하는 것은 당연한 일이다. 그러나 이것이 당연한 것이고 또 보다 나은 삶을 위하여 보탬이 되는 것이라고 하기 전에 또는 더 나아가 아름다움의 삶이야말로 가장 좋은 삶이라고 말하기 전에 아름다움의 형태들을 더 잘 생각해 볼 필요가 있다. 다 알다시피 아름다움의 종교가 없었던 것은 아니지만, 그것이 시대나 인간의 건강한 상태를 나타내기보다는 병적인 상태를 나타내는 것일 경우를 우리는 본다. 서양의 문학 운동에서 19세기 말에 심미주의(審美主義) 운동이라는 것이 있지만, 이 말은 퇴폐주의(頹廢主義)와 거의 동의어로 쓰인다. 그리고 이것은 어떤 특정한 사람들의 편견에서 나온 용법인 것만은 아니다. 역사상의 심미주의의 출현은 대개 한 문명의 쇠퇴와 일치하였다. 또 보통 사람의 느낌으로도 아름다움만의 강조에는 무엇인가 옳지 않은 것이 있다. 그리고 이 느낌에는 진리의 한 면이 있는 것으로 생각되는 것이다.

4. 삶의 핵심적 감각

아름다움은, 위에서 말한 바와 같이, 맨 먼저 감각의 문제이다. 그것은 보기에 좋고 듣기에 좋고 만지기에 좋은 것이다. 그러니까 그것은 주로 사물의 표면에 관계되는 특성이다. 그것은 또 어떤 상황의 피상적 인상의 문제이다. 서양 미술에서, 비단이나 우단의 휘장이 내려쳐진 느낌을 화면에 재현하는 일은 많은 화가들의 주요한 기술적 야심의 하나였다. 여기에서 주안이 되는 것은 스스로의 무게로 내려쳐진 비단의 결을 물감으로 재현하는 일이었다. 아름다움의 창조에는 이와 같이 표면이 중요한 것이다. 또는 조금 더 일상적 차원에서, 잘 다듬어진 나무의 결, 정확히 잘려지고 닦여진 쇠붙이의 표면, 투명한 피부—이러한 것이 모두 우리에게 미적 쾌감의 원천이 된다. 그러나 말할 것도 없이, 표면의 아름다움은 그야말로 표피적 또 피상적인 것에 불과하기 쉽다. 아름다움이 우리 삶의 전체적이고 핵심적 감각이라는 것을 전제하고 볼 때, 표면의 아름다움은 우리에게 직접적이고 즉시적인 정보를 제공한다는 의미를 갖는다. 우리와 세계가 이어지는 최전선은 우리의 감각과 사물이나 세계의 표면이 맞닿는 데이다. 그러나 이 맞닿는 표면이 우리에게 전해 주는 정보는 무엇인가? 그것은 단순히 표면에 대한 것이 아니라 우리에 대하여 있는 사물과 세계의 실상에 대한 정보가 됨으로써 가치가 있는 것이다. 표면은 표면의 테두리에 있는 알맹이의 증표로서 의미를 갖는다.

그러나 표면이 표면에 그치는 예는 얼마든지 있을 수 있다. 자연의 세계에서 자연의 아름다움은 대체로 그 뒤에 있는 어떤 유기적 실체를 나타낸다. 꽃이나 열매의 아름다운 색깔은 향기와 꿀과 먹이를 나타낸다. 물론 아름다움이 약속하는 행복을 가짜로 이용하는 자연의 장치가 없는 것은 아니다. 가령 어떤 독버섯, 독 있는 꽃, 열매 또는 열대어 같은 것은 이러한 범주에 넣어볼 수 있다. 그러나 이 경우에도 이러한 독(毒) 있는 동식물은 그 표면이 지나치게 원색적임으로 하여 그 본색을 드러낸다. 그리고 독식물이나 독동물의 참뜻은 그 지나친 화려함을 통하여 적에게 그것이 가짜임을 알리는 데 있다고 할 수도 있다. 자연에서보다 가짜가 횡행하는 것은 인공의 세계에서이다. 인공의 세계에서 표면이 번지르르한 데 속아 넘어가는 것은 쉽게 있을 수 있는 일이다. 남의 눈에 드는 물건을 만드는 것이 중요한 교환가치의 세계에서, 물건의 겉과 속은 쉽게 달라진다. 물건이 다른 사람의 손에 들어가고 돈이 내 손에 들어올 때까지만, 거죽의 번지르르함이 거죽에 그치는 것이 아니라는 인상을 주면 족한 것이다. 지속성이 없는 관계 속에 기능적으로 잠깐씩 이어지는 도시의 인간들은 사람의 외모를 중시한다. 중요한 것은 외모와 치장으로 형성되는 잠시 동안의 실체의 환영(幻影)을 이용하는 것이다.

5. 예술 심미주의

예술의 심미주의는 이러한 사회현상의 일부를 이룬다. 즉, 뜨내기들의 사회, 현란한 표면의 환상에 의하여 실체가 감추어지는 시대에 예술적 이상으로 등장하는 것이 심미주의이다. 물론 감각과 관능의 표피적 자극에서 아름다움을 찾고자 하는 노력이 의도적으로 가짜의 아름다움을 찾고 또 그러한 것을 만들어내려는 것이라는 것은 아니다. 상업주의 사회, 도시 사회의 혼란 속에서 그러한 아름다움의 이상은 저절로, 무의식적인 간절한 욕구로서 생겨나는 것이다.

그러나 아름다움의 이상이 보다 나은 삶의 이상과 일치하지 않음은 당연한 일이다. 방금 말한 것처럼 그것은 의도 때문이 아니라 그 결과와 절차 때문이다. 성급한 근대화의 추구를 비웃는 농담으로, 어느 후진국의 지도자가 선진국을 찾아왔다가 수도꼭지만 틀면 아무 데서나 물이 나오는 편리함을 보고 그 수도꼭지를 선물로 얻어 가고자 했다는 이야기가 있다. 아름다움의 경우에도 이것은 좋은 우화(寓話)가 된다. 아름다움의 마지막 발현지점은 그 표면이지만, 그 뒤에는 그러한 표면을 가능케 하는 실체의 세계가 있는 것이다.

거죽과 속이 상부(相符)되지 않을 때, 그것은 상품의 경우, 써보면 조만간에 드러나게 마련이다. 사람이 가짜인가 진국인가 하는 것은 오랜 사귐 속에서는 알려질 수밖에 없다. 어느 도시의 가짜 아름다움도 살아보면 느껴지게 된다. 그러나 유독 예술작품에서 이것은 드러나기가 어렵다. 예술작품에서 가짜와 진짜를 구분하기는 쉽지 않은 것이다. 왜냐하면 예술작품은 이러나저러나 표면뿐이라고도 할 수 있기 때문이다. 그림에서, 비단이나 우단의 휘장이 아무리 그럴싸해 보인다고 하더라도 그것은 비단이나 우단이 아니다. 소설의 주인공이 아무리 사실적이라도 하더라도 묘사의 표면의 너머에 실재인물이 존재하는 것은 아니다. 예술작품은 그것이 보여주는 것이 진짜가 아니라는 전제에서 출발한다. 예술작품은 소박한 의미에서의 진위의 문제와 그에 따르는 책임의 문제는 면제되어 있다.

그렇다고 주지하다시피 가짜예술이 존재하지 않는 것은 아니다. 예술작품이 어떻게 하여 얼크러진, 그러나 알아볼 정도로 분명한 현실의 매듭으로 성립하는가를 보여주면서 표면으로 그려질 때, 이러한 표면을 보여주는 예술작품은 진짜가 된다. 그리고 우리가 사물의 표면 또는 사물의 부분을 보면서 거기에 작용하는 현실의 총체, 현실세력의 총체를 보는 것은 흔한 일이 아니므로, 어떤 경우에 우리는 예술작품을 현실보다도 현실적인 것으로 느끼기까지 한다. 또 예술작품이 그러한 현실의 맥락을 보여주는 만큼 그것은 불가피하게 현실 그 자체보다는 단순화되고 추상적인 것일 수밖에 없다. 예술작품은 현실보다 현실적이면서, 현실의 다양성과 밀도를 갖지는 못하는 것이다.

6. 참다운 아름다움

예술작품의 참다운 아름다움은, 다시 말하여, 감각적 표면으로 구성되는 것이면서 현실의 구조 속에서부터 나오는 것이라야 한다. 이것은 비단 예술만이 아니라 우리 삶에서 숨은 동기와 충동으로 작용하는 모든 아름다움에 두루 해당되는 것이다. 아름다움은 감각적 표면이면서 삶의 구조적 심부로부터 나오는 것이어야 비로소 참다운 것이다. 이것은 아름다움의 인지에서도 그렇지만, 아름다움을 창조하는 데에서도 그렇다. 한 예술작품은 그것이 묘사하는 구체적인 것을 통해서 그에 관련된 다른 사물들의 존재를 암시하고 또 한 시대의 힘과 움직임을 느끼게 한다. 또는 의식적으로 예술작품으로 의도된 것이 아니라고 하더라도, 하나의 인공 구조물, 가령 건물은 그 환경에 어울리고 또 그 시대의 삶을 표현함으로써 참으로 아름다운 것이 된다. 자연의 한 조각도 그것이 사람이 사는 환경의 일부가 되었을 때, 사람이 자연에 대하여 갖는 어떤 태도, 한 시대가 자연과 공존하는 방식을 비춤으로 하여, 아름다운 것이 된다. 칸트는 자연이 저절로 아름다운 것보다 도덕적 품성을 닦은 사람에게만 아름답다고 했지만, 이것도 자연을 보는 눈이 삶의 총체적 태도에 이어져 있다는 것을 말한다.

그러나 한 사물의 표면이 표면 뒤에 있는 모든 것을 암시한다고 할 때, 이 모든 것은 무엇을, 또 얼마만의 것을 말하는가? 한 사물이 그 한 사물이 되는 데에는, 가깝고 멀고 직접적이고 간접적인 차이는 있을망정, 동심원적으로 한없이 확산되는 삶 전체, 세계 전체가 거기에 관계된다. 이것의 어떤 것이 한 사물의 부분, 삶의 한 부분을 결정한다고 한정될 수 있을 것인가?

부분을 한정하는 전체를 나타내는 한 방법은 그것을 보편적 법칙이 되게 하는 것이다. 가령 꽃 한 송이는 꽃의 구조나 그 꽃이 속하는 종을 대표하는 것으로서, 또는 그 꽃의 실생활의 쓰임새를 예시할 목적을 위해서 묘사 기술될 수 있다. 그러나 미적 대상의 전체성을 말할 때, 우리가 생각하는 것은 이러한 실용적, 법칙적 또는 확정된 관계가 아니다. 그것은 그때그때의 사물들이 현상적으로 이루는 나타남의 전체성이다. 그것은 구체적이며 일회적이다. 또 어떻게 보면 그것은 부분과 부분의 우연적 집적(集積) 또는 총화(總和)이다. 그럼에도 예술작품 또는 심미적 지각의 대상에는 하나의 통일성이 들어 있는 것으로 생각된다. 그것 없이는 부분은 부분에 그칠 뿐이고 그 이상의 것을 암시할 수 없다. 그런데 위에서 우리는 이 암시의 힘이야말로 아름다움의 요체인 것으로 말하였다.

7. 심미적 대상

심미적 대상에 통일성을 부여하는 것은 그것을 지각하는 주체라고 할 수 있다. 그러나 이렇게 말해 버리면, 심미적 경험을 극도로 주관화하는 결과가 된다. 거기에 주관적 요소가 강하게 있는 것은 사실이나 그것만이 미적 체험의 전부가 되는 것은 아니다. 설령 그것이 극히 주관적인 것이라고 하더라도 그것은 세계 속에 있다. 주관적 체험이 전달될 수 있는 것조차도, 그것이 세계의 객관성 속에서 일어나기 때문이다. 그러니만큼 아름다운 것을 보는 눈은 세계 속에서 단련된 것이어서 완전히 주관적이고 자의적인 것은 아니다. 미적 체험의 통일성은 주관의 통일성이고 주관의 통일성은 세계의 통일성이다. 이런 의미에서 미적 지각의 대상은 전체성을 갖는다. 다시 말하여, 그것은 세계를 배경으로 하여 일어난다. 물론 이때 세계는 우리의 미적 체험에 실재적 대상으로 존재하는 것은 아니다. 그것은 우리의 지각 속에 세계가 나타나는 방식으로 존재한다. 콜리지가 상상력을 원초적 상상력과 제 2차적 상상력으로 구분한 것은 이러한 관계를 설명하기 위한 것으로 생각될 수도 있다.

상상력을 나는 원초적인 것과 제 2차적인 것으로 나누어 생각한다. 원초적 상상력은 모든 인간지각의 살아 있는 힘이며 원초적 동인이라고 생각한다. 그것을 무한한 존재의 영원한 창조행위가 유한한 마음속에 되풀이되는 것으로 보는 것이다. 제 2차적 상상력을 나는 전자의 메아리 — 의식적 의지와 병존하는 메아리이면서, 그 움직임의 질에서 원초적 상상력과 동일하며, 정도에서 또 그 작용의 방식에서만 다른, 제 1차적 상상력의 메아리라고 생각한다. …

미적 창조의 원리로서의 상상력은 우리 지각의 원리이다. 그러나 이 지각의 원리는 우주 창조의 원리이다 — 이것이 여기에서의 콜리지의 주장의 요지이다.

아마 우리가 여기에 덧붙여야 할 것은 이러한 상상력에는 사회적 차원이 있다는 점일 것이다. 어쩌면 가장 중요한 것은 이것이라고 할 수도 있다. 그것은 사람이 사회에서 겪는 모든 것에 의하여 영향 받고 모든 것에 의하여 형성된다. 우리가 사회 속에서 생활하며 겪게 되는 하나하나의 일은 그것으로 그치는 것이 아니라 우리의 삶의 태도에 영향을 끼친다. 또는 그것들이 모여 하나의 삶의 태도를 형성한다고 할 수도 있다. 말하자면 사람이 겪는 모든 일은 그것 자체에 한정되지 않는 초과가치를 갖는다. 이것은 하나의 경험적 의미가 되어 다음의 일을 겪는 방식에 영향을 주는 것이다. 이것이 감각적인 것과 결부되고 사물의 외관과 균형에 관계될 때, 심미적 감각이 된다. 또 이것이 예술 창조와 관련해서 나타날 때, 상상력이 된다.

8. 현실감각과 심미감각

물론 이런 과정에서 중요한 것은 사회 현실만이 아니다. 이 현실의 일부를 이루는 것은 예술작품의 전통이다. 이것이 우리의 현실감각과 심미감각과 상상력을 형성하는 데 참여한다. 따라서 이러한 것들의 현실에 대한 관계는 일방적인 것이 아니다. 이것들은 사회의 감각과 정신을 형성하고 또 이러한 감각과 정신이 사람이 하는 일의 원리가 되느니만큼, 사회 현실을 형성한다.

　다만 이러한 미적 감각, 상상력의 자족성을 지나치게 강조하는 것이, 수도의 하부시설이 없는 수도꼭지만을 이야기하는 결과를 가져올 수는 있다. 그것은 숱한 가짜 아름다움을 만들어내는 원리가될 수 있다. 그러니까 다시 말하여, 미적 감각이나 상상력은 우리의 삶의 깊은 현실로부터, 개인적 창의력과 자연에 대한 깨우침과 사회의 총체적 구조로부터 저절로 나오는 것이라야 한다. 그러나 이러한 것들이 갈등과 부조화에 가득 차 있는 것일 경우 어떻게 할 것인가? 사람의 심미적 능력은 갈등과 부조화로부터도 조화를 만들어낼 수 있다. 다만 이것은 조화된 인식과 창조의 구조물 속에 흡수되면서도 갈등과 부조화의 모습을 그러한 것으로 지칭할 수 있어야 한다. 여기에서 그것은 현실에 대한 비판으로, 앞으로의 과업으로 나타날 수 있다.

중요한 것은 우리의 미적 감각이 우리의 삶의 깊은 곳으로부터 형성되는 것이다. 예술적 상상력은 이러한 상상력이 형성될 때까지는 삶의 전체에 이르려는 노력에도 불구하고 부분적인 것으로 남아 있게 될 것이다. 그리고 참으로 위대한 작품은 그러한 것이, 또는 적어도 그와 비슷한 것이 형성될 때까지는 유보될 것이다.

우리 삶의 모든 것을 통합하는 미적 감각의 성립은 여러 가지로 중요한 것이다(이것은 다시 말하여, 우리의 삶, 특히 사회적 삶의 조화를 통하여 이루어지고 위대한 예술작품에 의하여 또는 작품들에 의하여 이루어진다). 말할 것도 없이 우리는 조화되고 활달한 삶을 원한다. 이것을 가능케 하는 기초조건의 하나가 조화된 미적 감각 또는 적극적으로 말해 예술적 상상력이다. 여기의 조화되고 활달한 삶은 단순히 개인적인 삶을 말하는 것이 아니다. 그것은 사회의 삶을 말한다. 그러면서 또 그 사회의 삶은 개체의 삶을 포함한다. 이 두 가지를 동시에 포괄할 수 있는 것이 심미감각(審美感覺)이며 상상력(想像力)이다.

어떤 경우에나 사회생활은 일정한 질서를 필요로 한다. 사람의 삶은 사회를 필요로 하고 또 사회를 통하여 질적으로 심화되고 양적으로 확대 신장될 수 있다. 그러나 이것은 개체적 삶이 사회에 관계되어 들어가는 길이 분명할 때 가능하다. 알아볼 만한 맥락이나 구조가 없는 사회는 곧 마비상태에 이르게 되고 개체적 삶이나 집단적 삶에 억압 요인이 된다.

사회에 일정한 질서와 구조가 주어지는 방법은 여러 가지가 있다. 말할 것도 없이 가장 간단히 질서를 세우는 방법은 물리적 강제력을 사용하는 것이다. 이것은 강제력을 행사하는 주체와 일부 정신도착자(情神倒錯者) 이외에는 아무도 환영하지 않는 종류의 질서유지 방법이다. 이에 대하여 법률 원칙, 정치적 원리, 역사 이해 또는 도덕적 명제에 입각하여 사회질서를 세워 볼 수도 있다. 이것을 우리는 한마디로 진리에 의한 질서유지라고 말해볼 수 있다. 대부분의 물리적 방법에 의한 질서유지는 가짜 진리의 방법에 의하여 보강되기 마련이지만, 참으로 어떤 진리에 입각하여 사회기강을 세우고, 이를 교육의 방법으로 강화하려는 노력이 있을 수 없는 것은 아니다. 조선시대는 인간과 사회에 대한 어떤 도덕적 진리를 정치질서의 기본으로 삼고자 했던 시대로 생각된다. 아메리카에 이민온 영국 사람들이 신대륙에 세우려 했던 것도 도덕적 원리에 의하여 통제되는 사회였다. 로베스피에르의 혁명정부 또는 20세기의 많은 혁명정부들이 표방한 것도 도덕적 진리에 입각한 사회였다.

9. 감성의 원리

그러나 이러한 진리의 사회가 반드시 살 만한 사회가 아닌 것은 역사의 실례들이 우리에게 가르쳐 주는 교훈의 하나이다. 이것은 진리의 본질로부터도 연역될 수 있는 교훈이다. 정치권력을 진리의 기반위에 올려놓고자 하는 사람들의 주장에도 불구하고, 진리는 하나이기가 어려운 것이다. 그것은 사람에 따라서 상황에 따라서 크게 또는 작게 달라질 수 있는 것이다. 따라서 정치 공동체에 진리의 원리가 작용한다고 할 때, 중요한 것은 어떤 진리를 누가 진리로 내세우느냐 하는 것이다. 그리고 이 진리의 옹호자와 해석자의 위치에 있지 않은 사람에게 진리는 억압적인 것으로 느껴질 수밖에 없다. 물론 정치 원리가 되는 진리는 최대한으로 포괄적인 것이 될 것이다. 정치 수사(修辭)에서 국민, 민중, 인민이라는 말이 꼭 등장하게 마련인 것은 내세워지는 정치원리가 모든 사람, 아니면 다수자를 포함한다는 것을 증명하려는 노력 때문이라고 말할 수 있다. 그런데 진리는 어떤 경우에나 사람의 생존의 모든 것을 포함할 수는 없다. 그것은 어떻게 보면, 일반적이 되고 보편적이 되면 될수록 구체적 생존의 현실에는 맞아들어 가지 않게 된다고 할 수도 있다. 진리는 불가피하게 단순화한다. 이 단순화 속에서 삶의 많은 것은 버려지고 억압되게 마련이다. 또 진리가 풍부한 경험적 사실에 충실한 것이라고 하더라도 진리의 존재방식 자체가 사람의 생존의 어떤 면에 안 맞아들어 가는 것일 수도 있다.

진리는 필연성에 의하여 움직인다. 그러나 사람은 필연성에 매이기를 거부한다. 일찍이 에드거 앨런 포는 이러한 사람의 심보를 '삐뚤어짐의 마귀'(*imp of perversity*)라고 부르고, 이를 사람의 원초적 충동의 하나라고 하였다. '몇 백 번이고, 단순히 해서는 안 될 일이기 때문에 저열하고 어리석은 행동을 하고야 마는 경우를 경험하지 않는 사람이 있는가? 단순히 법이 법이기 때문에, 우리의 최선의 판단에도 불구하고, 법을 깨뜨리고 싶어 하는 영원한 충동을 우리는 경험하지 않는가?' 그는 이렇게 그의 독자에게 물었다. 아마 '삐뚤어짐의 마귀'와 자유에의 충동이 같은 것은 아닐 것이다. 그것은 자유에의 충동보다는 훨씬 넓은 자아의 원리, 개체의 원리에 관계되는 것일 것이다. 그러나 우리가 법에 매이고, 필연성에 매이는 것을 싫어하는 것은 사람의 자유롭고자 하는 충동에도 관계되어 있는 일이다. 사람은 진리에 얽매이는 것도 원하지 않는 것이다.

이러한 관찰은 우리에게 감성의 원리야말로 사람이 자유로우면서 또 사회적 질서 속에 조화되게 하는 가장 적절한 원리가 아닌가 생각하게 한다.

10. 감각적 인상

우리의 그때그때의 삶의 현실을 충만하게 하는 것은 감성으로 들어오는 감각적 인상들이다. 우리의 현재, 우리의 실존은 순전히 감각에 의하여 지탱된다고 할 수 있을는지 모른다. 감각의 가득한 흐름이 우리에게 개체적 실존의 독자성을 부여하는 것이다. 그러나 감각적 인상을 받아들이는 감성작용은 일단은 매우 수동적인 작용에 불과하다. 그럼에도 불구하고, 그렇지 않은 순간들이 없는 것은 아니나 감각에서 우리의 생존의 현실감을 얻는다는 것은 사람이 본래적으로 외부세계에 열려 있는 존재라는 것을 의미한다. 그러나 다른 한편으로 감각의 작용은 그 대상선정에서 선택적이다. 그것은 유쾌 또는 불쾌한 대상에 대하여 다르게 반응한다. 뿐만 아니라 감각적 인상은 수동적으로 감각기관에 투사되는 것이라기보다는 우리의 심성에 의하여 통합된다. 이 통합적 기능은 우리의 삶의 깊은 핵심에 연결되어 있다. 이것을 좀더 아름다움에 관계되는 관점에서 우리는 앞에서 미적 감각이라고 불렀다. 미적 감각의 차원에서 이것은 이미 무의식적으로 작용하는 삶의 원리로부터 의식적 주체의 원리로 작용하는 상태에 와 있다. 그런데 보다 적극적으로, 이것이 아름다움과 관계하여 판단을 내리고 예술작품을 창조하고자 할 때 그것은 취미라든가 판단력 또는 상상력으로 작용하고 있다.

11. 사회 · 역사 · 문화적 환경

여러 가지 이름으로 불리며 또 표현될 수 있는 감성의 원리는 이와 같이 감각적 세계에 깊이 뿌리내리고 있으면서 또 우리의 가장 깊은 의미에서의 주체성, 단순히 의식만이 아니라 무의식과 육체를 포함한 우리 자아의 핵심적 원리로서의 주체성과 일치한다. 그러므로 감성적으로 행동하는 것은 일단은 가장 절실하게 육체적이며 정신적 존재로서의 인간의 주체적 자유에 맞게 행동하는 것이다. 이러한 감성적 자유의 근본은 감각적 체험을 형성하는 주체적 지속성이라고 할 수 있는데, 이것은 그렇다고 하여 완전히 절대적 자유의 원리인 것은 아니다. 위에서 이미 말했듯이 감성이나 그것의 능동적이며 창조적 표현인 상상력은 나의 주체의 원리이면서 자연에 의하여 조건지어지고 사회적 역사적 상황 속에서 형성되는 것이다. 형성이라는 관점에서 볼 때, 가장 중요한 것은 사회적 역사적 사정이다. 자연의 조건도 이것이 우리의 감성의 생물학적 근본으로 작용하는 경우를 제외하고 우리에게 사회적, 역사적, 문화적 환경의 일부로서 나타나게 마련이다.

우리가 보고 듣는 것은 감성 속에서 통합된다. 그러나 다른 한편으로 우리가 보고 듣는 것의 초과가치, 그것이 우리의 감성 자체를 이룬다. 그러니까 우리가 보고 듣는 것이 여러 사람에게 공통되거나(또는 중요한 것은 통합의 내용보다도 통합의 원리이기 때문에), 우리가 보고 듣는 것이 하나의 조화된 스타일 속에 통합될 수 있는 것이 될 때, 사람들이 그들의 감성의 시킴에 따라 행동한다고 하더라도 그들은 하나의 통일된 조화와 질서 속에 있을 것이다. 물론 감성은 어디까지나 감각적 체험과 그 통일의 개체적 역사에 의존하는 것이기 때문에, 이때의 조화나 질서가 완전한 일치를 의미할 수는 없다. 또 그러니만큼 그것은 더욱 다양하고 풍부하며 인간적인 것일 수도 있다. 그것은 개체가 개체로 있으면서 사회적 질서에 들어갈 수 있게 하는 원리일 뿐만 아니라 개체의 다양성에 의하여 집단적 질서가 풍부하게 되는 원리이다.

12. 감성의 형성

이러한 감성의 형성에 예술작품은 매우 중요한 역할을 맡는다. 감성을 통한 개체적 삶의 실현과 집단적 삶의 형성은 예술작품을 통하여 단순히 무의식적인, 그러니만큼 어느 정도는 정태적일 수밖에 없는 조화가 아니라 의식적이며 동적인 조화 가능성을 얻게 된다. 예술창조의 원리인 상상력이 감성과 삶의 근본에 이어져 있는 것임은 위에서 누누이 이야기한 바 있다. 그것은 우리의 삶의 능력을 적극적으로 고양시킨다. 물론 이때 고양되는 능력은 현실과의 관련에서가 아니라 그것의 표상과의 관련에서이다. 감각적 체험을 표상하는 힘과 또 이것을 의미 있는 형상으로 통합할 수 있는 힘이 고양되는 것이다. 보다 중요한 것은 통합하는 힘이다. 그리하여 그것은 단순한 감각적 체험이기보다는 지적 체험의 성격을 띤다. 그리하여 상상력은 인간의 온갖 정신능력의 자유로운 놀이가 된다.

예술작품의 기능은 두 가지이다. 예술작품은 우리에게 아름다운 영상을 준다. 그러면서 그것은 스스로의 삶을 아름답게 하며, 새로운 아름다움을 만들어내는 힘을 깨우쳐 준다. 다시 말하여 우리는 예술작품을 보면서, 그러한 아름다움이 우리 스스로의 삶의 깊이에서 나올 수 있다는 것을 깨닫는 것이다.

그렇다고 아름다움의 교훈이 우리에게 행복만을 가져다주는 것은 아니다. 예술작품의 아름다움은 우리에게 우리 현실의 추(醜)함을 깨닫게 한다. 그것은 우리로 하여금 현실의 모든 추함과 왜곡을 견딜 수 없는 것이 되게 한다. 그리하여 예술체험은 현실비판의 한 중요한 기초가 된다. 그러나 예술체험의 비극은 여기에 그치지 아니한다. 아름다움이란 주로 감각적 표면과 지적 통일의 문제이면서 그러한 표면과 지적 원리에 의하여서만 성립하는 것이 아니다. 그것은 삶 전체의 균형과 통일 — 나의 삶뿐만 아니라 나를 에워싸고 있는 삶의 환경, 다른 사람의 삶을 포함한 삶의 환경으로부터 자라나오는 것이다. 그러므로 아름다움의 이념에 기초한 우리의 비판은 미추(美醜)의 세계를 떠나서, 현실적 삶을 만들어내는 동력학의 세계로 나아가야 한다. 이것은 어떤 경우 아름다움과 추함의 세계를 영영 떠나는 것을 의미한다. 그리고 현실의 냉혹한 움직임 속에서, 아름다움이란 일시적 환영에 불과했던 것으로 보이게 될 수도 있다. 그리고 아름다움이 배제된 현실세계는 그것이 권력과 경제의 힘에 의하여서만 움직이는 곳이 된다. (1984)

심미적 이성

오늘을
생각하기 위한 노트

학문활동에서는 물론 일상적 사고에서도 무엇을 이해하고 설명한다는 것은 인과관계를 밝히는 일이다. 따져나가면 이것은 하나의 연쇄(連鎖)를 이루게 되고, 모든 것은 이 연쇄 속에서 설명될 수 있을 듯하다. 또 이때의 연쇄관계의 연쇄는 수평적이라기보다 수직적인 것이어서, 원인들의 수직적 질서의 정점에 있는 것은 어떤 근본적인 제일 원인이고, 모든 것은 이 근본원인에서 시작하여 설명될 수 있는 것으로 생각된다. 이러한 인과의 질서의 서술이 꼭 정확한 것은 아니겠으나 우리가 과학의 체계를 생각할 때 마음속에 가진 이미지는 대체로 이에 비슷한 것이다. 이것은 물리적 세계에 대한 탐구에서도 그렇고 개체로서 또는 사회적 존재로서의 인간의 행동을 이해하는 데에서도 그렇다.

그런데 이것이 과학적 절차에 대한 옳은 이해인가 하는 문제를 떠나서 한 가지 흥미롭게 생각할 수 있는 것은 이러한 인과관계의 세계, 결정론적 세계상이 사람들 마음에 매력적인 것으로 느껴지지 않는다는 것이다. 과학의 법칙적 세계는 냉혹한 세계로 보인다. 19

세기 서양에서 과학적 세계관은 많은 예술적, 철학적 감수성의 소유자들에게 절망이나 우울증의 한 원인이 되었다. 전통적 신학논쟁에서 자유의지를 부정하는 의지결정론, 19세기의 사회진화론, 우생학 또는 20세기의 행태주의(behaviorism), 사이버네틱스(cybernetics) 이론 등에 대한 반감도, 그 타당성을 떠나서, 결정론의 우울에 관계가 있는 것일 것이다. 이것은 속류 마르크스주의적 인간관에 대한 반발에서도, 사람들의 비과학성이나 계급적 편견과는 별도로 작용하는 것인지 모른다. 대체로 사람들은 그들의 세계가 여러 사실적 관련으로 빈틈없이 짜여 있는, 윌리엄 제임스의 말을 빌려, '덩어리 우주'라는 말을 듣기를 좋아하지 않는다. 말할 것도 없이 특별한 사정이 없는 한 사람들은 막혀 있는 것보다는 트여 있는 상태를 좋아한다. 여기에 빈틈없이 짜여 있는 세계는 자신들의 당장의 물리적 행동과 보다 넓은 의미의 삶의 활동을 허용하지 아니할 것으로 느끼는 것일 것이다.

이러한 사람들의 원초적 욕망이 반드시 인식론적 무게를 가질 수는 없다. 그러나 우주나 인간, 세계나 개체적 인간에 대한 인과론적 법칙은 법칙이기 전에 명제이고 주장이다. 그러는 한, 사람에 의하여 말하여지는 명제거나 주장이고, 또 그러는 한은 그 사람의 의도를 생각하지 아니할 수 없고, 그 의도는 사실상 우리의 자유를 통제하려는 것일 가능성이 없지 아니하다. 사회진화론은 억압적 사회구조를 정당화하고 이것에 대한 행동적 개입을 누르는 효과를 가졌던 이론이다. 이것은 진리와 인간의 복합적 관계로 보아 다소간은 불가피한 일이라고 할 수도 있다. 진리의 탐구는 필연성을 확인하는 일이고 그것은 쉽게 인간행동의 관점에서 존중하지 아니할 수 없는 필연성이 된다. 자연의 진리가 우리에게 요구하는 복종에 대하여 우리는 대체로 이의가 없다. 아무도 중력의 법칙을 무시하고 고층 빌딩에서 뛰어내리더라도 무사할 것으로 생각하지 않는다. 이러한 필요성은 인간의 개인적, 사회적 행동에까지 확대 적용될 수 있는 것이다. 이에 대하여 사람들은 본능적으로 경계심을 갖는다.

이러한 진리의 사회학을 고려하지 않더라도, 사람들이 결정론적 인간관이나 사회관 또는 그것의 연장선상에서 일체의 '덩어리' 이론에 유보적 태도를 갖는 것은 그것이 매우 기초적인 의미에서 우리의 경험에 어긋나기 때문이다. 모든 빈틈없는 인과의 연쇄에도 불구하고 우리는 팔다리를 뜻하는 바대로 움직이고 원하는 것을 원하고 어느 정도까지는 그 원하는 것을 해내는 것이 아닌가. 물론 우리의 일상적 경험이 과학적 인식에서 그대로 증거능력을 가질 수는 없다. 과학은 바로 일상의 경험을 부정하는 데에 성립한다고 할 수도 있다. 해가 뜨고 지는 것을 바라보는 일상적 경험이 지동설을 만들 수는 없다. 그러나 이 일상적 경험이 그 나름의 기준이 되는 경우가 없는 것은 아니다. 행복은 행복한 느낌과 크게 다르지 않다. 자유는 자유의 느낌과 크게 구분되지 않을 수 있다. 물론 사람이 생물학적 존재인 한 행복도 자유도 그 하한선에서는 생물학적 한계에 의하여 규정되겠지만, 이 정도만이라도 인간이 자유의 영역에 드는 것임은 틀림이 없다.

물론 사람들이 세계의 법칙적 질서를 의식하지 않는 것도 아니고 그 속에서 살지 않는 것도 아니다. 다시 말하여 사람이 하는 일의 일체는 물리적, 생물학적 환경 안에서 이루어지는 것이고 그 세계에서의 법칙을 어기면서 되는 일이란 아무것도 없다. 이에 대하여 무엇을 뜻하고 목적하고 하는 일은 대체로 마음먹은 대로 할 수 있다. 우리의 마음먹음이 전적으로 자유로운 것은 아니다. 마음먹은 것을 행한다는 것은 물리적, 생물학적 상황을 참조한다는 것이고 이것은 저절로 우리의 마음먹음에 미리부터 영향을 끼치는 것이 아닐 수 없다. 그러나 마음에 더 근본적인 영향을 끼치는 것은 국지적 상황이 아니라 그것들의 연쇄가 구성하는 보다 넓은 범위의 상황이다. 이 느낌이 행동의 참조기준이 되고 다른 한편으로는 동기도 된다. 그리고 실천적으로 사물의 인과관계가 고려사항이 되는 것은 넓은 상황과 관련해서이다. 인간의 실천이 원하는 것은 작든 크든 상황의 변화이기 때문이다. 그리고 이 넓은 상황에서, 물리적 세계에서 보는 바와 같은 인과율이 얼마나 엄격한 것인지는 분명치 않다. 이러한 공간적 확산과 시간적 지속을 갖는 상황은 총체적으로 그 나름으로 하나의 세계를 구성하는 것으로 생각될 수 있다. 이것은 물리적, 심리적 요인이 중첩되는 경험의 세계 또는 경험 가능한 세계이다. 사람의 행동은 이 세계의 지평 안에서 일어난다. 그것은 외적 요인일 뿐만 아니라 동기의 형성에서의 요인이다. 그러나 그것이 빈틈없는 인과(因果)의 쇠사슬에 의하여 사람의 행동을 규정하는 것은 아니다.

인간행동의 지평적 성격은 게슈탈트 심리학이 밝힌 지각현상에서의 표상(figure)과 바탕(ground)의 관계로 예시될 수 있다. 우리가 무엇을 볼 때 우리가 보는 것은 그 무엇이다. 그러나 다른 한편으로는 이 무엇만을 보는 것은 아니다. 그것을 에워싸고 있는 다른 배경과 더불어 보는 것이다. 다만 보는 대상이 된 것은 모양이나 색깔이 분명한 데 대하여, 배경이 된 것은 모양이나 색깔이나 기타 성질이 흐리멍덩하고 두루뭉수리로 느껴진다. 말할 것도 없이 무엇을 본다는 것은 주의의 표적이 되는 대상을 보려는 것이지만, 바탕은 불필요한, 무시되어도 좋은 잉여요인이 아니다. 표상이 주의의 이동과 함께 바뀔 수 있는 것임은 물론 그것은 바탕과 자리바꿈을 할 수도 있고 또 바탕에 의하여 영향을 받기도 한다(물론 중심의 시각이 바탕의 성질을 지각하는 데 큰 영향을 미치는 것도 사실이다). 그러나 여기서 특히 주목하고자 하는 것은 표상의 지각이 바탕의 성질에 의하여 미묘하게 달라질 수 있다는 사실이다. 또는 더 나아가 표적이 되는 것도 아니고 그러니만큼 분명히 의식되는 것도 아닌, 바탕의 뒷받침이 없이는 표상지각이 불가능할 수도 있다. 시각의 생리작용이 벌써 그러하다. 사람의 시각이 중심적인 것과 주변적인 것, 두 부분으로 나뉘고 여기에 그에 대응하는 서로 다른 신경조직이 관여된다는 것은 잘 알려진 사실이다. 이 다른 두 부분이 각각 중심시각과 주변시각의 기능을 맡아 수행한다. 그러나 사람은 중심 부분이 온전함에도 불구하고 아무것도 볼 수 없게 되는 것이 보통이다.[1] 주변시각과의 적절한 관계가 없이는 보고자 하는 것을 볼 수 없다는 단적인 예라고 할 것이다.

시각에서의 표상과 바탕의 융합관계는 다른 지각의 경우에도 해당되지만, 다른 지각의 경우는 시각의 경우보다 그것이 조금 더 느슨한 것으로 보인다. 또 그러니만큼 더 넓은 의미에서 인간행동에서의 일반적 표상과 바탕의 관계를 잘 드러내 보여준다. 딱딱하거나 부드러운 물건, 잘 구워진 고기, 포도주의 향기, 이러한 것들은 바탕에 대하여 표상적 성격을 가지고 있는 경험이다. 이것들의 바탕은 무엇인가? 코프카는 분명치 않은 대로 궁극적으로 이러한 감각들의 바탕은 '초감각적'인 총체적 바탕을 이루어 행동의 테두리에 영향을 줄 것이라고 말한다. 어떤 감각들은 특히 특정한 지각작용에 대해서보다도 우리의 행동 전체에 대한 바탕을 이룬다. '부드러운 옷자락처럼 감싸거나 동화 속의 궁전의 둥그런 방의 푸른 벽과 같이 감싸는 냄새'가 그러한 것이다. 이러한 바탕은 "우리의 행동환경의… 모든 표상과 사물에 대한 우리의 관계를 결정한다". 그것은

---

1 K. 코프카, *Principles of Gestalt Psychology*, 1963, p. 204.

방의 분위기 같은 것이다. 결국 이 바탕들은 전체적으로 '자아와 자아가 만나는 사물들에 대한 바탕'이 되는 것이다.[2]

그런데 행동의 바탕을 이루는 것은 어떤 종류의 감각현상만이겠는가? 우리의 지각, 느낌, 생각, 행동은 일체 직접적으로 주제화되거나 의식되지 않더라도 크고 작은 바탕과의 관계에서 이루어진다. 그렇다고 할 때, 모든 배경적 요소들을 다 모아서 바탕의 바탕과 같은 것이 이루어지는 경우를 생각할 수도 있다. 하이데거가 세계내의 존재라고 할 때의 세계, 바탕(Grund), 열림(das Öffene) 등으로 지칭하려는 것이 그러한 것일 것이다. 또는 미국의 현상학자 알폰소 링기스가 레비나스의 용어를 빌려 말한 대로, 우리는 이것을 '원초적 바탕'(The Elemental Background)이라고 부를 수도 있을 것이다. 이것은 우리로 하여금 사물들을 볼 수 있게 해주는 빛처럼 모든 지향적 움직임에 선행하는 바탕이다. 그것은 '사물이 암시하는, 있을 수 있는 국면의 무한함, 그리고 거기에 열리는 연결과 통로의 무한함을 가리키는 지시들의 얼크러짐'에 선행하면서 이러한 것에 심각한 실질성을 부여하는 것이다.[3]

인간행동의 제약조건으로서의 바탕의 문제는 물론 사회학적 관점에서는 너무나 당연한 전제이다. 인간의 사회적 이해에서 다소간에 사회구조의 한정적 기능을 부정하는 경우는 생각하기 어렵다. 마르크스주의는 사회결정론적 인간이해의 가장 대표적인 경우이다. 사람의 행동은, 또 의식도, 사회적 제약 속에서 이루어진다. 그중에도 그것을 구속하는 것은 사회의 하부구조를 이루는 생산력과 생산관계이다. 그러나 이러한 것들은 적어도 인간행동의 관점에서는 직

---

2 위의 책, p. 201.

3 James M. Edie, ed., 1969, *New Essays in Phenomenology*, p. 38.

접적으로보다는 사회구조를 형성하거나 그것에 영향을 미침으로써, 즉 사회구조에 매개되어 행동의 결정요인이 된다고 하여야 할 것이다. 적어도 이 점에서 알튀세의 구조적 전체성의 개념은 그럴싸하게 보인다. 문화나 정치 그리고 생산관계와 생산력을 포함하는 경제기구의 모든 것이 하나의 구조적 전체로서 역사의 원인 또는 부재 원인이 되는 것은 아니라고 하더라도 인간행위의 제약적 지평으로 사회가 하나의 전체로서 작용한다고 말하는 것은 큰 무리가 없는 것이 아닌가 한다.

그러나 마르크스주의적이든 비마르크스주의적이든 방금 언급한 것과 같은 사회구조의 구속성이 지각작용의 모델에서의 표상과 바탕 또는 현상학적인 원초적 바탕 또는 배경의 개념을 대치하는 것은 아니다. 이것들은 부분과 전체의 관계가 한편으로는 더 직접적이고 다른 한편으로는 더 포괄적이며 보편적이라는 것을 상기케 해준다. 되풀이하건대 그것은, 보이는 것을 본다거나 소리를 듣는다거나 하는 가장 간단한 지각작용, 사회적 행위 또 있을 수 있는 사물의 국면, 연결 그리고 통로들의 얼크러짐에 움직이는 경험의 양식이면서 그것을 넘어가는 존재의 원천을 지칭하는 것으로 말할 수 있다. 그 결과의 하나는 목하 관심의 대상이 되는 사항에 관계되는 바탕이나 테두리를 확정하는 것이 극히 어렵다는 것이다. 또 이 사항의 결정요인들이 그것을 에워싼 또는 그것과 서로 작용하는 테두리에 있는 한, 사항 자체의 정확한 파악도 쉬운 것일 수 없다.

바탕이나 테두리를 무엇으로 잡느냐 하는 것은 자의적일 수밖에 없다. 심리학의 시각의 예시에서, 예를 들어 하나의 네모꼴은 정사각형으로도 마름모로도 보일 수가 있는데, 어느 쪽인가를 우선적으로 결정하는 것은 그 테두리를 어떻게 그려놓느냐에 달려 있다. 테두리의 네모의 변이 안에 들어 있는 네모의 변에 평행하면 그것은 정사각형, 변이 45도나 다른 각도로 어긋나면 마름모로 보인다. 그러나 여기에 보는 사람의 그림에 대한 관계, 그 사람의 건축물 또는 지평선에 대한 관계도 그림의 독해에 작용한다. 그러나 이러한 테두리의 한정은 의도된 것이든 아니든 우리의 지향적 에너지의 한계에 일치한다고 할 수 있다. 물론 실제적 삶의 관점에서는 그것은 삶의 전략의 범위만큼이 될 것이다. 그리고 사회의 개조와 같은 사회적 집단적 행위에서는 그에 적절한 가용적 전체가 성립한다고 할 수 있다.

그러므로 현실적으로 어떤 사항의 바탕을 이루는 것 또는 테두리는 일정한 것이 아니다. 그것은 우리의 필요와 능력에 의하여 정해진다. 또 우리의 관심의 이동과 더불어 이동한다. 그것은 우리의 주체에 대응하여 창조적으로 구성된다. 이렇게 보면, 우리의 전체성(全體性)에 대한 관계는 극히 자기중심적인 것이다. 이것은 사회적 실천의 관점에서 문제적이라고 할 수밖에 없다. 사람들의 관심이 다 다르고 끊임없이 바뀌는 것이라고 한다면 우리의 삶의 공통된 틀에 대한 일치된 이해가 있을 수 없고 그것이 없는 마당에 공동 행동이 있기 어려울 것이기 때문이다. 그러나 여기 문제되는 것이 바로 좁은 관심의 표적에서 넓은 것에로의 발돋움이라는 것을 잊지 말아야 한다. 자기의 중심에로의 심화가 전체에의 확대를 뜻하는 경우도 있다. 물론 그러한 일치는 유일적, 일체적이라기보다는 복잡한 경로를 가진 상호주체적(intersubjective)인 것이다.

개인적 주체의 문제는 조금 다른 면으로부터도 고찰될 수 있다. 주체의 구성작용이 늘 대상적 인식의 성격을 띠거나 추상화 과정이 되는 것이 아니라는 것을 우리는 상기할 필요가 있다. 그것은 오히려 많은 경우에 직접적이고 무의식적이다. 의식이 개입된다고 한다면 반성적 의식 ─ 막연한 일체적 의식 ─ 정도이기 쉽다. 레비나스에 있어 원초적 바탕은 인식론적 또는 존재론적 의미를 가지면서 즐김, 향수의 바탕이기도 하다. 그것은 사람의 즐김 속에 열리는 것이다. 더 일반적으로, 위에서 언급한 링기스는 바탕의 의식이 추상적이 아니라 감각적 직접성을 가지고 있을 뿐만 아니라 정서적 밀도도 가지고 있음을 강조한다. 지각작용에서 이것은 자명한 것이지만, 넓은 전체성의 인식이 감각적이고 감정적인 고양의 체험이 되는 것은 일반적으로 볼 수 있는 일이다. 심미적 체험의 즐거움은 그것이 감각적으로 주어지는, 대상 초월의 경험이라는 데 관계된다.

헤겔의 공식대로 아름다운 것은 감각과 이상을 결합한다. 배우고 익히는 것의 즐거움도 같은 두 계기를 갖는다. 마르크스주의의 마술도 그 전체를 밝히는 듯한 설명력에 있다. 혁명을 지향하는 사회적 행동이 우리를 흥분케 하는 것은 그것이 투사해 주는 보다 정의로운 사회의 청사진에 못지않게 그것이 우리를 여기 이곳으로부터 해방하여 공간적, 시간적 확산을 가능하게 하여줌으로써 이다. 프로이트의 의미에서 사람을 움직이는 근본동력이 쾌락원칙이 아니라 하더라도 인생을 살 만한 것으로 느낄 수 있어야 한다는 것이 사람의 근원적 요구라고 한다면, 주체의 활동에 들어 있는 초월적 계기와 그것의 즐거움은 사회적으로도 매우 중요한 것이다. 전체성은 쾌락의 원천인 것이다.

이미 지적한 대로 문제가 없는 것은 아니다. 사사로운 관심의 협소성, 그것의 덧없는 변덕성, 또는 더 사회학적 관점을 취하여, 계급적, 성적, 인종적 편향성 — 이러한 것들이 보편적 입장의 획득에 장애물이 된다는 것은 이미 많이 지적된 일이지만, 더 쉽게 간과되는 것은 보편성, 전체성 자체가 바로 특수한 의지의 억압적 표현일 수 있다는 점일 것이다. 전체성에의 초월이 개인적 자아실현의 내용을 이룬다고 할 때, 전체성 자체가 개인의지의 소산이면서 그것을 은폐하는 것일 가능성이 큰 것이다. 그리하여 진정한 전체성의 구성 문제는 여전히 미해결의 상태로 남게 된다.

이와 관련하여 또 한 가지 사실에 주목할 필요가 있다. 그것은 개인과 사회의 관계를 생각할 때 또 하나의 이중적 의미를 갖는다는 사실이다. 사회 전체를 중시하는 입장은 늘 개인과 그가 생각하고 하는 일을 수상쩍게 보는 경향이 있다. 그러나 표면적 인상이 어떤 것이든지 간에 그것들은 분리될 수 있는 것이 아니다. 어느 한쪽만이 두드러지는 것은 표면의 일일 뿐이다. 여기서 거죽에 드러나거나 뒤로 숨는 개인과 다른 사람의 관계의 미묘한 양태를 다 이야기할 수는 없고, 되돌아가 다시 논하고자 하는 것은 주체의 활동이 초월적 성격이라는 것이다. 의식은 반드시 무엇에 대한 의식으로 존재한다. 이것은 현상학의 기본공리의 하나이다. 의식은 의식대상에 대응하는 것으로만 존재한다는 말이다. 개인적 주체의 활동도 이와 비슷하게 활동의 대상에 대응하여 존재한다. 주체의 작용은 바로 세계로의 자기초월을 뜻한다. 그렇다고 모든 주체의 작용이 객관성을 얻거나 특히 사회적 전체의 파악을 보장받는 것이 아님은 말할 것도 없다. 주체적 작용의 초월적 성격은 바른 이론적 탐구에 의하여 완성되어야 할 단초에 불과하다.

그러면 무엇이 바른 이론인가? 개인적 주체의 작용을 출발점으로 하는 한, 이론의 바르고 바르지 않음을 가리는 일은 지난한 일이다. 사실적으로 가능한 이론적 이해는 일종의 실존적 해석학(解釋學)이 될 것이다. 이해는 개인으로부터 그를 에워싼 주변의 상황으로, 다시 상황의 소산으로의 개인으로 순환적으로 확대될 것이다. 이 두 번째의 개인은 한편으로는 사회적 조건에 의해 형성된 객체로서, 다른 한편으로는 그럼에도 불구하고 객체화를 넘어가는, 이 넘어감으로써 바로 참으로 주체적이 되는 존재로 파악될 것이다. 그리고 이 두 모순된 계기의 일치는 개인으로 하여금 외적 구속으로 강요된 집단의 일원이며 동시에 행동적 주체로서의 집단의 일원임을 깨닫게 할 것이다.

그럼에도 불구하고 이러한 이해 또는 이론적 이해가 해석학적이라고 한다면, 우리는 대체의 해석학이 가진 보수적 친화성에 주목할 필요가 있다. 해석학은 주어진 경험의 안에서 출발한다. 그것은 경험의 밖으로부터 아무것도 끌어올 필요가 없다. 그러니만큼 그것의 지적 염결성(廉潔性)은 적어도 그 방법론적 전제에서는 나무랄 데가 없는지 모른다. 그러나 그것은 그러니만큼 주어진 경험의 안에 남아 있게 마련이다. 여기에서 요청되는 것이 순수한 객관적 구성으로서의 이론이다. 그것은 경험의 세계를 넘어가야 한다. 이 이론은 모험적 성격을 가질 수밖에 없다. 특히 그것이 행동의 철학일 때 그렇다. 게다가 행동은 어떤 경우에나 모험일 수밖에 없는 것이다. 오늘 여기에의 몰두로서의 행동은 행동의 순간에 의식으로만 도달할 수 있는 전체성을 놓쳐버리고 마는 것이다. 이론과 밀착된 행동도 행동의 순간은 이론의 엑스터시(시간성의 초월), 그리고 그 투시로부터 현재의 맹목으로 돌아오는 순간이다(그러나 현실의 유일한 터전인 현재를 넘어서는 이론은 그 나름으로 현실에 대해 맹목이라 할 수 있다).

오늘 이 시점에서 이러한 고찰들은 무슨 의미가 있는가? 우리나라에서나 세계적으로나 오늘의 사회를 비판적으로 보려는 노력들은 커다란 위기에 처한 것으로 보인다. 그 원인이 오로지 그러한 노력 자체의 실패, 특히 이론적 실패에 있다고 하는 것은 극히 순진한 진단이 되겠지만 지나친 이론의 단순화 또는 경직화에 의하여 그러한 노력들의 상당 부분이 스스로를 구석으로 몰아붙이고 또 현실로부터 무관한 상태에 빠지게 된 듯한 감이 없지 않은 것도 부인할 수 없다. 사회의 구조적 전체성에 대한 이해에서 특히 그렇다. 제일 원칙으로부터 일목요연하게 연역되어 나오는 사회이론의 잘못은 개인의 다양하고 창의적인 자유를 경시하고 그때그때의 유동적 상황의 움직임에 대한 판단의 고통을 아끼는 데 있다. 그리하여 결과는 언어의 변증법에 의한 사실의 대치이다. 상황의 과장, 언어의 과장, 역사에 대한 음모이론— 이러한 것들이 구체적 상황을 놓치게 하는 것이다.

우리는 사회와 역사의 이해의 근본적 기제를 다시 생각할 필요가 있다. 어떠한 현실 이해도 관계된 개인들의 주체작용을 통과하지 아니할 수는 없다. 그리고 그것은 끊임없이 변하는 구체화의 통로에서만 의미 있는 것으로 드러날 수 있다. 어떤 의미에서는 전체는 경직적 추상화에서도 그렇지만, 단순히 지나치게 관심의 초점에 놓이고 주제화되기만 하여도 그 모습을 감추어버린다. 이것은 시각작용에서 주변이 중심이 되면 그 바탕으로서의 고유한 성격을 잃어버리는 경우와 같다. 유동적 현실에 밀착하여 그것을 이성의 질서 속에 거두어들일 수 있는 한 원리를 메를로퐁티는 '심미적 이성'이란 말로 불렀다. 이 이성을 통하여 무엇이 드러난다고 하면 그것은 '개념 없는 보편성'일 뿐이다. 그러나 개념 없이 무엇이 인식되고 계획될 수 있는가? 그것은 생존의 흐름 속에 스스로를 맡겨버리는 일로, 절망의 변호밖에 되지 않는 것처럼 생각된다. 그러나 그것은 적어도 너무 이른 결정으로 현실을 놓치는 것을 경계하는 원리가 되기는 할 것이다. 무엇보다도 중요한 것은 현실의 우위이다.   (1991)

7

7

시의 상황

최인훈(崔仁勳) 씨의 《소설가 구보(丘甫) 씨의 일일(一日)》은 예술에 관한 많은 흥미 있는 관찰을 담고 있다. 이 소설의 한 군데에서 주인공 구보 씨는 단테의 《신곡》(神曲)을 읽고 있는데, 구보 씨는 자기가 읽기에는 《신곡》의 본문보다 그 주(註)가 더 재미있다는 말을 하고 있다.

    … 이 작품을 읽으면서 더 재미난 것은 수없이 달린 주(註) 부분이었다. 소설가인 구보 씨는 이 주 부분을 소설로서 읽고 정작 시행(詩行)은 그 소설의 난외주기(欄外註記)로 읽는 구보 씨에게 작품의 주(註)는 언 발에 오줌 누기요, 단 쇠에 물 치기였다. 더 많은 주가 필요한 것이었다. 이 작품에서 단테가 취급한 모든 인물에 대한 인생 주기(註記)가 필요한 것이었다. 그러나 이만한 주라 할지라도 그 나름대로도 또 씹는 맛이 있다. 주에 나오는 사람들의 인생은 여기저기 겹치고 있으므로, 그들 사이에도 수없는 이야기를 만들고 있는 것이었다. 그렇게 되면 작품의 부피는 이탈리아만 해지고 우주만 해지는 것이었다. 소설이란 서사시의 난외주기가 발전한 것이라는 견해에 구보 씨는 이

르게 되는 것이었다. 시행 그 자체는 이 난외주기를 읽기 위한 색인에 해당한다. 어느 사람이 한 줄의 시에 목이 메고, 한 줄의 시에 발이 걸리겠는가. 삶, —그것만이 사람을 그렇게 하는 것이다.

구보 씨의 말대로 《신곡》에서 그 원문보다 주석이 재미있다는 것은 있을 수 있는 생각이다. 그러나 구보 씨의 논리대로 이야기하여, 단테는 참으로 인생의 진수가 되는 것들은 다 놓쳐버리고 '언 발에 오줌 누기' 같은 주석보다 못한 시의 원문에 만족한 것일까? 구보 씨가 단테의 시보다 그 주(註)를 재미있게 본 것은, 그의 호사취미에 기인한다고 할 수 있지만, 그것보다 그것은 그가 기대하는 종류의 삶의 진실을 단테에서 찾지 못하는 때문이라고 보는 것이 타당할 것이다. 그러나 비록 구보 씨가 단테에서 삶의 극히 작은 부분밖에 발견하지 못한다고 할망정, 우리가 흔히 듣는, 단테야말로 당대의 삶을 가장 포괄적으로 표현한 시인이며, 유럽의 전 문학사를 통하여 그의 시 가운데 삶의 집대성을 이룩한 시인으로 단테를 따를 사람을 달리 찾기 어렵다는 평가를 어떻게 할 것인가? 우리가 구보 씨에도 일리가 있음을 인정하고 단테에도 그가 마땅히 차지하는 폭과 깊이를 인정할 때, 우리는 삶에 대한 느낌 자체에 두 가지가 있을 수 있으며 이 두 가지는 단테의 시와 오늘날의 소설가와의 사이에 존재하는 거리로서 설명되어야 할 것이라는 점을 생각하지 않을 수 없다. 이것은 구보 씨 자신이 인정하고 있다. 그에게는 《신곡》의 원문이 난외주기로 보이지만, 그의 이러한 관점이 소설가의 관점이라고 할 때, 이 관점을 성립케 하는 소설은 서사시의 난외주기로부터 발달한 것이라고 그는 말하고 있는 것이다.

그러니까 구보 씨와 단테의 문학관의 차이는 어떤 것이 삶의 핵심을 이룬다고 보느냐 하는 관점에서의 차이이다. 구보 씨에게 인생은 개개 인간의 일생에 일어나는 여러 가지 세부적 사건들을 모두 알기 전에는 만족스럽게 파악될 수 없는 것이다. 그러나 단테에게는 이러한 일은 신변잡사에 속하는 일이며, 별로 중요치 않는 번설지사(煩屑之事)로서 인생의 참모습은 이러한 일을 사상(捨象)하고서도 얼마든지 파악될 수 있는 것이다. 그의 관점에서 볼 때 우발적인 것, 특수한 것, 일상적인 것의 혼란을 꿰뚫고 고양된 의미 속에 통합될 수 있는 본질적인 것을 제시하는 일이야말로 《신곡》의 존재 이유인 것이다. 단테는 삶을 그 본질적 의미로부터 파악하려고 노력하는 데 신학적 세계관으로부터 큰 도움을 받았다.

단테와 구보 씨의 대조는 신학적 관점과 세속적 관점의 대조이다. 그러나 이것은 이미 위에서 암시된 대로 삶에 대한 시적 접근과 산문적 접근의 대조라고 할 수도 있다. 어떤 경우에나 시는 압축을 중시하게 마련이고 이것은 삶이 본질적 면으로부터 바르게 파악될 수 있다는 것을 전제로 한다. 여기에 대하여 소설은 보다 넓게 있는 대로의 삶을 조감하고자 한다. 사실 따지고 볼 때 본질에 대한 추구가 없는 문학은 상상할 수 없는 까닭에 소설의 이러한 추구는 말하자면 중심에서 주변으로 나아가는 것이라기보다는 주변에서 중심으로 나아감으로써, 다시 말하여 경험적 사실들의 총화를 통해서 삶의 핵심을 암시하고자 한다고 말하는 것이 더 타당할는지도 모른다.

지금까지 도식적으로 생각해 본 단테와 구보 씨의 대조 또는 시와 소설의 대조가 단순히 서로 다른 작가적 기질, 관념 또는 장르상의 대조가 아님은 말할 필요도 없다. 이러한 대조는 이미 시사되었듯이 시대의 변화에서 발생하는 것이다. 단테가 성립하는 것은 그의 시대와의 연관 속에서이고 발자크나 제임스 조이스 또는 구보 씨가 성립하는 것은 단테를 불가능하게 하고 이러한 사실주의적 문학양식을 대표적인 것이 되게 하는 시대와의 관련 속에서이다. 단테의 경우,

그의 시의 건축적 통일성과 내용적 압축은 13세기 유럽문화의 통일성으로 인하여 가능한 것이었다〔역사가 헨리 애덤즈(Henry Adams)는 유럽 문화가 가장 완전한 통일성을 이룩한 시기로서 13세기를 손꼽은 바 있다〕. 소설의 대두는 이안 와트(Ian Watt)와 같은 소설사가가 이야기하는 바와 같이 중세의 통일적 세계가 다원적 경험에 의하여 대체된 것과 병행한다. 삶이 일일이 경험적으로 검증되는 사실의 총화로서만 의미를 갖는 것이 된 것과 방대한 사실적 기록에 육박하는 소설로써 삶의 모습을 재현하고자 하는 요구가 일어난 것과 서로 연결된 현상이라는 말이다.

이러한 변화를 문화적으로 반드시 후퇴라고도 전진이라고도 일방적으로 이야기하기는 어렵다. 비록 13세기 유럽이 문화적으로 거의 완벽한 조화를 이루었다고 할는지는 모르지만 그때의 문화적 통일이 진정한 의미에서 삶의 전체를 나타냈다고 말할 수는 없다. 중세적 세계에서 삶의 통일성은 다분한 경험의 많은 부분을 사상(捨象)할 것을 요구하였다. 중세 유럽에서 의미 있는 삶의 부분은 정신적으로는 종교적 세계관의 도식 속에 편입될 수 있는 것이었다. 이러한 삶의 질서는 보다 실제적인 면에서는, 대개의 전통사회에서 그러하듯이, 사회적 의식의 공공광장에서 용인될 수 있는 것만이 의미 있는 삶의 부분이 되게 하고 개인의 일상적 삶의 많은 부분은 사생활의 영역 속에 감추어지게 하였다. 또 이에 따라 사회 내에서도 공적 의식에서 제외된 생물학적 삶의 일상적 유지에 종사하는 모든 사람들은 경멸의 대상이 되어야 했다.

중세 문화의 후퇴와 함께 해체되기 시작한 이러한 삶의 상징적·계층적 집중화는 세속적 삶과 세속적 삶의 일상성을 중시한 중산계급의 사회적·문화적 진출과 함께, 완전히 사라지지 않을 수 없다. 단테의 시가 13세기의 통일을 표현하였다면, 부르주아 시대의 대표적 문학장르인 소설이 나타낸 것은 이러한 통일의 쇠퇴였다. 물론 소설은 동시에 쇠퇴의 표현이라기보다는 새로이 발흥하는 에너지의 표현이라고 보아서 마땅하다. 소설은 보다 폭넓은 삶의 전체를 포용하는 새로운 통일성을 추구하고자 하였다. 물론 그것이 참으로 삶의 전체적이고 통일된 표현이 되는 데 성공하였느냐 하는 데에는 의문의 여지가 있다고 할 수밖에 없다. 그러나 여기에서 우리가 문제 삼으려는 것은 소설의 운명이 아니고 시의 운명이고 문화적 통일이 없는 세계에서의 시의 운명은 매우 어려운 것이 될 수밖에 없다는 점이다.

지금까지의 이야기는 극히 간단한 도식으로서 시와 소설의 운명에 대한 서양의 사정을 생각해 본 것이다. 이것이 반드시 역사적으로 정확한 기술이라고 할 수도 없고 또 반드시 정치(精緻)하게 정리된 이상형의 추출이라고 할 수는 없겠지만 이러한 간단한 도식화는 우리의 시가 처해 있는 사정을 생각하는 데에도 하나의 유추를 제공한다. 우리의 경우에도 유교적 세계로부터 문화의 혼란을 특징으로 하는 현대에로의 이행(移行)은 통일성에서 다원성에로의 이행이라는 점에서 유럽의 경험에 유사한 데가 있는 것으로 보이기 때문이다. 그리고 시가 삶에 대한 통일적 집중적 접근을 특징으로 한다고 할 때, 이러한 문화적 변화가 시의 운명에 큰 관계를 가지리라는 것은 충분히 짐작할 수 있는 것이다.

통일된 문화의 해체가 시의 설 자리를 좁힌다는 것은 위에서 이미 시사했지만 그렇다고 해서 시가 없어진 것은 아니다. 그렇다면 산문의 시대에 시는 어떤 변화를 거치고 어떤 문제에 부딪치게 되는가? 문화의 통일성의 표현으로서의 시가 공적인 시, 서사적인 시라고 한다면 서정시는 새로운 시대의 시의 모습이라고 말할 수 있다. 서정시는 주로 감정을 표현하는 시이고 또 이때에 감정은 대개 사사로운 감정이다. 그런데 감정이란 무엇인가? 현상학자들은 인간 의식이 대상을 향해 가는 지향성이라고 정의하지만, 감정도 지향성의 한 형태라고 말할 수 있다. 사람이 갖는 외계와의 관계에서 감정은 가치 있는 대상에 의하여 촉발되고, 가치 있는 대상의 인지는 세계가 사람의 생존과의 관계 속에 파악됨으로써 일어난다. 다시 말하여 여기에 전제된 것은 세계가 창조적 삶의 구현의 터전으로서 생각된다는 것이다.

그러나 통일된 문화가 상실된 곳에서 감정은 매우 기이한 운명에 처하게 된다. 즉, 그것은 대상을 상실하게 된다고 할 수 있다. 문화는 주어진 세계를 인간의 욕구와 소망에 따라 변형한 결과 발생한다. 문화가 상실되었다는 것은 세계가 삶의 의지의 대응물이기를 그쳤다는 것을 뜻한다. 감정을 지향성이라고 할 때, 그 자체로는 순전한 가능성에 불과하다. 그것은 대상에 의하여서만 완성되고 또 그것에 의하여 표현된다. 이때의 대상은 단순히 개인적인 것이라기보다는 사회적으로 규정되고 생성되는 것이기 때문에 여러 가지 문화 양식·의식과 언어를 통하여 스스로를 실현한다. 이럴 때, 그것은 거의 감정이기를 그치고 세계 속에 있는 인간의 생존을 실천적으로 표현하고 또 나아가 세계를 이루는 창조적 힘이 된다. 통일된 문화가 상실된다는 것은 감정이 순전한 가능성의 상태, 순전한 감정의 상태로 돌아가고 또 공동의 세계에서 절단된 것인 만큼 사사로운 것이 된다는 것을 의미한다. 서정시가 표현하는 감정은 이러한 주관적 감정의 상태에 머물러있는 감정이라고 생각해 볼 수 있다.

이렇게 말하면, 역사적으로 서정시가 늘 존재했다는 사실을 무시하고 마치 그것이 세속화된 세계에서 비로소 성립한 것인 양 이야기한다고 비난할 사람이 있을는지 모르나, 내가 여기서 주장하고자 하는 것은 바로 그렇다는 것이다. 가령 페트라르카의 소네트에 표현된 사랑에서 우리는 단순한 사랑의 감정의 표현을 느끼기보다는 사변(思辨)의 끈질김과 기사도의 귀족적 사랑과 르네상스의 예술에 퍼져나간 어떤 창조력의 결정을 느낀다. 그러나 낭만주의 시대의 시, 가령 셸리의 연가(戀歌)에서 느끼는 것은 그러한 문화적 창조력에서 떨어져 있는 주관적 감정 그 자체이다. 이러한 느낌의 차이는 가령 우리나라의 시조와 현대시 사이에도 발견할 수 있다.

감정을 그대로 표현하는 것이 서정시의 특징이라고 하면, 이 감정은 어떻게 표현될 수 있는가? 여기에서 이러한 질문을 하는 것은, 위에서 이미 감정의 표현은 세계 속에서의 객체화를 통하여 가능하다고 시사한 바 있기 때문이다. 적절한 감정의 표현은 실천과 창조가 허용되고 적어도 공적 의식의 매개가 있기 전에는 불가능하다. 이것이 없는 곳에서 시인은 전통적 감정의 의식을 빌려 쓰거나 새로운 모험을 계획해 보는 수밖에 없다. 묵은 감정 의식의 차용은 시의 현실감을 감소시킬 수밖에 없다. 19세기와 20세기에 페트라르카 풍의 연가가 얼마나 쓰일 수 있을까? 이미 자주 지적된 바와 같이 우리 현실 속에서, 음풍영월(吟風咏月)의 시가 실감을 가질 수 없음은 말할 것도 없다. 오늘날 어떤 시인이 윤선도의 〈오우가〉를 쓸 수 있을 것인가?(아직도 이러한 것을 쓰는 사람이 없다는 것은 아니지만) 인의예지(仁義禮智)를 현대시 속에 담을 수 있는 사람이 있을까? 김소월이 그 뛰어난 시적 업적에도 불구하고 오늘날의 감수성에 역겹게 느껴지는 경우가 있는 것도 부정할 수 없을 것이다.

또는 모든 인간적 감정 가운데 가장 근원적으로 보이는 어머니에 대한 사랑을 생각해 보자. 이것은 우리 현대시에서 자주 나타나는 주제이지만 이 감정의 문제는 전통적 감성의식(感性儀式)의 문제가 단순히 피상적 의미에서 전통주의냐 진보주의냐를 넘어서는 것이라는 것을 생각케 해준다. 이렇게 말하는 것은 가령 오늘날 우리 시단

의 유능한 현실참여파 시인의 한 사람이 사회적 상황의 무자비성과 어머니의 사랑의 절실함을 대조하며

오랜만에 하나뿐인 아들 만나도
말씀 못하시네, 도무지 말씀을 못하시네

하는 말로써 사랑의 감격을 표현할 때, 우리는 그 사랑을 그대로 하나의 절대적 현실로서 받아들이기가 어려운 것이다. 우리는 이런 경우에도 사랑의 절실함은 희생과 억압의 기능이며 일반적 사랑의 사회에서 그것은 보다 덜 절실하고 덜 절박한 것이 되리라는 반성을 하지 않을 수 없는 것이다.

그러나 모든 관습적 감정의 의식(儀式)과 결별하고 새로운 표현의 모험에 뛰어드는 것은 시에서는 비이성의 혼란을 무릅쓰는 것이고, 삶에서는 전위적인 시인들의 생애가 보여주듯이, 생활과 정신의 도착을 경험하는 것이다. 이것은 한쪽으로는 허무와 퇴폐 속에 잠겨 버리는 길일 수도 있지만 또 다른 한편으로는 통일과 조화의 세계의 회복을 위한 새로운 한 발자국일 수도 있다. 시인은 그 고통을 통하여 이미 있는 사실의 세계와 그것이 표방하는 감정의 의식(儀式) 사이에 괴리가 있음을 이야기하고 결국 인간과 진실이라는 관점에서 오늘의 세계가 부재의 세계에 불과한 것임을 증언하고 다른 한편으로는 사람의 창조적 충동의 자기실현을 가능하게 해주는 새로운 문화, 새로운 세계를 위하여 나아간다. 그러나 우리가 지적해야 할 것은 미래의 긍정을 위한 작업이 단순히 추상적이고 구호적인 것일 수는 없다는 것이다. 시는 어디까지나 현실이며 계획일 수 없기 때문이다. 그것은 생명 충동의 실현이 생명의 계획으로 대체될 수 없는 것과 같다. 다시 이것은 목마름이 그것의 해결을 위한 계획으로 해소될 수 없는 것과 같은 것이라 할 수도 있다. 따라서

외부화되지 못하는 주관적 감정의 세계에서 직접적으로 주어지는 것은 끊임없는 좌절의 고통이며, 긍정적 세계는 고통의 그림자처럼 암시되는 행복에 한한 갈망과 예감으로 나타날 뿐이다.

물론 이렇게 말하는 것은 어두운 시대에서의 서정적 감정의 이상형을 이야기한 것이고 실제에서 사람의 삶이 완전히 어두울 수는 없다. 그리고 적어도 미래를 위한 하나의 투영으로서 있을 수 있는 삶을 전혀 생각해 볼 수 없는 것은 아니다. 아무리 사람과 사람의 관계가 불투명한 것이 된다 하더라도 사랑은 이루어지며, 사람은 서로 믿고 살게 마련이다. 인간의 횡포가 자연을 완전히 끝없는 정복과 착취의 대상이 되게 하였다고 하더라도 계절은 바뀌고 초목은 성장한다. 시인은 비록 전체적 상황의 어둠을 잊지 않으면서도 예나 마찬가지로 이러한 것을 노래할 것이다. 그러는 가운데 새로운 삶의 통일성을 계획할 것이다. 이 통일성은 기독교이든 유교이든 삶의 일부를 사상(捨象)하고 억압하는 데에서 이루어지는 통일성은 아닐 것이다. 그것은 서정시의 내면의 혼란을 통하여 얻어진 보다 깊은 자아의식을 포함하고, 무엇보다도 오늘의 혼란의 원인이 되는 인간관계의 비인간화를 유념하고, 시대의 혼란 속에서 사라져 버린 인간과 자연의 신비스러운 공존에 관한 깊은 지혜를 담는 것일 것이다. 이러한 새로운 시가 반드시 서사시(敍事詩)가 될는지는 모르지만 적어도 서사시적 투명성을 가진 것이 되리라는 것은 희망해 볼 수 있다. 거기에서 사람의 모습은 무엇보다도 바깥세상 가운데 스스로를 창조해가는 모습으로 나타날 것이다. 시의 언어 또한 여기에 알맞은 것이 될 것이다. 그것은 너무 사사롭고 감정적인 것도 아니며, 그렇다고 정치적 구호나 연설처럼 비인간적이고 기계적인 것도 아닐 것이다. 그것은 우리들 모두를 한데 이어줄 만큼 투명하고 공적인 것이면서 또 삶의 새로움을 숨겨둘 수 있을 만큼 그림자를 지닌 것일 것이다.

인간은 그 오랜 진화의 과정에서 유전과 본능만을 생존의 수단으로 삼는 다른 동물과 결별하고 상징의 조작, 문화의 지침에 의하여 삶의 확대를 기하는 진화의 길을 선택하였다. 새로운 삶의 통일과 전체를 구현하는 시의 언어는 사람의 오랜 지질학적·생물학적·역사적·개인적 성장의 총체를 가장 포괄적으로 수용하며 그것을 최대로 향수할 수 있게 하는 것일 것이다. 본래적으로 시는 단순히 장식적인 것이 아니고 인간의 진화론적 운명의 일부에 참가하는 정신작용인 것이다. (1977)

시·현실·행복

1. 근대화에 대한 문학의 태도

생각은 사물을 조직화하는 방법이다. 우리는 생각을 모음으로써 이
것저것 잡다한 것들을 정리하여 모양과 갈피를 잡아보고자 한다. 이
러한 우리의 노력은 단순한 지적 욕구에 의하여 자극되는 수도 있고
현실적으로 무엇인가 해야 할 일이 있어서 그 일의 앞뒤를 가려보기
위한 실용적 목적을 가질 수도 있다. 그러나 어느 경우에든 궁극적
으로 그것은 우리 삶의 필요에 그 근거를 갖는 것이라고 해야 할 것
이다. 지적 욕구에서 나오는 생각도 결국은 상황 이해의 일부가 되
고 또 그 점에서 그 정당성을 찾는다고 할 수 있기 때문이다.

　그런데 생각과 마찬가지로, 또는 그보다도 오히려 적극적으로 사
물을 조직화하는 것은 행동이고 현실 자체이다. 생각이 필요한 것
은 현실의 모양과 갈피를 잡기가 어려운 때이다. 따라서 현실이 좋
든 나쁘든 분명한 모습으로 움직이고 있을 때에는 생각의 필요가
없어지거나 없어진 것처럼 보이거나 그럴 필요가 있다고 하더라도

활발하게 작용시키기가 어렵게 되거나 한다. 쉽게 움직이는 생각이 있다면 그것은 전체적 움직임 가운데서의 세부적 적응에 관한 것이다. 이것은 현실의 조직화가 한쪽으로 진행되어 갈수록 그렇다. 그리하여 그쪽으로 사태가 안정되어감에 따라 근원적 의미에서의 사고 그 자체가 중단되거나 상실되어 버린다.

말할 것도 없이 오늘날 우리 현실의 방향을 결정하고 그것을 강력하게 움직여가는 것은 근대화라고 불리는 거대한 변화의 힘이다. 근대화는 한편으로는 사회자원의 거의 전부가 물질생산에 동원되고 사람의 생활도 생산활동 속에 전폭적으로 편입되어 재구성된다는 것, 다른 한편으로 이렇게 하여 생산되는 물질의 소비가 행복한 생활의 주된 이상이 된다는 것 — 이 두 가지 면에서 특징된다. 우리의 생각도 이 방향으로만 몰아붙여진다. 그리하여 오늘날 문학도 이 두 가지 면에서 사회의 조직화로부터 커다란 압력을 받을 수밖에 없다.

물론 문학의 근대화에 대한 태도에는 여러 가지가 있다. 그것인 근대화 속에 긍정적으로 빨려 들어가는 경우는 불가피하게 소비적 생활을 그리는 것으로써 그 임무를 다했다고 생각할 것이다. 한 걸음 더 나아가 그것은 소비품의 한 종목이 된다.

근대화에 대한 또 하나의 문학적 반응은 긍정과 부정을 아울러 포함한다. 이 반응은 근본적으로는 근대화를 불가피한 것으로 받아들인다. 그것은 근대화를 하나의 운명적 조건이라 여기고 개인적 노력으로는 그것을 어떻게 할 수 없는 것이라고 생각하는 태도일 수도 있고, 달리는 근대화가 오늘날 어떤 고통을 수반하더라도 그것을 역사발전의 불가피한 진통으로 받아들이는 태도일 수도 있다. 이 후자의 경우는 근대화가 오늘날 사람의 사회관계나 자연에 대한 관계를 어떻게 변화시키든 간에, 구극적으로는 그것이 보다 높은 수준에서 삶의 균형을 가져올 것으로 믿는 태도로 이어질 수도 있다. 그러면서도 이러한 태도들도 근대화가 강요하는 인간성의 단순화나 인간관계의 비인간화를 의식하지 않을 수 없다. 그리하여 이러한 반응들에 의하여 특징되는 문학은 삶의 전체적 구도나 사회의 향방에 대해서는 불가지론(不可知論)적 또는 허무주의적 입장을 취하고 걷잡을 수 없는 바깥세상에서 물러나 내면으로 침잠하여 밖으로의 통로가 차단된 내면의 고민을 심미적 가치로 전환, 이를 찬미한다. 단순화하여 말하면 근대 서양문학의 대표적 문학이 이러한 종류의 문학이었다고 할 수 있다.

위에 말한 종류의 태도에 대하여, 근대화 속에 있으면서 근대화 자체를 보다 넓은 생각의 검토대상이 되게 하는 입장을 생각해 볼 수 있다. 그러나 위에서도 비쳤듯이 이러한 입장의 성립 그 자체가 어려워지는 것이 근대화의 상황이다. 다시 한 번 비유를 들어 설명하면 우리는 근대화의 버스를 타고 있다. 일단 버스를 타고난 다음, 버스를 타는 것이 옳은 것이었는가 하는 생각은 부질없는 것이고, 유일하게 건전한 질문은 이 버스 안에서 어떻게 하면 더 좋은 자리를 차지할 것인가, 여행을 보다 유쾌하게 할 것인가 하는 질문인 것처럼 보인다. 그러나 문학은 이러한 부질없는 질문을 발함으로써 근대화 전체를 고찰의 대상으로 삼을 수 있다.

따지고 보면 이러한 질문은 부질없는 것도 아니고 엉뚱한 것도 아니다. 또 그것은 주어진 현실에 밖으로부터 어떤 새로운 관점을 부과해보는 것도 아니다. 그것은 바로 상황 자체에서 나온다. 우리는 어떻게 하여 이러한 질문이 상황 안으로부터 나오는가를 다 가려나갈 수는 없다. 여기에서는 다만 두 가지의 질문방식을 간단히 생각해 보고 그중 시에 특유한 한 가지 질문방식을 조금 길게 이야기해 보기로 한다.

2. 상황과 사고

오늘날 일어나는 산업화가 삶의 모든 영역에 강력한 압력을 가하고 있는 것은 그것이 효율성의 관점에서 모든 것을 조직화하기 때문이다. 일정하게 파악된 효율성이 조직화 과정에 안 맞아 들어가는 삶의 여러 부분은 커다란 고통을 겪지 않을 수 없다. 효율성은 일정하게 규정된 상황의 종속변수이다. 상황은 주어진 사실을 (주어진 사실이라는 것이 있다면) 어떠한 인간적 관심 속에서 파악할 때 등장한다. 이 관심에 대응하여 주어지는 상황의 예비적 파악에 따라서 우리는 상황내의 복합적 요인에 대한 고려를 시도하고 이 고려를 참고하면서 행동을 조절한다. 이때 우리의 행동은 효율적인 것이 된다. 산업화가 우리에게 요구하는 것은 이러한 과정을 포함하는 행동의 효율화이다.

그러나 우리 행동의 조정에서 제일 기본이 되는 상황의 규정은 대개 부분적이다. 경제, 정치, 사회 등이 그 고유한 관점에서 우리에게 경제적, 정치적, 사회적 효율성을 요구한다(그리고 문제의 하나는 경제적 상황판단이 모든 다른 상황판단을 대치하려는 점이다). 그러나 이렇게 말하고 보면 부분적으로 파악된 상황은 또다시 보다 큰 상황의 일부를 이룬다는 것을 알 수 있다. 그리하여 우리는 가장 넓고 복합적인 것, 가장 높은 원리로서 정리되는 상황, 다시 말하여 효율성의 효율성, 이성의 이성, 상황의 상황을 생각해 볼 수 있다. 이러한 포괄적인 것이 무엇인가 하는 물음은 철학이나 형이상학, 그중에도 가장 부질없는 사변적 관심에 속하는 것처럼 보인다.

그러나 처음에 말한 상황이 인간적 관심에 대응하여 발생하는 것이라는 사실을 잊지 않는다면, 이러한 질문은 이렇게 추상적이고 사변적인 것이라고만은 할 수 없다. 즉, 상황의 상황, 좀더 평이하게 현실의 가장 효율적이고 이상적인 구성은 가장 넓고 깊은 인간적 관심, 즉 인간의 전체성, 좀더 자세히 개인적으로는 개인의 현실과 가능성, 사회적으로는 모든 사회 성원의 총체적 현재와 그 발전적 가능성에 대응하는 것이기 때문이다. 일단 근대화의 추진력에 의하여 조직화되고 움직이는 사회에서 어려워지는 것은 이러한 폭넓은 사고이다. 그러면서도 현실의 모든 것은 불가피하게 주어진 현실의 구조 속에 있으면서 그것을 넘어서는 움직임을 배태하는 것으로 볼 수 있다. 넓어지고 깊어지는 모든 사회적 자각, 과학적 태도, 비판적 각성과 행동 이러한 것이 이러한 움직임의 일부를 이룬다.

비판적 리얼리즘의 소설도 그러한 움직임의 일부이다. 그것은 현실 사회를 있는 대로 그리면서 그것을 넘어선다. 그것은 총체적 관점에서 파악된 현실의 현재적이며 잠재적인 모습을 보여준다. 그것은 반드시 현실 속에 잠겨버리는 것이 아니면서 이에 대한 자세하고 면밀한 검토를 요구한다. 이것은 우리가 다른 지적 기율(紀律)을 통해서 경험적으로 현실의 총체를 이해하고자 할 때도 마찬가지로 수행해야 하는 작업이다. 그러나 이러한 경험적 방법만이 현실 이해와 그 초월에 이르는 유일한 방법은 아니다(또 이러한 방법의 미학적 전개는 더 고찰되어야 할 것이다). 현실의 상황이 사람의 관심에 대응하는 것이라면 나의 관심은 곧 보다 보편적인 관심의 일부이다. 이렇게 말하지 않더라도 우리는 '평안감사도 저 싫으면 그만'이라는 속담에도 있는 바와 같은 개인적인 거부의 힘을 잘 알고 있다.

오늘날 진행되는 산업화의 구극적인 정당화는 '잘 살아보자'는 말에 집약되는 행복의 이상이다. 그러면 우리는 과연 행복한가? 또는 나는 행복한가? 이것은 아무나 아무 데서나 물어볼 수 있는 물음이다. 따라서 이것은 우리가 손쉽게 오늘의 상황 전체에 대하여 던질 수 있는 질문이기도 하다. 그리고 이러한 물음은 곧 시가 오늘의 상황에 대하여 던질 수 있는 질문으로 생각된다. 왜냐하면 내 생각으로는 시는 행복에 깊이 관계되어 있기 때문이다.

3. 욕망과 행복

나는 혹은 우리는 행복한가? 오늘날의 사회변화가 커다란 고통을 가져오거나 또는 전통적 고통을 덜어주는 데 하등의 도움을 주지 못하는 사람이나 계층에게 여기에 대한 답변이 어떠한 것일까 하는 것은 자명하다. 그러나 여기에서는 문제를 더욱 근본적으로 생각하기 위하여 사람의 행복이란 것이 과연 무엇인가 하는 문제를 잠깐 생각해 보기로 하자. 먼 옛날로부터 사람은 행복이 무엇인가를 물었고 거기에 대하여 서로 다른 여러 가지의 답변을 시도했다. 그러한 문제에 대하여 간단히 해답을 줄 수는 없는 일이다. 여기서는 극히 개괄적이고 형식적으로 이 문제를 정리해 보는 도리밖에 없다.

간단히 이야기하여 행복은 욕망의 만족이라고 옮겨 생각해 볼 수 있다. 그러나 단순히 행복과 욕망의 만족을 동일시할 수는 없다. 욕망의 만족이 장기적으로 볼 때 불행을 초래할 수 있다는 것을 우리는 관찰과 체험을 통해서 잘 알고 있다. 여기에 대하여 행복은 적어도 어느 정도의 지속적 상태를 지칭한다. 이러한 지속적 의미의 행복을 위해서는 우리의 욕망 그것이 다른 여러 가지 욕망들과 조화되는 것이어야 하고 또 욕망의 대상 또한 그 충족과정을 통해서 다른 여러 대상물이나 우리의 다른 욕망의 만족에 대하여 부정적 관계를 갖지 않는 것이라야 한다. 달리 말하여, 진정한 행복을 구성하는 우리의 욕망은 우리 자신의 깊은 조화에서 나오는 것이어야 하고 욕망의 대상 또한 세계 속에 조화된 상태에 있어야 한다.

그러나 오늘날의 세계에서 우리의 어떤 욕망은 다른 욕망들과 갈등을 일으키며, 또 다른 사람의 욕망과 투쟁적 관계 속에 있다. 그리하여 욕망의 대상 또한 그것이 만족의 대상으로 취하여지는 경우 우리는 우리 자신 및 우리 이웃들과 곧 불행한 투쟁적 관계 속에 들어간다. 뿐만 아니라 오늘날과 같은 대중조작의 시대에 우리의 욕망은 참으로 우리 자신의 것인가? 또 욕망의 대상은 우리 자신이 바라는 대상인가? 이러한 물음에 대하여 반드시 긍정적 대답을 할 수가 없다면, 우리가 참으로 원하는 것은 무엇인가? 그리고 그 소원을 이루는 방법은 무엇인가? 여기에 대한 답변은 여러 가지 생물학적 심리학적 철학적 고찰을 필요로 할 것이다. 그러나 시야말로 참으로 행복한 욕망 달성의 모습을 보여준다고 할 수 있지 않을까.

누구나 알다시피 시는 사람의 행복한 모습에 못지않게 불행의 모습을 보여준다. 나아가 위대한 시일수록 더욱 비극적인 불행의 모습을 보여준다고 할 수도 있다. 그러나 시인이 사람의 불행의 모습을 보여준다면, 역설적으로 그것은 그가 누구보다도 사람의 참 행복을, 그의 진정한 욕망과 진정한 욕망의 대상을 잘 알고 있기 때문이다. 그러면서 시인은 어떤 의미에서는 언제나 행복한 존재이다. 그는 행복의 의미를, 또 그러니만큼 불행의 의미를 잘 알고 있을 뿐만 아니라 그의 시(詩)작업을 통해서 그러한 행복의 한 원형을 체험하기 때문이다. 즉, 내 생각으로는 시적 창조의 과정은 가장 원형적인 의미에서 행복한 욕망과 그 충족의 과정을 보여준다. 시인은 이 과정에서 하나의 조화의 경지를 체험하면서 동시에 세상의 행복과 불행을 가늠하게 되고, 또 이 마지막 부분의 조화가 이루어질 때까지는 그의 시적인 행복이 가상(假象)에 불과한 것임을 통감하는 것이다.

4. 시에서의 욕망과 충족

시(詩) 창작과정에 대한 시인들의 고백을 보면, 시의 싹이 의식이나 의지로 통제하기 어려운 매우 불분명하고 막연한 충동에서 시작한다는 점에 주목하게 된다. 불행히도 서양 시인의 예를 들 수밖에 없지만 엘리엇이 고트프리트 벤의 증언을 들어가면서 이야기한 것은 그 대표적 예이다. 시적 충동은 '어떤 묵직한 창조적인 싹'으로 시작된다. 시인은 그것이 무엇을 뜻하는지 시를 완성할 때까지는 알지 못한다. '알 수 없는 충동'에 사로잡힌 시인은 "개운한 느낌을 갖기 위해서는 태어나게 하지 아니치 못할 무거움을 느낀다". 말하자면 어떤 악귀(惡鬼)와 같은 것에 시달리고 이것이 말로 표현되었을 때에 비로소 "소진한 듯, 만족한 듯, 풀려난 듯, 말로 표현하기 어려운 종결감을 느낀다". 이에 대하여 시적 창조의 과정에 대하여 가장 면밀한 관찰을 시도하였던 발레리는 시가 다른 예술창작이나 마찬가지로 의지작용을 필요로 한다고 말한다. 그러나 이것은 매우 특이한 의지작용이다. 그것은 정지상태에의 의지이다.

　　모든 작품은 의지의 움직임을 필요로 한다(우리가 '의지'라고 부르는 것이 아무런 작용을 하지 않는 요소가 많은 것은 사실이다). 그러나 우리 의지, 힘의 표현이 정신작용을 복종케 하려는 경우 그것은 단순한 정지상태, 어떤 조건의 유지 내지 갱신에 관계할 뿐이다.
　　우리가 할 수 있는 것은 정신체계의 자유에 작용하는 것이다. 우리는 이 자유의 정도를 낮출 수 있다. 이러한 자유의 제약이 가능케 하는 수정, 대치 등을 이룩함에 있어 우리는 우리가 욕망하는 것이 나타나기를 기다릴 수 있을 뿐이다. 우리는 욕망하는 것 그것을 꼭 얻어낼 수는 없다.

그러나 이러한 부자유에 대한 보상은 시적인 즐거움으로 돌아온다.

우리가 포기하는 자유에 대하여 작품은 우리에게 그것이 과하는 부자유의 상태를 사랑하게 하고 직접적인 앎의 기쁨을 주어 보상한다. 그리고 작품의 창조는 우리의 정력을 흡족하게 사용하고 그 정력의 사용방식은 우리 몸의 유기적인 힘을 최대로 발휘하는 것에 비슷하다. 그리하여 이 창조의 과정에서 노력의 느낌 그 자체가 도취적인 것이 되며, 우리는 위대하게 소유되었기 때문에 우리 자신이 소유자라는 느낌을 갖는다.

발레리가 말하는 예술창조에서 의지의 작용은 정신의 자유를 줄이는 일, 달리 말하면 의지작용 그 자체를 줄이는 일이다. 그가 말하는 것은 엘리엇이나 마찬가지로 시적 작용의 부수의성(不隨意性)이지만 엘리엇이 시적 충동 또는 욕망의 모호성을 말한다고 한다면 발레리가 지적하는 것은 시적 충동의 대상, 시적 창조의 결과가 예기할 수 없는 것이며 의지적으로 통제할 수 없는 것이라는 점이다. 그리고 이어서 그가 지적한 것은 그러한 시적 과정이 기쁨의 근원이 되며, 이 기쁨이 육체적 작용에 연결되어 있다는 것이다.

이 마지막 점에 대해서는 예이츠도 비슷한 이야기를 한 바 있다. 그는 시적 사고의 본질이 '육체의 사고'라고 말한다.

예술은 우리로 하여금 세상을 만지고 맛보고 듣고 보게 한다. 그것은 블레이크가 수학적 형식이라고 부른 것을 기피한다. 모든 추상적인 것, 머리 속에만 있는 것, 육체의 모든 희망, 기억, 감각에서 솟구쳐 오르는 것이 아닌 것을 예술은 기피한다.

예이츠의 '육체의 사고'는 시적 사고의 본질을 매우 적절하게 드러낸다. 우리의 육체가 희망이나 기억이나 감각을 가지고 있다는 것은 반드시 과학적인 것이라고 할 수 없는 진술일는지 모르나, 시적 사고가 유기적 관련을 가지며 표면적 의식의 차원보다는 깊은 희망과 기억과 감각의 장소에서 나오는 것이라는 것은 다른 시인들의 증언과 대개 일치하는 것이다. 이러한 관련과 근원이 시적 충동으로 하여금 피상적 의식이나 의지의 통제를 거부하게 하는 것이다. 시인은 과거와 현재와 미래, 육체와 정신을 종합하는 어떤 지점으로부터 시의 영감이 솟구쳐 나오는 것을 기다려야 하며, 그것이 그 충족의 대상을 언어 속에서 찾아내는 것을 기다릴 수밖에 없다. 물론 이것은 의식이나 의지의 면에서는 우리가 수동적 상태에 들어간다는 뜻이나 또 동시에 우리 자신의 능동적 실현 이외의 것을 뜻하는 것이 아니다.

그런데 이와 같은 시적 충동과 그 충족의 과정은 바로 우리의 깊은 곳에서 우러나오는 욕망과 그 충족의 모습이 아니고 무엇이겠는가? 곧 행복의 모습이 아니겠는가? 발레리 자신이 위에 인용한 구절들에서 또 "시학 제1과"의 다른 곳에서 시의 과정을 욕망과 그 충족은 과정이란 말로 설명하는 점에 우리는 주목하게 된다. 다만 발레리 자신 다른 곳에서 지적했듯이, 시에 있어서 욕망과 그 충족은 식욕과 먹을 것과 같은 종류의 것이며 같은 과정에서 생겨난다. 시에 있어서 욕망으로서의 인간은 스스로의 균형을 얻으며, 이 균형에서 스스로의 만족을 얻는다. 이에 대하여 현실세계에서의 우리의 욕망은 다른 사람과 우리 밖에 있는 세계와의 관련 속에서 일어나고 또 충족된다. 그러니만큼 그것은 시의 창조과정에서보다는 훨씬 복잡한 과정이 될 수밖에 없다. 그러나 그것이 지나치게 복잡한 것일 수는 없다. 왜냐하면 우리가 어떤 일시적이고 피상적인 조작에 흔들리지 않는 한 우리의 욕망 그것이 곧 세계의 산물이기 때문이다. 욕망이 우리 육체에 연결되어 있다는 것은 곧 육체의 진화과정,

생명의 진화과정, 우주창조의 과정에 이어져 있다는 것이며, 또 우리의 깊은 곳에 감추어 가진 희망과 기억과 감각이 단순히 개인적인 것이 아니라 우리 자신과 문화공동체의 상호작용의 역사에서 우러나오는 것이라는 것이다.

사람이 행복의 충동에 귀 기울인다는 것은 위에서 본 바와 같이 자신의 육체와 정신의 깊이에 대하여 우리 자신을 열어놓는다는 것을 뜻하지만 그것은 동시에 세계에 대하여 자신을 열어놓는다는 것을 뜻한다. 말하자면 하이데거의 말을 빌려 '사물에의 열림', '열려 있는 것에 대한 열려 있음'이 우리의 행복의 충동에 대하여 최종적 지평이 되는 것이다.

5. 《어린 왕자》의 경우

시적 창조과정이 암시하는 행복의 의미는 세계와 인간에 대하여 우리의 관계가 어떤 것이기를 보다 구체적으로 요구하는 것일까? 여기에서 우리는 우화적으로 이러한 질문에 답할 수 있을 뿐이다.

우리나라에서 최근 몇 년 동안에 널리 읽혔고 아마 지금도 읽히는 책으로 생텍쥐페리의 《어린 왕자》가 있다. 추측건대 이른바 어른이 읽는 동화라고 선전되는 다른 책들과 더불어 이 책이 많이 읽히는 이유 중의 하나는 그것이 독서층의 어떤 도피적 경향에 호소하는 바가 컸기 때문일 것이다. 이것은 유감스러운 일이다. 그러나 어떤 종류의 어른을 위한 동화의 경우도 그런 면이 있겠지만, 이 책이 우리의 마음 깊은 곳에 숨어 있는 동경과 갈망에 호소하고 또 사람과 세계에 대한 깊은 시적(詩的) 지혜를 담고 있는 것은 사실이다.

알다시피 이 책의 여러 곳에는 오늘날의 세계의 여러 병폐에 대한 부드러우면서 날카로운 비판과 또 참으로 행복한 삶이 무엇인가에 대한 암시가 보이지만, 이 책의 가장 인상적인 교훈은 '사귐'의 관계가 무엇인가에 대한 것이다. 이것은 매우 단순한 교훈이면서 사람이 다른 사람, 동물 또는 사물에 대하여 가질 수 있는 행복한 관계가 어떤 것이어야 하는가를 설득력 있게 이야기하는 것이다 (*apprivoiser*는 '길들인다'라는 말로 옮겨져 있지만 이것이 뜻하는 상하적 사물관계를 피하자면 '사귄다'는 말이 무리가 있는 대로 더 나은 역어로 생각된다).

이미 독자들이 알고 있을 이 부분을 다시 음미해 보자. 지구에 도착한 '어린 왕자'는 몇 가지 식물 또는 동물에 접하게 된다. 그중 하나에 여우가 있다. 지구에 도착한 왕자가 느끼는 감정의 하나는 외로움인데, 친구가 될 만한 사람을 찾아 나선 왕자는 여우를 만나서 매우 반가운 마음을 갖는다. 그리하여 여우에게 같이 놀자고 한다. 그러나 여우는 이것을 거절하면서 그 이유로서 서로가 아직 마음을 허(許)하고 사귀지 못한 사이이기 때문이라고 한다. 왕자는 '사귄다는 것, 마음을 얻는다는 것, 또는 알아준다는 것'(*apprivoiser*)이 무슨 뜻인가 하고 묻는다. 여우는 그것은 '관계를 맺는 것'(*créer des liens*)이라고 말한다. 그리고 여우는 계속 설명한다.

너는 나에게 아직은 수많은 아이들 중의 비슷한 한 아이에 불과하다. 나는 네가 꼭 필요한 것이 아니다. 너도 내가 꼭 필요한 것이 아니다. 나는 너에게 수많은 다른 여우와 다를 것이 없다. 그렇지만 네가 내 마음을 얻고 서로 사귀게 되면 우리는 서로 서로를 필요로 하게 될 것이다. 너는 나에게 세상에 둘도 없는 존재가 되고 나는 너에게 세상에 둘도 없는 존재가 된다.

여우는 다시 설명한다.

네가 나를 알아주면, 내 삶에 환한 빛이 비치는 것 같다. 나는 다른 발소리들과는 다른 발소리를 알게 된다. 다른 발소리들은 나로 하여금 땅 밑으로 숨어버리게 한다. 그러나 너의 발소리는 마치 음악소리라도 되는 듯 나를 굴 밖으로 나오게 한다. 그리고 있지, 저기 밀밭이 보이지, 나는 빵을 먹지 않는다. 밀은 나에게 아무 소용이 없다. 밀밭으로 하여 연상되는 것은 아무것도 없다. 이것은 서글픈 일이다. 그러나 너는 금빛 머리를 가지고 있지. 그런데 네가 내 마음을 얻고 난 다음이라면, 그건 참 좋은 것으로 생각될 것이다. 금빛의 밀은 너를 생각나게 할 것이고, 또 나는 밀 사이로 부는 바람을 사랑하게 될 것이다. …

이렇게 우리가 익숙하게 사귀어 알게 되는 세계는 그렇지 못한 세계에 비하여 매우 아름답고 의미 있는 세계가 된다.

이러한 사귐의 관계는 어떻게 하여 맺어지는가? 생텍쥐페리의 여우에 의하면 그러한 관계가 이루어지려면 시간, 예의, 배려, 책임감 등이 있어야 한다. 유머러스하게 표현된 여우의 처방대로 왕자가 여우와 사귀려면 우선 왕자는 너무 가까이 오지 말고 멀리에 앉아야, 그것도 (말이란 오해의 근원이 되는 까닭에) 말없이 앉아야 된다. 그러한 말없는 앉음은 매일 조금씩 두 사람 사이의 간격을 좁혀갈 수 있게 한다. 이런 시간을 통한 무르익음이 사귐의 조건이다. 또 여우는 이런 과정에는 일정한 의식(儀式)이 있어야 한다고 한다. 의식은 말하자면 시간에 형체와 리듬을 주는 한 방법이라고 할 수 있는데, 그것은 비슷비슷한, 따라서 하등의 독특한 의미를 가질 수 없는 시간에 의미를 준다는 점에서도 중요하지만 여우가 말하듯이 이것도 우리 마음이 행복하게 되는 데는 익숙해질 수 있는 시간적 무르익음이 필요한 때문이다. 또 어린 왕자가 여우와의 대화에서 배우는 것은 '사귐'의 관계에는 돌봐주고 생각하는 배려와 노동이 필요하다는 점이다. 그가 그의 별의 어떤 장미를 유독 사랑하는 것은 그 장미를 위하여 물을 주고 해와 바람을 적당히 가려주고 벌레를 잡아주고 또 그 하소연과 자랑하는 말을 들어주고 또 그 침묵하는 것을 들었기 때문이라는 것을 그는 깨닫는다. 또 나아가 그는 이것을 사랑할 뿐만 아니라 그것에 대하여 책임을 져야 한다는 것을 배운다.

6. 시적 창조와 행복

생텍쥐페리가 여우의 입을 통하여, 또 어린 왕자의 깨달음을 통하여 말하는 사귐의 이치는 우리 누구나 쉽게 수긍하고 알아볼 수 있는 이치이다. 우리는 누구나 개인적 체험을 통해서 사귐의 관계를 체험하기 때문이다. 적어도 우리는 갓난아이로서 어머니와의 관계에서 이를 흡수하였고, 어릴 때에 주변 사물과의 관계에서 이러한 사귐의 관계를 배우게 된다. 그리하여 우리는 이때의 체험을 우리의 모든 체험의 원형으로 삼는다.

　시인들이 그들의 창작과정에서 체험하는 것도 바로 이러한 것이 아닐까? 물론 위에 들었던 시인들의 기록은 생텍쥐페리의 순진한 행복에 비하여 밀폐되고 어두운 것이라는 인상을 준다. 그것이 현대의 고통스러운 상황 속에 있는 시인들의 기록이며 또 성인들의 체험을 말하는 것인 한, 이러한 차이는 당연한 것일 것이다. 이러한 어둠과 기쁨은 그것이 보다 성숙하고 현실적인 인간의 것이라는 것을 말하기도 하지만 또 동시에 내면에 한정된 행복의 과정이 반드시 가장 바람직한 행복의 과정이 아니라는 것을 경고하기도 한다. 하여튼《어린 왕자》의 교훈과 시인들의 창작과정에 대한 반성을 일일이 분석 비교할 수는 없지만, 적어도 여우가 이야기하는 사귐의 과정이 시적인 것임에는 주목할 수 있다.

사귐의 관계에 필수적인 것들은 바로 시적(詩的) 욕망의 특징을 이루는 것이다. 위에서 우리는 시의 충동이 표면적 의지나 의식작용을 넘어서는 것이며 그 발전과 전개는 수동적으로 기다려져야 하는 것임을 말하였다. 이것은 여우가 지적하는 시간의 성숙과정에 대응한다. 사귐에 예절이 필요하듯이 시에는 기율(紀律)이 필요하다. 발레리가 '의지의 정지를 뜻하는 의지'를 이야기하고, 하이데거가 '사물에의 열림'을 말하면서 '뜻하지 않으려는 뜻함'을 이야기할 때도, 시와 명상에서의 가장 기본적인 절제를 말하는 것이다. 사귐에서 돌봐줌과 노동이 필요하다는 것은 그것이 어떤 정서적 이론적 관계가 아니라 실제적 관계임을 뜻하는 것일 것이다. 실제적인 것은 세계 속에 존재하는 육체에 의하여 매개될 수 있을 뿐이다. 시인이 '육체의 사고'를 말하는 것도 시 그것이 곧 현실 속에서의 실제적 작용은 아닐망정, 실제적 이성, 감성, 감각 등에 긴밀히 이어져 있다는 것을 지적하는 것이라 할 것이다.

　여우는 어린 왕자의 머리칼 빛을 통하여 밀밭의 밀을 친근하게 느낄 수 있으리라고 말한다. 이것은 시에서 비유의 의미를 가장 쉽게 설명하는 것이다. 시는 비유를 그 언어로 한다. 시는 비유로써 세계를 창조하거나 개조하려고 한다. 그렇게 하여 시는 세계를 사귈 수 있는 곳이 되게 한다. 또 주목할 것은 비유는 감각 없이는 존재할 수 없다는 점이다. 즉, 비유는 육체의 언어인 것이다.

　우리는 시적 창조과정이 어떻게 우리의 행복의 한 모습을 암시하는가, 또 그러한 암시가 어떻게 다른 사람과 사물과 세계에 대한 우리의 관계에 적용될 수 있는가를 생각해 보았다. 그 결과 시가 드러내는 행복이야말로 가장 완전한 행복이라는 인상을 받았다. 그러나 우리는 그 인상이 깊은 의미를 가진 것임을 앎과 동시에 시적 행복의 허망함을 또 생각하여야 한다. 왜냐하면 시가 말하는 것은 바로

의식의 조작, 두뇌 속의 환상만으로 사람이 행복할 수 없다는 사실이기 때문이다.

시의 과정이 전해주는 최후의 지혜는 시적 사고를 둘러싸고 있는 육체와 무의식과 세계의 지평에 대한 것이다. 이 지혜의 관점에서 다시 살펴볼 때, 우리가 오늘날 살고 있는 세계는 어떠한 모습을 보여주는가? 시인은 이 세계에 조화가 있기 전에는 참다운 시적 조화가 있을 수 없으며, 더구나 '어린 왕자'의 세계는 있을 수 없는 것임을 안다(생텍쥐페리는 시적 관계가 곧 현실세계에 성립할 수 있는 양 이야기하였다는 점에서도 내면의 시적 과정만을 이야기한 엘리엇이나 발레리보다 적어도 《어린 왕자》에서는 덜 성숙한 작가이다).

시인은 행복한 세계를 현실이라고 하는 대신 그의 행복의 직관을 불행한 세계에 대한 물음이 되게 할 수밖에 없다. 그리고 처음에 이야기하였던 보다 실증적인 질문의 방식을 아울러 배우며, 또 그러한 질문에 이어지는 실천의 세계에 몸을 던질 수밖에 없다. 이것이 시인이 자신의 행복을 되찾고 스스로를 되찾는 길이다. 그 스스로를 되찾는 길이란 말은 그가 가지고 있는 깊은 욕망, 그가 찾고 있는 욕망의 대상, 그가 그리는 행복의 영상 자체가 인간 생존의 오랜 지층에 뿌리 내리고 있는 것이면서 또한 그가 거기에 대하여 물음을 던지는 불행한 세계의 창조물이기 때문이다.

이러한 시인의 행복과 불행에 관한 직관을 오늘의 산업화 현상에 적용시켜 볼 때, 우리는 참으로 행복해져 간다고 할 것인가, 아니면 불행해져 간다고 할 것인가? 여기에 대한 답변이 간단할 수는 없지만 우리의 사물과 이웃에 대한 관계가 우리의 근원적 행복의식에 관계없이 크게 난폭해져 가고 있음은 틀림없는 일이다.　　　(1978)

어둠으로부터
시작하여: 시의 근원

변영로의 〈봄비〉와
김현승의 〈검은 빛〉

1

나직하고, 그윽하게 부르는 소리 있어,
나아가 보니, 아, 나아가 보니
졸음 잔뜩 실은 듯한 젖빛 구름만이
무척이나 가쁜 듯이, 한없이 게으르게
푸른 하늘 위를 거닌다
아, 잃은 것 없이 서운한 나의 마음!
나직하고 그윽하게 부르는 소리 있어,
나아가 보니, 아, 나아가 보니 ―
아려―ㅁ풋이 나는, 지난날의 회상같이
떨리는, 뵈지 않는 꽃의 입김만이
그의 향기로운 자랑 안에 자지러지노나!
아, 찔림 없이 아픈 나의 가슴!

나직하고 그윽하게 부르는 소리 있어,
나아가 보니, 아, 나아가 보니 ―

이제는 젖빛 구름도 꽃의 입김도 자취 없고
다만 비둘기 발목만 붉히는 은실 같은 봄비만이
소리도 없이 근심같이 나리노나!
아, 안 올 사람 기두르는 나의 마음!

　　전시대의 영탄조(詠嘆調)를 그대로 드러내는 변영로의 〈봄비〉는 현실과의 보다 거친 접촉을 가졌던 현대적 감수성에는 너무 연약한 것으로 들린다. 그렇기는 하나 〈봄비〉는 그 나름의 의미 있는 할 말을 가지고 있다. 그리고 그것은 단순한 감상적 넋두리 이상의 것이다. 이것은 시를 조금 더 자세히 검토해 볼 때 드러난다.

　　제목이 나타내는 대로 이 시는 봄비를 말하려는 것인데, 봄비가 어떻다는 것인가? 봄비는, 푸른 하늘의 구름, 스스로를 뽐내는 것 같은, 그러면서도 연약한 숨결을 느끼게 하는 꽃, 비둘기 발목을 붉히는 은실 같은 비 등에 비슷하다. 이 시는 이러한 비교를 통하여 봄비를 묘사한다. 물론 표면상으로는 이것들이 봄비가 아니라고, 그러면서 봄비로 혼동되었던 것이라고 말한다. 그러나 그러한 혼동이 있었던 것은 유사성이 있었던 때문이다. 열거된 것들은 다 같이 여리고 가냘픈 것들이다. 그리하여 그것들은 거의 존재하지 않은 것에 가깝다. 말하자면 그것들은 존재와 무(無)의 접선에 숨쉬고 있는 것이다. 힘겨운 구름의 존재가 그러하고, '뵈지 않는 입김'을 숨쉬는, 그리하여 지난날의 회상 같은, 꽃의 모습이 그러하고, 소리 없이 내리는 봄의 이슬비가 그러하다. 이러한 가냘픈 존재의 인지가 가능한 것은 시인의 심리상태로 인한 것이다. 그것은 '안 올 사람 기두르는' 시인의 마음이 있어서이다. 안 오는 사람의 존재야말로 부재(不在)하면서 존재하는, 부재하기 때문에 가장 강하게 존재하는 것이기 때문이다. 이것에 바탕해서 다른 사물들의 존재가 구성된다.

그러나 시의 전개과정을 살펴보면, 처음부터 시인에게 없는 사람에 대한 그리움, 기다리는 마음이 있었던 것으로 말할 수는 없다. 그것은 시인 스스로도 발견하여 알게 되는 최종의 결과이다. 처음에 있는 것은 시인이 듣는 부르는 소리이다. 그것은 그로 하여금 소리의 근원을 찾아 나서게 한다. 그리하여 혹시 그 소리의 근원일 수도 있는 구름이나 꽃이나 봄비의 존재를 인지하게 된다. 그러면서 이러한 사물인지의 과정은 시인 자신의 마음의 상태에 대한 인지 — 잠정적이고 가설적인 인지를 가능하게 한다. 구름에서 시인은 '잃은 것 없이 서운한 나의 마음' — 아마 세계의 무상과, 그보다는 시인이 듣는 부른 소리나 움직임과는 관계없이 진행되는, 세계의 무상한 과정에 대한 인식을 얻는다. 그리고 그러한 무상하면서도 충만한 세계와는 달리 상실을 그 근본으로 하는 마음의 움직임의 슬픔을 깨닫는다. 꽃을 보고 시인은 '찔림 없이 아픈 나의 가슴' — 무상함 속에 숨어 있는 생명의 숨길, 회상이 환기하는 그것의 시간성 그리고 연약성을 알게 되고 사람의 감성작용이 고통의 체험과 불가분의 관계에 있음을 깨닫는다. 이러한 깨우침을 거쳐서 비로소 시인은, 이 시가 말하고자 하는 체험의 가장 적절한 물질적 상징인 봄비에 부딪치게 된다.

그의 전 체험의 밑바닥에 들어 있는 것은 상실이다. 그에 대응하는 적절한 사물은 밝은 하늘의 젖빛 구름이나 꽃의 입김이 아니고 봄비이다. 이 봄비는 앞의 다른 사물들과 달리 또는 그보다는 더, 우울한 사물로서 이야기된 듯하다. 시인 자신 비는 '소리도 없이 근심같이 나리노나'라고 말한다. 그러나 봄비가 전적으로 우울한 것일 수만은 없을 것이다. 그것은 은실처럼 아름다운 것이다. 알다시피 봄비는 만물의 소생과 성장을 촉구하는 것이 아니겠는가.

그것은 바로 젖빛 구름—생명을 기르는 젖의 빛을 띤 구름과 꽃의 입김을 가능하게 하는 것이다. 다만 그것은 비둘기의 발목을 적실 뿐 그것의 움직임 또는 비상을 약속해 주지는 못하는 상태에 있다. 그리고 이 비는 반드시 시인이 기다리는 어떤 것은 아니다. 그것은 소리가 없는 것이다. 그것이 시인을 부를 수는 없다. 그리하여 시인은 그가 원하는 것은 그가 그리는 사람이란 것을 안다. 그가 들었던 부르는 소리는 그가 기다리는 사람으로부터만이 확인될 수 있을 것이다. 그러나 그 사람은 '안 올 사람'이다. 어쩌면 시인은 다시 그가 들었던 부르는 소리와 움직임에로 돌아가는 수밖에 없는지도 모른다. 그것은 아무 객관적 상관물을 가지고 있는 것이 아니다. 그러면서도 사물은 그 안에서 일고 진다.

〈봄비〉는 앞에서 말한 바와 같이, 지나치게 영탄적이다. 조사에서도 그것은 조금 더 간결할 수가 있었을 것이다. 그러나 어떻게 보면 영탄과 미완성의 되풀이 자체가 이 시가 말하고자 하는 것에 관계되어 있다고 할 수도 있다. 이 시는 결국 시적 과정 자체에 관한 것이라고 하겠는데, 이 시가 아니라도 시로부터 감상이나 감상의 음악을 떼어낸다는 것은 지난한 일이기 때문이다. 그것은 시의 과정에 움직이는 마음의 증표이다. 시인들의 창작과정에 대한 기록들에서 보듯이, 시인의 마음에서 시가 시작하는 것은 어떤 의미로부터보다 하나의 율동의 감각 또는 적어도 어떤 부정형의 이미지로부터인 경우가 많다. 그런 다음에 그것은 보다 분명한 음악과 이미지—무엇보다도 언어적 명징화(明澄化)로 움직여가는 것이다. 물론 결과로서의 시는 이 명징화된 언어이다. 이 언어가 시인의 시인됨을 결정한다. 그러나 다른 한편으로 거기에 이르는 과정이 중요하다. 명징화된 언어가 시라고 하더라도 시의 힘은 상당 부분은 거기에 이르는 과정에서 흡수된 당초의 에너지—당초에 막연한 소리의 움직임으로, 그리고 연상 속에 끌려나오는 이미지들의 매력으로 표현되는 에너지에 기인하는 것이다. 사실 어떤 관점에서는 시의 힘은 이 당초의 모호한 충동의 어두운 힘 이외의 다른 것이 아니다. 시의 음악, 심상, 문법적 비정격성, 시의 침묵—이 모든 것은 이 원초적 어둠의 힘이 나타나는 통로들이다. 그리고 이것은 소박한 단계에서는 감상에 의하여 유지되는 수가 많다.

언어가 나타내는 명징성과 그것의 배후에 들어 있는 어두운 충동의 서로 겯고 트는 관계는 시적 과정에서만 보이는 것이 아니다. 그것은 우리의 모든 언어체험 속에 들어 있는 것이고, 또 언어에 의하여 매개될 수밖에 없는 우리의 체험 일반에 들어 있는 것이다. 〈봄비〉는, 시적 과정을 말하기도 하지만 동시에 더 일반적으로 언어와 체험의 형성과정을 말해 주고 있다. 또 언어를 통해서 체험이 매개되며 체험 속에서 사물이 사물로서 확정된다고 할 때, 그것은 어떻게 근원적 소리의 움직임 속에서 사물이 태어나며 자기 인식이 생겨나는가를 드러내준다.

2
근년의 프랑스의 이론은 의미와 존재의 관계의 탐색에 몰두해 있는 인상을 준다. 그중에도 줄리아 크리스테바의 업적의 하나는 (가령 데리다와 같은 순전히 철학적 사변에 의존하는 또는 언어의 역설적 유희에 의존하는 경우에 비하여) 정신분석에 기초한, 적어도 경험적으로 믿을 만한 증거를 이 문제의 성찰에 도입한 것이다. 《시어(詩語)의 혁명》과 같은 저서에서 그녀는 존재와 언어의 탄생을 인간의 무의식으로부터의 성장에 연결하려 한다. 사실 사람이 말과 사물을 단순히 도구로서 또는 객관적 대상물로서 대하는 것이 아니라 그것을 즐김의 대상으로 보다 적극적으로 수용한다는 것은 이러한 것들의 무의식 속의 충동과의 관계를 생각하지 않고는 설명되지 않는 것이다. 또는 더 나아가서 리비도의 공간 없이는 말과 사물의 현상이 드러날 수가 없다고 할 수도 있다. 동양철학에서 말하듯이, 꽃을 아는 것과 그것을 사랑하는 것은 동시적 현상이다. 또는 사랑이 있어서 앎이 가능한 것이라고 해야 하는지도 모른다(그리고 언어와 사물에 대한 즐김의 관계가 특히 두드러져 나타나는 것이 시적 언어, 문학적 언어이다). 이러한 연결은 어떻게 설명되는가?

크리스테바는 의미작용의 근본으로서 '코라'라는 것을 설정한다. 코라는 플라톤에서 빌려온 말로, 모든 존재의 근본을 이루는, 존재가 존재하기 위하여 전제되어야 하는 '그릇'($\upsilon \pi o \delta o \chi \varepsilon \iota o \nu$) 또는 '공간'($\chi \acute{\omega} \rho \alpha$)을 말한다. 그녀가 인용하는 '티마이오스'에 따르면, 그것은 "파괴를 허용하지 않는 영원한 공간으로서, 존재하게 되는 모든 사물에 상황을 제공하면서 그 자체는 감각을 통해서가 아니라, 일종의 엉터리 이성작용을 통해서만 파악되는, 거의 믿음의 대상이 되지 않는 공간이다. 이것은 우리가 꿈속에서 보는 듯 보면서, 존재하는 모든 것은 어딘가에 자리하며 공간을 점유해야 된다고 하는 때의 어떤 것이다"(《시어의 혁명》, 영역본, p.239). (다시 말하여, 플라톤은 만물의 근원이 되는 이 공간 '코라'를 어머니에 비유하기도 한다. '우리는 〔이〕 수용자를 어머니에, 모형을 아버지에 그리고 둘 사이에 태어나는 자연을 아들에 비교해서 마땅하다.' 이때 그릇, 수용자, '생성의 유모'의 이미지는 노자의 '현묘한 암컷'에 비슷한 것으로 생각하여도 좋지 않을까 한다.)

그러나 크리스테바의 주안점은 형이상학이나 존재론에 있는 것이 아니고(물론 코라의 존재론적 의의에 대해서 반드시 부정적 결론을 그녀가 내린다고 할 수는 없으나), 이러한 근원적 공간 또는 하나의 근원적 심리상태가 — 또는 심리적이라기보다는 적어도 의미작용의 서술적 내지 논리적 전제로서 — 존재하고, 이 공간에서 사람의 무의식적 충동과 언어적 표현작용이 연결될 수 있게 된다는 데에 있다. 다시 말하면, 여기에서 의미작용의 신체적 근거, 무의식적 충동 속에 들어있는 잠재적 의미지향적 요인인 '의미론적인 것'(semiotic)과 의미의 언어적 표현이 나타내는 결국 개인과 그 충동의 사회적 질서에로의 편입을 나타내는, '상징적인 것'(symbolic)이 합쳐지는 것이다. 이러한 합쳐짐으로 하여 언어를 습득하는 사람은 언어와 언어가 드러내는 사물의 세계에 대하여 즐김의 관계를 가질 수 있게 된다. 물론 이것은 리비도와 그 대상과의 직접적 일치를 포기하고 자아와 대상의 거리를 인정하고, 사회적 율법의 요구에 따라 자아의 욕망충족의 대상을 상징세계로 옮김으로써, 달리 말하여 영원한 상실의 상태를 받아들임으로써 가능해진다. 욕망은 영원한 즐김의 상태이기도 하고 영원한 부재의 상태이기도 하다. 그것은 억압의 결과이다.

코라는 욕망과 상징세계를 즐김의 관계로 연결해 주기도 하지만, 다른 한편으로, 충분히 강조되지는 아니하면서 중요한 것은, 언어와 진리가 연결되는 것도 코라에서의 의미화 과정을 통해서라는 것이다. 욕망과 상징이 합치하듯이, 사물과 상징이 여기에서 연결되는 것이다. 말하자면 언어의 지시적 기능을 가능하게 하는 것이 코라에서의 욕망의 움직임인 것이다. 욕망의 옥죄임이 없이 말과 사물이 어떻게 하나가 될 것인가.

코라가 실제로 존재하는 것인가 하는 것은 답하기 어려운 문제일 수밖에 없다. 그러나 그것을 상정하게 하는 중요한 증빙은 예술에서 온다. 이미 비친 것처럼 예술은 언어적 또는 의사(擬似)언어적 표현이면서 단순한 지시적 기능의 언어보다도 리비도의 요소를 강하게 가진 언어라는 것은 대체로 인정할 수 있는 것이다. 그렇다면 예술언어를 설명하기 위해서는 이 둘이 맞부딪치는 무엇인가를 상정하지 아니하면 안 될 것이다. 크리스테바의 코라는 이러한 공간을 지칭한다. 크리스테바의 말을 인용하여 다시 설명하건대,

아직 미형성 상태의 주체의 신체에는 일정한 양의 에너지가 관류한다. 주체의 발전과정에서 이것은 (이미 의미론적 과정 안에 들어가 있는) 신체에 부과되는 가족과 사회구조로부터의 제약에 따라서 배열된다. 이렇게 하여 '에너지'의 부하상태이기도 하고 '심리적' 표적이기도 한 충돌들은 우리가 '코라'라고 부르는 것을 분절화한다. 이것은 충동들과 동적 상태의 정지점들로 이루어진, 규제되어 있으면서 움직임으로 가득 찬, 비표현적 총체성이다(위의 책, p. 25).

이것의 존재론적 특징이 어떠한 것이든지 간에, 여기에서 주목할 것은 그것이 '음성적 또는 역학적 리듬에 유사하며', 사실 그 자체를 '율동적 공간'이라고도 부를 수 있다는 점이다(p. 26). 시에서 중요한 것이 리듬이라고 한다면, 그것은 바로 의미와 사물의 근본에 가서 그러한 리듬이 있기 때문이다. 크리스테바가 말하듯이, 사실 이 코라의 역동성은 언어로 귀착하지 않고 순전한 음악적 표현으로 귀착할 수도 있다. 물론 여기에서 이러한 리듬의 중요성에 주목하는 것은 그것이 곧 예술적 표현의 문제에 이어지기 때문이다. 그러나 리듬의 중요성은 그 자체로 인한 것이 아니다. 그것은 우리가 언어의 포착 속에 가장 분명하게 인식하게 되는 사물에 우리의 욕망이 깊이 개입하고 있다는 증후이다.

3

크리스테바의 코라론 또는 정신분석적 의미론적 관찰은 우리가 시에서, 그것을 알고 있든 아니하든, 무엇을 요구하는가를 깨닫게 하는 데 도움을 준다. 시의 언어는, 산문의 언어에 비하여 — 또는 사실 죽어버릴 것이 아닌 모든 살아 있는 언어는, 무엇인가 부드러운 것 또는 치열한 것 또는 어두운 것 또는 불분명하면서 우리를 그 의미의 가능성으로 유혹하는 것 그리고 의식 이전에 이미 그 음악으로 우리를 움직이는 것이어야 한다고 우리는 느끼는 것이다.

변영로의 〈봄비〉가 비추고 있는 것도 이러한 불분명하고 어두운 과정이다. 그것의 주제는 바로 사물과 감정과 언어가 어떻게 하여 원초적 율동으로부터 생겨나는가 하는 것이다. 그러나 그것은 이미 그 분위기에서 이러한 주제를 암시하고 있다. 그것의 감상성, 미숙성 또는 세말성(細末性) — 부드럽고 아름다운 것을 좇는 데에서 일어나는, 세말성과 같은 것도 이러한 것에 관계되어 있다. 대체로 우리는, 이미 비쳤듯이, 시는 감정적 또는 서정적이어야 한다고 생각하거니와, 감정의 가장 쉬운 형태는 값싼 감상이다.

그러나 말할 것도 없이 감상이 시의 전부일 수도 없고 또 그것이 시의 장점일 수도 없다. 그것은 어디까지나 인간적 미숙의 한 형태일 뿐이다. 이것은 〈봄비〉를 두고서만 하는 말이 아니다. 일반적으로 그러하다는 것이다. 시와 예술에서 또 일반적으로 인간의 표현적 노력에서, 코라에 근원한 어두운 매력이 중요하다면 대부분의 경우 그것은 극복된 것으로서의 코라의 힘이다. 크리스테바의 시사한 바로는 이미 코라는 상징적 표현으로 승화된 다음에야 소급하여 추적될 수 있는 것이다. 그럼에도 불구하고 크리스테바는 언어의 표현적 명징화의 소산이 시라는 점을 그다지 강조하지는 않는 것으로 보인다. 우리가 언어적 표현을 바란다면, 그것은 어둔 충동에서 올라오는 혼돈에의 퇴영을 원하기 때문이 아니라 로고스의 밝은 질서를 희구하기 때문이다. 코라의 역동성은 그것이 바로 세미오틱의 세계로부터, 또는 더 근원적으로는 충동의 세계로부터 상징의 세계로 나아가려는 에너지를 가지고 있기 때문이다. 다만 에너지 자체는 충동으로부터 솟구쳐오는 것이다. 그리하여 모든 탄생의 역설이 그러한 것처럼, 언어와 사물과 인간의 탄생에서도 밝은 빛은 진한 어둠과 거의 일치한다(우리의 비유가 이 단계에서 보다 근원적인 소리의 세계에서 저절로 시각의 세계로 옮겨감을 어찌할 수 없다).

코라의 역설적 움직임은 시각현상에서도 예시할 수 있다. 그것은 우선 시각의 세계에도 율동이 있다는 사실에서 느껴진다. 그림은 정적이라기보다는 율동이 강한 시각현상을 재현한다. 그것은 클레의 조용한 리듬의 추상 또는 반 고흐의 격렬한 움직임의 그것일 수도 있다. 이 리듬은 반드시 어둠의 에너지에서 나오는 것은 아니다. 미술심리학자 루돌프 안하임은 시각작용이 수동적이 아니라 적극적인 작용임을 말하면서, 공교롭게도 플라톤의 《티마이오스》를 인용하여 그것을 뒷받침하고 있다.

  … 플라톤은, 《티마이오스》에서 주장하기를 우리 몸을 덥히는 따스한 불이 부드러운 빛의 줄기가 되어 눈을 빠져나간다고 한다. 그리하여 보는 자와 보아지는 사물 사이에 물질의 다리가 놓이고, 이 다리 위로 사물에서 나오는 빛이 눈을 향하여 나아가고 영혼을 향하여 가는 것이다. [1]

이와 같이 시각현상은 수동적인 것이 아니라 적극적인 주체적 에너지의 작용 속에서 이루어지는 것이다. 이것은 보통의 시각현상을

1 《예술과 시각》, 1971, p. 33.

말하는 것이지만, 이미 말한 바와 같이 아마 예술적 시각에서는 눈에서 나아가는 빛은 조금 더 진한 것일 것이다. 그리하여 그림은 사진 이상의 것이다. 이때의 진함은 관심의 진함이고 더 나아가 사물과 사람이 동시에 태어나는 근원의 에너지의 진함일 것이다.

그러니만큼 그것은 리비도의 에너지에 관계된 것이 아닐 수 없다. 또 그러니만큼 그것은 반드시 밝은 것만도 아닐 것이다. 인간 육체의 어두운 충동, 그 근원성에 사로잡혔던 로렌스는, 마치 고흐가 그의 포플러가 타오르는 것으로 그렸던 것처럼, 겐티안의 모습이 횃불과 같은 모습으로 타오른다고 보면서, 그 횃불을 지하세계에서 나오는 어둠의 횃불이라고 하였다. 그러나 그에게 그것은 '어둠의 횃불의 찬란함'을 가지고 있는 것이었다. 찬란함 ─ 그에게 이 불타는 생명의 어둠은 거의 빛에 가까웠다.

그러나 더 되풀이하여 말하건대, 로렌스가 일방적으로 몰입했던, 사람의 창조적 에너지의 어두운 근원에도 불구하고 표현의 움직임은 어두운 지하로보다는 밝음을 향하는 것이라는 것을 우리는 다시 강조하지 아니할 수 없다. 인간의 모든 문학적 표현에서 제일 많은 것 가운데 하나가 빛에 관한 이미지라는 데에서도 이것은 드러나는 것이다. 다만, 위에서 말한 바와 같이 그것은 많은 경우 어둠과의 불가분의 관계 속에서 파악된다.

> 그늘,
> 밝음을 너는 이렇게도 말하는구나 …

김현승은 그늘과 빛의 공존을 이렇게 말하였다. 젊은 때 이렇게 말한 그의 주제는 만년에도 같은 것으로 남아 있었다. 다만 거기에 삶의 고통의 체험이 시각적 관찰이나 철학적 명상에 추가됨이 다르다. 그는 '검은 빛'을 말하였다. 〈검은 빛〉이라는 제목의 시에서 그는 검은 빛은 "노래하지 않고, / 노래할 것을/ 더 생각하는 빛"이라 하고, 또 "… 붉음보다도 더 붉고/ 아픔보다도 더 아픈, / 빛을 넘어/ 빛에 닿은/ 단 하나의 빛이"라고 한다. 사실 이러한 빛과 어둠의 변증법적 관계는 단테의 《신곡》이나, 그보다 더 강렬하게는, 많은 비극적 고귀성의 모습―가령 오이디푸스의 수난의 역정 속에 잠재해 있다. 어둠과 빛은 둘이면서 하나이면서 결국은 빛으로 향하는 것이다.

김현승은 이 둘이면서 하나인 인간의 충동 그리고 시의 원천을 만년의 시 〈가을〉에서 다음과 같이 이야기하고 있다.

봄은
가까운 땅에서
숨결과 같이 일더니

가을은
머나먼 하늘에서
차거운 물결과 같이 밀려온다.

꽃잎을 이겨
살을 빚던 봄과는 달리
별을 생각으로 깎고 다듬어
가을은
내 마음의 보석을 만든다.

눈동자 먼 봄이라면
입술을 다문 가을

봄은 언어 가운데서
네 노래를 고르더니
가을은 네 노래를 헤치고
내 언어의 뼈마디를
이 고요한 밤에 고른다.

이 시는 거의 앞에서 본 변영로의 시에 대한 변조 또는 화답처럼 들린다. 다만 그것은 더 견고하고 더 포괄적이어서, 어쩌면 시의 움직임을 더 폭넓게 이야기한다고 말할 수는 있을 것이다. 봄의 언어는 식물적 생명과 육체에서 온다. 그것은 형태를 짓이기며 촉각과 같은 근접감각으로, 땅으로, 육체로 들어가고 시각을 상실하는 것이다. 여기에서 언어는 탄생한다. 그러나 그의 침묵에 가까운 가을의 언어는 냉정한 거리를 유지하는 생각에서 온다. 그것은 별의 먼 빛이 암시하는 먼 원근법 속에서 보석의 단단함과 밝음으로써 정확하게 사물을 볼 수 있게 한다. 가을에서야 비로소 사람은 가까운 것, 육체의 어둠, 생명의 율동에서 벗어나 객관적 질서에 가까이 가는 것이다.

그러나 이 객관성은 역설적 성격을 가지고 있다. 말할 것도 없이 이 가을의 시각에서 주관적인 것, 자기중심적 집념은 떨어져나간다. 그러나 동시에 이 벗어져나감은 진정한 자기가 되는 과정이기도 한 것이다. 봄의 언어는 가장 가까운 감각적, 육체적 충동에서 오는 것 같으면서도 사실은, 이 시에서 '네 노래'라고 부르는, 내가 끌리는 어떤 대화자의 음악적 언어, 따라서 진정한 언어에 비하여 부정확하고 비개체화된 언어였다. 그러나 가을의 언어는 이러한 일반적이고 비개체화된 언어를 넘어서서 자신의 언어, 그것도 가장 핵심적인 것만 남은, '언어의 뼈마디'만 남은 것이다.

그런데 이것은 밤에 이루어지는 것이다. 그러나 이 밤은 우리가 인간의 원초적 충동과 관련시켜서 생각하는 그러한 밤, 로렌스의 어둠의 횃불의 밤은 아니다. 그러나 김현승이 말하는 밤은 별빛을 가능하게 하는 밤, 따라서 일종의 밝음의 상황이다. 그 뒤에는, 원초적 충동과 육체와 봄과 음악의 에너지가 빛처럼 보일 수도 있지만 그것은 사실 가짜의 빛이라는 생각이 들어 있다. 여기에 대하여, 오히려 그러한 에너지가 포기된 상태 그리하여 어둠으로 보이는 상태가 빛의 상태이다. 김현승의 어둠과 빛의 등식은 앞에서 본 것에 전혀 반대의 것을 주장하는 등식이다. 그러나 여기에서 중요한 것은 빛과 어둠은 서로 뒤집어질 수 있는 관계에 있다는 것이며, 아마 더 중요한 것은 그러기 때문에 그것은 거의 같은 것일 수 있다는 점이다. 김현승의 빛이 어떠한 것이든지 간에, 그것은 봄의 어둠과 빛, 가을의 어둠과 빛을 긴장 속에 포용하거나 적어도 지양함으로써만 성립하는 것이다. 마지막의 빛은 봄으로부터의 변증법적 전개의 종착지이다. 그러면서 그것은 과정 전체를 포함하고 있다.

4

시는, 김현승의 비유를 빌려, 봄의 언어를 지향할 수도 있고 가을의 언어를 지향할 수도 있다. 그것은 궁극적으로 하나이거나 매우 복잡한 변증법적 관계에 있다. 그러면서 그러한 시적 충동, 또는 생존의 실존적 지향에 어떤 일직선적 지표가 있을 수 있다면, 그것은 가을의 객관성, 명징성, 개체화(individuation)로 나아가는 것이다. 그것 없이는 사람의 삶은 맹목으로 남아 있을 수밖에 없으며 충족과 평화를 얻을 수 없다. 물론 되풀이하건대, 충족과 평화는 그 나름으로 어둠에서 올라오는 충동이 없이는 공허한 것이다. 그런데 명징한 인식을 가진 개체로서 객관성에 이른다는 것은 무엇을 뜻하는가? 김현승에게 그것은, 있는 그대로의 사물의 세계 — 명암과 냉온, 사랑과 잔인함이 공존하는 물리적이고 사회적인 현실이었다. 그것은 한편으로 인간 중심의 안이한 이해로는 접근할 수 없는 그러면서도 신의 어떠한 섭리이며, 다른 한편으로 냉엄한 명상과 도덕적 기율 — 양심에 대응하는 어떤 것이었다. 그것은 단순한 봄의 충동의 세계보다는 넓은 세계이다. 변영로의 〈봄비〉와 김현승의 〈검은 빛〉의 시적 울림의 차이는 이 세계의 크고 작음의 차이이다.

그러나 여기에서 주의하여야 할 것은 〈검은 빛〉의 세계가 그렇다고 하여 시적으로 메마른 세계 — 조금 전에 썼던 비유를 써서, 울림이 없는 세계인 것은 아니다. 여기에서의 움직임은 직접적 감각과 충동의 세계로부터 더 추상적이고 포괄적인 세계로 나아가는 것이지만, 그렇다고 하여, 시적 울림이 그대로 지속된다는 점만으로도 알 수 있듯이, 감각과 충동과의 접촉을 잃어버린 것은 아니다. 이러한 양면의 연결은 넓은 것에로의 시인의 움직임이 철학적, 형이상학적 또는 종교적일 때 그렇게 어려운 것만은 아니다. 사실 그것이 매우 추상적일 것이라는 우리의 선입견에도 불구하고, 철학을 비롯한, 사람의 사변적 확장의 움직임은 감각적 세계에서 아니면 적어도 그것이 맞닿아 있는 정서적 세계에서 많은 에너지를 끌어오는 것이다. '형이상학적 파토스'라는 말이 있지만, 본래의 시대분위기를 가리키는 외에 그것은 철학이나 형이상학에 내재하는 파토스의 요소를 가리키는 것일 수 있다(물론 모든 철학이 그러하다는 것은 아니다). 사변적 움직임이 만들어내는 또는 해후하는 이데아들은 어떤 방식으로든 감각적으로 현존한다. 그것은 자연의 전체가 자연의 작은 감각적 현실 속에 포개어 존재하는 것과 유사하다. 자연의 세계에서 한 알의 모래에서 영원을 보는 일은 어려운 일이 아니다. 이러한 말에도 이미 추상적 비상이 들어 있지만, 우리의 사변적 확대에도 같은 감각적, 정서적 현실은 작용하고 있는 것으로 보인다. 그리고 실제 보이게, 보이지 않게 철학적 사변은 자연의 '구체적 보편'의 존재방식을 차용한다(철학은 아니지만, 철학적 시임에 틀림이 없는 〈검은 빛〉이 가을이라는 주제적 이미지를 비롯하여 여러 자연적 사물의 이미지로 쓰여 있는 것을 우리는 주목할 수 있다).

그런데, 이러한 경우와는 달리, 우리의 움직임이 충동으로부터 사람의 세계로 향할 때, 이러한 직접적 접촉은 매우 어려운 문제를 제공한다. 기이하게도, 우리의 모든 감정의 근원이 되는 사람의 세계는 감각적, 정서적 현실로부터 떨어져나가는 것이 쉬운 것이다. 시의 원천이 감각, 충동의 감정 ─ 이러한 정적인 것들에 있다고 할 때, 삶의 세계에 대한 시로 하여금 이러한 원천에 가까이 있게 하는 것은 극히 어려운 일이다. 다시 말하여, 위의 구분에 따라서, 시의 세 방향을 생각하여, 우리가 시를 서정시, 철학시 그리고 사회시(社會詩)로 나누어본다면, 사회시가 가장 시적 효과를 확보하기가 어려운 것이 된다.

되풀이하건대, 이것은 기이한 일이다. 왜냐하면 사람의 삶에서 기본적 갈등은 개인과 사람이기 때문이다. 다시 크리스테바와 같은 정신분석학자의 범주를 빌려 말하면, 인간의 궤적에 발맞춘 언어의 움직임은 충동의 세계로부터 상징세계로 나아가는 것이다. 상징세계는 아버지의 율법이 다스리는 세계이며 또 아버지는 결국 가족과 사회를 대표하는 까닭에, 성숙한 언어의 세계로 나아간다는 것은 어린 시절의 자기 매몰로부터 사회적 인간의 규율의 수락으로 나아간다는 것을 의미한다. 이것은 인간적 성숙에의 길이라고 할 수도 있고 싫든 좋든 받아들여야 하는 인간의 업고라고 말할 수도 있다. 그러면서 모든 성숙과 수난의 길이 그러하듯, 그것은 중대한 양적 가능성을 가진 것이다. 이미 비친 바와 같이 그것은 삶의 공허화 또는 공소화를 초래할 수도 있는 것이며 또 삶의 보다 큰 실현 — 반드시 밝은 것만으로 이루어지는 것은 아닌, 큰 실현의 길로 들어서는 수도 있는 것이다. 그러나 이 두 가능성 속에서 내적 성숙보다는 공소화의 위험은 더 큰 것으로 보인다. 이것은 시가 증거해 주는 것이다. 그것은, 이미 말한 바와 같이, 사회시가 어려운 데에서 드러나고 또 시가 — 특히 현대에 와서 반사회적 반항을 버리지 못하는 데에서도 짐작이 되는 것이다.

다른 면에서 다시 시의 증거로 말하건대, 이러한 상징세계의 진입, 그리고 어떤 관점에서는 보다 성숙하고 원만한 인간성의 실현은 철학적 원숙성에로의 움직임의 형태를 취할 때 더 쉬운 것이다. 달리 말하여 직접적인 아버지의 세계, 사회질서에로의 진입이 아니라 철학적 기율의 세계로의 진입은 더 용이한 것이다. 이것은 영역을 달리하여, 역사에서도 증거되는 일이다. 어떤 경우에나 사회질서 속으로 편입은 피할 수 없는 사람이 사는 방법이다. 이것은 충동적 개체에게 크게 고통스러운 일이다. 그리하여 사회의 많은 자원이 개체의 사회화를 위하여 동원된다. 사회의 가장 직접적인 방법은 물리적인 것이다. 말할 것도 없이 정치권력과 법은 사회적 생존을 위하여 사람이 받아들여야 하는 강제수단 또는 강제적 수단이다. 그러나 역사적으로 참으로 효과적인 사회화의 수단은 이러한 강제수단이 아니라 철학이나 종교나 또는 어떤 경우에는 시였다. 이것은 언어의 사회화에 대하여, 더 일반적으로 상징세계로의 진입과 관련하여, 인간의 조건에 대하여 매우 중요한 사실을 말하여 주고 있는 것으로 생각된다.

5

왜 사람이 규범적 세계에 귀속되는 방법으로 권력과 법이 아니라 철학과 종교와 시의 방도가 더 만족할 만한 것인가 하는 것은 정치철학을 비롯한 인간의 사회적 생존에 대한 성찰에서 깊이 연구되어야 할 과제이다. 그러나 우리가 여기에서 이 문제에 대한 생각을 더 계속하려는 것은 아니다. 우리의 생각의 대상은 시의 문제이다. 우리는 시에서 서정적 만족을 원한다. 그러면서도 그 만족의 불충분함을 느낀다. 여기에 대하여, 우리는 보다 큰 만족을 보다 큰 주제에서 찾아본다. 이것은, 이미 말한 바와 같이, 철학적으로 해결될수 있다. 그러나 다른 하나의 해결은, 정신분석학에서 보는 (크리스테바나 또는 그녀의 근거가 되는 라캉과 같은 사람이 말하는 정신분석학에서 보는) 인간생존의 상징적 구조에 따르면, 마땅히, 사람의 세계, 사회적 세계로의 확대에서 찾아져야 한다. 전통적으로 서사시는 이러한 요구에 대한 답변이었다고 말할 수 있다. 또는 세밀한 개인적 주제가 아니라 적어도 공적 주제의 시가 이러한 요구에 답할수도 있다. 그러나 현대에 와서 서사시의 어려움은 자주 지적되어온 바 있다. 그리고 서사시가 아니라도 대체로 공적인 주제의 시는 시적으로 특히 어려움을 갖는 것으로 보인다. 왜 그러한가를 밝히는 것은 매우 커다란 과제가 될 것이다. 그러나 그 답변의 초점은 사회적 생존의 존재방식에서 찾아질 것으로 생각된다. 이 방식이 본질적으로 사회적 생존에 대한 공적 발언, 특히 시적인 처리를 어렵게 하는 것이다.

위에서 말한 바와 같이, 철학적 성찰이 만들어내는 것이 세계에 대한 추상적 이해라고 한다면, 그것은 추상적이면서도 감각적으로 우리에게 현존한 것에 대한 추상이다. 그것은 추상적이라고 하여도 결국은 자연에 대한 발언이며, 자연은 언제나 감각적 증거로서 거기에 있다. 이에 대하여, 인간의 생존을 사회적으로 묶어주는 것은 우리가 직접적으로 느끼는 다른 사람의 존재 이외에는 완전히 추상적으로 존재할 수밖에 없다. 시에서 인간관계라고 하면, 으레 남녀의 사랑이 우선적인 것이 되는데, 이것은 그것이 감각적 증거로서 접근되는 거의 유일한 인간의 사회성의 면모이기 때문인지도 모른다. 그 이외의 사회적 존재방식의 여러 정의(定義)들은 추상적으로 존재한다. 전통적으로 인간의 사회적 존재방식을 규정한 대표적인 예는, 가령 삼강오륜과 같은 것이겠는데, 거기에 규정된 것은 감각적으로 직접적인 호소력을 가질 수 있는 것이 아니다. 또는 현대사회의 사회적 이상들인 자유나 정의 또는 평등 이러한 것들을 감각적으로 지시할 도리는 없다. 언어의 존엄성의 심상도 우의(寓意)를 통하여서라면 모를까 감각적 직접성 속에 구현해 보일 수는 없다. 이러한 것들은 말할 것도 없이 우리의 사회적 생존의 절대적 조건, 그것을 새겨내는 정의(定義)의 조각력(彫刻力)이면서도 눈앞에 드러내 보일 수 있는 것으로 존재하는 것은 아니다. 그것들이 (이야기로 예시되는 것이 아니라) 직접적으로 존재한다면, 그것은 강조되고 되풀이되는 관념으로, 굳어진 말로, 종국에 가서는 상투어로 존재할 뿐이다. 이러한 문제는 오늘의 사회시와 관련해서만 존재하는 것은 아닐 것이다. 어느 때에서나, 이미 말한 바와 같이, 사회적 생존의 구성방법 자체가 사회적 의도를 가진 시를 어렵게 한 것일 것이다.

사회적 교육의 의도를 가진 시가 서사시(敍事詩)가 된 것은 우연이 아니다. 서사시는 관념을 말하는 것이 아니라 사람의 행동과 삶의 이야기를 말한다. 물론 이것은 관념을 예시하는 방법으로 그랬었을 수 있다. 그 경우도 관념 자체의 되풀이보다는 효과적일 수 있다. 그러나 사회적 생존의 모습이 추상적 윤리강령으로 고정되기

전이라면 이러한 사람의 이야기는 조금 더 자연스러울 것이다. 서사시가 쓰인 영웅의 시대는 윤리 이전의 시대였다. 그런 때에 사람은 율법에 매이지 않는 자유로운 존재, 즉 감각적 충만 속에 있는 존재이면서도 위대한 인간성을 구현하는 — 그리고 따지고 보면 사회적 규범성을 예시하는 것으로 그려질 수 있었다. 오늘날 사람은 이미 규범 속에 사는 존재가 되었다. 그것도 윤리적 법이 아니라 사회학적 법칙에 따라서 사는 것으로 사는 것이다. 그러니 사람의 모범적 삶을 말하는 이야기는 알레고리 이상의 의미 또는 현실적 박진감을 갖기가 어려운 것이다. 이러나저러나 오늘날은 사람의 평가절하시대이다. 이것은 공적 인간을 포함한다.

　복잡한 분석을 떠나서도, 참으로 위대한 공적 인간이 있기 어려운 것이 오늘날의 사정이라는 것이 서사시의 어려움을 설명한다. 간단히 말하여, 위대한 인간이란 범상한 사람이 아닌 사람이다. 그러하다고 하여 그가 상궤를 벗어난 기인(奇人)이라는 것은 아니다. 그는 규범적 인간이라야 한다. 다시 말하여 보통사람도 가질 수 있는 인간적 가능성 — 꾸민 것이 아니라 진정한, 마음의 깊은 곳으로부터 우러나오는, 그리하여 도덕적이라고 불러야 할, 그러한 가능성을 보통사람이 탄복할 정도로, 그러나 다시 말하여, 별난 사람의 것이 아니라 유적(類的) 차원에서 자기 자신의 것이기도 하다는 느낌을 가지고 보통사람이 탄복하지 아니치 못할 규모로 보여주는 사람이다. 오늘날 사람은 공적 인간은, 그 대표라 할 수 있는 정치가까지도 대개는 예측할 수 있는 인물일 경우가 많다. 이러나저러나 사람은 정해진 사회적 힘에 의하여 움직이는 것이라는 것이 오늘의 인간이해이다. 특히 이해관계는 모든 사람을 규정하고 있다고 생각된다. 그리고 역설적인 것은 공적인 것을 표방할수록 무엇인가 사적으로 얻을 수 있는 사람으로 의심하게 되어 있는 것이다. 그리하여 많은 정치가는 사람들에게, 마음 깊은 곳에서 우러나오는 가치에 따라 사는 사람이 아닌, 그리고 그러한 정도가 보통 정도를 벗어나는 까닭에, 보통사람도 아닌 사람으로 생각되는 것이다. 그중에도 아마 가장 중요한 것은 그의 모든 위대성에 대한 주장에도 불구하고 그것이 바로 그를 가짜로 만드는 요인이 된다는 점일 것이다.

이것은 오늘의 인간을 지나치게 냉소적으로 보는 것일 수 있다. 그러나 오늘의 언어의 참모습이 무엇이든 간에 대중매체 발달 자체가 이러한 인간관을 우리들 독자 또는 청취자의 마음에 심어준다고 할 수도 있다. 대중매체의 편재는 모든 표현행위를 속마음이나 진리의 외적 증표가 아니라 시청자 조작의 수단이 될 수 있게 한다. 정치적 행위는 순수한 행위이면서 표현적 성격을 가진 행위이다. 그것은 어떤 목적을 위한 행위이면서 다른 사람에게 시범하고 설득하고 보여주려는 행위이다. 그리하여 그것은 어느 때에나 연극적 요소, 더 나아가 기만적 요소를 가질 수 있다. 대체로 정치가를 따르면서 또 믿을 수 없는 인간이라고 생각하는 것은 이러한 연유에서이다. 이러나저러나 표현행위는 진리와 허위, 즉 기만의 두 가능성을 지닌 것이다. 그러나 그것은 대체로 인간됨과 실재하는 상황 또 지속적 공동체에 의하여 통제, 검증이 될 수 있는 것이었다. 대중매체는 표현행위로부터 그러한 통제를 완전히 제거하고 표현행위를 완전히 연출의 기술에만 종속하게 하였다. 그리하여 그것은 어떤 실질적 의미를 가진 것이 아니라 사람을 조종하는 데 주로 사용되는 것이 되었다. 이러한 대중적 표현연출의 상황에서 사실, 진실된 인간은 그러하지 못한 인간과의 구별이 매우 어려워진 것이다. 매체가 모든 삶을 연출가로만 또는 공연자로 만드는 것이다.

영웅시(英雄詩)가 불가능하다면, 시는 사회적 관계의 관념들을 직접적으로 이야기할 도리밖에 없을 성싶다. 그러나 그것은 위에서 말한 바대로 시적 처리가 어렵다. 그런데 이것은 오늘의 상황이 더욱 그렇게 한다. 이러나저러나 감각적 대상이 없는 관념어는 공허한 것이 된다. 특히 현실적 맥락 또는 새롭게 전개되는 생각의 맥락이 없을 때 그것은 단순한 상투어 또는 상투적 공식이 되어버리고 그 의미와 감정적 호소력을 상실해 버리고 만다. 이러한 관련에서 상투어나 그에 유사한 현상에서 일어나는 문제는 공적 주제의 시 — 또 사회적 생존의 제도적 정의의 정서적 총체성을 유지하는 일에서 핵심적 문제가 된다.

상투적 행위와 언어의 상투성은 어디에서 오는가? 어떤 경우에나 되풀이는 우리를 지치게 한다. 여기에서 되풀이란 말과 여러 상징들의 되풀이를 말하지만 그것은 심리적 측면에서는 감정의 되풀이가 된다. 되풀이에서 감정은 죽고 또 감정의 환기에 의지하는 의미는 죽는다. (의미는 어떤 경우에나 말하여지는 대상의 중요성을 인지하는 작용과 밀접한 관계가 있고, 감정은 인지작용의 증표이다.) 되풀이의 무의미화 작용에 대한 교훈은, 좋은 노래도 3번만 들으면 싫어진다는 속담이나, 늑대가 왔다는 거짓경고를 자주 발한 양치기의 이야기에도 들어 있다. 그러나 모든 되풀이가 감정과 의미의 마비를 가져오게 하는 것은 아니다. 가령 늑대가 왔다는 경고가 있을 때마다 늑대가 왔다면, 그 경고는 빈 감정, 빈 의미의 빈말이 되지는 아니하였을 것이다. 사람의 감정이 무엇인가는 간단히 설명할 수 없지만, 그것이 어떤 행동적 준비태세에 관계가 많은 것은 우리가 일상적으로 경험할 수 있는 것이다. 빈 감정, 빈 의미 상태가 된다는 것은 행동적 준비에 들어갈 필요가 없다는 직관적 판단에 관계되는 것인지도 모른다.

행동적 준비를 지나치게 크게 해석할 필요는 없다. 행동적 관련을 갖지 않는 동작이나 언어가 대수롭지 아니한 것이 되는 것은 사실이나 직접적으로 그러한 관련이 없다고 하더라도 어떤 종류의 것이든지 간에 현실적 중요성이 있는 것이라면 그것은 그 나름의 의미를 가진다고 할 수 있다. 상투적 인사말 따위가 그대로 역겨운 느낌을 주지 않는 것은 그것의 가벼운 감정 환기 — 호의의 환기가 현실적 기능을 가지고 있음이 분명하기 때문이다. 감정이 의미의 중요성에 비례한다고 할 때, 아마 그 공허성이 가장 분명하게 느껴지는 말이란 커다란 감정적 환기를 요구하면서, 그 요구가 실제 상황의 무게에 맞지 아니할 경우일 것이다. 그러므로 어떤 경우에나 큰 감정의 요구를 가진 말이나 동작은 의미의 공허성에 빠지기 쉬운 것이다. 그러나 사실 큰 감정에 대한 요구의 뒤에는 사안의 중요성에 대한 (적어도 발언자의 관점에서의) 인지가 들어 있는 것이다. 공적 시(詩), 또 그것이 관련되는 공적 감정의 환기가 그러한 경우가 되기 쉽다.

그러므로 잘못이 큰 감정의 요구, 그 요구를 담은 언어에만 있는 것은 아니다. 우선 그러한 감정을 뒷받침할 상황을 입증할 수 있느냐 없느냐 하는 것이 중요하다. 그러나 다른 한편으로, 언어의 현실적 맥락이 언제나 증명될 필요가 있는 것은 아니다. 이것은 위기적 상황에서 분명하다. 다만 위기가 지난 다음에 그에 대한 언어적 표현의 결여는 위기에 대응하여 일어났던 언어와 행동이 허황한 것으로 비칠 수 있다. 사회적으로 중요한 계기는 이러한 위기만큼 중요하면서 그것이 전제되어 있을 뿐 언어적으로 표현되지 아니한 것이기 쉽다. 또는 많은 경우에는 그러한 것으로 의식조차 아니 될 수도 있다. 사실 제도화된 사회적 계기는 위기의 제어장치적 성격을 가졌다고 할 수 있다. 안정된 사회는 위기를 제도 속에 수용한 사회이다(물론 이것을 잊게 하려는 것이 바로 제도화의 특성이라고 하겠지만). 가령 관혼상제와 같은 것은, 인류학자들이 지적하듯이, 개인의 삶의 행로에서 큰 대목을 이루는 위기를 표하는 사회제도이다. 많은 원시사회는 이러한 위기를 적절한 상징의식으로 통제하는 방법을 가지고 있었다. 이것은 사람이 태어나서 사회화되고 생물학적 세대의 연속 안으로 편입되고 삶을 끝내게 되는 과정의 순탄할 수만은 없는 계기를 이루는 것이다. 이것이 아니라도 제도와 전통은 일반적으로 잠재적 위기통제의 절차라는 면을 가지고 있다(인사의 관습까지도 계기의 위기적 성격에 관계되어 있다고 할 수 있다. 사람들이 만나는 순간은 서로 적대적인 관계와 대결로 나아갈 수 있는 위험한 순간이다). 그러나 오늘날 관혼상제를 비롯하여 많은 의식들은 공허한 것이 되었는데, 여기에서 주목할 것은 이것이 그러한 의식 자체의 문제이기도 하고, 사회제도의 붕괴의 한 측면이기도 하다는 것이다.

한동안 허례허식이라는 말이 많이 쓰였지만, 그것은 어떠한 예의나 격식이 공허한 것이라는 것을 말하는 것이기도 하고 또 달리 보면 그러한 예의나 격식에 현실적 의미를 주던 사회의 맥락이 붕괴되었다는 것을 말하는 것이기도 하다. 허례허식이라는 말은 요즘 와서는 낭비적 과시를 의도하는 의식을 가리키지만 원래는 조선조로부터의 과도한 예절과 형식의 존중을 말하면서 쓰인 것으로 생각되는데, 대체로 조선조의 유학이 가르치고 강요한 형이상학적, 철학적, 도덕적 평가와 규범들이 매우 형식적인 그리고 상투화된 관념과 감정에 많이 의존하는 것임은 틀림이 없다. 가령 그 숫자적 나열의 습관 ― 오행, 삼강오륜, 사단칠정 등에서 보는 바와 같은 나열 또는 음양, 인의예지, 효제충신(孝悌忠臣), 혼정신성(昏定晨省)과 같은 짝지어 굳어지게 된 말들에서도 우리는 하필이면 우주의 이치나 사람의 행실이나 감정이 이와 같이 정해진 수의 정해진 틀의 이름에다 포착될 수가 있겠느냐 하는 느낌을 갖는다. 그러나 이러한 것들이 유교적 사회 또는 농경 관료체제에서 세계와 개인 그리고 사회관계를 규정하고 또 그것을 이해하는 데에 중요한 구실을 한 것은 사실일 것이다. 그것들은 상투어라고 할 수도 있지만, 뜻하는바 의미 없는 말은 아니다. 분명한 것은 그러한 말이 의미가 있든 없든 그것들과 함께 있던 제도가 붕괴되었다는 것이다. 이러한 의식, 제도 또 그것의 뒤에 전제된 의식의 붕괴는 상투형의 등장에 깊이 관계되어 있다. 이러한 관점에서 네덜란드의 사회학자 안톤 C. 지데어발드가 상투어 또는 상투적 전달수단(cliches)에 대한 짤막한 연구에서 상투어의 한 특징을 제도와 전통에서 유리된 '자유 부유(浮遊)하는 가치, 의미, 동기 및 규범'이라고 규정한 것은 맞는 말이다.[2]

상투어는 이러한 것들이 제도와 전통에서 떨어져 나옴으로써 — 더 간단히 제도적 뒷받침을 잃어버림으로써 생기는 것이라 할 수 있다. 그러니만큼 그것은 어떤 표현 자체가 가진 속성에도 기인하지만 그에 못지않게 그것을 에워싼 조건들 — 실제적 맥락의 손상으로 인하여 생기는 것이다. 그중에도 중요한 것은 실제적 맥락이 사회제도의 변혁에 관련되어 있을 때이다. 이런 때, 한 제도에 관련되었던 행동의 표현양식 전부가 상투형이 되어버리고 만다.

허례허식의 경우와 마찬가지로, 어떤 정치적 언어가 상투적 언어가 되었을 경우도 우리는 이것을 두 가지 관점에서 보아야 한다. 즉, 그것은 참으로 공허한 언어를 지칭하는 것이기도 하고, 또는 어떤 경우에나 의미의 부하가 낮아짐으로써 공허한 언어임에는 틀림이 없으나, 다른 한편으로 그러한 언어가 지칭하는 감정과 의미가 현실의 제도 속에서 의미를 가지게 되지 아니하였음을 상기시키

---

2 Anton C. Zijdervald, *On Cliches: The Supersedure of Meaning by Function in Modernity*, 1979, p. 25.

는 것일 수도 있다. 오늘날 우리가 듣는 정치적 언어들, 민족, 민중, 애국, 통일, 민주주의, 도덕성 등의 말 또는 그에 유사한 범주의 말들이 상투적으로 들린다면, 그것이 맥락에 관계없이 그야말로 상투적으로 쓰이는 때문이기도 하지만, 그것들이 나타내는 것들이 우리의 사회적 실상에서 벗어져나가는 것들이기 때문이기도 한 것이다. 성질을 달리하여 조선조의 여러 상투어들이 그랬던 것처럼, 이러한 말들은 대개 공동체적 삶의 형태를 지칭한 것이다. 오늘날 우리에게 없어져 가는 것은 바로 공동체이다. 공동체적 의무를 지칭하는 말들이 공허한 것이 되는 것은 당연하다.

또는 조금 달리 말하여, 이러한 말들의 문제는 공동체보다도 그것에 대한 의무를 환기 또는 암시하려는 것이라고 말할 수도 있다. 그로 인하여 이러한 말들은 사실적인 말이라기보다도 듣는 사람에게 압력을 가하려는 의도를 숨겨 가진 것으로 볼 수 있다. 그렇기 때문에 이러한 말들은 사실 의미전달보다는 겁주는 것을 그 기능으로 한다. 이것은 자유를 무엇보다도 중시하는 현대적 감수성에 맞지 아니한다. 뿐만 아니라 한 걸음 더 나아가 진정한 도덕의 핵심이 되는 주체적 자유의 원리에도 어긋나는 것이라고 할 수도 있다. 어떤 경우에나 도덕적 발언은 매우 조심스러운 조건하에서가 아니면 진정한 의미 ─충분히 사실적이고 성실한 것으로, 다시 말하여 그것의 인간적 심각성을 충분히 가진 것으로 전달하기 어려운 것이다. 그러나 여기서 말하고자 하는 것은 그러한 문제들보다도 이러한 말들의 강박적 느낌이 여러 공동체적 관계에 대한 규정들의 해체과정과 일치하는 것으로 보인다는 것이다. 이렇게 볼 때 이러한 말들이 풍기는 사회적 압박감 자체가 사실은 그 실제적 맥락에 문제가 생겼다는 것을 말한다. 문제적이 아닌 사회적 규정들은 우리에게 자연스러운 것으로, 자연 그 자체로 생각되게 마련이다.

이러한 고찰들은 상투어의 원인을 사회에 전적으로 돌리는 것이다. 그것은 언어적, 행동적 또는 의례상의 표현의 문제가 아니라, 달리 말하면 표현자, 즉 말을 쓰는 사람의 문제가 아니라 듣는 자의 문제라고 말하는 것이다. 그러나 상투어, 상투형을 표현 자체나 표현형식에서 일어나는 속성이라고만은 할 수 없다. 상투형은 상투성의 느낌을 지칭하는 것이 아니다. 실제로 그것은 우리의 느낌과 사고를 헛돌게 하고 우리의 현실파악을 약화시킨다. 상투어는 빈말이다. 빈말이라는 것을 감정을 유발할 수 있으나 생각을 유발하지 않는다. 이때의 감정은 현실과의 대응관계에서 마땅한 것일 수도 있고 마땅하지 아니한 것일 수도 있으나 그 마땅함을 보장 — 어느 정도 보장해 줄 수 있는 것이 생각이다. 표현행위에서 이 감정과 더불어 생각의 계기를 유지하는 것은 매우 중요한 일이다 (모든 시의 이론이 — 또 성숙한 인격, 문명사회의 이론이, 인간심리의 이 두 작용 — 반드시 감정과 생각이라고 부르지 아니하더라도 그에 비슷한 두 작용의 균형을 말하지 아니할 수 없었던 것은 궁극적으로 이러한 관련으로 인한 것이다).

모든 표현은 화자의 참의도나 진실에 관계없는 것이 될 위험을 가지고 있다. 대표적인 경우로, 어떤 말만을 듣고 우리는 그것이 참으로 표현자의 진정을 나타내는 것인지, 그 표현이 얼마나 사실적 근거를 가지고 있는 것인지 알기 어렵다. 이것은 듣는 사람만의 문제가 아니다. 말하는 사람으로도 사실 자신의 말의 내적 성실성 또는 외적 사실성을 분명하게 가리면서 말하는 것이 용이하지만은 아니하다. 내면적 또는 사실적 어느 쪽이거나 진실은 일정한 정신적 기율을 조건으로 하여 접근, 전달가능하다. 물론 정직한 의도는 어떤 기율이 아니라 단순한 도덕적 품성에 기초하여 성립할 수도 있다. 그러나 오늘날과 같은 시대에서 아마 그 품성은 기율에까지

끌어올려지지 아니하고는 탄탄한 것이 되지 못할 것이다. 어떤 경우에나 말의 의도의 완성은 불가불 사실적 진실을 말하는 것에 이르러서이다. 후자는 인식론적 기율을 요구하는 일이다.

결국 이러한 장황한 분석은 진실을 말하는 조건으로 생각의 계기 또는 반성의 계기가 있어야 한다는 것을 말하려는 것이다. 생각이 없는 말은 진실이 아닐 가능성이 큰 것이다. 되풀이되는 상투어가 대표적인 경우이다. 구체적 상황은 어떤 경우에나 가변적 요소를 포함하고 그러니만큼 정해진 공식에 맞아들어 가기 어렵게 마련이다. 때와 장소에 관계없이 섬세한 변조가 없이 되풀이되는 틀에 박힌 말은 의심받을 수밖에 없다. 이 변조는 기존의 언어가 생각 속에서 사실과의 조정을 이루고 있음을 나타내는 것이다. 생각은 구체적 현실을 끌어들이는 수단이다. 어떤 편견에서 생각하는 것과는 달리, 시(詩)에서도 생각은 시에 구체성을 부여하는 통로가 될 수 있다.

건전한 인간이해, 건전한 사회제도에서 나오는 굳어진 말, 상투어도 생각을 말살할 위험 — 따라서 새로운 상황에서 진실에서 벗어져날 위험을 가지고 있다. 생각은 어떤 경우나 — 다른 사람이 만들어놓은 생각을 받아들이는 경우에도, 적어도 자기의 내면에서 재생산 — 물론 그러기 위해서는 생각과 현실의 비교 가능이 불가피한, 그러니까 달라질 수밖에 없는, 생산 또는 재생산으로만 존재한다. 그것은 개인의 창조적 업적으로 존재한다. 오늘의 시대는 생각에 도움을 주는 시대는 아니다. 이 사실은 특히 주목할 필요가 있다. 그것은 표면적으로는 전혀 다른 상황으로 비칠 수도 있기 때문이다. 다른 많은 것과 마찬가지로, 오늘날 말은 대중적으로 생산되고 대중적으로 소비된다. 그러므로 어느 때보다도 말은 다양하고 풍부하고 자유로운 것처럼 보일 수 있다. 그러나 대중적 생산과 소비체제가 전통적 사회와는 다른 방식으로 말과 생각과 삶을 상투화한다. 여기에서 중요해지는 것이 상투성의 계기로서의 생각이다.

위에 비친 바와 같이, 상투적인 것은 생각과 생각, 생각과 사물의 개인적 접촉을 허용하지 아니한다. 대량생산 체제하에서 같은 말은 끊임없이 재생산 순화되고, 생각과 말 또 말과 사실은 연결될 수 있는 여유를 갖지 못한다. 이러한 현상은 대중적 언어생산 — 대중매체의 발달이나 상품광고, 정치선전, 정보의 국제화 등의 기능이지만, 그것의 원인 결과의 순서가 어느 쪽이 분명치 아니한 대로, 궁극적으로는 사회 자체의 변화의 기능이다. 위에서 우리는 공적 행동이 공연이 되고 공적 인간 자체가 허깨비가 되는 것은 그의 표현을 제약하는 구체적 공동체의 현실이 약화됨으로써라고 했지만, 상투어의 폐단이 일어나게 되는 것 — 그것이 빈말이 되고 단순한 공연효과만을 가지게 되는 경우가 많은 것도 그것에 대한 공동체적 검증의 방편이 없어진 것으로 인한 것이다. 어느 인간의 언어와 행적이 안정되고 지속적인 구체적 공동체의 구체적 검증에 의하여 통제될 수 있다면, 그의 행동과 언어의 상투성이 크게 문제될 수는 없다.

여기에 대하여 진정한 의미의 상투어나 상투형은 과거에나 현재에나 중요한 사회제도와의 관련을 갖지 아니한 말들이나 행동 방식들이라 하는 것이 옳을 것이다. 전통사회에서의 상투어는 한정된 수의 언어와 표현의 공식화를 말한다. 전통적 상투어는 큰 감정을 — 적어도 적절한 상황에서는 큰 감정을 불러일으킬 수 있는 말들이다. 충효나 절의는 잠재적으로 큰 감정적 호소력을 가지고, 그러면서 그것에 대응하는 도덕적 사회적 현실을 가지고 있다. 그럼에도 불구하고 그것이 생각을 마비시키고 말과 생각과 현실을 유리시킬 위험이 있는 것은 사실이다. 이에 대하여, 현대사회에서 〔위에서 언급한 지데어발드가 말한 상투어는 주로 현대사회에서의 상투어이고, 그는 현대

사회를 '상투어 생산적' 사회(*clichegenic society*)라고 부른다〕 상투어는 수에서 한정되지 아니한다. 그것은 다양하고 변화무쌍하다. 이런 의미에서 그것은 한정된 같은 말의 되풀이라는 인상을 아니 줄 수도 있다(그리하여 위에서 함축된 상투어의 정의 자체가 달라져야 하는 것인지도 모른다).

그러나 따지고 보면 그것들은 같은 거푸집에서 약간의 변화를 추가하여 찍어내는 같은 말들이다. 그러므로 현대사회의 상투적 표현은 정확한 외형의 반복이 아니라 숨은 상투적 원형의 재생산이다. 이 원형의 생산성은 패권적 문화의 생산성에서 나온다. 동력이 되는 것은 말할 것도 없이 사회를 지배하는 세력들의 조종의지이다. 이것은 전근대사회에서도 마찬가지라고 할 수도 있지만, 대중사회의 경우 더 적극적으로 그 의지가 가리키는 도덕적 사회적 대상은 존재하지 않거나 왜곡된 것일 수 있다. 상투형은 흔히 진정한 사회적 구성으로부터 우리의 시각을 다른 곳으로 돌리게 하려는 작용을 하기 때문이다. 그것은 큰 감정을 자극하려는 것보다는 작은 감정의 필요를 충족시킨다. 어쩌면 그것은 큰 감정을 흩어버리는 기능을 하는지도 모른다.

현대적 상투어는 높은 도덕적 주장을 가지고 있지 아니할 수 있고, 듣는 사람은 자유로운 언어과정 속에 있는 것으로 느끼게 되기 때문에, 그 언어과정 속에 작용하는 상투성을 의식하지 못할 수도 있다. 이러한 상투성의 과정의 기능은, 전통적 사회의 경우에나 마찬가지로, 생각의 기능의 미비이다. 그것은 큰 감정의 경험, 인간 존재의 도덕적 사회적 현실로부터 사람을 유리시킨다. 다른 한편으로, 수많은 말들은 우리를 수많은 사물과 객관적 사실에 접하게 하는 듯한 인상을 준다. 그러나 상투형의 조종 속에 있는 이 접촉은 심각한 것이 될 수 없다. 사실 현대의 대중 소비사회에서 우리는 우리의 자유로운 삶을 살면서 삶 자체가 상투적이 되는 것을 느끼는 것이다.

6

여기에서 이러한 문제를 생각해 보는 것은 오늘의 시(詩)를 생각하는 데에 이어져 있다. 시가 거짓된 공적 공연의 동작 그리고 그 단적인 증표로서의 상투어나 상투적 감정에의 의존을 피할 수 있는가? 이 물음이 공적인 시의 핵심문제 중의 하나로 생각되기 때문이다. 우리의 과제는 사회적으로나 시로나 상투어 자체의 좋고 나쁨을 가리는 일이 아니라 시의 조건으로서의 사회환경을, 또 사회환경의 표면에 보이지 않는 질적 변화의 지침으로 시의 직관을 정확히 판단하고 거기로부터 사회나 시의 문제를 더 면밀하게 생각하는 일이다.

1990년대에 들어와 매우 빠른 속도로 달라지는 것이 역연하지만, 80년대의 시 또 그 이전에도 우리 시는 오랫동안 정치적인 것이었다. 우리 시가 정치적이었던 것은 그 나름으로 정당한 것이었다. 그러나 그것이 시로서 문제가 없는 것이 아님은 그러한 시의 정당성에 동의하는 사람의 마음에서도 늘 꺼림칙한 것으로 남아 있었다. 이 현실적 정당성과 시적 정당성 사이의 거리는, 그것이 전부는 아니면서, 상투적 언어와 상투적 행동, 상투적 생각의 문제가 이어져 있는 것으로 보이는 것이다.

오늘이라고 하여 정치적 관점에서 문제적 상황이 완전히 해소된 것은 아니지만, 80년대와 그 이전 그에 이르는 상황은 한두 가지 문제—가령 민주화와 사회정의의 문제로 집약될 수 있을 만큼 위기적인 것이었다. 그리고 이 단순화된 위기적 상황은 사람들의 정열을 완전히 흡수하기에 충분한 것이었다. 시가 이 정열을 표현한 것은 자연스러웠다. 또 그것은, 시인들의 개인적 수난과 고통에 단적으로 드러났듯이, 커다란 실천적 의미를 가졌던 것으로, 오늘날의 보다 이완된 정치상황의 조성에 적지 않은 공헌을 하였다. 뿐만 아니라 자기만족과 은둔에 침잠하기 쉬운 시로 하여금 시의 중요한 사명의 하나가 공적 관심과 품격의 표현에 있음을 상기하게 하였다. 그러나 시가 공적 차원에만 머물러 있을 수는 없다. 시는 시인의 깊은 개인적 욕구로부터 생겨나는 것이다. 90년대의, 재담(才談)과 사설(辭說)의 시 또는, 조금 더 낮게는, 개인적 서정의 시는 불가피한 반작용이며 또 우리 시의 발전에서 필요한 단계라고 할 수도 있다. 그러나 다른 한편으로 우리는 다시 시의 공적 측면의 위엄을 상기하지 아니할 수 없다. 재담과 사설의 시 또는 복고적이거나 현대적인 서정시의 재등장이 반드시 시의 본령의 전부를 나타내는 것은 아니다. 그리고 위에서 우리가 문제 삼았던 상투성의 문제만 해도 사적인 것, 서정적인 것으로의 회귀만으로 해결되는 것은 아니다. 그것은 더 무서운 마비를 나타내는 것일 수도 있다.

그러나 이 시의 두 가지 모순된 측면과 요구가 그 나름 정당성을 가지고 있음은 틀림이 없다. 이상적으로는, 이미 비친 바 있듯이, 이 두 가지 움직임이 합쳐질 수 없는 것은 아니다. 되풀이하건대, 개인적 욕구 자체가 공적인 것을 향한 것이다. 표현한다는 것은 안에 있는 것이 밖을 향한다는 것이다. 밖이란, 알아볼 만한 첫 형태에서는, 언어이다. 언어는 이미 하나의 공적 세계이다. 그것은 그말을 사용하는 동시대인 또 그 말을 사용해 온 태고로부터의 역사적 공동체 없이는 있을 수가 없는 것이다. 시인의 시적 표현은 이언어 공동체에의 편입 또 그것의 창조적 변화를 향한 의지를 나타낸다. 물론 이러한 의지가 반드시 의식적인 것은 아니다. 그렇다면 아마 시의 근원적 성격은 다분히 상실되고 — 그로 인하여, 모든 근원적인 것에서 우리가 느끼는 바, 즉 비록 매우 희박한 상태로라도,

우리가 시의 이름에서 느끼는 바의 외포감도 상당히 줄어들 것이다. 언어에 대한 우리의 느낌은 우리가 어떤 언어공동체에 속해 있다는 것에 대한 추상적 이해에서 오는 것보다는 더 근원적인 데에서 오는 것이다.

그것은 이미 비친 바 있듯이, 바로 우리가 어머니에게서 태어나고 아버지와 다른 가족 사이에서 자라게 되는 과정 자체에서 우러나오는 느낌이다. 그것은 우리의 탄생과 또 하나의 탄생 — 가족과의 관계에서 사회적 인간으로 태어나는 원초적 사건에 매어져 있다. 모든 탄생은 경축할 만한 일이면서도 고통스러운 것이다. 그것은 하나의 선택이다. 선택은 자유로운 행위이다. 그것은 스스로 하는 것이다. 그러나 동시에 그것은 주어진 것을 받아들이며 또 받아들이되, 어떤 한정된 것만을 받아들인다는 것이다. 그것은 주어진 것의 필연과 그 필연의 한정에서 또 하나의 한정 — 필연 속에서의 필연을 받아들인다는 것을 말한다. 그것은 자유가 아니라 필연의 행위이다. 그러면서도 그것은 마치 자유의 행위처럼 인식된다(물론 이렇게 인식될 수 있다는 데에 인간생존의 모든 문제가 들어 있다).

하여튼 심리분석들이 지적하듯이, 사람이 태어나고 성장한다는 것은 사회의 제약을 자신의 삶의 필연적 조건으로 받아들인다는 것이다. 시인의 표현 욕구는, 스스로는 어떻게 느끼든지 간에, 이러한 사회적인 것에의 욕구를 나타낸다고 할 수 있다. 그 욕구가 주로 큰 사회의 욕구 — 달리 말하여 요구를 나타낸다고 해서 전혀 이상할 것이 없는 것이다. 다만 그것이 사람의 근원적 욕구에서 이어져 있는 것이라고 하여도 사회적 요구가 이것을 전부 채워줄 수 있는 것은 아니다. 사회적인 것은 많은 경우 억압적인 것으로 느껴진다. 아니면 적어도 나의 삶의 관점에서 그것은 공허한 것으로 — 어쩌면 그것을 적극적으로 받아들이는 듯하면서도 내심 공허한 것으로 느껴진다.

우리가 시에서 찾는 것은 이러한 외면적으로 부과된 어떤 것이 아니다. 시가 안으로부터 밖으로 나아가는 움직임을 나타낸다고 하더라도 시가 찾는 밖은 그러한 외면적 요구로서의 사회가 아니라, 안으로부터 얻어지는 사회이다. 또는 그것을 포함하는 삶 전체이다.

이것이 어떻게 가능한가는 물론 쉽게 말할 수 없다. 그 어려움을 생각하면서, 우리는 시의 근원을 — 사람의 육체와, 충동과, 즐김과 금욕, 개체적 욕망과 사회의 요구가 그 파괴적 갈등 속에 또는 높은 종합으로 나아갈 수 있는 가능성 속에 움직이기 시작하는, 근원적 공간, 크리스테바의 말로 '율동적 공간'을 다시 한 번 생각할 수 있을 뿐이다. 이것은 결국 초월되어야 하는 근원이지만, 뿌리 내리고 있어야 하는 근원이며, 다시 되돌아가 시작해야 하는 과정이다. 이러한 원초적 일체성에 이어져 있지 아니하는 한, 시는 우리를 진정으로 움직이기가 어려운 것이 된다.

그러나 중요한 것은 단순히 시가 아니다. 시는 사람의 일을 창조적 가능성에 유지하기 위하여 필요한 것이고 또 모든 사람과 낱낱의 사람의 삶을 그 가능성 속에 살 수 있게 하기 위하여 필요한 것이다. 우리의 육체와 정신의 저 밑에 있는 '율동적 공간', 시적 공간의 움직임은 사회의 모든 의미작용의 근본이다. 그러나 사회의 의미작용 — 언어와 제도와 관행은 본래의 의미화 가능성을 제한하는 데에서 성립된다. 크리스테바의 말을 빌려보자.

의미화 작용은 어떤 것도 의미화 과정의 무한한 전체성을 포괄하지 않는다. (궁극적으로 사회적 정치적인 성격의) 수없는 제약이 의미화 작용으로 하여금 그 속에 일어나는 주제화의 이런저런 주제에 멈추어서게 한다. 이 제약들이 그것을 엉키게 하고 옴짝하지 않게 하여 표면과 구조를 만든다. 그것은 고정되고 단편적인, 상징의 모체(母體) 속에 ― 과정의 무한성을 지워버리는 여러 가지 사회적 제약의 흔적 가운데, 의미의 실천을 철폐해 버린다.

의미화 작용은 필수적인 것이면서, 쉽게 의미의 경직에 사로잡힌다. 의미작용의 제한을 넘어가고자 하는 가장 중요한 노력은 말라르메나 제임스 조이스의 아방가르드적 작품에 나타난다. 그러나 그러한 경우에도, 크리스테바의 의견으로는, 대체로 사회적 제약에 의하여 부과되는 의미화작용과 실천에 대한 제약은 그대로 남아 있게 마련이다. 따라서 그것은 사회적 실천의 해방에 큰 도움이 되는 것이 아닐 수 있다. 우리의 생각으로는 아마 필요한 것은 반드시 문학적 아방가르드의 해체작업이 아닐 것이다. 이러나저러나 삶 자체의 근본적 제약은 그 많은 부분에서 사회적, 정치적 성격의 것인데 그것을 그대로 두고 진정한 의미의 해방이 있을 수는 없다. 또 사회에 자유의 가능성은 확대될 수 있는 것이면서도 또 동시에 근원적 억압이라는 한계를 넘어설 수 없는 것이라고 할 때, 참다운 의미의 시적 해방은 아방가르드의 파괴적 충동과는 상당히 거리가 있는 것이라고 할 수도 있다. 그러나 어느 쪽이든지 간에, 구조가 탄생하기 전의 원초적 가능성을 상기하는 것은 중요하다. 사람은 아마 그의 가능성의 제약으로서의 구조를 떠나서 살 수 없는 것인지 모른다(물론 구조가 해방시키는 가능성도 있다). 구조의 원리는 이성이다. 그러나 구조는 적어도 ― 또는 구조의 원리로서 생겨나게 마련인 이성은 영원한 것이 아니라 생성되는 것이다. 그것은 또 사람의 일에 부딪쳐 그때마다 새로 생겨나는 것으로 존재할 때 진정한 해방의 원리가 될 수 있다. 그때, 그것은 사람의 삶을 보다 너그럽게 하는 것이 된다. 시의 근원적 언어에 대한 상기는, 그것이 어떤 형태를 취하든지 간에, 이러한 탄생의 과정을 도와준다.   (1992)

궁핍한 시대의
시인

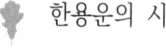 한용운의 시

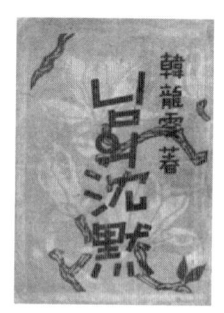

프랑스의 철학자 뤼시앙 골드만은, 그의 저서 《숨어 있는 신(神)》에서, 어려운 시대에 사는 인간의 한 유형을 파스칼과 라신의 생애와 저작을 통해서 추출하여 보여준다. 골드만에 의하면 파스칼이나 라신의 핵심은 '비극적 세계관'이라는 개념으로 요약될 수 있다. '비극적 세계관'은, 서로 모순되는 두 요구, 자아의 진실과 세상의 허위 속에 고뇌하는 인간이 생각할 수 있는 태도이다. 세상이 온통 거짓과 부패 속에 빠져 있을 때, 사람은 현실에 굽히고 들어가는 외에 3가지 방법으로 처세할 수 있다. 하나는 거짓말 세상을 버리고 세상의 저 너머에 존재하는 초월적 진실 속에 은퇴하는 것이며, 다른 하나는 세상을 진실된 것으로 뜯어 고치도록 현실 속에 행동하는 것이다. 그러나 이 후자의 경우 현실과 진실의 거리가 도저히 건너뛸 수 없는 심연에 의하여 단절되었다면 어떻게 할 것인가?

이때에 있을 수 있는 제3의 태도가 비극적 태도이다. 그것은 진실의 관점에서 세상을 완전히 거부한다. 그러나 현실의 관점에서 그것을 완전히 받아들인다. 비극적 인간이 요구하는 절대적 진실의 면에서 볼 때, 그는 있는 그대로의 세계의 진실성을 인정할 수 없다. 그러나 그는 또 세상 밖에 설 수 있는 자리가 없음을 안다. 사실 세상이 완전히 타락한 거라면 비극적 인간 그 자신에게나마, 어떠한 진실이 가능할 것인가? 그의 절대적 진실에의 요구조차 확실할 수 없는 것이다. 그는 어처구니없게도 진실에 이르는 길이 이 세상을 통하지 않고는 달리 없다는 사실에 부딪치게 된다. 그는 이 세상의 일에 전심할 수밖에 없다. 그러나 이것은 오로지 그 일을 부정하기 위해서이다. 비극적 인간의 절대선에 대한 요구가 크면 클수록 세상이 유일한 존재의 장이면서 타락한 곳이라는 역설에 부딪치고 이 역설 속에서 그의 전심과 부정의 변증법은 계속된다. 사실 그의 입장에서 볼 때, 진실이란 도대체 부재(不在)로서만 확인되는 것이다. 기독교의 관점에서 이것은 신과 세상과의 관계로 옮겨질 수 있다. 타락한 세상에 신은 있지 아니한다. 그러나 인간에게는 세상 이외의 신에 이르는 길이 없기 때문에 신은 오로지 부정과 부재로서만 확인된다. "참으로 신은 숨어 계시는 것이다."

《숨어 있는 신》에서 흥미로운 것은 그것이 이러한 비극적 세계관을 분명히 부각시켰다는 것에 못지않게, 이 세계관을 17세기 프랑스 사회에 연결시켰다는 것이다. 17세기는 프랑스 정치사회사에서 절대왕권이 그 기반을 굳혀간 과정으로 파악될 수 있다. 파리에 근거한 왕권은 처음 봉건 귀족과의 권력투쟁에서 성장하기 시작하는데 제3계급은 이 투쟁에서 왕권의 주요한 지주였다. 특히 이 제3계급 가운데에서도 왕권에 의존하면서 반독립적 이해관계를 발전시키던 이속(吏屬)계급(officiers)은 중요한 위치를 차지했다. 이들은 지방의 세수원, 법정의 변호사로 활약하며 그 구전으로 치부하고 왕을 위하여는 행정대리인 노릇을 하였다.

그러나 1630년대에 이르러 이제 충분한 성장을 본 왕권은 보다 직접적인 통치기구로서 관료제를 발전시키게 되고 이에 따라 이속 계급은—이들의 많은 수가 귀족(la noblesse de robe)이 되어 있었다—정치권력의 중심에서 떨어져 나가게 되었다. 다른 계층들은 왕과의 대립관계에서 독자적 행동으로 사태의 변화에 대처할 수 있었으나 이들 신흥귀족은 권력에서 멀어지면서 매우 거북한 입장에 놓이게 되었다. 그들은 이제 그들이 대항해야 할지도 모르는 왕에게 경제적으로 예속되어 있었다. 이렇게 하여 그들은, 이제 그들과 이해를 달리하게 된 세력에 저항할 수도 안 할 수도 없는 궁지에 몰린 것이었다. 골드만은 파스칼과 라신을 비롯한 장세니스트들이 이러한 궁지에 몰린 '노블레스 드 로브' 출신이거나 거기에 가까웠던 사람들이라고 장세니즘의 정수를 이루는 '비극적 세계관'과 장세니스트들의 사회적 처지 사이에 상관관계를 수립한다.

위는 《숨어 있는 신》의 주제의 요약이거니와 나는 파스칼과 같은 장세니스트의 경우가 이제 이 글에서 이야기하려는 한용운(韓龍雲)의 경우에 아주 근사한 것으로 생각한다.

한용운의 시대는, 파스칼의 시대처럼 모순적 선택밖에 제시해 주지 않았던 시대였다. 파스칼의 '노블레스 드 로브'가 무력감에 사로잡힌 몰락하는 계급이었다면 한용운의 시대에 우리 민족은 민족 전체로서 몰락하는 계급이 되었다. 계급의 경제적 기저에 가로놓인 자체 모순이 파스칼의 계급을 저항과 비저항 사이의 이상한 마비상태에 놓이게 했다면, 이것을 한민족 전체에 해당시키기는 어렵다 하더라도 외세와 민족역량의 엄청난 질량 차에 짓눌린 사람들이 프랑스의 몰락계급에 비슷하게 은둔도 현실 개조도 할 수 없는 뼈아픈 무력감에 사로 잡혔을 것이라는 것은 쉽게 생각할 수 있다. 세상은 걷잡을 수 없이 기울어져 이미 어둠의 세력에 내던져져 버린 것으로 보였을 것이나 그렇다고 현실세계의 역학균형이야 어찌되었던 수수방관만 할 수는 없는 노릇이었을 것이다. 그러니까 절대적으로 요구되는 구국(救國)운동과 절대적 무력감 사이에 끼이게 된 한용운의 상황은 시대의 전체적 테두리에서 정히 파스칼적인 것이다.

한용운이 파스칼적인 데에는 다른 요인들도 있었다. 그의 개인적 상황은 그로 하여금 망국민족의 딜레마를 자기의 그것으로 떠맡게 하는 데 알맞은 것이었던 것 같다. 그의 집안은 본래 '토호(土豪)급'에 속할 만치 부유하였다고 한다. 그러나 그가 자라는 사이에 가세가 기울어 집안은 곧 '일개의 빈가(貧家)'로 떨어져 버렸다(《한용운 연구》, 박노준·인권환 공저). 사람은 무엇보다도 계층이동 과정에서 자기를 형성 지배한 사회세력을 의식하게 된다. 한용운의 경우도 예외는 아니었을 것이다. 그가 열여덟 살에 동학(東學)에 가담한 것은 몰락하는 집안의 후예로서의 자기의식과 불가분의 것이었을 것이다. 동학에 관련하여 주목할 것은 그것이 실패한 민족운동이었다는 사실이다. 특히 한용운이 동학에 들어갔을 때는 동학 봉기가 일어난 지 2년이 지난 동학 대박해의 시기였다. 동학에의 참가는 행동으로 현실을 바로잡겠다는 적극적 의지의 표현이라 하겠다. 그러나 박해기의 동학운동에서 이러한 의지를 유지하기란 어려운 일이었을 것이다.

한용운은 결국 출세간(出世間) 불문(佛門)으로 들어간다. 이것은 정치적 피신행각 중의 우연한 해후에만 기인한 것은 아니었던 것 같다. 여기에는 피치 못할 논리가 있다. 파스칼의 장세니즘에서 골드만에 의하면 '비극적 세계관'은 그 핵심을 이루는 것이지만, 장세니즘 가운데 다른 조류가 없었던 것은 아니었다. 한쪽으로는 부분적 진실의 실현이 이 세상에서도 가능하다는 타협주의와, 다른 한쪽으로는 세상을 버리고 신의 진리 속에 숨어야 한다는 은세(隱世)주의가 그 양극단이 된다. 파스칼 자신 비극적 관념에 이르기 전까지 이 양 경향에 끌리기도 하였었다.

우리는 한용운에서 비슷한 역정(歷程)을 본다. 현실 정치 속에서 진실의 실현이 불가능하다고 생각한 그는 세상과의 모든 인연을 끊기 위하여 불도(佛道)에 귀의한다. 그러나 그가 이르게 되는 최종 입장은 완전한 출세간 불도의 그것이 아니라 "세간(世間)을 버리고 세간에 나는 것이 아니라 세간에 들어서 세간에 나는"(앞의 책, 《한용운연구》, 재인용) 불도(佛道)의 입장이다. 한용운에게 불타(佛陀)의 진리는 세상 밖에서가 아니라 세상 안에서 구해진다. 그러나 이것은 역설적으로 세상이 그러한 가능성을 가지고 있기 때문이 아니라 그러한 가능성에서 일탈했기 때문이었다. 그러니까 세상 안에서의 불타의 진리는 부재와 부정으로만 확인된다. 부정과 역설을 진리에 이르는 유일한 길로 보는 견해는 불교적 전통의 주요한 부분이다. 그러나 하필이면 한용운의 불교이해가 이러한 형태를 취한 것은 그의 삶에서의 근본 동력이 이에 호응한 까닭이었기 때문이라 하겠다. 하여튼 "세간에 들어서 세간에 나는" 불교는 민족적으로 사회적으로 걷잡을 수 없는 자세라는 것을 알면서 정의를 외치지 않을 수 없었던 그의 상황에 최고의 형이상학을 제공한 것이었다.

위에서 나는 한용운의 생애의 근본형식을 추출해 보았다. 이것은 어디까지나 그의 생애를 하나의 총체적 의미로서 파악하기 위한 가설(假說)이므로 이것은 전기적 자료에 의하여 검증되어야 할 것이다. 여기에서 주요한 보조자료가 되는 것은 문학작품이다.

그러나 이것은 문학작품이 전기의 직접적 반영이란 뜻에서가 아니다. 우리는 역으로 그의 생애는 문학작품 이해에 주요한 보조자료라고 할 수도 있다. 한 사람의 생애와 성공적 문학작품은 말하자면 서로 독립하면서 또 동시에 대응하는 기술(記述) 체계를 이룬다. 그리하여 둘 다 하나의 실존적 계획으로서의 생애와 작품에 움직이는바 여러 세력의 기본 구조를 드러낸다.

한용운의 〈님의 침묵〉은 그의 정치적, 사회적, 종교적 활동 전체에 관류하는 어떤 근본적 존재방식에 대한 반성이며 증언이다. 이렇게 말하는 것은 〈님의 침묵〉이 우의적(寓意的) 해석에 의하여서만 문제됨을 보기 때문이다. 가령 우리는 〈님의 침묵〉에서 '님'이 누구냐는 질문을 종종 듣는다. 그리고 그것은 부처일 수도 민족일 수도 있다고 한다. 한용운 자신, 시집의 서언 〈군말〉에서 이러한 추측놀이의 길을 터놓은 셈이지만 간단한 우의적 해석은 그가 말하려는 것에서 의미의 긴장감을 제거해 버린다. 한용운의 '님'은 그의 삶이 그리는 존재의 변증법에서 절대적 요구로서 또 부정의 원리로서 나타나는 한 한계원리를 의미한다. 그것은 정적(靜的)으로 있는 민족이 아니라 억압된 민족에 대하여 자주적 민족을, 사회적으로 억압된 민중에 대하여 자유로워진 민중을, 실증적으로 파악하는 법에 대하여 보이지 않는 근원적 진리를 말한다. 그것은 현실적 민족이나 진리보다는 부재(不在)와 부정(否定)으로만 어림 가는 본연적 모습의 민족, 진리 속에 있는 세상을 지칭한다. 다시 말하여 '님'은 한자리에 놓인 존재로서의 대상이 아니라, 움직이는 부정의 변증법에서 의미를 갖는 존재의 가능성이다. 그러나 '님'의 의의를 깨닫는 것은 〈님의 침묵〉 전부를 이해하는 것이고, 이 이해에 있어 동적인 변증과정을 마음에 두는 것은 중요한 일이다.

위에 거칠게나마 시험해 본, 생애의 도식화로서 우리는 이미 이 시집에 드러나는 기본적 변증법에 대한 열쇠를 얻었다. 이 시집의 근본양식은 존재와 부재의 역설적 상호작용이다. 〈님의 침묵〉에서 진리는 부재로서만 존재한다. 이 책에 실린 시편들은 이 근본 역설이 드러내는 여러 관계를 이야기한다. 그러나 이 점을 좀더 살펴보기 전에 한 가지 문제에 언급하고 가자. 그것은 이 시집의 기초가 되어 있는 비유의 문제다. 존재와 부재의 변증법은 이 시집의 표면에서는 남녀의 애정관계로 표시된다. 그러나 내가 지적하고 싶은 것은 남녀관계는 여기에서 단순한 비유나 탁의(託意)가 아니라는 것이다. 욕정은 부재나 마찬가지로 인간 존재의 부정성 ─ 사르트르식으로 말하여, 인간존재의 본질이 '결여'(manque)라는 사실에 그 존재론적 근거를 갖는다. 욕정은 현존하지 않는 것, 부재 내지 무(無)를 유(有)로 설정한다. 그리고 부재가 존재로 채워질 때 그것은 사라지고 만다. 여기에서 우리는 존재와 부재의 기묘한 상관관계를 본다. 욕정과 부재는 그 존재론적 형식을 공유한다. 그러나 한 걸음 더 나아가 이 공유는 형식에만 한정된 것이 아니다. 적어도 한용운에게 존재의 기본 내용은 에로스이다. 그에게 사랑은 곧 그가 파악한 바의 정치적 형이상학적 진리의 움직임이며 진리는 곧 사랑의 움직임이다. 〈님의 침묵〉에서의 관능적 내용이 그대로 관능적 호소력을 가지면서 동시에 초월적 의미를 암시할 수 있는 것도 그것이 한용운의 세계 이해, 그것의 깊은 곳에서 우러나오기 때문일 것이다.

《님의 침묵》은 제목 그 자체가 말하듯이 님이 침묵하는 시절의 시들이다. 님은 떠났다. 그러나 표제시 〈님의 침묵〉이 말하듯 님은 갔지마는 나는 님을 보내지 아니하였다. 따라서 님을 보내지 아니한 시인의 마음을 통해서 님은 여기에 있는 것이 아니겠는가? 이렇게 볼 때 보내지 아니한 마음이 강하면 강할수록 님의 존재는 뚜렷한 것이 되겠고, 이것을 달리 말하면 님이 부재하면 부재하는 만치 그는 존재하는 것이다. 〈사랑의 측량〉이 말하듯, "사랑의 양을 알려면 당신과 나의 거리를 측량할 수밖에 없습니다. 그래서 당신과 나의 거리가 멀면 사랑의 양이 많고 거리가 가까우면 사랑의 양이 적을 것입니다." 이러한 생각은 〈님의 침묵〉의 어느 곳에나 보이는 중심 개념이다. 다시 말하여 님은 부재로서 존재한다. 그러나 부재는 시인의 부정의 힘에 의해서만 이루어진다. 〈님의 침묵〉의 고통은, 이 부정의 세계에서 살아야 하는 인간의 고통이다.

님이 부재하는 되는 원인은 무엇인가? 거기에는 정치적인 형이상학적 원인이 있다. 이 시집 전편에 걸쳐서 특히 후반 초쯤에 한데 몰려 있는 몇 편의 시들 〈참말인가요〉, 〈논개의 애인이 되어서 그의 묘(廟)에〉, 〈당신의 편지〉, 〈당신을 보았읍니다〉, 〈계월향〉(桂月香) 등에서 님 부재의 원인이 일제에 의한 주권피탈(主權被奪)에 있음이 시사된다.

그러나 대부분의 이런 시들이 대체로 다른 시들에 비하여 긴장감이 부족한 것은 유감이다. 단지 〈당신을 보았읍니다〉는 예외로서 이 시집의 어느 시보다도 뛰어난 것이다. 이 시는 이미 송욱(宋稶) 씨가 그의 《시학평전》에서 분석한 바 있지만 현실을 넓게 취급한 이러한 시에서 부재의 변증법이 어떻게 작용하는가를 보기 위하여 다시 한 번 분석해 보자.

당신이 가신 뒤로 나는 당신을 잊을 수가 없읍니다.
까닭은 당신을 위하느니보다 나를 위함이 많습니다.

나는 갈고 심을 땅이 없으므로 秋收가 없읍니다.
저녁거리가 없어서 조나 감자를 꾸러 이웃집에 갔더니 주인이 '거지는 人格이 없다. 인격이 없는 사람은 생명이 없다. 너를 도와주는 것은 罪惡이다'고 말하였읍니다.
그 말을 듣고 돌아나올 때에 쏟아지는 눈물 속에서 당신을 보았읍니다.

나는 집도 없고 다른 까닭을 겸하여 민적(民籍)이 없읍니다.

'民籍 없는 자는 人權이 없다. 인권이 없는 너에게 무슨 貞操냐' 하고 능욕(凌辱)하려는 장군이 있었읍니다.

　그를 항거한 뒤에 남에게 대한 격분이 스스로의 슬픔으로 化하는 찰나에 당신을 보았읍니다.

　아아! 온갖 倫理, 道德, 法律은 칼과 황금을 제사지내는 연기인 줄을 알았읍니다.

　영원의 사랑을 받을까, 人間歷史의 첫 페이지에 잉크칠을 할까, 술을 마실까 망설일 때에 당신을 보았읍니다.

　이 시의 주인공은 재산상의 인격도 법률상의 인격도 없는 사회의 천민(賤民)이다. 인격이 말소된 천민이 수모 속에서 '당신을 보았다'고 할 때, 그는 무엇을 보았는가? '당신'은 '항거'하는 마음이었을지 모른다. 그러나 그가 두 번째에 "… 항거한 뒤에 남에게 대한 격분이 스스로의 슬픔으로 화하는 찰나에 보았다"고 하는 '당신'은 누구인가? 그것은 격분과 슬픔의 반대명제 내지 이 두 감정을 지양하는 어떤 것일 것이다. 〈님의 침묵〉의 곳곳에서 우리는 슬픔이 희망과 의지로 전환된다는 다짐을 발견하는데, 여기에서도 비인격자가 본 것은, 재산과 법률에 관계없이 인격을 되찾아 줄 당위로서의 윤리질서일 것이다. 이 시의 비인격자는 이것을 보장하는 근본존재로서 당신을 보는 것이다. 여기에서 우리는 다시 한 번 없음의 입장이 전적인 있음의 입장으로 바뀜을 본다. 이러한 변증법적 전환은 마지막 두 줄에서 일반화된다. 이 시의 비인격자는 윤리와 도덕과 법률이 오로지 칼〔暴力〕과 황금〔金力〕의 제물임을 꿰뚫어 본다. 그리하여 그는 허무의 밑바닥에 이르게 된다.

　永遠의 사랑을 받을까 人間歷史의 첫 페이지에 잉크칠을 할까 …
　"영원의 사랑", 이것은 출세간(出世間)의 은둔을 말하는 것일 것이다(우리는 이미 한용운이 시간 외의 자기 구제를 거부한다는 것을 시사했다). "인간 역사의 첫 페이지에 잉크칠"— 이것은 인간 역사의 전적인 부정을 의미한다. 윤리와 도덕과 법률이 폭력과 금력의 가면이라면 인간 역사는 마땅히 첫 페이지로부터 허위의 역사일 것이고 그것은 말소되어 마땅할 것이다. "술을 마실까"— 이 뜻은 자명하다. 초월의 세계로의 은퇴, 역사의 장(場)의 철저한 부정, 자포자기 — 이러한 절망적인 선택지(選擇肢) 사이에서 주인공은 '당신'을 보았다. 꼭 집어 알기는 어렵지만 이 당신은 절망과 허무를 부정하는 것, 절망과 허무의 반대명제라고 하겠다. 이 시의 마지막에서 시인이 요구하는 것은 초월적인 것이 아닌 사랑, 거짓이 아닌 역사, 자포자기가 아닌 인생을 보장하는 절대선의 원리로서의 '당신'이다. 시인은 이 시에서 '당신'이 존립할 근거를 제시하지 않지만 우리는 이 시의 부정적 변증과정을 통해서 '당신'의 당위성을 충분히 느끼게 된다.

〈당신을 보았읍니다〉는 일제하의 정치현실에 대한 고발이지만 거기에 작용하는 것은 위에서 본 바와 같이 부정의 변증법이다. 이것을 파악할 때에만 우리는 비로소 한용운의 민족주의의 윤리적 내용을 안다. 사실 그것은 깊은 윤리적 정의의식에서 나오는 것이다.

한 걸음 나아가 우리는 그것이 한용운의 인간존재에 대한 깊은 형이상학적 이해에서 나온다 말해도 좋다. 어쩌면 이 이해에서 진정한 모습의 세상은 언제나 부재하는 것이었을 것이다. 그의 부재의 철학의 근본은 가장 원천적으로 인간의 의식과 존재와의 관계에서부터 출발한다. 《님의 침묵》의 두 번째 시인 〈이별〉은 부재야말로 님이 세상에 임하는 방법이란 것을 근본적인 면에서 말하고 있다. 이 시는 "이별은 미(美)의 창조입니다"라는 구절로 시작하여 "미(美)는 이별의 창조입니다"라는 구절로 끝난다. 앞의 문장은 존재 속에 균열이 생기는 것이 미(美)라는 의식작용의 계기가 된다는 뜻일 것이나, 뒤의 문장은 미(美)라는 의식작용으로 하여 존재 속에 균열이 생긴다는 뜻일 것이다. 어느 경우에서나 특히 후자의 경우에서 존재는 의식작용을 통해서 불가피하게 부재를 잉태하게 된다는 뜻일 텐데, 이러한 매우 사르트르적인 발상은 다른 시에서도 곳곳이 발견된다. 가령 〈하나가 되셔요〉에서 한용운은 님과의 합일(合一)상태에서는 의식이 있을 수 없고 의식이 있는 곳에는 오로지 이별의 고통을 통한 합일, 또는 오히려 합일의 음화(陰畵)가 있을 뿐이라고 말한다. 〈최초의 님〉에서는 "맨 첨에 만난 님과 님이 맨 첨으로 이별하였다"고 말함으로서 의식과 존재의 균열은 결국 원초적 창조과정에서의 세계의 자기 분열에서 유래한다는 '우주론'에까지 밀어 올려진다. 이 생각은 〈사랑의 존재〉에서 "사랑의 존재는 님의 눈과 님의 마음도 알지 못합니다. 사랑의 비밀은 다만 님의 수건에 수놓은 바늘과 님의 심으신 꽃나무와 님의 잠과 시인의 상상과 그들만이 압니다"라고 말할 때에도 밑바닥에 서려 있는 사상이다. 존재 자체는 욕정의 대상으로서 스스로의 모습을 알지 못한다. 그것은 창조된 '다자(多者)', 즉 '그들'에 의해서만 의식될 수 있는 것이다.

그러나 의식이 좌절의 연속이란 것은 보다 중요한 사실이다. 인식이 있기 위하여는 의식과 존재의 양분이 있어야 한다. 그러나 양분화된 골짜기의 저쪽에 있는 의식이 어떻게 존재의 진실에 이를 수 있을 것인가? 그것은 부재와 부정의 끊임없는 자기 운동에 의하여서만 수렴될 수 있다. 그리하여 〈님의 침묵〉에서 모든 것은 유무(有無)의 변증법 속에 움직인다. "타고 남은 재가 다시 기름이 되고", "한 밤을 지나면 포도주나 눈물이 되지마는, 또 한 밤을 지나면 나의 눈물이 다른 포도주가 되는" 것이다.

의식의 부정작용이 어떻게 존재의 커다란 현존성에 합치할 수 있는가는 잘 알 수 없는 일이지만, 우리는 한 가지 하지 않아서는 아니될 경계사항을 가질 수 있다. 즉, 부정의 움직임이 정지하는 순간 현존하는 것으로 정립되는 것은 곧 거짓으로 떨어져 버린다는 것이다. 한용운은 〈군말〉에서 "너에게도 님이 있느냐, 있다면 님이 아니라 너의 그림자니라"하고 말한다. 또 〈님의 침묵〉에서의 님은 사랑의 님이면서 우리를 기만하는 님인 것이다. "나는 향기로운 님의 말소리에 귀먹고 꽃다운 님의 얼굴에 눈멀었읍니다." 이것은 어떠한 방법으로 님에 이르든지 마찬가지다. 한용운은 자연에서 존재의 의연한 모습을 보는 경우가 많지만 그것도 현존으로 파악될 때 오히려 존재에의 길, 님에의 길을 막는 것이 되어버린다. 그러니까 〈심은 버들〉에서 님을 매려던 버들가지는 님을 위해서는 달리는 말의 채찍이 되고 나에게는 나를 여기에 매어 놓은 "천만사"(千萬絲)가 된다.

님에 대한 부정적 이해는 한용운으로 하여금 보다 세간적(世間的) 면에서도 현존적인 것, 고정된 것을 극도로 경계하게 한다. 이런 점에서 그는 형이상학적 근본주의자라고 할 수 있을 것이다. 《님의 침묵》의 여러 시편들에서 그는 언어에 대한 불신을 기록하고 있다. 〈예술가〉에서 한용운은 자기가 님의 모습을 그리기에는 너무나 서투른 예술가임을 말한다. 그는 그의 말대로 '소질'이 없기 때문이 아니다. 그는 '즐거움'이니 '슬픔'이니 '사랑'이니 그런 것을 쓰기 싫다고 한다. 그는 또 "당신이 가르쳐 주시던 노래를 부르려다가 조는 고양이가 부끄러워서 부르지 못하였다"고도 한다. 부끄럽다는 것은 주체의 객체화를 징표해 주는 감정이다. 바로 부당한 객체화는 언어에 따르는 위험인 것이다. 〈칠석〉(七夕)에서 한용운은 견우직녀의 사랑은 표현이기 때문에 진정한 사랑이 아니라고 한다. 〈의심하지 마셔요〉에서는 언어에 대한 불신을 한 걸음 더 발전시켜 굳어지는 태도까지도 불신의 대상이 되게 한다. 시인은 여기에서 시인의 사랑이 변함없음을 맹세하지만 오히려 맹세 자체도 적절한 것이 아니라고 한다. 그는 말한다.

> 만일 人爲가 있다면 "어찌하여야 처음 마음을 변치 않고 끝끝내 거짓 없는 몸을 님에게 바칠고." 하는 마음뿐입니다.

부정의 존재론에 따르는 다른 하나의 보다 중요한 부론(副論)은 도덕적 또는 형이상학적 '반(反)계율주의'이다. 파스칼은 "진정한 도덕가는 도덕을 싫어한다"고 했지만, 이 말은 한용운의 경우에도 해당된다. 존재가 언어에 담아질 수 없다면 도덕은 도덕률에 담아질 수 없는 것이다. 시조 〈선경〉(禪境)은 이런 입장을 간결하게 표현하고 있다.

> 가마귀 검다 말고 해오라기 희다 마라
> 검은들 모자라며 희다고 남을 소냐
> 일없는 사람들은 옳다 긇다 하더라

〈비방〉(誹謗) 같은 시에서 만해(萬海)가 외면적 사회규범에 대하여 내면적 도덕을 옹호한 것은 오히려 진부한 감이 있다고 하겠으나 〈가지 마셔요〉에 나타난 '반(反)현존주의'는 보다 예리한 것이다. 이것은 부정의 세계에서 사는 사람이 '위안에 목마른' 까닭에 지나치게 성급히 긍정적 도덕에 귀의함으로써, 오히려 진실로부터 멀어져 가고, 거짓 의식에 떨어지는 것을 경고한다. 어린 아이의 사랑, "자비의 백호광명(白毫光明)", 권력과 재물을 우습게 아는 사랑, "새 생명의 꽃", 처녀의 순결한 사랑, 헌신, 이 모든 것이 결국,

"죽음의 방향(芳香)"이라고 이 시는 이야기한다. 이러한 '거짓 의식'에 대한 경고에서 한 걸음 더 나아가 깊은 절망의 절규처럼 들리는 어떤 시들에서는, 한용운은 그가 순간적으로 직관하는 듯한 진실재(眞實在)가 사실은 마(魔)의 유혹이 아닌가 하는 회의를 갖기도 한다. 가령 〈?〉에서, 그는 님이 오는 순간은 가치의 전도가 일어나는 때임을 말한다. 님의 발자국이 들릴 때 '인면(人面)의 악마'와 '수심(獸心)의 천사'가 나타난다. 시인은 이러한 가치 전도의 순간에 '불(佛)이냐 마(魔)냐' 하고 외치는 것이다.

님의 인식이 아무리 어려운 것이라 하더라도 님과 나의 관계에서 가장 중요한 것은 인식의 문제가 아니라 윤리의 문제이다. 결국 중요한 것은 삶의 의의이다. 님이 부재하는 세계에서 산다는 것은 괴로운 것이다. 《님의 침묵》은 이 괴로움에 대한 긴 하소라고 볼 수도 있지만 이렇게 괴로운 인생을 살아가야 할 이유가 어디에 있는가? 사실 한용운은 죽음과 삶을 늘 저울질한다. 결국 그는 삶을 받아들이지만 그 삶은 복잡한 변증법을 통하여서만 정당화된다. 우선 삶은 님을 위한 ― 비록 그것이 부재의 님을 위한 것일지라도 ― 삶이어야 살 만한 것이다. 그는 〈나의 길〉에서 말한다.

　… 나의 길은 이 세상에 둘밖에 없읍니다.
　하나는 님의 품에 안기는 길입니다.
　그렇지 아니하면 죽음의 품에 안기는 길입니다.
　그것은 만일 님의 품에 안기지 못하면 다른 길은 죽음의 길보다 험하고 괴로운 까닭입니다.

그러나 여기에서 주의할 것은, 님의 품에 안기는 길이 결국 님의 부재에 안기는 길이라 하더라도 그것을 택하는 것은 단순한 개인적 필요에서가 아니라는 사실이다. 내가 그렇게 살아야 하는 것은 님이 그것을 필요로 하기 때문이다. 그러니까 한용운은 〈이별〉에서 "이별은 꽃 생명보다 사랑하는 애인을 사랑하기 위하여 죽을 수가 없는 것이다" 하고 또 "애인은 이별보다 애인의 죽음을 슬퍼하는 까닭"이라고 말하는 것이다. 이것을 한 걸음 더 밀고 나간다면, 내가 (부재로서의) 님을 그리워하는 것도 사실은 개인적 인간으로서가 아니라 님의 필요로 인한 것이라는 생각이 된다. 그리하여 흔히 세상 사람들의 정신적 진실인 "만사가 다 저의 좋아하는 대로 말한 것이요, 행한 것"인 데 대하여, 참다운 님에 대한 사랑은 나 아닌 저쪽에서 온다. "내가 당신을 기다리고 있는 것은 기다리자 하는 것이 아니라 기다려지는 것"(〈自由貞操〉)이다. 이리하여 우리는 《님의 침묵》에서 강한 소명감을 발견한다. 한용운은 "남들은 자유를 사랑한다지마는 나는 복종을 좋아하여요"라고 선언하고, 또 자유는 "알뜰한 구속"이라고도 하고 "나는 복종의 백과전서"라고도 한다.

그러나 님의 부재를 받아들이는 것이 하나의 지상명령이라고 하더라도 어떻게 살아야 하는 문제가 저절로 해결되는 것은 아니다. 님의 지상명령은 필연이면서 또 자유인 것이다. 위에서 〈나의 길〉을 인용한 바 있는데 이 시의 난해한 끝부분은 여기에 대한 가장 심각한 답변을 시도하고 있다. 아까 인용한 부분에 이어서 시는 다음과 같이 계속된다.

아아! 나의 길은 누가 내었읍니까.
아아! 이 세상에는 님이 아니고는 나의 길을 낼 수가 없읍니다.
그런데 나의 길을 님이 내었으면 죽음의 길은 왜 내셨을까요.

한용운은 여기에서 내가 나의 삶을 위하여 택하는 길이 님의 길임을 말한다. 그러나 이것은 호소 이외의 어떠한 강제력도 띨 수 없는 것이다. 이 길 이외에도 죽음의 길이 있는 것은 우리에게 스스로의 삶을 선택하게 함으로써 인간의 자유를 보장하기 위한 것이다. 〈나의 길〉에서 우리는 사실상 도덕철학에서의 가장 핵심적인 문제에 부딪친다. 이것은 기독교에서 어찌하여 신이 전지전능한 필연의 존재이면서 에덴동산에 선악의 나무를 심어 인간에게 선택의 자유를 주었는가 하는 문제만치 어려운 문제다. 〈나의 길〉의 주석만으로써 우리는 도덕철학의 체계를 지을 수도 있을 것이다.

우리는 위에서 사람이 사는 것은 자유로운 선택에 의하여 님의 길을 가기 위한 것이라고 하였는데, 그렇다면 님의 길은 어떻게 알 수 있는 것인가? 여기에서의 실천적 문제는 자유와 필연의, 유연성 있는 변증법적 관계에서 답변된다.

이러한 문제를 가장 잘 말하고 있는 시는, 시로서는 조금 미흡하지만 〈잠 없는 꿈〉이다.

나는 어느 날 밤에 잠 없는 꿈을 꾸었읍니다.

"나의 님은 어디 있어요. 나는 님을 보러 가겠읍니다. 님에게 가는 길을 가져다가 나에게 주셔요, 검이여."

"너의 가려는 길은 너의 님이 오려는 길이다. 그 길을 가져다 너에게 주면 너의 님은 올 수가 없다."

"내가 가기만 하면 님은 아니 와도 관계가 없읍니다."

"너의 님이 오려는 길을 너에게 갖다 주면 너의 님은 다른 길로 오게 된다. 네가 간대도 너의 님을 만날 수가 없다."

"그러면 그 길을 가져다가 나의 님에게 주셔요."

"너의 님에게 주는 것이 너에게 주는 것과 같다. 사람마다 저의 길이 각각 있는 것이다."

"그러면 어찌하여야 이별한 님을 만나 보겠읍니까?"

"네가 너를 가져다가 너의 가려는 길에 주어라. 그리하고 쉬지 말고

가거라."

"그리할 마음은 있지마는 그 길에는 고개도 많고 물도 많습니다. 갈 수가 없읍니다."

검은 "그러면 너의 님을 너의 가슴에 안겨주마" 하고 나의 님을 나에게 안겨주었읍니다.

나는 나의 님을 힘껏 껴안았읍니다.

나의 팔이 나의 가슴을 아프도록 다칠 때에 나의 두 팔에 베어진 허공은 나의 팔을 뒤에 두고 이어졌읍니다.

이 시에 몇 겹으로 사려 있는 정반(正反)의 논리를 일일이 풀어내기는 쉽지 않으나, 중첩된 역설의 중심인 셋째 줄 "너의 가려는 길은 너의 님이 오려는 길이다" 운운을 생각해 보자. 이 줄의 전반부는 일단 너의 길과 님의 길이 하나라는 일원론적 명제로 해석할 수 있다. 그러나 후반은 이를 수정한다. 자의적 해석으로 얻어지는 님의 길이 진정한 님의 길일 수는 없다. 뒤에서 말하듯이 구도자는 "너를 가져다가 너의 가려는 길에 주어"야 한다.

그러나 완전한 자기 초월, 타자에의 합일은 불가능한 것이다. 시의 뒷부분에서 구도자는 요구하기를 님의 길을 가져오지 못하는 경우 님에게 길을 가져다주라고 한다. 그러하면 그 길을 내가 따라갈 수 있지 않겠는가? 하지만 대화자는 답하여 그것은 길을 너에게 가져다주는 것과 같다고 말한다. 즉, 완전한 초월적 입장은 완전한 개아적(個我的) 입장과 같은 것이다. 대화자는 계속하여 "사람마다 저의 길이 각각 있는 것이다"라고 말한다. 그리고 님을 구하려면 "네가 너를 가져다가 너의 가려는 길에 주어"야 한다고 한다. 언뜻 보면 님과는 상관없는 것 같은 나의 길을 가야 하는 것이다. 여기에서 대화의 전반은 일단락이 되지만 여기까지 이르고 보면 처음의 역설은 다시 해석되어야 한다. 즉, "너의 가려는 길은 너의 님이 오려는 길이다"라는 것은, 네가 여는 길이야말로 님이 내려오는 길, 혼미 속에 방황하며 노력하는 너야말로 곧 진리의 일꾼이라는 입언(立言)이 된다.

시의 대화는 후반으로 계속되는데, 이것은 전반의 이야기를 뒤집어엎는다. 즉, 앞에서는 구도(求道)가 어렵고 쉬운 합일(合一)의 길이 없다고 하였지만, 여기에서는 정진(精進) 가운데 있는 돈오(頓悟)를 말한다. 그러나 이것은 결론 부분에서 다시 뒤집어진다. 궁극적인 님은 '공'(空)이요 '무'(無)이다. 이것은 물론 불교의 색시공(色是空)에서 나온 것이지만 보다 평범하게 인간의 길은 한쪽으로는 허무의 길이요(사실 여기에 이야기되어 있는 것은 모두 꿈속의 일이다), 다른 한쪽으로는 자유의 길임을 말하는 것으로 취하여질 수 있다.

위에서 우리는 보편적 원리와 개아(個我)의 상관관계를 살펴보았지만, 다시 한 번 생각하여, 보편이란 무엇인가? 이것은 종교적으로 또는 형이상학적으로 다자(多者)를 넘어서 있는 일자(一者)의 원리이다. 그러면 다(多)는 무엇인가? 그것은 세계 만상(萬象)을 의미한다고 하겠다. 그런데 여기에는 주관적 의식의 소유자로서의 여러 개체도 포함된다. 그러나 여기에서 의식은 일(一)과 다(多)의 문제에서 매우 특수한 위치를 차지한다. 왜냐하면 개체적 의식은 비록 특수하고 다원적인 것에 속하는 것이면서 동시에 이러한 다원성을 넘어서는 보편성을 인식하는 바탕이 되는 것이기도 하기 때문이다. 그러면 어떻게 개개의 주관적 의식이 보편을 의식할 수 있는가? 이것은 철학적으로 중요한 문제이겠지만, 단지 그런 관점에서가 아니라 현실생활에서 매우 초급(焦急)한 의미를 갖는 문제이다. 어떻게 하여 개별의식이 하나의 의식으로, 또 개별의지가 하나의 의지 '일반의지'로 합쳐질 수 있느냐, 또는 어떤 개별의식이나 의지가 보편적 관점을 대표한다고 할 수 있느냐 하는 문제는 정치생활에서 또 우리의 일상적 인간관계에서 가장 핵심적인 문제가 되는 것이다.

한용운은 '님'의 문제에도 이러한 국면이 있다는 것을 생각은 했던 것 같다. 〈잠 없는 꿈〉은 사람마다 저의 길이 각각 있으며, 곧 이것이 님의 길이 될 수 있다고 한다. 비록 이러한 합일(合一)이, 이 시가 이야기하듯이 어려운 것이기는 하면서도 이루어지는 것이라 한다면 한 사람의 길과 다른 한 사람의 길은 어떻게 합치될 수 있을 것인가? 사회적 존재로서의 인간에게 중요한 것은 절대적 진실과 개인의 진실 사이의 관계라기보다 각각 자신만의 절대적이고 보편적인 진실을 전유(專有)하고 있다고 주장하는 개체들을 어떻게 하나의 보편성의 광장으로 나아가게 할 것인가 하는 문제이다. 이런 관점에서 볼 때 어떤 진실의 사회적 가치는 그것이 개별적 의식의 갈등을 해소할 수 있는 유일한 터전이 된다는 데에 있다. 그러나 사람들이 서로 합치는 터전이 되는 진실은 어디에서 오는가? 일단 그것은 반드시 개체적인 것일 수밖에 없는 의식을 통해서 온다고 해야 한다. 그러나 이러한 진실은 그것이 공동체 의식 속에 정립될 때까지는 평화의 수단이 아니라 싸움과 갈등의 수단이 될 수밖에 없다.

사실 진실을 본 사람 또는 보았다는 사람처럼 독단적인 사람도 찾기 어려운 것이다. 그리고 진실은 개인적으로나 집단적으로나 힘의 근원이 되는 까닭에 만인의 공유물로 제공되기보다 한 사람 또는 몇 사람의 독점물로 전단(專斷)되는 수도 많은 것이다. 〈잠 없는 꿈〉 같은 데서 한용운이 진실의 절대적 인식이 어렵고 그것이 일종의 실존적 결단으로 생겨나는 것이라고 한 것은 사회적 관점에서 독단적 진실의 관점을 강화할 수도 배제할 수도 있는 입장으로 나아갈 수 있다. 그러면 이것이 어떻게 싸움과 독단이 아니라 화해와 공존으로 나아가는 터전이 될 수 있을 것인가? 한용운이 여기에 대하여 분명한 답변을 제시하였다고 할 수는 없다. 그는 비록 포괄적이라고는 하지만, 그의 시적 탐구에서 주로 철학적 차원에 머물러 있었다. 그러나 위에서도 말한 바와 같이, 님과의 합일(合一)의 경지에 갈등적 요소가 있음을 그는 인식하고 있었다. 가령 〈님의 침묵〉을 직절적 (直截的)으로 선(禪)이나 민족운동의 관점에서 해석할 때 설명하기 어려운 질투의 테마 같은 것은 지금 이야기한바, 진실의 소유를 위한 의식과 의식의 갈등이라는 입장에서 이해할 수 있는 것이다. 이러한 테마가 한용운의 전체적 관심의 지도에서 그렇게 중대한 것이었다고는 할 수 없지만, 이러한 점에 대하여 고찰을 시도했다는 것은 그가 어떠한 문제에서도 의미 내용의 단순화에 머물지 않았다는 점을 생각케 해준다.

가령 〈진주〉에서 한용운은 이 시의 화자(話者)가 드린 진주를 남에게 빌려준 님을 원망하는 이야기를 하고 있지만, 이 시는 단순히 남녀간의 사랑에 있을 수 있는 배타성 외에 사람의 진실과의 관계를 언급하는 것으로 생각될 수 있다. 〈착인〉(錯認)은 보다 복잡한 관련 속에서 같은 문제를 다룬다. 시의 화자는 님이 자신에게만 속하는 님이기를 원한다. 그러나 높은 곳에 있는 달과 같은 님은 내려오기를 망설이며,

네네, 내려가고 싶은 마음이 잠자거나 죽은 것은 아닙니다만은 나는 아시는 바와 같이 여러 사람의 님인 때문이어요. 향기로운 부르심은 거스르고자 하는 것은 아닙니다.

하고 화자의 소망을 거절한다. 이에 화자는 부끄러움을 느끼며 자리에 드는데, 그때에 님은 그에게 오히려 가까이 온다. 〈행복〉도 같은 테마를 취급하고 있다. 님과의 관계에서 일어나는 갈등은 맨처음에 분명히 제시되어 있다.

나는 당신을 사랑하고 당신의 행복을 사랑합니다. 나는 온 세상 사람이 당신을 사랑하고 당신의 행복을 사랑하기를 바랍니다.
그러나 정말로 당신을 사랑하는 사람이 있다면 나는 그 사람을 미워하겠읍니다. 그 사람을 미워하는 것은 당신을 사랑하는 마음의 한 부분입니다.

이렇게 시인은 사랑에 질투가 따를 수 있음을 인정한다. 그러나 그는 이러한 님을 위한 갈등을 불가피한 것으로 시인할 뿐만 아니라 오히려 환영할 만한 것이라고까지 말한다. 그러한 갈등은 세상이 님을 미워하거나 미워하지도 사랑하지도 않는 상태보다는 나은 것이다. 그러므로 그는 말한다.

만일 온 세상 사람이 당신을 사랑하고자 하여 나를 미워한다면 나의 행복은 더 클 수가 없읍니다.

이런 데에서, 비록 그 기분이 도전적이라기보다는 겸양과 화해를 향하는 것이기는 하지만, 어떠한 진실에 대한 개체들의 관계가 단순한 것이 아님을 한용운은 우리에게 상기해 주는 것이다.
우리는 지금까지 대개 한용운의 시에서 부정(否定)의 여러 국면을 살펴본 셈인데, 그에게 긍정이 전혀 없는 것은 아니다. 사실 부정적 사고는 언제나 전제 없는 과정의 연속이기를 원하지만, 실제에서 거기에 유토피아적 핵심이 없는 경우는 드물다. 다만 그것은 세상에서 절대선의 실현을 요구하는 까닭에 어떠한 차선이라도 그 지위를 찬탈하여 독단의 원리가 됨을 두려워할 뿐이다. 절대선을 지향할 때, 비판의 여지가 없는 것이 있겠는가? 그러니까 한용운이 긍정적 원리를 말할 때, 이것이 어떤 구체적인 것이라기보다 지극히 고양된 평면에 있는 형이상학적 시적 비전이 되는 것은 당연하다. 고도로 현실을 넘어서는 이상의 투사(投射)는 적어도 현실을 이상화하는 위험으로부터 우리를 구출해 주는 것이다.

〈찬송〉은 한용운의 시 가운데 가장 아름다운 긍정의 시이다.

님이여, 당신은 백 번이나 단련한 金결입니다.
뽕나무뿌리가 산호(珊瑚)가 되도록 천국의 사랑을 받읍소서.
님이여, 사랑이여, 아침볕의 첫걸음이여!

님이여, 당신은 義가 무겁고 황금이 가벼운 것을 잘 아십니다.
거지의 거친 발에 福의 씨를 뿌리옵소서.
님이여, 사랑이여, 옛 悟桐의 숨은 소리여!

님이여 당신은 봄과 光明과 平和를 좋아하십니까.
弱者의 가슴에 눈물을 뿌리는 자비의 보살(菩薩)이 되옵소서.
님이여, 사랑이여, 얼음바다의 봄바람이여!

〈찬송〉은 한국 현대시에서 빛에 대한 열망을 가장 강력하고 가장 단순하게 표현한 시 중의 하나이다. 한용운의 부재의식(不在意識)의 강도에서 이러한 빛과 사랑과 평화에 대한 열망은 그 다른 면을 이루는 것이다. 또 그의 욕정의 변증법이 낭만적이고 퇴폐적인 변태에 떨어지지 않은 것도〔가령 이상화(李相和)의 시에서 우리는 이러한 변용을 볼 수 있다〕이러한 광명의식 때문이라고 하겠다.

그러나 새삼스럽게 말할 것도 없이 그에게 가장 두드러졌던 것은 부재(不在)와 침묵의 현실이었다. 이것은 위에서 설명한 바와 같이 어떤 때는 "천치가 되든지 미치광이가 되든지 산송장이 되든지 하여버려라"고 스스로에게 외치지 않을 수 없을 만치 삶 그 자체가 괴로운 것이었기 때문이기도 하였다. 그러나 한용운에게 부재와 침묵은 인간의 진실을 향한 갈구에 연결되어 있는 것이었다. 그리고 무엇보다도 그에게 이 진실은 단순히 형이상학적 요구가 아니라 현실적 요구였다. 그가 초월적 이상이 아니라 부정(否定)의 필요를 더 많이 이야기한 것은 현실개조의 정열로 인한 것이었다. 주어진 시대 여건에서 이상은 오로지 시 속에서 넘어볼 수 있을 뿐 현실에서의 부재와 침묵은 그의 부정만을 기다리고 있었다.

위에서 나는 〈님의 침묵〉에서의 부정(否定)의 변증법을 주로 형이상학적 종교적 내용의 면에서 설명하였다. 그러나 이것이 끊임없이 종교나 도덕, 철학이나 시의 테두리를 넘쳐나는 것임은 말할 필요도 없다. 한용운의 부정의 변증법은 사회 정치 철학의 관점에서도 깊은 의미를 가지고 있는 것임을 우리는 재삼 상기하여야 한다. 부정을 진실에 이르는 길로 보는 것이 도덕, 사회, 정치문제에서 혁명적 의의를 가질 수 있다는 것은 쉽게 연역(演繹)될 수 있다. 또한 〈잠 없는 꿈〉에서 설파되는 보편과 특수의 변증법이 자유와 필연, 개인 의지와 '일반의지'에 관한 주목할 만한 통찰을 내포하고 있음도 쉽게 알 수 있는 일이다. 우리는 다시 한 번 〈님의 침묵〉의 형이상학이 얼마나 근원적인 것이며 우리가 편의상 구분하는 여러 분야를 초월하며 또 거기에 자유로이 드나드는 것인가를 상기하게 된다.

《님의 침묵》의 발시(跋詩) 〈독자에게〉에서 한용운은 우리가 잘 아는바, 시집 전체의 가치를 부정하는 말을 하였다.

독자여, 나는 詩人으로 여러분의 앞에 보이는 것을 부끄러워합니다. 여러분이 나의 詩를 읽을 때에 나를 슬퍼하고 스스로 슬퍼할 줄을 압니다.

나는 나의 시를 독자의 子孫에게까지 읽히고 싶은 마음은 없읍니다.

그때에는 나의 시를 읽는 것이 늦은 봄의 꽃수풀에 앉아서 마른 국화를 비벼서 코를 대는 것과 같을는지 모르겠읍니다.

그러나 여기에 나타난 겸양이 단순한 겸양이 아닌 것을 우리는 놓치지 말아야 한다. 나는 한용운에게 도덕은 도덕률 속에 담아질 수 없는 것이었다는 말을 하였다. 같은 논리로 진정한 시는 시의 언어에 담아질 수가 없다고 할 수 있을 것이다. 그는 객체화된 부분이 아니라 창조의 주인인 주체이기를 원했고 주체를 통하여 전체에 이르기를 원했다. 이것은 그에게 전인적인 이상을 추구하게 하였다. 한용운은 종교가며 혁명가며 시인이었다. 어떤 때는 종교가, 어떤 때는 혁명가, 어떤 때는 시인이 아니라, 그는 어느 때나 이 모든 것이기를 원했다. 우리는 위에서 〈님의 침묵〉에 나타난 부정(否定)의 형이상학이 여러 가지의 문제로 파급될 수 있는 근원적인 통찰임을 말하였다. 나아가 그의 시를 이야기하는 것은 불가피하게 우리를 그의 행동가로서의 생애로 이끌어간다. 우리는 지금 그의 정치, 사회활동의 총체적 의미를 고찰해 나갈 수는 없다. 그러나 여기에서 위에 별견(瞥見)한 부정의 변증법에 비추어 그의 행동의 가능성을 투시해 볼 수는 있겠다. 수년 전에 백낙청(白樂晴) 씨는 한용운이 우리의 현대사에서 최초의 '시민시인'이었다고 말한 바 있다. 이것은 옳은 말이다. 한용운만치 절실하게 자유로워질 수 있는 사회의 원리를 생각한 시인도 달리 찾기 힘들다. 뿐만 아니라 그는 이러한 관심과 자신의 문제를 커다란 윤리적 정열로 용접해 내는 데 성공하였다.

그러면 그의 시민정신은 어떤 것일까? 또 그것은 현대사의 흐름의 어디에 맞아들어 가는 것일까? 위에서 우리는 한용운의 삶이 대체로 골드만이 규정하는 '비극적 세계관'의 틀에 맞는 것이라고 추정하고 그러한 전제하에서 부정의 변증법을 그의 시에서 가려보았다. 그의 현실 활동도 이러한 테두리가 간직한 가능성과 제약 안에서 규정된다고 말할 수 있다.

한용운의 이상은 전인적인 것이었다. 그러나 이것은 균형 잡힌 인간의 전면적인 개화를 바라는 인본주의적 이상이 아니라(시대적으로 이러한 이상이 도대체 걸맞을 수 없는 것이었음은 물론이다), 한번은 도약으로써 전체에 이르려고 하며 또 이러한 노력에 옥쇄(玉碎)하는 형이상학적 요구였다. 다시 말하여 그에게 가장 근본이 되는 충동은 종교적인 것이었다. 우리가 한용운에게서 보는 것은 타락한 세계에 사는 종교가, 부정(不正)의 세계에 사는 의인(義人)의 모습이다. 그는 현실부정의 철저한 귀정(歸正)을 요구한다. 그의 완선(完善)에 대한 요구에서 볼 때 현실은 어디까지나 부정되어야 한다. 그리고 그의 정의와 진실은 어디까지나 부정의 원리로서 파악된다. 그러나 그는 또 부정의 계기에서마다 인간의 본래적 모습이 철저히 윤리적인 것이며 세상 또한 광명에 찬 것임을 확신한다. 단지 이 본래의 모습은 숨어 있는 것이다. 불의의 사회에서 의인이 하는 것은 이 숨어버린 광명을 위하여 증인이 되는 것이다.

우리는 한용운의 정치를 말할 때, 그것이 이러한 종교적 충동에 의지해 있음에 주의하여야 한다. 의인(義人)의 문제는 어떻게 하여 어느 때 어느 곳에서나 선과 정의의 증언을 행할 수 있느냐 하는 것이다. 그러니까 이 증언은 가장 정의가 없는 곳에서도 바로 정의의 부재에 대한 증언을 통하여 정의를 작열하게 할 수 있다. 인간은 어느 때이고 본래적으로는 윤리적 존재라는 의인의 믿음 속에서, 마술에 의해서인 듯, 부재는 존재로 바뀔 수가 있다. 그러나 현실 정치에서 부재는 부정의 힘으로서도 존재로 바뀔 수 없다. 정치에서 정의는 역사의 느린 또한 급한 진전 속에 현존적으로 실현된다. 그때까지 광명은 존재하지 아니한다. 부재는 한없이 부재로 있다. 그러나 다른 한편으로 정치가 종교적 입장에서보다 낙관적인 점은 시간 속에서 언젠가는 존재가 드러날 것을 믿는다는 것이다. 그러니까 님은 떠나버린 것이 아니고 미래로부터 올 뿐인 것이며, 또 본래적인 영원은 가공에 불과하고 이 세상에는 시간이 있을 뿐이다.

한용운의 정치활동이나 또는 어떠한 정치활동이 위에서 대조시켜 본 어느 한 부류에 엄격히 들어간다는 것은 아니다. 현실세계에서 의인(義人)의 현실활동과 정치 개혁가의 정치활동은 확연히 구분되지 아니한다. 또 구분되어서도 안 될 것이다. 궁극적으로 모든 정치적 비전은 윤리적 세계에 대한 비전을 내포하고 있다. 또 모든 의인의 증언이 현실적 결과에 관계없이 행해지는 것은 아니다. 한용운은 순수한 의인도 아니고 순수한 혁명가도 아니었다. 그가 현실적 제도의 문제 같은 데에 얼마나 세심한 주의를 했는가는 《불교》지에 실린 불교 개혁집에 관한 글을 보면 잘 드러난다. 그가 3·1운동의 조직에 뛰어난 역할을 한 것도 우리는 안다. 그러나 그의 현실활동의 유형을 따져 본다면 그것은 의인의 그것이었다고 하겠다. 그러나 의인의 정치가 현실성이 없다는 것은 아니다. 정치는 현실이 가지고 있는 새로운 역사의 가능성을 그 희망의 거점으로 한다. 그러나 이러한 가능성이 전혀 보이지 않을 때 의인의 정치는 유일한 현실의 정치일 것이다.

베르톨트 브레히트는, 어두운 시대에서 홀로 진리를 간직했던 갈릴레오의 생애를 그린 연극에서 "영웅을 필요로 하는 시대는 불행하다. 그러나 영웅을 낳지 못하는 시대는 더욱 불행하다"고 말한다.

갈릴레오가 당시의 시대에서 얼마나 현실적 세력일 수 있었는지 나는 잘 모르지만, 영웅을 현실의 세력에 현실적으로 작용할 수 있는 사람이라고 규정해 보자. 그러면 의사(義士)의 시대는 영웅의 시대보다 조금 더 불행한 시대일 것이다. 그러나 우리는 또 말할 수 있다. 의인(義人)을 낳지 못하는 시대는 더욱 불행하다고, 또 의인다운 시인일망정 시인만을 가진 시대는 그보다 더 불행하다고.

한용운은 이러한 것을 잘 알고 있었다. 그리하여 그는 발시(跋詩)에서 "여러분이 나의 시를 읽을 때에 나를 슬퍼하고 스스로를 슬퍼할 줄을 압니다"라고 한 것이다. 그는 계속하여 말하기를, 그의 자손의 시대에서 그의 시를 읽는 것이 늦은 봄의 꽃수풀에 앉아서 마른 국화를 비벼서 코에 대는 것과 같을지 모르겠다고 한다. 그는 불행의 종말을 예상하고 그 종말과 더불어 그의 시가 지난 계절의 꽃이 될 것을 바랐다. 그러나 우리는 늦은 봄의 꽃수풀에 있는가? 한용운의 시는 우리 현대사의 초반뿐만 아니라 오늘의 시대까지를 포함한 '궁핍한 시대'에서 아직껏 가장 대표적인 국화꽃으로 남아 있다.

(1973)

언어적 명징화의 추구

김광규의 시

그것이 한국 현대시의 역사에서 중요한 구획선이 될 것인지 아니면 작은 구획선이 될 것인지는 앞으로 더 두고 보아야 알 일이지만, 김 광규(金光圭) 씨의 시가 일단의 구획선 또는 분계선의 한 획을 이룰 것임은 확실한 일이 아닌가 한다. 대체로 한국 현대시에서 감정의 토로는 시적 표현의 핵심을 이루어왔다. 물론 우리의 현대시가 단 순히 내면에서 일어나는 느낌을 털어놓는 데 그치지 않고 밖에 있 는 사물과 상황을 다루지 않은 것은 아니지만, 그것은 거의 감정의 매체를 통하여 굴절되어서만 다루어지는 것이 보통이었다. 그리고 이러한 감정주의는 소재만이 아니라 문체에도 크게 영향을 주었다. 그리하여 우리 시의 문체는 — 이것은 20세기 초에서 시작하여 1950 년대, 60년대에 오면서 가속화되는 현상인데 — 한편으로 간헐적 단 편성, 불완전한 또는 비문법적 문장, 무맥락의 도약 등을 특징으로 하고, 다른 한편으로는 무엇보다도 감상적 유려함, 격앙된 스타카 토 또는 고양된 격조의 음악성을 겨냥하는 것이었다. 김광규 씨의 시는 이러한 한국 시에 대하여 하나의 반대명제를 제시한다고 볼 수 있다. 그의 시는 거의 산문에 가깝다.

이번의 시집 《아니다 그렇지 않다》(1983)에서 외견상으로 가장 두드러지게 산문적인 문체의 예는 〈조개의 깊이〉의 문체일 것이다.

결혼을 한 뒤 그녀는 한 번도 자기의 첫사랑을 고백하지 않았다. 그녀의 남편도 물론 자기의 비밀을 말해 본 적이 없다. 그렇잖아도 삶은 갈수록 커다란 환멸에 지나지 않았다. 환멸을 짐짓 감추기 위하여 그들은 헤아릴 수 없이 많은 말을 했지만, 끝내 하지 않은 말도 있었다.

여기에서의 정연한 문장, 시에서 흔히 보는 바와 같은 생략이나 도약을 무릅쓰지 않는 정확한 문법, 삼인칭의 사용, 무엇보다도 심정의 토로보다는 일정한 상황을 창출하고자 하는 객관적 서술의 묘사 — 이러한 문체의 특징들은 여기의 글을 시보다는 소설에 가까이 가게 한다. 다만 이것을 어렴풋이나마 시에 가까이 가게 하는 것으로는 지적인 통제를 느끼게 하는 리듬 — 가령 처음의 아내에 대한 언급에 이어, 여기에 대응하는 남편에 대한 언급의 빠른 추적에서 느껴지는 리듬이 있을 뿐이다. 사실 객관적 서술, 이 서술을 위한 거리의 유지, 이러한 조작에 필요한 지적 통제 — 이러한 것들은 김광규 씨의 시적 문체의 특징이 된다.

또 하나의 예를 들어보자.

누가 그것을 모르랴
시간이 흐르면
꽃은 시들고
나뭇잎은 떨어지고
짐승처럼 늙어서
우리도 언젠가 죽는다

땅으로 돌아가고
하늘로 사라진다.

　여기 인용한 〈오래된 물음〉의 서두 부분도 극히 산문적이다. 줄을
바꾸는 짧은 행으로 쓰인 것, 구두점이 없는 것, 그리고 첫머리에서
‘그것을’ 하는 목적어의 예비적 제시, 그리고 ‘ㅡ랴’ 하는 비산문적
어미 정도가 이것이 시로서 의도된 것이라는 것을 말하여 준다.
　되풀이하건대, 김광규 씨의 시의 산문적 성격은, 여기의 예에서
도 알 수 있듯이, 단순히 단정한 문법의 문체에만 힘입어 이루어지
는 것이 아니다. 그것은 그의 지적 통제에 이어져 있다. 위의 인용
문에서 그는 사람의 삶을 요약하고 있는데, 이 요약은 극히 객관적
이며, 이 객관성은 삶에 대한 이해의 냉철함에 기초해 있다. 그는
죽음으로 끝나게 되는 사람의 삶이 흔히 불러일으키는 감정적 흥분
을 최소한으로 줄이고 있는데, 이것은 사람의 삶을 시드는 꽃이나
떨어지는 나뭇잎 등의 식물적 생명 그리고 늙어가는 짐승의 동물적
생명과 같은 차원에 두고 보는 과학적 태도로 하여 가능해진다(덧붙
여, 여기에 지적할 수 있는 것은 시드는 꽃이나 떨어지는 나뭇잎이 구체
적 사물에 대한 언급이라기보다는 일반적 개념을 나타내기 위한 부호에
가깝다는 사실이다. 김광규 씨의 시적 사고는 이만큼 감정이나 직관보
다는 머리에 의존하고 있다).
　문법·문맥·간결·정연함 ― 이러한 것들은 언어의 가장 기본적
질서에 속하는 것이다. 언어의 의식적 사용을 목표로 하는 글에서
이것은 새삼스럽게 들먹일 필요도 없는 일이다. 그럼에도 이러한
언어의 기본질서가 잘 지켜지지 않는 것이 우리의 언어생활의 현실
이었다. 더 나아가서는, 적어도 시의 경우에, 이러한 기본질서를
지키지 않는 일이야말로 시적 스타일의 특징처럼 생각되기도 하였

다. 거기에 그럴 만한 이유가 없는 것은 아니다. 시적 언어의 중요한 특성이 되는 긴장은 산문적 질서의 원활한 작용보다는 그것의 교란에서 생겨나는 경우가 많다. 감정과 직관의 언어는 연속보다는 단절과 도약을 그 특징으로 하는 것이다. 그러나 참으로 핵심적인 시 언어의 문제 또는 적어도 고전적 기준에서의 시 언어의 문제는 언어가 요구하는 질서를 최대한도로 활용하면서 시적 긴장을 전달하는 문제이다.

그리고 어느 쪽이냐 하면, 언어의 기본 임무는 감정의 조성 또는 전달보다는 명징화에 있다. 물론 이 명징화는 사물이나 상황에 대한 우리의 인식과 경험을 분명하게 밝히는 일을 뜻하며, 여기에는 감정 및 기타 내면적 체험이 포함된다. 그런데 감정적 체험의 경우에도 시적 표현은 그것을 단순히 재현하거나 전달하기보다는 그것을 명징화된 상태에서 재현 내지 전달한다. 이런 의미에서 시는, 근원적 정의를 시도한다면, 감정의 언어라기보다는 정돈된 언어라고 할 수 있다. 다만 시에서 감정이 중요한 것은 사실이다. 그것은 명징화에도 단순한 두뇌의 명징성이 있고 또 전인적인 — 그렇기 때문에 이론적이기보다는 더 현실적으로 효과적인 명징화가 있으며, 이 전인적 명징성은 균형잡힌 감정상태에 크게 관계되기 때문이다.

시대적으로 볼 때, 어떤 때는 시에서 유독 감정이 중요하고 또 어떤 때는 보다 건조하게 정돈된 언어가 중요한 것으로 보인다. 그것은 적어도 체험하는 사람의 입장에서는 시대가 조화의 상태에 있느냐 갈등의 상태에 있느냐 하는 것에 관계되는 것으로 생각된다. 즉, 갈등의 시대는 감정의 시를, 그리고 조화의 시대는 정돈된 언어의 시를 산출한다는 말이다. 아무래도 인간의 감정은 장애물과 좌절에 부딪쳐서 자극되기 때문이다. 이에 대하여 정돈된 언어는 삶의 많은 것에 대하여 공동 이해가 성립되고 (이것은 상투적 개념에 가까이 간다) 이것이 습관적 확인만으로도 시적 만족을 얻을 수 있는 균형의 시대에 성립한다.

그러나 이러한 일반론에도 불구하고 김광규 씨의 시는 태평성대의 시도 아니고 또 그것을 이야기하고 있는 시도 아니다. 그가 보고 있는 세계는 다분히 부정적 세계이다. 다만 그의 초연한 태도가 이 세계를 정돈된 언어 속에 수용할 수 있게 하는 것이다. 그의 시의 효과는 어두운 세계와 초연하고 객관적 태도, 둘 사이에 생기는 기묘한 마찰에서 나온다.

김광규 씨의 세계는 근본적으로 일상성의 세계이다. 사람들은 친구와 술을 마시고 세금을 물고 자기 몸이나 남의 몸을 관찰하고, 골목길을 지나고 거기에서 어린아이들의 그림이나 낙서를 보고 자신의 어린 시절을 회상하고, 자신의 벽돌 이층집을 밖으로 아담하면서 실제로 초라한 것으로 평가하고, 보통의 부부간에 있을 수 있는 심연의 깊이를 깨닫고, 친구의 죽음에 별 큰 감동이 없이 문상을 가고, 아이들에게 신발을 신겨주고 흙을 털어주고, 수박을 먹고, 바닷가에서 바닷말을 줍고, 비행기로, 자주는 아니지만, 더러 해외여행을 하고, 등산을 하고 산꼭대기에서 커피를 마시며 석양을 보고 커피를 마시며 석양을 보는 사람들을 보고, 구청에 서류를 내고, 돈을 벌고….

그러나 이 일상의 세계는 행복하고 만족한 것이라기보다는 한계에 의하여 구획지어진 세계이다. 그리하여 그것은 어두운 또는 잿빛의 전망과 때로는 절망과, 더 흔하게는, 권태로운 갑갑함으로 특징되는 세계이다. 다만 시인은 이러한 갑갑한 세계를 보면서도 여기에 크게 흥분하기보다는 초연한 느낌으로 이를 관찰, 분석할 뿐이다. 이러한 초연함에는 일부는 냉철한 객관적 태도가 있고 또 일부에는 삶에 대한 은근한 냉소적 태도가 있다(이 냉소적 태도는 다시 말하겠지만, 다른 요소들에 의하여 복합적인 것이 된다).

〈겨울날〉에서, 화자의 친구는 긴 이야기의 대상으로 적당하였으나 통행금지 폐지 전에 겨울에 죽어 얼어붙은 땅에 묻힌다. 그의 죽음에 찾아온 손님들은 으레껏 하는 행동을 의례적으로 되풀이할 뿐이다.

> 平土祭가 끝나자 저마다
> 수건을 하나씩 받아가지고
> 산지기네 집으로 내려갔다
> 청솔가지를 땐 사랑방에 모여
> 술 마시며 떠들어 대고
> 밤에는 놀음판을 벌였다

죽은 사람은 '살았을 적에도 별로/ 우리들을 기쁘게 하지는 않았다' — 화자는 이렇게 말하고 있지만, 이것은 죽은 사람의 따분한 삶에 대한 평가이기도 하고, 그럴 수밖에 없었던 인간관계의 냉랭함에 대한 소감이기도 하고 또는 그렇게 말하는 사람들의 차갑고 무감동한 태도의 표현이기도 하다. 화자는 우울한 애수의 느낌으로 친구의 죽음에 대한 그의 총체적인 평을 삼는다.

> … 죽은 이의 가벼운
> 미소를 생각하니
> 슬픔은 언제나 살아 있는
> 이들의 몫으로 남는 것 같다

〈4월의 가로수〉에서 화자는 머리가 잘리고 '전기줄에 닿지 않도록 / 올해는 팔다리까지 잘려/ 봄바람 불어도 움직일 수 없'는 가로수를 본다. 〈서울 꿩〉은 자연으로부터 차단된 도시의 좁은 구역에 갇힌 꿩을 이야기한다. 〈돋보기〉에서 화자는 그의 세계가 안개와 같은 짙은 불투명 속에 싸이게 됨을 느낀다.

> 흐려진다 동짓달
> 짙은 안개 속으로
> 낯익은 풍경 차츰 멀어져 가고
> 정든 사람들 하나 둘 사라진다
> 어둠의 나라로 달려가듯
> 세상이 온통 저물어 가는데
> 안경을 쓰고 기웃거리며
> 무엇을 보려고 하는가

이러한, 세상에 대한 잿빛 느낌은 때로는 더 깊은 절망감에로 깊어지기도 한다. 〈검은 꿈〉은 이러한 순간을 이야기하고 있지만, 여기에서도 특징적인 것은 시인이 그의 절망감을 극히 객관적으로, 하나의 우화나 상황으로 객관화할 수 있는 것으로 초연하게 그려내고 있다는 점이다

> 막다른 복도였다
> 컴컴했다
> 되돌아갈 수는 없었다
> 앞으로 간다는 것이
> 이제는 아무런 의미도 없었다

시인은 계속 어두운 방으로 들어간 느낌을 갖고 혼자라는 것을 느낀다. 그리고 그가 어떤 위기, 어떤 한계에 있음을 깨닫는다. 그러나 아마 그의 절망의 깊이나 또 그의 객관적 태도의 철저성은 그가 이 절망을 어떠한 간단한 해석의 틀 속에서도 처리해 버리지 못하거나 않고 있다는 데 가장 잘 나타난다. 다시 말하여 시인은 한계 감정을 이야기하는 것 이상으로 나아가지 않거나 못하는 것이다.

> 끝이었다
> 어쩌면 시작이었을지도 모른다
> 그러나 중간은 아니었다
> 전혀 의지할 데 없는
> 나의 속은 그렇게 생겼었다

막힌 상황으로서의 세계는 시인에 의하여 때로는 사회적·정치적 요인을 가진 것으로 인식된다. 〈목발이 김씨〉는 공사 중 다리까지 병신이 된 노동자가 자기의 노력이 투입된, 완성된 건물에 들어갈 수조차 없다는 사실에 언급한다. 〈二代〉는 운전기사 강 씨의 주인에 대한 관계가 근본적으로는 옛날 행랑아범의 주인집에 대한 관계와 다를 바 없다고 말한다. 2대에 걸친 주종관계의 특징은 주인과 하인이 따로 밥을 해 먹는다는 것, 즉 먹고 사는 일을 함께 하지 않는다는 것에 있다고 시인은 지적한다. 〈만나고 싶은〉은 좀더 일반적으로 오늘날의 인간관계가 얼마나 피상적이고 냉랭한 것인가를 효과적으로 기술하고 있다. 시인은 오늘날의 인간관계를 서로 모순된 두 줄에 다음과 같이 요약한다.

> 모두가 모르는 사람들이다
> 그러나 이상하게도 낯익은 얼굴들이다

오늘날 사람들은 다른 사람들에게 대하여 여러 가지 장소에서 부딪쳤던 막연한 기억을 가지고 있을 뿐, 깊이 있고 지속적인 만남을 경험하지 못한다.

> 우리는 부딪쳤을 뿐 한 번도 만나 본 적이 없다
> 모두가 낯익은 얼굴들 모르는 사람들이다
> 내가 아는 낯선 사람들이 너무 적구나

위의 마지막 줄에서 시사하고 있듯이, 시인은 다른 사람들이 근본적으로 다른 사람으로, 즉 '낯선 사람들'로 남아 있으면서, 서로 만나는 것이 중요하다고 말한다. 그러나 낯선 사람이 없는 것과 마찬가지로 우리의 '만나고 싶은' 마음도 어디까지나 이루어지지 않는 소망으로 남을 뿐이다.

김광규 씨가 오늘의 상황에 대해서 또는 삶에 대해서 위에서 본 바와 같이 우울한 전망을 가지고 있고 또 여기에 대하여 사회학적 또는 정치적 분석을 가한다고 하여 그를 사회적 정치적인 의미에서 참여 시인이라고 말할 수는 없다. 상당히 강력한 정치적 비판을 시도하는 시가 없는 것도 아니고(가령 위에 언급한 것 외에 〈누군가〉, 〈無言歌〉, 〈얼굴과 거울〉, 〈三色旗〉, 〈1981년 겨울〉 등), 또 〈曉原의 새벽〉과 같은 시에서는, 드물게일망정, '어둠을 박차고 솟아오르'며 '부글부글 바닷물 끓이'는 '불타는 햇덩이'와 같은 혁신의 정열, 혁명적 정열을 노래하지 않는 것도 아니다. 그러나 대체로 그는 혁신적 변화나 영웅적 행동에 대하여 강력한 회의를 가지고 있다.

〈반달곰에게〉는 가장 분명하게 혁신적 새출발을 부정하는 시이다. 여기에서 김광규 씨는 모든 것은 필연적 인과관계의 연쇄 속에 얽혀 있으며, 어느 하나를 원인을 잘라내어 말하는 것은 틀린 일이고 또 어느 하나를 새로운 원인으로 내세우는 일도 사물에 대한 부분적인, 따라서 틀린 접근에 불과하다고 말한다. 그러니까, '하늘 아래 새로운 것은 없다'—그는 전도서의 말을 빌려 이렇게 결론을 내린다. 그러니 새로운 역사의 시작이 있겠는가. 〈태양력에 관한 견해〉도 자연질서 또는 자연스러운 속도와 질서에 따라 움직이는 사회질서를 빠르게 하거나 느리게 하려는 노력이 부질없는 일임을 말하는 시로 읽힐 수 있다. 이 시는 1년이 365일이란 것을 너무 짧게 생각하여 이것을 3배로 늘리겠다는 사람과 1년 365일을 너무 길게 생각하여 이를 3배로 빠르게 했으면 좋겠다는 사람들의 견해를 아무 논평 없이 대조시키고 있지만, 아마 필자의 의도는 이 두 견해가 다 같이 별 의미가 없으며 부질없는 짓이라는 것을 보여주려는 것일 것이다. 즉, 역사나 사회진화의 달력을 빠르게 또는 느리게 하려는 것은 다 부질없는 짓이다—필자의 우의(寓意)는 이러한 것일 것이다. 〈늙은 마르크스〉는 보다 직접적으로 진보적 역사관을 반박하고 있는 시이다. 시인은 여기에서 늙은 마르크스의 입을 빌려 말하고 있다.

> 여보게 젊은 친구
> 역사란 그런 것이 아니라네
> 자네가 생각하듯 그렇게
> 변증법적으로 발전하는 것이 아니라네
> 문학도 그런 것이 아니라네
> 자네가 생각하듯 그렇게
> 논리적으로 변모하는 것이 아니라네

그러면 마르크스가 발전적 역사관을 부정하는 근거는 무엇인가? 그것은 이미 본 바와 같이 역사가 반드시 법칙적으로 움직이는 것이 아니기 때문이다. 그러나 늙은 마르크스에게 더 중요한 것은, 한정된 시간 속에서 한정된 능력으로 영위되는 오늘의 삶이다. 오늘의 삶의 중요성이 미래를 위한 투기를 버리게 하는 것이다. 마르크스는 그의 대화자에게 노년의 지혜를 다음과 같이 말한다.

> 우리의 주장이 서로 달라도
> 제각기 자기 몫을 살아가는 것은
> 얼마나 다행한 일인가
>
> 그리고 이렇게 한 번 살고
> 죽어 버린다는 것은 또
> 얼마나 아쉬운 일인가
> 우리는 죽어 과거가 되어도
> 역사는 언제나 현재로 남고
> 얽히고설킨 그때의 삶을
> 문학은 정직하게 기록할 것이네

오늘의 삶이 중요한 것이다. 뿐만 아니라 〈반달곰에게〉의 설명에 따르면, 오늘의 삶과 다른 삶이 있을 수 있겠는가. 하늘 아래 새로운 것이 없는 것이라면.

오늘의 삶의 중요성, 주어진 삶을 있는 그대로, 그것이 우울한 것일망정, 그 삶의 진귀함을 알고 사는 일의 중요성은 김광규 씨의 인생론의, 현실적이라고 할 수는 없을지 몰라도 적어도 논리적 중심에 놓여 있는 신념이다. 그가 현실에 자주 돌리는 부정적 눈에도 불구하고, 그는,

> 그렇다 절망의 시간에도
> 희망은 언제나 앞에 있는 것

어디선가 이리로 오는 것이 아니라
누군가 우리에게 주는 것이 아니라
싸워서 얻고 지켜야 할
희망(⋯)

이라고 이야기한다. 그리고 그에게 이 희망은 내일보다는 오늘의
삶에 있는 것이다. 〈오래된 물음〉은 앞에서 비친 대로, 사람의 삶
과 죽음을 자연주의적 객관성으로 접근하고 있는 시이지만, 이 시
의 핵심은 삶이 '오래된 물음으로 우리의 졸음을 깨운'다는 데 있다.
이 물음은 나쁜 처지에서도 아름다움을 만들어내는 삶의 경이에 대
한 느낌 이외의 다른 것이 아니다. 시인은 말한다.

새롭고 놀랍고 아름답지 않으냐
쓰레기터의 라일락이 해마다
골목길 가득히 뿜어내는
깊은 향기
볼품없는 밤송이 선인장이
깨어진 화분 한 귀퉁이에서
오랜 밤을 뒤척이다가 피워낸
밝은 꽃 한 송이

〈바닷말〉은 바닷가의 아침에 대한 송가인데, 김광규 씨의 전면적
진실에 대한 감각에 따르면, 아름다운 바닷가에도 좋지 않은 광경
들이 전혀 없는 것은 아니다. 적어도 암시된 것을 풀어보면, 진주
는 도시로 팔려가고 물고기는 숨 쉴 수 없게 오염된 바다에서 죽어
갈 위험에 놓여 있다. 또 고기값이 문제가 될 수 있다. 그러나 시인
은 말한다.

생선값이 얼마냐고 묻지 말고
물가에 널려진 바닷말을
우리의 몫으로 줍자

　중요한 것은 하찮은 것일망정 '우리의 몫'으로 주어진 것을 찾아
갖는 일이다. '우리의 몫'은 여기에서 비싼 생선을 못 차지한 사람들
의 분수일 수 있지만, 조금 더 적극적으로 그것은 사람이 사람답게
사는 것을 말할 수도 있다. 그런데 이 사람다운 삶은 그에게 무엇보
다도 사람 이상의 것으로 발돋움하는 것이 아닌 삶을 의미하는 것
으로 보인다. 그리하여 그에게 영웅적인 것은 대체로 의심의 대상
이 된다. 조금 더 일상적인 차원에서는 비영웅적 삶은 서툰 솜씨로
피아노를 치고 이를 즐기는 것을 뜻할 수 있다. 그리하여,

바크하우스는 벌써 죽었고
루빈슈타인도 이미 늙었는데
어른들의 절망 아랑곳없이
바이에르 상권을 시작하는 아이들　　　　　　— 〈5월의 저녁〉

은 조촐한 현재에서의 출발이 중요함을 단적으로 말하여 주는 증거
가 된다. 또 이러한 조촐한 현재성에 대한 느낌은 〈북극항로〉에서
는 조금 더 직접적으로 오랫동안 기대하던 외국행 비행기에서 비행
보다는 지상의 삶이 중요한 것을 깨달았던 시인의 개인적 체험으로
뒷받침되기도 한다.
　〈物神素描〉는 좀더 직접적으로 영웅을 비판하는 시이다. 영웅은
어떤 사람인가?

그는 보통사람이 아니다
　　결코 평범한 사람이 아니다
　　보통사람보다 훨씬 너그럽고
　　평범한 사람보다 훨씬 잔인한 그는
　　괴로움을 참으며 짐짓
　　눈물을 감추는 연약한 사람이 아니다

　이렇게 영웅은 좋은 면에서나 나쁜 면에서나 평균적 인간의 능력과 자질을 넘어가는 사람이다. 그는 달을 보고 지난날을 회상하고, 하루의 일을 마치고 퇴근하고 도로 규칙을 지키는 사람이 아니며, 쓸데없는 말을 하지 않으며, 바다의 신비에 감동하거나 과거의 나에 집착하며, 다른 사람의 말을 추종하는 그런 사람도 아니다. 그는 훨씬 힘 있고 위대하고 거룩하다. 그러나 시인이 결론을 내고 있듯이 그의 큰 결점은 그가 사람이 아니라는 사실이다. 그러면 그는 누구인가? 시의 제목은 그가 물신이라고 말한다.

　이렇게 김광규 씨는 영웅의 위대성을 인정은 하면서, 그 위대성이 비인간적임을 말한다. 그것이 비인간적이라는 것은, 애매함이 없지 않은 채로 영웅 숭배에 대한 비판으로 생각할 수 있다. 그러나 그가 인간의 영웅적 가능성 또는 보통의 평범한 인간의 영웅성을 완전히 부정하는 것은 아니다. 위에 말한 시는 '물신화'된 영웅을 겨냥한 것이다. 물신은 무엇인가? 그것은 인간의 주체적 능력을 객체에 투사한 결과 생겨나는 환영이다. 물건이 아닌 것을 물건으로 대상화한 것이다. 얼른 보아 난해한, 그러면서 가장 뛰어난 정치시의 하나인 〈450815의 행방〉은 인간의 영웅적 가능성이 어느 한 시대, 어떤 특정한 인간에 한정되어 나타난 것이 아니라 인간의 현재적 가능성으로서 연면하게 계속되는 것임을 말하고 있다. 8·15 해방의 체험은 영웅적 체험이었고 또 사실상 영웅들 또는 영웅의 힘으로 나타나고 있는 것이다. 그리하여, 그는 8 · 15 해방을 거인의 모습 속에 집약한다.

힘차게 솟아오르는 아침해를 등지고 당신은 서쪽으로 먼 길을 떠났읍니다. 우람한 그림자는 거인처럼 앞장서 당신을 인도했지요.
당신은 부지런히 걷고 숨가쁘게 뛰었읍니다.
한낮의 고개 위에 그림자를 밟고 서서 당신은 자랑스럽게 땀을 씻었지요.

그러나 영웅적 순간, 영웅적 행동은 오래 지속될 수 없는 것이다. 그리하여 시인은 말한다. '정상에서 모든 시간이 멈출 수 있다면 우리들은 당신과 헤어지지 않았을 것입니다.' 석양과 내리막길은 오게 마련이고 거인은 내리는 어둠 속으로 사라지게 마련이다. 그러면 영웅적 순간은 허깨비에 지나지 않는 것인가? 어느 정도까지는 그것은 허깨비이다. 사실 우람했던 것은 영웅 자신보다도 그의 그림자였다. 시대의 빛이 사라질 때 그의 그림자도 사라지지 않았는가. 그러나 영웅적 가능성이 아주 없어져 버린 것은 아니다. 영웅은 다시 '조그만 아기가 되어 조그만 그림자를 이끌고, 해맑은 웃음을 지으며 내 앞에 나타났읍니다' ― 시인은 시의 마지막 부분에서 이렇게 말한다. 영웅적인 것이 실체든 환영이든 그것은 언제나 나타나게 마련이다. 앞에서가 아니면 뒤에서, 어제가 아니면 오늘, 영웅의 출현에는 신비스러운 데가 있다.

앞서 간 당신은 누구였읍니까. 이제 나를 뒤따라오는 당신은 누구입니까. 그리고 오늘은 언제인가요.

시인은 이렇게 묻는다.

이렇게 하여 김광규 씨는 물신을 부인하면서도 사람의 영웅적 가능성을 송두리째 부인하지 않는다. 이런 관련에서 그는 4·19의 영웅을 불사의 젊은이로 찬양하기도 하고(〈아니다 그렇지 않다〉) 작게 편안한 생활보다는 움직임이 있는 삶이 살 만한 삶이라고 그의 자식들에게 충고하기도 하는 것이다(〈나의 자식들에게〉).

김광규 씨의 시대에 대한 관찰, 삶에 대한 반성, 정치와 역사에 대한 고찰들은, 우리가 거기에 동의하든 하지 않든, 귀 기울여 마땅한 지혜를 가지고 있다. 그것은 적어도 단순하지 않은 복합적인 탐색의 소산이다. 그러나 아마 더 중요한 것은 이러한 지혜와 탐색이 명징한 문장, 간결한 형태 속에 담겨질 수 있었다는 사실일 것이다. 이러한 명징성은 고전적 조소성(彫塑性)을 지향하는 모든 언어의 기본적 조건이다. 이것은 시의 경우에도 마찬가지다. 시는 이 기본조건 위에서 그것이 허용하는 감정과 음악(이 양자 다 그의 시에 들어 있다)을 지향한다. 물론 이러한 감정과 음악이 늘 성공적으로 구현된다고 말할 수만은 없다. 우리는 김광규 씨의 시에 따분하고 상투적인 부분들이 있음을 인정하지 않을 수 없다. 그러나 그에게 지적 통제가 결여되는 경우는 드물다. 시는 마술의 표면을 가지면서 그 깊이에서는 우리를 밝은 깨달음에 이르게 한다. 물론 이 깨달음은 단순히 지적인 것이 아니라 전인적인 것이어서 마땅하다. 이것은 감정과 감동을 포함한다. 또 우리가 원하는 것은 이론적 납득이 아니라 인격적 설득, 더 나아가 인격적 변화이다. 그러나 이것이 상투적 감정의 과장과 혼탁으로 얻어질 수 있는 것은 아니다. (1983)

관찰과 시

최승호의 시에 부쳐

1

사회적 관심은 우리 전통에서 늘 문학적 표현의 중요한 동기 중의 하나였지만, 1960년대에서 70년대에 갑작스럽게 가속화된 사회의 자본주의적 발전은 사회에 내재하는 모순과 긴장을 어느 때보다도 첨예화하였고, 우리의 시인과 작가 또 비평가들은 이러한 모순과 긴장을 그들의 저작에 적절하게 수용하고자 노력하였다. 그러한 결과 우리는 어느 때보다도 사회문제에 대한 관심을 문학적 노력의 동력으로 삼고자 하는 문학의 산출을 보게 되었다. 이렇게 나온 문학작품들은 당대의 정치적 투쟁에서나 또는 지속적인 문학유산을 만들어낸다는 관점에서 그 나름으로 중요한 기여를 하였다. 그렇기는 하나 말할 것도 없이, 사회의식을 가지고 씌어진 모든 작품이 단지 그러한 사실만으로 당대의 관점에서 또는 조금 더 긴 시간의 관점에서 우리 시대와 인간에 대한 진정한 문학적 증언이 되는 것은 아니다.

흔히들 피상적으로나마 인정되는 것은 사회의식의 작품도 문학작품인 만큼 어떤 문학적 기준에 의하여 재어져야 한다는 당위이다. 그러나 이것은 단순히 '사회의식' 보태기 '문학적 완성'이라는 두 가지의 기준, 두 가지의 요구조건에 언급하는 일이 아니다. 이상적 상태에서 이 두 가지 조건 또는 요구는 하나이며, 어느 한쪽이 없이는 다른 한쪽도 온전할 수 없는 것이다. 이상적 상태에서 그렇다는 것은 현실에서 반드시 그럴 수 없다는 뜻이지만, 이상적 관점을 마음속에 지니는 것은 중요한 일이다. 문학이 사회발전에 기여하고 사람의 삶의 보람이 될 수 있다면, 그 기여의 특정한 모습은 이러한 이상적 관점을 통하여서 비로소 분명한 구도 속에 파악될 수 있기 때문이다.

그것이 어떤 종류의 문학이든 문학이 문학적 기준으로 재어질 수 있어야 한다는 것은, 쉬운 차원에서는 기술적 문제로서 고려될 수 있다. 문학이 어떤 종류의 영향이든 영향을 가지려면 우선 작품이 그리는 현실이 실감나게 형상화되어야 한다는 조건이 있다. 사실 실감나는 형상화에 대한 요구는 사회의식의 철저화를 말하는 비평에 의하여서도 자주 논급된 바 있다.

실감은 무엇이며 어떻게 얻어질 수 있는가? 손쉽게는 그것은 어떤 일을 겪는 사람의 생생한 체험을 재생하려고 노력하는 데에서 생겨난다고 여겨진다. 또 이것은, 단적으로 작가가 그리고 있는 대상과 작가와의 일치, 특히 심정상의 일치로 인하여 가능하여진다고 여겨지는 것이다. 그러니까, 달리 말하여, 사회의식을 중요시하는 작품의 경우, 실감의 결여는 흔히 억압적 체제의 희생물로서의 민중과의 보다 긴밀한 심정적 일치에 의하여서만 극복될 수 있는 것으로 생각되는 것이다.

그러나 형상화의 관점에서 심정적 일치의 기능은 이와 같이 긍정적인 것이라고만 보기는 어렵다. 형상화는 알아볼 수 있는 모양을 만든다는 것이고 이것은 객관화 작용을 전제로 한다. 그리고 주체적 일치는 이 객관화 작용에 역행하는 것이다. 우리가 아픈 사람과 심정적으로 일치한다고 할 때, 아픈 사람의 아픔이 크면 클수록, 또 그 사람의 커가는 아픔에 일치하면 할수록 언어로써 말할 수 있는 것은 신음과 외침에 한정될 것이고 그런 경우 아픔의 내용, 특히 그 객관적 정황에 대해서 전달하거나 검토하는 것은 불가능하게 될 것이다. 아픔의 내용과 정황을 말로 표현한다는 것 — 그것을 전달하고 진단하며 또는 형상화한다는 것은 아픔으로부터 거리감을 유지한다는 것을 뜻한다. 물론 아픈 사람과의 일치를 전제로 하지 않고는 그것의 객관화는 있을 수 없고, 있다고 하더라도 문학에서 기대하는 바의 직접적 전달 또는 형상적 직관을 유발하는 것일 수는 없다. 그러나 예술가가 이러한 일치상태에 머무는 한, 그는 인식이나 형상화에 나아갈 수 없다.

예술은 대상과 일치하여 동시에 이것으로부터 멀리 있는 역설을 그 조건으로 한다. 예술가가 반드시 관찰자, 제3자이어야 한다는 말은 아니다. 대상과 그 대상을 예술적으로 인식하는 자가 같은 사람일 경우도 우리는 생각할 수 있다. 어쩌면 이것이 가장 이상적 상태인지도 모른다. 그러나 이 경우에도 그가 단순한 수난자로 수난의 와중에 있는 한, 그는 예술적 표현을 얻어낼 수 없다. 여기서 문제되는 것이 민중이라면, 민중은 예술가가 아니다. 민중적 예술가는 민중이면서 민중을 객관화할 수 있는 자, 그런 의미에서 민중을 넘어선 사람이다(이것은 민중과 예술가를 갈라놓는 이야기가 아니다. 민중이 스스로의 상태를 깨닫고 스스로의 힘을 안다는 것도 바로 이러한 과정을 통과한다는 것을 말한다).

다시 비유적으로 생각해 보자. 아픈 사람을 두고 우리가 취할 수 있는 태도는 두 가지가 있다(우리 자신이 아픈 사람일 때도 대개 비슷한 것으로 생각해 볼 수 있다). 하나는 아픈 사람과 더불어 아파하고 괴로워하는 일이다. 이것은 본인 자신, 그의 가족, 친지들이 취할 수 있는 태도이다. 다른 하나의 태도는 의사의 태도이다. 의사는 환자의 아픔에 대해서 주관적, 심정적 일체감을 가질 수도 있고 안 가질 수도 있지만, 그가 그의 전문적 지식이 요구하는 원리에 충실하는 한, 그는 다른 의미에서 환자의 상황에 그의 주의력을 집중 또는 일치시켜야 한다. 그 결과 그는 환자의 아픔의 객관적 조건에 대한 일정한 진단을 제시할 수 있게 된다(이러한 주관적 일치, 객관적 일치 이외에 우리는 제3의 태도 무관심 또는 적대적 태도를 상정할 수 있다. 그러나 여기서는 환자와의 일치를 문제 삼고 있기 때문에, 이 제3의 태도는 논외로 하여도 좋을 것이다). 작가 또는 민중적 작가의 입장은 한편으로 환자와 환자의 가족, 그리고 다른 한편으로 의사, 이 두 편 가운데에 위치한다고 할 수 있다. 그는 아픈 사람과 더불어 느낀다. 그러면서 동시에 이 아픔의 객관적 정황을 파악한다. 그러나 그의 파악은 의사의 그것과는 다르다. 그것은 아픈 당자의 느낌과 사정을 포함하면서 이것을 객관적 관조 또는 연관 속에 포용한다. 그리하여 그가 파악한 아픔의 상태는 환자의 심정의 불투명을 벗어나 있으면서, 의사의 객관성의, 어떤 경우의 사무적 냉랭함을 극복한다. 그러는 한편, 물론 아픔의 한복판의 절실함도, 의사의 냉정이 가능케 하는바, 치료로 이어지는 과학적 명증성도 그것은 갖지 못한다. 그러나 그것은 최대한도로 생생한 아픔의 인간적 맥락, 주관적으로 경험되고 객관적으로 규정되며 보다 넓은 삶의 긍정적 충동 속에서 보아지는, 아픔의 구체적 모습을 우리에게 보여줄 수 있다.

이러한 비유를 통하여 생각할 수 있는 것처럼 예술적 형상화는 주관적 일치와 객관적 거리라는 서로 상반된 듯한 요구를 조화함으로써 가능해진다. 그러나 이것은 최종적으로는 알아볼 만한 형상을 만들어 내는 데에 귀착하는 한(비록 주관적 또는 주체적인 느낌에서 출발하고 그것에 의하여 계속 뒷받침된다는 점을 잊지 말아야겠지만), 객관화의 과정으로서 다시 요약될 수 있다. 그런데 이러한 관찰은 단순히 기교적인 문제에 대한 관찰이 아니다. 이렇게 말하는 것은 시나 소설이 인식에 관계된다고 말하는 것이다. 다만 이 인식은 추상화되고 형식화된 개념보다는 느낌과 생각이 종합된, 더 정확히 말하여 인간의 삶에 작용하는 전체적 능력이 개입되어 이루어지는, 하나의 총체적 직관의 형태를 취한다. 그렇다면 우리는 왜 이런 인식을 필요로 하는 것인가? 우리는 일단 여기에 대한 하나의 단순한 답변으로 사람은 본래적으로 인식에 대한 요구를 가지고 있고 문학은 인간과 세계에 대하여 알아볼 만한 영상을 제공하는 일을 한다고 말할 수 있다. 그러나 여기에 대하여 좀더 실천적인 답변, 즉 우리가 처한 상황에 대하여 어떤 긴급한 문제의식을 가지고 생각하는 입장에서 답변을 시도한다면, 결국 형상화에 대한 요구는 진리의 실천적 호소력을 믿는 일에 관계되어 있다고 말할 수 있을 것이다. 즉, 우리는 이 사람이 객관적 진리 또는 어떤 인간적 상황에 관한 진실에 의하여─그 진리 또는 진실이 우리에게 그럴싸한 형태로 제시된다면, 직접적으로가 아니라면 적어도 장기적으로─실천적 행동으로 나아가도록 움직여질 수 있다고 믿고 있다. 그리하여 인간이 안으로 느끼고 밖으로 작용하는 모습을 가장 신빙성 있게 이야기하려는 문학이 우리의 실천적 기획 가운데 의미 있는 자리를 차지할 수 있다고 생각하는 것이다.

　물론 물을 수 있다. 사람이 진실에 의하여 움직여질 수 있는가? 여기서 진실이라 함은 어떤 특정한 진실, 즉 직접적 이해관계에 의하여 나에게 결부된 진실이 아니라, 인간 일반의 보편적 진실을 의미하는 것이겠는데, 문학은 우리의 현실이 어떤 것이든지 간에, 사람 모두가 인간존재의 진리에 직관적으로나, 또는 반성과 교육을 통하여, 참여할 수 있다고 믿고자 한다. 이것은 문학이, 직접적 명령이나 교훈을 통한 전달이든, 어떤 객관화된 심상의 제시를 통한 전달이든, 그것도 물리적 강제력이 없는 마당에서의, 전달의 가능성을 포기하지 않은 데에서 드러난다. 물론 사람의 참다운 모습 또는 그것에 비친 비뚤어진 모습이 일거에 제시될 수 있고 또는 그것이 제시된다고 하더라도 그것이 그대로 설득력을 가지고 실천적 활력으로 전환될 수 있다고 우리가 순진하게 믿고 있다는 말은 아니다. 다만 근본 바탕에 그러한 순진한 믿음을 갖지 않고는 문학이 성립하기 어렵다는 것이다.

물론 그렇다고 하여 심정적 일치, 객관적 진리, 보편적 인간성을 통한 매개 없이 일거에 이루어지는 심정적 일치가 문학에 중요치 않다는 말은 아니다. 이것은 우리가 진리 또는 진실을 문학의 핵심적 부분으로 생각하는 경우에도 그렇다. 이미 위에서 생각해 본 의사의 비유에서도 이것은 추출해 낼 수 있다. 즉, 의사의 의학적 진료의 밑바닥에 환자의 고통에 대한 깊은 일체감이 ― 비록 그것이 환자 자신이나 그 가족 친지와는 다른 성질의 것일망정, 이러한 일체감이 없이는 다른 모든 의학적 기술이 별 의미를 가질 수 없다고 할 수 있다. 어떻게 보면 감정적 일치가 진실을 알아보는 전제가 된다고 말해도 좋다. 이것은 오늘날처럼 신분, 계층, 계급, 권력 등으로 포개지고 갈등을 일으키는 사회에서 특히 그러기 쉽다. 세상의 합리성이 손상되어 있을수록, 믿음 또는 무전제의 일체감이 진리에의 길이 되는 것을 우리는 보거니와 이러한 믿음의 변증법이 오늘의 사회에도 해당된다고 할 것이다. 그러나 문학은 어떤 판국에서나 믿음과 진리를 동시에 구현하려는 언어의 형식이다. 문학적 체험에서 우리가 깨닫게 되는 기본적인 사실의 하나는 문학적 인식의 조건이 '같이 느끼는 일'이라는 것이다. 문학은 같이 느끼게 하면 서 우리로 하여금 새로운 인간의 가능성을 깨우치게 한다.

형상화된 진실보다도 심정적 일치감이 강조되는 것은 우리의 사태의 긴급성에 대한 파악에 관련되어 있다. 개념적 진리이든지 형상화된 진실이든지, 이것은, 이미 비쳤듯이, 일어나고 있는 일로부터 어느 정도의 거리를 유지함으로써, 가능해지는 정신적 결정(結晶)이다. 이것은 사태 자체가 우리에게 일정한 거리를 유지하는 것을 허용해 줄 수 있어야 한다는 것을 말한다. 위기의 상황에서, 그것이 현명한 일이든 아니든, 유일한 행동방식은 위기에 일치하고 거기에 뛰어드는 일이다. 우리 시대의 사회의식의 문학이, 반드시, 행동적인 것은 아니지만, 적어도 심정적으로 피억압상태의 인간에게 직시적 일치를 요구하는 것은 우리의 상황이 긴급함을 증표하는 것이라 할 수 있다.

이러한 심정적 일치의 강조는, 방금 말한 대로 그 나름으로의 정당성을 가지면서 동시에 여러 가지 폐단을 가지고 있음도 간과될 수 없다. 그것은, 특히 현실 속에의 움직임, 정치적 이성에 의하여 맥락지어지는 움직임에 이어지지 아니할 때, 위선과 영웅주의와 단순한 패거리 의식의 거름이 될 수 있다. 그래도 좋은 의미에서 심정적 일치의 강조는 한편으로, 가장 큰 고통을 당하는 사람에게 사회 역학에서의 우선권을 부여하고 (이것은 정당한 근거가 있는 일이다) 또 그러한 사람들을 중심으로 한 유대감을 강화하는 역할을 할 수 있다. 그러나 다른 한편으로 그것은 누가 더 고통에 가까우냐 또는 더 가까이 있다고 주장할 수 있느냐 하는 불건전한 경쟁을 불러일으키고 이 경쟁에서 우리의 자유로운 판단은 그 평형을 상실하게 된다. 그리하여 우리의 본래의 뜻은 상당한 왜곡을 겪지 않으면 안 된다. 본래의 뜻이란 보다 나은 삶을 향한 의지이다. 고통의 유대감이 중요한 것은 그것이 우리에게 부여하는 사회 역학상의 또는 도덕적 우위 때문이 아니다. 그것은 우리가 모든 사람이 보다 나은 삶을 가져야 한다고 믿기 때문이며, 이 믿음의 실현을 위하여 필요한 단계로 보기 때문이다. 보다 나은 삶에 대한 믿음은 인간 존재의 어떤 근원적 진리에 대한 참여로부터 나온다. 그것은 고통의 체험에서도 나오는 것이지만, 고통 그 자체에 대한 깨우침이라기보다는 그것을 넘어서는 어떤 가능성에 대한 깨우침이다.

이렇게 말하는 것은, 다시 한 번, 문학이 단순히 고통에 대한 심정적 일치가 아니라 진리의 인식에 관계되어 있음을 말하는 것이다. 진리에 의하여 매개됨으로써, 문학은 고통의 모습을 있는 대로 그리고 그것과 삶 전체와의 관계를 저울질하고 또 보다 나은 삶에 대한 현실적 조건을 생각하고 또 무엇보다 나와 남의 균형 있는 삶 — 어느 하나가 다른 하나에 의하여 구속되지 않는 삶을 투영해 볼 수 있다.

문학에서의 형상화는 이러한 커다란 문제들에 관계되어 있다.

2

위에서 형상화는 객관화 작용을 그 한 계기로 한다고 하였다. 이 객관화는 또 어떠한 조건 아래서 가능하여지는가? 이것도 이미 위에서 비친 바 있다. 작가는 우선 경험 자체에 의해서, 그것이 자신의 것이든 다른 사람의 것이든, 경험 자체에 의해서 어떤 충격을 받는다. 이것은, 어떤 종류의 밀도 높은 경험의 경우, 그 내부에의 깊은 침잠 또는 일치를 의미할 수 있다. 객관화는 이러한 침잠이나 일치가 공간적 거리를 얻으면서, 달리 말하여, 관심의 지평, 열렬하고 집요한 관심의 지평으로 확대되면서 시작된다. 이 지평은 주체적 체험의 충격을 간직하면서 체험을 앞뒤의 상관관계 속에서, 또는 더 넓게는 삶의 전체적 흐름 속에서 관조할 수 있게 한다. 이러한 관조는 주체의 자신에로의 재귀(再歸)를 그 바탕으로 하면서 사물과 사물의 맥락에 대한 객관적 관찰을 포함한다. 어떤 경우에 관찰의 결과는 완전히 본래의 바탕을 이탈하여 생경한 사실로 바뀌어버린 수도 있다. 문학에서의 사실적 관찰은 끊임없이 본래의 관심의 지평 또 그것의 전체적 맥락으로 재귀되어야 하는 것일 것이다.

방금 말한 것은 오늘에 씌어지는 시들의 어떤 양상들을 보고 그 현상학적 구성을 내 나름대로 생각해 본 것이다. 그런데 이것이 옳은 것이든 아니든 오늘의 새로운 시에서, 특히 사회의식의 요구를 흡수하면서 새로운 출발을 시도하는 시에서 객관성이 높아가고 사실적 관찰의 기율이 두드러져 가는 것을 우리는 볼 수 있다. 이것은, 위에서 길게 살펴본 이유들로 해서, 환영할 만한 일이다. 그러면서 우리는 다른 한편으로 1980년 이전까지만 해도 시대의 분위기 속에 느껴졌던, 어떤 평행한 의지, 사회를 의식하는 시인에게 일정한 행동적 일치 아니면 적어도 심정적 일치를 요구했던, 팽팽한 민중적 의지의 쇠퇴를 감지한다. 이것은 새로운 어떤 시인들에게서 보이는 사실적·객관적 태도와 어떤 관련을 가지고 있는지도 모를 일이다. 그러니까 사실적·객관적 태도에서 우리가 반드시 얻는 바만이 있다고 보는 것은 잘못일지도 모른다. 그러나 문학의 관점에서 또 이것은 위에서 누누이 말한 바와 같이 넓은 의미에서의 문학의 사회적 기능에 관한 한 이념에 연결되어 있다. 이것은 바람직한 일로 보아서 마땅한 것이 아닌가 한다. 다만 문학적으로도, 위에 비친 바와 같이, 사실적 관찰은 본래의 체험의 주관적 충격과 그것의 사실적 세계로 열림을 매개하는 관심의 지평에서 벗어나서 생경하기만 한 기록으로 떨어질 우려가 있다. 그렇다는 것은 결국 시적인 의미는 처음의 주체적 충격에서 나오는 것으로 생각되기 때문이다

(이것은 다른 면에서 볼 때 심정적 일치의 깊이에 관계되어 있다).

새로운 객관주의의 시인들을 말하면서, 내가 생각하는 시인은 김명수(金明秀), 김광규(金光圭) 같은 시인인데 여기에 우리는 새로 최승호(崔勝鎬) 씨를 추가할 수 있다(이들이 모두 〈세계의 문학〉의 '오늘의 작가상'을 수상한 것은 반드시 어떤 계획이나 의도가 작용한 때문이 아니다). 최승호 씨의 시를 특징짓는 것은 뛰어난 사실적 관찰이다. 이것은 어떤 사람들의 관점에서는 비시적으로 보일 정도로 사실적일는지 모른다. 그러나 위에서 서론적으로 이야기한 이유들로 해서, 이 사실성은, 시의 전부는 아니면서, 우리에게는 시적 명증성의 확보를 위하여 기술적 요건이 되는 것이라고 아니할 수 없다. 그리고 이것은, 자세히 들여다보면, 보다 큰 시적 정열(결국 이것은 삶의 정열이다)에 이어져 있다.

일단 최승호 씨의 관찰의 대상이 되는 것은 극도로 막혀 있는 삶의 상황이다. 물론 이것은 이미 많은 시인들에 의하여 이야기된 바 있다. 그런데 그의 시에 특이한 견고성을 주는 것은, 겨울이라든가 봄, 풀잎이라든가 벼 포기라든가 하는 유기적 비유를 상징의 자료로 쓰는 다른 참여파 시인들에 비하여, 그의 관찰의 언어가 완전히 상징성을 벗어나지는 아니하면서도 사실적이라는 것이다. 이것이 그의 시에서 어떤 종류의 서정성을 감하게 하는 것이면서 또 상투화된 서정의 단조로움을 피하고 상황의 복합적인 양상에 그 나름으로의 표현을 줄 수 있게 하는 것이다.

최승호 씨는 그의 삶의 상황을 '상표가 화려한 桶조림, 국물에 잠겨 있는 桶 속의 송장덩어리'(〈桶조림〉)의 이미지를 통하여 이야기한다. 또는 그는 '케케묵은 먼지 속에/ 죽어서 하루 더 손때 묻고/ 터무니없이 하루 더 기다리는/ 북어들'(〈北魚〉)에서 오늘날 서민생활의 상징을 발견한다. 시인은 북어의 '죽음이 꿰뚫은 대가리', '자

갈처럼 죄다 딱딱'한 혀, '말라붙고 짜부라진 눈' 같은 것에 주목한
다. 〈쥐치〉에서는,

> 쥐포는 딱딱하고
> 방부제를 잔뜩 발라놓았고
> 콧구멍도 없다
> 주둥이도 없고 혀도 없고
> 귀도 없다 눈도 없다 지느러미조차 없다

라고 모든 오관이 절단될 쥐치에서 사람의 상황을 본다. 또 그에게
오늘의 삶의 기호는 석탄가루, 좁은 방, 독거미 등이다. 이와 같은
것으로 구성되는 삶 — 그러면서도 가차 없이 지속되어야 하는 삶은
〈시궁쥐〉에 집약적으로 표현되어 있다.

> 먹을 거라면 환장하는 새끼들에게
> 좀 쩝쩝델 거라도 물어다 주자는 거겠지
> 아니면 배추 잎이라도 장만해서
> 군색한 살림을 그럭저럭 꾸려나가자는 거겠지

> 부지런한 맞벌이 부부
> 시궁쥐 한 쌍이 뭐 물어갈 게 있다고
> 가난한 백성들의 쓰레기통에
> 뭐 물어갈 게 있다고
> 눈치를 보아가며 부지런하게 들락거린다

> 쥐들도 제 새끼에 젖을 물리나
> 콧수염을 기르고 털가죽 외투를 입고
> 피에 젖은 性生活까지 뻔질나게 하면서 사나

평생을 그런 짓거리나 되풀이하다가 죽나

좀 쩝쩝거릴 것만 떨어지지 않으면 되겠지
아무리 더러운 똥오줌 진창바닥이라도
제대로 숨도 못 쉬는 쥐구멍 속에서도 모가지만
모가지만 붙어 있으면 되겠지 시궁쥐들은
배가 고프면 서로 잡아먹어도 되겠지

〈시궁쥐〉는 활달한 가능성은 잃어버렸으면서도 최소한의 생존을
유지해야 하는 삶의 모습에 대한 자조적인 관찰이지만 더 흔히는
최승호 씨의 오늘의 상황 진단은, 위에서 들어본 몇 가지 예들에서
도 알 수 있듯이, 그것이 자연스럽고 유기적인 삶을 상실하였다는
것이다. 〈나는 숨을 쉰다〉에서 그는, 제목으로써 이미 최소한도로
줄어든 삶을 가리키면서 자연스러운 삶의 축소와 인위적 환경의 확
대를 다음과 같이 이야기한다.

신기해라 나는 멎지도 않고 숨을 쉰다
내가 곤히 잠잘 때에도
배를 들썩이며
숨은, 쉬지 않고 숨을 쉰다
숨구멍이 많은 잎사귀들과 늙은 지구덩어리와
움직이는 은하수의 모든 별들과 함께

숨은, 쉬지 않고 숨을 쉰다 대낮이면
황소와 태양과
날아오르는 날개들과 물방울과 장수하늘소와 함께
뭉게구름을 낮달과 함께
나는 숨을 쉰다 인간의 숨소리가

작아지는 날들 속에
자라나는 쇠의 소리
관청의 스피커 소리가 점점 커지는 날들 속에

　자연스러운 삶, 유기적인 것의 상실은, 위에서 보듯이 비유기적인 것의 증대에 따르는 한 결과이다. 그리하여, 오늘의 삶을 총체적으로 포괄하는 이미지로서 최승호 씨의 시에서 기계의 이미지가 자주 발견되는 것은 자연스럽다. 〈바퀴〉에서 개체적 삶은 무서운 짐을 지고 굴러가는 바퀴에 비유된다. 〈만화시계〉는 우리 사회를 거대한 톱니들이 맞아 돌아가는 시계와 같은 것으로 파악한다. 〈기계〉는 '노예처럼 봉사하다 죽는' 기계를 말한 것이지만, 동시에 기계화된 인간을 가리키는 것임은 새삼스럽게 말할 필요도 없다.
　물론 사람이 거대한 조직의 기계 속에서 꼼짝할 수 없게 되고 또 그 스스로 기계처럼 된다는 것은 그렇게 새삼스러운 말이 아닐 수 있다. 그럼에도 불구하고 그의 말이 새로운 느낌을 주는 것은 그의 관찰의 즉물성이다. 즉, 그의 관찰에서 사물들은 단순히 사람의 상태에 대한 상징물로 바뀌기를 거부하고 그 사물성을 완전히 잃어버리지 않는다. 〈바퀴〉에서 묘사되는 바퀴,

끌려다니는 바퀴들은 어디서 쓰러지는지
코끼리가
象牙의 동굴에서 쓰러지듯
古鐵의 무덤에서 쓰러지는지
삭은 뼈들
녹슨 대포알
녹슨 철모
덜컥거리며 굴러 떨어지는 텅 빈

두개골

이러한 묘사에서 우리는 어린아이들에서 보는바 사물과의 일치감, 또 사물에 대한 의문감이 유지되어 있음을 본다. 이러한 일치감과 의문감은 자연스럽게 기계의 부속품과 '덜컥거리며 굴러 떨어지는 텅 빈/ 두개골'을 단순한 비유로가 아니라, 거의 감각적 일체성 속에서 하나로 볼 수 있게 한다. 그런 다음 기계의 바퀴는 '육중한 하중을 짊어진 바퀴들', '끌면 별 수 없이 蒙古로/ 끌려가는 貢女', '끌려가는 예수', '채찍 맞는 조랑말', '계엄령 속의 폴란드 광산 노동자들'을 연상시키게 된다.

이러한 즉물성은 얼핏 보기에 비시적인, 어떻게 보면 진부한 묘사에서도 볼 수 있다. 가령 〈지하철 정거장의 노란 의자〉에서 보는,

춥고 찌들은 蒙古族의 얼굴로
… 가 웅크린 채 앉아 있는 노란 의자
복권을 구겨버리고
… 이 앉아 기다리는 노란 의자

와 같은, 흔한 것을 장식과 흥분 없는 말로 이야기하는 묘사는 산문적 묘사이면서 하나의 즉물성 영상의 느낌을 준다. 또는 〈열차번호 244〉에서의 차내 묘사,

텁텁한 기차 안의 공기,
짐보따리와 가방들은
선반 위에 너절하게 널려 있고
둥글고 큰 주황색 흐린 등불이
삶은 달걀껍질과 오징어포 포장지

담뱃재가 담긴 빈 맥주깡통을 비춘다.

와 같은 부분도 산문적이면서 회화의 한 장면과 같은 영상감을 준다.
말할 것도 없이 즉물성 묘사는 사실의 충실한 묘사만으로 가능
해지는 것이 아니다(중립적 사실의 묘사라는 것이 가능한 것이라면).
그것은 상상력의 변용과 통일성 — 정신의 힘 속에 포착되는 사물
의 모양을 지칭하는 것이다. 우리는 위에서 바퀴와 두개골의 동시
적 포착을 보았다. 이것은 추상적 유추이면서 동시에 감각적(모양
이나 메마른 느낌이나 기능적 작용에서) 인지인 것이다. 지하철 의자
는 사람이 부재하는 사물로서 또 되풀이 속에서 단조로움을 드러
내는 것으로 파악됨으로써 영상성을 얻는다. 사실적 보고에 그치
는 듯한 열차 내의 풍경에도 상상력의 통일된 눈이 있다. 이 시의
말미에서 시인은 '서산대사 입적'(1604)과 '마네 출생'(1832)이라는
신문의 '오늘의 소사(小史)'에 주목하지만, 열차 내의 풍경은 곤비
한 일상성 속에서의 정신적 사건, 또 그 안에서의 회화적 구성의
가능성을 암시하고 있다고 볼 수도 있다.
즉물적 관찰과 상상력의 결합, 또 그것을 통한 새로운 지각과 깨
달음에 이르는 과정 — 이런 것은 〈주전자〉의 묘사 같은 데에서 가
장 잘 드러난다. 여기서 그 주둥이로 김을 내는 주전자는 막혀 있는
삶에 대한 비유가 되지만, 이 비유는, 사실적 정황의 투시에서 나
온다.

진눈깨비가 내린다
누비옷으로 몸을 감싼 여인들이
누비옷 속에 아기를 업고 창밖을 지나간다
증기를 뿜는 주전자
아가리를 뚜껑으로 덮으니

답답해
콧구멍이 뚫렸어도 답답해
증기를 뿜는 주전자가 뚜껑을 들먹거린다
형이상학의 뚜껑 밑에
댓진 냄새 풍기는 파이프
연기를 코로 내뿜는 형이상학자들
그리고 물 위로 콧구멍만 내놓는 소심한 河馬들이여
콧구멍만 뚫렸으면 뭘 해
(…)

이러한 묘사에서 주전자는 있을 수 있는 겨울 풍경의 자연스러운 정물로서 등장한다. 그러면서도 풍경과 정물 사이에는 처음부터 미묘한 대응이 있다. 추운 날씨 때문에 두꺼운 옷에 몸을 감춘 사람들, 속에 품은 열기를 뚜껑으로 막고 있는 주전자 — 여기에는 강조되지 않은, 그리하여 오히려 효과적인 상사관계의 포착이 있다. 그 다음 주전자의 이미지는 우리의 주의의 중심으로 들어오지만, 여기에서 주목할 것은 주전자의 비유적 의미가 강조되면서도 그 의미의 강조가 영상으로서의 주전자를 동시에 부각시켜 준다는 점이다. 즉,

아가리를 뚜껑으로 덮으니
답답해
콧구멍이 뚫렸어도 답답해
증기를 뿜는 주전자가 뚜껑을 들먹거린다

이 구절은 사물에 대한 공감적 파악과 그 상징적 의미를 동시에 수행한다. 이러한 사물성과 의미의 상호작용은 그 다음의 몇 가지 변용 — 주전자에서 실천이 막혀 있는 형이상학자들, 또 물속에 피해 있으면서도 코를 내놓고 숨을 쉬는 하마, 또 약간 바뀌어, 코뿔소

로 이어지는 연상에서도 두드러진다. 더 나아가 우리는 파이프 피우는 형이상학자나 코만 내놓는 하마로의 이미지의 초현실적 비약이, 초현실적인 비약이면서도, 더욱 주전자의 사물로서의 영상성을 높여주는 것을 안다. 그리하여 사실 모든 참으로 사실적인 지각이 그렇듯이 그 사실성에도 불구하고 이러한 주전자에 대한 지각은 우리에게 해학의 해방을 주기까지 한다.

최승호 씨의 시에서 이러한 특징 — 사실성과 의미와 지적 해방감의 기묘한 결합을 두루 발견할 수 있다고 말하지는 못할 것이나, 그의 시적 재능의 한 면이 이러한 것에 있음은 틀림이 없을 것이다. 그런데, 다시 말하여, 이러한 특징의 근간은 사실에 대한 충실한 관찰에 있다. 이 관찰이 때로 지나치게 산문적인 느낌을 주는 것은 유감스러운 일이다. 그러나 위에서 말한 바와 같이 참다운 사실성은 상상력의 날카로운 포착작용이 없이는 불가능하다. 또 이것이 작용하는 한 사실적 관찰은 사물의 복합성을 섬세하게 가려내는 일을 해낸다. 최승호 씨의 시의 경우에도 얼핏 보아 느껴지는 평면성에도 불구하고 우리의 상황 일반에 대하여 상당히 다양한 식별을 하고 있음을 우리는 보게 된다.

위에서 말한 바와 같이, 최승호 씨에게 우리의 상황은 막혀 있고 위축된 것으로, 또 이것은 한마디로 말하여 커다란 기계 속에 얽혀 있는 것으로 요약된다. 그러나 이것은 비유적 파악이다. 물론 그의 시에는 우리 상황에 대한 보다 직접적인 이해도 표현되어 있다. 〈상황판단〉에서 그는 우리 시대를,

굵직한
의무의
간섭의

통제의
밧줄에 끌려다니는 무거운 발걸음.
기차가 언제 들이닥칠지 모르는
터널 속처럼 불안한 시대…

라고 말한다.

우리 시대는 창고지기, 파출부, 성냥팔이, 매춘, 택시운전, 편물 등을 하며 연명하는 한 가족이,

갈수록 풍랑이 거세어지는 世波 속에
서로 멀리 멀리 멀어지면서
저마다 통나무를 붙들고 버둥거

리는 시대이다.

몇 편의 시에서는 시대는 부조화에 의하여 특징되는 시대로서 파악된다. 〈물 위에 물 아래〉는, '관광객들이 잔잔한 호수를 건너갈 때', '호수를 둘러싼 호텔과 산들의 경관에/ 취하면서 유원지를 향해/ 관광객들이 잔잔한 호수를 건너갈 때', 호수 아래에는 '버려진 태아와 애벌레'와 고양이나 개의 시체와 '신발짝, 깨진 플라스틱통, 비닐조각 따위'와 — 모든 독과 부패의 찌꺼기들이 잠겨 있다는 것을 지적한다. 〈그늘〉은,

성가대가 찬송가를 부를 때
목사님이 설교를 하고 연보주머니가 돌아다닐 때
사랑을 배우며
신자들이 고개 숙여 기도를 할 때에도

다른 한편으로는 궂은 일만 하다가 죽어서 버려지는 시체의 운명이 있음을 말한다.

이러한 시들이 보여주는 부조화와 대조는 단순히 정태적인 대조에 그치는 것이 아니다. 최승호 씨가 취하는 것은 주로 심리적 억압의 관점이다. 그러나 〈사북, 1980년 4월〉은 사북의 폭동을 '노동의 기쁨 모르는/ 어두운 손들'의 반란으로 이해하면서, 이것을 다시 갈등의 분출로 파악한다. 〈매운탕〉은 우리 시대의 모순이 더 광범위하게 오늘날의 인간의 내적 외적 폭력의 소산임을 암시한다. 〈매운탕〉의 중심 부분은 관광지의 아름다움을 다음과 같이 말한다.

> 관광버스를 타고 신나게 도망쳐 와서
> 풍덩
> 강물에 몸을 던지는 피서객들
> 반짝이는 모래톱
> 태양에 말리는 흑갈색 머리
> 강 건너 골짜기의
> 풍경의 아름다움에 숨통이 트이고
> 타조알만 한 자갈들은
> 타조새끼가 알을 깨고 나올 만큼 뜨겁다

그러나 이러한 피서지의 아름다움은 폭력의 한 표현이다. 그것은 '흉기를 품은 건달족에게 능욕당하며/ 버둥거리는 처녀'를 대하는 태도로 잡아먹는 잉어, '뇌 속의 쓸개를/ 독한 소주로 헹구면서/ 얼큰한 매운탕을 한 그릇 해야겠다'고 할 때의 매운탕의 아름다움이다.

그는 시대의 증후를, 더 자주는 상황적 분석보다는 그것이 자아내는 기분의 관찰로써 제시한다. 〈獄卒들〉은 '눈알이 열 개나 달린 옥졸/ 손에 피에 젖은 뿔방망이를 쥔 옥졸/ 그리고 열심히 조서를 꾸미는 옥졸들'이 환기하는 불안감을 그린다. 〈이상한 도시〉는 보통 사람은커녕 도둑까지도 얼씬거리지 않는 얼어붙은 밤을 말한다. 〈짙어지는 밤〉은 오늘의 불안을 전쟁의 불안이라고 하고 여기에서 유래하는 노이로제의 인간들을,

> 항아리처럼 불쑥 다가왔다
> 항아리들처럼 어둠 속으로 사라지는 사람들.
> 붉은 빛 凶器에 지레 눌려
> 꼼짝 않고 가만히 벽에 달라붙어 있는 사람들.

이라 한다.

이런 상황 속에서 사람들은 위축될 수밖에 없다. 그리하여 광부들은 '광물 같은 얼굴'과 '조금씩 굽어가는 등뼈'를 하고 '요일도 없이 돌아'가는 케이블과 같은 힘든 노동과 되풀이의 날을 살고 '아까끼 아까끼예비치' 같은 하급관리는 보이지 않는 상사를 향하여서까지 허리를 굽히는 버릇을 기르면서 산다. 사람들은 '톱니들이 맞물려 돌아가'는 '판박이 삶'(〈生日〉)을 살며,

> 수레에 실려 가는 목각인형들
> 밤이 오고 긴장한
> 고압전선들이 서로 얽혀드는 밤을 향하여
> 걸어가는 발걸음인 줄 알면서
> 성대한 장의행렬처럼 사람들 속

으로 가는 것이다(〈발걸음〉).

그러면 이렇게 온전한 삶을 살지 못하게 하는 것은 무엇인가? 여기에 대한 답은 위에서 비친 대로 억압적 상황이라고 할 수 있지만,

더 정확히 이 억압은 무엇에 대한 억압이고 어떻게 하여 가능하여 지는 것인가? 이미 위에서 지적한 대로 최승호 씨는 시대의 억압이 주로 자연스러운 삶의 충동에 대한 억압이라고 생각한다. 우리는 이미 〈나는 숨을 쉰다〉에서 사람의 목소리가 '쇠의 소리', '관청의 스피커 소리'보다 작아진다는 그의 지적에 언급하였다. 또 〈시궁 쥐〉의 시궁쥐는 활달하게 신장되지 못하는 삶의 상징이란 점도 보았다. 〈甲皮魚〉는 '가짜비늘로 뒤덮인 간판들'에 대하여 '건강한 야만인의 마을'을 말한다. 〈숫소〉는 순치되지 아니한 황소가 마른 백정 앞에 쓰러지는 것을 마른 어조로 적고 있다.

> 숫소가 쿵 하고 드러눕는다.
> 빼빼 마른 백정 앞에서
> 덩치 큰 숫소가 드러눕는다.

〈홈통〉은 유기적 삶의 쇠퇴에 대한 또 하나의 시적인 진술이다. 〈주전자〉에서 보인 것과 같은 즉물적이며 형이상학적인 상상력으로 최승호 씨는 물 내리는 홈통에서 죽어버린 용의 형해를 본다.

> 龍은 정력제
> 山神이 分子들로 변한 만큼
> 인간도 벌거벗겨진 벌건 대낮에
> 죽은 이무기처럼 입을 벌리고
> 서 있는 홈통들을 나는 본다.

이와 같이 그는 홈통에서 용을 보고 용이(동음이어인 茸의 형태로) 정력제가 되고 산신이 산삼의 구성분자가 된 오늘을 생각하는 것이다.

그러나 오늘날이라고 생명의 표현이 완전히 사라진 것은 아니다. 다만 최승호 씨의 눈에 이러한 표현은 불리한 여건 아래서 어렵사리 이루어질 뿐이다. 그렇긴 하나 그는 여러 편의 시에서 여기에 주의한다. 그의 시는 대체로 비시적이라고 해야 되겠지만, 이러한 생명의 표현에 주목하는 시나 구절에서, 그는 드물게 서정적 아름다움에 가까이 간다. 〈여우비〉는 '시간 속에 늙어 온 남자'의 감각을 깨우는 갑작스러운 소나기를 이야기한다. 〈오늘〉은 그의 다른 시들이나 마찬가지로 찌들고 피폐한, 특히 광부의 생활과 광산촌을 소재로 하면서, 그러한 생활의 오늘이 '잿더미에 한 번 더/ 불을 지피는 마음으로 살아가는 오늘'이라고 하지만, 다른 한편으로 석탄에서 '…古代의/ 封印木의 향기'가 남에 주의하고 '코 밑이 까만 배달부의 발걸음에서/ 연자매 돌리는 황소의 걸음을 보고' 탄광촌에도 까치들이 둥우리를 트는 것에 주목한다. 〈깨꽃〉은 광산촌의 피폐한 풍경 속에 핀 깨꽃의 아름다움을 말하며 한편으로는 이것이 '잿더미에 불꽃을/ 피우고 싶은 마음의 불길'을 나타내는 것으로 취하여진다. 또 다른 한편으로는 깨꽃으로 하여 광산촌 자체가 미세하게나마 아름답게 바뀜을 시인은 다음과 같이 말한다.

뚜렷한 거지들이 보이지 않는
누추한 탄광촌
검은 내장을 파헤쳐 올린 광산에
진종일 재가 내리고
황색의 불도저조차 아름답다

다른 몇 편의 시들은 전체적 우울 속에도 일어나는 인간적 아름다움의 일들을 이야기한다. 〈소풍〉은 암기, 도덕, 王, 교과서, 딱딱한 의자, 딱딱한 기율에서 해방된 아이들이 봄소풍 가는 기쁨을 이야기한다. 〈병원 회랑〉은 죽음과 노년과 병, '폐병을 선고받고 시무룩하게/ 계단을 내려가는 늙은 광부, / 더러는 흰쥐처럼 뜯겨지는 실험용 시체들'에도 불구하고 아이들은 명랑한 '펭귄 같은 아이들'로서 귀엽게 이야기된다.

음울한 오늘의 삶을 말하면서도 유기적 생명의 진실에 대한 느낌으로 하여 조용한 서정적 밝음과 사회비판의 예리함을 얻는 대표적인 시는 〈수리공〉과 같은 시이다.

나는 모든 노동이 즐거워졌으면 좋겠다.
기름때와 땀으로 얼룩진 노동의
죽어서는 맛볼 수 없는 노동의 즐거움을
노동의 보람을 배웠으면 좋겠다.

쓰러져서 일어나지 못하는 자전차와 함께
빵구난 튜브와 낡은 페달과
살이 부러진 온갖 바퀴들과 불안한 핸들과 함께
해체된 쇠들의 무덤.

쇠들을 분해하고 결합하다 손가락뼈는
게 같은 손가락뼈는 와르르 분해된다.
삐꺽거리며 낡아가는 뼈의 사슬,
나사가 부족한 영혼,
그리고 더러 제 손을 내려치는 나의 망치여, 간섭이여
나는 모든 노동이 즐거워졌으면 좋겠다.

이러한 시는 대표적으로 진술의 간결성, 이미지의 적절성 또 그 즉물성을 보여준다. '쇠들을 분해하고 결합하다 손가락뼈는/ 게 같은 손가락뼈는 와르르 분해된다'와 같은 구절은 즉물적 느낌을 떠나지 않으면서 영상과 의미를 적절하게 결합하고 있는 좋은 예이다. 그러면서 이 시가 말하는 것은 누구나 알면서도 새로 확인될 필요가 있는 우리의 사회적 삶에 대한 중요한 진실—즉, 사람은 사람다움의 기쁨을 잃지 않는 노동에 종사해야 한다는 진실이다. 이런 시에서 최승호 씨는 그의 객관적 관찰과 사회의식을 시적인 영상 속에 통합하는 능력을 가장 잘 발휘한다.

그러나 대체로 우리는 다시 한 번 그의 시가, 대부분의 독자가 느낄 수 있을 것으로 생각하는 일로, 시적인 흥분과 열도에서 부족하다는 감을 어떻게 할 수 없다. 이것은 〈수리공〉과 같은 경우에도 마찬가지다. 물론, 위에서 누누이 설명하려 한 바와 같이, 이것은 1970년대 이후의 우리의 시의 자연스러운 필요, 또 전체적인 시대적 상황에서 나오는 것이라 할 수 있다. 즉, 객관적 관찰이 우리 시가 필요로 하는 것의 한 요소이며 또 시대가 정열적이고 의지적인 도약을 허용하지 않는다는 말이다. 그러나 시는 삶과 언어에 대한 커다란 정열과 믿음이 없이는 불가능하다. 또 그것을 표현하지 않고 시가 무슨 소용이 있겠는가? 우리가 객관성을 요구한다면 그것은 거기에 머물기를 원하기 때문이 아니라, 그것을 거쳐 나가는 것이 오늘날과 같은 거짓 감정, 거짓 믿음의 세계에서 보다 큰 삶과 시의 고양으로 나아가는 길이기 때문이다. 최승호 씨의 믿음직스러운 출발을 축하하면서, 그가 앞으로 삶의 결여만이 아니라 풍요를 좀더 얘기해 주는 시인으로 발전하였으면 하는 소망을 말해 본다.　(1983)

8

8

세계와
문학의 세계

아름다움은 어떤 한 가지 일을 말한다기보다는 여러 가지 것이 어울려 있는 상태를 말한다. 에머슨(Emerson)은 그의 시 〈낱과 모두〉(Each and All)에서 아름답다는 것의 이러한 본질을 이야기한다.

들에 선 붉은 옷의 광대는
언덕 위의 너를 생각지 않는다.
윗 들녘에 우는 암소는
너의 귀를 위해 울지 않는다.
알프스 험한 고개 넘는 나폴레옹
교회의 종소리 그를 위해 울지 않건만
울려오는 종소리 기쁘게 듣는다.
너는 너의 삶이 이웃 사람에게
어떤 교훈이 되는지 알지 못한다.
낱낱의 것은 모두를 필요로 한다.
따로 있어 아름답고 좋은 것은 없다.
동틀 무렵 참새 한 마리 오리나무 위에

하늘나라 새인 듯 곱게 울기에
저녁 무렵 그 새, 둥우리채 잡아왔다.
새 노래는 같건만 내 마음은 기쁘지 않다.
강과 하늘을 가져오지 않았기 때문에.
새는 내 귀에, 강과 하늘은 내 눈에,
함께 어울려 노래했던 것을
조개 하나 강가에 놓여 있어
밀려드는 물결 비취빛 조개에 진주를 매었다.
조개를 집어든 나에게 바다의 포효는
그 다행한 구조를 신호했다.
해초와 물거품 씻어낸 바다의 이 보석,
집으로 가져왔더니 이제 그것은
초라하고 흉하고 어지러운 물건,
아름다운 바닷가에 두고 온 듯
태양과 모래와 사나운 포효의 바닷가에…

에머슨에 의하면 아름다움은 어떤 사물의 내재적 성질이 아니라 사물 간의 일정한 관계에서 발생하는 사건이다. 그렇다면 어떠한 개체와 환경과의 관계는 순전히 우연적인 것인가? 얼른 생각할 때 이것은 순전히 우발적인 것이고 우리 인간이 갖는 제멋대로의 느낌에 의하여 결정되는 것처럼 보인다. 그러나 우리의 느낌이란 무엇인가? 의식(意識)은 그것 자체로 있는 것이 아니라, 반드시 어떤 사물'의' 의식으로만 있다는 점은 종종 지적되는 사실이지만, 우리의 느낌도 대체로 어떤 사물에 '대한' 느낌으로서 존재하는 것이라고 할 수 있다. 극단적으로 말하면 제멋대로의 느낌이란 존재하지 않는 것이다. 느낌은 사람이 세계에 대하여 있는 한 방식이다. 우리가 아름다움을 느낀다면 그것은 한편으로 세계 자체가 그러한 느낌을 가능하게 하는 사건의 연관관계를 가지고 있으며, 다른 한편으로, 이러한 연관관계의 인지(認知) 내지 구성에 우리의 느낌이 참여하고 있기 때문이다. 심미적 관점에서 볼 때, 가장 그럴싸한 형이상학은 세계가 서로 거울처럼 마주 비치면서 변화하는 사건들과 사건으로 이루어졌다는 견해이다. 이러한 비침의 관계가 하나의 감정으로서 드러난다고 생각될 수 있다.

우리의 느낌이 사물의 실상에 대응한다고 하여도 그것은 단순히 수동적 기록작용일 수는 없다. 화가가 어떤 색깔의 결합을 찾을 때, 시인이 꼭 맞는 시구(詩句)를 발견할 때, 거기에는 긴장감 또 고양감(高揚感)이 있다. 더 적절하게 말하여 이 긴장감이 예술가로 하여금 색채나 언어의 꼭 맞는 결합을 신호해 준다. 말하자면 주관의 작용과 세계의 사건이 외적으로가 아니라 내적으로 맞아들어 가는 것이다. 이런 뜻에서 다음과 같은 풍경묘사는 위에서 인용한 에머슨의 사례보다 더 실감 있는 묘사라고 하겠다.

1832년 10월 16일 나는 오늘 아침 로마의 자니쿨레 언덕, 몬토리오의 생 피에트로에 갔다. 태양이 찬란한 날이었다. 가벼운 씨로코의 바람이 알바노의 산위로 흰 조각구름을 떠가게 했다. 감미로운 열기가 공기를 채우고 있었다. 나는 살아있다는 것이 행복했다. 40리 저쪽에 있는 프라스카티와 카스텔 곤돌프를 똑똑히 알아볼 수 있었다. 그리고 도미니캥 드 쥐디트의 아름다운 벽화가 있는 알도브란디의 별장….

언덕 위에서 밝은 시계(視界)는 지평선을 향하여 열린다. 때는 아침 — 아침의 한순간은 트이는 지평의 풍경 속에서 로마의 역사적 과거로 연결된다. 그리하여 언덕 위에 멈추어 선 삶의 한순간은 공간과 시간의 한복판에 편안히 깃들어 있는 듯하다. 이러한 평화를 강조하듯 공기는 감미로운 열기로서 전공간에 하나의 체온을 부여한다. 또 마치 전풍경 속에 흐르는 숨결인 양 바람이 가볍게 분다. 여기에서 언덕 위의 조망자는 참으로 "살아있다는 것이 행복했다"고 말할 수 있다.

위에 본 풍경 묘사가 스탕달의 자서전 《앙리 브륄라르》의 서두라는 것을 생각하면 이 행복의 의미는 더욱 깊어진다. 이 서두는 한 생애를 돌이켜보는 작업 전체에 행복의 조화감을 부여한다. 또는 거꾸로 아직 분명해지지 아니한 회고의 계획은 생 피에트로의 아침에 조화를 부여한다고 말할 수도 있다.

행복을 통하여 우리는 세계에 거주한다. 어느 때에나 사람이 세계 안에 있음은 사실이나 삶의 걱정과 혼란 속에서 세계로부터의 소외는 우리의 평상적 기분이 된다. 잔걱정은 삶의 전경(前景)을 차지하고 세계는 무관심의 잿빛 속에 상실된다. 그러나 행복을 통해서, 우리의 삶이 농부가 들과 골짜기의 한복판에 있듯이, 언제나 세계의 말없는 둘러쌈 속에 있음을 새삼스럽게 깨닫게 된다. 또는 우리의 삶이 그것을 둘러싸고 있는 세계 안에 있음을 문득 깨달을 때 우리는 까닭 없는 행복감을 가지게 된다. 이렇게 볼 때 행복감은 아름다움의 경험과 크게 다르지 않는 것으로 생각된다. 적어도 아름다움은 행복의 약속으로 생각될 수 있다.

하여튼 아름다움을 행복으로써 파악하는 것은 에머슨의 시에서처럼 주로 시각적인 또는 공간적인 병치(竝置)로써 이를 해석하려는 것보다 우리 경험의 실상에 가까운 것 같다. 행복은 위에서도 말했듯이 적어도 우리 주관적 작용의 항진(亢進)과 사물의 합치를 직접적으로 신호해 준다. 이것은 일단 대응의 관계로 볼 수 있으나 우리의 내적 작용과 외적 사건은 하나의 과정의 두 면에 불과하다는 것이 타당할는지 모른다.

지각(知覺) 과정이 단순한 수동적 과정이 아니고 적극적 구성작용이라는 것은 심리학자들이 강조하는 사실이다. 플라톤이 《티마이오스》에서, 우리가 사물을 볼 때 사람의 몸을 덮는 엷은 열기가 눈에서 빠져나가서 부드럽고 진한 빛의 흐름을 이룬다고 말한 것은 그렇게 틀린 관찰이 아니다. 아름다움의 지각은 이런 정상적인 지각 작용의 고양(高揚)에 불과하다.

그러나 아름다움은 단순히 지각에 있어서 사람과 사물의 공시적(共時的) 작용 이상의 것으로 생각될 수 있다. 하이데거는 예술작품의 아름다움, 그가 즐겨 쓰는 말을 써서, 예술작품의 진실은 인간 존재가 세계에 관계되는 근본방식에서 정당화된다고 말한다. 비록 우리가 그의 어려운 철학적 사고를 깊이 쫓아가지 않더라도 그가 《예술작품의 기원》에서 반 고흐의 그림을 예로 들면서 우리의 삶의 전체가 어떻게 우리의 미적(美的) 대상의 인식에 관계되는가를 설명하는 부분은 누구나 쉽게 수긍할 수 있는 부분일 것이다. 하이데거는 반 고흐가 그린 구두의 의미를 다음과 같이 설명한다.

낡은 구두의 안쪽이 어둡게 열려 있는 데에서 노동하는 사람의 고단함이 내다보이고 있다. 뻣뻣한 구두의 무거움에는, 거친 바람이 부는 들판, 펀펀하게 뻗은 이랑을 오래도록 거닌 걸음의 끈질김이 있다. 가죽에는 흙의 축축함과 비옥함이 배어 있다. 구두창 밑으로는 땅거미 내릴 무렵의 들길의 외로움이 지난다. 구두에는 땅의 고요한 부름, 익어가는 곡식의 조용한 선물과 겨울 들판의 적막함 속에 있는 알 수 없는 거부가 흔들리고 있다. 이 물건에는 양식의 확실성에 대한 불안과 궁핍을 또 한 번 이겨낸 데 대한 말없는 기쁨과 아기의 태어남에 앞서서의 근심과 어디에나 있는 죽음의 위협에 대한 두려움이 흐르고 있다. 이 물건은 땅의 것이면서 농촌 아낙네의 세계 속에 간직되어 있다.

우리가 별 생각 없이 신는 구두 또는 순전히 도구적 물건으로 취하는 구두에 비해 반 고흐 그림 속의 구두는 한결 분명하게 구두의 여러 연관을 드러낸다. 이 연관은 단순한 기분이나 일시적 행복감 또는 지각의 구성작용에서 보다 적극적 의미에서 인간의 미적(美的) 지각과 세계와의 교섭관계를 드러낸다. 가장 긴밀한 주고받음의 관계는, 한마디로 말하여, 작업의 관계이다. 이 작업은 한쪽으로 인간과 자연 또는 하이데거가 땅이라고 부르는 것과는 근본적 교섭이며 또 다른 한쪽으로는 이 근본적 교섭의 사회와 문화 속에서의 재구성이다. 다시 말하여 이것은 사람의 자연에 대한 관계이며 또 역사적 생존방식이다. 미적 대상은 한 사물의 인간의 대(對)자연, 대(對)역사적 존재방식을 보여준다. 물론 이 존재방식은 우발적인 것이 아니다. 한쪽으로 그것은 하이데거가 다른 저서들에서 이야기하듯이 사람이 세계내의 존재라는 데서 불가피해지는 것이다. 또 인간 존재가 모든 존재에 기본이 되는 것인 한, 사람이 세계내의 존재라는 사실은 세계 자체를 한정한다. 그러니까 반 고흐의 구두에 보이는 바와 같은 사람과 세계의 상호 삼투(滲透)는 단순히 경험적 사건이라기보다는 존재론적 조건이다.

이렇게 심미적 인식은 사물의 구극적 지평에의 회귀를 요구하지만 언제나 이러한 구극적 회귀가 아니더라도 미적 감정의 근본에는 이와 비슷한 세계인식이 놓여 있다고 해야 할 것이다. 우리가 익히 알듯이 비유는 주요한 시적(詩的) 기술의 하나이다. 비유는 하나의 사상(事象)과 다른 사상을 묶어 놓는다. 이것은 일종의 자의적인 놀이 같지만, 두 개의 이미지나 관념이 묶일 수 있는 구극적 근거는 오로지 '사물의 쌍둥이 같은 성질'(미셸 푸코)에 있다. 시적 결합은 사람이 새로운 사물의 조합을 만들고 새로운 도구를 고안하는 작업 속에서 증명된다. 물론 비유의 가치는 어떠한 특정한 사물과 사물의 연계관계에 있다기보다 그러한 연계를 통하여 세계의 전체적 모습이 드러난다는 데 있다. 이 세계는 세속적 평면에서 문화를 가르치기도 한다.

18세기 영시(英詩)의 어떤 구절이 우리에게 갖는 매력의 하나는 그것이 18세기 영국의 전아(典雅)하고 인위적인 문화의 한 스타일을 암시하는 데 있다. 조선시대의 시조(時調)들은 이미저리(imagery)와 관찰의 구조로 볼 때 우리의 시적 기대에 미급한 경우가 많다. 그러나 한 시기에 쓰여진 시들을 한 묶음으로 볼 때 그것은 한 문화, 한 가지 생활의 양식을 드러낸다. 교과서에 너무 자주 선택되어 오히려 손해를 보는 "동창이 밝았느냐 노고지리 우지진다"와 같은 시조도 그 상투성에도 불구하고 조선 중엽의 의식적으로 선택된 한 전원적 삶의 방식을 상기시켜 줌으로서 그 시적인 힘을 유지한다고 할 수 있다.

이것은 한 시대의 시가 한 편의 시를 어떻게 보완할 수 있는가 하는 데 관계되지만 흔히 한 편의 시, 또 한 사람의 시인은 그가 얼마나 한 시대, 한 문화, 한 세계를 비추는가에 의하여 평가된다고 하겠다. 우리가 '프로스트의 세계'와 '서정주의 시세계'를 이야기하는 것은 우연한 일이 아니다. 소설의 경우 '디킨즈의 세계' 또는 '제임스 조이스의 세계'를 이야기할 때 이 세계는 시의 경우보다 문화적 사회적 현실성이 강한 세계를 뜻한다. 영문학에서 작가를 대작가 (Major writer)라거나 소작가(Minor writer)로 구분하는 경우가 있지만 이 구분은 작가의 작품이 하나의 세계를 이루느냐 못 이루느냐에 관계되는 것이라고 말할 수 있다.

예술이 그리는 세계는 어떤 곳인가? 위에서 이미 말했듯이 그것이 우리가 이미 역사적으로 살고 있는 문화와 사회인 것은 사실이지만 그것이 전부라고 말할 수는 없다. 이것은 예술의 본래적 충동에서 볼 때 쉽게 이해할 수 있다. 반 고흐의 구두를 신은 촌부(村

婦)는 본래 땅에 속하는 것인 것을 세계에 간직한다는 것을 우리는 하이데거의 고흐 해설에서 보았다. 같은 글에서 그는 예술이 땅과 세계의 투쟁에서 일어난다고 말하거니와 그것은 사람이 살기에 반드시 쾌적한 곳일 수 없는 지구를 사람이 거주할 수 있는 곳으로 변형시키려는 충동에서 생겨나는 것이 예술이라는 뜻으로 생각할 수 있다.

하여튼 일단 예술의 충동은 삶의 터를 근본적으로 자기 살 만한 곳으로 확인하고자 하는 충동이라고 말할 수 있다. 다시 말하여 사람은 세계에서 스스로의 모습을 확인하고자 한다. 따라서 예술이 그리는 세계는 대부분 사람의 근본적 욕구가 실현될 수 있는 곳으로서의 세계이다. 여기에는 저절로 질서와 행복이 중요한 모티프가 된다. 이러한 세계는 우리에게 고향처럼 익숙하고 편한 곳으로 생각된다. 시인이 이상향을 꿈꿀 때면 그는 세월에 닦여 윤나는 가구들이 있고 모든 것이 사람을 닮고 '부드러운 우리의 타고난 말'이 수런대는 그런 고장을 생각한다. 그곳에서 오래된 가구처럼 사물의 일체가 우리에게 익숙한 것이라면 우리가 생각하는 사람도 가장 친숙한 친구이며 애인이 된다.

예술작품의 형식적 요건 가운데 가장 두드러진 것의 하나가 통일성이라고 할 수 있는데 익숙한 세계의 원리도 이 통일성이다. 어디를 돌아보아도 근본적으로 같은 세계에 있다는 느낌을 보장하는 것이 통일성의 한 역할이다. 그러나 그것이 기계적 획일성이 아님은 분명하다. 우리가 추구하는 통일성은 삶의 장으로서의 세계의 통일성이다. 그것은 살 만한 삶을 가능하게 해주는 한에서만 의미 있는 것이 된다. 그렇다면 우리는 세계의 통일성을 생각하면서 삶의 통일성을 생각하지 않을 수 없다. 대부분의 사람에게 삶의 통일성은 개인적 삶의 통일성이다. 하나의 예술가가 그의 작품에 또는 그것들이 이루는 세계에 통일성을 주는 것은 그의 삶의 스타일에 의하여서이다. 이 스타일이 있는 삶을 개성적 삶이라고 부른다면, 예술작품은 개성적 삶을 통하여 매개되는 사물의 데포르마시옹(déformation)이라고 정의할 수 있다. 이 데포르마시옹의 특이한 방법은 그의 세계의 통일원리가 된다.

그러나 세계의 참뜻은 그것이 개체적 삶을 넘어서는 공동의 장이라는 데 있다. 분명한 것은 여러 사람의 개성적 사람이 우리의 세계를 하나로 통일시켜 주는 원리가 되는 것이 아니라 그것을 조각내고 지리멸렬한 것이 되게 하는 분열의 원리로서 작용한다는 것이다. 세계가 사람과의 관계에서 성립한다고 할 때, 여기에 작용하는 개성적 삶은 우리들 각각의 삶을 포함하면서 동시에 이를 초월할 수 있는 어떤 삶의 형태이다.

우리는 모두 극히 독특한 개인적 삶을 사는 것 같지만 사실은 우리는 시대가 허용하는 가능성의 테두리 안에서만 우리의 삶을 살고 있다. 말하자면 우리의 개체적 삶은 시대가 가진 테마에 대한 변주(變奏)에 불과하다. 그렇다면 시대가 가진 개체적 삶의 가능성의 테두리에 대응하는 하나의 이상적 삶을 생각할 수 있다. 그러면 세계의 주체적 극(極)으로 작용하는 개성은 이 이상적 삶이 된다. 이때의 이상적 삶을 철학적으로는 공동주체성이라고 불러도 좋다. 문학비평에서 소설의 주요 과제의 하나로서 전형적 인물의 창조를 이야기할 때 이 창조 또한 세계의 공동주체성에 대한 탐구에 일치한다고 볼 수 있다.

예술가의 개성의 문제도 이런 각도에서 보아야 한다. 위에서도 말한 바와 같이 우리는 예술가에게서 강한 개성적 삶을 기대한다. 그러나 우리는 다른 한편으로 개성의 괴팍성을 매개로 하여 하나의 세계를 구성하는 사람은 대개 작은 의미에서의 예술가에 불과하다는 것을 알고 있다. 위대한 예술가는 포용성 있는 개성에 의하여 특징 지어진다.

위에서 말한 개성이 개인적인 것이든 보다 보편적인 것이든 우리는 그것이 어떤 정해진 물건처럼 있는 것이 아니라 삶의 과정임을 다시 상기할 필요가 있다. 한 시대나 사회의 전형적 삶을 이야기할 때, 그것은 단순히 주어진 삶의 총화를 나타내는 것이 아니며 오히려 그것은 삶의 가능성으로서 과거로부터 퇴적된 인간형의 총화를 넘어가는 것이다. 소설의 전형적 인물이 대개 혁명적 인물이며 또 비극적 인물이 되는 것은 당연하다. 어떠한 현실도 그 가능성을 그대로 허용하지는 않는다.

이러한 동적(動的) 이해는 전형적 삶의 객체적 극(極)으로서의 세계의 경우에도 적용하여야 한다. 세계는 생성 변화하는 과정으로 생각되어야 한다. 그것은 주체의 삶의 과정과 불가분의 것이다. 사람이 세계 내의 존재라면, 세계 또한 사람 없이는 아무것도 아니라면 세계도 스스로를 실현해 가는 어떤 것이다. 세계의 통일성은 총계가 아니라 전개과정의 동일성, 창조력의 지속성이다. 우리가 익숙한 세계를 이야기하였을 때 우리는 이루어진 문화세계를 말하였다. 그러나 전통적 문화는 부단히 펼쳐지는 세계의 지평에서 그 일부가 될 뿐이다. 그것은 새로운 세계의 전개 속에서 파괴되어야 할 운명에 놓일 때도 있다. 문학은 익숙한 세계를 비친다. 그러나 진정한 의미에서 그 익숙한 세계는 사람의 끊임없이 움직이는 삶의 전개와 동시에 전개되는 세계이다. 여기에서 익숙하다는 것은 인간과 세계의 창조적 전개의 유구함을 말하고 그 창조활동의 끊임없는 행복을 말한다.

문학의 비교연구와
세계문학의 이념

범위와 방법에 대한
서론

안다는 것은 사람이 살아가는 데 필수적인 것이기도 하고, 또 커다란 기쁨의 원천이기도 하다. 이 앎은 넓고 정치(精緻)할수록 좋은 것이겠지만 사람이 살아가는 데에는 앎을 얻어가는 것 외에도 중요한 해야 할 일들이 있고 또 이러나저러나 제한된 능력과 시간으로 하여 앎에서도 사람이 무한히 욕심을 부릴 수 없는 일이다. 따라서 우리의 앎은 우리가 살고 있는 고장에 한정되고 또 학문의 영역에서도 한두 개의 분야에 한정될 도리밖에 없다. 그러나 역설적인 것은 무엇을 안다는 것은 그것을 다른 것과 비교해서 또는 나아가 관련된 상황의 전체적 테두리 속에서 안다는 것을 뜻한다. 이것은 바람직한 일일 뿐만 아니라 반드시 필요한 일이다. 의식적이거나 무의식적이거나 이것과 저것을 견주어 봄 없이는 앎의 작용 그 자체가 성립될 수 없는 것일 것이다.

문학의 경우, 비교문학이라는 학문이 있지만, 이것은 학문 자체의 미숙성 때문이든지 또는 다른 이유에서든지 한쪽으로는 매우 오묘한, 보통 사람이 알기 어려운 고급 학문처럼도 생각되고 다른 한편으로는, 공연히 자자분한 사항을 어렵게 다루면서 별 중요한 결론이나 통찰에 이르지 못하는 불모의 노닥거림처럼도 생각된다. 그런데 위에서 말한 것처럼 어떤 의미에서든지 비교적 관점이 없는 인식작용은 생각하기 어려운 일이므로 사실상 모든 문학의 연구에도 비교문학적 조작이 이미 개입된 것이라 할 수 있다. 어떤 의미에서 비교문학은 이런 비교적 관점을 좀더 분명하게 의식화하는 작업을 의미한다고 할 수 있다. 문제는 이 비교가 어떻게 이루어지느냐 하는 것이다.

기초적인 이야기이지만, 무슨 일에서나 일의 질서를 잡아주는 것은 일의 목표이다. 목표를 잊지 않고 그 의미를 끊임없이 생각하고 그것과 수단과의 상호 정합(整合)관계를 생각하고 하는 작업이 우리의 일이 광증(狂症)이나 부패에 떨어지는 것을 방지해 준다. 문학의 비교연구에서도 잊지 말아야 할 것은 그 목적이다. 비교는 한편으로는 한 나라의 문학 — 우리의 경우라면 한국문학이 되겠는데 — 한 나라의 문학의 본질적 문제, 즉 그 나라의 정신생활과 행복한 사회의 역사적 전개의 해명에 관계되는 한도에서 의의가 있는 것일 것이다. 다른 한편으로, 비교는 그것이 민족이나 국민 문학을 넘어선 문학의 근본적 양상의 어떤 부분을 해명해 주는 한도에서 의의를 갖는 것일 것이다. 이 문학의 근본적 양상이란 단순히 지적 의미에서만의 인식을 지칭하는 것이 아니다. 그 과정이 어떤 것이 되든지 간에 세계가 하나의 공동체를 이루어가는 것이라고 할 때, 이것이 정의롭고 화합적인 것이어야 한다는 것은 당연한 요청이고 이러한 공동체화의 과정 속에서 문학도 맡을 수 있는 바가 있을 것이라는 것은 당연히 생각할 수 있을 일이다. 문학의 비교연구가 할 수 있는 일은 쓰여지고 있는 문학을 이러한 큰 원근법에서 바라볼 수 있게 하는 문학이념의 수립이다. 이러한 문학연구의 목적들이 늘

우리 연구의 직접적 대상이 되어야 한다는 것은 아니나, 목적의식
은 우리의 연구에 간접적으로나마 선택의 기준을 제공할 것이다.

그런데 문학의 비교적 연구에서 이러한 목표들은 연구방법의 수
립에도 중요한 몫을 담당한다. 어떠한 것의 비교든지 그것은 하나
의 공통된 바탕 위에서만 이루어질 수 있다. 이러한 공통된 바탕을
이루는 것은 세계문학의 이념이다. 이 바탕 위에서 어떤 문학현상
이 어떠한 의미를 갖는가를 생각해 볼 수 있다. 물론 여기에는 순환
논법이 들어 있다. 부분적 문화현상의 연구는 민족사나 세계사의
커다란 모습을 밝히는 데 기여하고 또 거꾸로 이러한 큰 모습의 바
탕 위에서만 부분적 현상의 해명이 가능하다는 말이 위의 명제의
뜻이기 때문이다. 그러나 이러한 해명의 과정은 반드시 논리적으로
엄격한 연쇄를 이루는 것이 아니다. 여기의 순환은 해석학자들이
'해석의 맴돌이'(hermeneutic circle)이라고 부르는 것으로서 끊임없이
맴을 돌면서 한층 높은 단계로 나아가는 나선형의 순환이다.

궁극적으로 문학의 비교연구에서, 목표로서 또는 방법으로서 중
요한 것은 비록 결정적 형태의 것은 아닐망정, 일종의 세계문학의
이론이다. 이 이론은 문학의 본질, 형태, 기능 등에 대하여 어떤 보
편적 이해를 포함하는 것인데, 이 보편성은 적어도 표면적으로는
형식적 일관성을 그 주요 원리로 하는 이상적 사고에 의하여 도달
되는 것으로 보인다. 그러나 말할 것도 없이 어떠한 보편론도 경험
적 자료 없이 형식적 일반론으로 성립할 수는 없는 일이다. 유감스
러운 것은 많은 보편이론의 경험적 근거를 필자나 독자가 잊어버리
는 수가 많다는 것이다.

현대에 와서 서양은 군사, 정치, 경제적 면에서와 마찬가지로,
문화면에서도 세계에 군림하는 세력이 되어왔다. 문학에서도, 문학
의 근본에 관한 이론은 대체로 서양의 것이 풍미(風靡)하는 것이 오

늘의 실정이다. 우리가 이러한 이론을 읽고 이것에 기초하여 서양
문학을 보고 또 동양문학을 볼 때, 우리의 시각에는 상당한 왜곡이
일어날 수 있다. 기억하여야 할 것은 서양의 이론은 서양문학, 그
것도 대부분의 경우 어떤 특정한 지역이나 시기의 문학의 체험에
근거한 것이라는 사실이다. 가령 서양문학의 이론 가운데 가장 중
요한 저술이라고 할 수 있는 아리스토텔레스의 《시학》은 아리스토
텔레스의 시대까지의 희랍 고전비극의 체험에 기초해 있다. 또는
심하게 이야기하면, 이것은 거의 한 개의 작품, 즉 소포클레스의
《오이디푸스왕》에 기초해 있다고 말할 수도 있다. 여기에 추가하
여 또 고려할 것은 말할 것도 없이 아리스토텔레스 자신의 관점이
다. 그의 개인적 편견 또는 시대적 제약으로 하여, 그가 전시대에
전성했던 비극을 바르게 이해할 만한 입장에 있지 않았다는 점은
더러 지적되는 사실이지만, 이것은 반드시 부당한 지적이라고만은
할 수 없는 것이다. 그렇다고 아리스토텔레스나 기타 다른 이론가
들의 이론이 보편성을 갖지 않는 것이라는 말은 아니다.

어떻게 특정한 문학적 범례에서 출발하여, 이러한 범례의 일반화
만이 아님 보편적 이념, 일종의 본질 직관에 이르게 되는가 하는 문
제는 학문 방법론에서 흥미 있는 고려대상이 될 수 있을 것이다. 그
런데 여기에서 말하고자 하는 것은 어떤 문학이론이라도, 특히 우
리가 영향받기 쉬운 서양의 문학이론의 경우, 진정한 보편성을 지
니고 있다고 볼 만한 이론은 드물다는 점이다. 물론 뛰어난 이론들
의 보편타당성을 전적으로 부정하자는 것은 아니다. 위에서도 비쳤
듯이 반드시 통계적인 의미에서 모든 사례를 망라하지 않더라도,
어떤 한정된 예로부터 출발하여 보편적 이념에 이르는 방법이 있을
수 있다는 것을 우리는 부정할 수 없다. 또 어떤 이론이 보편성의
명성을 누린다는 것은 그것대로 역사적 이유가 있는 것으로 보아야

한다. 역사의 보편성은 모든 경험적 사항의 총계나 일반화보다는 역사에서의 전위적이고 동적인 부분에 의하여 대표된다고 말할 수 있다.

오늘날의 세계사에서 좋은 의미에서든 나쁜 의미에서든 가장 중요한 동적 요인이 되어온 것은 서양의 팽창세력이었다. 서양학문의 이론들은 이러한 팽창적 세력의 일부로서 이론적 우위에 서고 보편성을 얻어온 것이다. 그러나 보편화의 힘이 통계적 전체와 일치되지 않는 한 그것은 진정한 보편성이 될 수도 없고 또 세계의 실상에 많은 왜곡을 가져오기 마련이다. 그리고 세계사의 진전에서 오늘날의 보편화의 동력은 늘 내일의 힘에 의하여 도전받으며 또 그것에 의하여 대체된다. 하여튼 세계사의 과정에 대해서 우리가 어떠한 입론을 하든지 간에 여기에서의 요점은 서양이론의 우위성이 반드시 진정한 보편적 이론일 수는 없고 따라서 우리의 문학현실에 적용될 수는 없다는 점이다.

우리 문학을 설명할 수 있는 이론은 말할 것도 없이 우리 문학의 현실에서 나와야 한다. 그러면서도 이것은 세계문학의 이론과의 관련 속에서 이루어질 수밖에 없을 것이다. 그것은 이미 우리의 현실이 세계적 현실의 일부가 되어 있으며, 또 문학적 사고를 포함하여 어떠한 사고도 보편성의 원리를 떠나서 성립될 수 없고, 그러니만큼 다른 이론들의 보편성에의 발돋움과 경쟁하지 않고는 어떠한 이론도 그 설득력을 유지할 수 없을 것이기 때문이다. 그러면 우리 문학의 연구에 또 문학의 보편적 본질과 형태와 기능에 대하여 생각하고자 할 때, 바탕이 될 수 있는 이론은 어떤 것일까? 이 자리에서 할 수 있는 것은 그 고려의 영역을 주워섬기는 일 정도이다.

문학에 관한 보편적 이론에 이르는 방법의 하나는 간단히 말하여 모든 사회에서 모든 형태의 문학현상을 종합적으로 고찰하는 것이다. 말하자면 문학의 인류학과 같은 것을 겨냥하는 것이다. 이것은 매우 거창한 요구이면서 하나의 한계이념으로서 생각은 해두어야 할 요구이다. 이 요구의 관점에서 볼 때, 선뜻 생각하게 되는 것은 문학적 표현이 그 당초에는 문자에 의한 표현에 한정될 수 없다는 사실이다. 문학의 인류학은 문자 이전의 문학형태에 주의하여야 한다. 이것은 원시사회에서의 문학적 또는 예술적 양식의 고찰에서 출발할 수 있겠는데, 문자 전통을 가진 사회, 문자를 통한 문학형태가 활발한 사회에서도 문자 이전의 기층 또는 원시적 기층은 계속 잔류한다고 해야 할 것이다. 원시적 문학 표현을 성찰의 대상으로 삼는 데에서 오는 이점은 분명하다. 문자로 표현된 문학에 한정하여 우리의 사고를 진전시킬 때, 우리는 인간의 삶에서의 중요한 예술충동을 간과하게 될 것이다.

원시예술 표현의 특징의 하나는 그것이 사회의 다른 활동이나 기능으로부터 미분화의 상태에 있다는 점이다. 그럼으로 하여 한편으로 원시예술에서 예술이 삶의 다른 부분에 대하여 갖는 기능과 의의는 보다 쉽게 총체적으로 파악될 수 있다. 그러나 다른 한편으로 이것은 대상의 작은 규모와 조화된 상태를 지칭하는 것이지, 반드시 지적 작업을 쉽게 하는 것만은 아니다. 왜냐하면 미분화된 전체에서 부분을 분명하게 갈라내어 식별하고 그것의 다른 부분과의 어울림을 알아낸다는 일 자체가 어려운 일이 되기 때문이다. 가령 원시사회의 어떠한 활동을 특히 예술활동이라고 부를 것인가? 종교와 마술과 의식 그리고 일상생활이 한데 어울려 있는 바탕에서 예술만을 가려낸다는 것은 쉬운 일이 아닌 것이다. 이러한 관찰은 자명하고 별 쓸모없는 것이라고 할는지 모른다.

그렇다면 가령 우리의 전통적 예술양식으로서의 가면극(假面劇)과 같은 것을 보자. 이것은 문자 이전의 원시 공동체의 예술표현이라고 할 수는 없으나 또는 바로 그렇기 때문에, 원시예술의 공동체와의 관련이 매우 중요한 시사를 던져줄 수 있을 것이다. 가령 가면극은 어디에서 시작하여 어디에서 끝난다고 해야 할 것인가? 등장인물이 들어서고 이야기가 전개되는 시점에서 그것은 시작하는 것인가? 가면극의 준비를 시작하는 부락민의 활동도 가면극의 일부로 보아야 할 것인가? 분명 이러한 원시적 형태의 극을 현대극의 관점에서 하나의 독립적 예술형식으로 보고 또 거기에 현대연극의 평가기준을 적용하는 것은 잘못일 것이다. 가면극의 비판정신은 자주 이야기되는 것이지만 그것이 오늘날의 비판정신과 같은 것일까? 그것이 표현하는 갈등을 현대사회의 계급적 갈등과 같은 종류의 것으로 볼 수 있을 것인가? 보다 긴밀한 유대감 속에 묶여 있는 사회에서의 갈등의 표현방식을 비교적으로 이해하는 일은 이러한 질문을 풀어나가는 데 빼놓을 수 없는 일일 것이다. 이미 부락공동체적 사회질서가 상실된 오늘 이러한 관련에 대한 이해는 원시예술의 기능에 대한 비교 연구에 의해서 크게 증진될 것이다.

구비(口碑)문학의 대부분은 적어도 지금 남은 형태로서는 완전히 공동체적 생활 속에 흡수된 원시적 예술 표현양식이라고 할 수 없다. 그중에는 현대적 감성의 관점에서 고도의 세련에 이른 것들도 있지만, 구비문학은 역시 민중적·공동체적 특징 또는 적어도 문자가 아니라 말에 의하여 전수되고 전달된다는 특징을 가지고 있다. 이것은 독자가 아니라 공동체 내의 청중을 상대로 하는 공연을 통해서 비로소 구체화되는 까닭에 즉흥적·공식적·상투적인 요소를 강하게 띠기 마련인데, 이러한 요소들이 연쇄매체를 통한 예술표현에 해당될 심미적 기준에 의하여 평가될 수는 없는 것이다. 가령 판소리를 소설에 따르는 기대와 기준을 가지고 본다면 그 결과는 전혀 그 본질을 놓치는 것이 되고 말 것이다. 이것은 소설을 판소리의 기준으로 이해하려고 하는 경우도 마찬가지다. 판소리나 소설은 각각의 장르의 고유한 이념에 비추어 이야기되어야 한다.

대체로 구송(口誦)을 근원으로 한 예술 내지 문학의 표현은 그것 나름으로 연구되어야 할 것이나, 여기에는 비교연구가 필수적인 것이 아닌가 한다. 오늘날의 세계에서 살아 있는 구송문학은 대개 자취를 감추어버린 것으로 보인다. 구송문학이 전제하던 여러 기대나 기준은 역사적 자료 또는 살아있는 구송의 전통이 있으면 그러한 전통의 비교연구를 통하여 재구성될 수 있을 것이다. 이러한 재구성 없이는 작품 자체도 제대로 이해 또는 평가될 수 없을 것이다. 가령 우리의 판소리의 경우 그것은 《삼국지연의》나 《수호지》를 비롯한 중국의 구송문학과의 비교에서 해명되는 바가 많을 것이다. 더 나아가서 그것은 오늘날에도 조금은 살아남았다고 하는 중앙아시아 지방이나 유고슬라비아의 서사문학에도 비교될 수 있을 것이고, 세계 서사문학의 고전이 되어 있는 호머 작품의 여러 조건과도 비교될 수 있을 것이다.

오랜 문학전통을 가진 나라에서의 서로 다른 문학형식, 본질이해, 기능, 다른 인간활동의 다른 분야의 관계를 비교 연구하는 것이 중요함은 새삼스럽게 말할 필요도 없다. 우리에게 가장 중요한 것은 우리 문학의 전통이며, 또 적어도 사대부(士大夫)의 문학에서 그 바탕이 되어 있는 중국문학의 전통이다.

다른 문학전통의 경우도 그렇지만 중국문학 또는 동양문학의 전통도 우리가 우리의 현실을 이해하고 문학의 본질을 이해하는 데 새삼스럽게 공부하여야 할 분야이다. 이 전통의 유산은 알게 모르게 우리 가운데 남아 있으면서 또 우리에게 전혀 낯선 것이 되어버리기도 하였다. 가령 오늘날 우리가 문학이라고 하면 그 중요한 부분으로 또는 가장 중요한 부분으로 소설과 희곡을 칠 것이다.

그러나 동양문학의 전통에서 소설과 희곡은 현대 이전에는 본격적 문학 장르로 생각되지 아니하였다. 그런가 하면 문학이 시(詩)에 한정되는 것도 아니었다. 그것은 시 이외에 요즘 같은 극히 실용적 목적을 가진 글들이라 할 논설류의 산문도 포함하였다. 이러한 문학의 장르에 대한 이해의 차이는 문학의 근본에 대한 인식의 차이를 반영한다. 오늘날 우리가 가지고 있는바, 문학이란 주로 상상력의 소산이란 생각 같은 것도 전통적 문학관에서 볼 때는 반드시 보편타당한 개념이 아닐는지 모른다.

문학의 본질이나 존재양식에 관한 물음 이외에 문학가의 사회적 기능에 대해여도 우리는 전통사회에서의 그것과 오늘날의 그것을 비교하여 많은 것을 배울 수 있다. 가령 행정관리의 채용에 전통적으로 시 문학이 포함되었다는 것은 그러한 제도를 채택한 정치체제에 대해서나 또는 문학 자체의 내용과 형식에 대하여 어떤 의미를 갖는 것일까? 이러한 질문은 흥미롭고 중요한 질문이다. 그것은 그 반대처럼 보이는 오늘의 형편을 — 또 이것은 서양의 근대문학의 형편이지만 — 이해하는 데 크게 시사하는 바가 있을 것이다.

말할 것도 없이 오늘날 모든 문학의 경쟁적 진출에서 절대적 위치를 점하는 것처럼 보이는 것은 다시 말해 서양문학과 그 이론이다. 그리고 이것은 우리나라에서도 단순한 호기심의 대상 또는 대상적으로 연구되는 이질전통의 문화유산이 아니라, 우리 사고의 주체적 형성에 그대로 작용하는 문학체험의 주된 부분이 되고 있다. 따라서 문학의 비교연구 또는 문학의 일반적·보편적 연구에서 서양문학과 문학의 이론이 크게 부상하게 되는 것은 불가피하다. 그런데 서양문학이 어찌하여 오늘날 그러한 우위를 점하게 되었나에 대하여 깊은 반성을 할 필요가 있다. 여기에는 서구문화의 본래적 보편성 지향이 그 한 요인이 되는 것일 것이다. 그러나 동시에 서구의 정치적 우위가 여기에 크게 작용하는 것도 무시할 수 없다. 이것은 직접적 강압으로도 작용하지만 오늘의 세계의 현실을 서구적인 것으로 바꾸어 놓음으로써 비서구권 사람들로 하여금 서양문학에서 자기들 자신의 체험을 발견하게 하는 — 간접적 형태로 작용하는 것이라고 할 수도 있다. 서양문학이 반드시 인류 일반에 대한 보편적 호소력을 갖는 것이 아니라 세계의 현실을 서구적인 것으로 바꾸어 놓음으로써 서구의 문학적 표현으로 하여금 보편적 문학표현이 되게 하는 점이 있다는 말이다. 그러나 서구의 세계사적 역할이 물리적 힘에만 의지하는 것은 아닐 것이다. 그들의 문화가 어떤 보편성을 띠고 있다면, 그것은 보편성이 보편화의 힘에 의하여 이루어지는 면이 있기 때문이다. 그러나 이 힘이 반드시 진정한 이성적 균형으로서의 보편의 이념과 일치하는 것은 아니다. 서양의 문화는 인류가 사는 데의 한 가지 방책을 대표할 뿐이고 이 방책은 우리의 관점에서 선택된 것이 아니다.

그런데 우리가 지금에 와서 서양문학의 연구를 회피할 수는 없다고 하더라도 모든 서양문학이 한결같은 실체를 이루고 있다고 생각해서는 안 될 것이다. 특히 이론의 면에서 우리가 많이 접하는 서양문학의 이론은 대체로 18세기 말이나 19세기 이후의 문학이론이며, 이것은 다분히 그 시기 이후의 서양문학의 체험에 기초하고 있다. 다시 말하여 우리가 접하는 서양문학과 그 이론은 부르주아문학의 이론이다. 왜냐하면 지금 말한 시기에 문학의 주역을 담당했던 것은 서양의 중산계급이었기 때문이다. 이것은 이 시기의 많은 문학이론이 제한된 적용성밖에 가질 수 없다는 것을 뜻한다. 이 점에서 많은 서양문학과 그 이론은 또 하나의 한계를 가졌다는 것을 우리는 인식하게 된다.

그렇긴 하나 오늘날 많은 나라의 문학이 서양문학의 영향하에 놓여 있는 것은 사실이다. 그리고 이 영향 아래에서 새로운 문학들이 쓰여지고 있는데, 비서양 지역에서 쓰여지는 이러한 문학은 그것 나름으로 별개의 문학영역을 형성하는 것으로 생각된다. 방금 위에서 영향을 말하였지만, 이들 비서양 지역의 문학이 서양의 영향 아래 이루어진 것이라고 해서 반드시 그 아류가 된다는 말은 아니다. 물론 아류가 없는 것은 아니고 또 아류의 지위에 만족하는 문학이 없는 것도 아니다. 위에서 말한 영향은 서양문학을 모방하거나 수입하려는 노력만을 말하는 것이 아니다. 그것은 반발과 비판을 유발한다는 의미에서의 영향도 포함한다. 차라리 우리는 여기에서 서양문학의 영향이 아니라 도전을 말하는 것이 좋을는지 모른다. 어떤 경우든지 간에 서양문학의 존재는 많은 지역에서 무시할 수 없는 것이 되었고, 이들 지역의 문학은 부정이든 비판적 수용이든 모방이든 그 도전에 응답하지 않을 수 없게 되었다.

물론 여기에서 문제되는 것은 문학의 영향이나 도전만이 아니다. 비서양 지역이 면한 것은 무엇보다도 정치나 경제 면에서의 도전이다. 하여튼 좋든 나쁘든 서양이 점유하게 된 여러 면의 우위에 대하여 어떤 형태로든지 반응하면서 쓰이는 새로운 문학을 하나의 단위로 생각할 수 있는 것은 사실이다. 이것을 우리는 이른바 제3세계의 문학이라고 불러도 좋다. 우리는 구비문학도 아니며 전통문학도 아니며 서양문학도 아닌 제3의 문학에 대하여 무관심할 수 없다. 비록 우리의 과거가 다른 제3세계 국가들과 다른 종류의 전통을 가지고 있다고 하더라도 현대의 국제관계 속에서 우리는 이 지역에 자리하고 있기 때문이다. 우리는 다른 제3세계 국가의 문학을 비교연구함으로써 우리의 문제를 이해하고 우리가 가진 문학에 대한 직관을 확인하는 작업을 보다 쉽게 할 수 있을 것이다. 뿐만 아니라 한국이나 다른 나라의 문학인들이 다른 각도에서 이 문제를 접근하면서 이미 주장한 바 있듯이, 제3세계의 문학이야말로 인류의 다양한 문학유산을 종합하여 인류 역사의 지평에 새로이 등장하는 세력으로서, 세계문학의 보다 높은 보편적 이념의 담당자가 될 수 있는 소지도 가지고 있는 것이다.

위에서 말한 문학의 비교연구 또는 세계문학 이념에 대한 탐구가 한 번에 한두 사람에 의하여 이루어질 수 있는 것은 아니다. 이것은 여러 사람의 연구의 누적과 협동작업을 통하여 점차로 이루어질 것이다. 그러나 오늘날 어떤 특정한 사람이 어떤 특정한 문제를 연구하는 경우도 위에 말한 문제들의 지평을 마음에 두는 것은 의의 있는 일이라고 말할 수 있다. (1979)

문화공동체의
창조

세종문화회관은 지난 18년간 한국사회의 변화발전에서 하나의 문화적 표적으로 생각될 수 있을 것이다. 무수한 서울의 추한 건물들 가운데, 그래도 그것은 볼 만한 것인 데다가, 음악과 연극을 위하여 지어진 것이다. 국립극장에 이어 세종회관에 이르러 대한민국은 드디어 문화적 발전의 필요성을 그 의식 속에 받아들인 것처럼 보인다.

물론 세종문화회관 그것이 그대로 중요한 것은 아니다. 그것은 상징적 의미를 갖는다. 문화의 외적 징표로서 가장 두드러진 것은 건축물이다. 로마의 역사에 대하여 아무것도 모르는 사람도 오늘날의 로마 유적에 압도된다. 중국의 만리장성도 단순한 경이를 불러일으킬 수 있는 건조물의 한 예로 들 수 있다. 앙코르 와트는 밀림 속에 남은 건축물 이외에 후세에 남긴 것이 없지만은, 사람들은 거기에 상당한 문화가 있었을 것임을 의심하지 않는다. 건축물은 누구에게나 분명하게 인식될 수 있는 시각적 대상이다. 보아진 것에서 인상적인 것 —장대한 것, 섬세하게 아름다운 것이 문화의 징표로 간주되는 것이다.

713

이러한 건물은 그 실용성으로 하여 인상적인 것이 아니다. 예술의 실용성을 지나치게 강조하는 사람들의 도덕적 분노에도 불구하고 보아지는 건축물의 아름다움은 순전히 보아진다는 사실로서 일단은 규정된다. 문화적으로 그럴싸하게 보이는 건축물은 대개 실용적 건축물이 아니다. 물론 실용적 필연 속에 사는 인간으로서, 단순한 예술적 오브제로서의 건조물을 만드는 것도 어려운 일이다. 그리하여 아무리 비실용적인 건조물도 어느 정도의 실용성의 표면을 가지고 있다. 옛날에는 종교적 목적을 가진 건물, 또는 권력의 전시를 위한 건물들이 비실용과 실용을 교묘하게 겸하는 문화적 건조물이었다. 세상이 세속화됨에 따라 종교적 건물은 그 문화적 중요성을 상실하게 되었고 민주화의 진행과 더불어 권력의 전당의 전시적 가치도 감소되었다. 이런 사정으로 오늘날 문화적 쾌감을 주는 가장 대표적인 건축물은 음악의 연주장이나 극장 — 문화의 전당이다. 문화가 있는 나라임을 자랑하는 많은 나라들은 문화 목적을 위하여 중요한 도시의 가장 눈에 띄는 대지를 할애하고 가장 뛰어난 건축가를 고용하고 막대한 예산을 투입한다. 우리나라에서도 세종문화회관과 같은 건물은 한 시대의 문화의 장식으로 등장하였다.

우리가 앞으로의 문화의 발전을 생각하려 할 때, 그것은 쉽게 하나의 상징이 될 수 있다. 즉, 우리가 필요로 하는 것은 서울뿐만 아니라 지방에까지도 더욱 많은 세종문화회관을 세우는 일이라는 생각이 쉽게 일어날 수 있는 것이다. 그것을 그대로 복제하거나, 또는 반드시 그에 비슷한 건축물을 지어야 한다는 말만이 아니다. 세종문화회관이 나타내 주는 음악, 연극, 또는 미술이 더욱 많이 만들어지고 그에 비견할 문학이 씌어져야 한다는 생각들은 모두 비슷한 발상을 가진 것이다. 즉, 그러한 발상 밑에 있는 것은, 문화는 커다란 스케일의 외적 아름다움에 의하여 대표된다는 문화론이다.

그러나 다른 한편으로 세종문화회관 앞을 지나가거나 거기에서 열리는 현란한 외국 저명 연주가나 오페라나 연극에 관해서 들을 때면, 많은 사람들에게 그러한 것이 우리의 삶에 무엇인가 걸맞지 않는 것이라는 느낌이 들게 되는 것이 또한 사실일 것이다. 그것은 그러한 공연 예술들이 우리의 전통으로부터 자라나온 것이 아니라는 사실에서 오는 어색함이기도 하고, 또는 그것이 우리의 깊은 내적 요구에 대한 호응에서 나오는 것이 아니라 일종의 외적 장식, 갖추어 놓는 것이면 다 갖추어 놓자는 벼락 출세자의 소유에 불과하다는 느낌이기도 하다. 또 다른 한편으로 그것은 우리 생활의 형편이 세종문화회관이나 거기에서 공연되는 이국의 예술들을 향유할 만한 것이 못 된다는 도덕적 의식이기도 하다. 예술 향유의 기회가 주어질 수 없는 곳곳의 판자촌의 빈궁과 서울의 일반적인 살벌한 생존상황은 어떠한 거창한 문화적 표현도 가짜의 선, 아름다움이 되게 한다.

이러한 모든 느낌은 소박한 대로 모두 다 문화의 본질에 대한 우리의 직관을 담고 있다. 문화의식의 근본은 삶의 조화에 대한 감각이다. 이 감각에 비추어 볼 때 다수 민중의 빈곤 가운데 서 있는 문화의 기념비, 내면화된 전통이나 절실한 내적인 요구에서 나오지 않는 이식되어 온 외적 장식은 우리에게 사회적 생존의 부조화, 내면과 외면의 괴리로서 느껴진다.

그런데 이 조화에 대한 감각은 단순히 심미적 향수나 안일에 대한 충동을 나타내는 것이 아니다. 그것은 우리의 삶이 있어야 할 근원적인 모습에 대한 직관을 담고 있다. 물론 문화의 영역이 향수의 영역이라고 하는 것이 틀리다는 것은 아니다. 그것은 노래와 춤으로 대표되는 문화는 기쁨의 구역, 고통스러운 노역으로부터 해방된 향수의 구역이다. 일상적 삶이 대개는 필연의 굴레 속에 있다면 문화는 이 굴레가 풀린 자유의 순간을 기념한다. 그렇기는 하나 빈곤의 바다 속에서 문화적 기념비의 고도를 신기루처럼 생각한다면, 그것은 단순히 우리의 도덕적 감수성이 발동하기 때문만이 아니다. 너무나 커다란 필연 속에 만들어지는 자유의 공간이 허상에 불과하다는 느낌을 우리는 떨쳐버리기가 어려운 것이다. 긴박한 생존의 작업을 등한히 하고 달콤한 백일몽에 잠기는 어리석음이 느껴지지 않을 수 없는 것이다.

그러면 문화의 향수는 자유의 왕국에서만 기대할 수 있는가? 한 사회의 삶에서나 한 개인의 삶에서나 삶의 향수와 찬미가 생존의 작업 이후에 있어 마땅하다는 느낌은 원칙적으로 옳은 것이다. 중요한 것은 문화의 기념비를 만드는 것보다 삶의 다른 긴급한 문제들을 풀어가는 것이다. 그러나 문화와 작업의 선후관계는 이렇게 간단히 규정할 수만은 없다. 상식적으로 말하여, 아무리 일이 중하다고 하여도 사람이 일만 하고 전혀 놀지는 않을 때, 그러한 삶이 살 만한 삶이라고 할 수 있을까? 놀이는 일을 위하여도 필요한 것이다. 흔히 휴식, 오락, 레크리에이션이라고 하는 것이 일에 필요한 것이라는 것은 널리 인정되어 있다. 그런데 따지고 보면 일과 놀이, 사회의 중요한 노역과 문화적 향수는 양극으로 대립하여서만 존립하는 것이 아니다.

일이란 무엇인가? 대부분의 경우, 일한다는 것은 우리의 놀고 싶은 충동을 훈련하여 불가피한 생존의 필요에 스스로를 순응시키는 과정이라고 느껴진다. 이것은 일을 괴로운 것으로 보는 것이다. 그러나 말할 것도 없이, 모든 일이 괴로운 것은 아니다. 취미로 하는 일, 깊은 관심이나 심리적 동기에 자극되어 행하는 일이 오히려 우리에게 커다란 보람과 행복을 가져오는 것이 될 수 있음은 새삼스럽게 말할 필요도 없다. 이러한 일은 놀이와 같은 향수를 가능하게 한다. 일과 놀이는 어느 정도는 하나일 수 있는 것이다.

　이것은 어떻게 설명할 수 있을까? 위에서 우리는 사회적·개인적 노역이 생존의 필요에서 나오는 것이고 문화적 향수가 자유의 영역에로의 발돋움에서 오는 것처럼 말하였다. 그런데 자유란 무엇인가? 쉽게 말하여 그것은 우리가 깊은 내적 충동에 따라서 행동할 수 있을 때 가장 단적으로 느껴지는 것이다. 그러나 우리의 깊은 내적 충동은 우리의 삶의 필연성에서 솟구쳐 나오는 것이라 할 수밖에 없다. 철학자들이, 자유를 필연에 일치시키는 것은 궤변이 아니다. 자유는 인간에 의하여 매개되는 필연과 필연의 조화라고 할 수 있다. 다만 이러한 필연은 진정한 내적 필연으로, 개인적으로 인식되고 공동체적으로 확인되어야 한다. 이 필연의 의식에 이르려면 개인은 진정한 자아인식으로 유도되어야 하며 동시에 이 인식은 공동체적 운명에 대한 각성을 포함하여야 한다. 다른 쪽에서 말하면, 공동체적 운명, 사회적 필연은 단순히 개인적 필요를 넘어서는 것이면서도 개체적 실존의 요구를 통합하는 것이라야 한다. 통합작용은 구극적으로는 물질적·제도적 안배 속에 드러나지만, 그러한 안배는 정치과정을 통해서 이루어지고 그 근본적 지침이 되는 것은 문화적으로 주어진다.

　이렇게 볼 때, 문화는 필연 또는 필요의 노역이 끝나는 데에서 그 열매를 향수하는 과정으로서 성립하는 것이 아니라 필연의 작업 속에서도 태어나는 것이다. 그것은 필연과 자유, 일과 놀이가 분간할 수 없게 섞인 곳에 성립한다. 그러다가 그것은 필연의 작업으로부터 해방된 순수한 자유와 향수의 영역으로서의 기념비적 문화, 순전히 문화 그것을 위한 문화를 창조해 낼 수도 있다. 생존의 굴레와 동떨어져 있는 문화적 표현이지만, 이 경우에 순전한 자유와 향수의 영역으로서의 문화는 생존의 필연에 대한 개체적·사회적 인식에 깊이 연결되어 있음으로 하여 가짜로 — 우리의 미적·윤리적 감각에 어렵게 느껴질 수밖에 없는 가짜로 떨어지지 아니할 것이다.

다시 말하여 참다운 문화는 삶의 필연적 작업을 그것으로 인식케 하고 이것을 하나의 조화 속에서 통합하고 다시 그 조화를 높임으로 하여 순수한 자유의 영역을 창조해 내는, 의식적·무의식적 과정이라 정의될 수 있다. 이러한 과정은 개인적 차원에서 또 사회적 차원에서 행해진다. 개인적 차원에서 이루어지는 이러한 통합의 과정 중 가장 두드러진 것을 우리는 교양(敎養)이라 부른다. 그것은 개체적 실존의 현실과 완성의 이상을 목표로 한다. 그러면서 그것은 말할 것도 없이 개체적 완성의 이상 속에 사회적 인간 또는 더욱 일반적으로 보편적 인간의 이념을 포함시킨다. 교양을 통하여 개체는 스스로를 완성하면서, 바로 그 완성을 사회 내지 보편적 이념과의 일치에서 찾는다. 이 일치는 자발적인 것이다. 흔히 생각되듯이, 교양은 문화적 유산에 익숙해질 것을 요구하는데 이러한 유산들의 범례와 암시를 통하여 전통적으로 퇴적된 인간의 현실과 이상에 대한 지혜는 우리 스스로의 것이 된다. 물론 필연의 통합작용은 좀더 직접적인 사회적 훈련의 형태를 띨 수도 있다. 그러나 이때에도 여러 가지 문화적 암시는 그러한 통합작용을 조금 더 조화되고 자유스러운 것이 되게 할 수 있다. 교양에서처럼 필연의 통합작용이 개인적 깨달음의 심화와 더불어 행해지든지, 또는 조금 더 낮은 의식화 수준에서의 사회화 또는 문화화를 통해서 이루어지든지, 핵심이 되는 것은 개체적 사회적 운명의 내적 필연의 인식이다. 이것 없이 모든 문화는 가짜로 떨어져 버리고 만다.

개인적 차원에서 이러한 필연의 인식은, 이미 말한 바와 같이 전통의 인문적 업적과 예술작품과의 사귐에서 더욱 쉽게 얻어지고 더 나아가 그것은 창조적 능력의 발견을 위한 준비가 된다. 사회적 측면에서, 이 필연의 인식은 공동체 의식이다. 이것은 단순한 공동운명에 대한 인식일 수도 있고 또 높은 향수와 자유의 영역을 향하여 공동체의 작업을 수행하는 조금 더 유목적적인 정치의식일 수도 있다. 이러한 의식이 포용하는 공동체는 반드시 일정한 범위의 것일 필요는 없다. 우리의 삶은 여러 가지의 테두리에 의하여 긴밀하게 또는 조금 허술하게 규정된다. 우리의 공동체는 이러한 테두리를 모두 지칭할 수 있다. 오늘날의 세계에서 우리의 삶의 테두리로서 민족이 가장 중요한 공동체가 됨은 새삼스럽게 말할 필요도 없다. 그러나 오늘과 같이 상호의존도, 또는 적어도 상관도가 높은 세계에서, 인류 전체가 민족 공동체의 저편에 또 하나의 공동체적 지평으로 서려 있음을 무시할 수는 없다.

그런데 이러한 커다란 삶의 테두리에 대하여, 문화적으로 가장 중요한 삶의 테두리가 되는 것은 우리가 살고 있는 지역 공동체이다. 보편화된 이념과 정서를 통하여 우리는 인류를 느끼고 긴절(緊切)한 정치적 필연과 원초적 집단감정을 통하여 민족을 느낀다. 그러나 우리에게 모든 현실적이고 일상적인 일과 즐김의 다양한 관계 속에서 중요한 곳은 우리의 고장 또는 우리의 도시이다(이러한 관점에서 볼 때, 어떠한 도시는 도시 공동체로서의 의미를 갖지 못한다고 할 것이다).

사실 모든 문화적 업적은—특히 미술, 건축, 음악과 같은 비언어적 문화의 업적은 공동체의 필요로부터 나올 때 비로소 참다운 것이 된다. 가령 예를 들어 세종문화회관이 서울 시민의 자연스럽고 민주적인 요청에 의하여 건립되고 활용될 때, 그것은 우리 사회의 참다운 기념비가 된다. 그러면 이러한 요청과 이러한 요청에 대한 답변은 어떻게 나올 수 있는가? 시민회관의 건립과 같은 것을 시민투표에 붙이거나 적어도 시의회를 통하여 결정하면, 그것이 시민적 요청에서 건립된 것이라고 할 수 있을까? 문화적 투자에 대한 민주적 결정은 필요하다. 그러나 비록 민주적 절차를 통하여 그러한 요청과 결정이 이루어진다고 하더라도, 그러한 요청은 어떤 바탕 위에서 나올 수 있을까? 이러한 인생의 긴급지사에 대한 감각은 단순히 우리 자신의 궁핍상에서만 나오는 것은 아니다. 대부분의 선량한 시민들은 이러한 감각을 그들의 이웃들의 긴박한 상황에 대한 의식으로부터도 발전시킨다. 수억을 들여서, 이순신 동상을 고쳐 세우자는 논의가 나왔을 때, 또 시청을 새 부지에다 좀더 화려하게 건축하자는 논의가 나왔을 때 그러한 논의의 낭비성을 지적하고 나선 사람들이 많았거니와, 이 사람들이 당장에 그들 스스로의 처지가 지극히 어려웠기 때문에 그러한 반대 의견을 가지고 나왔던 것은 아닐 것이다. 하여튼 그것이 자기 자신의 처지에 대한 인식에서 나왔든, 공동체적 상황에 대한 인식에서 나왔든, 우리의 삶의 질서에 대한 감각은 그것에 어긋나는 낭비적 문화의 지출을 수상스러운 것으로 경계하게 된다.

문화적 요청은 우리의 삶이 살 만한 질서를 이루었을 때 자연스럽게 일어나게 된다. 얼마 전 필자에게 어느 택시 운전사가 한 이야기는 쉬운 우화(寓話)가 될 수 있다. 이 운전사는 최근에 작은 대로 오붓한 살림을 차릴 수 있는 집을 산 모양인데, 집을 산 이후 술도 덜 먹게 되고 집에도 빨리 들어가게 된다는 것이다. 그리고 화단이라도 가꾸고 가구라도 이리저리 옮겨 놓는 취미가 생긴다는 것이다. 이러한 기분은 한 나라의 살림, 한 도시의 살림에도 해당되는 것이다. 반드시 호화로운 것일 필요가 없는 대로, 공동체 생활의 조화로운 질서에 대한 의식에서 저절로 단순한 일상적 안녕 이상의 삶의 충일감을 표현하는 문화에 대한 요청이 일어난다. 다시 말하여, 이러한 요청의 근본 요건으로 최소한도의 생활이 확보되어야 한다는 것은 자명하다. 그러나 반드시 거창한 부의 축적이 필요한 것은 아니다. 비교적 조촐한 행복도 있을 수 있고 호화스러운 부자의 행복도 있을 수는 있다.

그러나 중요한 것은 인간의 내적인 욕구와 사회와 자연과의 조화감이다. 이것은 여러 단계에서 이루어질 수 있다. 그러면서도 사람이 가지고 있는 육체적 정신적 제약으로 하여 어느 규모 이상의 물질적 풍요는 오히려 불행의 원인이 된다. 문화적 충동의 관점에서볼 때 사람은 각 발전단계에 따라서 거기에 알맞은 삶의 질서를 만들어낼 수 있고 또 그 사회가 정체된 것이 아니되게 하기 위해서 보다 높은 단계의 질서를 향하여 나아갈 수 있는 것이다.

문화의 요청은 공동체적 생활공간의 창조—그러면서 될 수 있는 대로 인간적 척도의 범위 안에서 아름다운 생활공간의 창조이다. 이것은 복합적인 정치·사회·경제·문화의 구조물로서만 성립한다. 정치적으로 그것이 민주적이어야 될 것은 말할 것도 없다. 그렇지 않고 어떻게 공동체적 필요가 확인 집약될 수 있는가? 사회적으로 그것은 기능적으로 서로 다르면서 근본적으로 평등한 인간관계를 구현한 것이어야 한다. 평등의 전제 없이 공동체적 필요가 어떻게 자발적으로 사회적 의지로 바뀔 수 있겠는가? 경제나 문화도 사람의 개체적 삶과 공동체적 삶의 필요에 의하여 분명하게 규제되는 것이어야 함은 말할 필요도 없다. 이러한 요건을 갖춘 공동체의 문화공간의 단적인 표현은 우리 도시의 외관에 표현될 것이다. 오늘날 서울이라는 무정형의 도시를 본 사람은 세종문화회관과 같은 건조물이 아름다운 것일 수 없음을 즉각 알 수 있다. 아름다움의 근본은 조화이다. 이 조화는 주변과의 조화이다. 이 주변과의 조화는 단순히 어떤 건물의 환경을 정리하는 것만으로 생기는 것이 아니다. 시민이 스스로의 삶과 삶의 주변에 대하여 가지고 있는 안녕감에 대한 대응물로서, 그리고 이 안녕감을 사회적·정치적 의지로 바꿀 수 있는 개인적이고 협동적인 능력에 대한 대응물로서 도시공간의 아름다움은 생겨나는 것이다.

되풀이하여 말하건대, 문화창조의 기본이 되는 것은 공동체 의식이다(이것은 공동체를 위한 사명의식일 수도 있고 단순히 공동체 안에서의 안녕감일 수도 있다. 구극적으로 중요한 것은 후자일 것이다. 우리의 현대사에서처럼 행복한 거주지로서의 공동체가 존립하기 어려운 때에 전자만이 강조되는 것은 불가피할는지 모른다. 오늘날도 이러한 사정은 크게 바뀌었다고 말하기 어렵다). 이러한 진술의 한 의미는 문화가 공동체 생활의 연장 위에 있다는 것이다. 또 그렇다는 것은 새로운 문화공동체의 창조의 문제는 문화의 문제가 아니라 정치·사회·경제의 문제라는 말이 된다. 우리가 앞으로 참으로 만족할 만한 문화를 만들어내고자 한다면, 사회 성원의 모두는 아닐망정 대다수에게 행복을 약속해 주는 삶의 질서를 만들어내야 한다. 이러한 질서를 만들어내고 다시 이것을 높은 문화적인 세련과 웅장함을 가진 것이 되게 하기 위하여(삶의 가장 높은 긍정과 찬미는 문화적 활동과 표현을 요청하게 마련이다), 우리는 거창한 문화혁명의 계획 아래에서 이런저런 일을 추진할 수도 있을 것이다.

그러나 더 현실적인 것은 오늘날 우리 사회에서 비민주적 요소, 부조화의 요소들을 제거하는 노력을 계속하는 일이다. 그러면서 그러한 노력이 구극적으로 조화된 삶의 구가로서의 공동체적 공간의 창조에 기여하도록 하는 것이다. 우리 사회에서 비민주적·비조화의 요소가 무엇인가는 최근 몇 년 동안 각계각층에서 제시된 과제 속에 일단은 집약적으로 표현되어 온 바 있다. 지금 우리는 정치적 민주화의 준비작업의 와중에 있다. 다만 이것이 피상적 제도가 아니라 생활의 구석구석에 미치는 활력소가 되도록 많은 방면에서 많은 노력이 경주되어야 할 것이다. 소득분배의 문제나 근로자의 문제, 공해산업의 문제, 소비문화의 문제 등도 적극적 의지에 의하여 해결되어야 할 문제들이다. 그런데 여기에서 문화의 관점에서 주의해야 할 것은 이러한 문제들의 해결이 민주 훈련의 한 단계가 되고 또 스스로의 생활공간 내지 문화공간을 창조하는 활력을 풀어 놓는 것이 되어야 한다는 것이다.

가령 근로자의 문제를 보자. 이것은 오늘의 우리 사회의 부정의를, 비문화적 측면을 단적으로 드러내는 문제이다. 이것은 이론적으로는 위에서부터 아래로 또는 아래로부터 위로 어느 쪽으로나 풀어질 수 있는 것일 것이다. 그러나 우리가 참으로 민주적이고 문화적인 사회를 지향한다면, 우리는 근로자 스스로가 그들의 문제를 해결케 하는 방식을 선택해야 할 것이다(실제 그렇게 될 수밖에 없으리라는 것은 별개의 문제이다). 그러한 과정을 통해서 근로자들은 민주적 훈련을 쌓고 보편적 이상을 창조해 내고(한 사회의 보편적 이상은 집단적 투쟁 속에서 만들어진다), 더 나아가 우리 사회 전체의 민주화 내지 보편화에 기여하게 될 것이다. 당국자가 할 수 있는 것은 이러한 민주적 과정의 공간을 허용하고, 또 필요하다면 교육적 편의를 제공하는 일일 것이다. 여기서 교육적 편의란 근로자로 하여금 체제의 일부가 되게 하는 것이 아니라 스스로의 인간됨을 깨닫고 그것을 실천적으로 주장할 수 있게 하는 그런 종류의 것이어야 할 것이다. 다만 이러한 주장은 제도적으로 매개되어야 하는 까닭에, 여기에는 많은 제도적 고안이 필요할 것이다. 근로자 교육은 외국 노동운동의 사례들을 비롯한 제도적 고안의 선례들을 참조할 수 있게 하며 제도적 실험을 권장하는 일을 포함할 것이다.

근로자 문제에 대한 우리의 언급은 다른 분야에서의 자발적 참여적 민주적 각성을 위해서도 적용될 수 있을 것이다. 우리의 문화 관계의 인사들은 이러한 각성의 과정에 참여하면서 모든 논의와 협동이 구국적으로 거기에서 우리들 모두의 삶을 향수하고 찬송할 수 있는 문화공동체를 창조하는 데에서 끝나야 한다는 것을 상기시켜야 할 것이다. (1980)

문학의 동심원적 구조

《김우창 문학선》에 즈음하여   문광훈 *

> … 시적인 세계인식이야말로 세계의 엄숙한 사실성에 근접하는
> 방법이라고 할 수는 없는가?
> ― 김우창, "시와 과학", 〈사이언스 타임즈〉, 2013. 9. 13.

I. 전체 ― 맥락 ― 배치관계

문예론이나 비평서 혹은 철학책을 보면 자주 나오는 개념 가운데 'constellation'(별자리/성좌)이나 'configuration'(배치관계/환경설정) 같은 말이 있다. 그것은 대상의 특성이란, 대상 하나만 고찰하는 데서 나오는 것이 아니라, 마치 밤하늘의 별자리처럼 그것이 놓인 전체 맥락 혹은 구조를 파악할 때 드러난다는 것이다. 이 별자리나 배치관계는 이를테면 언어학에서 말하는 맥락주의(*contextualism*)나 구조주의에서의 구조(*structure*)라는 개념과도 어느 정도 상통한다고 할 수 있다. 맥락주의 역시 한 단어의 의미란 단어 자체가 아니라 그것이 놓인 '문맥' 속에 있다고 보기 때문이다. 그렇듯이 구조주의에서 '구조'는 대상의 의미를 하나의 개별 요소가 아니라 이 요소가 다른 여러 요소들과 맺는 관계나 위치 속에서 파악하려고 한다. 구조주의에서

---

* 충북대 독문과 교수

관계나 체계(system)가 강조되는 것은 그 때문이다.

　대상의 속성을 개별 요소로서가 아니라, 전체 속에서, 다시 말해 그것이 놓인 배치관계와 지형 속에서 파악하려는 시도에도 문제가 없는 것은 물론 아니다. 예를 들어 이 대상이 인간이라고 할 때, 인간의 속성은 전체의 구조로 환원되는 것인가? 이 전체의 구조란, 인간이 사회라는 공동체 속에 사는 한, 사회적 틀이나 제도적 조건을 말한다. 그렇다면 인간은 사회적 제도적 조건의 종속물에 불과한가? 아니면 이 외적 조건에 영향받으면서도 그 나름으로 영향을 주기도 하는가? 그래서 이 조건을 변화시키기도 하는가? 당연히 인간은 일정한 외적 제한 속에서도 이 조건에 적극적으로 반응하고 그와 대결하며, 어떤 경우 이 조건을 능동적으로 개선시키기도 한다. 그는 일정한 자발성과 자유의지, 형성력과 창조력을 가지고 있는 것이다.

　구조주의의 이론적 성취는 대상을 개별적 차원이 아니라 관계적 체계적 차원에서 바라보려 한 사실이었다. 그에 반해 구조주의의 취약점은 구조의 요인을 너무 강조한 나머지 구조 속에서 개별요소가 갖는 자유와 책임과 자발성과 능동성을 외면한 것이었다. 마찬가지로 실존주의는 인간의 자발성과 자기선택의 가능성을 강조한 나머지 구조주의가 보여준 전체적 체계적 요인이나 관점을 등한시했다. 이것은 비평론이나 문예이론에서 흔히 지적된다.

　여기에서 드러나는 사실의 하나는, 구조주의든 실존주의든, 아니면 배치관계나 별자리를 중시하는 다른 문예이론이든, 대상을 전체 맥락 속에 바라보면서도 동시에 이 개별 대상이 갖는 독자성과 자발성을 존중해야 한다는 점이다. 그러니까 우리는 개별 요소의 특수성과 독자성을 존중하면서도 개별 요소를 규정하는 외적 사회적 제도적 역사적 조건을 언제나 함께 고려해야 한다. 중요한 것은 구조 자체가 아니라 구조의 변형가능성이고, 이 변형에서 갖는 인간의 주체적 역할이다. 그러면서 이 역할의 규모는 다시 사회역사적으로 조건지어진다.

그리하여 구조는 굳어있는 구조가 아니라 유연한 구조가 되어야 한다(포스트구조주의가 구조주의에 대한 반성 속에서 '역동적 구조'를 강조하는 것은 그 때문이었다). 여기에서 인간은 단순히 사회와 역사의 주체가 아니라 객체이기도 하다는 것, 그래서 역사를 만들어가는 존재인 것만큼이나 이 역사에, 크고 작은 미지의 요인에 짓눌리는 존재이기도 하다는 생각이 있다. 이른바 인간중심주의 혹은 인본주의 (*humanism*)에 대한 반성도 이렇게 해서 나온다.

그러므로 대상을 올바르게 파악한다는 것은 대상을 개별적 특수적 차원에서뿐만 아니라 이 대상이 놓인 전체 맥락과 구조 아래 파악한다는 뜻이다. 거꾸로 말하면, 대상을 전체 맥락 속에서 바라보되 이 맥락이라는 외적 환경 아래 개별 요소가 어떻게 자리하고 다른 요소들과 어떻게 관계하면서 자신을 만들어 가는가를 고려하는 것이다. 그러니까 개별요소는, 이 요소가 삶이든 인간이든 현실이든, 그 자체로 있으면서 동시에 앞으로 있게 될 혹은 있어야 할 무엇으로 자리한다. 대상은 이미 실현된 무엇으로서가 아니라 아직 실현되지 않은, 그리하여 잠재적이고 가능적인 존재로 있다. 칸트가 대상인식에서 '가능성의 조건들'(*Möglichkeitsbedingungen*)을 자주 말한 것도 대상의 이 잠재적 속성을 고려하기 위함이었다.

왜 가능성의 조건이 필요한가? 왜 대상을 전체맥락 속에서 바라보되 이 맥락 속에서 대상이 갖는 독자성을 동시에 참작하는 것이 절실한가? 왜냐하면 우리가 마주하는 현상은, 삶이든 인간이든, 세계든 자연이든, 거의 언제나 드러나면서 숨어있고 보이면서 보이지 않는 까닭이다. 즉, 인간과 인간을 둘러싼 세계는 복합적이고 다차원적이다. 그러니 삶과 인간과 현실과 세계를 바라보는 우리의 시각 역시, 이것이 오래가거나 설득력 있는 것이 되려면, 복합적이고 다차원적이지 않으면 안 된다. 관점의 유연성과 탄력성에 대한 요구는 이 때문에 나온다. 그러므로 유연하고 탄력적이며 복합적이고 다차원적인 관점의 필요성은 단순히 이론적 사변적 요구가 아니라 일상적 삶이, 인간의 실상이, 우리 사는 현실 자체가 그렇게 복잡하고 다차원적이며 혼돈스럽고 모호하기 때문이다. 세계는 유동하는 모호성의 전체다.

어떤 한 사람의 시각이나 관점이 유연하고 복합적이라면, 이 관점이 체계화된 것은 그의 사유가 될 것이고, 이 사유는 그의 언어를 통해 드러난다. 유연하고 복합적인 관점은 유연하고 복합적인 사유와 언어로 이어진다. 이렇게 유연하고 복합적으로 사고하기 위해서는 감각 자체가 세심하고 풍성하지 않으면 안 된다. 대상에 대한 어떤 경험은 세심하게 느껴지면서(감각의 문제), 이 느낌은 면밀하게 사유될 것이고(사고의 체계문제), 이 체계화된 사고는 언어를 통해 정확하게 표현될 것이다(언어의 문제). 행동과 실천의 문제는 그 다음에 온다. 그러니까 경험과 감각과 사고와 언어와 행동은 서로 동떨어진 별개의 것이 아니라, 매우 긴밀하게 얽혀 있어 동시적으로 작동하는 하나의 메커니즘에 가깝다. 이 메커니즘 속에서 주체는 대상의 드러난 면모(실현태) 속에서 드러나지 않는 면모(잠재태/가능태)를 파악하고자 한다. 그러면서 대상의 전체에 다가서고자 한다. 왜냐하면 현실의 대상은 곳곳에서 균열과 틈새와 불안정을 보이기 때문이다.

결국 대상을 느끼고 이해하고 생각하며 표현한다는 것은 대상을 드러난 것 가운데 드러나지 않은 무엇으로 헤아린다는 뜻이다. 그것은 균열과 틈새와 불안정으로 이뤄진 미지의 타자성을 놓치지 않으려는 노력이다. 그것은 대상의 타자적 전체성을 이 대상이 가진 기능이나 특성 혹은 상호관계에 따라 '주체 나름으로 편성하는' 일이다. 글을 쓴다는 것은 대상에 대한, 대상의 속성에 대한, 대상이 가진 가시적 부분과 비가시적 부분에 대한 주체 자신의 느낌과 생각을 언어로 복합적이면서도 일관되게 편성하는 일이다.

그리하여 표현하는 행위는, 마치 오케스트라의 지휘자가 서로 다른 악기와 이 악기가 빚어내는 다양한 선율을 자기 나름의 해석 속에서 조합하여 하나의 새로운 화음을 만들어 내듯이, 사유의 편성술이다. 이 편성에는, 앞서 언급했듯이, 경험에 대한 감각과 사유와 언어의 독특한 방식이 배어있다. 거장은, 그가 작가든 예술가이든 학자이든, 복잡다단한 세계의 메커니즘을 자기 나름의 풍성하고도 일관된 형태 속에서 전혀 새롭게 편성해낸다. 이렇게 편성되어 나온 형태가 곧 '스타일'(style)이다.

스타일이란 좁은 의미에서는 문체이지만, 큰 의미로는 세계관이고 현실인식이며 인간이해라고 할 수 있다. 스타일에는 이 스타일을 구사하는 사람의 세계인식과 인간이해가 녹아있기 때문이다. 이 스타일은, 이것은 더 중요한 사실인데, 결국 그런 언어와 사유를 구사하는 사람이 살아가는 '삶의 양식'으로 나아가고, 이 양식 안에 배어 있다. 거꾸로 말해 삶의 양식으로 육화되지 않으면, 스타일은, 이 스타일을 이루는 감각이나 언어나 사유는 별 쓸모없다고 말할 수도 있다. 그것은 얕은 의미의 스타일이다. 그래서 그것은 자주 과시나 자랑의 수단이 된다. 육화되지 않는 스타일은 삶과 글의 간극을 나타낸다. 지행불일치(知行不一致)도 이렇게 해서 생긴다.

글이란 그 글을 쓰는 사람의 생활 속에 뿌리내려야 하고, 그가 사는 일상적 삶의 무늬여야 마땅하다. 우리가 읽는 시의 리듬과 스타일은 그렇게 읽고 있는 내 자신의 삶의 리듬이자 스타일로 배어들어야 한다. 언어와 사유의 스타일이란 궁극적으로 삶 속에서 구현된다. 그러므로 우리는 이렇게 말할 수 있다. '김우창은 누구인가? 그는 그가 쓴 글의 전체다. 그리고 이 모든 글은 그가 지금껏 살아온 삶의 경로에 녹아있다. 나는 그의 글에서 그의 삶의 전체를 느낀다.'

II. 보편적 어법

말할 것도 없이 김우창의 학문세계는 간단치 않다. 그의 학문을 이루는 한 축인 문학론/비평론도 그렇다. 1965년 〈청맥〉에 "엘리어트의 예(例)"로 등단하였으니, 그의 글쓰기의 역사는 이미 50년에 이른다. 게다가 그가 쓰는 글의 생산량은, 흔히 '논문'이라고 불리는 형식의 분량 기준으로 보아도, 1년에 10~15편에 이른다. 이 수치에 모자라는 해도 있고 그보다 많은 해도 있지만, 대략 그렇게 볼 수 있지 않을까 싶다〔《사유의 공간》(2004, 생각의나무)에 실린 '문헌 연보'를 보면, 1964년에서 2004년까지 발표된 글의 목록만 무려 37쪽에 이른다〕. 그리고 그 형식은 논문이나 저술에 한정되는 것이 아니라, 에세이나 칼럼, 강연문이나 연설문, 인터뷰 그리고 대담집 등 다양하다.

그리하여, 여러 평자가 이미 지적했듯이, 김우창의 학문세계는 문학비평이나 영문학 논의를 처음부터 훨씬 넘어서서 사회와 정치, 예술과 철학, 역사와 문화 그리고 문명의 문제를 두루 포괄한다. 말하자면 그에게는 문학관과 비평론, 사회현실론과 정치론, 문화이해, 주체이해와 인간론, 역사이해와 학문관 그리고 자연관이 따로 있다.

이렇게 포괄하는 방식은, 앞서 적었듯이, 개별적 요소의 지속적 구분과 이렇게 구분된 것의 부단한 통합, 이 둘 사이의 변증법적 움직임이다. 그래서 그의 관점이나 입장에 대한 있을 수 있는 반대 입장은 이미 그의 글 속에 담겨있는 경우가 많다. 그래서 저절로 용해되어 버린다. 김우창 비판이 쉽지 않은 것도 이 때문일 것이다. 다시 우리의 논의 초점을 문학에 한정시킨다고 해도 김우창 사유의 포괄성은 휘발되지 않는다. 즉, 문학에 대한 논의에서도 그 포괄성이란 여전히 견지된다. 이때 포괄성이란 학문적 차원에서 보면 문학에 대한 관점이 '개별분과적 경계를 넘어선다'는 뜻이고, 가치론적 차원에서 보면 '보편성을 지향한다'는 뜻이다.

필자가 서너 권의 책에서 이미 지적했듯이, 김우창의 사유는 동심원적으로 퍼져나간다〔《김우창의 인문주의》(2006) 나 《아도르노와 김우창의 예술문화론》 그리고 《사무사》(思無邪) (2012) 참조〕. 이렇게 퍼져나가는 것의 중심은 시이고 소설이다. 더 정확히 말하여 시적이고 문학적인 것의 가능성이다. 이때 '시적인 것'이란 무엇인가? 시는 간단히 말하여 서정적 자아의 목소리에 기대어 기존과는 다른 질서를 상상하면서 이 현실에 부정적/반성적으로 대응하는 장르다. 이 상상의 대상은 궁극적으로 어떤 고귀하고 신성하며 초월적인 진실이다. 그러나 그 바탕은 사실이고 경험이다. 시는 지금 여기의 나로부터 나를 넘어선 우리와 그들의 세계 저 너머로 향한다. 언젠가 다른 곳에서 사상가로서의 김우창을 말하면서, 그의 사유의 핵심에는 시가 있다는 점을 잊어선 안 된다고 말한 적이 있지만, 그가 박사학위 논문에서 다룬 작가는 시인 윌리스 스티븐스(Wallace Stevens)였다.

김우창의 논리전개방식이 구체적 보편성이라면, 그 추동력은 어디까지나 시적이고 심미적인 것의 가능성에 대한 믿음이다. '구체적 보편성'이 지금 여기의 개인적 경험으로부터 보편적 가치를 성찰해가는 사유의 원리라면, 시적이고 심미적인 것은 낯선 세계에 상상적으로 접근하며 그 미지를 표현해가는 성찰적 에너지라고 할 수 있다. 《김우창 문학선》의 구성은 이런 문제의식을 담은 것이다.

편자(編者)로서 나는 어떻게든 독자의 입장에서, 말하자면 '김우창이라는 비평가/문학연구자/작가/사상가를 어떻게 제대로 읽을 수 있을 것인가'라는 관점에서 글을 가리고 그 제목과 순서를 정하려고 노력했다. 그것은 문학에 대한 그의 시각이 어떤 것인지를 일목요연하고도 체계적으로 드러내는 것이어야 했다. 그렇게 하여 정한 것이 8개의 항목이다. 이 8개의 항목이 그의 문학관을 구성한다. 이 항목은 곧 8개 장(章)의 제목이 되었다. 순서대로 쓰면 이렇다.

 Ⅰ. 문학이란 무엇인가?
 Ⅱ. 문학예술의 바탕
 Ⅲ. 사회 속의 인간, 현실 안의 문학
 Ⅳ. 반성적 비판적 사유
 Ⅴ. 고요·맑음·양심·내면성 — 문학의 추동력
 Ⅵ. 심미감각 — 경험과 형이상학 사이
 Ⅶ. 시적인 것의 의미
 Ⅷ. 비교문학적 비교문화적 차원

위에 적은 각 장의 제목과 순서를 한 번 살펴보면, 김우창 문학관의 대체적 윤곽이 어느 정도 드러날 것이다. 이것을 좀더 풀어쓸 수도 있다. 아래의 8개 명제가 그렇다.

① 문학은 현실에서 나/주체/개인이 만드는 세계이해의 방식이다.
② 문학예술의 바탕은 인간이 살고 있는 땅과 하늘, 고향과 세계다. 이 세계에서 우리는 일정한 상황 아래 계속적으로 물으면서 판단하고 행동한다.
③ 인간은 현실로부터 고립된 존재가 아니라 사회 속에서 살아간

다. 그렇듯이 인간이 만드는 문학도 '현실 안의 문학'이다. 따라서 문학의 현실참여는 어떤 외적 요청이나 도덕적 당위성으로 주어지기보다는 문학 자체의 내적 필연적 조건이다. 그러나 문학의 가능성은 이러한 현실참여에 제약되기보다는 현실 너머의 현실, 말하자면 비가시적 초월적 형이상학적 지평으로 열려있다. 이 움직임의 에너지가 구체적 보편성이다. 김우창이 쓴 모든 글의 바탕에는 이 구체적 보편성의 이념이라는 보편적 어법이 있다.

④ 문학작품이든 이 작품에 대한 비평이든, 이와 같은 문학활동을 지탱하는 것은 반성적 비판적 사유다. 이 비판을 통해 사유는 뒤틀린 견해와 권력의 언어를 넘어, 현실의 이런저런 편견과 이데올로기를 넘어 좀더 이성적이고 윤리적인 차원으로 나아가고자 한다. 이것이 문학에 내장된 실천적 관심이다.

⑤ 문학을 추동하고 지탱하는 근본 가치로 '고요'와 '맑음', '양심' 그리고 '내면성'이 있다. 문학은 작고 내밀하며 고요하고 맑은 것을 소중히 여긴다(이것은 윤동주와 피천득 그리고 김현승의 시에 대한 평문에서 잘 나타난다). 고요와 맑음을 귀하게 여기는 것은 시인의 양심이고 내면성이다. 시인의 자유는 이 양심의 순정한 추구에 있다. 이 추구 속에서 그는 자유를 실천하고 자유의 영역을 확장시킨다.

⑥ 문학이 작고 내밀하며 고요하고 맑은 것을 소중히 여기는 까닭은 무엇인가? 여기에서 우리는 심미감각을 묻지 않을 수 없다. 예술가의 심미감각은 오늘의 여기에서 이 여기를 넘어 저기 저곳, 말하자면 삶의 드넓은 타자적 지평으로 나아가고자 한다. 말하자면 심미감각은 지금 여기와 저기 저곳, 경험과 형이상학, 우리와 타자 사이를 부단히 왕래한다. 이렇게 좁은

느낌을 넓히고 얕은 생각을 깊게 만든다. 이렇게 나아가는 정신의 원리가 김우창에게 '심미적 이성'이다.

⑦ 심미감각을 지탱하는 것은 시적인 것이다. 시적인 것이란, 위에서 언급했듯이, '삶의 새로운 의미를 감각 속에서, 상상력의 도움으로, 표현을 통해 드러내면서 기존의 현실에 부정적으로 대응하는'이라는 뜻이다. 더 줄여 말하면, 어지러운 혼돈에 형식을 부여하는 일이다. 왜냐하면 제대로 된 표현/형식/작품은 그 자체로 삶의 바른 방향을 돌아보게 하기 때문이다. 현실의 혼돈과 어둠은 시의 표현 속에서 조금 더 높은 명료성을 띠면서 조금 덜 낯설고 조금 더 이해할 만한 대상으로 변한다(이것을 잘 보여주는 글이 "어둠으로부터 시작하여: 시의 근원"이다). 그리하여 시적 에너지란 근본적으로 반성적 성찰적 잠재력을 내장한다. 이것은 예술일반의 원리이기도 하다.

⑧ 한 나라의 문학은 보편적 독자성을 구현하는 가운데 비로소 세계문학의 문화적 유산으로 자리한다. 그렇다는 것은, 세계문학적 차원이 없으면 개별문학은 세계적 수준으로 나아갈 수 없다는 뜻이다. 여기에서 '세계문학적 차원'이란 보편성의 차원이고, 이 보편성을 구현하기 위해서는 문학의 내용과 형식이 유연하고 그 지향이 열려 있어야 한다. 자유와 평등, 인권과 박애 그리고 평화는 이런 목표 속에서 추구될 수 있는 보편적 가치의 몇 가지 예다. 그리하여 올바른 문학연구 안에는 보다 진전된 상호이해를 위한 비교문화적 문제의식이 이미 들어있고, 이 문제의식의 진실성은 다시 보편적 차원에서의 검토를 통해 입증될 수 있다.

문학과 사회와 문화에 대한 이런 전체 지도 아래에서 독자는 어떤 글이든 하나씩 감상하고 깊게 음미하면서 차례로 이해해 나갈 수 있을 것이다. 8장의 전체 목차를 훑은 다음 각 장에 들어있는 어떤 글을 읽고, 이 글의 내용이 8장 가운데 어디쯤 있는지 다시 가늠해보면서 그 다음 글을 읽어가면 어떨까. 마치 김우창이 주체와 대상, 인간과 현실, 감성과 이성, 한국문학과 세계문학 등으로 이뤄진 두 축 사이에서 사유의 왕복운동을 통해 논지를 펼쳐나가듯이, 독자인 우리도 이런 사유운동 속에서, 다시 말해 각각의 글과 책 전체의 의미체계 사이를 오가면서 그에 대한 이해도를 점차 높여갈 수 있을 것이다.

　나는 시에 대한 김우창의 평을 읽으면 어떤 사유의 세례를 받는 듯하고(예를 들면 '윤동주'론인 "시대와 내면적 인간"이 그렇다), 소설평을 읽으면 현실에 대한 새로운 인식을 갖게 되며, 예술에세이를 읽으면 인간의 진실로 몇 걸음 더 다가가는 듯한 느낌을 갖곤 했다("예술과 삶"이 그랬다). 비교문학론이나 문학연구의 방법론에 대한 논의, 그리고 문화에 대한 성찰은 좀더 이론적 성격을 갖는다. 문학평문에서 삶이 고양되는 내밀한 체험을 갖게 된다면, 이론적 논의는 조금 더 추상적 철학적 차원에서 기존의 관점이 검토되는 사고교정적 역할을 한다.

　김우창의 문학논의 가운데 특히 몇 편을 나는 강조하지 않을 수 없다. 예를 들어 5장 아래 묶은 "고요함에 대하여", "작은 것들의 세계", "시대와 내면적 인간"이나, 6장 아래 묶은 "예술과 삶", "예술과 초월적 차원", "아름다움의 거죽과 깊이", 그리고 7장 아래 묶은 "어둠으로부터 시작하여: 시의 근원"과 같은 글은 그야말로 보석처럼 빛나는 글이다. 이것들은 시적 영감 아래 예술적 진실을 탐색한 글이다. 또는 허무감 속에서도 행동의 가능성을 고민하고 세계의 고요에 대한 느낌을 초연한 정신으로 제어한다는 한용운론은 어떠한

가? 아마도 이만큼 절제된 언어 속에서 철학적 깊이와 서정적 아름다움 그리고 윤리적 차원을 동시에 보여주는 사례는 한국 문헌에서뿐 아니라 서양 문헌에서도 매우 드문 혹은 거의 없는 것이지 않나 나는 판단한다.

사실에 근거하여 삶의 진실을 묻고, 현실의 낙후를 검토하면서도 모든 일에 삼가며, 오직 인간 내면의 빛과 그 현존적 초월의 가능성을 드러내는 사상가는 한국의 지성사에서 희귀했다. 어쩌면 일찍이 없었다고 말할 수 있을지도 모른다. 세계에 대한 지속적 물음 속에서 자기탐구가 현실인식과 일치하는 어떤 정신의 궤적은 우리의 정신사에서 매우 드물었다. 김우창의 글은 그 글을 읽는 과정 자체가 곧 삶의 어떤 전체와 만나는 것이 되게 하는 놀라운 경험을 선사한다. 독창성이란 아마도 감각과 사유와 언어와 논리를 포함하는 여러 미덕들이 동시적으로 정점에 도달했을 때, 이렇게 정점으로서의 여러 미덕들이 서로 어울리며 화음을 낼 때 비로소 획득되는 성취일 것이다. 거장의 규모는 다른 거장과의 비교에서 선명하게 드러난다.

단순화한 것이지만, 예를 들어 아도르노(Th. Adorno)는 20세기의 손꼽히는 철학자이자 미학자지만, 그래서 논리의 밀도는 비견될 수 있지만, 그 명료성에서는 김우창에 떨어진다고 할 수 있다. 대신 김우창에게는 드문 음악학적 체계를 그는 자기미학의 핵심으로 가진다. 그러나 두 사람은 미학적 체계를 '비체계적 형식으로' 가진다는 점에서는 서로 통하지 않나 여겨진다〔여기에 대해서는 《아도르노와 김우창의 예술문화론》(2006) 참고〕. 또 벤야민(W. Benjamin)에게 뛰어난 예술적 에세이는 적지 않지만, 그러나 많은 경우 그 내용은 엄밀하게 보아 비의적이어서 문체론적으로 그리 세련되었다고 말하기 어렵다. 이에 비해 김우창의 글은, 계속 이어지는 장황한 면이 간혹 나타나지만, 벤야민류의 사고적 모호함이나 문체론적 조야성으로부터는 벗어나 있다고 할 수 있다. 김우창의 글은, 이것도 여러 군데서이미 지적했지만, 명료한 깊이를 내장한다.

Ⅲ. 유쾌한 도전거리

아직도 한국사회는 너무 많은 사견과 전제들이 별다른 근거 없이 이런저런 명분을 내걸면서 막대한 영향력을 행사하는 공간이지 않나여겨진다. 이 명분은 대개 어떤 이해관계를 대변하지만, 그 가운데는 소중한 덕목도 있다. 이를테면 '전통'이나 '안보' 같은 보수적 가치든, '평등'과 '시민참여' 혹은 '소수자의 권리' 같은 진보파의 가치든, 거기에는 여러 요소가 착잡하게 섞여 있다. 그 덕목은 그 자체로 존중되고 추구되기보다는 보이는 보이지 않는 사욕 때문에 자주 비틀린다. 가치의 오용과 이념의 왜곡이 나타나는 것이다. 그래서 좋은취지도 자주 어떤 당파성 아래 적대적으로 추구된다. 한 가치는 먼저 말한 사람의 소유인 듯 독점되고, 그렇지 않는 쪽이나 다른 의견은 배제되는 것이다. 그리하여 분노와 싸움과 증오와 편 가르기는그치지 않는다.

여기에는 물론 여러 요인이 있다. 우리 사회의 집단주의적 성향이나 맹목적 유행열풍도 한몫 하고, 정치가의 포퓰리즘이나 언론의 무책임한 기사보도도 있다. 그러나 가장 문제인 것은 지식인의 편향성이지 않나 여겨진다. 대학에서든 학계에서든, 아니면 예술분야나 문화계에서든 진선미의 문제는 이제 완벽하게 증발해버리지 않았나 싶다. 아니 어쩌면 그것은, 늘 그래왔듯이, 소수의 고민이 아닌가 싶기도 하다. 누구를 만나도 참이 무엇이고, 선의는 어떠하며, 아름다움은 어떻게 자리하는가에 대한 논의는 드물다. 그런 주제를 입에 담으면, 오히려 재미없거나 분위기를 흐리는 사람이 되고 만다. 어딜 가나 사람들의 대화를 지배하는 것은 어중간한 사견(私見)과 추측성 예단(豫斷) 그리고 무성한 풍문이다. 공적 영역(*public sphere/ Öffentlichkeit*)의 퇴행성 문제는 그렇게 나타난다.

한국에서 건전한 공론장은 있는가? 지금의 우리 사회는 각 시민들이 막말을 삼가고 거짓을 두려워하며 선의 속에서 책임 있는 행동을 하는, 그래서 서로의 신뢰를 차근차근 쌓아가는 공동체인가? 이런 물음에 우리는 '그렇다'고 자신 있게 대답하기 어렵다. 공적 공간을 지배하는 언어가 거짓되고 사고나 판단이 불합리하여 행동까지 무책임하게 된다면, 그 사회는 정상이라고 말하기 어렵다. 즉, 병든 것이다. 그러니까 오늘의 한국사회의 문제를 구성하는 결정적 요인의 하나는 공적 공간의 미성숙 상태에 있다. 이런 구조적 질환은 1960년대 이래 계속된 것이다.

한국사회의 현재적 단계에서 이 땅을 떠나지 않는 한 우리가 던질 수 있고 또 던지지 않을 수 없는 물음들은 많다. 가장 큰 물음으로는, '우리 사회가 이성적 방향으로 나아가는가' 혹은 '한반도에서의 안전과 평화는 보장될 수 있는가' 같은 것이 될 것이고, 중간 단계쯤에 있는 물음으로는 '이런 사회에서 사는 우리는 서로 믿고 의지할 수 있는가', '어떻게 지금의 사회를 좀더 살 만한 문화공간으로 만들 수 있는가'가 될 것이며, 그보다 작은 질문으로는 '나는 이 사회에서 어떻게 시민으로 살 것인가' 혹은 '어떻게 살아야 의미 있는 삶은 가능한가'가 될 것이다. 이 물음에 대한 답은 다양한 통로를 통해 탐색될 수 있을 것이다. 문학은 그런 탐색의 한 방법이다. 예술과 철학의 물음은 문학의 이 물음과 나란히 있거나 이를 에워싸고 있고, 인문학이나 학문 일반에서의 탐구는 그보다 더 큰 물음이다. 문화에 대한 물음은 여기에서 가장 큰 범주가 될 것이다.

물음의 종류가 어떠하건 김우창의 글은 이러한 학문적 문화적 물음을 동반하고, 그 바탕에는 성채처럼 견고한 철학적 토대가 놓여 있다. 시와 소설 같은 작품에 대한 그의 비평도 예외가 아니다. 김우창의 언어나 사유, 논리전개의 방식, 글의 장르와 밀도 그리고 그 체계는 한국어로 된 문헌의 역사에서 전혀 새로운 지평을 보여준다. 이 지평 속에서 그는 섬세한 감성과 정확한 언어, 엄밀한 사유의 견고한 철학으로 어우러진 지각적 균형(*perceptive balance*)으로 사안의 하나하나를 절차적으로 검토하면서 자기사유의 풍경을 펼쳐 보인다.

이런 이유로 이 땅에서 문학과 예술 그리고 문화의 잠재력에 관심을 가진 이라면 마땅히 김우창을 읽어야 하지 않을까 생각한다. 그의 글은 인간과 현실과 세계에 대해 누구보다 깊고 넓은 반성의 자료를 다각도로 보여주기 때문이다. 그의 글에는 쉽게 다가가기 어려운 점이 분명 있다. 논리의 밀도와 사유의 치밀성 때문이다. 그러나 사실에 밀착하여 느끼고 생각하면서 언어에 담긴 논리의 진실성을 다시 경험 속에서 검토해가는 충족되기 어려운 요구를 담은 글이 어떻게 간단할 수 있겠는가? 하나하나 느끼고 생각하며 검토하고 교정해가는 진실축조의 과정이 손쉬울 수는 없다. 아마도 김우창을 그 나름으로 이해하고 소화해서 자기식으로 재구성할 수 있다면, 한글로 쓰인 그 밖의 텍스트가 어떤 점에서 뛰어나고 어떤 점에서 모자라는지, 또 어떤 점에서 그 성취와 결함을 보이는지 어렵지 않게 논평할 수 있을 것이다. 그의 글은 그 자체로 인문학적 문화능력에 대한 좋은 시금석(試金石)이다.

나는 독일문학을 전공하는 독문학자이지만, 대학시절부터 독문학이란 독일 사람들의 삶을 보여주는 고유성을 갖는 것이면서 동시에, 그 문학이 독일적 차원을 넘어서는 보편적 호소력을 갖지 않으면, 그래서 '독문학'에서 '독'자를 빼어도 문학으로 성립되지 않으면,

훌륭한 문학이 되기 어려울 것이라고 여겨왔다. 이런 생각은 이제 30년이 다 되어간다. 마찬가지로 뛰어난 한국문학이라면, 한국에서의 독특한 삶을 보여주는 문학이면서 한국 밖의 그 어느 곳에서 그 어떤 사람이 읽어도 호소력을 가진 문학, 즉 보편성을 가진 문학이지 않으면 오래가기 어렵다. 말하자면 구체적 보편성을 내장할 때, 문학은 문학으로서 살아남는다.

문학에 대한 김우창의 논의는 이 구체적 보편성을 구현한다. 그는 시나 소설을 평하거나 문학주제를 다룰 때에도 보편적 시각을 잊는 법이 없다. 그만큼 탄력적이다. 그러면서 이런 시각의 밑에는 지금 여기의 현실과 일상적 경험이 녹아있다. 그래서 그 글은 언어와 사유가 가진 힘을 증거하는 것이 된다. 글의 힘은 주변을 돌아보는 반성적 성찰력에서 온다. 그는 모든 집단주의적 술어와 이데올로기적 왜곡 그리고 저속한 자기중심주의를 넘어 어떻게 개인이 공동체 속에서 진실을 외면하지 않고 살아갈 수 있는지, 그리고 반성적 개인으로 이뤄진 이성적 사회를 위해 문학과 예술과 철학과 문화는 어떤 방향으로 나아가야 하는지를 거듭 생각하게 한다.

사실의 좀더 실감 있는 전달을 위해 사사로운 경험의 한두 예를 여기에 적어도 괜찮을 것이다. 김우창 선생은 스스로는 엄청 정확하고 엄격하시지만, 언제나 자기 자신을 낮추신다. 그것은 그의 글이나 생각에서와 마찬가지로 어조와 행동, 옷차림이나 식사 그리고 살림살이에까지 깊게 배어 있다. 그래서 꾸밈이 없다. 언제 보아도 늘 그대로이고, 한결같이 소박하시다. 오래된 포니 엑셀(Pony Excel)을 몰고 가다가 청와대 주변 길에서 경비한테 걸린 얘기는 주변 사람들 사이에서 가끔 회자된다. 이 해묵은 차를 현대자동차 본사에 연락하여 박물관에 기증하자는 우스갯말을 하는 이도 있었다. 그러다가 결국 이 차는 지난겨울에 고장을 일으켜 다른 차로 바꾸고 말았다. 어떤 사람이 어떤 발표를 하거나 견해를 보여도, 그리고 그 내용이 때때로 서투르거나 틀리더라도 선생은 가만히 계신다. 아니면 무심하게 바라보실 뿐 가타부타 말씀이 없다. '칼은 칼집에 넣어둬야 한다'는 김현승의 시 구절을 인용하신 적은 더러 있다. 또 정현종 시인이 병든 아내를 십여 년째 뒷바라지하면서도 이 일을 한 번도 시의 소재로 드러낸 적이 없다고 말씀하신 적도 있다. 나이가 어리다고 함부로 말하시거나, 제자라고 해서 마음대로 시키시는 법은 결코 없다. 식사를 하시다가 냅킨이 안 보이면 그냥 일어나 가져 오시기도 하고, 당신이 먼저 주문하면 다른 사람이 따르게 된다면서 옆에 앉은 이들한테 먼저 하라고 하시기도 한다. 이럴 때면 나는 앎과 행동 사이에 놓인 저 아득한 길을 떠올리곤 했다. 사소하게 보이는 이런 일들이 얼마나 어려운 것인지, 여기에는 얼마나 혹독한 절제와 자기기율이 요구되는지 나는 조금 안다. 아마도 인문학의 많은 문제는 끝없는 배움 속에서 다른 누군가가 아닌 바로 내 자신이 이렇게 배운 내용을 얼마나 실행할 수 있는가로 수렴될 것이다.

참된 삶은 현실에 없다. 혹은 매우 드물다. 우리는 꿈을 통해, 이 꿈을 기록한 글로 참된 삶을 기획한다. 레비나스(E. Levinas)는 독서가 삶의 근심에서 벗어나는 형이상학적 도약이고 현실을 굽어보게 하는 초월적 비상이라고 쓴 적이 있다. 지금 보이는 현실이 전부가 아니라는 것, 더 참되고 더 선하며 더 아름다운 길이 있을 수 있다는 것을, 그 길은 섬세한 감수성과 견고한 사유를 통해 열릴 수 있으며 그 모색의 과정에서 시와 철학과 예술이 어떤 역할을 할 수 있으리라고 바랄 수 있다면, 그렇게 바라도 좋다면, 김우창은 한국 인문학에서 그런 놀라운 가능성의 길을 글로 보여준다. 그것은 지금 보이는 삶과는 전혀 다른 삶이고, 이 다른 삶은, 그것이 시적이고 상상적으로 모색된다는 점에서, 어떤 가능성의 공간이다.

예술적 가능성의 공간은 인간성의 공간이고 위대한 정신의 공간이다. '불멸'이나 '영원'은 아니라고 해도 정신이 걸어가는 고매한 경로가 있다는 것을 인정한다면, 우리는 이 고매한 정신의 세계를 추적하지 않을 수 없다. 그 정신은 인간 현존의 미비와 낙후를 돌아봄으로써 더 나은 어떤 낙원적 세계를 '미리 비춰주기' 때문이다. 미리 비춰줌으로써 오늘의 비루한 현실을 다시 검토하게 만들기 때문이다. 변화된 행동과 이 행동에서 나오는 현실의 쇄신은 그 다음에야 가능할 것이다. 신이 아니라도 신적인 경건함이 있고, 지금 여기에서도 여기 너머의 형이상학이 없을 수 없다면, 그리고 저 아득한 세계의 한켠이— 바로 지금 여기의 어떤 생생한 경험에서 섬광처럼 나타날 뿐이라면, 그렇게 탐사된 세계의 한 예가 김우창의 사유법에 깃들어 있다고 나는 생각한다.

한국인문학은 김우창에 이르러 사유의 고매함에 이르렀다고 나는 감히 판단한다. 사유의 고매함이란 보편성에서 온다. 이때 '고매함'이란 사유의 높이이고, '보편성'이란 그 넓이일 것이다. 한 시대 한 문화의 가치란 높은 사유로서의 고매함과 넓은 정신으로서의 보편성 없이는 세계적 차원에 결코 이를 수 없다. 높으면서 동시에 넓을 때, 사유는 고귀해진다. 고귀한 사유는 자유의 정신이다. 이 고귀한 사유의 뿌리에는 양심이 있다. 이 양심은 자기의 실존을 현실과 사회에 대한 고찰의 전제로 삼음으로써 비로소 겸허해진다. 품위는 이 자의식적 반성에서 쌓여간다. 그러나 반성의 과정은 끔찍할 정도로 쓸쓸한 일이다. 결단의 순간에 듣는 양심의 목소리에서는 다른 누군가가 아닌 바로 자기와, 오직 자기 자신과 만나기 때문이다. 거듭되는 과오에도 오이디푸스가 기품 있게 보이는 것은 자기를 향한 이 양심어린 질문 때문이다. 이 자기질문 속에서 우리는 삶의 원리와 우주의 장엄함 그리고 그 필연성을 예감한다.

사물의 질서와 세계의 원리를 알지 못한다면, 우리는 우리의 삶을 깊은 의미에서 사랑하기 어렵다. 위대한 사랑은 사랑하는 대상에 대한 편견 없는 정확한 이해에 있다. 삶을 편견 없이 바르게 알지 못한다면, 우리는 삶을 사랑하지 않거나 사랑하지 못할 것이다. 그러므로 넓고 깊게 이해한다는 것은 곧 넓고 깊은 삶을 산다는 뜻이다. 그것은 초월의 의지고 형이상학적 열망이다. 모든 인간 활동의 원초적 동력에는 지금 여기를 넘어서려는 초월적 꿈이 있다. 김우창 선생의 글은 이 짧고 비루하고 덧없는 생애에서 덧없지 않을 어떤 맑고 고요한 지평을 끊임없이 돌아보게 한다.

김우창 年譜

1936년	전라남도 함평 출생
1948년	광주 서석초등학교 졸업
1951년	광주서중학교 졸업
1954년	광주고등학교 졸업
1958년	서울대 문리과대학 정치학과, 영문학과 졸업
1959~60년	미국 오하이오 웨슬리안대학 재학
1961년	미국 코넬대학 영문학 석사
1963~74년	서울대 영문학과 전임강사
1975년	미국 하버드대학 미국문명사 박사
1969~70년	미국 버팔로 뉴욕주립대학 미국학과정 연구원
1970~72년	위 조교수
1974~2002년	고려대 문과대학 영문과 교수
1976~96년	〈세계의 문학〉 편집위원
1999~2009년	〈비평〉 편집인
2000년	제1회 서울국제문학포럼 조직위원회 위원장
2003년	고려대 명예교수, 대한민국예술원 회원
2004년 11월	프랑크푸르트 국제도서전 주빈국 조직위원장
2005년	제2회 서울국제문학포럼 조직위원회 위원장
2008년 2월	이화여대 석좌교수
2008년	동아시아포럼 한국집행위원회 위원장
2011년	제3회 서울국제문학포럼 조직위원회 위원장

주요 저서 및 역서

1975년 솔 벨로, 《비의 왕 헨더슨》(역)

1976년 키이츠, 《가을에 부쳐》(역)

1987년 아우에르바흐, 《미메시스》(유종호와 공역)

1977년 《궁핍한 시대의 시인》

1979년 《예술과 사회》(편저)

1981년 《지상의 척도》

1984년 《문학의 지평》(김흥규와 공편)

1992년 《심미적 이성의 탐구》

1993년 《시인의 보석》, 《법 없는 길》, 《이성적 사회를 향하여》

2000년 《정치와 삶의 세계》

2003년 《풍경과 마음》

2004년 《행동과 사유: 김우창과의 대화》

2005년 칼럼집, 《시대의 흐름에 서서》

2007년 《자유와 인간적인 삶》

2008년 대담집, 《세 개의 동그라미 – 마음·지각·이데아》
　　　　(대담 문광훈)

2008년 《정의와 정의의 조건》

2008년 동화, 《나 후안 데 파레하》(역)

2011년 칼럼집, 《성찰》

2012년 《기이한 생각의 바다에서》 석학인문강좌 등

・그 외에도 십여 권의 공저가 있다.

수상내역

1981년   서울문화예술 평론상

1993년   팔봉비평문학상

1994년   제2회 대산문학상

1997년   제14회 금호학술상

1998년   고려대 학술상

2000년   한국백상출판문화상 저작상

2003년   녹조근정훈장

2005년   인촌상

Jürgen Habermas 하버마스

의사소통행위 이론 (전2권)

위르겐 하버마스 지음 장춘익 역

이 책에는 서구화나 근대화 담론으로 점철된 우리의 현대사, 혹은 정신사를 탐조할 하나의 지표가 될 수 있는 수많은 사상적 시금석들이 보석처럼 알알이 박혀 있다.

신국판 | 각 권 | 35,000원

공론장의 구조변동

부르주아 사회의 한 범주에 관한 연구

하버마스 | 한승완(국가안보정책연구소) 역

여론이 형성되는 공론장의 발생과 그 작동구조에 대한 사회학적이며 역사학적인 연구서. 부르주아의 생존방식으로 성립된 공론장은 과연 현대사회와 국가의 민주주의적 통합을 유지하는 가장 확실한 안전판인가? 신국판 | 408면 | 18,000원

사실성과 타당성

담론적 법이론과 민주적 법치국가 이론

하버마스 | 한상진(서울대) · 박영도(연세대) 공역

법과 권력의 내재적 관계에서 출발하여 자유주의 전통과 공화주의 전통의 대립을 극복하는 담론적 민주주의 이론을 제시한다. 신국판 | 626면 | 35,000원

아, 유럽 정치저작집 제11권

하버마스 | 윤형식(전 한국정책방송원 원장) 역

이 책의 핵심주제는 '유럽의 미래'다. 하버마스가 자신의 철학의 연장선상에서 강연이나 언론기고 등을 통해 모색했던 유럽의 정체성과 새로운 국제법적 질서의 원리에 대해 체계적으로 정리했다.

신국판 | 232면 | 13,000원

분열된 서구 열 번째 정치적 소저작 모음

하버마스 | 장은주(영산대) · 하주영(번역가) 역

하버마스는 9 · 11 테러와 미국의 이라크 침공을 계기로 미국 네오콘의 국제정책을 비판한다. 이 책은 새로운 국제법적 질서의 원리에 대한 대안을 모색하고 촉구했던 하버마스의 정치적 기록이다.

신국판 | 288면 | 14,000원

나남 nanam Tel. 031-955-4601
www.nanam.net